LES SIX DE LA *WHYDAH*

ISBN : 978-2-84141-490-1

Mise en page : Atelier Christian Millet

Dépôt légal : septembre 2025

SANDRA BASSO

RUTH WOLFF, PIRATE

TOME 3
Les Six de la *Whydah*

Hostis humani generes
(Ennemis de l'humanité)
SANDRA BASSO

Roman

L'ANCRE DE MARINE

À Fanny et Pauline.

« Les vraies amies, ce sont celles qui vous connaissent vraiment.
Et qui vous aiment quand même. »

Boston sous une bruine de novembre. Une bruine qui n'a l'air de rien, à peine de la poussière d'eau, si légère que ses gouttes, pareilles à des flocons, dansent dans la plus infime brise avant de se poser délicatement. Les grains de bruine s'accrochent aux brins d'herbe, à la laine bouillie des manteaux, aux cheveux des passants et aux cils des chevaux. Si discrets qu'on les sent à peine. Pourtant elle est redoutable. Humide et glacée, elle imbibe toute la ville d'un frisson malade. La populace ramassée sur le port frissonne, la goutte au nez, en remontant les châles sur le menton, enfonçant les chapeaux sur le front. Des centaines de gens attendent. C'est dimanche, jour de pendaison.

Ils arrivent. L'embarcation se dirige vers Gruy's Wharf, fendant l'eau vert bouteille, à peine froissée par un souffle imperceptible. Des miliciens rament, ou tiennent leurs fusils prêts à tirer. Les condamnés sont six. La foule grelotte rien qu'à les regarder. Six squelettes articulés, des goules aux yeux de bête blessée. Le visage est mangé par la barbe et les cheveux hirsutes. Ils n'ont pas de manteaux, pas de chapeaux ni de chaussures. Des oripeaux brûlés par la crasse et la vermine, sur leur peau grise tendue sur des os tremblants. A l'un il manque un œil, un autre un bras. Celui-là a la gorge déchirée par une cicatrice. Ils font peine à voir. Les monstres, les criminels contre l'humanité, redeviennent humains aux yeux des humains quand ils ne sont plus que du gibier à l'agonie, du gibier de potence.

La barque fait son approche. Sur le quai, au premier rang, une enfant de cinq ou six ans tient la main de sa mère. Elle regarde les pirates avec fascination et crainte amusée, comme elle aurait regardé ces monstres de contes qui la terrorisent, s'ils avaient été rendus inoffensifs par une cage ou des chaînes. Une bourrasque soudaine souffle sur le quai. Un châle s'envole. La petite fille le regarde s'enfuir dans la bruine. La femme qui le portait pousse un juron en essayant de le retenir. Ses mains coiffées de mitaines s'accrochent dans le vide. Les pans de sa veste s'entrouvrent. Quelque chose alourdit sa poche intérieure. Un éclat de métal en jaillit. Elle plonge la main dedans, en sort un pistolet.

I

Sans perdre le Nord

– Et si un homme vous apporte de l'argent, devrons-nous le renvoyer ?

– Tous les hommes, j'ai dit ! Dois-je vous rabrouer, vous aussi ? Dehors, chiens !

Spinckes appuya sa réplique en faisant mine de pousser Johnny Kid et Quamino hors de la scène. Les deux compères firent mine d'obtempérer, quand soudain Quamino se retourna en lançant d'un ton gouailleur :

– Cela dit, je connais un homme que votre Honneur ne saurait refuser, j'en suis certain...

– Qui ça ? Parle, manant !

Quamino se contorsionna comme une anguille pour s'extirper de la poigne de Spinckes, tant et si bien qu'un coup de roulis le fit trébucha sur le pont. Sous les rires du public, il enchaîna :

– Eh bien, un homme qui vous lancerait un défi. Car même si vous refusez que l'on vous dérange pour de l'argent, je suis sûr que vous aimez trop vous battre pour refuser un défi.

– Voyous, coquins, chiens galeux ! Allez, dehors ! Dehors !

Les rires eurent du mal à s'éteindre tandis que Spinckes et Shuan enchaînaient sur leur scène, où ils conversaient à propos de l'amitié qui peut unir deux hommes. Johnny Kid se fraya un passage parmi les hommes affalés sur le pont jusqu'à Ruth.

– Comment j'étais ?

– Plus arrogant que le pire des matafs.

Le jeune garçon, très satisfait de lui-même, tourna un visage curieux et conquis d'avance vers les acteurs. À dix ans à peine, Johnny Kid était le plus jeune marin du bord. Il tétait encore le sein de sa mère quand la plupart de ses camarades goûtaient déjà la bière amère et le rhum coupé à l'eau du bord. On ne savait trop pourquoi il s'était battu avec tant de fougue pour être embarqué avec l'équipage du capitaine Bellamy, risquant pour cela la noyade. Le plus plausible était qu'il ne supportait pas l'idée d'être séparé de Quamino, qui venait alors d'être recruté. Quamino, alors appelé George, était esclave au sein de la famille du jeune Johnny Kid. Ce dernier avait pour ainsi dire passé toute sa vie auprès de Quamino, et partagé avec lui tous ses jeux d'enfant. À en juger certaines expressions de l'ancien esclave qu'on retrouvait parfois sur le visage du gamin, ces deux-là partageaient non seulement leur passé, mais probablement la moitié de leur patrimoine génétique également…

Tout l'équipage de la *Whydah* ou presque était rassemblé sur le pont pour assister à la pièce de théâtre qui se jouait sur le gaillard. On se tassait dans les passavants et dans les premières enfléchures des haubans, gradins on ne peut plus satisfaisants. Certains suivaient le spectacle avec une attention soutenue, d'autres y tendaient une oreille distraite en bricolant quelque projet personnel, comme Julian qui se confectionnait une veste imperméabilisée avec du suif. Julian était un Mosquito, une ethnie originaire d'une région méconnue de Nouvelle-Espagne.

Derrière Julian, Tommy le Roux taillait un maillet dans un morceau de bois. Tommy le Roux avait été recruté bon gré mal gré sur une prise, le *Pearl*, quelques mois plus tôt… Il avait mis du temps à se faire à sa nouvelle condition. Tommy Davis, charpentier de son état, était devenu Tommy le Roux pour le différencier des deux autres Tommies du bord, également charpentiers : Tommy Tranquille, qui jouait sur scène, et Little Tommy, qui se faisait encore plus petit qu'il n'était depuis qu'il avait été surpris quelques mois plus tôt à voler de la nourriture pour son compte.

Certains ne prêtaient pas vraiment attention à la pièce qui se jouait sur le gaillard. C'était le cas de Simon One-Eye, qui avait encore trop bu. Il ronflait, roulé en fœtus dans son paletot râpé. One-eye, parce qu'il avait perdu un œil dans un combat quelques mois plus tôt. Mais cette mutilation n'avait qu'à peine égratigné la beauté de ce jeune homme glabre aux traits fins, légèrement androgyne. Il continuait de faire des ravages dans les cœurs des femmes comme des hommes. Cependant, quand il buvait un coup de trop, son charme irrésistible disparaissait, et il n'inspirait plus que de l'agacement et une vague pitié.

Simon One-Eye n'était pas le seul à s'accommoder de son infirmité : à l'arrière, Jeremiah Burke, alias Bones, travaillait sur une voile avec trois ou quatre aides. Il n'avait plus qu'un bras, et pourtant, il parvenait à coudre d'une main. Ce qu'il ne pouvait faire avec sa deuxième main, il le faisait avec ses dents, voire ses genoux.

L'ancien bosco de l'*Anglesea* était un professeur consciencieux et passionné, cela ne faisait aucun doute. Ses talents n'avaient d'égal que son irrépressible besoin de les enseigner. Il disait toujours que celui qui prétend tout savoir et tout connaître est un âne. Que la marine à voile, comme beaucoup d'autres domaines, était une science empirique, qui s'améliorait au fil des siècles grâce à des érudits passionnés, des charpentiers, des architectes visionnaires, et surtout par le courage et le savoir-faire des hommes de terrain, eux, les marins.

Il disait souvent qu'il regrettait l'époque où il ne savait rien du tout, et où tout était si nouveau pour lui. Quand un nouveau à bord s'agaçait sur quelque chose qu'il ne parvenait pas à faire, Bones lui reprochait de ne pas apprécier sa chance d'être dans cette émulation si stimulante qu'est l'apprentissage. Souvent, Ruth se disait qu'il aurait fait un père formidable. D'ailleurs, Bones déplorait souvent de ne pas avoir eu d'enfants. Ces enfants, disait-il, c'étaient ses gabiers.

Derrière les voiliers, Quintor, le taciturne maître canonnier, tenait la barre. Il était ce qu'on appelait alors un mulâtre. Né aux Provinces-Unies, fils bâtard d'une esclave et de son maître. Il parlait hollandais, anglais, et même français. Plus polyglotte que lui, c'était son meilleur ami, Langue-de-Chat, ou Peter Hoff. Ce dernier était assis juste devant Ruth. Un Suédois qui parlait couramment, outre sa langue natale, anglais, espagnol et français. Langue-de-Chat avait fait un grand nombre de métiers, dans de nombreux endroits du monde, ce qui lui valut la réputation d'avoir, comme les chats, plusieurs vies. Il avait pourtant bien failli les perdre toutes d'un coup, des années auparavant. De cette histoire, il s'en était sorti avec une cicatrice impressionnante, qui courait de l'angle de sa mâchoire jusqu'à sa clavicule. Personne, pas même Quintor, ne savait ce qui lui était arrivé au juste.

Quintor barrait sous la houlette du lieutenant Lambert, un jeune tout juste sorti de l'école qu'ils avaient recruté sur la *Whydah*. Ses connaissances encore toutes fraîches en astronomie et en navigation compensaient largement son manque d'expérience. C'est lui qui officiait le rôle de second capitaine en l'absence de Williams.

Paulsgrave Williams était le meilleur ami de Bellamy. Avant qu'il ne le rencontre, il était orfèvre dans le Massachusetts, mais certains murmuraient qu'il n'avait pas attendu de croiser la route de l'intrépide matelot d'alors pour tremper ses gros doigts dans les soupières les plus louches de Newport, son port d'attache. À ce qu'on disait, c'était d'ailleurs grâce à ses accointances avec le monde de la grande délinquance s'il avait fini par tomber sur Bellamy. Williams, outre ses activités d'orfèvre et de pirate, était un père de famille nombreuse. Père de famille absent certes, mais qui subvenait aux besoins des siens en leur envoyant régulièrement ses parts de prises sous forme de bijoux ou de pierres précieuses dissimulées dans des colis d'apparence plus innocente, comme des échantillons de café ou des robes pour ses filles.

Plus ils faisaient route vers le nord, plus il faisait frais et humide. La douceur des Indes Occidentales était bien loin. Plus personne ne se promenait torse nu. On avait revêtu les vêtements de laine, chapeaux et bonnets, et même des bottes pour les plus chanceux.

Quoi qu'il en paraisse, la pièce de théâtre représentée sur le gaillard était en fait un châtiment : quelques jours plus tôt, certains des acteurs s'étaient battus, pour une sombre histoire de ration de pois cassés. Comme l'ennui est un fléau parfois pire que la faim à bord, le quartier-maître, monsieur Noland, avait judicieusement imaginé cette punition : qu'ils mettent en scène une pièce de théâtre dont on avait trouvé le texte dans la bibliothèque de l'ancien commandant de la *Whydah*. Il s'agissait de « L'homme franc », de William Wycherley.

– Ne savez-vous pas, fit Shuan à Spinckes, mon bon capitaine, que dire la vérité est une qualité aussi préjudiciable à un homme prospère et bien vu par la bonne société, que de jouer fair-play pour un tricheur, ou que le véritable amour pour une putain ? Souhaitez-vous qu'un homme dise la vérité sur sa ruine ? Vous êtes plus sévère que la loi, mon ami, car elle, au moins, n'oblige personne à jurer contre lui-même.

John Shuan, dit l'Élagueur, était une jeune recrue, enrôlée sur le *Tanner*, un navire quelques semaines plus tôt. Il avait gagné sa place à bord en abattant le mât de misaine du *Tanner*, le privant ainsi de ses voiles d'avant, et permettant à la *Whydah* et la *Marianne* de le rattraper aisément. Ce qui lui valut son surnom, évidemment.

Un mouvement près de Ruth attira son attention : Galway venait de se rasseoir à ses côtés, vêtu de la veste de laine qu'il était parti chercher.

– Qu'est-ce que j'ai raté ?

– Pas grand-chose. Manly a demandé à deux de ses matelots de ne laisser entrer personne chez lui, et là, il discute avec son ami Freeman.

– Chut !

Pour toute réponse, Galway balança à Langue-de-chat un bout de bitord qu'il avait dans la poche. Galway semblait sincèrement captivé par la discussion entre les deux acteurs. La petite ride entre ses sourcils se faisait discrète. Ses traits étaient adoucis, presque sereins. Ruth était ravie de le voir de cette humeur. Il s'était tout à fait remis de sa blessure par balle dans le flanc. Un miracle, d'après le docteur Ferguson. Ruth observait ce miracle rire, ses yeux bleus sourire malgré les cernes, et elle se sentit bien.

Sur scène, un nouveau personnage était entré en scène, joué par l'Espagnol Francisco Herrera. Il incarnait un matelot, justement. Celui du capitaine Manly. Manly était un homme misanthrope et colérique, mais qui ne manquait pas de courage et de répartie. Freeman semblait être son plus proche ami, bien que Manly défende le contraire.

Le matelot joué par Herrera s'offusqua quand son capitaine partagea ses doutes quant à sa loyauté.

– Soupçonnez-moi de n'importe quoi, monsieur, mais pas de manque d'amour, de foi et de devoir envers vous, le plus courageux et le plus digne du genre humain. Croyez-moi quand je dis que je pourrais mourir pour vous, monsieur.

– Lèche-bottes ! s'exclama Langue-de-chat.

Herrera fut assailli par des projectiles aussi divers que des bouts de bitord, de garcette, ou encore des épluchures de mangues, dernières rescapées de l'escale à Nassau. Simon One-Eye reçut quelque chose sur le crâne. Il s'agita un peu mais se rendormit aussitôt.

– Non, là vous mentez, monsieur, rétorqua Spinckes. Ne vous ai-je pas vu plus effrayé lors de notre combat contre les Hollandais, que l'aumônier du navire ?

– Peut-on dire qu'il a peur, s'il s'aventure en mer avec vous ?

Nouveaux rires dans l'assistance, devant l'évidente poussée de zèle du personnage de Herrera.

– Allons, pas un mot de plus. Je devrais haïr vos flatteries plus encore que votre couardise, non, que votre vantardise.

– Eh bien, oui, j'admets alors que j'avais peur ! Bien que pour vous, j'accepterais d'être à nouveau effrayé, cent fois de plus effrayé. Mourir, c'est cesser d'avoir peur, et c'est ce que je pourrais faire pour vous. Vous me croirez un jour.

Le capitaine Manly, cependant, ne semblait pas touché par les émois de son matelot, bien au contraire. Il menaça de s'en séparer.

– Se séparer, monsieur ? Oh, ne me laissez pas entendre ce mot si lugubre !

– Si mes paroles vous font peur, partez le plus tôt possible. Pour être franc avec vous, la lâcheté et moi n'allons pas bien ensemble.

– Et la cruauté et le courage ne vont pas bien ensemble, pour sûr, monsieur. Ne me renvoyez pas à la honte et à la misère, moi qui suis sans amis et sans aucun secours !

Il avait dit cela d'un ton larmoyant, en se jetant à genoux, les mains jointes vers Manly, implorant. Tout le monde se mit à rire devant son ridicule. Ruth parvint tout juste à esquisser un sourire pincé. Elle sortit une pipe de la poche intérieure de sa veste et l'alluma. Sur scène, Manly accueillait un nouveau personnage, une veuve, cousine de sa maîtresse, Olivia. Il la pressait de lui donner des nouvelles de sa chère et tendre Olivia, qui était visiblement le seul spécimen de l'espèce humaine à avoir du crédit à ses yeux. Herrera restait derrière Spinckes, lui jetant des regards furieux de temps à autre. Et puis, tous les personnages quittèrent la scène, excepté Herrera, qui regarda Manly partir avec une lueur douloureuse dans le regard.

– Son Olivia, en effet, son heureuse Olivia ! s'exclama-t-il en levant les bras au ciel. Pourtant, elle a été laissée en arrière, et moi, j'étais avec lui !

Il se mit à faire les cent pas, en s'adressant au public. Les pans de son caban trop grand traînaient presque sur le pont. Il était difficile d'imaginer qu'à peine un an auparavant, Herrera baragouinait à peine l'anglais… À présent, il pouvait réciter et incarner un texte dans cette langue, avec un accent prononcé certes, mais sans aucune erreur.

– Mais elle n'a jamais quitté son esprit ni son cœur… Elle lui a dit qu'elle l'aimait. Mais moi, je lui ai montré !

Ruth suçotait sa pipe en fronçant les sourcils malgré elle. Ses cheveux longs, d'un brun légèrement délavé par le soleil, s'échappaient d'un catogan lâche et négligé, encadrant un visage fin aux traits aiguisés par une perpétuelle tension dans la mâchoire et une noirceur dans le regard.

– Je lui ai montré, continua Herrera, la rage cédant à la douleur. Mais je n'ai pas osé lui dire ! Jusqu'à ce que j'ai prouvé, sous ces habits, par des actes si convaincants, ma profonde amitié pour lui.

Il désigna son caban.

– À travers eux, pourtant, il pourrait découvrir à la fois mon genre, et mon amour !

Sur ces mots, il laissa tomber son caban à ses pieds d'un geste vif, et ce qu'il dévoila déclencha un raz-de-marée de rires et d'exclamations : sous son caban, Herrera était vêtu d'une tunique longue très ajustée ; une sangle cintrait sa taille par ailleurs rebondie, et sous sa tunique, à l'emplacement de sa poitrine, pointait deux protubérances, probablement des vieux vêtements roulés en boule pour simuler des seins de femme.

Interloquée, Ruth hésita entre le rire et l'indignation. Sur scène, Herrera martela le pont avec une barre de cabestan, dans une tentative désespérée de regagner la concentration du public.

– Je disais donc, fit-il d'une voix forte. Je sais qu'en général, aucun homme ne peut être un plus grand ennemi que sous le nom d'un ami ! Par exemple, si vous êtes cocu, c'est toujours du fait de votre ami, car votre ennemi... Eh bien votre ennemi, il n'est pas admis dans votre maison !

Galway fit signe à Ruth de lui donner quelques braises de sa pipe pour allumer la sienne.

– Avec toutes les pièces de théâtre qui existent depuis la Restauration... Il fallait qu'ils choisissent celle-là.

– Et alors ? Répondit Ruth. C'est une bonne pièce.

Sa fierté frisait parfois le déni. Cela fit sourire Galway.

Le deuxième acte vit apparaître plusieurs nouveaux personnages, dont la fameuse Olivia, jouée par Densley, qui s'avéra être la pire des pipelettes, doublée d'une traîtresse. Le public découvrit rapidement qu'Olivia s'était mariée pendant que Manly était en mer, avec nul autre que son meilleur ami, un certain Vernish. En outre, Olivia semblait trouver à son goût le jeune matelot de Manly, sans réaliser qu'il s'agissait d'une femme. Manly, partagé entre l'amour et la haine, envoya son matelot – qui s'appelait Fidelia – chez Olivia pour la courtiser. Il échafauda un plan pervers, où Fidelia était censée amorcer les préliminaires d'une nuit d'amour avec Olivia, dans le noir complet, avant de quitter la pièce et de laisser Manly abuser d'Olivia, sans qu'elle ne s'en rende compte.

Plus la pièce se déroulait, plus Ruth avait du mal à nier ses liens avec une certaine réalité qui était la sienne... Le dévouement et la vulnérabilité de Fidelia, l'obstination de Manly à s'accrocher à cette Olivia qui ne l'aimait guère plus depuis longtemps, tout cela se mélangeait en un tragique imbroglio qui ne pouvait bien se finir pour personne. Ruth se surprit à haïr Manly pour sa naïveté face à l'évidente duplicité d'Olivia, cette femme qu'il avait fantasmé durant tout le temps qu'il avait passé en mer, sans vraiment la connaître ; il l'avait érigé au rang de sainte, avait mis en elle tous ses espoirs de retour à une vie normale.

Sur scène, Vernish – joué par Tommy Tranquille, venait de faire irruption chez Olivia, et d'y surprendre Fidelia. Ne voyant en elle qu'un jeune marin sur le point de déshonorer son épouse, le mari indigné se mit en colère.

– Oh, attendez, monsieur ! cria Fidelia en esquivant une gifle. Renvoyez vos serviteurs, et je saurai vous convaincre, monsieur, que je ne peux vous porter tort comme vous l'imaginez !

Le mari fit mine de réfléchir, de peser le pour et le contre, et finit par dire aux deux serviteurs :

– Laissez la lumière et partez.

Les domestiques quittèrent la scène, et Vernish plaqua Olivia contre le mât de misaine, son couteau sous sa gorge.

– Alors, maintenant, faites vite, monsieur ! Qu'avez-vous à dire ?

– Je suis une femme, monsieur, une femme dans une situation très malheureuse !

– Comment ?

Vernish – Tommy – relâcha à peine la main qui retenait Fidelia contre le mât. D'un geste brusque, il lui retira sa perruque, dévoilant de longs cheveux que Tommy avait peigné pour l'occasion. La main de Tommy empoigna la fausse poitrine de Herrera.

– Oui, une très belle femme en effet, j'en suis sûr à présent. En voici aussi des témoins...

Ruth serra la pipe entre ses lèvres. De vieux souvenirs remuaient sous la surface du présent... Une nuit sur l'Atlantique, une mutinerie avortée, Galway et elle-même démasqués par un capitaine cruel. Et les avances répugnantes de ce capitaine.

– Ma femme est plus susceptible d'être cocu que je ne l'étais, fit Vernish, goguenard.

Les spectateurs ricanèrent avec lui.

– Maintenant, monsieur, supplia Fidelia, j'espère que vous saurez vous conduire en homme d'honneur et que vous me laisserez partir, à présent que je vous ai convaincu, monsieur.

– Quand je serai convaincu, madame, je vous le ferai savoir...

Galway passa son bras par-dessus l'épaule de Ruth avec une apparente désinvolture.

Mais Fidelia échappa au viol. Elle retrouva son capitaine, qui décida d'à nouveau pénétrer chez son ancienne maîtresse pour profiter d'elle. Manly envoya donc Fidelia jouer son rôle de faux amant, et quand la chambre d'Olivia fut plongée dans le noir, cette dernière quitta la scène côté jardin. Manly en profita pour s'introduire dans la pièce, pendant que Fidelia allait se cacher. Pour mimer le fait qu'ils étaient dans le noir, les acteurs avaient noué un foulard sur leurs yeux. Mais c'est alors que Tommy Tranquille approcha de la scène à pas de loup, avec une lanterne sourde à la main et une épée dans l'autre.

– Bon sang, v'là le mari qui revient ! gueula Langue-de-Chat.

– Ah, ça va être leur fête !

– Ça sent l'sapin, les gars !

Manly attendait sa maîtresse dans le noir, allongé sur le lit (en fait la grand-voile d'étai entassée au pied du mât de misaine).

– Allons, je suis sûr que ce fourbe de Manly et ma dévergondée de femme sont encore en train de me cocufier…, dit Vernish à voix basse.

Il fit irruption dans la chambre.

– Allons, une épée et une lanterne sourde ! Brigand !

Manly dégaina un sabre.

– Certes, ce sont là de fâcheux contretemps, mais…

Et il sauta au-devant de son adversaire, croisant le fer à tâtons avec Vernish. Bien sûr, Spinckes arrivait à voir suffisamment à travers le foulard pour parer les coups de Tommy Tranquille. Les spectateurs en liesse se mirent à crier et à acclamer leurs favoris. En un instant, tous se levèrent et se massèrent près de la scène. Ruth et Johnny Kid se hissèrent en hauteur. C'était à croire que l'équipage avait oublié qu'il ne s'agissait pas d'un véritable duel.

– Trois shillings sur Spinckes !

– Cinq sur Tommy !

Et les paris étaient lancés… En entendant cela, Noland, qui travaillait avec Bones sur la voile à l'arrière, se précipita vers le gaillard.

– Ah, non, les gars ! Pas de paris, vous entendez ?

Mais il arrivait trop tard. La foule de spectateurs s'était transformée en une masse compacte, mélange de cris et de corps en mouvement, qu'un homme seul, tout quartier-maître qu'il soit, ne pouvait espérer calmer. Ruth se mit à rire devant le tournant que prenait le divertissement.

C'est alors que Spinckes – ou plutôt le capitaine Manly – désarma Tommy Tranquille, qui bascula en arrière. Spinckes leva son sabre, sans doute prêt à mimer le coup de grâce, quand soudain, une ombre sortit – ou plutôt jaillit – de sous un râtelier. Ruth eut tout juste le temps de reconnaître Simon One-Eye qui fonçait vers les acteurs, couteau brandi.

– Ah ça, non ! Laisse ce garçon en paix, Spinckes !

Le couteau fendit l'air, et tout le monde se baissa instinctivement. Spinckes, blanc comme un linge, se tâta le torse, tout surpris d'être encore en vie. Fort heureusement, Simon avait raté son coup.

– A quoi tu joues, One-eye ? cria Langue-de-chat en lui assénant un coup de coude dans le nez avant de lui confisquer son arme.

– Je ne souffrirai pas qu'on exécute lâchement un camarade désarmé devant moi ! protesta l'autre en désignant Tommy Tranquille, toujours renversé sur le pont.

Personne n'eut le temps de lui expliquer que c'était là une mise en scène. One-Eye sortit un coutelas.

– Ne m'approchez pas, bande de lâches !

Spinckes voulut s'approcher de Simon One-Eye, mains en l'air.

– Calme-toi, mon gars, tu comprends pas...

Simon leva son coutelas et gratifia Spinckes d'une belle estafilade sur le bras. Quand le sang perla sur la manche de Spinckes, tout dégénéra.

Samuel Bellamy était éveillé depuis quelques minutes, mais il n'avait pas envie de quitter son hamac. Chose rarissime, il avait l'entrepont pour lui tout seul. Tout l'équipage était là-haut, à travailler ou à assister à la pièce. La pâle lumière du jour passait à travers le damier du panneau d'écoutille, éclairant sur son passage les poussières en suspension. Autour des hamacs immobiles, le navire roulait lentement ; les membrures gémissaient et craquaient dans le silence. L'eau courait le long du bordé. Bellamy ressentait presque les millions de petites bulles d'air qui chantaient le long de la coque, comme si c'était dans ses veines qu'elles frémissaient. De temps en temps, cette musique était troublée par le choc sourd d'un outil posé un peu brutalement sur le pont, ou par un éclat de rire collectif.

Ces moments de calme étaient bénis entre tous. Cela avait toujours amusé Bellamy, de voir à quel point on pouvait prendre du plaisir à un isolement aussi bref que relatif quand on vit sur un navire, alors qu'une fois à terre, la plupart des gens fuient toute forme de solitude.

Bellamy tenait un objet entre ses doigts, qu'il frotta vigoureusement avec un pan de sa manche. Puis il leva l'objet vers la faible lumière. C'était une belle broche en argent ouvragé, en forme d'hirondelle. Elle étincelait, faiblement certes, mais assez pour faire naître un sourire sur le visage émacié et fatigué de Bellamy. Plus les cernes sous ses yeux s'assombrissaient, plus son regard bleu tirait sur le gris. Quelques cheveux blancs poussaient au milieu de sa chevelure noire de corbeau. Il avait à peine trente ans, peut-être moins (il avait arrêté de tenir le compte il y a longtemps), pourtant son visage en avait dix de plus. La faute à la mer, sans doute, se disait-il pour se convaincre.

Plus ils progressaient vers le nord, plus il se sentait isolé et seul, au milieu de ses hommes. Son plus vieil ami, Paulsgrave Williams, le seul qui le connaisse parfaitement, patronnait la *Marianne*. Tous ses hommes s'adaptaient au changement de climat et à la perspective de l'inconnu avec cette aisance déconcertante propre aux gens de mer. Pourtant, alors même qu'il ne naviguait pas en eaux inconnues et qu'il se rapprochait jour après jour d'un semblant de perspective d'avenir, Bellamy ne partageait pas la sérénité de ses hommes. Il était chaque jour un peu plus tiraillé entre sa vie du Nord, et sa vie du Sud. Sa vie de marin, et sa vie de terrien.

Des acclamations au-dessus de sa tête le tirèrent de ses rêveries. Il ne s'agissait plus de rires ou d'applaudissements, non. Bellamy fronça les sourcils en levant les yeux vers les barrots de pont. Une bagarre se préparait. Le capitaine sauta au bas de son hamac, y abandonnant son bijou.

– Attrapez Simon ! Séparez Simon des autres ! hurla Noland en jouant des coudes pour atteindre l'avant du gaillard.

Il avait raison. Si on isolait l'allumette qui avait mis le feu aux poudres, alors on avait une chance d'éviter l'explosion. Ruth écarta Johnny Kid et se hissa sur la lisse. De là, elle gagna l'avant du gaillard en s'accrochant aux haubans, afin de se retrouver à l'arrière de la « scène ». De là, elle dénoua l'écharpe qu'elle avait autour du cou, et sauta sur le pont, pour se retrouver juste derrière Simon One Eye. D'un coup assené à l'arrière des genoux, elle le contraint à s'agenouiller. Elle se servit de son écharpe comme d'un bâillon, avant de tirer de toutes ses forces vers l'arrière. Le souffle coupé, Simon One-Eye recula au fur et à mesure qu'elle le tirait vers elle.

– Lâche ton coutelas, One-Eye ! cria Langue-de-chat.

Bellamy et Noland firent irruption au premier rang, pistolets braqués sur Simon. Le jeune homme avait certes fait une méprise, mais il n'était pas stupide au point de ne pas reconnaître quand il avait perdu. Il lâcha son coutelas, qui tomba dans un tintement sur le pont.

Noland tourna sur lui-même en brandissant son arme.

– Le prochain qui bouge, je le paie en plomb ! Bande de sauvages, vous pouvez pas passer une journée sans chercher à vous entretuer ? !

– Wolff, Tommy, ordonna Bellamy. Emmenez Simon en bas et expliquez-lui sa méprise.

– Qu-quelle méprise ? balbutia le jeune homme d'une voix étranglée.

Tout le monde éclata de rire.

⁂

Le lendemain, le veilleur repéra une voile sur l'horizon. Ils ne mirent pas plus d'une heure à la rattraper. C'était un brick-goélette britannique, qui se rendit au premier coup de semonce.

La plupart du temps, les choses se passaient ainsi. Un suspense insupportable séparait le moment où l'on apercevait les voiles d'un navire, de celui où on commençait les préparatifs de combat. Puis c'était l'effervescence, le pont grouillait d'excitation, et personne n'avait le temps de penser. Et quand tous étaient fin prêts, gonflés à bloc d'une énergie vindicative, tout se terminait sans qu'ils n'aient eu conscience que ça avait commencé.

Mais il aurait été de bien mauvais goût de s'en plaindre. Après tout, quel prédateur ne rêvait pas de n'avoir qu'à montrer les crocs pour faire capituler une proie ?

Monsieur Noland, coiffé de son éternel chapeau de paille et accompagné d'une dizaine d'hommes armés, alla à bord du *Rochester* – car tel était son nom. Il renvoya le canot à la *Whydah* avec deux hommes, un tonneau de cidre, et un prisonnier de marque : le capitaine de la prise.

– Monsieur, bienvenue à bord. Je suis le capitaine Bellamy.

Le prisonnier était un homme dans la force de l'âge, fort et robuste, malgré ses cheveux grisonnants. Mais la perspective d'être seul sur un navire pirate dont il avait tout lieu de penser qu'il pourrait être le dernier navire dont il foulerait le pont le rendait visiblement nerveux.

– Capitaine John Beer.

– D'où venez-vous comme ça, capitaine ?

– Rhode Is...

– Ils sont du Rhode Island, capitaine, interrompit Quintor, qui venait d'enjamber le pavois pour repasser à bord.

– Ils allaient à Charleston, renchérit Simon One-eye, qui emboîtait le pas à Quintor.

Ruth pencha la tête par-dessus la lisse pour observer le fût qu'ils avaient ramené du *Rochester*.

– Qu'est-ce que c'est ?

– Du cidre, répondit Beer. Nous en avons une douzaine de tonneaux.

À cette nouvelle enthousiasmante, les Whydahs poussèrent des exclamations de joie.

– Allons, leste, mes amis ! lança Langue-de-chat. Hissez-moi ça à bord !

Bellamy invita le capitaine Beer à s'éloigner de quelques pas, là où les éclats de voix des matelots ne les empêcheraient pas de discuter.

– Vous venez donc du Rhode Island.

– Oui, de Warwick. Nous nous rendons à Charleston.

C'est à cet instant que Ruth, qui supervisait la manœuvre de hissage, se tourna vers eux :

– Qu'est-ce que diable vous faisiez si loin des côtes, alors ?

Le capitaine Beer recula imperceptiblement en voyant cette jeune femme robuste et énergique s'adresser à lui s'adresser à lui avec autant de familiarité.

– Eh bien... C'est-à-dire que, nous avions entendu dire que de nombreux pirates patrouillaient le long des côtes, et nous voulions éviter d'en croiser.

Ruth éclata de rire. Bellamy gratifia Beer d'une tape encourageante sur l'épaule.

– Ça ne manquait pourtant pas de bon sens.

Ruth se retourna vers le fût de cidre qui descendait lentement vers le pont. Quand il y fut posé, Langue-de-Chat frappa dans ses mains.

– Bien ! Maintenant, faites sauter cette foutue bonde !

– Capitaine Beer, reprit Bellamy en se tournant vers son prisonnier. Qu'est-ce que vous transportez, à part du cidre ?

– De l'huile de baleine, trois stères de bois de construction, et des provisions.

– Qui sont ? demanda Bellamy.

– Biscuits, riz, haricots secs, un peu de pain, du beurre, du bœuf séché...

Il marqua une hésitation.

– Vous ferez mieux de ne rien omettre, lui conseilla Bellamy. De toute façon, si vous nous cachez quelque chose, nous le découvrirons.

– Nous avons aussi une petite provision d'œufs, de fromage et de confiseries importées de Londres...

Bellamy et Ruth échangèrent un regard entendu.

– La réserve personnelle du capitaine, je suppose ?

Le capitaine Beer osa un sourire penaud.

– Bien, votre sincérité sera prise en compte, quand nous déciderons de ce que nous ferons de votre navire. Messieurs, ajouta-t-il en se tournant vers ses hommes. Hâtez-vous de terminer ce fût, ensuite nous transborderons toute la cargaison du *Rochester*. Veillez à partager les provisions équitablement entre la *Marianne* et nous. Ah, j'oubliais, dites à monsieur Williams que je le demande à bord de la *Whydah*.

– A vos ordres, capitaine !

– Et à la bonne vôtre !

Bones vint coller une moque de cidre dans les mains de Bellamy, Ruth et Beer. Ce dernier hésita à en boire.

– Allons, capitaine, se gaussa Ruth. Faites-vous plaisir. Après tout, ce cidre était le vôtre il y a encore une heure.

Et elle adresse un clin d'œil à Bellamy.

– Encore un peu de rhum, monsieur Beer ? demanda Williams.

– Oui, euh... Merci.

– Votre chevalière... De l'or pur, n'est-ce pas ?

Beer sourit d'un air emprunté.

– Oh, ça ? Grand Dieu, non... C'est du plaqué. Un bijou de famille, hérité de mon grand-père.

Il chercha à cacher sa chevalière en posant son autre main par-dessus. Williams et Beer étaient dans le bureau du commandant de la *Whydah*. Bellamy quant à lui, était resté sur le pont principal. En ce moment même, l'équipage était en train de voter pour décider du sort du *Rochester*.

Williams sortit d'un placard un coffret de bois qu'il posa sur le bureau. Il en sortit une sorte de pierre rectangulaire noire et très dense, de la taille de sa main, niellée de veinures étranges. Puis, il posa sur le bureau plusieurs petites fioles aux contenus colorés, qu'il cala entre le coffret la pierre pour les empêcher de tomber avec les mouvements du bateau.

– Si, dans l'éventualité où les hommes décident de couler votre navire...

– Vous n'y pensez pas !

L'alcool lui avait rendu une certaine contenance. Wiliams le toisa d'un air détaché.

– Ce n'est pas à moi, ni au capitaine Bellamy, d'en décider. Nous vous l'avons expliqué. Si le *Rochester* doit être coulé, sachez que je suis disposé à vous ramener chez vous dans le Rhode Island.

Le capitaine Beer le remercia d'un sourire amer. Williams s'assit en face du capitaine Beer et sortit du coffret plusieurs échantillons de métal ressemblant fortement à de l'or, et gravé de numéros correspondant à la pureté de chaque morceau.

– Bien ! Maintenant, capitaine, montrez-moi cette chevalière.

– Qu'est-ce que c'est que cet attirail ?

– Ceci, cher capitaine, c'est la panoplie de voyage du parfait orfèvre ! Nous avons une pierre de touche, du jaspe noir de première qualité... Plusieurs acides qui font office de révélateurs, et les touchaux. Ce sont des échantillons de référence... Maintenant, votre bague, je vous prie.

Beer soupira et obtempéra à contrecœur. Pendant que Williams chaussait sur son nez sa paire de bésicles et se mettait au travail, il l'observait d'un air dégoûté. Avec des gestes précis et maîtrisés, Williams frotta la bague, puis un des échantillons, sur la pierre de touche. Après quoi il versa sur chacune des marques laissées sur la pierre quelques gouttes d'acide. Il répéta l'opération plusieurs fois, en testant différents échantillons, jusqu'à ce que la marque laissée par la chevalière soit tout à fait semblable à celle laissée par un échantillon. Alors, il leva les yeux par-dessus ses bésicles et dévisagea Beer d'un air goguenard.

– Du plaqué, n'est-ce pas ?

Pris sur le fait, Beer ne trouva rien à dire. C'est à cet instant que Bellamy refit son apparition.

– Capitaine Beer, vous pouvez remonter sur le pont.

Le pauvre homme se leva, chancelant ses jambes, plus à cause du rhum que de la peur, cette fois-ci. Cependant, le suspense devait lui être insoutenable. Sur le pont, Bellamy servit une nouvelle moque de cidre à son prisonnier. La journée tirait sur sa fin. L'équipage terminait le transbordement, et tous étaient fin saouls.

Sous les yeux effarés du capitaine Beer, un groupe de matelots balançaient à la mer des ballots de coton.

– Enfin, mais ils sont fous ! hurla Beer en se ruant bers Bellamy. Pourquoi est-ce qu'ils les jettent à la mer ? Vous avez une idée de combien ça vaut ?

– Évidemment. Peut-être même mieux que vous, capitaine. Mais nos cales sont pleines, voyez-vous ! Nous avons dû faire des choix. Le coton, c'est bien, mais... C'est une marchandise compliquée à stocker. L'humidité, voyez-vous.

Seul face à ces inconnus, le capitaine Beer ne pouvait être autre chose que lui-même : un homme seul et désorienté, qui cherchait à garder bonne figure face à une situation qui le dépassait complètement.

– Je suis navré, capitaine, dit alors Bellamy. Le vote était unanime. Le *Rochester* sera coulé.

La mâchoire de Beer s'affaissa, ainsi que ses épaules.

– Williams, poursuivit Bellamy, vous me disiez que vous vouliez rendre visite à votre famille à Block Island ? Peut-être pourriez-vous en profiter pour débarquer le capitaine Beer et son équipage là où ils pourront aisément regagner Warwick ?

– Bien entendu, capitaine. J'ai déjà vu ça avec monsieur Beer.

– Enfin ! fit alors Beer, comme s'il reprenait soudainement connaissance après un moment d'absence. Vous l'avez dit vous-même, mon équipage m'apprécie et me respecte ! Ils ont préféré rester avec moi plutôt que de vous suivre, c'est bien une preuve ! Alors pourquoi diable couler mon navire ?

Bellamy ouvrit ses bras dans une attitude de résignation amusée.

– Allez savoir… Le cidre leur est peut-être monté à la tête. Il est assez costaud, pour du cidre, non ?

Le capitaine Beer était sous le choc.

– C'est injuste… N'y a-t-il aucun moyen pour que je puisse garder mon navire ?

– Ma foi, il y en a peut-être un…, commença Bellamy.

– Dites-moi.

– Si vous voulez continuer à patronner votre navire, vous le pouvez. À condition que vous vous placiez sous mes ordres.

La bouche entrouverte, Beer dévisagea Bellamy sans comprendre.

– Vous voulez dire… Que je reste votre prisonnier ?

– Non, capitaine.

Bellamy se rapprocha de Beer, un sourire matois au visage.

– Que vous rejoigniez notre flotte.

Williams ne put retenir un petit rire sardonique.

– Vous n'auriez plus rien à reverser à votre armateur, car vous serez votre propre armateur. Vous pourriez faire plus de profits en trois mois avec nous qu'en dix ans de marine marchande.

Beer mit un peu de distance entre lui et Bellamy.

– Votre proposition m'honore. Mais je ne saurais y répondre favorablement, capitaine.

– Et pourquoi cela ?

Le capitaine Beer ne tenait pas à vexer ses hôtes, d'autant qu'il commençait à reconnaître des signes d'ébriété chez Bellamy lui-même. L'attitude du capitaine pirate se faisait plus désinvolte. Ses yeux gris étincelaient comme de l'argent, et son teint avait rougi.

– Je veux dire par là, que je n'ai pas votre goût pour l'aventure, vous savez. Je… Je ne suis qu'un petit capitaine de marine marchande. J'ai choisi la légalité parce que je m'y sens en sécurité. Enfin, du reste, c'est ce que me dicte ma conscience…

Je gagne peut-être moins que vous, mais je suis certain de gagner ma vie aussi longtemps que je vivrai... Tandis que vous...

– Nous, quoi ?

Quelque chose permuta en Bellamy. Il passa en quelques secondes de l'hôte poli et agréable, au geôlier belliqueux.

– Vous... Vous faites de grands profits, certes, mais sauf votre respect, capitaine, vous... Enfin, vous n'espérez pas faire ça jusqu'à l'âge de la retraite, n'est-ce pas ? J'admire votre témérité, soyez-en assuré, mais je dois reconnaître que pour ma part, je préfère la perspective d'un avenir moins doré certes, mais plus long, à un avenir aussi incertain que le vôtre.

– Votre avenir, monsieur, n'est pas plus assuré que le mien.

Quelques matelots qui se tenaient à proximité, en entendant le ton monter, suspendirent leur conversation pour écouter la leur. Bellamy vida son verre de rhum et avança son visage tout près de celui de Beer.

– Je pourrais tout aussi bien vous balancer par-dessus bord dans la seconde. Et alors, que ferez-vous de vos belles perspectives d'avenir ?

Williams fit un geste pour soustraire la bouteille de rhum à Bellamy, mais celui-ci fut plus rapide. Il but une grande rasade à même le goulot.

– Vous pouvez aller au diable, Beer ! Vous n'êtes qu'un blanc-bec sournois, tout comme tous ceux qui s'en remettent aux lois écrites par des puissants pour leur propre sécurité !

Ruth s'approcha pour voir ce qu'il se passait.

– Vous êtes comme tous ces chiens, trop lâches pour défendre ce qu'ils ont eu grâce à leur friponnerie. Qu'ils soient maudits, et vous également, qui les servez pour quelques ridicules miettes du gâteau !

Williams s'avança prudemment et posa une main qui se voulait apaisante sur l'épaule de Bellamy. Mais le capitaine se dégagea vivement.

– Arrête, Williams. Tu ne vas pas me dire que j'ai tort, non ?

Puis, se retournant vers Beer, il l'accula contre la lisse.

– Vous savez, ils nous calomnient, ces salauds, alors qu'il n'y a qu'une seule différence entre eux et nous : ils volent le pauvre sous le couvert de la loi, et nous pillons le riche sous la protection de notre seul courage.

Il se retourna vers ses hommes et les prit à partie :

– N'est-ce pas vrai, mes amis ?

Mais l'équipage n'eut pas la réaction que Bellamy escomptait. D'un pas légèrement titubant, il s'approcha aussi près que possible de Beer.

– Vous n'êtes un infâme coquin. Moi, je suis un homme libre, et j'ai autant d'autorité pour faire la guerre sur le monde que celui qui a une centaine de voiles sur la mer, et une armée de cent mille hommes dans la plaine !

Il se redressa de toute sa hauteur. La colère avait fait place à la lassitude.

– Voilà ce qu'elle me dit, ma conscience.

Il balaya le pont de ses yeux hagards. Vida sa bouteille de rhum avant de la jeter à la mer. Et il se dirigea vers la descente, le pas légèrement boitillant.

Le soir venu, ils remirent à la voile. Le vent avait fraîchi, les forçant à serrer les perroquets. Ils laissèrent derrière eux les vestiges encore brûlants du *Rochester*.

Ruth avait terminé son quart depuis une heure. Préoccupée par la conduite de Bellamy plus tôt dans la journée, elle décida d'aller s'enquérir de son état. Elle le trouva comme elle s'y attendait dans la cabine du commandant. S'il n'y dormait jamais, soucieux qu'il était de ne pas prétendre à un confort supérieur à celui de ses hommes, il aimait cependant occuper cette cabine pour profiter des livres qui s'alignaient le long du vaigrage.

Il parut étonné de voir Ruth lui rendre visite. Il se leva de la banquette, y abandonna le livre qu'il lisait, et fit signe à Ruth de s'asseoir avant de lui-même prendre place sur la chaise du bureau, en face de la banquette.

– Je suis désolé, je n'ai rien à boire.

– Je ne pense pas qu'il soit nécessaire de boire plus d'alcool aujourd'hui.

– Qu'est-ce que tu veux dire ?

Ruth se laissa tomber au fond de la banquette, un bras négligemment jeté sur le dossier. Elle soutint son regard sans sourciller.

– Tu le sais très bien.

Bellamy détourna les yeux et poussa un long soupir en s'affaissant lui aussi dans le dossier de sa chaise. Ruth considéra les mèches folles échappées de son catogan, son teint blafard, ses traits tirés et les ombres noires sous ses yeux.

– Tu as une mine épouvantable.

Il rit avec acidité.

– Merci, Ruth. Tu es très belle, toi aussi.

– Je ne plaisante pas.

– Moi non plus.

– ... Tu peux faire le fier-à-bras autant que tu veux, Sam. Je te connais. Ta petite crise de tout à l'heure... Jamais tu n'aurais dérivé comme ça en tant normal. Tu es épuisé.

Elle réussit à agripper à nouveau son regard.

– C'est vrai... Je suis épuisé. Mais bientôt, nous pourrons tous nous reposer. Il faut que je tienne jusque-là.

– Jusqu'où, exactement ?

Il ne répondit rien.

– Sam ! Jusqu'où on va aller comme ça, hein ? Tu n'es pas le seul à être fatigué, figure-toi ! Un mois de mer, sans approcher une côte ! Nos cales sont pleines, mais le temps se gâte, et bientôt les nuits seront de moins en moins reposantes, tu le sais, ça, non ?

– Je le sais, Ruth. Ne t'en fais pas, nous toucherons bientôt terre.

Il éludait la question, encore une fois. Les dents serrées et le regard de pierre, Ruth s'absorba à nouveau dans la contemplation du crépuscule par les carreaux.

– C'est vrai que Williams va s'arrêter à Block Island voir sa famille ?

– Oui. Sa belle-famille gère un important réseau de contrebande. Il va leur revendre tout ce qu'il peut, ça allégera ses cales.

– Et nous ?

– Nous, on reste près de la *Marianne* jusqu'à la latitude de Block Island. Puis nous continuerons vers le nord. Nous fixerons un point de rendez-vous à Damariscove Island, dans le Maine.

– Le Maine ? Pourquoi le Maine ?

– Parce que plus loin, c'est trop loin.

L'impatience la gagnait, remontant dans sa gorge comme une éruption de lave au fond d'un volcan.

– Sam, bon sang, arrête de tergiverser ! Dis-le, nom de Dieu. Assume que tu veux rentrer !

– Je ne sais pas ce que je veux, Ruth.

Il avait dit cela avec une telle spontanéité, un tel désarroi, qu'elle en resta muette. Son visage fatigué exprimait une myriade de sentiments complexes et douloureux. Pendant un instant très court, Ruth le prit légèrement en pitié. Mais elle se ravisa et se leva d'un bond.

– Choisir c'est renoncer, lui assena-t-elle comme un couperet qui tombe. Assume un peu, cap'taine Courage.

Elle allait quitter la pièce, quand le titre d'un livre posé sur le bureau attira son attention. Elle reconnut la couverture de « L'homme franc », la pièce de théâtre jouée quelques jours plus tôt par l'équipage.

– Tu l'as lu ? lui demanda-t-elle.

– Oui.

Ruth soupesa le livre.

– Donc tu connais la fin.

– ... Oui.

Elle hocha machinalement la tête.

– Comment est-ce que ça finit ?

Il avait toujours les yeux levés vers elle. L'existence que lui prêtait ce regard l'enivrait presque. Il dut s'éclaircir la voix pour répondre, tant sa gorge était sèche.

– Bien.

Un sourire timide pointa au coin de sa bouche. Ruth fit un pas en avant pour reposer le livre sur le bureau, juste devant lui. Ils n'étaient qu'à une caresse l'un de l'autre. Lui assis dans sa chaise, elle debout face à lui. L'étrange chaleur qui irradiait dans tout son corps se mua en témérité, une témérité qui n'était pas sans rappeler celle qui pousse à sauter à l'eau depuis un point en hauteur, celle qui nous amène à risquer notre vie pour sauver un ami, ou à faire quelque chose de vraiment stupide sous l'effet de l'alcool.

Elle tendit la main vers le visage de Bellamy, une main étonnamment ferme. Il ferma les yeux quand elle effleura son visage. Ses doigts froids caressèrent lentement son front, l'arête de son nez, son philtrum, ses lèvres fines et pâles qui s'entrouvrirent sur leur passage. La paume de sa main épousa l'angle cagneux de sa mâchoire. Ce visage, elle l'avait tant dessiné et tant rêvé… Le toucher, c'était comme fouler une terre inconnue et rentrer chez soi en même temps.

Les paupières de Bellamy se rouvrirent. Il n'y avait plus rien entre elle et son âme, en cet instant. Dans un élan d'abandon, son front vint se poser contre le sternum de Ruth. Elle sentit ses bras qui s'enroulaient autour d'elle, et prit dans les siens cette tête lourde de capitulation qui s'enfouissait dans les plis de sa chemise. Elle sentait contre son ventre son souffle chaud aux effluves de tabac et de rhum. Ses cheveux chatouillaient le nez de Ruth. Ils avaient l'odeur du bois humide et du goudron. Ils s'enlacèrent ainsi un moment, avec plus de force que de douceur, mais sans violence.

Ruth ignorait comment se terminait « L'homme franc ». Tout comme elle ignorait comment finirait leur histoire. Mais elle comprit une chose : jamais ils n'auraient cédé à un tel élan d'amour, s'ils n'avaient su tout au fond d'eux, que la fin était proche, d'une manière ou d'une autre.

Réalisant cela, Ruth s'écarta et recula d'un pas. Non. Elle préférait continuer comme s'ils avaient tout le temps du monde. Alors elle tourna le dos au regard brisé de regrets de Bellamy et quitta la pièce.

II

Une rencontre déterminante

Le fumoir du second duc du Devonshire débordait de monde et de fumée. Le capitaine Woodes Rogers évoluait parmi les invités d'un pas légèrement claudiquant. S'il boitait, c'était parce qu'il lui manquait un orteil, perdu lors d'une bataille dans l'océan Indien qui avait également coûté la vie à son frère. Ainsi, chaque jour que le Seigneur faisait, et en particulier les jours de grand froid comme celui-là, son corps venait lui rappeler que par sa faute, son jeune frère avait perdu la vie...

Il chassa cette sombre pensée de son esprit et chercha du regard les hommes qui l'avaient invité à ce brandy.

La pièce était remplie d'hommes perruqués et poudrés. Pour la plupart d'entre eux, ils portaient leur embonpoint vers l'avant, creusant la cambrure de leur dos dans une posture qui se voulait fière et digne. Rogers avait beau essayer de reconnaître des visages dans cette foule masculine, tout ce qu'il voyait, c'était des perruques et des vêtements qui rivalisaient de finesse et de beauté. Les vestes et les justaucorps portaient des motifs travaillés, et étaient tous ornementés de broderies et d'embellissements qui semblaient briller à la lumière des chandeliers. La fumée était si dense qu'elle irritait les yeux. On avait presque du mal à voir les murs, magnifiques, recouverts d'un élégant lambris verni dans une teinte sombre. On parlait politique, économie, culture, urbanisme, commerce... Tous les sujets que les hommes s'appropriaient de fait, reléguant à leurs bonnes femmes les affaires qu'ils pensaient plus triviales et moins dignes d'intérêt. Cependant, le brandy coulait à flots, et les conversations se faisaient de plus en plus bruyantes.

Non loin d'eux, un homme d'un certain âge pouffait discrètement avec un autre, qui lui racontait de toute évidence une plaisanterie au goût trop douteux pour être prononcée à voix haute. Un peu plus loin, un autre sifflotait la mesure d'un air populaire, tandis que son voisin essayait de le suivre en fredonnant l'air aussi justement que possible. Au fond de la pièce, un groupe de quatre ou cinq hommes éclata de rire en entendant narrer les frasques paillardes de l'un d'entre eux.

Rogers sourit discrètement. Il avait eu le privilège de côtoyer toutes les strates de la société, durant sa vie. Des plus grands de cet empire comme ce soir-là, jusqu'à la lie du peuple. Et il s'étonnait toujours de voir que malgré l'écart infranchissable entre ces deux mondes, il y avait une chose qui les ramenait indéniablement au même niveau : l'alcool. La boisson, dans son incommensurable tolérance, donnait également au riche comme au pauvre. N'importe quel homme, aussi éduqué et riche soit-il, s'il s'enivrait suffisamment, pouvait devenir le pochetron du coin qui cuve son gin en troussant une catin sous la table d'un tripot.

Un serveur tendit un plateau à Rogers. Il y posa son verre vide et accepta un troisième brandy. Il commençait à avoir un peu chaud...

Et puis soudain, il repéra les deux amis avec qui il était venu. Joseph Addison se tenait près de la cheminée, le port de tête altier, coiffé d'une formidable perruque blanche qui tombait avec souplesse sur ses épaules. Il était vêtu d'une veste en velours couleur taupe, ornée d'élégantes et discrètes couchures d'or. Addison venait d'être nommé Secrétaire d'État au Sud. À ce titre, son influence au gouvernement devenait incontestable. Il conversait avec un homme que le capitaine Rogers ne connaissait pas, ainsi que Richard Steele, flamboyant dans sa veste de damas bleue. Steele était aussi bon vivant et spontané qu'Addison était austère. Pour autant, les deux hommes étaient de bons amis, et avaient même fondé un journal ensemble, le *Spectactor*.

Steele croisa le regard de Rogers et lui fit signe de s'approcher. Le capitaine arriva en plein milieu de leur conversation.

– Stanhope mérite sa place de Premier Lord du Trésor et de Chancelier de l'Échiquier, disait l'homme inconnu. Il a fait un merveilleux travail lors de la répression de la révolte jacobite. Et c'est lui qui a orchestré la signature du contrat d'alliance avec la France et les Provinces Unies contre l'Espagne, en janvier. Grâce à cette alliance, la prochaine guerre aura peut-être lieu plus vite qu'on ne le croit...

– J'en suis convaincu, approuva Addison.

– Regardez cette couleur ! s'exclama Steele en levant son verre devant la lumière. Ce cognac est une merveille. Ah, s'il y a bien une chose que les Français savent faire, c'est sublimer la boisson, il faut leur reconnaître !

Ses joues étaient rouges sous la poudre qui les recouvrait. Son front humide avait un aspect huileux. Et pourtant, il ne perdait rien de son élégante amabilité. Son tempérament jovial et enthousiaste était certes déconcertant pour certains, mais Steele avait le don de plaire à presque tout le monde, en dépit de ses excès. Rogers trempa ses lèvres dans le breuvage capiteux, avant de tirer une bouffée de l'énorme cigare que Steele lui avait gracieusement offert. Il étouffa une petite toux. Il n'avait pas fumé depuis la dernière fois qu'il avait pris la mer.

L'homme qui était avec eux s'éclaircit poliment la gorge.

– Bien sûr ! fit Steele en posant une main amicale sur l'épaule de Rogers. Capitaine, laissez-moi vous présenter monsieur Samuel Buck. Monsieur Buck, voici le capitaine Woodes Rogers, dont je vous parlais à l'instant.

Le regard de monsieur Buck s'attarda discrètement sur la cicatrice qui barrait la joue du capitaine. C'était un homme de petite taille, au physique avenant. Il portait une perruque courte, dont les boucles remontaient au-dessus de ses oreilles. Il avait un port de tête droit et fin, un petit nez légèrement retroussé qui lui donnait un air juvénile, bien qu'il frôlât la quarantaine. Ses yeux bruns brillaient de vivacité.

– Monsieur Buck, dit Addison d'un air entendu, représente les Lords Propriétaires de Caroline à Londres, capitaine.

Rogers aurait sauté de joie s'il avait été aussi exubérant que Steele, par exemple. Il s'en retint, cependant, et salua Buck avec un sourire sincère. Rencontrer celui qui représentait les hommes qu'il devait convaincre, c'était inespéré !

– Monsieur Buck, je suis réellement enchanté de faire votre connaissance.

Et pour cause ! Tous les projets d'avenir du capitaine Rogers reposaient sur le bon vouloir de ces Lords Propriétaires.

Le capitaine Rogers avait un rêve : devenir gouverneur d'une colonie. Les places étant chères et convoitées, il avait eu une idée : choisir une terre britannique encore peu civilisée, dédaignée des autorités, et se porter volontaire pour en faire une colonie prospère. Son choix s'était arrêté sur les Bahamas. Ravagé tantôt par les Français ou les Espagnols, puis pris d'assaut par les pirates qui sévissaient dans ces eaux depuis la fin de la guerre, l'archipel des Bahamas n'était certainement pas la terre la plus facile à coloniser. Et c'était pour cela que Rogers s'y intéressait : parce que personne d'autre n'en voulait. Les députés-gouverneurs eux-mêmes avaient fui ces îles. Elles appartenaient officiellement à quelques Lords qui détenaient aussi les terres des Carolines, mais ils n'en faisaient pas grand-chose, préférant de loin laisser les pirates à leur sort et exploiter les ressources fructueuses des Carolines.

Ce monsieur Buck détenait donc, sans le savoir, le destin de Rogers entre ses mains : s'il parvenait à défendre ses intérêts auprès de ces Lords, et les convaincre de lui laisser la gérance des Bahamas, ses chances de réaliser son rêve seraient considérablement décuplées.

– *J'expliquais à monsieur Buck, dit Addison, l'entreprise dans laquelle vous vous êtes lancés, capitaine. Je lui ai fait part de notre soutien infaillible, à moi et à monsieur Steele. Je crois que j'ai réussi à piquer sa curiosité, n'est-ce pas, monsieur ?

– Certainement, Addison, répondit Buck dans un demi-sourire. Alors, capitaine… Ces messieurs me disent que vous êtes convaincu que sans vous, les pirates des Bahamas deviendront une dangereuse menace pour notre empire ?

– Eh bien, à vrai dire, ils sont déjà une menace redoutable, monsieur Buck. Sans doute que le gouvernement n'aurait pas jugé urgent de les éradiquer s'ils ne s'étaient attaqués qu'aux Espagnols et aux Français, comme ils en avaient l'habitude. Mais vous devez savoir que depuis deux ou trois ans, ces bandits des mers gagnent en puissance. Leur pouvoir s'étend à toutes les Indes Occidentales, et même dans les colonies du continent. Ils attaquent les navires britanniques, au point de menacer le commerce du Royaume. Et plus grave encore, ils corrompent les populations et les gouvernements des colonies…

Steele haussa les épaules d'un air de dédain.

– Comme si ces paysans avaient besoin de ces chiens des mers pour être corrompus...

Addison sourit devant la sincérité pour le moins directe de son ami.

– Monsieur Steele a des sentiments mitigés envers les colons américains.

– L'Amérique, mon ami, continua Steele, n'est qu'un ramassis de traîtres, des papistes, des quakers, des ranters, des jacobites... Tous les œufs pourris dans le même panier ! On les a envoyés là-bas pour qu'ils n'entachent pas la vieille Albion, mais loin de s'en accommoder, tous ces félons égoïstes ont fait leur fortune sur le rapt, la corruption politique, et la piraterie.

– Et ce sont ces gens que vous cherchez à domestiquer, capitaine Rogers ? s'étonna Buck.

– Ma foi, je n'ai pas la prétention de remettre toute l'Amérique dans le droit chemin... Seulement un petit territoire.

– Les Bahamas, répondit Buck avec un petit sourire.

– C'est cela, monsieur.

Buck était conscient à présent du pouvoir qui était entre ses mains. Cela semblait le flatter, sans pour autant le gonfler d'orgueil.

– Monsieur Buck, intervint Addison. Mes sentiments envers nos gouvernements des colonies ne sont peut-être pas aussi virulents que ceux de mon ami monsieur Steele, mais force est de reconnaître qu'il y a danger à laisser les pirates prospérer au point d'intéresser certaines colonies. En négociant ensemble, pirates et colons alimentent mutuellement leur esprit de contestation et de rébellion envers la Couronne. Si on ne les arrête pas, un jour ils réaliseront qu'ils n'ont pas besoin de nous pour prospérer, et alors...

– Alors le Royaume-Uni pourra dire adieu à ses colonies du Nouveau Monde, conclut Rogers.

Buck prit un air grave. Que les petits colons évitent les taxes en marchandant avec les pirates, ce n'était pas là quelque chose de nouveau. Mais si la gangrène se répandait au point d'atteindre les gouvernements des colonies, autrement dit des hommes mandatés par la Couronne, alors les conséquences pour l'empire britannique pouvaient être dramatiques... Et Buck le savait.

– Tous les gouverneurs ne sont pas incriminés, loin de là, ajouta Steele. Mais ceux qui restent loyaux ont peur, et on peut les comprendre. En février, le Conseil de l'Amirauté a reçu les dépositions de nombreux témoins ayant eu affaire aux pirates. Des capitaines, des armateurs, des marchands... Ces dépositions ont été recueillies et envoyées par le gouverneur des Îles sous le vent. Elles sont venues s'ajouter à celles de Peter Heywood de la Jamaïque, d'Alexander Spotswood de la Virginie, et de Thomas Walker des Bahamas. Walker et sa famille ont dû fuir les Bahamas pour Charleston l'an dernier, justement pour se protéger des pirates, qui les avaient pris en grippe.

Buck hocha la tête, la bouche pincée. Il échangea un regard avec Rogers et but une gorgée de cognac.

– Peut-être devrais-je m'entretenir avec le capitaine, dit-il en s'adressant à Steele et Addison. J'aimerais qu'il me présente son projet avec plus de détails.

Steele réprima un soupir de soulagement.

– Bien sûr ! Venez, Addison. Avez-vous goûté le vin de Champagne que le duc a fait servir ? Non ? Alors venez avec moi, un hédoniste comme vous ne peut passer à côté d'une telle merveille de la nature...

Les deux amis s'éloignèrent ensemble.

– Alors, capitaine Rogers..., commença Buck en se resservant un verre de brandy. Ces messieurs m'ont dit que vous espérez voir accorder une grâce royale aux pirates ?

– C'est cela.

– Et sur quoi appuyez-vous le bien-fondé de cette démarche ?

– Eh bien, tout d'abord, en leur accordant la grâce, ils redeviennent des sujets de la Couronne, potentiellement utiles. Ainsi, à la prochaine guerre, ces hommes pourront de nouveau exercer leurs talents, si je puis dire, à l'encontre de nos ennemis. Mais ce n'est pas tout. En leur envoyant la promesse de pardon avant que je ne vienne parmi eux, je m'assure ainsi moins de résistance de leur part en arrivant.

Buck ne lâchait pas Rogers des yeux. On aurait dit qu'il analysait chacune de ses expressions, comme s'il voulait s'assurer que Rogers lui-même croyait à son propre projet dur comme fer.

– Armer une flotte, payer des soldats, organiser la rénovation de Providence... Cela va vous coûter cher.

– J'envisage un partenariat public comme privé avec des investisseurs londoniens, mais pas seulement. En trouvant suffisamment de contrats auprès d'un certain nombre de marchands, je pourrais m'assurer le financement et les apports matériels et humains nécessaires.

– Des investisseurs privés, répéta Buck avant de tremper ses lèvres fines dans son verre. Et les Lords Propriétaires, comment comptez-vous les convaincre de vous laisser gérer la colonie à leur place ?

Là, Rogers savait qu'il devait se montrer délicat. La vérité, c'était que les Lords Propriétaires de Caroline, s'ils possédaient officiellement les Bahamas, n'avaient rien fait pour empêcher la débâcle de la colonie. C'est leur négligence, entre autres choses, qui avait décidé du sort de ces îles. Pour Rogers, il était clair et évident qu'il ferait un excellent gouverneur, et qu'il était capable de réparer ce que les Lords Propriétaires avaient laissé se dégrader. Mais Buck était leur représentant, et jusqu'à preuve du contraire, il défendait non seulement leurs intérêts, mais leur honneur. Le capitaine devait donc se montrer prudent dans son approche, afin de ne pas l'offenser.

– Monsieur Buck, j'ai été commandant corsaire pendant des années. Je connais très bien les marins, pour en être un moi-même. Je connais aussi ceux qui se sont lâchement laissés séduire par la piraterie, car c'était ce genre d'hommes qui composaient mes équipages à l'époque. Je comprends ces hommes mieux que ne les comprendrait n'importe quel autre gouverneur. Pour cette raison, je suis le mieux placé pour les faire rentrer dans le droit chemin, j'en suis certain.

Buck regardait Rogers avec un intérêt intense. Le capitaine savait qu'il avait capté son attention.

– Mais ce n'est pas tout, continua-t-il après une seconde d'absence. Moi gouverneur, je pourrais veiller à ce que les Bahamas soient exploitées afin de devenir rentable. Faire venir des esclaves, que ces pirates réformés contrôleront. Planter de la canne à sucre, et faire des Bahamas une nouvelle source intarissable de revenus.

Buck écouta patiemment Rogers lui détailler son plan point par point, du moment où il commencerait à armer sa flotte, à celui où il planterait le premier pied de canne à sucre à Providence. Mis à l'aise par le brandy, Rogers s'était peu à peu rapproché du visage de Buck.

– Vous savez, dit-il, porté par sa propre verve. Les pirates ne sont pirates que par dépit, par manque d'alternative. Offrez-leur l'opportunité de ne plus avoir à fuir devant la potence, et de quoi prétendre à un train de vie confortable, et vous ferez d'eux ce que vous voulez.

– Un train de vie confortable… Qu'entendez-vous par là ? Vous ne prétendez pas pouvoir rendre chaque pirate aussi riche qu'un noble, tout de même ?

Rogers eut un sourire d'indulgence.

– Ces hommes, pour l'écrasante majorité d'entre eux, savent à peine lire. Ils ont passé leur vie à manger des biscuits de mer rances et à boire du rhum de mauvaise facture, entassés sous le gaillard d'avant. Ils se prennent pour des princes quand ils dorment dans un vrai lit et quand ils peuvent boire autre chose que du tafia. Croyez-en mon expérience, ces hommes sont plus faciles à satisfaire que vous ne le pensez.

Buck continuait de l'écouter avec une sympathie grandissante.

– Monsieur Buck, vous avez sans doute lu les mêmes rapports et témoignages que moi. Mais faites-moi confiance, ces pirates ne sont pas aussi invulnérables qu'ils veulent le faire croire. Leur univers social est très fragile. Ils ne produisent rien et n'ont par conséquent aucune place dans l'économie. Ils sont dispersés, n'ont ni domicile ni nation, et aucune frontière géographique. Ils n'ont pas de moyens fiables pour regarnir leurs rangs ou pour mobiliser une force collective. Bien que cela soit probablement volontaire de leur part, ces déficiences d'organisation en font des proies faciles. Paradoxalement, la piraterie en tant que stratégie de survie les voue inévitablement à un destin funeste.

Les yeux de Buck brillaient d'intérêt. Soudain, comme s'il revenait de quelque réflexion intime, il détourna le regard et resservit un verre de brandy à Rogers.

– Vous savez, capitaine... J'ai moi-même perdu deux mille sept cents livres à cause des pirates.

Après avoir bu une gorgée de brandy, Rogers prit un air concerné.

– Ah ?

Buck pencha la tête sur le côté, et se mit à effleurer le rebord de son verre avec le pouce, d'un air songeur.

– Il vous faudra consolider vos supports politiques, dit-il soudain d'une voix très différente, beaucoup plus neutre et détachée. Avec Addison au gouvernement, et Steele au *Spectator*, vous marquez déjà des points. Mais il vous faudra aussi réactiver votre réseau à l'Amirauté. Connaissez-vous Josiah Burchett, capitaine ?

– De réputation. Le Secrétaire de l'Amirauté, c'est ça ?

Buck approuva.

– Un homme très zélé, et très concerné par la question de la piraterie. Nous travaillerons étroitement avec lui.

Rogers se rengorgea, cachant mal sa joie. L'utilisation de ce « nous » inclusif était de très bon augure.

– Vous m'avez convaincu, capitaine. Votre passion et votre détermination sont contagieuses.

Il leva son verre. Rogers, au bord de l'euphorie, ne put retenir un sourire heureux bien que discret, un sourire qui en arracha un à monsieur Buck.

III

À prendre ou à laisser

Quand il était encore enfant, Jack Rackham était la victime désignée de tous les gosses du quartier. Garçon chétif, fils unique et solitaire, toujours fourré dans l'atelier de son père ou les jupes de sa mère, il suffisait qu'il sorte le nez dehors pour s'attirer les ennuis. Les enfants lui couraient après, bousillaient ses souliers, le roulaient dans la boue pour ruiner les jolies vestes dont sa mère l'attifait, ils le battaient, déchiraient ses habits. Une fois mémorable, ils lui avaient même brûlé les cheveux, qu'il avait épais et fournis. Comme ces gamins ne manquaient ni de cruauté ni d'humour, ils pensaient ce faisant que les parents de Jack, perruquiers de leur état, affubleraient leur fils d'une de ces perruques bouffantes et un peu ridicules. Mais au lieu de cela, la mère de Jack ne trouva d'autre solution pour dissimuler le désastre de sa chevelure cramée que de lui tondre les cheveux au plus court, ce qui lui donnait un air encore plus maladif de bagnard pâlot.

Depuis ce temps, Jack avait grandi. Et peut-être était-ce en souvenir de cette époque sombre qu'il arborait à présent des tenues chatoyantes, portait les cheveux courts et parfois des perruques. Il se pavanait, tenait à ce qu'on le voit, et prenait les moqueries dont il se savait la cible comme autant de preuves qu'il existait en ce monde. Les tatouages qu'il arborait sur ses bras avaient le même but : raconter sa vie passée et l'exposer à tous ceux qu'il croisait, dans un langage qu'encore peu de Blancs connaissaient (ces tatouages, il les devait à ses années passées avec la tribu Yamasees, peuple natif d'Amérique).

Un autre talent hérité de son enfance était sa capacité à appréhender les comportements et réactions d'autrui. Par pur instinct de préservation, il avait appris à vivre dans un climat de vigilance accrue, comme une proie. En ressentant dans sa chair les émotions des autres, en observant les grimaces, les regards, les haussements de sourcils, les mouvements inconscients des mains, des bras, les différentes nuances d'un rougissement, le degré de moiteur de la peau, la cadence d'une respiration, la lourdeur d'une atmosphère, il pouvait prédire de ce que les gens avaient en tête ou dans le ventre. Il pressentait donc avant tout le monde quand une conversation allait dégénérer, quand quelqu'un mentait, que ce soit pour protéger un ami ou ses propres intérêts ; il avait compris que la plupart des hommes sont beaucoup moins dangereux quand ils n'ont pas d'audience, que ce soit pour se battre ou user du verbe. Et qu'au contraire, les rares qui étaient bons et honnêtes, avaient tendance à briller quand les regards n'étaient pas braqués sur eux. Jack savait qu'il valait mieux ne prêter allégeance à personne, mais faire affaire avec tout le monde s'il ne voulait pas se retrouver dans des rixes qui opposaient des bandes rivales. Il avait appris à manipuler les hommes dangereux en captant leurs intérêts. Il savait comment transformer en aptitudes les défauts qui lui valaient moqueries quand il était petit. Les livres lui avaient enseigné la rhétorique. Il avait tout misé sur son éloquence afin de compenser son apparence dégingandée et malingre. Il pensait même qu'il y avait quelque avantage à ne pas avoir l'air impressionnant : les gens le sous-estimaient en le voyant, car ils ne s'attendaient pas à se faire avoir par quelqu'un de son allure. Et c'est comme ça qu'ils les roulaient : en profitant de cette absence de méfiance. Bien sûr, cela tendait à changer... Il commençait à être connu à Nassau, et rares étaient ceux qui le jugeaient encore inoffensif...

Aujourd'hui, Jack Rackham était devenu un homme. Et il était fier d'être différent de ceux qui l'entouraient. Peut-être n'aurait-il pas survécu deux heures dans l'univers hostile des politiques et des intellectuels. Mais ici, ses talents ne rencontraient que peu d'obstacles. Non pas que la communauté de marins du gaillard d'avant soit foncièrement plus stupide et plus crédule que celle des gens éduqués. À bien des niveaux, ils étaient d'ailleurs plus malins que les grandes gens, pourvus d'un esprit pratique de débrouillardise qui leur donnaient une prise directe sur leur monde. Seulement, face à l'oppression, ils n'avaient pas développé les mêmes défenses que Rackham. Ils s'étaient même constitués en tant que groupe solidaire sur des valeurs directement héritées de ces mécanismes de défense : témérité, violence physique, domination des faibles... Ils étaient le chêne de la fable, Rackham était le roseau.

Il n'était peut-être pas le meilleur marin de l'île, ni un excellent gabier, tout juste un matelot acceptable. Mais peu lui importait car il n'aimait pas ce métier. Il exécrait l'ambiance de huis clos des bateaux. Selon lui, et personne ne pouvait lui donner tort, la vie en mer renforçait les traits de caractère, quels qu'ils soient. La mesquinerie et la violence, autant que la justice et la bravoure. Pour Jack, cet environnement était épuisant émotionnellement. Sa tendance à observer, analyser et s'approprier les états d'âme des autres se renforçait en mer, et comme ces états d'âme étaient eux-mêmes plus intenses, Jack croulait sous leur poids. Il était incapable de se fermer à ces assauts, car pour lui, s'en prémunir, c'était se refuser à voir les éventuels dangers à venir.

Ainsi, pour le bien de tous mais surtout pour le sien, Jack Rackham évitait la mer, et faisait son beurre à terre. Tout Nassau le connaissait, des pirates aux résidents. Tout le monde se méfiait de lui, mais tous lui faisaient confiance pour obtenir ce que d'autres ne trouvaient pas.

Ceux qui tentaient de l'arnaquer n'étaient pas nombreux, et quand un petit malin s'y essayait, Jack décelait vite l'entourloupe. C'est pourquoi le jeune capitaine John Augur se croyait supérieurement malin pour avoir réussi à vendre du rhum frelaté à Jack Rackham. Il ignorait que si Jack ne s'était pas offusqué de l'odeur et du goût du breuvage, c'était parce que son esprit sagace n'avait pas flairé que la mauvaise distillation. Il avait senti la bonne affaire. Tel quel, ce rhum était imbuvable. Les esclaves des plantations, à défaut d'autre chose, s'en rendaient malades, mais ici personne ne l'aurait toléré. Cependant, coupé avec la juste dose de bon rhum, et revendu comme un millésime hors du commun, il serait non seulement revalorisé, mais permettrait de faire de gros bénéfices...

Et Dieu sait qu'il avait besoin de faire des bénéfices, ces temps-ci. Il avait emprunté de l'argent à Dolores de Prado, pour acheter ce rhum et quelques autres marchandises. Mais il n'avait pas encore pu le lui rendre. S'il trouvait quelqu'un pour lui vendre quelques quintaux de rhum de première qualité, il pourrait à la fois rembourser la maquerelle de la maison Asher, et s'en tirer à bon compte.

Hélas, le meilleur rhum de l'île, c'était le capitaine Jennings qui l'avait. Jack n'était pas particulièrement ravi à l'idée de négocier avec celui qui avait voulu tous les tuer quelques semaines plus tôt... Mais les affaires sont les affaires. Et dans le domaine, Jennings était bon, aussi bon que Jack. Et professionnel : il était prêt lui aussi à mettre de côté les anciens différents, si c'était pour une entente commerciale.

Le matin du rendez-vous, Jack se présenta alors dans la chambre rouge de la maison Asher. Au moment où il s'apprêtait à frapper, un homme en sortit. C'était Condent, le capitaine de feu l'*Anglesea*. Quand il vit Rackham, il rougit et s'empressa de quitter le couloir en baissant les yeux. Rackham frappa à la porte ouverte. Le capitaine Jennings était torse nu, devant un miroir. Un broc et un blaireau devant lui, il aiguisait consciencieusement son coupe-chou.

– Bonjour, capitaine... Bien dormi ?

Jennings lui tourna le dos pour se préparer à se raser.

– Comme un charme, merci, répondit-il avec un soupçon de défi dans la voix.

Jack sourit discrètement. Il avait déjà vu maintes fois ce genre de dérobades honteuses au petit matin, sur le seuil de certaines chambres. Il s'était lui-même retrouvé à raser les murs comme un évadé, certains lendemains de nuits particulièrement arrosées. Aujourd'hui, c'était différent. Il se fichait bien de ce que les gens racontaient, et il se fichait tout autant de ce que les gens faisaient entre eux.

– Alors, Jennings. Si on parlait de ce qui m'amène ?

Jennings tapota la lame du coupe-chou sur le rebord du broc après l'avoir humidifié.

– Il me semble que nous en avons suffisamment parlé hier, non ? Treize livres le tonneau de trois cents litres. Je peux vous en céder dix, ce qui nous fait cent trente livres.

– La nuit ne vous a pas porté conseil, on dirait. Vous êtes gonflé de faire les mêmes tarifs que sur le marché légal, Jennings !

– Vous oubliez le pourcentage dû au risque encouru par ma compagnie en transportant du rhum volé...

Il fit une grimace pour tendre la peau de sa joue et y passa le coupe-chou.

– C'est à prendre ou à laisser, Rackham.

Le salaud savait que Rackham avait plus besoin d'acheter son rhum que lui de le vendre.

– Très bien, capitula Jack. On peut y aller maintenant ?

– Une minute.

Jennings prit tout son temps.

– Dites-moi, monsieur Rackham... Depuis quand avez-vous assez d'argent pour acquérir dix tonneaux de rhum martiniquais ?

Rackham passa sa main sur son crâne en regardant la chambre autour de lui. Les murs peints en rouge carmin baignaient l'atmosphère d'une lumière chaude.

– Depuis que madame de Prado m'en a prêté.

Jennings haussa un sourcil surpris.

– Et vous avez de quoi la rembourser ? Ce n'est pas femme à se laisser escroquer.

– Je suis bien placé pour le savoir, merci capitaine. Ne vous occupez pas de mes affaires et je ne m'occuperai pas des vôtres.

Le coupe-chou s'immobilisa et Jennings adressa un regard suspicieux à Jack, à travers le miroir.

– C'est une menace ?

Jack s'adossa à la commode derrière lui, les bras croisés, et soutint le regard du reflet de Jennings avec un sourire discret. Il ne dit rien, suffisamment longtemps pour que le malaise devienne palpable.

– Charles Vane va bien, au cas où vous vous en soucierez.

A ce nom, le coupe-chou tomba des mains de Jennings, dans le broc plein d'eau. Le capitaine l'y ramassa et le rinça avant de reprendre sa tâche. Sa main tremblait légèrement.

– J'ai entendu dire qu'il était reparti en mer, oui.

En lui parlant de Charles, Jack faisait allusion au moment où Jennings et lui s'étaient adonnés à un duel, le jour de leur retour à Nassau après avoir secouru la sœur de La Buse. Le duel, c'était une idée de Rackham. Régler leur différend face à face une bonne fois pour toutes, c'était le seul moyen de continuer à faire des affaires pacifiquement, et d'épargner les vies de leurs hommes. Le duel avait été rapide : Jennings avait tiré une balle dans l'épaule de Charles, au tout début de la partie. Fort heureusement, la balle avait traversé les tissus sans toucher d'organes vitaux.

– Ne faites pas cette tête, Rackham. Si j'avais réellement voulu tuer Vane, il serait mort.

– Je n'en doute pas. Nous savons tous les deux que ce n'est certainement pas un désir de tuer qui vous pousserait vers le capitaine Vane, n'est-ce pas ?

Jennings lui jeta un regard si féroce que n'importe quel homme en dehors de Rackham aurait fui la pièce à cet instant. Mais Rackham, lui, se contenta de sourire sans desserrer les lèvres. Il avait égratigné le vernis impeccable du personnage que Jennings incarnait partout, tout le temps. Rackham était trop observateur pour être dupé par ce vernis : Jennings assumait peut-être de mieux en mieux les passions coupables qui le poussaient dans les bras de femmes comme Margot, il laissait peut-être Condent sortir de sa chambre sans trembler, mais Rackham savait que jamais, Ô grand jamais il ne reconnaîtrait que ce n'était pas la haine qui motivait ses actions à l'encontre de Charles Vane. Ni maintenant, ni avant.

Jennings se rinça sommairement le visage et s'essuya avec une serviette propre. Puis il enfila une chemise et fit signe à Jack de le suivre.

– Va pour dix livres.

Jack retint son sourire victorieux et lui emboîta le pas.

⁂

C'était un matin ordinaire sur la grand-place. L'air était encore tiède, et les activités allaient bon train. Des hommes et des femmes passaient et repassaient en poussant et tirant des brouettes et charrettes à bras qui grinçaient sur leur passage. Certains revenaient de la Forge, le quartier des artisans, transportant des espars ou des voiles à la queue leu leu. D'autres revenaient de la cueillette ou de la pêche, chargées de mangues, de coco, d'ananas, de conques ou de langoustes dans des casiers ou des paniers. Ici, un petit groupe d'hommes déchargeait des barriques devant la paillote de Maggie, sans se presser, bavardant avec les passants entre chaque tonneau déposé, les mains sur les hanches, le front à peine moite. Des femmes lavaient du linge dans des tonneaux coupés en deux. Sur la petite estrade, quelques enfants jouaient à se battre au sabre et à l'épée, encadrés par deux marins enthousiastes. Les marchands ambulants, souvent des gamins ou des marins mutilés ou malades, vendaient à la criée le contenu éclectique de leurs brouettes : cocos, tabac à priser, bananes, clous, étoffes, petits quarts de rhum, journaux du mois dernier, chandelles, huile de baleine, peignes en bois ou en os, chutes de cuir, ustensiles en bois, vaisselle en étain… Tout ce qu'on pouvait trouver sur l'île, tout ce qu'on pouvait transporter et revendre en petite quantité.

Leurs tintamarres se mêlaient aux conversations, aux rires et aux piaillements de jeunes garçons qui jouaient au cricket en louvoyant entre les jambes des badauds, aux aboiements des chiens errants, aux onomatopées qui éclataient ici et là, aux clabauderies des petits groupes bavardant spontanément au cours de leur promenade, créant ainsi un joyeux tohu-bohu de langues et de dialectes divers.

Le vieux Swayney se tenait au milieu de la Grand-Place, son bâton brandi, ses pieds cagneux couverts de cors foulant la poussière. Déjà fin saoul, il invectivait les passants en les insultant copieusement.

– Bande de fainéants ! Ça vole, ça picole, ça racole sur tous les balcons ! Vous me faites honte, vous savez ça ?

Swayney était un homme âgé, mais sans doute moins âgé qu'il en avait l'air. C'était probablement le plus ancien résident de l'île. Il habitait une cabane au pied du fort, survivant grâce à la générosité des colons, puis, quand ceux-là se firent plus rares, des marins et autres pirates. Il buvait tout ce qu'on lui donnait, et vivait dans une effroyable crasse. Parfois, pris de pitié, certains passaient chez lui pour ranger son dépotoir ou réparer une poutre de son taudis. Malgré cela, dévoré par l'alcool et par un ego blessé qu'on ne pouvait que comprendre, Swayney passait le plus clair de son temps à gueuler sur tout et tout le monde.

– Y en a pas un pour venir redresser ma maison qui est en train de s'écrouler ! Par contre, quand il s'agit de construire des estrades pour jouer du crincrin toute la nuit, alors ça, y a du monde ! Nicholas ! Viens ici, sale petite frappe ! Tu crois que j't'ai oublié ? La semaine dernière, tu m'avais dit !

– Swayney, tu vas pas me faire le coup tous les matins, non ? Je t'ai laissé tout le jambon que j'avais chez toi, dans un torchon ! C'est ma faute à moi si t'es pas foutu de retrouver quoi que ce soit dans ton gourbi ?

– Reviens ici, sale garnement ! Je vous enverrai tous en enfer, espèce de racaille ! Va-nu-pieds !

Le bâton de Swayney décrivit un cercle autour de lui, et le vieillard fin comme une brindille se laissa entraîner par l'inertie de son geste et manqua de s'étaler dans la terre battue. Il fut rattrapé de justesse par une jeune fille qui passait par là avec une bassine posée sur la tête.

– Oh là ! Fais attention, Swayney !

– Me touche pas, la négresse !

La jeune femme haussa les épaules avec dédain et continua sa route vers la maison Asher. Elle portait une robe couleur sable et un tablier usé sur son corps menu. Son visage encore juvénile dans les traits, portait les traces d'une vie d'épreuves qui avait assombri son regard et cerné prématurément ses yeux. Elle n'avait pas l'air abattue, cependant. Revêche, au pire. Quand elle rejoignit ses amies, son visage s'éclaira d'un grand sourire qui lui rendit son minois d'adolescente.

– Ah, te voilà enfin, Scarlett ! s'écria Margot en la voyant arriver.

Margot lui assena une pichenette amicale sur les hanches en lui adressant un de ses clins d'œil ravageurs. C'était une belle femme, Margot. Plus grande, moins pulpeuse que la moyenne, peut-être… Mais toujours apprêtée avec un goût délicat, peu ostentatoire mais sophistiquée. Une grande partie de ce qu'elle gagnait était dépensée dans ses toilettes, mais peu lui importait. Car c'était grâce à ces casaquins cintrés, ces chemisiers en batiste légère aux élégantes engageantes, ces jupes en mousseline, ces lèvres rouge carmin, ces fards nacrés et cette mouche effrontée au coin du nez, qu'on lui donnait du « mademoiselle » ou du « madame » à tout bout de champ. Des sonorités qui résonnaient pour elle comme la joie d'un printemps nouveau, où tout se transforme, éclôt et s'épanouit...

Et s'il y en avait une qui s'épanouissait plus que les autres à Nassau, c'était bien Margot. D'ailleurs, plus personne ou presque ne se souvenait du nom et des habits qu'elle portait en arrivant à Nassau trois ans plus tôt...

– J'ai fait aussi vite que j'ai pu, figure-toi, lui rétorqua Scarlett. J'me suis fait alpaguer par un gars ivre mort. Il voulait que je le prenne, j'ai mis dix minutes à m'en débarrasser.

– Qu'est-ce que je t'ai dit, dans ces cas-là ? lui lança Dolores de Prado. Ayez toujours de quoi vous défendre sur vous, *chicas*. Combien de fois je dois vous le dire ?

Scarlett déposa le récipient qu'elle portait sur le sol. Il était rempli de cossettes d'igname.

– J'pensais pas être importunée si tôt le matin !

– Ces gars ne s'arrêtent jamais, dit d'une voix éraillée par le tabac une femme blonde vêtue d'une robe rose pastel, d'où dépassait une jambe de bois. Le soir, le matin, la journée...

Cette charmante unijambiste était Isabel Fraser, surnommée Flamingo, ou Pink Flamingo, pour la couleur de sa robe préférée autant que pour son unique patte. Condamnée pour vol et prostitution en Écosse, elle avait été exilée comme bagnarde quelques années auparavant, et avait trouvé à Nassau l'occasion de changer de vie sans changer d'activités.

Scarlett se joignit à Margot et Isabel pour piler l'igname bouillie à l'aide de gros pilons de bois. La tâche était répétitive et nécessitait une certaine maîtrise. Elles rythmaient le mouvement du pilon en fredonnant des mélopées aux sonorités typiquement créoles, mélanges de rythmes africains et de mélodies écossaises entonnées par Isabel. Le four à pain, juste de l'autre côté de la rue, était déjà allumé et du foufou y cuisait.

Une femme de grande taille, très maquillée, au nez busqué et aux lèvres charnues, était assise sous la galerie de la maison Asher, légèrement en surplomb du groupe de filles qui travaillaient juste devant la maison. Il s'agissait de Dolores de Prado, la maîtresse des lieux. Son léger strabisme compensé par une paire de lunettes aux montures vert écaille, elle recopiait des registres répertoriant l'inventaire de ses entrepôts, barrant ici et là ce qui était vendu. De pauvresse de La Havane qui vendait son corps pour un sou, Dolores était devenue une femme d'affaires puissante et sans scrupule. Elle gérait son commerce de prostitution avec un grand esprit d'entrepreneuriat. Dans ses négociations, elle faisait plier par son esprit retors et son charisme les pires capitaines pirates de Nassau. Mais qu'à cela ne tienne, qu'on n'imagine pas Dolores de Prado en matrone aimante et bienveillante. Elle protégeait ses filles comme n'importe quel commerçant protège sa marchandise, c'est-à-dire que son soutien et son implication dans leurs problèmes étaient directement proportionnels aux bénéfices qu'elles lui faisaient engranger.

Juste à côté des femmes pilant l'igname, d'autres s'attelaient à une autre tâche, tout aussi capitale : la confection de nouvelles chandelles. Nassau étant une ville qui vivait beaucoup la nuit, la consommation de chandelles était ici plus importante qu'ailleurs. Hélas pour ses habitants, le bétail nécessaire pour leur fabrication se faisait rare, voire inexistant sur l'île. Ainsi, quand un des équipages revenait avec du saindoux ou du suif en quantité, il savait qu'il trouverait acheteur, ou acheteuse en l'occurrence.

Plusieurs femmes du village étaient venues participer à la confection des chandelles, profitant ainsi de la cuve où chauffait le suif, après en avoir payé le tribut à Dolores évidemment. Parmi elles, Ann Bonny, épouse Fulford, une jeune irlandaise émigrée à Nassau avec son mari John. Ce n'était un secret pour personne qu'Ann et John Fulford ne s'entendaient pas. Chacun avait des attentes égoïstes en se mariant. L'un avait pensé ainsi trouver un foyer douillet et entretenu à ses retours de mer, l'autre avait espéré qu'un époux lui permettrait de sortir de l'indigence dans laquelle sa naissance l'avait fait naître. Malheureusement, deux ans après ces épousailles pleines de promesses, Ann et John étaient bien obligés d'admettre que leurs belles espérances s'étaient ternies comme le laiton lavé par l'eau de mer. Fulford passait plus de temps en mer ou en goguette avec ses copains de bordée qu'avec sa femme, et celle-ci profitait de son absence pour enchaîner les petits travaux chez les unes et les autres, gagnant sa vie comme elle pouvait. Comme elle savait lire, écrire et compter, elle aidait souvent Dolores de Prado à gérer ses comptes. C'est comme ça qu'elle avait rencontré Venise, domestique de Dolores et prostituée à ses heures, qui était rapidement devenue la personne la plus proche d'Ann Bonny, bien plus proche que son mari ne le serait jamais.

Ann fourrageait parmi les braises sous la cuve avec un tison pour les raviver. Il fallait garder le suif à température suffisamment élevée pour qu'il ne fige pas, mais suffisamment basse pour éviter qu'il ne brûle. Les mèches des futures chandelles étaient entortillées et pendues à des manèges sur lesquels on pouvait pendre jusqu'à une douzaine de chandelles. Les femmes trempaient à tour de rôle un manège dans le suif, jusqu'à laisser un pouce de mèche dépasser, puis l'en retiraient, le laissaient refroidir pour que le suif se fige, et replongeaient le manège dans la cuve. Ainsi de suite, jusqu'à ce que les chandelles aient le diamètre voulu.

Tout le long de la galerie de la maison Asher, des manèges étaient pendus à la balustrade, et les femmes, foulards sur la tête et mains dans le tablier, attendaient leur tour en bavardant et en buvant un coup. Venise, adossée à un chandelier de la balustrade, bras croisés, chapeau de paille crânement posée sur la tête, jetait des regards appuyés à Ann, qui rougissait en baissant les yeux.

Le grincement particulièrement strident des roues d'une charrette, précédé par le claquement caractéristique des sabots d'une mule, les interpella. Jack Rackham, assis sur le chariot, faisait le cocher. Il transportait une demi-douzaine de fûts de chêne, qui embaumaient l'air d'un parfum caramélisé. En le voyant arriver, Dolores de Prado se leva lentement. Elle se tint sur le seuil du porche, les mains sur les hanches, l'air sombre.

– Ooooh, fit Rackham en tirant sur la bride de sa mule.

Il ne portait pas de veste, une fois n'est pas coutume, mais était coiffé d'un beau chapeau en castor et d'une chemise de lin. Il porta la main à son chapeau.

– *Señora de Prado*. Mesdemoiselles... Madame.

Il fit un clin d'œil à Bonny. On lui rendit son salut avec gaieté. Sauf Dolores de Prado, qui resta de marbre.

– Tu fais quoi avec ce tafia, Rackham ?

Jack se tourna vers ses fûts de rhum entreposés derrière lui comme s'il découvrait tout juste leur présence.

– Eh bien... N'est-ce pas évident ?... Je viens recouvrir ma dette !

Il sauta au bas de son chariot et tira son chapeau.

– Près de deux mille litres d'un rhum de première qualité, directement importé de Martinique ! Je pense que ça couvre largement ma dette, peut-être même un peu plus.

Il adressa un clin d'œil aux filles.

– Laisse mes filles tranquilles, Rackham. Et fous le camp avec ton rhum frelaté !

Elle paraissait inflexible. Son grand nez busqué surplombait le pauvre Jack. Ann et Venise échangèrent un sourire. Elles connaissaient suffisamment bien Dolores et Jack pour deviner la suite des événements.

– Madame de Prado ! Un rhum frelaté ? Mais vous n'y pensez pas ! Je l'ai acheté au capitaine Jennings lui-même, et vous savez comme moi que monsieur Jennings n'a pas son pareil pour dénicher de la marchandise de grande facture !

– Le capitaine Jennings, peut-être. Toi, en revanche...

Dolores descendit une marche. Son visage s'empourpra. Jack recula d'un pas et buta contre son chariot.

– Tu as cru que tu pouvais me duper comme ça, hein ? Tu as oublié une chose, *muchacho*... C'est que ta réputation te précède. Tout le monde sait que tu as le flair d'un chien de chasse quand il s'agit de sentir une marchandise... Alors autant te dire que quand John Augur a réussi à te revendre du rhum frelaté...

À ce nom, Jack blêmit.

– ... il s'est empressé de le raconter à tout le monde ! Le nez légendaire de Jack Rackham trompé par John Augur ! Ah, ça, il était fier, le bougre !.... Mais moi, on me la fait pas, Rackham.

Elle descendit une marche de plus et pointa un doigt accusateur vers lui.

– Dès que j'ai entendu ça, j'ai su que tu préparais un sale coup. Et voilà que tu débarques chez moi avec du rhum soi-disant martiniquais, de première distillation !

Elle ouvrit grand ses bras d'un air indigné. Jack Rackham rentrait la tête dans les épaules. Les filles ricanaient sous cape.

– J'en veux pas de ton rhum, Rackham ! Et fais-moi confiance, personne n'en voudra à présent ! Je vais me faire un plaisir de répandre la nouvelle, et tu n'auras plus qu'à le siphonner toi-même pour te consoler ! *¡ Rufián sucio*[1] *!*

Dolores descendit les dernières marches et se planta devant lui.

– *Puedo hacer de tu vida un infierno, si lo quiero*[2], susurra-t-elle. Je peux faire en sorte que plus personne ne t'achète ni te vende *nada*. Je peux faire en sorte que tu ne puisses plus commander le moindre quart de rhum dans la moindre taverne, je peux exiger de toutes les putes de la ville qu'elles te refusent jusqu'à un baisemain ! Alors, écoute-moi bien.

Elle approcha son visage tout près du sien. Sa main se posa sur la poche de son tablier. Jack savait qu'elle gardait un couteau là-dedans.

– Tu vas me rembourser jusqu'au dernier sou que je t'ai prêté, *en moneda contante y sonante*[3]. Tu entends ? Tu as jusqu'à la fin de la semaine. C'est bien compris ?

– D'accord, d'accord, señora...

Jack remonta dans son chariot.

– Vous avez raison, j'ai eu tort de vous prendre de haut... Vous êtes quelqu'un de puissant ici, bien plus que moi, pauvre mataf...

Il lui tira son chapeau d'un geste respectueux, bien qu'un tantinet exagéré.

– Je vous rembourserai jusqu'au dernier sou, madame ! s'exclama-t-il d'un ton solennel. Vous pouvez compter sur moi.

Il reprit les rênes de sa mule, les claqua et lui ordonna d'avancer. Mais la mule, en bonne mule qu'elle était, n'en faisait qu'à sa tête.

– Avance, bourrique !

La sortie digne que Jack avait espérée tombait à l'eau. Il tira sur la bride et pesta en vain. Les filles explosèrent de rire. Jack sauta au bas du chariot en jurant, vexé, et força sa mule à avancer en la tirant en avant. Quand enfin elle daigna mettre un pied devant l'autre, il lui fallut encore une bonne minute pour lui faire faire demi-tour. Les filles de la maison Asher étaient hilares.

– Je reviens, dit alors Ann à Venise.

Elle s'essuya les mains sur son tablier et courut après Rackham.

– Jack !

---

1. « Sale canaille », en espagnol.
2. « Je peux faire de ta vie un enfer, si j'ai envie », en espagnol.
3. « En monnaie sonnante et trébuchante ».

Jack tira sur les rênes et la mule s'arrêta.

– Ah, ça ! Dès qu'il s'agit de faire une pause, tu comprends, hein ? Sale bourrique pouilleuse !

Il se tourna vers Ann, l'air harassé.

– Qu'est-ce qu'il y a, Bonny ?

– T'es allé voir le gouverneur ?

– Le gouverneur ? Quel gouverneur ?

– Tu sais bien, Swayney !

– Ah ! Swayney !

On l'appelait parfois « le gouverneur », parce qu'il vivait là depuis plus longtemps que n'importe qui, et qu'on se plaisait à l'imaginer à la tête de son île.

– Eh bien ? Qu'est-ce qu'il a le gouverneur ?

– Je l'ai entendu dire l'autre jour que quelqu'un lui avait dit que quelqu'un avait ramené une douzaine de porcs vivants à Harbour Island... Je me suis dit que ça pouvait t'intéresser.

Jack réfléchit une seconde. Dolores se fichait du bétail. Mais elle ne cracherait pas sur le suif... Maggie, elle, serait ravie de tuer les bêtes pour la viande et le cuir... Et l'argent qu'elle lui donnerait en échange pouvait servir à rembourser Dolores. Le visage de Jack s'éclaira.

– Ann, ma chère, tu es un ange tombé du ciel !

– Arrête tes flagorneries, Jack...

Elle fit demi-tour.

– Contente-toi de ne pas oublier qui t'as filé le tuyau quand tu tâteras l'argent de la vente !

– T'oublier, ça je ne risque pas, Bonny !

⁂

Ce ne fut pas une mince affaire de trouver un bateau et un équipage prêt à l'amener à Harbour Island le jour même. Jack dut négocier sec avec John Augur, le même à qui il avait acheté le rhum frelaté. Cette pipelette lui devait bien ça, et Jack insista longuement sur ce point.

L'homme qui avait ramené les bestiaux s'appelait Dunkirk. Il commandait le *Dolphin* et venait de Charleston. C'était un marchand honnête, si l'en est, tant qu'on passait sous silence les trafics divers et variés qu'il entretenait avec les pirates des Bahamas. Jack profita de son ignorance et lui vendit le rhum coupé. Il s'était arrangé pour garder un fût de martiniquais première qualité intact. Quand Dunkirk demanda à goûter la marchandise, il fit naturellement péter la bonde de ce fût-là.

Le stratagème opéra, et Jack s'en sortit mieux qu'il ne l'avait espéré : en plus des douze porcs gros comme des génisses, il acquit cinq quintaux de sucre et presque autant de poudre d'indigo.

Augur et ses hommes s'étaient chargés de faire monter les cochons à bord en leur passant une sorte de harnais et en les hissant à la drisse avant de les descendre dans l'entrepont par le grand panneau. Leurs plaintes aiguës brisaient le cœur – et les tympans – de Jack.

Enfin, le petit brigantin du capitaine Augur repartit vers Nassau avec Jack et son chargement. Le bateau était chargé à couler bas. Augur et Jack se tenaient près de la lisse, à l'arrière. Le navire filait au près et gîtait significativement. Augur, un petit gars replet aux joues qui tremblaient à chacune de ses paroles, ne manquait ni de charisme, ni de bagout. Le vent soufflait la fumée de sa pipe en direction de Jack, qui balaya l'air de la main avec une grimace dégoûtée. Il n'avait pas été malade à l'aller, mais le retour s'avérait plus sportif, et il sentait une familière sensation de lourdeur et de malaise l'envahir.

– Oh, toutes mes excuses Jack...

Augur se décala de façon à se mettre sous son vent.

– Alors... Cinq quintaux de sucre, hein ?

– Laisse tomber, Augur. Je t'ai promis trois porcs, c'est tout.

– Mais tu ne savais pas encore que tu pourrais avoir du sucre...

Augur tétait sa pipe en réfléchissant.

– Quelque part, dit-il avec un ton de malice, c'est un peu grâce à moi que tu as pu faire ce coup de filet... Sans le rhum frelaté que je t'ai vendu... Et sans mon bateau...

Jack inspira profondément en scrutant l'horizon. Son teint pâlissait.

– Sans le rhum frelaté que tu m'as vendu, je n'aurais pas été obligé de venir ici du tout.

– Je ne t'ai pas forcé à me l'acheter.

– Mais tu as raconté à tout le monde que tu l'avais fait !

– Ce n'est pas interdit, que je sache !

Il adressa à Jack un sourire goguenard. En d'autres circonstances, Jack n'aurait pas lâché l'affaire si facilement ; il lui aurait assené une répartie implacable qui l'aurait renvoyé dans les cordes. Mais en d'autres circonstances, son estomac ne menaçait pas de bondir hors de sa bouche à chaque coup de tangage. Les mains cramponnées à la lisse, il ferma les yeux, mais les rouvrit aussitôt. Il écarta Augur d'un geste du bras et lui intima de dégager avant de se pencher par-dessus bord pour régurgiter son dernier repas.

Il n'entendit pas les ricanements derrière lui, pas plus qu'il n'entendit Augur prendre sa défense en arguant que même les plus grands marins peuvent être malades par jolie brise après une longue période à terre. Jack regardait l'eau courir le long du bordé dans un son cristallin. Le soleil faisait brasiller l'écume de paillettes scintillantes. Un filet de salive tomba de sa bouche entrouverte, et le vent le colla aussitôt à sa joue. Il crachota encore un peu. Dans ces instants interminables, la conscience se rétrécit. Les sens se mélangent en une soupe indigeste de sensations floues. Réfléchir devient difficile, et on se demande sincèrement ce qu'on fait là, et pourquoi on s'inflige une chose pareille. Jack n'était pas différent des autres là-dessus. Mais il en était pas à son premier mal de mer. Il savait que cette atrophie cognitive était temporaire, et qu'il ne fallait pas suivre ces sombres pensées, sous peine de finir par se balancer par-dessus bord pour que tout s'arrête. Il inspira profondément plusieurs fois, s'essuya la bouche du revers de la manche et revint parmi les vivants.

Augur était posté près du barreur. Les matelots se tenaient sous le vent, bavardaient ou regardaient l'horizon. Dans certaines vagues, l'eau passait dans les dalots et leur mouillait les pieds.

– Il gîte beaucoup, non ? s'inquiéta Jack.

Personne ne l'entendit. Il louvoya vers Augur et répéta sa question. Augur haussa les épaules

– On fait du près...

Il n'eut pas l'air de le prendre au sérieux. Mais Jack fut envahi d'un doute.

– Vous avez bien séparé les cochons du reste de la cargaison quand vous les avez embarqué, n'est-ce pas ?

Augur le regarda sans comprendre.

– Vingt-cinq quintaux de barbaque ! hurla Jack. Et vous les laissez rouler d'un bord à l'autre ? !

Il courut vers la descente et dévala les marches. Une fois en bas, l'odeur du bétail lui souleva de nouveau l'estomac. Mais le spectacle qui l'attendait lui fit oublier son mal de mer.

Les pauvres bêtes, livrées à elles-mêmes dans l'entrepont sans avoir été encloîtrées, roulaient bord sur bord en couinant et en se marchant dessus. Certains porcs tombaient à la renverse et entraînaient leurs congénères dans leur chute. Mais le plus étonnant, c'était que tous les porcs étaient couverts de grandes taches bleu vif.

Des gars descendirent à la suite de Jack pour voir ce qu'il se passait, Augur en tête. À la vue de ce spectacle qui aurait pu être risible, sa mâchoire tomba.

– Qu'est-ce qu'il s'est passé ?

Jack explosa de rage.

– Ce qu'il s'est passé ? Bougres d'idiots ! Les porcs bouffent tout, cela vous a échappé ? Même leur propre merde ! Et vous leur mettez cinq quintaux de sucre sous le nez ? Regardez les sacs de sucre, là-bas ! Et l'indigo ! Crevés ! Ils ont tout bouffé ! Et comme vous avez pas été foutus de les arrimer correctement, ils se sont roulés dans la poudre d'indigo au premier virement de bord ! Faut-il être stupide... Ne pas arrimer la marchandise... C'est une erreur de débutant, ça !

Jack regardait ses cochons bleus en poussant un juron de découragement. Les pauvres bêtes vivaient un calvaire. Certains allaient arriver avec des pattes cassées, c'était certain. Mais ils ne pouvaient plus rien faire, plus maintenant, sans risquer de se faire eux-mêmes écraser. Il n'y avait plus qu'à attendre, et prier pour avoir quelque chose à récupérer en arrivant.

Le débarquement des porcs sur la plage attira son monde. Ils durent faire autant d'allers-retours en chaloupe qu'il y avait de porcs. Jack resta sur le rivage et les parqua ensemble en les encerclant avec deux ou trois hommes d'Augur. Les gens descendaient voir : Jack Rackham arrivait avec des cochons bleus ! La nouvelle se répandit plus vite qu'une traînée de poudre.

Et quand Jack mena son troupeau grognant et couinant jusqu'à la grand-place, claudiquant sur leurs pattes foulées, voire cassées, il fut applaudi vivement par une foule hilare. Il leva la main en signe de remerciement légèrement sarcastique.

– C'est ça, oui... Merci..., marmonnait-il dans sa barbe naissante en donnant des coups de bâton pour forcer les bêtes à rester dans le rang.

Ce n'était pas le fait d'être la risée de tout le village qui le rendait amer. Il avait l'habitude d'être au centre de l'attention pour ses excentricités, et le plus souvent, cela l'amusait. Non, c'était d'avoir perdu bêtement cinq quintaux de sucre et presque autant d'indigo qui le rendait malade...

Il arriva sur la grand-place sous les rires et les quolibets, et arrêta son troupeau devant la paillote. Maggie, attirée par le tumulte, sortit en s'essuyant les mains sur son tablier. Elle se trouva nez à nez avec un Rackham au teint encore olivâtre, et une douzaine de cochons énormes... et bleus !

– Je t'ai trouvé de la viande fraîche, Maggie.

Passé la stupéfaction, Maggie sourit.

– Et bleue...

Les clients de la taverne et les badauds éclatèrent de rire. Jack prit un air renfrogné.

– C'est à prendre ou à laisser, dit-il en paraphrasant Jennings.

⁂

Venise et Ann étaient enfermées dans le cellier de la maison Asher, à genoux sur le sol. Ann tenait un pot en terre cuite entre ses genoux, et Venise comptait un tas de pièces.

– Quarante-deux... Quarante-deux shillings !

Venise venait de jeter la dernière pièce dans le pot.

– Quarante-deux shillings, murmura Ann. Ça fait deux livres de plus, qui s'ajoutent aux deux autres... Plus les quatre livres françaises... Ça fait deux pièces de huit, autrement dit, un peu moins d'une livre sterling.

Son visage s'éclaira d'un sourire radieux.

– Ça fait quasiment cinq livres !

Ann prit Venise par les épaules.

– Tu imagines ? C'est ce que j'aurais gagné en un an en tant que bonne à Londres !

Venise éclata de rire et elles tombèrent dans les bras l'une de l'autre.

– Vite ! Il faut le cacher.

Elles replacèrent le pot au fond d'une étagère, derrière d'autres pots que personne ne mangeait jamais. Dolores fouillait régulièrement les affaires de ses filles pour vérifier qu'elles ne se gardaient pas une partie de leur butin pour elles sans son autorisation. Quant à Ann, son mari planquait parfois de l'argent dans leur minuscule cahute, aussi aurait-il été très imprudent d'y cacher le sien aussi : il aurait fini par tomber dessus un jour ou l'autre, et s'imaginer que c'était à lui.

Elles s'étaient donc rabattues sur cette solution précaire, du cellier de la cuisine.

– On commence à en avoir beaucoup, dit Ann. Il va falloir songer à le cacher ailleurs.

Venise approuva. Elles sortirent du cellier.

– Si on continue comme ça, dans deux ans on aura de quoi partir.

Elles sursautèrent en voyant Jack Rackham assis à la grande table. Il était avachi dans sa chaise, le dos voûté et l'œil vitreux. Dans sa main, une bouteille de vin entamée. Il remarqua à peine leur présence.

– Qu'est-ce que tu fiches ici, Jack ? Tu sais que tu n'as pas le droit d'être là !

Jack ne réagit pas.

– Qu'est-ce qu'il se passe, Jack ?

Il poussa un long soupir, but une grande gorgée de vin et leva des yeux larmoyants vers elles.

– J'ai vendu à Maggie ses cochons...

Venise pouffa de rire à ce souvenir.

– Mais sans le sucre et l'indigo, ce n'est pas assez pour rembourser Dolores. Elle dit qu'il faut compter les intérêts... À ce train-là, je ne suis pas près de la rembourser...

Ann et Venise échangèrent un regard embêté. Elles étaient bien placées pour savoir que Dolores était douée pour endetter les gens et les avoir ainsi à sa merci.

– Ah, au fait. Tiens...

Jack sortit de sa poche une pièce de huit.

– Ta part. Pour le tuyau.

Ann saisit la pièce, hésitante. Elle concerta Venise du regard. Fallait-il faire accepter cet argent ? Venise hocha vivement la tête. Ann glissa la pièce dans sa poche.

– Tu sais, il y aurait un moyen simple de la rembourser, dit-elle. Il suffirait que tu t'embarques.

– Merci Ann, je le sais bien ! À ton avis, pourquoi est-ce que je suis prostré ici à picoler tout seul ?

Jack Rackham n'aimait pas embarquer, ce n'était pas un secret. Il ne s'y résignait qu'en tout dernier recours. Et à en juger par son abattement, le dernier recours était atteint…

IV

Temps de brume

Il ne devait pas être loin de midi au zénith. La *Whydah Gally* et la *Marianne* avançaient à grand-peine sur des eaux grises et mornes, cernées par un brouillard à couper au couteau. L'air était chargé d'une humidité qui stagnait, faute de vent. Il y avait quelque chose de lugubre dans ce tableau de deux navires progressant tout dessus, à l'aveuglette, leurs voiles claquant dans l'air ouaté. On ne distinguait rien à plus de deux encablures. Peu à peu, la *Marianne* perdit toute substance, devenant une silhouette fantomatique à peine visible dans le brouillard.

– Allumez les feux.

– Oui, capitaine.

Quamino disparut et revint avec de l'huile de baleine. Il trottina jusqu'aux haubans, grimpa sur la lisse, décrocha le fanal, alimenta la lampe et l'alluma. Il fit de même avec les deux autres feux de la *Whydah*. Avant qu'il n'eût terminé, la *Marianne* entreprit d'allumer ses feux à son tour. Il était grand temps, car à l'instant où elle allumait son feu de poupe, elle se fondit complètement dans la brume. À présent, la *Whydah* avait l'air d'être accompagnée par quelque créature mystérieuse et invisible, dont seuls les deux yeux jaunes brillaient dans l'épaisse purée de poix.

Bellamy rejoignit Lambert, qui feuilletait les pages du journal de bord. Un bâton de Jacob était posé près de lui, sur un des coffres.

– Alors ?

– Alors hier soir nous étions sur la trente-cinquième latitude. Puis le ciel s'est couvert… Si on tient compte de notre vitesse moyenne pendant la nuit, nous devrions être à peine plus au nord, en face de la baie de Chesapeake. Je ne pourrais pas être plus précis.

Bellamy regarda autour de lui. Évidemment, il était impensable de se servir du bâton de Jacob dans ces conditions. La lumière du soleil était si diffuse qu'il était impossible de le viser, quant à l'horizon… Il n'allait pas plus loin que les abords directs du navire.

Il y avait juste ce qu'il fallait de vent pour garder de l'erre. La petite brise était si silencieuse qu'on entendait chaque craquement du navire. Simon One-Eye était à la barre, seul. Inutile d'être deux par un si petit vent. À chacun de ses coups de barre, on entendait le timon bouger sous le pont.

– Qui est à la vigie ? demanda Bellamy en tassant un peu de tabac dans sa pipe.

– Julian.

– Quand Galway sera remonté de l'infirmerie, je veux qu'il aille le relever.

– Bien, capitaine.

Bellamy alluma sa pipe en tournant le dos au vent, bien qu'en de pareilles conditions, c'eut été presque inutile. C'est alors que son regard se porta sur les deux feux de la *Marianne*. En quelques minutes, les deux lueurs jaune vif étaient devenues blafardes et troubles. La brume s'était encore épaissie.

– Monsieur Lambert, faites piquer la cloche de pont. Un coup, toutes les trois minutes.

– Bien, capitaine.

Quand la cloche de la *Whydah* sonna, Bellamy tendit l'oreille. Le « dong ! » grave de la cloche de la *Marianne* lui fit écho.

L'infirmerie était plongée dans sa pénombre habituelle. Le docteur n'était pas débordé. Il avait affaire aux blessures habituelles, entorses, plaies, et divers cas de désordres digestifs. Un peu à l'écart des autres malades, Galway était caché sous une couverture, assis sur les genoux devant une caisse. Il était en train de respirer une inhalation de laurier et de myrrhe, censée déboucher ses bronches encombrées. Ses quintes de toux nocturne avaient eut raison de ses camarades, qui l'avaient littéralement traîné à l'infirmerie dans l'espoir que Ferguson fasse quelque chose pour y remédier.

Ruth était assise à même le pont en face de lui. À la demande de Ferguson, elle préparait un emplâtre de camphre pour Scovell, qui s'était luxé l'épaule en tombant dans la descente qui menait à la cale. Le jeune homme attendait assis dans un coin, le visage crispé de douleur en se tenant le bras.

– Cette odeur… Ça me rappelle ce qu'on me donnait quand j'étais môme, contre mes quintes de toux, dit soudain Galway.

Ruth fut surprise de l'entendre soudain mentionner son enfance. Il n'en parlait jamais, ou si peu. C'est peut-être ce qui avait poussé Ruth à commettre cette faute qu'elle se reprochait amèrement… Quelques jours plus tôt, elle avait violé l'intimité de Galway, en lisant à son insu des notes qu'il avait écrites au cours des derniers mois, et qu'il gardait d'ordinaire caché dans son veston. Ruth avait profité qu'il soit terrassé par sa blessure pour y jeter un œil. Elle avait besoin de savoir… Savoir pourquoi Galway était si souvent d'humeur neurasthénique, pourquoi ces épisodes semblaient de plus en plus longs, et de plus en plus intenses. D'où venait ce tempérament maussade, cette tendance à se flageller pour tous les malheurs du monde ? Ruth avait vu dans ces étranges lettres que Galway écrivait en cachette une façon s'assouvir sa curiosité, et peut-être, un moyen de l'aider… Mais ce qu'elle avait lu avait soulevé plus de questions que de réponses. Galway s'y adressait à sa sœur Kathleen, presque à chaque fois. Il paraissait s'en vouloir de l'avoir abandonné. De manière générale, une lourde culpabilité pesait sur chacun de ses mots. Il y mentionnait son père et son frère, Cormac, qu'il semblait vénérer autant que détester.

– Pourquoi tu me regardes comme ça ?

– Pour rien.

Elle hésita, avant de demander d'un air aussi détaché que possible :

– Qu'est-ce que c'était exactement ? Ce qu'on te donnait contre ta toux ?

– Je n'ai jamais vraiment su... Tout ce que je regardais, c'était qu'il fallait me masser le torse deux fois par jour avec cette mixture. Le matin, ma mère s'en chargeait. Le soir, c'était mon père, après sa journée de pêche, juste avant qu'il n'aille se coucher.

Ruth se surprit à imaginer Galway, ce grand gaillard charpenté, à l'état de chérubin chétif, blotti devant la cheminée, sur les genoux de son père.

– Comment il était, ton paternel ?

Galway sortit de sous sa couverture dans un nuage de vapeur.

– *B'eisean an fear ab iontaí ar domhan...*[1]

Le visage de Galway était trempé de sueur.

– Je me rappelle que ses mains sentaient toujours le tabac et le poisson. Il avait beau les laver, l'odeur restait incrustée, elle faisait partie de lui. Il était pas souvent là, mais quand il était là, je m'endormais souvent sur ses genoux. Alors mes cheveux sentaient le tabac et le poisson pendant des jours, après son départ. Ma mère n'arrivait pas à faire partir l'odeur, ça la rendait folle... Quand j'essaie de me sentir bien, j'essaie de retrouver cette odeur.

Il esquissa un sourire contrit, comme s'il s'excusait de sa soudaine sensibilité. Un coup de cloche sur le pont leur fit lever la tête.

– Tiens, ils piquent déjà la demi-heure ? s'étonna Ruth.

Elle fit un rapide aller-retour, juste le temps de sortir la tête par l'écoutille et voir ce qu'il se passait.

– C'est à cause de la brume.

– De mieux en mieux ! s'exclama Quintor, qui se massait le poignet avec une mixture grasse.

Ruth se rassit et continua à écraser les ingrédients de son emplâtre. Galway disparut à nouveau sous sa couverture.

– Il faudrait que le vent se lève, pour disperser cette foutue purée de pois, jura Spinckes.

Le docteur nettoyait la plaie que Simon avait fait à Spinckes sur l'avant-bras, souvenir de la débâcle de la pièce de théâtre quelques jours plus tôt.

1. « C'était l'homme le plus fabuleux du monde... », en gaélique irlandais.

– Docteur, fit Quintor, combien de temps je vais devoir me balader avec le bras enduit de saindoux ? Je commence à sentir le porc grillé...

– Aussi longtemps que nécessaire, je vous l'ai dit. La brûlure doit rester grasse tout le long de la cicatrisation.

– Est-ce que quelqu'un va finir par s'occuper de moi, à la fin ? s'écria soudain Scovell.

Le pauvre garçon était toujours assis sur le plancher, souffrant en silence.

– Laissez-moi finir avec monsieur Spinckes et je serai à vous, monsieur Scovell. Mademoiselle Wolff, veuillez me passer le flacon d'huile de genévrier, sur le côté gauche de l'armoire... Parfait, merci.

– Voilà... ça aidera à la cicatrisation. Mademoiselle Wolff, sans vouloir abuser, pourriez-vous faire son pansement à monsieur Spinckes, que je puisse aider notre ami luxé ?

– Aucun problème, docteur.

Sur le pont, la cloche piqua de nouveau un coup.

– Bien, monsieur Scovell. Vous avez bu ce que je vous ai demandé ?

Le docteur prit un flacon et le plaça devant la lumière pour s'assurer qu'il était vide.

– Parfait.

– C'était costaud ! Qu'est-ce qu'il y avait dans ce rhum ?

– De la thériaque. C'est un sédatif léger, entre autres choses... Vous avez besoin de vous détendre complètement.

Ruth aida Spinckes à enrouler un bandage tout autour de sa plaie.

– Pourquoi je dois me détendre ? Vous n'allez pas le couper, tout de même ?

Tous éclatèrent de rire, même Galway, qui réapparut de sous sa couverture.

– Grand Dieu, mon jeune ami, si je devais couper les bras de tous ceux qui se font une luxation, nous aurions bientôt un équipage de gabiers manchots ! Non, je vais simplement devoir remboîter votre épaule dans son articulation.

– *Simplement* ?

– Je vais utiliser une technique très répandue et très ancienne, que nombre de vos camarades ont déjà éprouvée. N'est-ce pas, Quintor ?

– C'est vrai ! Je m'étais luxé le poignet il y a quelques mois, le docteur me l'a remis en place en trois coups de cuiller à pot !

– Un poignet, peut-être ! Mais c'est d'une épaule que l'on parle !

– Monsieur Scovell, si vous êtes tendu, vous risquez d'avoir très mal, j'aime autant vous prévenir.

À cet instant, ils entendirent à nouveau la cloche de pont, qui ponctua la phrase de Ferguson d'un trait dramatique qui arracha quelques sourires.

– Et c'est tout ce que vous avez trouvé à me dire pour m'aider à me détendre ?

– Peut-être qu'une dose de thériaque additionnée de rhum ne serait pas de trop ? suggéra Ruth.

– Peut-être bien.

Pendant que Scovell buvait une nouvelle rasade de sédatif, le docteur attendait près de lui.

– Voilà… Respirez lentement, et profondément… Bien… Monsieur Galway, tenez ! (il lui jeta un flacon) Massez-vous la poitrine avec ça.

Ferguson se tourna à nouveau vers Scovell.

– Alors, mon ami ? Détendu ? On y va ?.... Allons, ne faites pas cette tête… Vous n'aurez pas plus mal que lorsque vous êtes tombé !

– Véridique ?

– Véridique. Allez.

Le docteur prit doucement le bras de Scovell, qui transpirait à grosses gouttes. Le docteur leva sa jambe et vint la coller sous le bras luxé de Scovell. Tout le monde autour retenait son souffle. Galway avait interrompu son massage, Spinckes s'était rapproché pour mieux voir. Quintor assistait au spectacle assis sur les premières marches de la descente.

Alors, d'un geste sûr et rapide, le docteur remit le bras de Scovell en place dans un bruit sec et sourd. Scovell poussa un hurlement à faire trembler les membrures de navire. Ruth, effarée, se demanda si Ferguson n'avait pas tout simplement fracturé l'épaule au lieu de la remettre en place.

– Alors ?

Remis de ses émotions, Scovell bougea précautionneusement le bras, s'attendant sans doute à raviver la douleur de plus bel. Un étonnement sincère se peignit sur son visage quand il s'aperçut qu'il pouvait lever l'épaule, chose impossible deux minutes plus tôt.

– Ça fait encore un peu mal…

– Naturellement. Je vais vous faire une écharpe, que vous garderez pendant deux ou trois semaines. Pas de mâture, ni aucun effort d'aucune sorte, cela va de soi.

– Deux ou trois semaines ? Mais… Mais qu'est-ce que je vais faire ? Et les autres, pour quoi j'vais passer si je les aide pas ?

– Arrête ton char, Scovell, railla Quintor en se levant. Ça va pas être facile, mais on va essayer de pas faire naufrage, ne t'en fais pas !

Lui et Spinckes remontèrent sur le pont, d'où on entendit la cloche piquait un nouveau coup. Avant de lui faire une écharpe, Ferguson enduisit l'épaule de Scovell avec l'emplâtre de camphre que Ruth avait préparé.

– Voilà ! Vous pouvez y aller, monsieur Scovell !

– Merci beaucoup, docteur. Vous êtes un as !

Scovell s'en fut par la descente, suivi de Galway. Ruth et le docteur étaient seuls. Elle l'observa un instant ranger ses fioles et pots dans sa caisse à pharmacie.

– Vous êtes si différents des autres chirurgiens de bord.

– Vous en avez rencontré beaucoup avant ?

– Non, mais… Quand on écoute les autres, tous disent qu'en général, les chirurgiens de bord sont de simples barbiers, tout juste bons à amputer un membre.

Le docteur continuait de farfouiller dans ses affaires, légèrement évitant.

– Vous, vous êtes un *vrai* docteur… N'est-ce pas ?

– Vous voulez la vérité ? demanda soudain Ferguson en se redressant.

Si elle voulait la vérité ? Depuis plus d'un an qu'elle naviguait avec lui, elle brûlait de connaître la vérité ! Comme tout le monde à bord, d'ailleurs. Du docteur Ferguson, on ne savait pas grand-chose. On se doutait qu'il était des Highlands, on se doutait qu'il avait participé d'une manière ou d'une autre aux révoltes jacobites, mais ce n'était que des spéculations, des bruits de coursive…

Ferguson retira ses lunettes et essuya les verres avec un mouchoir.

– Je n'ai jamais passé le diplôme. Les soulèvements de 1715 ont commencé pendant ma dernière année. Et j'ai préféré aller me battre pour mon pays, plutôt que d'avoir le diplôme. De toute façon, j'avais déjà obtenu ce que j'étais venu chercher en études de médecine.

– C'est-à-dire ? Qu'est-ce que vous étiez venu chercher ?

– Les connaissances. Suffisamment de connaissances pour pouvoir me rendre utile sur un champ de bataille autrement que par l'épée et le fusil.

Il rechaussa ses lunettes et s'assit sur une caisse. Son visage ridé par son passé était à peine éclairé par la lampe à huile au-dessus de leur tête.

– Vous savez, j'ai été de toutes les batailles, ou presque. J'étais à Cromdale, j'étais à Glencoe… Presque trente ans que je me bats pour l'Écosse, pour que revienne sur le trône d'Angleterre un roi qui respecte notre religion, notre mode de vie… J'ai vu mes frères mourir, et tant d'autres amis proches… Quand le Roi George a été couronné, j'ai décidé que j'avais vu assez de morts pour toute une vie. J'ai commencé des études de médecine pour être prêt, pour la prochaine guerre. Je voulais pouvoir sauver des vies, plutôt que d'en prendre… Et puis, en 1715, quand nous avons perdu la bataille de Sheriffmuir, j'ai perdu tout espoir. Comme bon nombre des nôtres…

Pendant un instant, un voile d'amertume troubla son regard.

– C'est là que nous nous sommes rencontrés. À bord de l'*Anglesea*.

– Comment avez-vous pu vous faire embarquer sur l'*Anglesea* ? C'était un navire anglais… Et… Enfin, j'imagine que vous étiez en cavale.

– Rien ne vous échappe, n'est-ce pas ?.... Vous avez raison, tous les Ferguson de Perthshire étaient considérés comme des guerriers jacobites après la révolte de 1715, et donc des hommes à capturer morts ou vifs… Mais les Ferguson d'Ayrshire, eux, s'étaient rangés du côté orangiste aux débuts des premiers soulèvements.

Il sourit d'un air contrit.

– Vous vous êtes fait passer pour un Ferguson d'Ayrshire, n'est-ce pas ?

Le docteur hocha lentement la tête.

– Je n'en suis pas fier… Mais je n'avais plus personne à protéger, et je ne croyais plus en l'avenir des Highlanders. Je voulais juste partir loin de ces guerres…

– Ne vous justifiez pas, docteur. Vous n'êtes pas le premier à vous faire passer pour quelqu'un que vous n'êtes pas dans le but de repartir à zéro autre part. Vous savez d'où je viens, pas vrai ?

Elle sourit avec bonté. Ferguson la remercia d'un regard plein de reconnaissance.

– J'ai toujours su que Nathaniel Wolff n'était pas plus Nathaniel que je n'étais d'Ayrshire, dit-il avec un clin d'œil.

Pendant un moment de connivence silencieuse, ils prirent toute la mesure de ce qui les rapprochait, alors même que leur vie avait suivi des trajectoires si différentes.

Quand Ruth revint sur le pont, elle était encore un peu sonnée des confidences du docteur. Shuan venait de piquer un coup de cloche. Elle rejoint Galway au pavois, qui semblait chercher quelque chose dans la brume.

– Qu'est-ce que tu… ?

– Chut !

Il n'était pas le seul à tendre l'oreille. Enfin, au bout de quelques secondes, elle crut distinguer un léger tintement lointain…

– Par Saint George… C'est la *Marianne* qu'on entend de si loin ?

– Nous sommes en train de la perdre…

– Pourquoi est-ce qu'on change pas de cap ?

Elle reconnut les pas du capitaine derrière elle.

– Parce qu'il nous faudrait virer de bord. Et je crains qu'avec cette pétole, nous n'arrivions pas à virer, ou que nous évitions trop, et que cela nous mette sur la route de la *Marianne*… Galway, va relever Julian à la veille.

– Bien, capitaine.

Les sourcils froncés, Bellamy se laissa tomber sur la lisse, les yeux perdus dans la brume.

– Nous ne pouvons prendre le risque de les aborder sous prétexte de les retrouver.

Il se redressa sur ses jambes, et une très furtive grimace de douleur passa sur son visage.

– Qu'est-ce que tu as ?

– Rien du tout.

– Tu boites comme un vieillard.

Bellamy se laissa de nouveau tomber sur la lisse. Sa peau avait perdu son teint hâlé, même ses lèvres paraissaient décolorées. Seuls ses yeux gris gardaient leur éclat habituel.

– Tu devrais aller voir le docteur.

Le coup de cloche piqué par Shuan interrompit leur conversation. À l'instar de tous ceux qui étaient sur le pont, Bellamy et Ruth tendirent à nouveau l'oreille vers l'insaisissable inconnu. Les secondes passèrent, silencieuses et sinistres, seulement troublées par le claquement des voiles déventées et le timon qui grinçait. Une minute peut-être s'était écoulée, dans le silence le plus désespérant. Bellamy inspira profondément, les lèvres serrées, comme lorsqu'il retenait un juron.

– Ça y est. Nous sommes seuls.

⁂

Le vent revint à la fin de la nuit, et au petit matin, le brouillard se dissipa enfin… Pour révéler un océan gris, d'où la *Marianne* était désespérément absente.

Durant la matinée, la ligne qui traînait derrière le bateau depuis des jours se révéla enfin utile.

– Une dorade coryphène ! cria Langue-de-chat. Galway, aide-moi !

Encouragés par une horde de camarades enthousiastes, les deux hommes se jetèrent sur la ligne, et combattirent avec le poisson qui se débattait à la surface de l'eau.

– Tire, tire, bon Dieu ! Allons, les gars, hardis !

Personne n'aurait osé les aider : ce combat était le leur. Le poisson se battait vaillamment au bout de sa ligne. Son corps agité de soubresauts clapotait et gesticulait dans tous les sens.

À leurs côtés, on vidait les bonites et la première dorade déjà pêchées, on balançait les tripes à la mer, et on détaillait la chair en gros morceaux pour la faire cuire dans la marmite de Vaughan. L'eau de mer et le sang se glissaient dans les rainures du pont, et ruisselaient jusqu'à Ruth, qui dessinait la scène. Le grain de ses feuillets était humide, et seules les mines les plus grasses en venaient à bout. À court de papier, elle avait dû en découper dans tout ce qu'elle trouvait à bord de leurs prises : anciennes cartes marines, pages de journaux de bord…

– Elle commence à fatiguer !

Langue-de-chat et Galway, dans un cri guttural, tirèrent aussi fort qu'ils purent. La dorade bondit de l'eau, à la façon d'un bouchon de liège sautant d'un goulot. Une fois extirpée de son habitat naturel, la ramener à bord était plus simple. D'une certaine façon, le poisson n'était pas seul dans cette lutte acharnée : c'était comme si la mer elle-même cherchait à le maintenir sous l'eau, exerçant sa pression sur lui pour le garder en son sein. Dans un tonnerre d'applaudissements, Hoff et Galway ramenèrent le poisson à bord. Langue-de-chat plaça un coutelas dans la main de Galway.

– À toi l'honneur, mon gars. Celui-là, c'est ta touche.

Ruth s'empressa de trouver un morceau de papier vierge, et esquissa très rapidement les traits principaux de la scène : le poisson, les hommes autour, le désordre, le sang, et Langue-de-chat, mains sur les hanches, regardant Galway enfourcher sa proie, la plaquer contre le pont, avant de lui transpercer le crâne juste entre les deux yeux, d'un geste sec et assuré. La dorade mourut sur le coup, mais fut agité de convulsions nerveuses encore quelques secondes. En quelques secondes, sa peau aux reflets d'or et d'émeraude perdit de son éclat. Elle garda son expression terrorisée même dans la mort.

Galway entreprit de vider le poisson. Il fit une incision au niveau de l'anus, arracha un intestin du doigt, puis il lui ouvrit les branchies et récupéra tous les organes d'un coup, pour ensuite les jeter par-dessus bord. Enfin, il lui arracha le cœur. Galway resta un instant figé devant le spectacle de cet organe noble au creux de sa main.

– Il bat encore..., murmura Quamino à ses côtés.

– Ça arrive parfois.

– Tu sais ce que tu es censé faire, Galway, lui dit Langue-de-chat avec un clin d'œil.

Galway n'était pas fils de pêcheur pour rien. Il sourit avec malice avant d'enfourner le cœur dans sa bouche, sous les acclamations générales.

– Et faut le mâcher, pas le gober !

– V'là ! C'est bien, jeune ! Maintenant, le cœur de l'océan bat en toi !

Vaughn vint chercher les poissons pour les descendre à la coquerie, et tout le monde reprit ses activités. Galway, passablement ivre, reprit sa place dans la grand-voile d'étai ramassée au pied du mât de misaine. Il but une gorgée de rhum dans sa flasque, et se replongea dans son livre, une tragédie grecque, *Thyeste*, de Sénèque.

Ruth entreprit de le dessiner. Le front plissé par la concentration, elle remplissait les ombrages de son croquis en estompant des zones ici et là. Le crayon repassa sur certains plis de la veste de Galway, remontée jusqu'aux manches. La laine tachée de goudron abritait ici et là des copeaux et de la sciure. Ses avant-bras épais semblaient sculptés dans du bois dur ; ses cicatrices diverses et égratignures dues au frottement des cordages et aux chocs répétés rappelait les stries et les aspérités que l'on trouve sur un tronc d'arbre. Un coup de crayon plus appuyé renforça les ombres de son cou où tombaient quelques mèches de cheveux. Du bout du doigt, Ruth estompa les ombres de son visage, dur dans l'expression, mais doux dans les traits. Elle prit ensuite une mine bien taillée et creusa un peu plus la ride verticale au-dessus du nez de Galway. Elle aimait bien cette ride. Telle un point d'exclamation bien placé, ce court sillon entre ses sourcils intensifiait chacune de ses expressions.

– Eh, l'écolier ! lui lança Quintor. Arrête de t'user les rétines sur les livres, ou tu seras bientôt incapable de reconnaître une frégate d'un canot à plus d'une encablure !

– Pour celui qu'on appelle la meilleure paire d'yeux du bord, ça serait dommage ! renchérit Noland en ricanant.

– *Bailígí libh, a ghrúpa amadán*[1] *!*

De plus en plus souvent, et plus particulièrement quand il avait bu, Galway s'exprimait en gaélique. Ruth ne comprenait pas toutes les fluctuations de son âme torturée. Mais Galway, c'était comme la mer. Tant qu'on ne lui soufflait pas dans le cou, il restait calme et clément. Mais si on s'aventurait à le tourmenter, il devenait houleux et violent. Encore aujourd'hui, malgré tout ce qu'ils avaient vécu ensemble, il demeurait pour elle une énigme. Elle ne connaissait que sa surface, et ne pouvait qu'imaginer les sombres profondeurs de son âme. Mais cela ne l'empêchait de l'aimer, et de le soutenir, autant que faire se peut. Après tout, elle aussi avait ses secrets...

1. « Allez vous faire voir, bande d'idiots ! » en gaélique irlandais.

V

Secrets

Le vent forcissait toujours, et tournait peu à peu du sud au sud-ouest. Perroquets serrés, la *Whydah Gally* progressait sur une mer hachée, gonflée d'une houle grandissante. Mais tant qu'ils restaient au portant, ils pouvaient garder de la toile.

L'*Ann Galley*, un petit brick qu'ils avaient arraisonné quelques jours plus tôt, suivait tant bien que mal. Il était commandé par Noland, qui avait embarqué une vingtaine d'hommes de la *Whydah* avec lui. Le capitaine prisonnier, un certain Montgomery, était détenu avec son équipage à son bord.

Le capitaine Bellamy était près des timoniers, le col de son caban remonté jusqu'au nez. Il sentait des gouttes de pluie s'infiltrer dans sa nuque et dégouliner de ses manches.

Langue-de-chat remonta sur le pont. Il tendit une moque de cidre à Bellamy.

– Le baromètre baisse encore.

Langue-de-chat crut déceler des rides d'inquiétude sur le visage du capitaine.

– Y a pas de souci à se faire. Ce n'est qu'un petit coup de vent. Notre équipage en a vu d'autres.

– Il ne faut jamais oublier que nous avons un monstre endormi tapi sous nos pieds. Il lui suffit de lever la patte pour nous submerger...

Il regarda le contenu de sa moque. Des gouttes de pluie y tombaient, et se mélangeaient au breuvage doré.

– Et puis, il n'y a pas que le temps qui me préoccupe. Le docteur m'a rapporté des cas de flux de sang[1], ce matin.

– Oh...

Le Suédois baissa le regard. Il savait très bien ce que cela voulait dire : l'eau douce du navire était viciée.

– Combien de barriques sont dégradées ?

– Presque toutes, jusqu'à preuve du contraire.

Langue-de-chat regarda autour de lui, le ciel, la mâture, et la pluie qui s'intensifiait.

– Nous ne pouvons pas nous rapprocher des côtes maintenant.

1. Flux de sang : ancien nom de la dysenterie.

– Je le sais. Il faut espérer croiser la route d'un autre navire rapidement.

Bellamy sentit la pluie devenir légèrement moins dense.

– Fais prendre un ris dans les huniers.

– Bien.

Langue-de-chat alla trouver les matelots de quart qui se tenaient sous le gaillard, serrés les uns contre les autres comme des oiseaux sous une corniche.

– À prendre un ris dans les huniers, les gars !

– Eh bien, si c'est pas dommage ! Il était temps !

Bones donna des tapes d'encouragement sur les épaules de ses gabiers.

– Allez, montrez-moi ce que vous savez faire, les jeunes !

Pendant qu'ils prenaient les ris, la pluie s'intensifia significativement. Les gouttes se faisaient lourdes et serrées. L'eau dégoulinait sur le visage de Ruth. La sensation sur leur crâne et dans leur dos passa de la vague caresse de la bruine à un martèlement opiniâtre et continu. Quelqu'un poussa un juron à l'encontre de ce ciel de malheur. Ruth ne vit pas qui, tant la visibilité était mauvaise.

Quand ils reposèrent les pieds sur le pont, ils grelottaient franchement.

– Descendez vous changer, ordonna Bellamy. Il y a un tas de vêtements dans mon bureau, ce sont ceux que nous avons pris aux gars de l'*Ann Galley*. Allez vous servir.

Ruth, Galway, Langue-de-Chat et Tommy Tranquille descendirent sans se faire prier dans le bureau du commandant. En effet, une pile informe de vêtements de travail encombrait tout un coin de la pièce. Trempés jusqu'aux os, ils marquèrent un temps, se regardèrent les uns les autres avec méfiance, et comme un seul homme, ils se ruèrent sur le tas de hardes. C'était au premier arrivé, premier servi. Ils s'arrachaient les meilleures pièces en négociant comme des vendeurs sur le marché.

– Sois pas stupide, Galway ! Ce pantalon est trop petit pour toi, qu'est-ce que tu vas en faire ?

– Ah ouais, ça t'arrangerait de te garder le plus épais, hein mon salaud ?

– Laisse-moi te couper les jambes d'un bon pied et je suis sûr qu'il te siéra à merveille !

Ruth mit la main sur une veste un peu moins grande que les autres, qui avait l'avantage indéniable d'être faite dans de la grosse toile imperméabilisée. Elle voulut la prendre pour la voir de plus près, mais Langue-de-Chat tenait l'autre manche.

– Wolff, j'te donne ma ration de biscuits si tu me la laisses.

– Dans tes rêves, mon gars.

– Mes biscuits et mon rhum !

– Arrête d'ergoter comme un français, Langue-de-chat !

Ils pinaillèrent et chicanèrent ainsi pendant un temps interminable, avant que chacun s'estime suffisamment satisfait de son lot. Les trois hommes se changèrent sans attendre, jetant leurs vêtements détrempés sur le tapis, qui n'en était plus à ça près. Ruth attendit qu'ils aient fini.

– Oh, toutes nos excuses, *milady*, railla Langue-de-chat. Nous allons vous laisser un peu d'intimité.

– Je trouve pas ça très juste que tu puisses nous reluquer autant que tu veux, alors qu'on manque de se faire couper les bourses dès qu'on essaie de s'approcher de toi la nuit pour avoir chaud !

Tommy faisait allusion à une certaine nuit, quelques semaines plus tôt, où il était venu se serrer contre Ruth. Il ignorait qu'elle gardait son couteau à la main quand elle dormait, justement pour parer à ce genre d'incidents. Elle avait bien failli l'éborgner.

– Si Langue-de-chat se glissait près de toi la nuit pour se réchauffer, est-ce que tu le laisserais te regarder pendant que tu te changes, toi ? rétorqua-t-elle.

Tommy ne sut quoi répondre. Il regarda Hoff et Ruth à tour de rôle, retenant de ses mains son pantalon trois fois trop grand.

– Ça n'a rien à voir !

Langue-de-chat boutonna le dernier bouton de sa veste et gratifia Tommy d'une bonne claque sur le derrière.

– En es-tu sûr, mon mignon ?

Les trois hommes récupérèrent leurs vêtements mouillés et laissèrent Ruth seule. Elle se déshabilla en hâte, enfila un pantalon et une chemise. Elle s'apprêtait à récupérer la veste sèche qu'elle avait jeté sur le bureau, quand elle vit un livre qui attira son attention. « L'homme franc », de William Wycherley. Sur le pont, quelqu'un piqua la fin de son quart.

Alors elle ne se fit pas prier. Elle se jeta dans le fauteuil, un fauteuil très confortable, recouvert de cuir qui couinait à chaque fois qu'on remuait dedans. Posant ses pieds nus sur le bureau, elle ouvrit le livre directement à la page de la dernière scène, celle qui avait été interrompue par l'intervention de Simone One-Eye lors de la représentation.

À la fin de sa lecture, Ruth referma le livre d'un geste sec. Mais elle ne se leva pas tout de suite. Ses yeux étaient posés sur la carte déroulée sur le bureau – les abords de Nantucket et Cape Cod – mais ils semblaient s'être perdus loin dans le vague. Cette lecture la laissait dans un état de légère sidération. Elle qui n'avait jamais autant douté de l'existence du Seigneur que depuis qu'elle naviguait, elle commençait à se demander si ce n'était pas Lui qui avait mis ce livre entre ses mains.

Fidelia, le matelot du capitaine Manly n'était-il pas une femme ? Plus troublant encore, son nom de famille n'était-il pas Grey, tout comme celui de Ruth ? Et ce Manly, qui finissait par offrir son amour à cette femme qui l'avait aimé de près pendant tout ce temps, abandonnant ainsi celle qu'il avait fantasmée sans jamais connaître, ne faisait-il pas face aux mêmes dilemmes que Samuel ?

Le regard lointain, Ruth repensait à la dernière fois où Samuel et elle s'étaient retrouvés seuls. Elle lui avait demandé comment se terminait la pièce. « Bien », avait-il répondu laconiquement.

« Bien ».

Une étrange sensation de chaleur irradiait la poitrine de Ruth à cette pensée. Cependant, elle était altérée par un sentiment d'angoisse diffus qui lui picotait la raison… Désirait-elle vraiment la même fin que Fidelia ? Car le capitaine Manly ne lui accordait pas que son amour, il lui offrait aussi des chaînes. Il lui promettait qu'elle n'aurait jamais plus à naviguer, qu'il la placerait à terre, la mettrait à l'abri du besoin et du danger… En somme, il lui offrait la place de celle qu'il avait fini par abandonner au profit de Fidelia.

Ruth n'était pas sûre de vouloir cette place. Bien sûr, vivre dans l'opulence et la sécurité était tentant, surtout quand on avait grandi avec rien d'autre que sa maigre peau sur les os pour se protéger des assauts du monde. Pourtant, avoir choisi le danger de l'inconnu avait permis à Ruth d'accéder à beaucoup plus de libertés qu'elle n'en aurait jamais trouvé à Wapping, ou n'importe où ailleurs sur terre… Liberté de se mouvoir où bon lui semblait, liberté de s'exprimer haut et fort, liberté de se défendre, d'attaquer même, liberté de jouir des plaisirs de la vie sans avoir à s'en cacher ou s'en justifier… Cette liberté avait un prix, certes. L'omniprésence de la mort, la faim, la soif, le corps fourbu de douleurs en permanence, dormir avec un couteau dans la main pour se protéger de ses « camarades »… Mais elle préférait encore payer ce tribut pesant et rester libre, plutôt que devoir à un homme sa pitance et sa sécurité. Même si cet homme était Samuel Bellamy.

Surtout, si c'était Samuel Bellamy.

Elle l'aimait parce qu'elle était libre de l'aimer. Mais serait-ce encore le cas si elle n'avait d'autre choix que de l'aimer en échange de sa protection ? Ruth pensa à Maggie. Maggie tenait la taverne de la Grand-place de Nassau, qui appartenait à Samuel. Ruth avait ouvertement critiqué cet arrangement, arguant que leur relation ne pouvait être un échange égalitaire, parce que Maggie, en tant que femme noire, n'avait pas tellement d'autre alternative qu'aimer Bellamy.

Et puis, Ruth s'ébroua dans un sursaut, agitée par une pensée tout autre : pour qu'elle ait de telles décisions à prendre, il faudrait que Samuel réagisse comme Manly. Et si elle en croyait la carte de Cape Cod qui s'étalait devant ses yeux, on était loin d'en arriver là.

Elle jeta le livre sur le bureau et quitta la pièce précipitamment. Elle se rendit dans l'entrepont, où les hommes libres de quart se prélassaient à l'abri de la pluie qui crépitait sur le pont au-dessus de leurs têtes. Certains somnolaient dans leur hamac. Bones, encore vêtu de ses vêtements détrempés, jouait aux osselets avec Herrera,

Spinckes et Tommy le Roux. Galway lisait dans un coin, tandis que Langue-de-Chat et Quintor jouaient de la flûte pour l'un, de la guitare pour l'autre. Vaughan, le cuistot, essuyait ses mains grasses sur son tablier en les écoutant. Johnny Kid apprenait à Quamino à déchiffrer les lettres d'un vieux journal. Tommy Tranquille raccommodait une paire de bottes, et Brown profitait de ses outils pour recoudre sa chemise déchirée. Ruth adorait par-dessus tout ces ambiances d'entrepont. Quand le mauvais temps faisait rage dehors, et que les matelots se réunissaient ainsi dans cette antre chaude et tranquille, elle avait l'impression d'avoir une famille ; elle s'imaginait qu'ils étaient tous cousins, frères et sœur, oncles et neveux, pères et fille, mère et fils, et qu'ils partageaient un moment d'oisiveté douceâtre au cœur de leur foyer.

Perché sur une pile de caisses, Julian contait une histoire à un auditoire captivé. Ruth contourna quelques fûts et s'affala dans un tas de sacs en toile de jute qui fleurait bon le sucre.

– Nakili et l'âme de sa défunte femme entreprirent donc un long voyage, jusqu'à l'au-delà... Mais il était encore de chair et d'os, alors que sa femme n'était plus qu'une substance évanescente et vaporeuse. Quand leur chemin se rétrécissait au point de n'être plus qu'un étroit tunnel, Nakili s'égratignait les épaules en forçant le passage, tandis que l'âme de sa femme se glissait dans n'importe quelle anfractuosité sans problème. Quand ils traversaient des forêts si denses que les arbres se touchaient presque, l'âme de la femme de Nakili se faisait filament de fumée qui passait avec aisance entre les branches, mais le pauvre Nakili, lui, devait faire des détours de plusieurs milles pour la rejoindre de l'autre côté du bois.

Ruth regardait le visage de Julian dans la pénombre ambrée de l'entrepont qui s'animait quand il contait. C'était la première fois qu'elle l'entendait narrer une histoire Mosquito. D'ailleurs, la plupart du temps, on en aurait presque oublié qu'il avait eu une vie avant d'embarquer avec Bellamy. C'était toujours agréable de voir un camarade retrouver un peu de lui au cœur de la communauté.

– Et puis, un jour, Nakili et sa femme arrivèrent aux abords d'un fleuve. Sur la rive d'en face, un monde merveilleux semblait s'étendre. Les gens faisaient la fête au milieu d'une nature clémente et fertile, où la pluie ne tombait que pour arroser les arbres fruitiers. Un canoë manœuvré par quatre crapauds leur apprit que c'était là le fameux paradis qu'ils cherchaient. Les crapauds proposèrent à Nakili et sa femme de les mener sur cette rive idyllique... Une fois arrivés, ils furent accueillis par Màs Allà, une femme solide, dotée de nombreux énormes seins, auxquels les habitants de l'au-delà venaient téter autant qu'ils le voulaient !

Comme c'était à prévoir, des rires gras ponctuèrent sa description.

– Si l'au-delà ressemble à ça, je signe de suite !

– Màs Allà, tu dis ? Tu me la présentes, celle-là ?

– N'insulte pas les dieux ! menaça Julian d'un air méchant.

Il reprit.

– Màs Allà fut contrariée de la présence de Nakili, un mortel, sur ses terres divines. Elle voulut l'en chasser. Mais il insista tant et tant qu'elle le prit en pitié, et finit par accepter… Pendant un temps, tout fut pour le mieux. Nakili et sa femme continuaient de s'aimer ainsi qu'ils l'avaient toujours fait, dans un pays d'abondance où tout est facile, et joyeux. Et pourtant… Nakili finit par s'ennuyer. Les mortels ne sont pas faits pour cette vie-là. Ils ne comprennent le bonheur que parce que le malheur existe. Ils n'apprécient le soleil seulement parce qu'il vient après l'obscurité… Une vie de bonheur permanent, de jour sans nuit, est une vie dénuée de sens, pour un mortel comme Nakili. Il finit par regretter sa maison, ses amis, sa vie sur Terre… il demanda à Màs Allà de l'y renvoyer. Celle-ci ne fut pas étonnée. Elle avait prédit cela depuis longtemps. Mais, en déesse fière qu'elle était, elle ne lui permit pas de repartir sans conditions. Elle lui interdit de revenir dans l'au-delà, même après sa véritable mort. S'il repartait sur Terre, il devrait y rester. Quand son âme quitterait son corps, il serait alors condamné à errer parmi les mortels.

Julian ménagea son effet.

– Et Nakili accepta. Màs Allà le renvoya par le fleuve. Rapidement, Nakili fut entraîné par le courant, vers la mer. Il fut rejeté au large, et bientôt, cerné par des lames énormes et grises. Il crut que c'en était fini de lui. Pendant une éternité lui sembla-t-il, il fut ballotté par une mer grosse et des vents violents… Il finit par fatiguer, et se laissa lentement couler… Tout s'assombrit autour de lui, tandis que son corps s'enfonçait vers les profondeurs. Quand il toucha le fond de l'océan, Nakili rouvrit les yeux. Il réalisa alors qu'il était sur le rivage. Juste devant sa maison.

– Mais alors, il est mort ou pas ? demanda Shuan, pragmatique.

Julian haussa les épaules.

– A vous de choisir. C'est tout l'intérêt de cette histoire ! Ou Màs Allà a tenu parole, et l'a ramené sur terre sain et sauf malgré la tempête. Ou bien, il est mort noyé, mais la malédiction l'a ramené sur Terre, à l'état de fantôme… C'est à chacun de choisir.

– N'importe quoi ! lança Vaughan. C'est évident qu'il est vivant, sinon il ne serait pas chez lui !

– Bien sûr que non, enfin ! contesta Shuan. Il a été maudit par les dieux… C'est son âme qui est revenue chez lui, pas son corps !

Chacun y alla de son interprétation, pour le plus grand plaisir de Julian.

– Et toi, t'en penses quoi, Wolff ? demanda-t-il à Ruth en surprenant son regard pensif.

– J'en sais rien… D'une certaine façon, il est à la fois mort et vivant, non ? Mort pour les uns, vivant pour d'autres… Comme on ne peut pas savoir, on peut dire que les deux sont vrais. Dans deux réalités différentes.

Julian acquiesça d'un sourire profond. C'est alors qu'une voix venue du pont les interrompit.

– Voiles ! Sur le travers bâbord !

⁂

Il était neuf du matin. En une demi-heure, la *Whydah* et l'*Ann* avaient rattrapé leur proie, un deux-mâts. Il avait suffi pour cela de larguer le ris dans les huniers. Le deux-mâts avait bien essayé de virer pour prendre le portant et repartir vers le nord-est, mais en vain. Il n'avait osé renvoyer toute sa toile, peut-être en raison d'une mâture fragilisée ou d'un équipage trop restreint, et cela avait décidé de son sort. La *Whydah* tira un unique coup de canon par-dessus son beaupré, avant de voir le navire capituler.

Cela soulagea grandement les canonniers et leurs servants de pièce, car il n'avait pas été aisé d'armer les canons et de viser par ce temps. Et on se demandait comment on allait débarquer des hommes pour qu'ils aillent prendre possession de leur prise...

Après un intense conciliabule, Bellamy décida qu'ils iraient mouiller à Nantucket, risquant pour cela de s'aventurer dans les dangereux bancs de Nantucket Sound. Ils s'en sortirent sans autre encombre qu'une angoisse lancinante, qui ne s'apaisa que lorsque le « on a fait tête ! » venu de l'avant leur signala qu'ils étaient bien mouillés. Mais ils n'étaient pas sortis d'affaires pour autant : Nantucket ne les abritait que partiellement du vent du large. Ils pouvaient chasser à tout moment. Ce mouillage ne pouvait être l'affaire que de quelques heures tout au plus.

Des hommes furent envoyés sur la *Mary Ann.* Ils apprirent par le capitaine qu'elle ne transportait que du vin de Madère, en grandes quantités. Mais seulement sept barriques d'eau douce. Qu'à cela ne tienne, Simon menaça violemment un pauvre matelot de le pendre s'il ne lui disait pas dans l'instant où était le vin. Le pauvre garçon apeuré les mena aux cales... Mais ils s'aperçurent que les fûts de Madère étaient entreposés derrière des centaines et des centaines de yards de câble enroulés sur eux-mêmes... Tout dévirer pour atteindre les fûts leur aurait pris l'après-midi, et ils ne disposaient pas d'autant de temps : le vent forcissait d'heure en heure, et la marée descendait. Il fallait profiter du jusant pour sortir de la baie, sans pour autant attendre d'être sur les cailloux.

C'est donc la mort dans l'âme qu'ils retournèrent sur la Whydah pour conter leur mésaventure.

– Nous n'allons quand même pas la laisser là ! s'exclama Langue-de-chat. Sept barriques d'eau, ce n'est pas grand-chose, mais c'est déjà ça !

– Sans compter le vin..., grogna One-Eye.

– Nous n'avons pas le choix, constata Bellamy. Il faut repartir. Emmenons la *Mary Ann* avec nous, nous la pillerons plus tard.

Il hésita un instant, toisant le visage de ses hommes avec inquiétude.

– Je vous propose d'aller mouiller à Provincetown, dans la baie de Cape Cod.

Sur le visage de certains, se peignit une expression soucieuse.

– Avec le temps qui s'annonce, se justifia Bellamy, il n'est pas sérieux d'aller à Damariscove Island maintenant.

– Est-ce vraiment plus sérieux d'aller à Cape Cod ? demanda timidement Spinckes.

– Nous mourrons de soif avant d'arriver à Damariscove, renchérit Bellamy. Nous devons aller nous mettre à l'abri tant que c'est encore possible, là où nous pourrons faire de l'eau.

– Autant rester ici, alors ! rétorqua Bones.

– Avec ce qui s'annonce, nos mouillages ne tiendront jamais ici. C'est beaucoup trop risqué.

Un silence de mort s'abattit sur le pont. Ruth ignorait pourquoi la perspective d'aller à Cape Cod les rendait si peu enthousiastes. Elle se tourna vers Galway, à sa gauche, qui n'avait pas l'air d'en savoir plus. Elle partagea alors ses interrogations avec Vaughan, qui était remonté de sa cuisine pour voir ce qu'il se passait. Son tablier était plein de taches de graisse, et il sentait le graillon.

– Ce sont les côtes parmi les plus meurtrières du Nouveau Monde, lui dit-il à voix basse pendant que Bellamy essayait de convaincre ses hommes du bien-fondé de son intention. Il y a tellement de naufrages chaque année que les habitants s'enrichissent dessus, en pillant les navires qui viennent s'y échouer.

– Mais nous avons des cartes !

Vaughan émit un petit rire sarcastique.

– Les cartes ? Tu leur fais confiance, aux cartes, toi ?... Non, crois-moi, la seule chose qui justifie qu'on aille caresser les hauts-fonds de ces côtes de malheur, c'est la perspective de mourir de soif si nous ne tentons pas le coup...

Ruth échangea un regard soucieux avec Galway. Il était vrai que la soif se faisait de plus en plus sentir. Le cidre et le rhum ne désaltéraient pas aussi bien que de l'eau, même croupie. Bientôt, les hommes devraient se résoudre à consommer l'eau viciée, et risquaient de se déshydrater encore plus en contractant la dysenterie...

L'équipage vota. Ils restèrent assez nombreux à s'opposer à la proposition de Bellamy, mais la majorité pencha tout de même en faveur de Cape Cod. Quand tout le monde se fut dispersé à son poste pour appareiller, Ruth suivit les autres au cabestan. Spinckes, qui avait voté contre, bougonnait dans son coin.

– Tout ça pour une blonde..., maugréa-t-il pour lui-même.

– Qu'est-ce que tu veux dire ? lui demanda Ruth.

– Enfin, c'est évident, non ? Bellamy veut rejoindre sa poule, voilà tout !

– Elle vit à Cape Cod ?

– Un peu, qu'elle vit à Cape Cod ! Je suis avec Bellamy et Williams depuis le début, et c'est d'ici que nous sommes partis la première fois. Il veut aller la rejoindre, je te dis. On va tous risquer notre peau pour une fille de port.

⁂

Voiles hautes amenées, deux ris dans les huniers, la *Whydah* essayait de rester au portant, afin de soulager ses haubans et de ne pas se rapprocher trop près de la côte. Cap au nord, bâbord amures, elle surfait sur des vagues blanches, gagnant trois ou quatre nœuds à chaque fois qu'elle en dévalait une. Quand elle se retrouvait dans le creux d'une vague, ses quelques voiles encore hissées claquaient, légèrement déventées, avant de se gonfler à nouveau.

L'heure n'était plus à la nonchalance ni à la détente. Tous savaient qu'ils pouvaient être amenés à manœuvrer en urgence à tout moment. La bordée de renforts buvait un reste de cidre au fond de l'entrepont, à la lumière des lampes qui oscillaient sur leur crochet. Les conversations étaient ténues et calmes. D'aucuns n'auraient osé troubler cette paix artificielle, ce *statu quo* temporaire qui faisait taire toutes les mesquineries et autres querelles de bord, dès que le baromètre baissait significativement.

En retrait dans un coin, Galway profitait de la lumière de la lampe au-dessus de sa tête pour terminer la petite boîte en bois qu'il s'était sculpté pour y mettre du tabac. Assise en face de lui, Ruth était passablement ivre. Son regard légèrement trouble dessinait un halo de lumière cuivrée sur tout ce qu'elle regardait. Les mains de Galway, épaisses et calleuses, empoignaient le bout de bois avec force, mais le maniaient avec finesse. De son visage penché sur son ouvrage, elle ne voyait que la ride entre ses sourcils.

Galway se mit à tousser aussi soudainement que violemment. Il essuya une larme aux coins de son œil et reprit son travail en reniflant bruyamment.

– Les remèdes du docteur ne sont pas aussi redoutables qu'il le prétend, grogna-t-il.

– Au moins, ils te permettent de survivre en mer… Ça n'était pas le cas quand tu naviguais avec Cormac, non ?

Galway leva un regard étincelant vers elle.

– Qu'est-ce que tu viens de dire ?

Ruth, engourdie par l'alcool, ne comprit pas cette lueur étrange dans ses yeux.

– Je ne t'ai jamais dit que mon frère s'appelait Cormac, dit Galway d'une voix glacée.

Ruth déglutit. Sa nuque se glaça. Il avait raison. La seule fois où elle avait entendu le nom de Cormac, c'est quand Galway avait décidé de baptiser ainsi le chien qu'ils avaient recueilli quelques mois plus tôt. Jamais elle n'avait su d'où lui venait ce prénom, jusqu'à ce qu'elle lise les lettres que Galway écrivait en secret à sa sœur depuis des mois.

Ruth resta muette et immobile, le souffle coupé, telle une proie surprise dans la prairie par un prédateur prêt à lui sauter dessus, toutes griffes dehors. Trop tard pour reculer, mais incapable de faire le premier mouvement… Galway fusillait Ruth du regard, son couteau toujours serré dans sa main. Ses yeux brillaient de rage. Il se mit à esquisser un rictus douloureux.

– Tu les as lues.

La gorge sèche, Ruth cherchait en vain quelque justification. La colère et la déception de Galway la tétanisaient.

– Tu as lu les lettres. Avoue.

Il n'y avait rien à ajouter. Impossible de nier, de mentir ou de sauver la face.

– Je…, articula-t-elle difficilement d'une voix faible.

Figée dans une interminable expectative, elle attendait que Galway dise quelque chose. Il bouillonnait, frémissait comme de l'eau sur le feu. Ce n'était qu'une question de secondes avant que sa fureur ne déborde.

Le navire roulait et tanguait inexorablement, indifférent à leurs tourments. Autour d'eux, leurs compagnons poursuivaient leurs conversations sans leur prêter attention.

– Tu… Tu étais inconscient… Au bord de la mort. Je n'ai pas cherché à mettre la main dessus, je te le jure ! Je changeais ton pansement, et… Et j'ai vu un bout de papier dépasser de ton gilet… Je n'ai pas lu dans le détail, je t'assure, j'ai simplement survolé !

– Parce que tu penses que ça fait une différence ?

– … Je suis allée trop loin, c'est vrai, mais… Je voulais juste savoir ce qui avait bien pu se passer, comprendre ce que…

– Qu'est-ce que tu voulais comprendre, hein ? explosa Galway.

Certains camarades levèrent la tête vers lui.

– Qu'est-ce que tu veux que je te dise ?… Que j'ai tué mon frère ? La chair de ma chair ? Mon propre sang ? C'est ça que tu veux savoir ?

Il s'était mis debout. Ruth avait reculé instinctivement devant cette explosion de colère, mais les mots de Galway l'avaient aussitôt figé. Les mots « tué », « frère » et « sang » vibraient contre les parois de son esprit. Voilà donc quel était le fardeau qu'il portait depuis tout ce temps… Elle aurait voulu lui dire combien elle se fichait de ce qu'il avait fait de sa vie d'avant, que personne à bord n'aurait été capable de lui jeter la première pierre.

– Je suis désolée, balbutia-t-elle d'une voix blanche.

– *Ná habair é sin ! An bhfuil tú ag dul a rá liom gur cuma leat, go mbaineann sé leis an am atá caite ? Gurb é an rud atá tábhachtach ná cé mise anois*[1] *?* Je vais te

1. « Ne dis pas ça ! Tu vas me dire que tu t'en moques, que c'est du passé ? Que ce qui compte, c'est ce que je suis aujourd'hui ? » en gaélique irlandais.

dire, si vraiment ça ne comptait pas, si le passé n'était pas si important, jamais tu n'aurais ressenti le besoin de savoir, de fouiller pour connaître la vérité. Tu es plus hypocrite que je ne l'ai jamais été en te cachant tout ça, ajouta-t-il avec mépris.

– *Je* suis hypocrite ? s'indigna Ruth en se levant. Et toi ? Combien de temps vas-tu te mentir à toi-même ? Hein, Arthur ? Tu auras beau changer de nom, ça ne changera rien à ce que tu as fait. Et tant que tu n'acceptes pas ça, tu auras toujours un pied dans le passé, et l'autre dans la tombe !

L'appeler par son vrai nom était une simple provocation, mais elle fut redoutablement efficace. Comme elle se tenait entre lui et la descente, il voulut la bousculer pour l'écarter de son passage. Mais un coup de roulis accompagna son mouvement, et il la poussa plus fort qu'il n'aurait voulu. Ruth bascula en arrière. Elle se releva en chancelant et lui assena une claque retentissante. Autour d'eux, les conversations s'étaient tues. Galway voulut riposter mais Ruth parvint cependant à esquiver.

C'est le moment que leurs camarades choisirent pour intervenir. Coincée entre les bras de Bones et Spinckes, Galway se débattait comme un beau diable, tandis que Ruth était retenue par Quamino et Shuan.

– Vous n'avez rien d'autre à faire que de vous chercher des poux en ce moment ? gueula Bones. Une tempête s'annonce dehors, et vous, vous battez comme des poissonniers sur le marché ?

– Qu'est-ce qu'il se passe ici ? fit la voix de Bellamy par-dessus toutes les autres.

Le grabuge l'avait attiré en bas. Il avait l'air plus épuisé que jamais. Son front était moite et luisant. On lui expliqua ce qu'il s'était passé.

– Nom de Dieu, mais vous avez quel âge ? s'emporta-t-il en se tournant vers Ruth et Galway.

– Ah, ça va ! riposta Ruth. Arrête de jouer les pères de famille, tu veux ?

– Alors arrêtez de vous comporter comme des gosses ! Il est hors de question que je tolère des enfantillages de la sorte, surtout tant que le mauvais temps n'est pas passé ! J'ai besoin que tout le monde soit concentré.

Dans la semi-clarté de l'entrepont, il regarda tour à tour Ruth et Galway, tous deux maintenus fermement par leurs camarades.

– Et solidaire.

Il marqua une pause, avant de déclamer :

– Galway, tu vas relever Julian sur la hune. Wolff... Fais ton sac. Tu débarques. Tu iras prêter main-forte à Noland sur l'*Ann*.

Ruth s'offusqua de cette décision.

– Quoi ? C'est une blague, j'espère ? Tu ne vas pas me débarquer par ce temps ?

Bellamy se pinça le haut du nez en fermant les yeux. Impossible de dire si c'était là un simple signe d'impatience ou si le simple son de la voix de Ruth le rendait malade. Il coupa court à ses protestations.

– Je ne veux pas de ce genre de tensions à bord, surtout avec ce temps-là.

– Change-moi de bordée, alors !

– Tu débarques, ou je vous enferme tous deux à fond de cale.

Galway lança un regard noir à Ruth, avant de déclarer :

– A vos ordres, capitaine.

Il se dégagea brutalement de l'étreinte de Bones et remonta sur le pont. Ruth était décontenancée. Jamais elle ne se serait attendue à ça.

– Bones, mettez à l'eau la chaloupe, ordonna Bellamy. Quamino et Spinckes, vous escorterez Wolff sur l'*Ann* dès qu'elle aura préparé son sac.

Le temps qu'elle termine de faire son sac, la *Whydah* était à la panne, Ruth pouvait le sentir aux mouvements du navire. En vidant son coffre avec des gestes de colère, elle trouva un petit objet qui ne lui rappelait rien. Elle le plaça sous une lampe, et reconnut la tabatière de Bellamy. Comment avait-elle atterri dans ses affaires ? Ah, elle s'en souvenait, oui. C'était le jour où ils avaient accosté sur Bush Cay, l'île où vivaient la communauté de Marrons et la sœur de La Buse. Bellamy lui avait distraitement tendu sa tabatière, et elle avait oublié de la lui rendre.

Elle décida d'aller la restituer à son propriétaire. De toute façon, elle ne comptait pas débarquer sans lui dire le fond de sa pensée. Fulminant de rage, son sac de toile jeté sur l'épaule, elle alla frapper à la porte de la cabine qui lui servait de bureau. Par habitude, elle l'ouvrit sans attendre la réponse.

Ce qu'elle vit la glaça d'effroi. Bellamy était là, debout, le pied gauche posé sur une chaise. Son pied était nu, son pantalon remonté jusqu'aux genoux. Quand Ruth entra, il était penché sur sa jambe, comme s'il l'auscultait de près. Ruth eut tout juste le temps de voir une tache pourpre, purulente, sur son mollet. Déjà, la jambe disparaissait sous le pantalon, et Bellamy reposait le pied au plancher.

– Qu'est-ce que tu veux ?

– Qu'est-ce que tu as à la jambe ?

– Rien. Un petit hématome, rien de plus.

Samuel s'assit sur la chaise et s'apprêta à rechausser sa botte, mais Ruth la lui prit des mains.

– Tu te moques de moi ?

Ce qu'elle pensait avoir vu lui glaçait le sang, mais elle devait en avoir le cœur net.

– Je n'ai pas de comptes à te rendre, Wolff.

– Bien sûr que si. A moi, comme à tout l'équipage ! Nous avons besoin d'un capitaine en bonne santé, sur ses deux pieds ! Montre-moi ta jambe, Sam.

Il leva vers elle un regard presque suppliant, mais elle était inflexible.

– Bien... Mais ne parle de ça à personne. Pas tant que nous sommes en mer.

Il retroussa doucement l'ourlet de son pantalon. Ruth réprima une grimace de répulsion, aussitôt suivie d'un sentiment de profonde affliction. La plaie était sombre et brillante. Des chairs noires se décomposaient dans un amas de sang coagulé. Tout autour du cœur de la blessure, les tissus nécrosés tiraient du rouge violacé au pourpre. Sous la peau blanche du mollet, un réseau de traînées rouges convergeaient vers la plaie. Une odeur funeste se dégageait de la plaie infectée.

Sous le choc, Ruth se laissa tomber sur la banquette derrière elle. Tous les événements de la journée lui semblèrent soudain dérisoires.

– Je n'ai jamais vu une gangrène si avancée...

– Moi non plus...

Son ton qui se voulait léger sortit Ruth de sa torpeur. Indignée, elle leva la tête vers lui.

– Ça te fait rire ? s'emporta-t-elle en se redressant sur ses jambes. Tu te crois très héroïque, peut-être ? Tu te prends pour quoi ? Un valeureux cou-de-cuir, un dur-au-mal qui s'oublie jusqu'à mépriser sa propre vie ? Et à quel titre, je te le demande ?

– Au titre que je ne peux me permettre de me cloîtrer à l'infirmerie pendant que mon équipage affronte une tempête sur le pont !

– Ah, parce que tu crois que tu nous seras utile une fois mort ? Parce que crois-moi, avec une gangrène pareille, tu ne passeras pas la nuit, mon pauvre ami !

– Arrête, bon sang ! Pour qui tu te prends, hein ?

– Et toi, Samuel Bellamy, pour qui tu te prends, je te le demande ? Tu... Tu es tellement bouffi d'orgueil que tu ne fais plus la différence entre l'abnégation et la vanité !

Ruth faisait les cent pas dans l'étroite cabine, se heurtant aux murs comme sa détermination à agir se heurtait aux frontières de la réalité inéluctable qui s'étalait sous ses yeux. À présent, elle comprenait son boitement, sa fatigue, ses traits tirés et son teint cireux...

– Comment est-ce que tu t'es fait ça ? lui demanda-t-elle d'une voix plus calme.

– Le combat contre la *Bathsheba*... J'ai reçu un éclat de bois dans le mollet.

– Pourquoi est-ce que tu n'es pas allé voir Ferguson ?

– Enfin, Wolff ! Tu ne te rappelles pas dans quel état nous étions tous à ce moment-là ? Il fallait te faire libérer de la *Bathsheba*, La Buse était en train d'établir notre route jusqu'au trésor... Et dans les jours qui ont suivi, nous étions tous sur des charbons ardents. Ce n'est pas la première blessure que je néglige, tu sais. Je pensais que ça passerait...

Un coup de roulis renvoya Ruth sur la banquette. Elle laissa tomber sa tête dans ses mains. Le coup de vent qui menaçait de se transformer en tempête, l'approche des côtes, la dispute avec Galway, et maintenant la perspective de voir Samuel mourir s'ils n'agissaient pas... Cela faisait beaucoup pour une après-midi.

– Je vais chercher Ferguson, dit-elle en se levant.

– Non !

Il bondit alors sur ses pieds et la saisit par le bras. Il la dépassait de toute sa hauteur, mais il avait visiblement si mal à la jambe qu'elle faillit se dérober sous son poids. Il fut obligé de s'appuyer sur l'épaule de Ruth pour se maintenir debout.

– Écoute, je ne suis pas complètement inconscient. Je sais que je n'en ai plus pour longtemps, si je garde cette jambe dans cet état.

À ces mots, Ruth sentit ses entrailles se serrer. Samuel se rassit dans le fauteuil et elle sur la banquette. Le cœur lourd, elle le regarda étendre sa jambe en grimaçant de douleur.

– Si le docteur… S'il agit maintenant, je serais inopérant pendant toute la durée du mauvais temps. On ne peut pas se le permettre.

– Mais Sam !

Il l'interrompit brutalement :

– Je te promets que dès le moment où l'ancre aura fait tête, quand nous serons tous en sécurité dans la baie de Provincetown, j'irai trouver le docteur. Et je lui mettrai moi-même la scie entre les mains !.... Mais pas avant.

Ruth sonda son regard cerné de noir. Le blanc de ses yeux était trouble, légèrement terne. Il transpirait.

– Pourquoi est-ce que tu as tant tardé ? Hein ? Si on t'avait amputé dès le départ, tu aurais pu être passablement rétabli aujourd'hui.

– Je t'en prie, ne sois pas si naïve. Tout le monde ne survit pas à une amputation, surtout quand elle est faite en mer… Et quand bien même. Je n'aurais pas supporté de passer mes dernières semaines de commandement en infirme.

– Alors j'avais raison, il y a bien de l'orgueil là-dedans.

– Orgueil, honneur, amour-propre, tu peux bien appeler ça comme tu veux. Mais je ne suis pas revenu à Cape Cod depuis plus de deux ans. Alors oui, l'idée de revenir dignement sur mes deux jambes me paraissait préférable à celle de claudiquer sur une seule.

– Fusse-t-il que ce soit au risque de perdre la vie…

Bellamy ne trouva rien à répondre.

– Alors c'est sûr… Tu veux poser ton sac définitivement ?

– Je crois que c'est le moment, oui… D'autant plus si je dois me faire couper une guibolle. Et puis, soyons honnêtes, nous avons choisi cette vie avant toute chose pour faire fortune, et… Fortune est faite, à présent.

– Quand est-ce que tu as pris ta décision ?

– Depuis que nous avons secouru la sœur de La Buse, en fait… De savoir que Dalzeel avait dilapidé tout son butin pour la retrouver, ça m'a fait réfléchir.

Comme souvent lorsqu'il parlait de lui, il parlait comme s'il était seul, le regard porté vers quelque chose de lointain, comme si lui-même avait du mal à distinguer les méandres de son âme sur l'horizon de sa psyché.

Soudain, son visage se ranima. Ses airs de statue de sel se muèrent en une cascade de rides soucieuses et empreintes de regrets. Il poussa un soupir et attrapa quelque chose sur le bureau. C'était une broche. Une belle broche en argent ouvragé, en forme d'hirondelle, qu'il se mit à caresser avec nostalgie.

– Je crois que j'ai eu peur d'avoir à choisir, comme Dalzeel, entre mon butin et ma femme.

Ruth sentit une poussée d'impertinence monter en elle.

– Tu crois qu'elle voudra d'un unijambiste ?

– Ma foi... Disons qu'entre elle et la mer, Martha est celle qui est le plus susceptible de vouloir encore de moi après une amputation.

– Comment peux-tu en être aussi sûr ?

Il leva brusquement les yeux vers elle. Un sourire dessina une onde de fossettes sur ses joues.

– Je ne le suis pas...

Son sourire tomba et les plissements de son visage s'adoucirent.

– Tu sais ce que m'a dit La Buse, le soir de Noël ?

Ruth secoua la tête.

– Il m'a rappelé qu'elle avait besoin de moi.

– La Buse, il t'a dit ça ? s'étonna Ruth d'un ton incrédule.

La flèche de son regard transperça Ruth en pleine poitrine. Une délicieuse sensation d'abandon, mêlée de peur et d'excitation, l'empêchait de regarder ailleurs. Les yeux gris de Bellamy brillaient toujours autant qu'avant, malgré le mal qui le rongeait ; au milieu de ce visage pâle et émacié, ces deux éclats d'argent évoquaient deux pièces d'acier brillant au milieu d'un morceau de bois taillé au couteau. Rien, pas même le rhum, n'avait jamais réussi à faire oublier à Ruth à quel point la vie était rude et exigeante. Pourtant, quand elle se perdait – se noyait – dans la contemplation du visage de cet homme, quelque chose se passait. Elle perdait toute substance, elle quittait son corps physique et douloureux, et ne devenait qu'une présence, reconnaissante d'être en vie, et d'être là, près de lui. Il était sacrilège, inimaginable, que la mort puisse priver le monde d'un tel morceau d'humanité.

– Je n'avais jamais rencontré quelqu'un comme toi avant, dit-il après un silence. Tu vis comme si le monde t'appartenait, et qu'il te devait tout.

– Peut-être pas tout... Mais après les claques qu'il m'a mis dans la gueule, il m'en doit une belle, oui.

Samuel se mit à rire.

– Je suis content que tu existes, tu sais. Depuis que je te connais, je me dis que l'humanité n'est pas complètement perdue.

Il y avait tant d'amour dans ses yeux à cet instant que Ruth ne savait plus quoi en faire. Elle tendit une main vers lui, et il la prit entre les siennes. Il porta la main de Ruth à ses lèvres. Leur pulpe fraîche se posèrent sur ses doigts.

– Mais si je commence à t'embrasser, je sais que je ne pourrais jamais m'arrêter.

Il se contenta de garder la main de Ruth chaudement enveloppée dans les siennes.

– Je suis désolé.

Elle le regarda un long moment sans savoir quoi répondre. Ils se laissèrent tomber dans un silence éloquent, un silence troublé par les craquements du bois et le crépitement de l'eau le long de la coque.

L'onde dévastatrice du rejet déferla sur Ruth sans prévenir. Elle rougit de honte, ou de colère, elle ne savait plus bien. Elle se leva brusquement. Soudain, tout ce qui comptait, c'était de se dérober au regard de Samuel. Et vite.

– Où tu vas ?

– Sur l'*Ann*. C'est ce que tu voulais, non ?

Elle ramassa son sac et se dirigea vers la porte, légèrement sonnée.

– Tu peux rester, si tu veux, dit Samuel d'une voix faible.

– J'préfère pas, non...

En mettant la main dans la poche de son manteau, elle retrouva la tabatière qu'elle comptait lui rendre.

– Tiens, j'oubliais...

Elle lui jeta l'objet si rapidement qu'il ne le rattrapa au vol que de justesse.

– Ruth, attends...

Mais elle avait déjà fermé la porte derrière elle. Elle parcourut la coursive plongée dans le noir à grandes enjambées, mais sa détermination s'estompait déjà. Quand elle arriva au pied de la descente qui menait au pont principal, elle s'arrêta, une main sur la rampe. Ferma les yeux. Et, n'y tenant plus, étouffa un sanglot. Sur le pont, elle entendait Spinckes et Tommy le Roux qui préparaient le canot pour la débarquer. Elle recula dans l'obscurité et s'adossa quelques secondes à la cloison derrière elle, le souffle court. Le visage de Samuel restait imprimé sur ses rétines. Sa jambe nécrosée par la gangrène... Quoi qu'il se passe, c'était la dernière fois qu'ils naviguaient ensemble. Elle ne s'était pas attendue à une telle fin. Et pourtant, à bien y réfléchir, ça n'aurait pas pu se terminer autrement.

Ce n'était pas le moment de flancher, pourtant. Ruth s'empressa d'essuyer ses larmes et renifla pour ravaler son chagrin avant de monter quatre à quatre les marches de la descente.

– Ah, si c'est pas dommage ! s'exclama Spinckes en la voyant. Si vous voulez bien vous donner la peine... Le carrosse de Milady est avancé !

L'*Ann* était à la panne à tout juste une encablure. La bruine se remit à tomber. Avant de descendre l'échelle de pilote, Ruth leva les yeux vers la hune, cherchant Galway du regard. Mais elle ne le vit pas.

VI

Les hirondelles reviennent toujours au printemps

La bruine avait beau être fine, elle n'en était pas moins traître. Elle imbibait les chapeaux, les cirés et les vareuses, les rendant lourdes et inconfortables. Bellamy frissonna et se retourna vers son prisonnier, le capitaine Ingols. La *Whydah* venait d'intercepter son navire, le *Fisher,* alors qu'il faisait route au nord.

– Et vous dites que vous connaissez les atterrages de Cap Cod ?

– Oui, sans aucun doute, capitaine.

Bellamy ne prêta pas cas au haussement de sourcil de Lambert, qui semblait dubitatif. Il fallait qu'ils tracent leur route jusqu'à Provincetown, et vite, avant que le courant de marée et le vent ne les pousse à la côte.

– Bien. Vous resterez avec nous pour nous guider, capitaine.

Quelqu'un piqua deux coups à la cloche. Il était tout juste cinq heures de l'après-midi. On était à la fin du mois d'avril, les jours s'allongeaient sensiblement. Pourtant l'épaisse couche de nuages gris et bas qui obstruaient le ciel donnait l'impression que le crépuscule s'annonçait déjà. Bellamy se dirigea vers le pavois bâbord, les épaules rentrées et les mains enfoncées dans les poches de son manteau. L'*Ann* de Noland, avec Ruth à son bord, était pile sur leur travers, à une ou deux encablures. Sur leur arrière-bâbord, la *Mary Ann* suivait d'un peu plus loin. Le *Fisher* fermait la marche, juste dans leur sillage. Tous avaient leurs fanaux allumés.

La silhouette grise de Galway descendit les haubans.

– Galway, est-ce que c'est la côte que je vois, là-bas ?

Il désigna une bande d'un gris un peu plus sombre que le reste, juste sur l'horizon.

– J'en ai bien peur, capitaine.

Bellamy poussa un juron. Galway jeta un coup d'œil au capitaine Ingols et Lambert qui échangeaient dans le plus grand des sérieux.

– Est-ce qu'il sait ce qu'il fait ? demanda Galway.

– Il faut l'espérer.

Une heure plus tard, la pluie se fit plus faible, tout juste perceptible. Bellamy faisait des allers-retours entre la barre et la table à cartes.

– Monsieur Ingols. Je vous pose la question pour la dernière fois. Êtes-vous sûr qu'il y a de l'eau par ce passage ?

– Eh bien… Oui, sans aucun doute. D'ailleurs, d'après la carte…

– Je sais lire une carte, capitaine. Vous pensez bien que si je l'avais jugé suffisante, je n'aurais pas requis vos services. La question est, confirmez-vous les données de la carte ?

– Sauf votre respect, capitaine Bellamy… Si vous abattiez de quelques quarts, afin d'arrondir le cap au plus large, nous serions sans doute plus sereins.

– Et bien, pendant un temps, oui. Mais si j'abattais maintenant, je serais obligé tôt ou tard de tirer des bords vers l'ouest afin de rallier Provincetown, de nuit, en plein flot.

Ingols hocha la tête d'un air entendu. Un coup de roulis un peu brutal lui fit perdre l'équilibre, et il se rattrapa de justesse au dossier d'une chaise.

– Capitaine Ingols ?

– Oui, euh… Oui, capitaine, je pense pouvoir dire sans me tromper que vous pouvez continuer sur ce cap sans encombre, au moins jusqu'à ce haut-fond qui est signalé juste là… Enfin… Cinq pieds sous la surface… Les vives-eaux ne sont pas avant une semaine. Avec un peu de chance, vous pourrez passer dessus sans problème.

– Je ne compte pas sur la chance pour me…

Il n'eut pas le temps de terminer sa phrase. Des éclats de voix lui vinrent du pont, aussitôt relayés et dont le ton se faisait pressant. Dans la foulée, il entendit le claquement de glènes de cordages jetées sur le pont.

Bellamy bouscula Ingols pour remonter en hâte sur le pont. Les hommes se préparaient à brasser, sous les ordres de Bones. Lambert se tenait à la barre avec Julian, les yeux rivés sur Galway, qui pour sa part scrutait quelque chose devant leur étrave, depuis les premières enfléchures des haubans.

– Monsieur Lambert, que se passe-t-il ?

– Quelque chose qui découvre, monsieur ! Droit devant !

– Avez-vous fait prévenir les autres ?

– On s'en occupe capitaine ! s'exclama Spinckes envoyait frénétiquement des signaux de pavillon à l'*Ann* et à la *Mary Ann*.

– Parés aux bras !

– A brasser !

Bones répéta l'ordre et de tous les côtés, les hommes se mirent à haler comme des forcenés sur les bras des vergues. Sourd à la douleur qui irradiait sa jambe, Bellamy rejoignit Galway sur les premières enfléchures des haubans du mât de misaine. En effet, à un quart bâbord à présent, deux objets sombres émergeaient, à quelques dizaines de pieds l'un de l'autre. Bellamy prit la lunette de Galway.

– Des cailloux ?

– Non, j'en doute. Pas assez de ressac.

– Pourtant, ça ne flotte pas. Ou du moins, ça ne dérive pas.

La *Whydah* abattait lentement. À chaque coup de tangage, la pointe de son beaupré retombait un peu plus à droite des deux étranges masses noires. Bientôt, elles seraient claires. Le capitaine les observa attentivement. Cela ressemblait à du bois... Oui, à bien y regarder, il s'agissait d'espars, à coup sûr ! Mais ils ne dérivaient pas... Ils se contentaient de crever la surface de temps à autre, indubitablement immobiles...

– Une épave !

Il se tourna vers l'arrière et gueula à Lambert :

– Continuez d'abattre !

Bellamy retint son souffle. Le navire continuait d'abattre tranquillement, et bientôt ils laissèrent l'épave sur bâbord. Le capitaine redescendit sur le pont avec Galway, et son regard tomba sur Ingols, qui regardait autour de lui d'un air hébété.

– Espèce d'escroc, et vous prétendez connaître le coin ? Comment auriez-vous pu passer à côté de cette épave ? Vous n'êtes qu'un fieffé menteur, monsieur ! Et si je n'avais pas donné ma parole de vous laisser libre, je vous aurais enfermé à fond de cale jusqu'à nouvel ordre !

Ingols fit quelques pas en arrière mais il buta contre un canon.

– Enfin, capitaine, co... Comment aurais-je pu savoir ?

– Si vous connaissiez réellement la région, comme vous le prétendez, vous l'auriez su !

– Capitaine..., murmura Quamino.

– Quoi ?

– Monsieur Noland semble vouloir nous dire quelque chose, mais avec la brume nous avons du mal à distinguer ses pavillons.

– A-t-il changé sa route ?

– Oui... Je crois qu'il dit qu'il veut vous parler.

– D'accord... D'abord, nous allons reprendre notre cap, messieurs. Lambert, cap au nord. Bones, réglez les voiles pour le travers.

Ingols était toujours acculé à son canon, tremblant et mal à l'aise.

– Quant à vous... Allez donc voir en bas si j'y suis ! Je ne veux plus vous avoir sous le nez !

⁂

– Par tous les diables, pourquoi est-ce que vous ne l'avez pas dit avant ? s'emporta Ruth.

– Est-ce que vous me l'avez demandé ? répondit le capitaine Montgomery avec une arrogance à peine dissimulée.

Ruth écarta un pan de sa veste et fit mine de dégainer son couteau.

– Oh, ne jouez pas à ça avec moi, vieux coquin !

Mais Noland intervint.

– Wolff ! Laisse le capitaine tranquille, tu veux ? Il aura l'occasion de se rattraper, crois-moi.

Fulminant de rage, Ruth rejoignit Herrera à la barre en grommelant. Il abattait lentement afin de se rapprocher de la *Whydah*. Ruth reconnaissait la casquette de Galway et la silhouette de Bellamy à l'arrière, aux côtés de Lambert. Cette épave leur avait fait une belle frayeur. Heureusement, l'*Ann* était un brick assez manœuvrant, et son équipage avait réagi vite. Mais leur confiance envers les dires de Montgomery s'en retrouvait considérablement altérée. De toute évidence, il connaissait le coin. Mais était-il disposé à les aider autant qu'il le pouvait ? Cela restait à prouver.

La *Whydah* n'était plus qu'à quelques dizaines de pieds de l'*Ann*. Munis de porte-voix, Noland et Bellamy échangèrent quelques mots. Noland expliqua au capitaine de la Whydah que Montgomery pouvait les aider à franchir le chenal. Pendant ce temps, Galway regardait obstinément son hunier. Ruth ressentit un léger pincement au cœur. Mais elle chassa de son esprit le souvenir tout frais de leur querelle : il y avait bien d'autres choses dont il fallait se préoccuper pour l'heure.

Quand Noland eut passé le message à Bellamy, ce dernier s'adressa à Montgomery, et lui promit qu'il serait aussitôt relâché quand ils mouilleraient à Provincetown, s'il les menait tous là-bas sans encombres. L'ego du capitaine Montgomery se flatta que le commodore pirate s'adresse à lui directement. Il demanda à Noland son porte-voix, et répondit à Bellamy que rien ne lui ferait plus plaisir.

L'*Ann* prit donc la tête de l'escorte, la *Whydah* dans son sillage, la *Mary Ann* et le *Fisher* traînant derrière. Déjà, la lumière déclinait. Herrera et Sanchez barraient. Leurs doigts cramponnés aux manetons étaient blanchis par le froid et l'effort. Sur leur visage, une expression grave et concentrée. Ils étaient fatigués. Ruth releva Sanchez.

Noland remonta sur le pont avec Montgomery.

– Vous pouvez serrer encore un peu le vent ! Si nous arrivons à garder ce cap, nous serons dans la baie aux alentours de deux heures du matin.

Le vent soufflait si fort à présent, qu'ils étaient obligés de crier pour s'entendre.

– Si tard que ça ?

– C'est qu'une fois sur la bonne latitude, il va falloir tirer des bords !

Une rafale souffla sur le navire, et qui partit au lof. Ruth et Herrera mirent tout leur poids sur la barre pour l'empêcher d'aller dans le vent.

– Nous sommes trop ardents !

– Tu as raison. Préparez-vous à abattre à mon signal !

Il héla les matelots de quart.

– A hisser le petit foc !

Quand les barreurs eurent abattu de quelques points, la voile fut envoyée. Son écoute se débattait furieusement pour chercher à s'enfuir des mains des matelots qui la retenaient. Ruth osa un coup d'œil vers la *Whydah* qui les suivait toujours.

À ses côtés, Herrera fixait tantôt le hunier, tantôt l'étrave, les lèvres serrées et les pupilles dilatées. Il était loin, le temps des Caraïbes, de sa douce brise d'est, de ses eaux calmes et turquoises…

Elle suivit le mouvement de Herrera et l'aida à donner un coup de barre à droite, luttant contre les tonnes d'eau qui poussaient sur le safran. La pluie se remit à tomber. Elle se promit que si un jour elle avait la chance de retourner sous des latitudes plus ensoleillées, elle y resterait à tout jamais, tirant des bords jusqu'à sa mort entre l'équateur et le vingt-troisième parallèle.

⁂

– Je crois que j'ai besoin de remonter…

– Tu rêves, gamin ! Continue de pomper, ou je t'arrache les yeux, tu entends ?

La voix gutturale de Tommy Tranquille se cogna contre le vaigrage de la cale.

L'équipage de la *Mary Ann* était divisé. D'un côté, ceux qui étaient imbibés de vin de Madère, joyeusement insouciants, qui avaient bien du mal à appréhender le sérieux de la situation. De l'autre, ceux qui s'affairaient pour anticiper sur les heures à venir.

Tommy Tranquille faisait partie de ceux-là. Comment en aurait-il pu être autrement ? C'est lui qui avait découvert les voies d'eau dans la cale, quelques heures plus tôt. Cela s'était passé juste après qu'ils aient enfin réussi à dégager les aussières qui les séparaient de la précieuse cargaison de vin de Madère. Ils avaient bien essayé d'aveugler les voies d'eau à l'aide de pinoches et d'étoupe. Mais une des pinoches avait cédé, et la brèche déversait des gallons d'eau de mer dans les fonds du bateau depuis des heures. Après avoir tenté de boucher cette voie tant bien que mal, les deux Tommies avaient ordonné que les pompes tournent en permanence. Or, seule la pompe bâbord fonctionnait. Comme ils étaient bâbord amures, elle ne leur servait pas à grand-chose, le plus gros de l'eau des fonds de cale se trouvant alors sur tribord. Après avoir tenté sans succès de réparer la pompe tribord, les charpentiers s'étaient rabattus sur une autre solution : dévier le circuit de la pompe bâbord. Cela avait été un travail complexe, car la *Mary Ann* roulait dans tous les sens, ils étaient plongés dans une quasi-totale obscurité, et ils ne connaissaient pas le bateau.

Ils avaient finalement réussi, et depuis le coucher du soleil, la pompe fonctionnait sans relâche. Tommy Tranquille ignorait ce qu'il se passait sur le pont, mais il espérait de tout cœur que ses camarades avaient fini par prendre au sérieux la situation. La dernière fois qu'il était monté, il avait trouvé Langue-de-Chat furax, se querellant violemment avec un Simon des grands jours, ivre mort, qui s'était autoproclamé capitaine, et refusait de faire carguer la misaine. Finalement, un petit groupe mené par Quintor et Shuan était monté, accompagnés de matelots de la *Mary Ann*.

Aux dernières nouvelles, donc, la *Mary Ann* serrait le vent de près, ses haubans souffrant sous la tension énorme, sous trinquette, voile d'étai et brigantine arisée. Mais Tommy doutait que cela suffise... Ils auraient dû caler bas les mâts de perroquet.

En attendant, il pompait comme un forcené, accompagné d'un matelot de la *Mary Ann.* Ils suaient à grosses gouttes, respirant leurs propres exhalations de transpiration et ignorant leurs muscles endoloris. Ici, les mouvements du bateau étaient amples et lourds.

– Je crois que je vais être malade..., gémit le matelot en face de lui.

– D'accord, remonte. Et envoie-moi deux hommes pour nous relever.

Quand Tommy remonta sur le pont, il fut frappé par la violence d'une rafale. La pluie avait cessé, mais la nuit se faisait de plus en plus sombre. Elle était tombée sournoisement, sans en avoir l'air.

Tommy se laissa gagner par la colère en constatant que ses camarades n'étaient même pas sur le pont, en dehors de Langue-de-Chat et Quintor, qui aidaient un prisonnier à tenir la barre.

– Où sont les autres ?

– En bas ! Ces chiens se sont attifés des vêtements qu'ils ont trouvés dans la cabine du capitaine, et ils sont toujours en train de se saouler !

Tommy poussa un juron. La *Mary Ann*, en tombant au creux d'une vague, embarqua un paquet de mer par les dalots. Les sabords sous le vent étaient quasiment à fleur d'eau. Là-haut, le gréement hurlait de douleur.

– Nous gîtons beaucoup trop ! Il faut qu'on abatte !

Langue-de-Chat secoua la tête.

– Négatif ! Nous ne savons pas où nous allons ! Il faut suivre la *Whydah*, c'est notre seule chance !

La *Whydah*... Une silhouette opaque aux contours imprécis, quelque part devant eux, dont le feu de poupe leur souriait. Langue-de-Chat avait pourtant raison. Cet infime point lumineux était leur seul espoir, leur étoile polaire, leur phare dans la nuit noire qui s'annonçait. S'ils s'en éloignaient, ils étaient perdus.

Dans les heures qui suivirent, l'ambiance de l'entrepont tourna lentement au vinaigre. Le vin de Madère qui avait égayé l'équipage jusque-là, les rendait à présent hargneux et nerveux. Même les plus ivres se rendaient compte que l'heure n'était plus aux festivités.

– Dire que j'ai cru qu'on avait de la chance d'avoir été envoyés sur cette prise ! s'exclama Shuan. Tout ce vin à portée de main ! Bon sang, comme j'aurais aimé ne jamais avoir posé un pied sur cette baille de malheur !

– Il est trop tard pour les remords, rétorqua Tommy d'une voix blanche.

Un peu pour passer le temps, il affûtait son couteau sur une petite pierre de grès. Les prisonniers étaient assis parmi eux, la mine basse. L'un d'eux, plus maussade que les autres, osa ouvrir la bouche.

– Peut-être que si vous n'aviez pas été pirate, vous auriez évité ce sort...

Shuan se redressa, esquissant une gifle du revers de la main.

– Ouvre-la encore et je t'assure que toi aussi, tu vas regretter d'avoir foutu les pieds ici !

Tommy lui fit signe de se calmer.

– Comment tu t'appelles ?

– Mackonachy.

Tommy cessa d'affûter sa lame.

– Monsieur Mackonachy, tu apprendras que nous ne sommes pas des pirates. Nous disposons d'une lettre de course du Roi lui-même.

– Mon cul !

– C'est la vérité. Nous ne sommes pas pirates, du moins pas au sens où vous l'entendez.

Le panneau d'écoutille s'ouvrit sur Langue-de-Chat, trempé jusqu'aux os.

– Envoyez-moi quelqu'un à la barre ! Simon est trop saoul.

– Tiens, la grande gueule, fit Tommy en s'adressant à Mackonachy. Vas-y, ça va peut-être te rafraîchir les idées.

Simon One-Eye descendit en titubant et s'affala près de Tommy. Il voulut passer ses bras autour de son cou, mais Tommy le repoussa doucement.

– Je vais monter les aider.

– Reste...

– Je reviens. Tiens, prends ça.

Il lui donna sa gourde d'eau. Simon, bien qu'ivre mort, sourit de gratitude. Tommy prit son beau visage entre ses mains.

– Je reviens, d'accord ? Reste ici. Repose-toi.

Il allait suivre Shuan sur le pont, quand celui-ci le tira par la manche.

– Attends un peu... Pourquoi tu as raconté ces conneries à Mackonachy ?

Avant de répondre, Tommy jeta un coup d'œil à l'amas de silhouettes silencieuses entassées dans l'entrepont.

– Simple précaution.

– Comment ça, simple précaution ?

– Écoute. Si jamais, par le plus grand des malheurs, le bateau ne tient pas le coup, nous allons nous retrouver échoués en terre ennemie.

– Ferme-la ! Tu vas nous porter la poisse.

– Je dis simplement que si, d'une manière ou d'une autre, la justice pose des questions à ce gars, il pourra témoigner que nous lui avons certifié avoir une lettre de course… Peu importe qu'elle n'existe pas, nous pourrons dire qu'elle a été perdue. Ça n'est peut-être pas grand-chose face à un jury, mais c'est toujours ça de pris…

– Tu es fou de penser à de telles choses maintenant.

Là-haut, c'était la guerre. Une guerre sans merci et d'une inégalité dramatique. Un petit brigantin fatigué, contre une mer grosse et un vent dont les rafales faisaient trembler les haubans, pourtant larges comme des bras d'homme. La nuit était noire, si noire que Tommy eut du mal à gagner la barre sans trébucher. Il sentit le pont se dérober sous ses pieds tandis que le navire s'enfoncer sous une vague. Il eut tout juste le temps de faire une grande enjambée pour se cramponner à un râtelier, avant que la *Mary Ann* embarque un énorme paquet de mer. Tommy ferma les yeux et se voûta. Pendant quelques secondes, il fut plongé sous l'eau glacée. La *Mary Ann* s'extirpa de la vague, et l'eau reflua, non sans chercher à emporter avec elle tout ce qui tombait sous son bras puissant. Tommy sentit son corps sur le point de céder à son élan meurtrier, mais ses mains tenaient bon. Enfin, la mer se retira par les dalots, telle la patte puissante d'un monstre qui se laisse lourdement retomber par la gravité avant de se lever à nouveau sur son adversaire. Tommy emplit ses poumons d'air, et gagna péniblement l'arrière du navire en hoquetant.

Mackonachy et Quintor tenaient la barre. Derrière eux, Langue-de-chat se tenait à tout ce qui était solidaire du navire.

– Nous avons perdu de vue la *Whydah* !

Tommy eut l'impression qu'un boulet venait de tomber au creux de son estomac. Instinctivement, il se tourna vers l'avant du navire.

– Il n'y a personne qui veille à l'avant ?

– Ben tiens ! Vas-y toi, si tu veux ! On pique dans la plume toutes les trois vagues !

– Et où va-t-on alors ?

Langue-de-chat éclata d'un rire désespéré.

– Où va-t-on ? N'importe où, pourvu que ce ne soit pas en enfer !

Comme si cela ne suffisait pas, Tommy crut voir un flash illuminer son champ de vision très furtivement.

– C'était un éclair ?

Pour toute réponse, une averse diluvienne s'abattit sur eux, aussi soudainement que l'éclair était apparu. Peut-être que si le vent n'avait pas été aussi fort, ils auraient entendu le sourd grondement du tonnerre.

– Il ne manquait plus que ça…

C'est alors que quelque chose changea dans l'air. Derrière le tumulte du vent, Tommy crut entendre un bruit familier.

– Les voiles claquent !

– Qu'est-ce que tu fous, toi ? hurla Langue-de-chat sur Mackonachy. Abats, nom de Dieu !

– Ce n'est pas nous qui lofons ! rectifia Quintor. C'est le vent qui tourne !

Il avait raison. Ils reconnurent tous la sensation caractéristique du navire qui perdait de l'erre face au vent, tandis que la gîte se faisait moins forte.

– Abats ! répéta Langue-de-chat.

Mais le bateau n'était plus manœuvrant. Tout ce qu'ils pouvaient faire, c'était attendre de passer le lit du vent… En quelques minutes, celui-ci avait tourné de plusieurs points, jusqu'à se retrouver au nord-est. Toutes les voiles étaient à contre. Ils reprirent de la gîte, sur bâbord cette fois. Un grand déchirement venant de l'avant les fit frissonner d'effroi.

– Le foc !

– Je vais chercher des gars, il faut changer les écoutes ! s'écria Tommy.

Au prix de furieux efforts, ils parvinrent à faire passer le peu de voiles qui leur restaient. Le petit foc, quant à lui, s'était déchiré sur une grande partie de sa hauteur… Tommy n'eut plus qu'à larguer la drisse et à laisser la voile s'affaler lamentablement sur l'étrave. Tant pis, elle resterait là jusqu'à ce que le temps se calme ou que le jour se lève.

Il congédia les matelots, qui retournèrent s'entasser en bas. Quand il regagna à grand-peine l'arrière, Langue-de-chat était en train de hurler sur Mackonachy, qui selon lui, avait perdu du cap, et se rapprochait de la terre.

– Un foc en moins et il arrive à nous faire abattre !

Langue-de-chat bouscula Mackonachy et se jeta sur la barre.

– Tommy, c'est toi ? Viens m'aider !

De toutes leurs forces, ils essayèrent de garder le près. Mais plus ils serraient le vent, plus ils perdaient du cap.

– On dérive beaucoup trop !

C'est alors que Tommy comprit pourquoi, et cette pensée le glaça d'effroi.

– La marée ! C'est le début de la montante !

Cette nouvelle les plongea dans un silence tragique. Tous savaient ce que cela voulait dire : ils allaient continuer à dériver, et à n'importe quel moment, ils toucheraient le fond. Le navire n'était plus assez manœuvrant. Les fonds de cale étaient sous l'eau, la voilure réduite à son strict minimum…

– Les ancres ! s'écria alors Quintor en se précipitant vers l'avant.

Il avait raison. Au pire, si elles ne crochaient pas, elles atténueraient leur dérive.

– Échouons-nous sur la plage ! hurla alors Mackonachy. Laissons-nous dériver au maximum, et échouons-nous ! C'est la meilleure chose à faire pour permettre qu'au moins quelques-uns d'entre nous s'en sortent !

– La ferme ! lui assena Langue-de-chat.

Soudain, ils furent tous ébranlés par un choc sourd. Tommy crut qu'il allait vomir son propre cœur. Ce qu'ils redoutaient par-dessus tout venait de se produire : ils avaient touché. Avec un tel fardage, et d'autant plus maintenant qu'il talonnait le fond, le navire risquait d'engager. À moins que...

Tommy se rua vers l'avant, où il retrouva Quintor, qui avait laissé tomber son idée de larguer les mouillages. Il se regardait agir sans rien ressentir, ni douleur ni peur. Les deux hommes remontèrent des haches de sous le gaillard. Trébuchant et titubant, ils allèrent chacun sur un mât. Tandis que le navire prenait dangereusement de la bande, Tommy, mû par l'adrénaline, leva sa hache et frappa de toutes ses forces la base du grand mât. Avec la rage du désespoir, il levait sa hache, l'abaissait, tranchait, la relevait... Et le vent fit le reste. Le mât se mit à pencher, et le bois à se fendre dans un grand craquement sinistre. Tommy hurla un « gare à bâbord ! » qui fut étouffé par le fracas du bois chutant sur le pont et dans la mer. En écho à ce grondement, le mât de misaine s'effondra également, sous la hache de Quintor.

Abattre les mâts était la seule et la dernière chose à faire, pour leur éviter d'engager et de couler. Ils ne devaient pas être loin du rivage, mais il aurait été fou de vouloir s'y rendre à la nage ou en canot. Non, tout ce qu'ils pouvaient faire à présent, c'était attendre, en se cramponnant à l'espoir fou que le vent et la marée les épargnent...

– Pour l'amour de Dieu, réfugions-nous en bas pour mourir ensemble ! hurla Tommy.

Quintor, Langue-de-chat et Mackonachy ne se le firent pas dire deux fois. Quand ils s'engouffrèrent dans l'entrepont lugubre, où seule une lampe continuait de brûler, ils furent accueillis par des visages anxieux. Simon One-Eye se décala pour faire une place à Tommy à ses côtés. On les laissa s'installer près de la lumière, on prit leurs vêtements mouillés et on se déshabilla pour leur en donner des secs. La perspective de mourir avait fait naître une soudaine solidarité.

Alors qu'ils étaient là à frissonner, ils entendaient la tempête faire rage, le bois qui craquait et ne demandait qu'à céder, le tonnerre lointain...

– Mackonachy, fit alors Shuan. Tu disais tout à l'heure que tu savais lire ?

Le matelot, enveloppé dans une veste en laine, hocha faiblement la tête.

Shuan sortit alors un petit livre et le lui tendit.

– On a trouvé ça dans un coffre. Lis-le.

Mackonachy haussa un sourcil face au titre.

– *Leabhar na nornaightheadh ccomhchoitchionn*[1], lut-il d'un ton dubitatif.

– C'est une blague ? riposta Little Tommy. Je refuse que la dernière messe que j'entende soit en gaélique, nom de Dieu ! Je n'y entends rien, moi, au gaélique !

– Ah parce que tu comprends le latin, peut-être ? rétorqua Langue-de-chat.

1. Trad. (gaélique) : Le livre de la prière commune.

– Fermez-la, coupa Shuan d'un ton grave qui ne lui ressemblait pas. C'est tout ce qu'on a trouvé. Alors, faites avec. Mackonachy, s'il te plaît.

Le jeune homme soupira et ouvrit le petit livre. Il commença à lire un psaume, que les gaéliques du bord reconnurent comme une réconciliation de pénitence. La voix tremblante, le jeune Irlandais psalmodiait par-dessus le vacarme de la tempête. Et entre les rondeurs et les diphtongues de sa langue maternelle, gaéliques comme britanniques, tous finirent par entendre la voix du pénitent qui regardait sa mort en face.

Tommy chercha la main de Simon dans l'obscurité. Quand il la trouva, il la serra de toutes ses forces, et ne la lâcha plus jamais.

⁂

– Tenez bon, les gars ! hurla Noland aux barreurs.

L'*Ann* défiait la lame avec souplesse, avant de retomber brutalement dans le creux de la vague, ses membrures tremblant de la quille au pont. Noland avait totalement confiance en elle, il l'avait inspecté sous toutes ses coutures et savait qu'elle était saine, construite pour le gros temps et la rapidité.

Derrière le vacarme de la pluie battante s'écrasant sur le pont, il percevait le sifflement du gréement. De ce côté-là non plus, il n'était pas inquiet : ils naviguaient quasiment à sec de toile, et il avait fait mollir les haubans au vent avant que le vent ne forcisse. Non, ce qui rendait Noland si anxieux, c'était la proximité de cette côte meurtrière. Tout en scrutant le compas et la mer à la faveur des éclairs, le corps gainé qui oscillait avec le navire, il réfléchissait à toute allure. Tout son esprit ne s'exprimait plus qu'en relevés de sonde, hauts-fonds, gisements d'épave, calculs de marée, tirants d'eau, et dérive. Il avait mis toute sa foi dans l'expertise du capitaine Montgomery. Tous autant qu'ils étaient, les deux cent cinquante hommes répartis sur les quatre navires, tous ne devaient leur vie qu'à la détermination de Montgomery à sauver la sienne.

Noland demanda aux barreurs s'ils voulaient une relève. Comme ils répondirent pouvoir tenir encore un moment, il décida d'aller voir ce qui se tramait dans la cabine du capitaine, autour de la table à cartes. Avant de descendre, il jeta un coup d'œil machinal derrière lui. Il ne vit pas le feu de la *Whydah* derrière eux, et son cœur s'emballa quelques secondes, jusqu'à ce qu'en montant une vague, il l'aperçoive, trouble et ténu à travers la pluie. Il poussa un soupir de soulagement et descendit.

– Nous n'y arriverons pas, dit pour la troisième fois le capitaine Montgomery. Avec toute la meilleure volonté du monde, nous n'y arriverons pas.

Ruth tapa du poing sur la table en jurant. Une main appuyée sur la table pour garder l'équilibre, elle passa son autre main sur son visage encore humide de pluie.

– Il faut qu'on y arrive ! Ce vent qui passe au nord-est, ne pourrait-on pas en tirer avantage ? Nous serions au portant sitôt que nous aurions mis cap à l'ouest, pour rallier le port !

– Madame, nous serons échoués avant d'être sur la latitude de Provincetown, je vous le donne en mille. À moins que nous ne prenions le large, mais…

– Non. Ça, c'est impossible. La *Mary Ann* ne pourra nous y suivre. Même votre navire, sauf votre respect, serait en difficulté dans une telle tempête.

Le capitaine Montgomery ouvrit ses mains dans une posture de défaite.

– Alors nous devons embouquer le passage de Eastham Harbour.

Ruth sonda son visage à la lueur de l'unique lampe qui restait stoïque sur son crochet pendant que le navire tournicotait autour d'elle. Montgomery avait abandonné ses airs supérieurs. La sincérité de ses efforts pour les sortir de là – pour se sortir de là – lui avait fait oublier sa condescendance. Il avait même oublié qu'il était un homme, et Ruth une femme.

Elle se pencha derrière lui, pour mieux observer la carte qu'ils avaient sous les yeux.

– Alors, montrez-moi.

À cet instant, Noland surgit dans la pièce, trempé jusqu'aux os. Il jeta son chapeau de paille dans un coin, ébouriffa ce qui lui restait de cheveux, et essuya son visage du revers de sa manche.

– Alors ?

Montgomery lui résuma la situation. Le vent et la marée les poussaient inexorablement sur la côte, et avec si peu de toile, ils ne pourraient résister longtemps à la dérive que cela occasionnait. Ils n'atteindraient jamais Provincetown. Leur seul espoir était d'embouquer l'étroit chenal menant au port d'Eastham. Mais ils devaient se décider vite, car d'après les calculs de Montgomery et les relèvements pris sur le dernier phare, ils auraient bientôt dépassé le goulet menant à Eastham.

– Bon, soit. Comment nous y prendrons-nous ? Tout d'abord, le fond. Est-ce que la *Whydah* passera ?

– La carte indique deux brasses juste avant le chenal, lut Ruth.

– Combien cale la *Whydah* ?

– Huit pieds.

– Alors ça ira, assura Montgomery. Si on se fit à la lune, nous devrions avoir facilement six pieds de plus qu'à la plus basse mer.

Noland eut l'air soulagé. Mais Ruth vit une valeur qui lui inspira quelque inquiétude.

– Et là. Une brasse à peine.

Noland fronça ses énormes sourcils roux, mais Montgomery les rassura d'un geste de la main.

– Ces valeurs sont obsolètes. Un banc de sable qui se serait déplacé. J'y suis passé avec l'*Ann* à basse mer, et nous n'avons pas touché. Alors, encore une fois, par lune gibbeuse et pendant le flot… La *Whydah* s'en sortira, je peux vous l'assurer. Non, le seul problème significatif c'est la largeur du chenal.

Noland lui prit la pointe sèche des mains, releva la distance entre les deux bandes de terre qui formaient le passage, et le reporta sur l'échelle des distances.

– Un cinquième de mille. À peine deux encablures… Avec le courant de flot, ça va être sportif.

– Exactement. Il faudra en outre virer rapidement au sud, pour ne pas s'échouer sur les marais. Mais si nous réussissons ce tour de force, nous pourrons mouiller ici.

Il désigna les eaux juste derrière la longue et fine bande de terre qui séparaient les marais de l'océan.

– Nous serons protégés par les dunes. Nous pourrons rester là jusqu'à ce que la tempête se calme.

Ruth ne lâchait pas la carte des yeux.

– Ils ne vont rien comprendre à notre manœuvre, sur la *Whydah.*

– C'est un risque à prendre, oui, admit Montgomery.

Noland faisait tourner la pointe sèche entre ses doigts épais, l'œil mobile survolant la carte d'un air absorbé. Finalement, il se leva d'un bond en se frottant le ventre.

– Je ne pense pas que Bellamy cherche de midi à quatorze heures une explication à nos faits et gestes, il nous suivra, cela ne fait aucun doute. Il a une carte du coin lui aussi, il sait qu'il y a un passage à cet endroit. Il sait aussi qu'avec Montgomery à notre bord, nous savons des choses qu'il ne sait pas.

De retour sur le pont, Noland donna l'ordre aux barreurs de mettre le cap au nord-ouest. En adoptant un changement de cap significatif, il voulait signifier à la *Whydah* qu'il ne dérivait pas mais qu'il changeait bel et bien volontairement de route.

Ruth était postée tout à l'arrière, les mains solidement agrippées à la lisse. Dans la pénombre, elle sentait la présence de Noland à ses côtés. Tous deux avaient le regard cramponné au feu de la *Whydah*, qu'ils laissaient peu à peu sur bâbord au fur et à mesure qu'ils abattaient. Quelques éclairs strièrent le ciel nocturne, et à travers le rideau de pluie, Ruth devina le contour squelettique de la *Whydah* à sec de toile dans la tempête. Ils avaient calé bas les mâts de perroquet. Qu'elle paraissait petite et frêle, leur fière monture, au milieu de cette nature furieuse ! Une boule dans la gorge, Ruth regardait leur navire s'éloigner d'eux. N'avaient-ils donc pas remarqué leur changement de cap ? Restait-il au moins assez d'hommes à bord pour manœuvrer ?

Ruth vit en souvenir le visage de Galway, étincelant de rire et de sueur, dans la chaleur d'une soirée arrosée à Nassau. Que cette époque semblait loin et révolue…

Elle pensa à la jambe de Bellamy, elle se demanda si la blessure le faisait encore souffrir, ou si l'urgence de l'instant avait tu toute douleur temporairement. Elle se le remémora souriant d'intelligence et de malice, comme s'il connaissait tous les secrets du monde et qu'il brûlait de les partager dans un murmure à quiconque s'approcherait assez près. Pourquoi avait-il fallu que les deux personnes qui comptent le plus pour elle se retrouvent si loin d'elle, et en même temps si proche ?

– Nom de Dieu, mais qu'est-ce qu'ils attendent ?

Enfin, le feu de la *Whydah* sembla se raviver, comme s'ils se rapprochaient lentement d'eux. Ils avaient abattu eux aussi, et cherchaient à les rattraper.

– Cap au nord ! hurla la voix de stentor de Noland aux barreurs.

– Cap au nord !

⁂

– Où est-ce qu'ils nous emmènent, nom d'un chien ? gueula Bellamy, arc-bouté sur la barre avec Galway.

Lambert, qui venait de remonter sur le pont, se tenait à un cabillot du mât d'artimon pour ne pas tomber.

– Ils vont sans doute essayer de passer le goulet menant à Eastham Harbour !

– Eastham ?.... Bon sang... J'espère que ce Montgomery sait où il va !

La *Whydah* était très ardente, et ils n'étaient pas trop de deux pour la maintenir au près. La *Whydah*, contrairement à l'*Ann*, était chargée à couler bas. Cela lui offrait une meilleure prise dans l'eau, certes. Mais coincés dans un chenal où s'engouffrait l'Atlantique avec la force de mille dieux marins, alors elle serait victime de sa propre inertie, et pourrait finir échouée sur les marais...

– Lambert ! Faites monter les hommes ! Qu'ils se tiennent prêts aux écoutes, au cas où l'on devrait virer. Et mettez les ancres à poste, parées à larguer ! Ce sont elles qui nous ralentiront dans le chenal !

La silhouette du lieutenant disparut dans la nuit. Un éclair particulièrement lumineux, suivi d'un coup de tonnerre assourdi par le vent et la pluie, illumina le pont. Ils embarquaient d'énormes paquets de mer toutes les deux ou trois vagues. L'eau prenait ses quartiers sur le navire, s'échappant continuellement par les dalots pour mieux revenir quelques secondes plus tard. Le beaupré s'enfonçait dans la mer à chaque coup de tangage, et le capitaine ressentait dans son corps toutes les tensions dans la quille et les membrures, quand le navire cherchait à s'extraire de cette emprise. C'était un miracle que le beaupré résiste, avec le petit foc envoyé.

Bientôt, le pont fut parcouru par les silhouettes des matelots qui se déplaçaient comme ils pouvaient, gagnant au hasard les écoutes du foc d'artimon, de la grand-voile d'étai et du petit foc. Ils s'entravaient dans les mâts et les vergues de perroquet, qu'on avait amarré solidement à plat pont.

Bellamy laissa la barre à Galway et Julian, qui venait de se présenter à côté de lui. Il en profita pour reprendre son souffle et ses esprits. Il se surprit à prier pour ne pas avoir à regretter sa décision d'avoir fait remonter l'équipage sur le pont. Un homme passa à côté de lui. Il reconnut le visage marqué de Bones, à la lueur d'un éclair. Bones, qui n'avait plus qu'un bras pour se tenir au bateau.

– Bones, dites aux hommes d'être plus que jamais vigilants aux paquets de mer que nous embarquons. Qu'ils se tiennent !

– Je ne crois pas qu'il soit nécessaire de le leur rappeler, capitaine ! cria la silhouette obscure du maître qu'équipage.

Au milieu de ce chaos, Bellamy essayait de garder son esprit aussi calme qu'un lac. Une pensée à la fois, se disait-il. Une priorité à la fois. Une attention continuelle était portée sur le feu de poupe de l'*Ann*, devant eux. Un œil guettait la côte qui se dessinait sur bâbord à la lueur des éclairs, ses dunes se jetant dans la mer. Son deuxième œil surveillait le compas, et la forme physique des barreurs. Il n'oubliait pas de tendre l'oreille aux efforts que subissait le gréement, paré à prévenir ses hommes en cas de rupture d'une vergue, d'un bras ou d'un hauban. Enfin, il ressentait dans tout son corps la course du navire sur l'eau, comment il piquait dans la plume ou au contraire s'élever devant la lame, avant de retomber dans les creux en les pilonnant avec fracas.

Sa jambe ? Il l'avait oublié. Ou plutôt, la douleur était là, omniprésente, mais elle ne faisait pas partie de ses priorités. Elle était simplement là, discrète et silencieuse, comme la légère démangeaison d'un vêtement un peu râpeux.

L'impact de la foudre frappa la côte sur bâbord, et Bellamy vit avec horreur qu'ils dérivaient dangereusement dessus. Ni une ni deux, il prit sa décision. Tant pis s'ils prenaient du retard sur l'*Ann*, ils devaient compenser leur dérive.

– Bones ! hurla-t-il au hasard à la foule d'hommes qui se tenaient prêts sur le pont.

– Capitaine ?

– Laissez filer un demi-maillon sur les deux ancres ! Maintenant !

– Bien, capitaine !

Bellamy retint son souffle pendant que les hommes s'affairaient à l'avant. Il aurait aimé s'approcher pour les aider, mais s'il passait par-dessus bord, alors il les condamnait à mort. Ruth avait raison. Sa vie, dans de pareilles circonstances, n'était pas à prendre à la légère, et ce pour la survie de tous. Il attendit donc aussi patiemment que possible, la main cramponnée au râtelier au pied du grand mât, le regard tendu vers l'avant. Soudain, il sentit le navire dévaler une vague, et sut qu'il allait embarquer de l'eau par le gaillard à la suivante. Il eut à peine le temps de hurler « gare à vous ! » que le gaillard fut noyé sous l'eau. Lui-même se cramponna à son râtelier de toutes ses forces, mimant malgré lui le geste de vouloir se redresser à la verticale, comme si en le faisant, il pouvait amener son navire à le faire.

Enfin, le gaillard s'extirpa de l'eau, et la mer retira ses griffes salées du pont, ruisselant par tous les dalots dans un grognement mécontent. Et puis, après un instant qui lui parut interminable, il aperçut des silhouettes voûtées par le vent revenir vers l'arrière. Il guetta celle de Bones.

– Ancres larguées, capitaine !

– Bien !

Bellamy regagna la barre, où Lambert prêtait main-forte à Galway et Julian.

– On dirait que l'*Ann* abat encore, capitaine ! lui lança-t-il.

Bellamy chercha dans la nuit et à travers la pluie le feu de poupe de leurs camarades, leur seule lumière d'espoir dans cette nuit cauchemardesque. En effet, l'*Ann* gisait légèrement sur bâbord. Bellamy ne la quitta pas des yeux jusqu'à en être sûr.

– Ils vont tenter le passage ! hurla-t-il par-dessus la tempête. Monsieur Lambert, faites...

Il n'eut pas le temps de donner son ordre. Quelque chose se passa, sous l'eau. Bellamy sentit son corps être légèrement projeté vers l'avant avant de revenir sur son axe brutalement, comme s'il avait trébuché sur quelque chose. Mais ce n'était pas lui qui avait trébuché...

Derrière lui, Galway poussa un juron. L'horreur étreignit son cœur. Le choc fut tel que tout le navire se mit à hurler, le bois à craquer de tous côtés.

– On a touché ! hurla une voix quelque part.

Oui, mais comment était-ce possible ? Aucun haut-fond n'était signalé sur la carte. Bellamy sentit tout son corps se liquéfier et devenir de la même nature que cette eau glacée et salée qui les cernait de toutes parts. Il aurait pu tout aussi bien se laisser choir maintenant, elle l'aurait emporté sans discuter, il n'aurait fait qu'un avec elle, et alors plus rien n'aurait compté. Mais les voix affolées de ses hommes le sortirent de son état de choc.

La *Whydah* avait encore un peu d'erre, ce qui signifiait qu'ils pouvaient encore s'en sortir.

– Bonnes, larguez les mouillages, et vite ! La barre à droite, toute ! Changez les écoutes !

C'était de la folie, mais il fallait essayer. S'ils réussissaient à franchir le lit du vent et à reprendre de l'erre, peut-être pouvaient-ils se dégager du fond. Comme si la nature avait enfin décidé de se ranger de leur côté, la pluie s'atténua, jusqu'à se réduire à une légère bruine. Bellamy se rua sur la barre, et poussa de toutes ses forces les manetons vers la droite, épaulés par Galway et Julian. La barre répondait ; au moins, le safran n'était pas ensablé lui aussi.

Mais le vent était trop fort, et le navire trop peu manœuvrant. Bientôt, Bellamy se rendit compte qu'ils ne roulaient plus, qu'ils ne tanguaient plus. La *Whydah* était complètement enquillée, légèrement sur l'avant. L'étrave s'était mollement enfoncée dans le sable, et ne comptait pas en ressortir. Le capitaine porta ce diagnostic avec un détachement qui l'effraya lui-même. Alors c'était ainsi. Le navire était perdu. En quelques minutes, le sort avait été scellé.

– Continuez à maintenir la barre à droite ! ordonna-t-il à ses barreurs. Il faut l'empêcher de se coucher sur bâbord !

Il savait que la petite superficie de bois qu'était le safran ne suffirait jamais à garder la *Whydah* debout face à ce vent. Mais il fallait gagner du temps pour que chacun essaie de sauver sa peau. Avant qu'il n'ait atteint le milieu du navire, une vague s'engouffra sur le pont et balaya tout sur son passage. Quand elle reflua, le capitaine vit la moitié de ses hommes à terre, terrassés par la force de la lame.

– Mes amis ! Que ceux qui savent nager tentent leur chance jusqu'à la plage ! Elle est tout près, pas plus d'une encablure ! Les autres...

Il fit tout pour que son hésitation ne s'entende pas.

– Grimpez dans les hauts, et tenez bon !

Une nouvelle lame, plus grosse encore que la précédente, s'abattit sur le pont du navire. Bellamy eut tout juste le temps de voir le verre de leur fanal se briser en éclats et sa lumière s'éteindre, avant d'être lui-même étouffé par l'étreinte glacée de l'eau. Il lutta pour ne pas se faire emporter. Quand la vague opéra son reflux, un éclair illumina le ciel et éclaira un pont plongé dans le chaos : la force de la vague avait arraché l'arrimage des vergues de perroquet, qui suivirent l'inclinaison du navire vers l'avant, glissant tels des béliers dans les passavants. Bellamy vit une silhouette renversée par l'une d'elles. L'homme ne se releva pas.

Quelques gabiers essayaient déjà de gagner les haubans, quand une rafale surprenante par son intensité leur parvint. Deux hommes chutèrent de la mâture dans des cris déchirants, et disparurent dans les eaux noires. Bellamy ignorait lesquels étaient tombés. L'horreur lui serra la gorge à l'idée de tous ceux qui allaient suivre le même chemin. La rafale, loin de se calmer, semblait déterminée à faire plier la *Whydah*. Et elle plia. Dans un gémissement terrible, elle prit de la bande, à tel point que les mâts de perroquet se libérèrent eux aussi de leur arrimage, et roulèrent vers le pavois bâbord en écrasant tout, hommes et objets, sur leur passage. De nouveaux cris furent emportés par le vent. Bellamy se tourna vers ses deux barreurs, à bout de forces, prêts à succomber à la gîte du navire. Quand la rafale fut passée, le capitaine en profita pour les rejoindre. Il s'agrippa à tout ce qu'il put pour ne pas tomber, car il savait qu'à présent, toute chute serait fatale.

Mais avant qu'il n'atteigne la barre, le claquement caractéristique d'un cordage se rompant hérissa tous les poils de son corps. Il tourna la tête vers l'origine du claquement. Un des canons sur tribord venait de voir sa brague se rompre, ni plus ni moins. Il roula vers Bellamy tel un bélier. Il eut tout juste le temps de se jeter hors de sa trajectoire. Se jeter était bien le mot, car il lâcha toute prise pour éviter le canon, et se retrouva face contre le pont. Son corps suivit la gîte et roula vers le pavois. Ses mains s'ouvraient et se fermaient au hasard, à la recherche de n'importe quoi à saisir pour éviter l'impact fatal. Ce fut sa main gauche qui lui sauva la vie, en trouvant une boucle de pont à laquelle elle se cramponna fermement. La *Whydah* continuait de prendre de la bande.

Le capitaine était cerné par les hurlements de ses hommes. Certains ressemblaient aux cris de l'agonie et du désespoir, mais il préférait se dire que c'étaient des cris de rage, des exhortations à la survie, qu'ils poussaient furieusement contre la nuit. Lui-même s'aida de sa prise pour se hisser sur ses pieds. Il réussit de sa main droite à prendre appui sur l'affût d'un canon. Une fois debout, il regagna tant bien que mal la barre, où seul Julian restait.

– Où est Galway ?

– Tombé !

Tombé… Bellamy jeta un regard désespéré et inutile vers l'écume qui frémissait tout autour d'eux, sur les eaux noires. Galway… Tombé. Comment un mot si simple pouvait revêtir une signification si funeste ?

Un gémissement de Julian le ramena à la réalité. À eux deux, ils essayèrent tant bien que mal de retenir le chavirement du navire, tant que le safran était à l'eau. Mais Bellamy savait qu'il ne pourrait sauver Julian s'il restait là.

– Tu es bon nageur ! Fous le camp d'ici !

Le tonnerre ponctua sa phrase, et une pluie d'éclairs éclaira le visage du jeune Mosquito, déformé par la stupéfaction. Il eut l'air sur le point de protester quelque chose, quand il se ravisa. Il n'était pas un idiot, et il connaissait suffisamment bien son capitaine pour savoir qu'il était inutile de protester. Avant de lâcher la barre, cependant, il donna un dernier effort pour la ramener à droite autant que faire se peut. Ils réussirent à peine à la tourner d'un maneton. Avant que Julian ne lâche la barre, Bellamy le saisit par l'épaule.

– Tu n'aurais pas dû être là… Je suis désolé.

– Pas moi, capitaine.

Julian adressa un sourire à Bellamy et se dirigea vers le pavois bâbord avec précaution. Il se hissa sur la lisse en se tenant aux haubans. Et, face à la mer et au rivage qui paraissait tellement loin, il se redressa, leva les bras et plongea.

Malgré l'effort intense que la barre exigeait, Bellamy sentit son cœur se serrer de chagrin. Les éclairs étaient les seuls témoins de ce qui se passait sur le pont.

La *Whydah* grognait et gémissait, prête à imploser sous la pression du vent et de l'eau. Comme elle continuait de pencher indubitablement sur bâbord, les gabiers se mettaient à tomber un à un de la mâture. Deux autres canons sur tribord se libérèrent de leur brague et traversèrent le pont sur sa largeur avant d'éclater le pavois bâbord et de tomber à l'eau. Plusieurs hommes furent écrasés sur leur passage. Bellamy reconnut Bones, sa main cramponnée à un hauban à tribord.

Un nouveau paquet de mer s'engouffra sur eux, et quand il reflua, il n'y avait plus personne là où Bones se tenait une seconde auparavant...

Tous ces hommes qui passaient de vie à trépas, là, juste sous ses yeux, étaient une vision insoutenable. Bellamy priait pour qu'il soit arraché à son navire le plus vite possible, qu'il n'ait plus à supporter ce spectacle horrifiant. Car même si l'état de choc le plongeait dans une sidération qui l'empêchait de penser ou d'agir autrement que pour survivre, il y avait cette idée qui tourbillonnait dans sa tête, obsédante : ce n'étaient pas des silhouettes anonymes qui chutaient de la mâture, se fracassaient la tête contre le pavois, se noyaient dans les eaux noires de Cape Cod. C'était là des hommes qu'il avait connus, aimés, dirigés, des amis avec qui il avait ri et eu peur, des êtres de chair et de sang, des histoires et des sentiments, tout cela à la fois... Il avait beau avoir passé la moitié de sa vie sur l'eau, jamais il n'avait pris à sa juste mesure l'implacable impartialité de la nature face à l'homme.

– Capitaine !!!

Le sang de Bellamy se glaça quand il reconnut la voix du petit Johnny Kid. Ses pieds glissant sur le pont, il continua de pousser sa barre à droite, aussi fort qu'il pouvait.

– Ici ! cria-t-il pour attirer l'attention de l'enfant.

Sa voix venait de quelque part sur tribord. Enfin, il le vit. Johnny Kid, du haut de ses dix années, se tenait aux cargues du grand-mât, progressant vers l'arrière en passant de l'une à l'autre avec précaution. Comme cet enfant avait été brave, et comme il continuait d'être brave, là encore ! Ne cédant ni à la peur ni à la mort, il continuait de tenir bon. Alors qu'il se rapprochait lentement mais sûrement de Bellamy, il leva vers lui un visage extatique, exprimant une joie et un soulagement inespéré. Sans doute pensait-il que le capitaine allait le sortir de là, comme d'habitude. Trop impatient de se rapprocher de lui, le jeune garçon empoigna un énième cordage pour se hisser vers l'arrière.

– Non, pas celui-là !

Mais il était trop tard. Johnny s'était saisi d'un cordage qui était complètement mou à présent. Une expression d'intense surprise se peignit sur son visage juvénile, quand il chuta et fut entraîné vers bâbord. Son petit corps se heurta à la lisse et bascula par-dessus bord. Son cri fut éclipsé par celui de Bellamy. Quand Johnny Kid disparut dans les flots, Bellamy prit toute la mesure de sa responsabilité dans ce qui était en train de se passer. Chaque homme qui mourrait était un mort de plus sur sa conscience. Tout ce qu'il avait fait de bien dans cette vie, tous les hommes qu'il avait arraché à une vie de misère, tout cela perdait toute valeur. Tous ses efforts avaient été vains, il mourrait aussi mauvais qu'un autre, car il avait échoué à les sauver.

La douleur de voir ses amis se noyer dans l'eau glacée de l'Atlantique fit bientôt place à un terrible sentiment de culpabilité. Il n'avait sauvé personne. Ni eux, ni

Martha, ni son butin. Le visage lumineux de Ruth s'imposa à lui. Pourvu qu'elle, au moins elle, se sauve…

C'est alors qu'une nouvelle rafale, plus redoutable que jamais, souffla sur son pauvre navire déjà à moitié vaincu. Une sensation incongrue de soulagement emplit le cœur de Bellamy quand il entendit le craquement déchirant du grand-mât qui se brisait. Bientôt, tout serait terminé. Le bois hurla avant de se fracasser sur le pont, à présent désert. Plus une seule voix humaine ne venait troubler la tempête. Le capitaine Bellamy était seul. Tout autour de lui n'était qu'eau déferlant et refluant, bois qui se fend, tonnerre qui gronde et par-dessus tout, immuable et surpuissant, le souffle du vent. Il avait toujours pensé, au plus profond de lui, qu'il aurait paniqué à cet instant. Mais il n'en était rien. Il avait peur, certes. Mais cette peur avait sa place, elle avait du sens, aussi l'acceptait-il, autant qu'il acceptait son sort. Que pouvait-il bien faire d'autre ?

Une énième vague vint tenter d'avaler la *Whydah*. C'était un gros morceau à avaler, mais la mer avait de grandes dents. Et cette fois, quand elle régurgita, Bellamy réalisa qu'il avait de l'eau jusqu'aux genoux. Il repensa à la gangrène qui le dévorait, et il se sentit heureux de mourir sur ses deux jambes, finalement.

Il était dans la gueule de l'océan, à présent. Il avait toujours la barre entre ses mains. Comme beaucoup de marins, il avait toujours eu peur de mourir noyé. Et pourtant, maintenant qu'il était là, sur le bord de ses lèvres, déjà à moitié digéré, il n'avait plus qu'une envie, ne faire qu'un avec elle. Alors elle l'étreignit en son sein glacé, l'embrassa jusqu'à l'étouffer, et il se sentit se désagréger en elle, comme si toutes les particules de son corps devenaient de l'eau. Après un bref hoquet de douleur, ce ne fut plus qu'un profond ravissement.

Tout d'un coup, tout devenait clair. Une paix profonde l'envahit tout entier, et il comprit qu'il n'était pas seulement devenu eau, il était devenu l'Univers. Un incommensurable sentiment d'amour le submergea. Il vit sa mère, cette mère qu'il n'avait jamais vue ni connue, et qui était morte en le mettant au monde. Il vit son visage, encore si jeune et si beau, et dans un sourire aimant, elle lui intima qu'il n'avait pas à s'en vouloir de sa mort. Qu'il n'avait à s'en vouloir de rien. Alors il se pardonna tout, sa mère, Martha, son butin, ses hommes. Car à un moment ou à un autre, tous avaient fait un choix qui les avait mené là, et il avait été orgueilleux, lui, Samuel Bellamy, de croire qu'il était seul responsable de leur mort.

Enivré par l'amour débordant qui émanait de sa mère, il eut envie de la suivre, mais le visage de son père surgit alors. Son père et tous ses frères et sœurs qui portaient l'angoisse de ne pas savoir s'il était mort ou vivant, depuis tant d'années déjà. Il leur chuchota qu'ils n'avaient plus à s'inquiéter de cela, à présent. Il vit ensuite le visage fatigué de Martha qui l'attendait, des rides précoces sur le front, et il la libéra de cette attente interminable. Puis apparut Margaret, fière et plus forte qu'il ne l'avait jamais été, il accueillit avec joie son ventre rebondi, et lui assura qu'elle s'en sortirait seule, comme elle l'avait toujours fait. Il vit Hornigold, implora son pardon, et lui pardonna lui-même.

Puis il vit Ruth, auréolée d'une couronne de feu, rayonnante de force et de joie. Plus vivante qu'aucun être qu'il ait connu. Il eut envie de l'étreindre, comme il n'avait jamais osé l'étreindre, mais son corps n'étant plus, il comprit qu'il lui faudrait utiliser un autre langage pour lui signifier son amour.

Et il fut frappé par l'étendue de ce langage, maintenant qu'il était tout et omniscient. Tout, tout ce qui vivait, tout ce qui existait, pouvait lui servir à communiquer avec elle. Une brise chatouillant la nuque, une nappe de plancton phosphorescent, une étoile filante, un oiseau de mer venant se perdre sur un navire, un coucher de soleil, il n'avait qu'à le vouloir, et le message passerait.

Alors, de toutes ses forces – forces qui étaient maintenant aussi divines que telluriques, il souffla cet amour vers elle, et tous les autres. Il lui dit que tout allait bien, qu'il était en paix et on ne peut plus heureux. Qu'elle était tout ce dont elle avait besoin et plus encore. Et dans un murmure cosmique, il lui chuchota que si jamais l'envie lui prenait de le sentir près d'elle, il lui suffirait tout simplement de plonger sa main dans l'eau de mer.

⁂

Même avec la voilure réduite à son minimum, l'*Ann Galley* filait bien ses douze nœuds. À la barre, Herrera et Bernard luttaient pour garder le cap que Montgomery leur avait indiqué.

– Ouest quart nord-ouest ! avait-il dit.

La sensation du vent et la gîte se faisaient moindres sous cette allure, ce qui rendait la navigation un tant soit plus confortable, la notion de confort étant toute relative dans de telles conditions. Le vent hurlant moins fort, on entendait mieux les coups de tonnerre et les cris des matelots. Ils venaient de choquer les écoutes. Après avoir tourné l'écoute de grand-voile d'étai, Ruth tituba vers l'arrière. Se tenant aux haubans du grand-mât, elle tourna toute son attention vers leur hanche bâbord, cherchant avidement le feu de la *Whydah*, seul témoin de vie dans cet enfer nocturne. Et elle le vit. Un petit point jaune, à peine distinguable à travers l'averse. À intervalles réguliers, la houle le cachait à ses yeux, mais il était là.

Une onde de soulagement la parcourut. Puis, un nouveau train de houle passa entre les deux navires, et de nouveau le fanal de la *Whydah* lui fut dissimulé. Elle continua de fixer son regard à l'endroit où elle l'avait vu disparaître, et attendit. Il ne revint pas aussi vite que précédemment. Peut-être la houle se faisait plus longue. La bouche sèche malgré l'eau qui ruisselait sur son visage, elle guetta silencieusement. Mais aucune lumière ne revenait sur l'horizon noir et crasseux. La gorge de Ruth se serra. Son esprit et son corps soudain figé de terreur, elle attendit encore. Mais rien.

– Noland ! s'écria-t-elle d'une voix éraillée, comme lorsque l'on essaie de crier dans un rêve, sans y parvenir.

Elle avait beau scruter la mer, elle restait désespérément sombre et déserte. Quand soudain, la foudre fendit le ciel nocturne, et éclaira la scène. Ruth crut voir la silhouette de la *Whydah*, loin derrière eux, gîtant anormalement. Alors, elle sut que quelque chose n'allait pas. Tout son esprit se rétracta comme une araignée qu'on vient d'écraser. Sa raison observait le spectacle depuis un coin obscur, sans pouvoir intervenir.

Elle se jeta sur Noland, qui venait de la rejoindre, l'empoignant par les bras en le secouant.

– Leur feu s'est éteint, Noland !

– Oh, calme-toi ! Ruth, calme-toi !

– Mais regarde !

Sa voix n'était plus la sienne. C'était la plainte aiguë d'un loup hurlant à la nuit pour rameuter les siens, face à un compagnon blessé. Noland jeta un œil vers la *Whydah*. Pendant un court instant, il eut l'air perdu, mais il se reprit rapidement.

– Il faut faire demi-tour ! Il faut aller les secourir ! criait Ruth.

– Écoute ! Leur feu s'est sans doute brisé sous un paquet de mer ! Cela ne veut rien dire !

– Mais ils ne nous suivent plus ! Noland, il faut y aller !

Ruth se dégagea de son étreinte et s'adressa à l'équipage.

– Les gars ! Il faut virer de bord ! La *Whydah* a des ennuis, nous devons aller la...

– Wolff ! vociféra Noland en la tirant par le bras.

Les hommes sur le pont s'étaient approchés du pavois bâbord, cherchant eux aussi la *Whydah* des yeux. La main de Noland encerclait le bras de Ruth à un tel point qu'il lui coupait presque la circulation sanguine.

– Nous sommes en plein milieu du goulet ! La marée nous pousse, qu'est-ce que tu crois pouvoir faire, hein ?

Ruth avait le regard et le corps tournés dans la direction où le feu de la *Whydah* lui était apparu pour la dernière fois.

Son regard tomba alors sur l'ombre de Montgomery, qui guidait les barreurs. Mue par une force vengeresse, elle s'éjecta de la prise de Noland et se rua sur leur prisonnier. Car tout lui paraissait clair, maintenant. Elle aurait dû écouter son instinct ! Quelle idiote elle avait été ! C'était sa faute, bien sûr ! Il avait tout prévu depuis le début, il voulait attirer la *Whydah* là où elle ne passerait pas !

– Espèce de sale chien, indigne coquin ! Tout est de ta faute ! C'est toi qui les a menés là !

Elle attrapa Montgomery par le bras et lui balança un coup de poing dans le visage. L'homme fut si surpris par l'assaut qu'il tomba aussitôt en arrière. Noland se fit aider par deux hommes pour les séparer. Il attira Ruth vers l'arrière.

– Regarde-moi. Wolff, regarde-moi… Cet homme est notre seul espoir, que tu le veuilles ou non. Et tu veux t'en prendre à lui ? La peur et la colère ne te donnent pas raison, tu sais ! Tu es en train de perdre tes moyens, reprends-toi, bon sang !

Ruth savait qu'il avait raison. Elle inspira un coup, la mâchoire serrée.

– Ils ne nous suivent plus.

Noland poussa un soupir découragé.

– Nous n'en savons rien. Mais ce que nous savons, c'est que nous sommes dans le goulet. Nous avons besoin de rester concentrés, d'accord ?

Ruth se dégagea du bras de Noland d'un geste sec.

– D'accord.

Ruth essaya de replacer toute son attention sur l'instant présent, sur l'*Ann*, sur les forces qui la poussaient dans le goulet. L'averse se calma. C'était peut-être bon signe. Ruth s'ébroua et essuya son visage trempé, avant de rejoindre ses camarades sur l'écoute de grand-voile d'étai. Ils étaient prêts à virer une fois le goulet passé. Un éclair illumina la bande de terre sur bâbord, cerclée par l'écume éclatante des vagues qui s'y jetaient. Jamais l'*Ann* n'avait dû atteindre une telle vitesse. Rapidement, la pointe à bâbord passa sur l'arrière de leur travers. Ils étaient en train de dépasser le goulet.

Quand soudain, Ruth fut assaillie par un étrange sentiment. Tout lui apparut comme dans un rêve. Le monde continuait de tourner, le navire de bouger, la tempête de gronder, et pourtant tout s'arrêta. Une impression d'irréalité l'envahit. Elle caressa le cordage entre ses doigts, juste pour s'assurer qu'elle était toujours bien éveillée. Mais la sensation râpeuse du chanvre humide, bien qu'elle en soit consciente, ne suffisait pas à lui prouver qu'elle était là. Elle lâcha l'écoute molle, et se tourna vers l'arrière du navire.

Elle ne ressentait rien, du moins rien qui ressemble à quelque chose de connu. Tout ce qui l'habitait, c'était cette idée sombre, une vérité insoutenable, macabre. La mort était là, tapie dans son être, elle la portait sur elle. Aucun mot ne pouvait décrire cette sensation sinistre. Comme un secret inavouable, un fardeau invisible, elle était là, certitude inébranlable, courant dans ses veines, enfermant son esprit dans son capuchon noir.

Et puis, quelqu'un la happa par le bras, et la ramena dans le monde sensible. Noland lui faisait face, son visage anxieux éclairé par les éclairs. Ruth sentit à nouveau la pluie sur sa peau, le vent froid dans son cou, le tangage de l'*Ann*, et la poigne ferme mais concernée de Noland.

– Qu'est-ce qu'il se passe, Wolff ?

Elle plongea son regard dans celui de Noland, comme si c'était la seule chose qui pouvait l'empêcher de retomber dans l'abysse terrible au bord duquel elle se trouvait. Noland la fixait intensément. Il savait, lui aussi il savait. Elle déglutit, répéta les mots dans sa tête encore et encore, avant d'articuler :

– Ils sont partis...

La bouche de Noland s'ouvrit et se ferma. La douleur se peignit sur son visage.

– C'est fini... Noland, ils sont tous morts !

Noland baissa sa garde.

– Je sais...

Le chagrin au bord des yeux, il attira Ruth contre sa large poitrine. La joue collée à sa chemise mouillée, Ruth sentait la chaleur de son grand corps bien vivant. Elle passa ses bras autour de lui, s'y cramponna comme à un tronc d'arbre. Enlacés comme s'ils étaient les derniers hommes sur le champ de bataille, ils avaient le regard porté vers le large, là où ils avaient vu la *Whydah* pour la dernière fois.

– Seigneur Dieu..., murmura Noland. Ayez pitié de leurs âmes.

Ruth pensa à Galway, elle vit son corps mordu par l'eau glacée, s'agitant au-dessus des flots pour chercher un air de plus en plus inaccessible. Elle comprit qu'il pensait à elle, à cet instant, et elle le supplia de rester, de s'accrocher, tout en sachant qu'il était déjà trop tard.

Et puis il lui sembla brusquement que Samuel était là, la couvant de son aura bleutée. Aussi forte qu'avait été la certitude de leur mort quelques instants plus tôt, Ruth sut à cet instant qu'il ne souffrait pas, du moins qu'il ne souffrait plus comme Galway semblait souffrir. Une idée folle traversa son esprit, celle de sauter à l'eau, de plonger dans la mer, et de la laisser la posséder. Mais les bras pleins de vie de Noland étaient là, à la retenir.

La brutalité de la vie la rattrapa, et la perspective d'un deuil impossible à faire la submergea. Noland relâcha son étreinte. Les mains sur ses épaules, il plongea ses petits yeux bleus dans les siens.

– Écoute, nous n'avons pas le temps de pleurer. Il va falloir virer dans quelques minutes. Nous sommes encore là, nous. Nous devons nous battre, maintenant plus que jamais. Pour eux, d'accord ?

Ruth s'accrocha à son regard déterminé, ravala sa douleur, et hocha la tête.

– D'accord. Pour la *Whydah*.

– Pour la *Whydah*.

VII

Schrödinger

Le soleil se leva sur la mer comme il s'était couché la veille : en toute discrétion, dissimulé par une couche épaisse de nimbostratus aux reflets métalliques. Le vent soufflait sur les dunes de Cape Cod. Les herbes folles s'agitaient comme des danseuses de rue dans le froid. Au fur et à mesure que la lumière blafarde crevait l'obscurité, la marée descendait. L'océan repu recrachait sur le rivage tout ce qu'il n'avait pu digérer, et les survivants de la *Mary Ann* étaient là pour assister au triste spectacle.

Ils étaient Neuf. Neuf, sur les soixante hommes qu'ils étaient la veille. Assis en ligne, sur la plage. Tournés vers la mer. Frissonnant jusqu'au plus profond de leur être. Ils se faisaient passer des bouteilles de vin de Madère que l'épave avait recraché avec eux. Tous respectant le silence des autres, tous enfermés dans leur tête, ruminant de sombres pensées.

D'un geste machinal, Langue-de-chat passa la main dans ses cheveux blonds, et se pinça le haut du nez. La fatigue le terrassait, mais les nerfs le tenaient éveillé, mortellement éveillé. La lumière du jour, bien que terne, l'aveuglait. Il avait trente-six ans. Depuis qu'il avait quitté sa Suède natale quelque vingt ans plus tôt, il avait été menuisier, pêcheur, cuistot, charpentier, ouvrier sous contrat dans une plantation, avant de finir marin libre, apatride et relativement heureux. Il pensait avoir déjà payé cher le prix de cette liberté, par le nombre de cicatrices qui couvraient son corps. Il avait naïvement pensé qu'avoir échappé à la mort tant de fois était la preuve que les dieux l'avaient béni, comme s'il avait déjà gagné sa place à Avalon. Mais il avait été bien présomptueux. Car il fallait bien être maudit pour être encore vivant ce matin. Faire naufrage si près du but, perdre les trois quarts de leurs hommes, et finir avachis sur une plage à boire du vin... A attendre quoi ? Un point sur l'horizon trouble, des silhouettes amies descendant les dunes vers eux... N'importe quel signe de leurs camarades perdus.

Car, ne pas savoir, c'était ce qui le tourmentait le plus. Ne pas savoir ce qu'il était advenu de l'*Ann,* du *Fisher* et de la *Whydah*. Comment les retrouver ? Où ? Comment aller jusqu'à Provincetown, en admettant qu'ils aient pu la rejoindre ?

Shuan lui repassa la bouteille de vin. Langue-de-Chat but la dernière gorgée avant de jeter la bouteille au loin. Il attrapa une autre bouteille derrière lui, arracha le bouchon avec ce qui lui restait de dents, et l'entama franchement. Réprimant un hoquet, il donna la bouteille à Quintor.

Langue-de-Chat jeta un regard à ses compagnons. Quintor, Shuan, Brown, Simon One-Eye, Tommy Tranquille et Little Tommy, Mackonachy et Fitzgerald (tous deux matelots de la *Mary Ann* avant qu'ils ne la capturent), tous avaient l'air plus morts que vivants. Pâles comme le jour qui s'annonçait. Un pessimisme amer se lisant sur leurs traits tirés.

Langue-de-chat sentit ses entrailles se serrer tandis que des bribes fugaces du naufrage foudroyaient sa mémoire comme des éclairs d'orage. Il décida qu'il était temps d'agir.

– Mes amis. Nous devrions nous mettre en route.

Quelques-uns remuèrent un peu, sortant de leur torpeur comme d'un rêve. Quintor hocha la tête d'un air grave.

– Nous mettre en route ? répéta Tommy Tranquille avec agressivité. Vers où tu veux qu'on aille, hein ? Si nous allons chercher de l'aide, c'est la potence qu'on va trouver !

– Eh, mollis un peu, Tommy..., lui intima Quintor.

– Ouais. Je sais pas si tu as remarqué, mais tous nos amis ont disparu. Y a plus que nous. Tu comprends ?

Tommy cligna des yeux vers lui, l'air hagard.

– C'est pas le moment de se chicaner pour rien, d'accord ? Maintenant plus que jamais, les gars, va falloir se serrer les coudes.

Personne ne le contredit.

– Montons en haut de ces dunes. Nous aurons une vue dégagée sur les environs, et nous pourrons peut-être apercevoir nos compagnons sur l'eau.

- Et si nous ne voyons rien ? demanda Mackonachy avec un air de défi.

Tous se tournèrent vers Langue-de-chat, comme s'il était le détenteur de quelque stratégie secrète.

– Alors nous aviserons.

Le principal était qu'ils marchent. Qu'ils aient au moins l'illusion d'avancer, de *faire* quelque chose. S'ils restaient là une heure de plus, le vin aurait raison d'eux, ils finiraient par s'endormir et peut-être par mourir de froid ici. Après avoir survécu à un tel naufrage, ça serait un comble, se disait Langue-de-chat.

⁂

Noland tendit un biscuit et une tasse de porridge à Ruth. Comme elle secouait la tête en refusant, il s'assit près d'elle.

– Si tu ne dors pas, mange au moins.

– Je crois que je vais vomir.

– Prends le risque.

Les rapports entre Noland et Ruth avaient beaucoup changé ces derniers temps, et en particulier cette dernière nuit. La méfiance qu'elle manifestait à son égard s'était adoucie à mesure que Noland avait cessé de la voir comme une créature à posséder et à protéger. La tempête, la perte de tant de leurs amis, tout cela avait effacé les vieux différents. L'heure était au deuil, et à la solidarité. Ruth regarda son gros visage mangé par sa barbe rousse. D'ordinaire si vifs, ses yeux, ce matin-là, semblaient éteints, la paupière en berne.

Ruth regarda autour d'elle. On avait ouvert le panneau d'écoutille pour faire entrer la lumière et l'air frais dans l'entrepont. Quelques hommes faisaient le quart là-haut, pendant que les autres se reposaient. Le capitaine Montgomery ronflait dans sa cabine, aussi tranquille qu'un nourrisson, l'enfant de salaud.

L'*Ann Galley* et le *Fisher* avaient finalement mouillé l'ancre aux alentours de minuit, cette nuit-là. Le *Fisher* faisant eau, ils avaient transbordé corps et biens sur l'*Ann,* avant de le couler.

Toute la nuit, ils avaient prié pour que le mouillage tienne, et pour que leurs camarades sur la *Whydah* et la *Mary Ann* s'en sortent. Depuis la veille au soir, Ruth était toujours engluée dans cette même sensation funeste que Noland avait ressenti. Quand Herrera avait demandé à Noland d'expliquer comment il savait que leurs camarades n'étaient plus, il avait simplement répondu « je le sais, c'est tout ». Ruth n'aurait pu l'exprimer mieux.

Pourtant, elle espérait. Elle ne pouvait faire autrement. On n'accepte pas la mort sans l'avoir vu de ses yeux. Et il lui semblait que tant qu'elle ne verrait pas le cadavre de Galway et des autres, elle ne pourrait jamais cesser de les voir réapparaître.

Elle avait l'impression étrange d'être dans deux mondes à la fois. La réalité à cet instant était comme une toile sur laquelle on aurait peint une image par-dessus une autre. Les plans se superposaient et se mélangeaient jusqu'à se confondre en un seul et même tableau, montrant des représentations de la *Whydah,* tantôt courant toutes voiles dehors, tantôt échouée, éventrée sur la plage. Ou encore, Samuel se tenant près de la barre, les yeux levés vers le gréement, ses jambes oscillant avec le roulis, puis reposant sur le fond de la mer, déjà bleu et froid. Ou alors c'était Galway que Ruth voyait faire des acrobaties sur le beaupré de la *Whydah* en riant, tout en battant des bras, affolé, pour garder la tête hors de l'eau. Johnny Kid grimpant dans la mâture pour la première fois, puis basculant violemment par-dessus bord, rejoignant dans un cri Quamino, Bones et tous les autres...

Ils étaient morts, et vivants à la fois. Ruth n'aurait su comment l'expliquer, mais elle était certaine que tout cela coexistait en ce moment même, la vie et la mort, le passé et le présent.

Et pendant ce temps, son corps fourbu continuait d'assurer ses fonctions vitales sans rien lui demander. Par un formidable instinct, elle respirait, son cœur battait, elle pouvait voir, parler, entendre, alors même qu'elle avait privé son corps de nourriture et de sommeil depuis plus longtemps qu'elle n'aurait pu le supporter en d'autres circonstances.

Des bruits de pas résonnèrent sur le pont principal.

– On ne doit plus être très loin, fit Noland en se hissant sur ses pieds.

Sur le pont, quelques hommes halaient sur les bras et les écoutes, pendant que l'*Ann* virait lof pour lof. Une fois sur ses nouvelles amures, la bande de terre marquant la pointe sud du goulet se retrouva sur leur travers tribord.

La clarté du jour aveugla momentanément Ruth. De lourds nuages plombaient toujours le ciel, cependant. Tout était gris. De la mer au ciel, en passant par les dunes de sable sur leur droite. Ruth s'approcha d'un seau d'eau de mer posé près d'un râtelier. Accroupie devant le seau, elle plongea ses mains dedans, et s'aspergea le visage avec. La fraîcheur de l'eau la revigora. Elle réitéra son geste encore et encore, se frottant le visage pour mieux faire pénétrer au cœur de son être cette eau si bienfaisante. Même les gouttes qui dégoulinaient dans son cou et se perdaient sur sa poitrine tiède devenaient agréables.

Elle repensa soudain à Samuel, dont le corps sans vie baignait dans cette même mer, et elle eut un mouvement de recul. Cette eau qui semblait lui faire tant de bien en cet instant, comment pouvait-elle être celle qui avait sauvagement asphyxié les personnes qu'elle aimait le plus ?

Elle replongea une dernière fois ses mains dans le seau, recueillit un peu d'eau au creux de ses mains et regarda un instant les reflets blancs de la lumière du jour la faire scintiller. Et puis, poussée par un instinct inexplicable, elle trempa ses lèvres dedans. L'eau de mer glissa dans son œsophage jusqu'à son estomac, et une douce sensation de chaleur l'envahit.

Elle était en vie. Elle pouvait voir, goûter, sentir, toucher et entendre, et cela lui parut absolument extraordinaire tout à coup. En pensant à ses camarades défunts, elle se sentit soudain très triste. Jamais plus ils ne connaîtraient ce plaisir sensuel propre au monde physique. Jamais plus ils ne verraient la mer brasiller sous le soleil, jamais plus ils ne sentiraient l'odeur du goudron et du bois, apprécieraient le goût du rhum ou la caresse désirante d'un être aimé. Plus que son deuil, plus que la douleur de ne plus jamais les voir, cette idée plongea Ruth dans un chagrin inconsolable.

Elle essuya l'eau de mer et les larmes de son visage, et se leva. Noland était sur le gaillard, observant la côte. Quand elle le rejoignit, il posa une main sur son épaule. Fut un temps où Ruth n'aurait pas supporté qu'il la touche. Mais aujourd'hui, c'était différent. Ils évitèrent de croiser leurs regards, de peur que l'autre n'y voit des larmes.

– Là-bas ! cria alors Herrera, qui faisait la veille à l'avant.

Il tendait le bras à trois quarts tribord, vers la plage. Noland pointa sa longue-vue dans cette direction.

Même à l'œil nu, Ruth comprenait très bien ce qu'elle regardait : un rivage encombré par les débris d'un navire. Sur l'estran découvert pas la marée basse, des brasses de cordages emberlificotées dans des espars arrachés, des lambeaux de toile déchirée... Ruth devinait même la forme des barriques de rhum et des coffres d'argent et d'or sur le sable étincelant de reflets humides. Elle imagina la *Whydah* éventrée sur le fond marin, à tout juste quelques encablures, réduite à l'état d'épave, de squelette décharné, un chef-d'œuvre du passé.

– Les salopards ! s'offusqua Noland, l'œil dans la lunette. Ils sont en train de tout piller !

Tout l'équipage à l'exception des barreurs s'était massé derrière eux.

– Comment ça ?

– Les locaux ! Ils sont en train de piller l'épave !

– Ce sont peut-être nos camarades ! lança Bernard, plein d'optimisme.

Ruth fut traversée par un espoir fou.

– Fais-moi voir.

Elle lui prit la longue-vue et regarda à travers. En effet, à travers les lentilles un peu troubles, elle vit des silhouettes se mouvant sur l'estran. Ils étaient deux douzaines environ. Certains tiraient les coffres et les sacs jusqu'à la plage, où les attendaient des charrettes de toutes tailles. D'autres restaient debout les bras croisés, observant les opérations. À cette distance, Ruth n'aurait certes pas pu dire la couleur de leurs yeux ou l'expression de leur visage, mais elle était certaine d'une chose : elle ne connaissait aucun de ces hommes.

L'inéluctabilité de la mort de ses camarades se faisait de plus en plus nette, de moins en moins contestable...

– S'ils nous volent notre butin, ils vont entendre parler du pays !

– Ouais, il faut mettre pied à terre ! Et récupérer notre dû !

C'est alors que Ruth vit quelque chose qui lui retourna l'estomac : deux hommes transportant un corps sur un brancard. Un de ces bras pendait tristement vers le sol. Galway ? Le capitaine ? Ferguson ? Bones ? L'incertitude lui tordait le ventre. Elle crut qu'elle ne pouvait avoir plus mal, quand elle s'aperçut en balayant la scène de sa longue-vue, que d'autres hommes manœuvraient d'autres brancards. Elle suivit le trajet de deux d'entre eux. Ils s'arrêtèrent au pied des dunes, devant quelque chose qui glaça Ruth d'effroi. Il y avait là trois ou quatre dizaines de cadavres, tous allongés les pieds vers la mer, alignés comme des pierres tombales.

Les mains tremblantes, Ruth baissa la longue-vue. En surprenant son expression, Noland lui prit l'instrument des mains et regarda à son tour à travers.

– Jésus, Marie, Joseph...

– C'est à nous de leur offrir une sépulture ! explosa Ruth. Un linceul de toile et un boulet aux pieds ! Il leur faut des funérailles de marin, bon sang ! Je refuse qu'ils finissent entassés à la fosse commune !

– Nous avons des canons, n'est-ce pas ? rappela un autre. Tirons un ou deux boulets histoire de les effrayer un peu, et allons récupérer nos morts et notre butin !

– Ça n'est pas une bonne idée, désapprouva Noland. Et si vous voulez mon avis, on ferait mieux de s'éloigner d'une portée de canon.

– Qu'est-ce que tu veux dire ?

– Il y a des pièces d'artillerie sur la dune. Et il y a des hommes munis de fusils devant chaque charrette.

– Les salauds, ils ont tout prévu…, souffla Ruth.

– Ils ont l'habitude de piller les navires qui font naufrage ici, ils savent comment s'y prendre.

– M'est avis que s'ils ont pris de telles précautions, c'est qu'ils savent que nous ne sommes pas de simples marchands, remarqua Ruth.

– Je suis d'accord.

Noland posa ses mains sur la lisse, le regard porté vers l'épave. Il avait l'air plus abattu et triste que jamais.

– Mes amis. Nous n'avons pas le choix. Nous devrons attendre que la voie soit libre avant de mettre pied à terre.

– Mais quand ce sera le cas, il ne restera plus rien, ni corps ni biens ! protesta Ruth.

– Je sais bien, Wolff.

Bon gré mal gré, ils prirent donc le large, tirant des bords au loin, et ce durant tout le jour et la nuit qui suivit. Le jour suivant se leva doucement, aussi gris que le précédent. Là-bas, sur la plage, la laisse de marée dessinait une courbe sombre et déchiquetée dans le sable. Ils avaient calculé leur coup afin de revenir au milieu du jusant.

– Alors ? demanda Ruth en rejoignant Noland.

– Ils sont partis. Il ne reste rien, ni personne.

Les ongles de Ruth s'enfoncèrent dans la lisse.

– Tu penses que nous ne craignons rien ?

Noland secoua la tête.

– Ceux qui pourraient nous porter tort doivent être trop occupés à compter leur trésor pour revenir ici dans le seul but de nous mettre le grappin dessus.

La côte se rapprochait à mesure que l'*Ann* serrait le vent. Bientôt, ils pourraient mouiller. Ruth pensa à sa mère. Quand elle était décédée, elle avait eu le droit de la voir sur son lit de mort avant qu'ils ne l'emportent vers la fosse commune. Étrangement, cela lui avait été d'une grande aide. Voir et toucher ce corps froid et sans vie avait permis à Ruth de dissocier l'image de sa mère vivante, et morte. Cette double réalité dans laquelle elle se sentait plongée depuis que la *Whydah* avait coulé, elle se demandait à présent comment en sortir, sans qu'il y ait de corps à qui dire adieu.

– Comment peut-on faire le deuil de quelqu'un dont même le corps a disparu ?
– On ne peut pas. Faire le deuil d'un marin, c'est rester à tout jamais prisonnier avec lui entre le monde des vivants et des morts.

Ils ne furent qu'une demi-douzaine à débarquer pour mettre pied à terre. Les autres restèrent à bord pour surveiller les prisonniers. Quand l'étrave du canot s'enfonça mollement dans le sable gorgé d'eau, Ruth crut à nouveau qu'elle allait vomir. Autour d'eux, il ne restait presque rien de la multitude de débris qui la veille encore, recouvraient la plage. Les locaux avaient tout emporté, corps, cargaison, espars et poulies... Il ne restait de la *Whydah Gally* que quelques artefacts sans valeur. Des morceaux de caisses, des chutes de haubans et autres cordages trop emmêlés pour être récupérés, ou des pièces de charpente trop imposantes pour être déplacées...

La petite troupe marcha jusqu'à la laisse de marée, où ils espéraient dénicher quelques objets rejetés lors du dernier flot. Après tout, les habitants avaient jugé qu'ils en avaient eu assez, mais la mer avait peut-être encore quelque chose à recracher.

Ruth recoiffa sa casquette qui menaçait de s'envoler, et respira profondément. Elle ne savait pas ce qu'elle redoutait le plus : trouver quelque chose, ou ne rien trouver. Quand ils atteignirent le sable sec, chacun se dispersa là où ses pas hagards le menaient. Comme des oiseaux de mer grattant le sable à la recherche de coquillages, ils déambulaient en silence, tâtonnant du bout des pieds ou fouillant à pleines mains dans la laisse de marée où les laminaires étouffaient de nombreux bouts de bois de la *Whydah*.

Pour la première fois, Ruth pensa à l'avenir. Quelle vie triste et morne vivrait-elle, sans la présence de Galway à ses côtés ? Elle se voyait déjà, condamnée à une solitude extrême, privée de son plus grand ami. Que le monde lui paraissait terne et vide, sans son tempérament de feu, son sens de la morale et cette manie irrépressible de défendre ce qui lui semblait juste. Elle s'était tant de fois reposée sur son intelligence et son discernement. La violence de ses colères et de ses joies, son honnêteté qui frisait l'agressivité parfois... C'était certain, le monde était bien meilleur avec Galway dedans. Ruth était bien meilleure avec Galway près d'elle. À quoi pouvait bien ressembler la vie sans lui, si ce n'est à une aquarelle terne, sans couleurs ni contrastes ?

Profondément découragée, Ruth chercha dans le ciel un quelconque secours, mais elle ne vit que des rouleaux de nuages gris. Elle continua de fouiller du pied les algues noires. Pour l'instant, elle n'avait rien trouvé d'autre qu'une tasse en étain, une pipe ébréchée, et une pièce d'osselet.

Un instant plus tard, elle ramassa une casquette qu'elle crut appartenir à Galway, avant de lire les initiales « J.S. » cousues dans la doublure. Jack Spinckes... Elle vit alors quelque chose briller dans un tas de laminaire. Elle fouilla avidement et mit la main sur une pointe sèche ! Sa poitrine se resserra. Elle imagina Samuel penché sur une carte, la pointe sèche entre les doigts. Elle le vit abandonner l'instrument sur la table à cartes avant de remonter en hâte donner un ordre au timonier. Ses pas continuèrent de l'éloigner de ses camarades. Un peu plus loin, elle trouva une paire de bésicles, dont un des verres était cassé. Le deuxième était fendu. Les montures, fines et légèrement tordues, étaient reconnaissables entre mille. Ferguson... La casquette de Spinckes, les bésicles du docteur... Cela rendait leur mort terriblement réelle, tout à coup. Ruth caressa tendrement le verre fendu, refoulant ses larmes.

– *¡ Tíos !* héla soudain Herrera. *¡ Vengan a ver !*

Tous tournèrent la tête dans la direction qu'il indiquait. Une personne s'était invitée sur le rivage. Une femme encapuchonnée déambulait près de la laisse de marée, se baissant ici et là pour ramasser quelque objet. Passé la surprise, Ruth se laissa envahir par une fureur irrationnelle. Elle courut vers la femme emmitouflée dans son châle.

– Hé ! Vous, là-bas !

Ses camarades la suivirent en trottinant. Quand la femme entendit Ruth l'appeler, elle sursauta et se figea un instant.

– Y a rien à voir ici ! hurla Ruth. Rendez-moi ce que vous avez ramassé !

Alors la femme se mit à fuir. Ruth accéléra. L'indignation de se voir dépossédée de ce qu'elle considérait lui revenir de droit, la douleur d'avoir perdu tant d'amis, tout remonta brutalement. Elle dégaina son couteau. Empêtrée dans ses jupons, la femme ne put la semer.

– Arrêtez !

Ruth agrippa la femme par le bras et lui mit le couteau sous la gorge.

– Wolff ! criait Noland derrière elle. Tiens bon !

La femme était tétanisée. Elle n'était pas beaucoup plus âgée que Ruth. De beaux cheveux noirs bouclés dépassaient de son chignon négligé. Elle avait de grands yeux sombres, un nez légèrement retroussé et une bouche de poupée. Elle aurait pu être d'une grande beauté, sans cette pâleur et ce visage émacié qui évoquait la malnutrition, et ce voile de tristesse qui semblait peser sur son front. Mais Ruth n'eut pas le temps de s'émouvoir, car son attention fut attirée par quelque chose qui brillait sur le châle qui couvrait ses épaules. Une broche en argent. Une broche représentant une hirondelle. Une broche qu'elle avait vue entre les doigts de l'homme qu'elle aimait pas plus tard que la veille.

Sa fureur redoubla. Elle aurait tué cette femme sur-le-champ si elle n'était pas consumée par l'envie d'obtenir des réponses aux questions qui l'assaillaient soudain.

– Ça porte malheur de porter les bijoux d'un mort, assena-t-elle d'une voix glaciale.

La jeune femme resta muette, les yeux écarquillés de terreur.

– Où avez-vous trouvé ça ?

La femme se mit à balbutier d'une voix tremblante.

– Je... Je ne l'ai pas volé...

– Menteuse ! Tu vas me rendre ça, tout de suite !

Ruth empoigna la malheureuse par le collet et appuya la pointe de son couteau sur sa gorge. À cet instant, elle sut que si la femme n'obtempérait pas, elle n'aurait aucun scrupule à l'égorger. Cette pensée l'effraya.

– Wolff ! Lâche-la, bon sang !

Noland et Herrera venaient de la rejoindre.

– Elle a trouvé sa broche !

Ruth sentit quelque chose couler sur ses joues... Elle se rendit compte que c'étaient des larmes.

– Quelle broche, bon Dieu ?

– Cette broche ! C'est celle de Bellamy !

Le visage de la jeune femme changea alors d'expression.

– Vous... Vous êtes ses amis ?

– Qu... Quoi ?

Alors, Ruth comprit.

– Vous êtes..., dit-elle dans un souffle. C'est vous.

Au fond d'elle, Ruth s'était toujours bercée de l'illusion que cette femme n'existait pas vraiment. Que ce n'était qu'une chimère de marin en mal de solitude.

– Je m'appelle Martha Hallett. J'étais... Samuel et moi, nous étions fiancés.

Ruth relâcha son emprise et recula d'un pas, sous le choc. Quand soudain, une pensée folle traversa son esprit embrouillé. Peut-être qu'elle n'avait pas ramassé ce bijou dans la laisse de marée, après tout...

– La broche... Est-ce que... Est-ce que c'est lui qui vous l'a donné ?

La pensée folle devint espoir. Ruth s'accrocha à la réponse de Martha Hallett, le cœur soudain beaucoup plus bruyant que d'ordinaire.

– Oui...

La joie qui saisit Ruth fut si brutale, si intense, qu'elle crut qu'elle allait prendre Martha Hallett dans ses bras. Un gigantesque sourire éclaira son visage.

– ... Il y a presque deux ans, termina Martha. Juste avant de prendre la mer pour la Floride.

Le sourire de Ruth fondit en grimace. Tout se brisa en elle.

– Il me l'a donné, en cadeau de fiançailles. Je l'ai refusé... Je ne voulais pas qu'on se marie avant qu'il ne revienne pour de bon...

Martha s'avança alors vers Ruth, une lueur d'espoir larmoyant dans les yeux.

– Dites-moi... Où est-il ? Est-ce qu'il est avec vous ? Est-ce que vous l'avez retrouvé ?

La douleur déchirait l'esprit de Ruth. Elle chercha du secours dans le regard de Noland, dans le ciel, passa nerveusement la main dans ses cheveux. Sa casquette tomba dans le sable. De désespoir, elle s'accroupit, la tête reposant dans ses mains. Sa mâchoire serrée, ses paupières fermées sur un torrent de larmes.

En voyant Ruth prostrée sur le sable, Martha Hallett comprit. Son teint se fit plus blême, si tant est que ce fut possible, et elle se mit à trembler.

– Je suis désolé, madame, dit alors Noland, sincère. Nous n'avons retrouvé aucun survivant.

Le menton tressautant, Martha tripotait machinalement la broche sur son châle, le regard perdu.

– Je vois... Je vois...

Ruth les entendait comme s'ils étaient à l'autre bout de la plage. Les mots « Samuel », « mort », tournoyaient dans sa tête au point de lui en donner le vertige.

– Madame, dit alors Noland, vous avez donc trouvé ce bijou sur la plage ?

- Non, je ne l'ai pas trouvé sur la plage, répondit la voix chevrotante de Martha Hallett.

– Comment ça ? Où l'avez-vous eu, alors ?

Elle les regarda à tour de rôle.

– Venez avec moi.

Elle les mena jusque chez elle à bord d'un chariot bâché attelé à un vieux cheval fatigué. Elle habitait sur les hauteurs d'Eastham, dans la maison de ses parents, décédés depuis peu, tous les deux emportés par une mauvaise grippe. Martha vivait chichement, du lait de ses chèvres et des œufs de ses poules. Tout le reste, elle le payait grâce à quelques heures de travail par semaine à la *Great Island Tavern* d'Eastham.

Quand Ruth et ses camarades virent la maison, il leur parut évident que son salaire de serveuse ne lui permettait pas de subvenir à ses besoins : le toit de chaume était clairsemé et le porche semblait sur le point de s'effondrer. Martha Hallett sauta avec agilité au bas du chariot, et désattela sa monture.

– Rentrez à l'intérieur pendant que j'emmène le cheval au pré. Il y a un pichet de bière sur la table, et des moques dans le placard. Servez-vous.

D'être chez elle en terrain connu lui avait redonné une certaine assurance. Suivie par ses camarades, Ruth fut la première à pousser la porte de la masure. La pièce était petite et mal éclairée. Il n'y avait qu'une seule fenêtre, exposée sud. Pas de chambre, évidemment, mais un lit au fond de la pièce, rehaussé de plusieurs épaisseurs d'édredons. Au milieu de la pièce, une table rustique usée par les années. L'odeur du fromage de chèvre et de la cendre tiède évoquait un certain réconfort. C'est alors que Ruth s'aperçut que la maison n'était pas vide. Quelqu'un était assis devant la cheminée. L'homme – ou la femme – était presque entièrement recouvert par une couverture. Quand les gonds de la porte grincèrent à l'arrivée de Ruth, la personne sursauta et se retourna. La couverture tomba sur ses épaules, dévoilant son visage.

Le cœur de Ruth manqua un battement ou deux. Elle eut la même sensation d'irréalité que lorsqu'elle avait su que la *Whydah* venait de couler. Galway la fixait d'un air aussi effaré qu'elle. Avant que ses jambes ne défaillent, Ruth se rua vers lui, bousculant les chaises et tabourets sur son passage. Galway eut à peine le temps de se mettre debout qu'elle était déjà dans ses bras. Elle y tomba brutalement, avec confiance, comme on se laisserait tomber sur un lit. Les bras de Galway la comprimaient contre son buste, mais ce n'était pas encore assez. Elle le serra contre elle, avec la force de cent naufrages et mille nuits blanches. Elle huma profondément l'odeur de sa chemise, mélange de goudron et de sciure de bois, de tabac et de sueur, cette odeur si chère qu'elle pensait ne plus jamais respirer.

Galway saisit le visage de Ruth entre ses mains. Une gratitude infinie faisait pleurer ses yeux. De ses mains d'ours un peu pataudes, il caressa tout son visage, ses cheveux, ses oreilles. On aurait dit qu'il essayait de se convaincre que tout ceci n'était pas un rêve. Quand il en fut convaincu, il se mit à rire nerveusement. Ruth avait du mal à réaliser qu'il était là, bien vivant, bouillonnant même. Galway posa sa main dans la nuque de Ruth, l'attira doucement contre lui et embrassa son front encore refroidi par l'air du dehors.

– *Ná téigh i bhfad uaim arís riamh, a dheirfiúr*[1]...

– Il est increvable, ce gamin ! fit alors la voix de Noland.

Il venait d'entrer avec les autres. Ruth relâcha à regret son étreinte pour laisser Noland assener une tosse amicale dans le dos de Galway.

– Cette racaille irlandaise est plus résistante que les cafards ! plaisanta Herrera.

Galway se laissa tomber sur le tabouret près de l'âtre, visiblement exténué. Ruth s'assit à côté de lui, Noland et les autres autour de la table ou à même la terre battue. Accaparés qu'ils étaient par ces retrouvailles inattendues, aucun ne songea à suivre le conseil de Martha en se servant au pichet de bière posé sur la table.

Galway leur raconta tout ce qui lui était arrivé depuis le moment où ils avaient touché le fond. Ruth avait du mal à se concentrer. Régulièrement, elle se surprenait à le contempler en souriant, encore toute retournée de le voir revenir d'entre les morts.

– Tout est allé très vite à partir du moment où nous avons talonné. On a commencé à gîter dangereusement. Julian et moi avons essayé de maintenir la barre aussi longtemps que possible, pour garder le bateau face au vent. C'était la panique partout. Les hommes grimpaient dans les hauts pour échapper au pont ravagé par les énormes lames qui le submergeaient. Je voyais des silhouettes tomber de la

1. « Ne t'éloigne plus jamais de moi, ma sœur » en gaélique irlandais.

mâture, sans pouvoir les identifier. J'en ai vu un s'éclater la tête contre le pavois en tombant… La *Whydah* a continué à prendre de la bande. Je ne sais pas comment je me suis débrouillé, en poussant sur la barre de toutes mes forces, j'ai fini par glisser. J'ai senti que je percutais le pavois à bâbord. Par chance, je ne me suis pas évanoui. J'ai voulu me relever pour retourner à la barre, mais à cet instant, on a embarqué un paquet de mer qui m'a fait basculer par-dessus bord… J'avais beau être déjà trempé jusqu'aux os, le froid de l'eau m'a tétanisé. J'ai cru que j'allais mourir… Mais je suis soudain remonté à la surface et j'ai pu respirer. J'ai essayé tant bien que mal de nager, sans vraiment y croire. Je ne voyais rien autour de moi. J'entendais, seulement… J'entendais les hurlements de ceux qui se noyaient autour de moi. J'ai voulu crier moi aussi, pour faire savoir que j'étais là, mais l'eau semblait déterminée à me faire couler. Plus je cherchais mon air, plus je buvais la tasse. Et puis…

Il leva furtivement les yeux vers Ruth avant de poursuivre.

– Et puis j'ai arrêté de lutter. Je ne sais par quel miracle j'ai réussi à me dire que peut-être, le vent et la marée me pousseraient vers la côte. Je me suis donc laissé porter… Mais j'ai bien failli mourir de froid avant… Je ne sais combien de temps ça a pris… Sans doute pas plus de quelques minutes, même si j'ai eu l'impression d'une éternité. J'ai soudain été pris dans le rouleau d'une lame, j'ai bu la tasse une dernière fois, et l'instant d'après j'étais sur le rivage. J'ai rampé, comme un foutu animal. Le froid m'a saisi quand je me suis retrouvé hors de l'eau. Quand j'ai finalement atteint le sable sec, je me suis effondré de fatigue. Je ne pensais pas me réveiller… J'aurais dû mourir de froid. Je ne sais pas ce qui m'a sauvé.

– Ton sang d'Irlandais ! lança Noland. On a ça dans les veines, nous autres ! Exposés aux tempêtes de noroît depuis notre naissance, on y résiste mieux encore que les falaises en haut desquelles on a grandi, hein ?

– Je sais pas, Noland… J'ai pas les poumons d'un Irlandais, apparemment… À mon réveil, j'ai été pris de la pire quinte de toux que je n'avais jamais eu. J'ai enlevé mes vêtements mouillés et les ai mis à sécher sur le sable. Pendant ce temps, j'ai marché. La plage était jonchée de…

Il se frotta le front, cherchant ses mots. Puis, prenant une grande inspiration :

– Il y avait de tout, des morceaux de bois, des caisses, des fûts, des vêtements, des bouts avec encore leurs poulies grées dessus… Et puis, eux… Leurs corps… Des dizaines de corps échoués. Il m'a fallu un temps considérable pour oser aller au-devant d'eux.

– Qui as-tu vu ? demanda Ruth.

– Scovell, répondit Galway, les yeux dans le vague. Lambert, Vaughan. Spinckes… Quamino. Bones.

Il jeta un coup d'œil désolé à Ruth, qui lui prit la main. Bones… Jeremiah Burke, le premier marin qui avait cru en elle, celui qui lui avait tout appris… La vision de son corps inanimé sur le sable lui serra la poitrine.

– Rivers, continua Galway d'une voix sombre. Ferguson…

Ruth repensa aux bésicles du docteur, qu'elle avait glissé dans sa poche. À ce qu'il lui avait raconté la dernière fois qu'elle et lui avaient parlé ensemble. Cet homme qui avait connu tant de guerres, qui avait dédié sa vie à défendre les valeurs auxquelles il croyait… Le monde n'irait certainement pas mieux maintenant qu'il était mort.

– Le capitaine ? demanda Noland.

Galway leva les yeux vers lui et secoua la tête.

– Non.

Galway soupira avant de reprendre :

– Et puis j'ai vu le corps de Tommy le Roux. Quand j'ai voulu m'en approcher, j'ai vu qu'il respirait encore. Je l'ai réveillé, et j'ai dû attendre qu'il se remette de ses émotions. Le pauvre était en état de choc, plus encore que moi. Nous nous sommes mis en quête de survivants. C'est là que j'ai trouvé la broche…

– Comme ça, dans le sable ? demanda Ruth.

– Pas exactement…

Galway se leva et prit un vêtement qui séchait derrière lui. Il le tendit à Ruth. Elle aurait reconnu le velours sombre et élimé entre mille autres étoffes… Le caban de Bellamy…

– La broche était dedans.

Les doigts de Ruth se crispèrent sur le manteau.

– Au bout d'un moment, nous avons retrouvé Julian, qui était bien vivant. Le pauvre garçon était allongé sur le dos, prostré.

– Dieu soit loué ! fit Noland. Mais où sont-ils, ces deux-là ?

Galway baissa la tête, navré.

– Ils ont décidé d'aller de leur côté.

– Enfin, qu'est-ce que ça veut dire ? Vous étiez les trois seuls survivants, et vous vous êtes séparés ?

– Ils voulaient continuer à chercher des survivants, et construire une sorte de brancard pour transporter tout ce qu'ils pouvaient trouver de valeur. Pour moi, c'était trop dangereux. Le jour était bien levé à ce moment-là, et je me doutais que les gens du coin allaient rappliquer. Comment aurions-nous pu justifier avoir autant d'or et d'argent dans nos cales ? Nous aurions été arrêtés, c'était clair… Ils n'ont pas voulu m'écouter. J'ai décidé de partir sans eux. J'ai juste emporté de quoi remplir toutes les poches de ma veste. Je me suis dit que j'allais acheter un cheval et cheminer vers Provincetown, où j'espérais vous rejoindre. Tommy, Julian et moi nous sommes quittés en bons termes, je leur ai souhaité bonne chance, et j'ai passé mon chemin… J'ai marché pendant des heures… Je n'arrêtais pas de tousser comme un tuberculeux. Un fermier qui se rendait au marché a fini par me prendre en route, et m'a déposé à Eastham. Avec l'argent que j'avais en poche, j'ai pu acheter une veste et une paire de bottes, histoire d'avoir un peu moins l'air d'un naufragé en haillons. Je me suis rendu à la taverne. Là, je me suis discrètement renseigné auprès du propriétaire pour dénicher un cheval. J'ai prétendu que je venais de Boston, que je venais visiter ma mère. Avec mon accent, cela n'était pas particulièrement suspect. Y a plus d'Irlandais dans le Massachusetts que dans tout le comté de Galway ! Pendant que j'attendais que mon cheval soit prêt, j'ai donc bu ma bière. Mais je n'étais pas tranquille. Je me doutais que la nouvelle du naufrage s'était ébruitée. Tout se sait vite, dans ces coins-là... Et je savais que les étrangers solitaires seraient vus comme des suspects.

Galway fut alors pris d'une violente quinte de toux. Ruth chercha autour d'elle quelque chose à lui donner à boire. Elle se rappela ce que leur avait dit Martha, et attrapa une moque dans le placard, qu'elle remplit de bière avant de la donner à Galway. Quand il se fut calmé, il continua :

– Et puis, y a ces gars qui sont entrés, avec des armes à la ceinture, et avec l'air hautain de ceux qui se croient tout permis. J'ai compris que j'avais sous les yeux une sorte de milice, accompagnée d'un ou deux officiels, des shérifs ou des commissaires de justice, je ne sais pas trop. Mon sang n'a fait qu'un tour. Je devais partir le plus vite possible, mais sans attirer leur attention. J'entendais leurs pas s'avancer et les conversations se tarir légèrement, et je me croyais foutu. Quand soudain, tout s'est précipité. L'un d'eux a crié « vous, là ! ». J'ai cru qu'il s'adressait à moi, alors je me suis retourné. Mais ils semblaient plutôt occupés par des gens assis à une table au fond de la pièce, que je ne voyais pas de là où j'étais. Tout s'est enchaîné très vite. Ils ont sorti leurs pistolets, il y a eu des coups et des cris. C'est là que je les ai vus.

Ruth, à l'instar de ses compagnons, eut un mauvais pressentiment. Galway continua.

– J'ai cru que j'allais tomber de ma chaise. Il y avait Langue-de-chat, Quintor, Simon One-Eye, les deux Tommies, Brown et Shuan...

Noland plongea sa tête dans ses mains. Ruth chuchota un juron. Tous étaient atterrés. Mais le plus affligé était Galway.

– J'ai eu le réflexe de me lever pour aller leur prêter main-forte. Alors Tommy Tranquille m'a vu. Il a donné un coup de coude à Langue-de-chat. J'ai fait un pas vers eux, et alors Langue-de-chat m'a fusillé du regard en secouant la tête. Il avait raison... À quoi bon tenter quoi que ce soit ? J'aurais été arrêté comme les autres... C'était insoutenable. Les voir ainsi les mains menottées, sans pouvoir rien y faire. Un des shérifs leur a dit de quoi ils étaient accusés... Sans surprise, rapt, piraterie et contrebande.

Tous savaient pertinemment ce que cela signifiait. Leurs amis mourraient pendus, tôt ou tard. Le dos de Galway s'affaissa.

– Si je les avais vus en entrant... Si je m'étais assis avec eux...

– Alors ça aurait été encore un de plus qui manquerait à l'appel, le consola Noland. Il y a déjà eu trop de morts cette nuit, Galway. Remercie le Ciel de ne pas les avoir vus avant.

– Où ont-ils été emmenés ? demanda Ruth.

– À la prison de Barnstable, d'après le tavernier. D'après lui, elle est très bien gardée, mais...

– Laisse tomber, Galway, l'interrompit Noland. Nous sommes trop peu nombreux, et trop peu armés, hélas. Si nos amis ont été arrêtés, cela veut dire que toute la presqu'île doit être en émulation, à la recherche de types tels que nous.

– Comment tu t'es retrouvé ici, alors ? demanda Ruth à Galway.

– Miss Hallett était dans la taverne quand la milice et le Chef de Justice ont emmené nos camarades. Elle a surpris mon échange de regards avec Langue-de-chat, et elle a compris que j'étais l'un d'entre eux. Elle s'est dit, à juste titre d'ailleurs, que nous étions peut-être de l'équipage de Bellamy. Alors elle a proposé de me cacher chez elle, avant que son cheval ne soit prêt. C'était plus sûr pour moi. Elle ne m'a pas dit tout de suite qui elle était. Pendant que nous traversions la ville sur son petit chariot, je ne cessais de regarder autour de moi, méfiant. Elle me racontait comment elle avait rencontré son premier et seul grand amour, deux ans auparavant. Mais j'étais trop occupé à guetter la milice à chaque coin de rue, je n'écoutais qu'à moitié. Et puis, elle a prononcé le nom de Bellamy. J'ai d'abord cru qu'elle voulait me livrer à la milice elle-même. J'ai pris peur et alors que j'étais sur le point de sortir mon couteau, elle m'a demandé où était le capitaine Bellamy. J'ai été obligé de lui dire que je l'ignorais complètement... Elle m'a alors appris que Tommy le Roux et Julian avaient été arrêtés le matin même. Ils auraient été recueillis par des voisins, avec qui ils auraient pillé l'épave avant d'être interpellés... Elle m'a aussi dit que le coroner était venu chercher les corps de soixante-deux marins.

Ruth poussa un juron affligé. Herrera se signa en murmurant un « Ave Maria », Noland soupira de désespoir.

– Apparemment, les funérailles ont été rapidement expédiées, ajouta Galway.

Ils s'octroyèrent un instant de recueillement.

– Enfin, reprit Galway, comme elle m'a mené à bon port, j'ai cru bon de la payer en retour. En voyant l'état de sa maison, j'ai décidé de lui laisser la broche que j'avais trouvée. Je ne savais pas que cette broche avait un rapport avec elle. Mais elle m'a raconté comment le capitaine lui avait offert ce bijou avant de partir il y a deux ans. Et comment elle la lui avait rendue, en lui faisant promettre de revenir.

– Il a tenu sa promesse, d'une certaine façon, murmura Ruth sans quitter le brasier des yeux. Maintenant, plus jamais il ne quittera Cape Cod...

Galway posa une main lourde sur son épaule et la serra avec affection.

– Tiens, d'ailleurs, où est-elle ? demanda-t-il en regardant autour de lui. Où est Miss Hallett ?

Ruth et les autres s'aperçurent en effet qu'elle n'était toujours pas revenue.

– Elle a dit qu'elle emmenait le cheval au pré…

Gagnée par un mauvais pressentiment, Ruth se rua vers la porte, suivi de Noland et des autres. Dehors, s'étendaient à perte de vue les prairies spongieuses et vallonnées des hauteurs d'Eastham. Ruth fit le tour de la maison en courant, ses camarades sur ses talons. Elle vit alors à une encablure de là le cheval de Martha Hallett, dans son pré clôturé. Il n'était pas seul dans son pré.

Martha était là. A genoux dans l'herbe humide, cheveux au vent. Elle était complètement repliée sur elle-même, la tête dans les mains. Galway rejoignit Ruth en trottinant. Ils échangèrent un regard désolé avant de se diriger vers le pré, suivi de leurs camarades. Alors, les sanglots de Martha leur parvinrent. Son cheval l'observait avec tristesse. Ruth passa sous la clôture et voulut prendre Martha dans ses bras.

– Miss Hallett…

Les sanglots de Martha leur déchirèrent le cœur. Elle refusa d'abord de se redresser ou de montrer son visage, se dérobant brutalement aux tentatives de Ruth de l'aider à se relever. Alors Ruth s'agenouilla à son tour dans la boue et entoura Martha de ses bras. Ses pleurs de détresse agitaient son corps de soubresauts violents. Noland posa la main sur l'épaule de Galway, le regard mouillé. Ruth sentit ses propres larmes couler sur ses joues.

– Je suis désolée, Miss Hallett.

Alors, Martha se redressa et enroula ses bras autour de Ruth avec force, comme si elle avait été un rocher dans la tempête.

– Il avait promis !

– Je sais…

– Il avait promis…

La gorge serrée, Ruth aurait voulu dire à Martha que les promesses de Samuel ne valaient rien face à l'imprévisibilité de la mer, mais qu'elles n'en avaient pas été moins sincères pour autant. Elle aurait voulu lui dire qu'il était sans doute injuste qu'elle ait passé tant de temps avec lui, alors que Martha l'avait si peu connu. Que Samuel avait tout fait pour la revoir, quitte à briser le cœur de Ruth. Mais aucun mot ne parvint à sortir de sa bouche.

Les deux femmes restèrent un long moment ainsi, enlacées, vautrées dans ce pré boueux, oubliant un instant tout ce qui les opposait au nom de leur douleur commune.

Venant de l'est, une douzaine de passereaux les survolèrent de leur chant printanier, et se posèrent sur la clôture du pré. Des hirondelles.

⁂

Après avoir déposé les prisonniers sur une plage isolée, l'*Ann Galley* se rendit à Damariscove Island, dans le Maine. La *Marianne* n'y était pas. L'équipage de l'*Ann Galley* décida de l'attendre quelques jours, priant pour qu'elle ne se soit pas perdue dans la tempête, elle aussi.

Le navire était mouillé dans le bras de mer qui déchirait l'île en deux, au sud. L'endroit était pour le moins hostile. Aucun sommet, aucun caillou assez gros pour s'abriter du vent. Les rochers de granit cernaient tout le littoral. Seuls des arbrisseaux aux branches résistantes se risquaient à s'élever au-dessus de l'herbe rase et verdoyante. L'île était inhabitée. Il y avait bien quelques cabanes de pêcheur, mais elles étaient inoccupées en cette saison. Cependant, ils y trouvèrent du matériel de pêche, filets et palangres, casiers, nasses et bouées.

Ainsi, pendant que certains sortaient en mer avec la chaloupe pour poser quelques casiers, d'autres traînaient des lignes ou des filets derrière l'*Ann*, un peu plus au large. Ils se nourrissaient de homards, d'étrilles, de harengs et de maquereaux. Le plus gros de la pêche était séché et salé, puis enfermé dans des barriques.

Ils profitèrent du beau temps revenu pour étendre les voiles de l'*Ann* sur la berge, et entreprirent de renforcer les zones de ragage et de réparer les ralingues abîmées, en prévision du voyage de retour vers les Bahamas.

Tout ce travail les occupait du matin au soir. Se faire passer les outils, s'apprendre les uns les autres les savoir-faire glanés dans d'autres vies, discuter de choses purement pratiques, tout cela contribuait à rendre le deuil plus supportable. Ils parlaient peu des disparus avant la nuit tombée, quand quelques bouteilles avaient été vidées. Et là encore, c'était souvent des histoires drôles qui se racontaient. Pendant ces veillées, on redonnait naissance aux morts, on leur prêtait une nouvelle identité, complètement subjective et néanmoins réelle. Les morts reprenaient vie dans les récits et les souvenirs relatés, leurs traits de caractère étaient volontairement accentués, leurs coups d'éclat parfois exagérés. Chacun était persuadé d'avoir mieux connu que son voisin le défunt qui était au cœur de la conversation. Il semblait y avoir quelque chose d'infiniment rassurant à transformer en héros de contes leurs camarades disparus.

En revanche, la journée, ils s'interdisaient tout épanchement de nostalgie. Ils effectuaient leurs tâches avec la même bonne humeur qu'avant, bien qu'un peu forcée. Ils s'échangeaient des blagues, se moquaient les uns des autres, plus tendrement que d'habitude semblait-il. En travaillant avec acharnement à simplement pourvoir à leur subsistance, ils retrouvaient un peu de sens à la vie. Retourner aux Bahamas devint rapidement le leitmotiv qui était sur toutes les lèvres. Ils attendaient seulement que la *Marianne* les rejoigne. Et s'ils partageaient tous la même angoisse à l'idée qu'elle n'arrive jamais, ils n'en parlaient jamais entre eux, de peur de se porter malheur.

Un jour, Ruth et Galway partirent à pied en exploration, fusils sur l'épaule, dans l'espoir de chasser un ou deux phoques. Galway ayant perdu la casquette de son père pendant le naufrage, Ruth lui avait donné celle de Spinckes qu'elle avait retrouvé sur le rivage.

La journée était belle, et le ciel peuplé d'énormes cumulus dont la base ombragée avait une jolie teinte mauve. La brise d'est restait fraîche. Un ballet de goélands qui virevoltaient au-dessus de leur tête. Depuis qu'ils avaient installé leur atelier de séchage du poisson sur la berge, ceux-là n'étaient jamais loin. Ruth et Galway marchaient dans une herbe d'un vert profond, gorgée d'iode et de chlorophylle. Des narcisses et des iris coloraient ce paysage aride de leur touche printanière.

Ils firent une pause derrière un tertre légèrement abrité du vent. Un peu en hauteur par rapport à la mer, ils faisaient face à l'ouest, et à son horizon bien net. Tout autour d'eux n'était que vert et bleu. Ils virent même le souffle d'une baleine apparaître sur la surface de l'eau, au loin. Les fusils posés à leurs chevilles, ils burent un peu d'eau, et partagèrent un bout de poisson séché, qu'ils mangèrent en silence.

– Cormac n'a jamais aimé la pêche, dit soudain Galway.

Ruth en arrêta de mastiquer son bout de poisson, stupéfaite. Ils n'avaient jamais reparlé de leur dispute survenue juste avant le naufrage. Et elle n'aurait jamais cru que c'était lui qui relancerait le sujet.

– Enfin… Peut-être qu'au fond, ce qu'il n'a pas aimé, c'est de ne pas avoir le choix.

Il était à moitié allongé dans l'herbe, appuyé sur son avant-bras. Il ne regardait pas Ruth, mais elle ne l'avait pourtant jamais senti aussi présent.

– Père l'a emmené à la pêche dès qu'il a été assez grand. Moi, j'avais les poumons en vrac. Il n'avait pas d'autre garçon sous la main. Pendant que ma sœur et moi on apprenait à lire avec notre tante, Cormac disait adieu à sa jeunesse sur le pont de la *Saoirse*.

– La *Saoirse* ?

Il leva les yeux vers Ruth.

– Ça veut dire « liberté ». C'est comme ça que s'appelait le bateau de mon père… Cormac a toujours été jaloux de nous. Il sentait que nous formions une sorte de clan, Kathleen et moi. Nous, on vénérait notre père, mais lui, il voyait une facette de lui que nous ne voyions pas. Le patron de pêche taciturne, dur et autoritaire qu'il était avec Cormac n'avait rien à voir avec le père qu'il était pour ma sœur et moi. Pendant longtemps j'en ai voulu à Cormac de vouloir nous monter contre notre père… Ce qui n'a rien arrangé à notre relation… Mais en fin de compte, je crois qu'il cherchait juste à rétablir une certaine vérité. Il ne trouvait pas juste que nous ayons un père, quand lui n'avait qu'un capitaine.

Ruth cueillait machinalement des brins d'herbe qu'elle roulait entre ses doigts. Galway fronçait les sourcils pour protéger ses yeux du soleil d'après-midi.

– Ça a vraiment dérapé quand Cormac a rencontré une fille, une protestante. Quand il a annoncé qu'il allait se convertir pour l'épouser. Tu sais, en Irlande, quand un catholique épouse une protestante, il peut choisir de se convertir, et ainsi prétendre à l'intégralité de son héritage, même s'il a des frères et sœurs. Encore une belle loi pondue dans le seul but d'anéantir le patrimoine des Irlandais catholiques... Lonan – mon père – était terriblement déçu, mais ce n'était rien comparé à moi. Avant ça, j'avais encore de la considération pour mon frère, j'essayais d'être tolérant là où il n'en était plus capable, dévoré qu'il était par l'amertume. Mais à partir de ce moment-là, je me suis mis à le détester franchement... Je m'occupais de ma mère et de ma sœur en leur absence, mais quand ils rentraient de mer, je partais vivre à bord de la *Saoirse*. Je prétextais de la garder contre les brigands, et de faire quelque bricolage dessus. Je passais mes journées à lire, ou à trafiquer du brandy avec des gars du coin pour me faire un peu d'argent. Je ne revenais à la maison que quand Cormac et mon père me rejoignaient sur le bateau pour reprendre la mer.

Galway toussa un peu avant de reprendre.

– Et puis la santé du père a décliné... Il a dû arrêter de prendre la mer. Et puis de quitter son lit... Quand il est devenu clair qu'il allait mourir, nous avons décidé de trouver rapidement de l'argent, pour ses funérailles, tu comprends. Comme Cormac ne pouvait aller pêcher seul, et qu'il ne voulait pas m'emmener, j'ai...

– Pourquoi ne voulait-il pas t'emmener ?

Galway haussa les épaules.

– Il disait que ça ne serait pas possible, avec mes problèmes de santé... En réalité, je le soupçonne d'avoir voulu garder pour lui le savoir-faire qu'il avait appris avec mon père. Finalement, ça restait la seule chose qu'ils partageaient... J'ai donc emmené Cormac avec moi dans mes petites affaires de brandy...

Galway fit une nouvelle pause, plus longue cette fois. Il baissa un instant les yeux vers la pâquerette qu'il était en train de faire tourner entre ses doigts.

– Nous avions revendu une belle cargaison de brandy à des *smugglers* qui devaient aller le livrer à Londres, poursuivit-il. Après ça, nous avons repris la route de la maison, à bord de la *Saoirse*. On était plutôt contents de notre coup, et pendant un court instant, sur le trajet du retour, on était redevenus les deux frangins complices qui faisaient les quatre-cents coups dans leur petite enfance. Et puis, on a commencé à parler de l'argent des funérailles, et de son héritage. Son mariage était prévu pour l'été d'après. Il a dit qu'il espérait que Lonan tienne jusque-là... Je ne sais pas, peut-être qu'il voulait simplement dire qu'il tenait à ce que son père assiste à son mariage... Mais à cet instant, j'ai vu rouge. Tout ce que j'avais compris, c'est qu'il espérait que notre père vive assez longtemps pour qu'il puisse se marier et ainsi devenir le seul héritier de sa fortune.

Il se tourna vers Ruth.

– Ce n'était pas pour ce que cet héritage représentait, dit-il pour se justifier. Nous n'étions pas à la rue, mais nous étions loin d'être riches pour autant... Non, c'était plutôt le manque de respect qu'il... Enfin, que j'ai cru qu'il manifestait à l'égard de notre père...

Son regard se reposa sur l'horizon.

– On s'est disputé, et puis on s'est battu... Et il est passé par-dessus bord.

Cette fois-ci, ce n'était plus seulement le soleil qui lui faisait plisser les yeux.

– Il s'est mis à me hurler ce que je devais faire pour le récupérer, mais je n'entendais rien... Il ne savait pas nager... Ça a été très rapide. J'étais encore à la lisse à hurler son nom quand je l'ai vu disparaître sous la surface de l'eau.

Ruth n'osait ni bouger ni respirer. Elle voyait ce qu'il en coûtait à Galway de lui raconter tout ça, et ne voulait surtout pas le perturber dans son récit.

– J'ai ramené la *Saoirse* à quai comme j'ai pu. Des gars étaient sur le ponton et ont récupéré mes aussières. J'étais sous le choc. Tous me demandaient où était mon frère. Je suis rentré chez moi, et j'ai dû avouer ce qu'il s'était passé à ma famille. Ma mère s'est d'abord mise dans une colère noire, mais mon père, bien que très affaibli, l'a calmé... J'ai passé la nuit dans ses bras à pleurer. Et lui qui me répétait, c'est pas de ta faute, c'est pas de ta faute...

L'émotion lui serra la gorge.

– Il est mort le lendemain. Pendant que j'étais parti acheter du lait. Après ça, je ne pouvais plus rester. C'était impossible. D'abord, parce que je crois que ma mère me tenait pour responsable de leur mort. Et ce n'était pas la seule...

– Et ta sœur ?

– Ma sœur, fit Galway en souriant tendrement. Ma sœur, cet ange, voulait partir avec moi. Ça a toujours été ma sœur et moi, en fait. Depuis le début. Mais je n'étais plus capable de la regarder dans les yeux. Alors, par pur égoïsme, sans tenir compte de ce que ça pouvait lui faire, je suis parti. Je me disais que j'étais très noble, parce qu'au moins je leur laissais tout l'héritage qui m'était destiné de fait... Quel idiot.

Il arracha une autre pâquerette et fit tourner la tige entre ses doigts.

– C'est là que je me suis greffé à une bande de *rapparees*, des bandits de grand chemin assimilés aux jacobites. Ils braquent tout ce qu'ils trouvent pour soi-disant financer leur révolution, mais un bon nombre d'entre eux gardent tout pour leur paume... Avec eux, j'ai rencontré des gars qui avait un *smuggler*, et qui faisaient passer des produits de France en Angleterre, en passant par l'Irlande. Je me suis dit qu'il était temps de partir avant que je finisse pendu. J'ai embarqué sur un de ces *smugglers*, et c'est comme ça que je suis arrivé à Londres.

Et la boucle était bouclée. Il sourit à Ruth, d'un sourire un peu navré, comme s'il s'attendait à ce qu'elle le répudie sur-le-champ et s'enfuit. Mais elle était toujours là, à le regarder comme s'il était le seul être humain sur terre.

– J'ai eu un frère moi aussi, tu sais, dit-elle en se redressant pour s'accouder à son propre genou. Un petit frère.

– Comment s'appelle-t-il ?

– Il s'appelait Thomas.

Galway avait remarqué l'utilisation du passé.

– J'aurais tout donné pour lui, dit Ruth, le cœur soudain lourd à l'évocation de ce souvenir poussiéreux mais toujours aussi douloureux. C'est le seul qui ait survécu, tu comprends ? Avec moi, je veux dire… Tous les autres bébés que ma mère a enfantés sont morts tôt ou tard, paix à leur âme. Notre mère faisait ses passes dans une auberge où nous n'étions pas autorisés à rester pendant qu'elle s'occupait de ses clients… Alors, toute mon enfance, l'obsession de tous les jours, c'était d'avoir un toit au-dessus de la tête pour la nuit suivante. Un repas au fond du ventre. Des vêtements chauds… Un jour, en plein cœur de l'hiver, Thomas est tombé malade. J'ai passé la nuit entière à chaparder tout ce que je pouvais, détrousser les ivrognes qui s'endormaient dans les caniveaux, ce genre de choses… Au petit matin, j'avais de quoi lui payer un remède chez un apothicaire. Mais quand je suis rentrée à la chambre sordide qu'on louait alors avec quatre autres gamins, Thomas était mort. Il était déjà bleu et froid, sur sa paillasse. Les autres gamins ne s'en étaient même pas rendu compte…

Elle baissa la tête.

– Y a quelque chose qui est mort en moi ce jour-là, je crois, dit-elle en s'essuyant les yeux. Je m'en suis voulu de ne pas avoir directement volé le remède chez l'apothicaire, d'avoir perdu une nuit à voler d'aussi pauvres que moi de quoi payer cet homme déjà riche… J'ai commencé à traîner avec les autres gamins du quartier, à voler tout ce que je pouvais voler. Je volais ce que je mangeais, ce que je buvais, et je volais tout ce qui pouvait se vendre… Je n'étais affiliée à aucune bande, alors tout le monde voulait ma peau… Surtout les Gardes de la Princesse.

– C'est ce gang dont Charles Vane faisait partie ?

– Exactement. C'est un copain à lui d'ailleurs, une sale petite frappe, qui m'a dénoncé un jour, pour un larcin de pacotille. Et c'est comme ça que je me suis retrouvée pour la première fois aux mains de la justice.

– Tu as été arrêtée ? demanda Galway, étonné.

Ruth hocha la tête. Elle releva la manche de sa veste et dévoila la cicatrice en forme de T sur son avant-bras.

– C'est à cette occasion que j'ai eu ça… T, pour « Thief ». Ils ont dit qu'à la prochaine incartade, c'était la potence… J'avais huit ans.

– J'imagine que ça ne t'a pas fait peur, puisque tu as continué.

– La peur n'a rien à voir là-dedans. C'est plus facile d'avoir peur quand tu as le choix.

Elle ramena sa manche sur son poignet. Galway sourit avec compassion. Ruth se passa la main dans les cheveux, songeuse. Elle repensait à ses derniers temps à Londres, quand pour la énième fois de sa vie, elle n'avait pas eu le choix. Pour le coup, la peur était là. Tétanisante. Paralysante. La peur comme instinct de survie pas toujours opportun…

Elle sentait le regard aimant de Galway sur elle. C'est alors que ça lui vint. Elle sentit que c'était le moment pour elle aussi. Sans baisser ni détourner le regard, elle lui dit :

– J'ai été violée.

Les mots résonnaient étrangement dans sa bouche. Mais ils étaient là, enfin dehors, et le vent marin ne mit pas longtemps à les emporter au loin. Galway se remit à sourire.

– Je sais.

Quand ils rentrèrent au campement, ils portaient tous deux un phoque d'une centaine de livres à bout de bras. Pourtant, ils s'étaient rarement sentis aussi légers. Ruth ne pouvait s'empêcher de penser à Samuel. Il lui manquait beaucoup, et pourtant il n'était jamais loin. Son absence et la douleur du manque avaient une incidence profonde sur la réalité qu'elle vivait. Ce que Galway et elle avaient partagé cet après-midi-là en était la preuve.

Il y avait quelque chose de triste à se dire cela, et en même temps, Ruth se disait qu'au moins leur décès prenait un tant soit peu de sens. Et n'était-ce pas le but de tout être humain, après tout, de donner du sens à tout ce qui lui arrive ?

Quand ils eurent une vue bien dégagée du bras de mer où l'*Ann* était mouillée, ils virent qu'une surprise les attendait. Une goélette familière était ancrée derrière leur navire : la *Marianne*.

Les retrouvailles avec Williams et ses hommes furent étranges. Le soulagement de les voir sains et saufs était teinté de l'amertume du deuil. Williams avait appris la nouvelle du naufrage en arrivant chez lui, dans le Rhode Island. Il n'avait eu le temps de voir que ses beaux-frères, qui l'avaient convaincu de repartir au plus vite. En effet, Newport était très surveillé depuis qu'on savait que de potentiels pirates rescapés vadrouillaient dans le coin. La situation allait sans doute se tasser dans les semaines à venir, mais Williams avait préféré faire route vers Damariscove, de peur de rater d'éventuels survivants. Il avait donc confié sa part du butin à ses beaux-frères, avant de repartir sans avoir pu entrevoir le sourire de sa fille ou les yeux de sa femme…

D'après Williams, le naufrage de la *Whydah* était sur toutes les lèvres, de Portsmouth à Newport. Même le *Boston News Letter* en avait fait état, mentionnant qu'il s'agissait d'un navire pirate commandé par Samuel Bellamy, disparu en mer avec tout son équipage. Il y était fait mention de onze survivants, dont les noms étaient renseignés : Baker, Brown, Davis, Fitzgerald, Hoff, Mackonachy, Quintor, Shuan, South, Van Vorst et Julian.

Apparemment, Davis – alias, Tommy le Roux – avait réussi à se faire innocenter, à l'instar de Fitzgerald et Mackonacky.

– Qu'est-ce qu'on va faire pour les autres ? demanda Ruth.

– Comment ça ?

– Eh bien... On ne va quand même pas les laisser moisir en prison, si ?

Ses compagnons échangèrent des regards moroses et un peu embarrassés.

– Ils ont survécu à un naufrage, rajouta Ruth. On ne peut pas les laisser mourir pendus comme des chiens !

– Wolff, nous sommes nous-mêmes à peine debout. On est ni assez nombreux, ni assez armés pour tenter une telle entreprise.

– Mais...

– Noland a raison, coupa Williams. Si nous mourons nous aussi en tentant de les sauver, qui restera-t-il de vivant pour honorer la mémoire de Sam et de tous les autres ?

Ruth n'eut aucune réponse à lui apporter.

– Et ce n'est pas tout, surenchérit Williams. Nous avons croisé l'*HMS Shoreham*, un trente-deux canons, à l'ancre en Virginie. Je ne serais pas étonné que la Navy soit présente à Boston aussi.

– Oui, renchérit Noland, ils faut s'attendre à ce qu'on vienne tenter quelque chose. Et rappelez-vous l'Ordonnance Royale de septembre dernier. Il était prévu que le *Squirrel* et le *Rose* viennent à New York.

– Alors ils vont mourir ? demanda Ruth, écœurée.

Personne ne voulait être celui qui allait dire « oui ».

Williams paraissait avoir vieilli de dix ans, ce dernier mois. Indifférent à son auditoire qui le dévisageait, il laissa tomber sa tête dans ses mains et soupira longuement. Quand il se redressa, il paraissait complètement abattu.

– Peut-être que si nous revenons assez tôt dans les Bahamas, concéda-t-il. Et si nous trouvons de quoi armer une flotte... Et si nous revenons à temps à Boston pour essayer de les faire libérer...

– Ouais, ça va, trancha Ruth, amère. Autrement dit, ils sont foutus.

On n'entendit plus que le feu crépiter pendant quelques instants. Et plus personne n'osa mentionner les survivants du naufrage, qui étaient à présent voués à une mort certaine sur la potence.

Le jour se levait à l'est, et les hommes embarquaient les derniers fûts de poisson depuis la berge. Williams était assis seul sur un rocher dévoilé par la marée, une pipe entre les dents. Ruth vint s'asseoir près de lui. Elle portait une sorte de balluchon de vêtements.

– Je peux vous poser une question, monsieur Williams ?

– Je t'en prie, ma fille.

– Pourquoi est-ce que vous voulez retourner aux Bahamas ?

Il tourna un regard étonné vers elle.

– Tu n'en as pas envie, toi ?

– Si, évidemment, mais… Enfin, c'est la seule maison que j'ai, pour ma part. Je sais pas, j'imagine que si j'avais une famille comme vous, je me poserais la question deux fois avant de repartir si loin.

– Je me la suis posée plus de deux fois, crois-moi…

Il tira longuement sur sa pipe.

– Il est vrai que les affaires que j'ai à Newport auraient pu me suffire à subvenir aux besoins de ma famille… Mais soyons honnêtes, il y a une différence entre subvenir de justesse à ses besoins et à ceux de ses proches, et pouvoir jouir des plaisirs les plus extravagants de la vie.

– La différence entre vivre, et survivre.

– Exactement.

– Mais votre famille, qu'est-ce qu'ils en pensent ?

Le visage de Williams s'assombrit.

– Je leur ai causé suffisamment de soucis en les entraînant dans mes sales petites affaires. Si j'avais continué, je les aurais tous mis en danger… Alors, oui, ma femme me manque cruellement parfois. Mais je me console en me disait qu'au moins, elle vit grassement avec ce que je lui ramène, et en sécurité.

– Vous n'avez jamais pensé à l'amener en mer avec vous ?

Williams éclata d'un rire franc. C'était la première fois depuis son retour que Ruth le voyait rire.

– Ma femme, en mer ? Non mais tu n'y penses pas ! Ne te méprends pas, c'est une force de la nature, un caractère de guerrière… Tant qu'elle est à terre ! La pauvre est malade sur une balancelle, alors en mer, tu penses…

Il essuya une larme de rire aux coins de ses yeux.

– Ma nièce Abigail, elle, j'aurais pu l'emmener.

Son regard se perdit dans ses souvenirs.

– Qu'est-ce que tu trimbales là ? lui demanda-t-il en voyant son balluchon.

Ruth se décida enfin à lui tendre le paquet. Williams ouvrit les pans de toile et tomba sur une étoffe sombre. En la dépliant, il se rendit compte qu'il s'agissait d'un caban, et pas n'importe quel caban… Quand il le reconnut, il eut du mal à contenir son émotion. Il posa le manteau sur ses genoux et se tourna vers Ruth.

– Galway l'a retrouvé sur la plage, expliqua-t-elle. Le lendemain du naufrage.

Ils restèrent silencieux un instant, plongés dans leur douleur respective. Williams prit une profonde inspiration et tourna son regard humide vers le large.

– Galway a trouvé ça au fond d'une poche.

Elle sortit de la sienne une balle de pistolet.

– C'est celle que Hornigold a tirée sur lui, expliqua-t-elle en caressant la balle du bout des doigts. C'est étrange, non ? Qu'il l'ait gardé pendant tout ce temps.

– Pas tellement, non… Garde-la précieusement. Un jour, il est possible que tu la rendes à son propriétaire. Ce jour-là, arrange-toi pour t'en sortir aussi bien que lors de ton duel avec Thatch.

Il sourit en posant une main chaleureuse sur l'épaule de Ruth.

– Nous étions tous sa famille pour lui, tu sais. Particulièrement toi et moi.

Il soupira longuement.

– Je connais Samuel. Vous séparer, Galway et toi, le soir du naufrage… Se séparer de toi… Cela ne lui ressemble pas.

– C'est pourtant ce qu'il a fait, grinça Ruth avec amertume.

Williams secoua la tête avec une mine désapprobatrice.

– Bon Dieu, tu ne peux pas imaginer comme je lui en veux d'avoir voulu se retirer à Cape Cod. S'il n'avait pas été si têtu, si impatient… Alors il serait encore parmi nous.

Ruth n'avait osé dire à personne ce qu'elle avait appris le soir du naufrage, quand elle avait vu Samuel pour la dernière fois. Mais Williams avait le droit d'être au courant.

– M'sieur Williams…

– Paulsgrave.

Elle baissa les yeux.

– Paulsgrave…

Les mots s'engouffraient dans sa gorge, y créant un nœud douloureux.

– Vous savez, il était gravement blessé…

Les sourcils de Williams se froncèrent d'incompréhension.

– Je m'en doutais depuis des semaines, mais j'en ai eu la preuve quand je suis allée le voir, juste avant d'être transférée sur l'*Ann*. Il a pris une éclisse dans le mollet quand nous nous sommes battus contre la *Bathsheba*.

Le visage de Williams s'assombrit encore. Ruth prit une grande respiration.

– Quand nous approchions Cape Cod, sa gangrène était très avancée.

Au mot gangrène, Williams baissa la tête d'un air abattu.

– Il ne voulait pas faire ce qu'il fallait tant que la tempête menaçait. S'il voulait gagner Cape Cod au plus vite, ce n'était pas seulement pour revoir Martha Hallet plus rapidement… Il voulait être sûr que tout le monde était à l'abri avant de… Avant de se faire amputer.

« Gangrène », « amputer », étaient des mots qu'ils ne connaissaient tous que trop bien. Ils faisaient fatalement partie de leur quotidien. Mais le chagrin était d'autant plus vif quand ils touchaient des proches.

Williams garda le regard bas, mais Ruth voyait des larmes aux coins de ses yeux. Il hocha mécaniquement la tête.

– Il n'aurait jamais été complètement heureux à terre, alors, lâcha-t-il en reniflant. Mourir en mer, c'était ce qui pouvait lui arriver de mieux... Il est juste tragique qu'il ait emmené tant de monde avec lui...

Ruth fit une grimace de désaccord.

– J'aurais été heureuse qu'il reste, même avec une seule jambe.

– *« Toutes les tempêtes ne viennent pas gâcher votre vie. Certaines viennent nettoyer votre chemin »*, cita Williams.

– Qui a dit ça ?

– Un philosophe grec, je crois... Aristote.

Ruth haussa les épaules, peu convaincue... Et puis, elle repensa à la discussion qu'elle avait eue avec Galway la veille, et se dit que peut-être, peut-être qu'Aristote n'avait pas complètement tort.

Le soleil se leva au-dessus des bas-reliefs de Damariscove. Ils furent aveuglés par ses rayons orange. Toute l'île fut plongée dans une chaude clarté. La brise se leva au même instant, et les fit frissonner. Encore une fois, Ruth se dit qu'il était triste que Samuel ne puisse plus jamais voir ça. Quand soudain, elle se dit que peut-être n'était-il pas étranger à la beauté de cette aube qui les saluait. Cette pensée, bien qu'absurde, la réconforta.

VIII

Retour en terre amie

Le soleil écrasait sans pitié l'île de New Providence. L'absence totale de vent rendait l'atmosphère d'autant plus suffocante. Il y avait peu d'activités sur le port de Nassau ce jour-là. D'ailleurs, cette dénomination aurait pu être questionnée. De port, il n'y avait que deux ou trois pontons rudimentaires qui trempaient les pieds dans l'eau calme du lagon. Le fort était éventré sur toute sa façade est, et s'éboulait dans la mer. Au pied du fort, le village. Des maisons rustiques en bois peint ou nu, blanchi par le sel et le soleil, poussaient anarchiquement entre les pins et les palmiers. Les gens vivaient surtout sous les galeries qui entouraient chaque maison, à l'abri du soleil mais pas du vent. Les fenêtres étaient souvent fermées par des jalousies qui préservaient l'intérieur de la chaleur. Les rues n'étaient que des pistes de terre poussiéreuse creusées par le passage des habitants au fil du temps. Chèvres, chiens et poules déambulaient librement entre les jambes des passants et les roues des charrettes. Sur la grand-place, la seule maison cossue du village régnait en maîtresse : la maison Asher, du nom de ses anciens propriétaires, abritait un réseau de prostitution élaboré et dominé par la grande Dolores de Prado. De l'autre côté de la place, se dressait autrefois la taverne de Maggie, une esclave plus ou moins affranchie. Mais un violent règlement de compte avait provoqué l'explosion de la taverne, et depuis, une sorte de préau avait été érigé à côté des décombres. Petit à petit, les gens l'avaient doté de bancs, de tables et de tabourets. Maggie s'était bricolée un four et une cuisine extérieure dans un coin du préau. Le toit de feuilles de palmier n'était pas complètement étanche aux averses tropicales qui frappaient l'île régulièrement, mais tout le monde s'en contentait, arguant que c'était mieux que rien. Quand on traversait la grand-place pour descendre vers la mer, les maisons semblaient plus délabrées et bancales. Les toits de feuillages et le bois de récupération remplaçaient les bardeaux et le bois peint, ce qui valait à ce tas de masures l'appellation commune de quartier de Bois Flotté. C'est là que vivaient de nombreuses et nombreux ancien(e) s esclaves, qu'ils soient nés dans les colonies ou en Afrique. Car Nassau avait beau être un lieu marginal, elle restait hélas soumise à la même hiérarchie sociale injuste qui régissait le monde colonial d'alors.

Sur la plage, des dizaines et des dizaines de tentes de fortune abritaient sous leur toile à voile une marchandise variée, fûts de rhum, barriques de vin et d'eau douce, pains de sucre, sacs de poudre d'indigo et d'épices, balles de coton, caisses de biscuits et d'armes à feu, tonneaux de hareng saur, de bœuf séché, poisson fumé, sacs de lentilles ou pois cassés, bois de Campêche et pin de Nouvelle-Angleterre, bidons de goudron, vêtements de travail ou d'apparats, draps, outils de charpentier, de tonnelier, de forgeron... En bref, tout ce qui se mange, se boit, se porte, ou se vend de ce côté-ci de l'Atlantique...

Les seules embarcations amarrées au ponton étaient des canots ou des chaloupes, qui faisaient office d'annexe. Les navires qui avaient élu Nassau comme port d'attache étaient tous au mouillage dans la rade. Bricks et brigantin, cotres et goélettes, sloops et corvettes, aucune grosse unité, à peine quelques trois-mâts de petit tonnage... Le *Shelter* était initialement un cotre, que le capitaine Vane et ses hommes avaient doté d'un mât supplémentaire à l'arrière.

L'équipage du *Shelter* était un des rares à continuer de travailler sous cette chaleur. Ils devaient réparer les dégâts que les boulets d'une prise avaient provoqué sur leur navire. Le crissement de la scie et le martèlement des outils rythmaient la matinée. Andy Mackley, un jeune matelot qui suivait Charles Vane depuis ses débuts de capitaine, limait des parties de bois arrachées au niveau de la lisse, à l'avant. Il travaillait avec Jacob, un esclave évadé et borgne, et Jean Trinquet, dit « la Trinquette », un matelot français. Les trois hommes essayaient de travailler tout en subissant les protestations bruyantes d'un jeune homme qui n'arrêtait pas de passer la balayette autour d'eux pour ramasser les copeaux de bois qu'ils laissaient tomber.

– V-vous aut'du p-pont, v-vous savez pas tra-travailler proprement, c'est p-p-pas croyable... Re-regarde-moi çççа. On dirait qu-qu'il a neigé ! Et ça, vous sa-savez où ça finit ? D-d-dans vos g-gamelles ! P-p-parce que au c-c-cas où ç-ça vous aurait é-é-échappé, b-bande de ga-gabiers de p-poulaine, sur un bateau, y a d-du vent !

Les hommes soupiraient et levaient les yeux au ciel mais personne n'osait interrompre sa litanie, parce que s'il y avait bien une chose que cet homme détestait plus que les copeaux de bois, c'était qu'on lui coupe la parole, car cela le renvoyait à son bégaiement, handicap qui ne l'empêchait certes pas de parler, loin de là, mais qui le rendait extrêmement susceptible.

– Et-et le v-v-vent, il r-ramène toutes v-vos m-m-merdes en bas, d-dans l'entrepont, d-d-dans *m-m-mon* esp-pace de travail ! Et qu-qu'est-ce qu-qu'il y a d-dans l'entrepont ? Le ch-cha-charnier ! Et l-les gamelles ! Al-lors voilà, avec vos s-s-saaloperies, ben c-c-ce midi v-vous mang-mangerez d-d-de la p-p-purée de co-copeaux, et fau-faudra p-pas venir vous p-plaindre...

– Mollis un peu, Poi-pois..., lui lança Mackley.

– Ouais ! renchérit Jacob. Et puis, le vent, aujourd'hui, si tu le vois passer, fais-nous signe, hein !

Poi-pois était garçon de cabine avant de passer chez les pirates. Âgé d'une vingtaine d'années, cela faisait à peu près dix ans qu'il officiait à cette fonction à bord, sans être payé bien sûr, puisque Poi-pois était esclave. Quand les pirates lui avaient offert une part de prises en échange de ses services, il n'avait pas hésité longtemps, bien évidemment. C'était un précieux atout à bord. Très vite, il s'était approprié le navire, et le connaissait comme sa poche. Il l'entretenait avec un zèle qui frisait la maniaquerie. Ce n'était ni la conscience professionnelle ni le besoin d'approbation de ses supérieurs qui le motivait. Simplement, à ses yeux, ce bateau était sa maison, et il tenait à ce qu'il soit aussi propre et ordonné que possible. Plus caractériel que jamais, il n'hésitait pas à hurler sur n'importe quel « fichu ingrat culotté qui saloperait mon travail », comme il disait. Il manquait parfois cruellement de discernement quant à l'établissement des priorités de travail à bord, ce qui donnait lieu à des scènes cocasses, où en plein combat, il se mettait à hurler sur un matelot qui avait eu le malheur de répandre de la poudre à canon partout dans l'entrepont en perçant une gargousse de poudre, ou encore quand il venait souffler dans le cou de tous ceux qui posaient leurs pattes pleines de goudron sur la lisse qu'il venait d'astiquer… On avait beau lui répéter qu'un bateau de travail n'avait pas besoin d'être lustré comme un boudoir de bourgeoise, il n'en avait cure. Dans ses accès de colère, il perdait même son bégaiement, ce qui le rendait d'autant plus menaçant.

Plus vers l'arrière du navire, le capitaine Vane rabotait une pièce de bois. Il avait noué sa chemise autour de son crâne, y capturant presque entièrement sa chevelure dense et rêche, d'un blond châtaigne. En s'arc-boutant sur son ouvrage, son dos nu s'étirait et rendait plus spectaculaires encore les cicatrices du fouet qui quadrillaient sa peau. Une autre cicatrice, beaucoup plus récente, formait un petit cercle aux contours fripés entre son épaule et sa clavicule. Il devait celle-ci au même homme à qui il devait les marques du fouet : Henry Jennings. Sept pouces plus bas, et ça aurait été le cœur. Il était passé à sept pouces de la mort, et cela l'avait fait réfléchir. Il ne tenait pas à mourir bêtement des suites d'un combat d'ego puéril. Une fois la balle retirée, Charles s'était promis une chose : ne plus céder aux pulsions provoquées par son orgueil et son manque d'assurance, et qui le menaient à coup sûr à prendre des risques inconsidérés pour lui comme pour les autres.

Car après tout, l'écrasante majorité de ses cicatrices venaient de mauvaises décisions prises dans des moments d'aveuglement, où il avait préféré agir sans réfléchir pour remporter une dispute idiote. La petite marque blanche sur son arcade était une autre preuve de sa stupide impulsivité : Ruth Wolff la lui avait faite en le frappant violemment lors d'une émeute qui avait agité Nassau un soir de juin, pile un an auparavant.

Charles souffla sur sa pièce de bois pour chasser les copeaux – ce qui lui valut une énième remarque de Poi-pois. Satisfait du résultat, il empoigna une dame-jeanne posée près de lui, et but quelques gorgées d'eau tiède. Un jappement suppliant lui fit faire volte-face. Cormac, le chien, regardait l'eau ruisseler sur le menton de Charles avec envie. Charles sourit avec tendresse, versa un peu d'eau dans un bol en terre cuite près du chien, et lui flatta le crâne pendant qu'il lapait avec délectation le fond de sa gamelle. Cormac était un grand et beau chien noir, au museau allongé et aux oreilles légèrement tombantes. Charles n'avait pas vraiment choisi de s'en occuper, encore moins de s'y attacher. C'était Ruth Wolff, encore elle, qui avait ramené Cormac à Nassau lors de sa dernière escale. Et cette garce irresponsable était repartie sans lui. Et le chien, pour une mystérieuse raison, avait adopté Charles assez rapidement après le départ de Ruth. Il s'était mis à le suivre partout, tant et si bien que Charles, au bout d'un moment, n'avait plus eu le cœur à le chasser. Peut-être sentait-il en Charles la même énergie que Ruth, peut-être que malgré tout ce temps, l'un et l'autre portaient encore sur eux la même odeur de crasse et de misère qu'à Londres… Peut-être tout simplement que le chien avait pressenti en lui un compagnon sérieux. Car Charles avait l'habitude des chiens : il en avait eu plusieurs lorsqu'il était petit, à Londres. Les chiens le défendaient contre les agressions de la rue avec dévouement, ils étaient loyaux, et ils se contentaient de peu en échange.

Charles rejoignit son quartier-maître, Edward England, qui parlait affaires avec Jack Rackham à l'arrière du navire. England était un homme charpenté, aux yeux clairs qui respiraient la bonté, d'où le sobriquet dont l'équipage l'avait affublé, Eddie le Gentil. Jack Rackham lui dit quelque chose qui fronça ses sourcils, et son regard se posa sur le capitaine Vane,

– Pour être tout à fait honnête avec toi, ce n'est pas l'argent le problème, dit Eddie. Nous avons assez de fonds dans le pot commun pour radouber deux *Shelter*, s'il le fallait. Encore faut-il avoir assez d'hommes pour cela.

Rackham se caressait le menton du bout de sa plume, absorbé par la lecture du livre de comptes. Jack portait un large chapeau de paille sur ses cheveux coupés ras, qui ombrageait efficacement son visage anguleux. Les manches de sa chemise étaient déchirées au niveau des épaules, dévoilant des bras secs et couverts de tatouages, hérités de son long séjour chez les Yamasees. On pouvait y reconnaître un rossignol qui semblait s'envoler quand il pliait le coude. Des spirales autour de son poignet évoquaient les anneaux d'un serpent. Les yeux ronds et perçants d'un hibou scrutaient l'univers autour de Jack depuis son épaule gauche. Et de nombreux autres éléments plus abstraits, motifs géométriques répétés, courbes ésotériques, et autres symboles mystérieux dont le sens restait obscur pour tous, sauf pour Jack.

– Je peux te trouver quelques gamins qui seraient ravis de venir bosser pour vous pour presque rien.

– Garde ta racaille, Jack. On sait que ces gamins ne sont bons qu'à boire et vandaliser…

– Qu'est-ce que tu veux que je te dise ? Ils suivent le digne exemple de leurs pairs ! ironisa Jack.

Ses sourcils en accent circonflexe se haussèrent dans une grimace de roublardise.

– Nous ne pouvons nous permettre de perdre encore des hommes, dit England comme pour lui-même. Sept ! Ils étaient sept à nous lâcher définitivement pour profiter de leur part de prises.

Rackham balaya l'air de sa main, et la plume qu'il tenait chatouilla le nez de Vane qui venait d'arriver à leurs côtés.

– Bah ! Y a pas de « définitivement » à Nassau... Ils reviendront sitôt qu'ils auront les poches vides...

England fit la moue.

– Rien n'est moins sûr. On dit que la Navy est plus présente sur l'eau qu'avant. Cela en refroidira certains.

– De toute façon, vous n'allez pas partir en pleine saison des ouragans, trancha Rackham. Hein, Charlie ?

Charles haussa les épaules.

– J'tiens pas à me manger un ouragan, c'est sûr. Mais le bateau doit être prêt à partir à tout moment, au cas où. C'est la base.

Charles détestait parler. Souvent, il ne desserrait qu'à peine les dents, et marmonnait plus qu'il n'articulait. Il considérait la plupart des paroles qui sortaient de la bouche des autres comme des babillages inutiles. Surtout, il n'aimait pas être au centre de l'attention. Alors il avait appris à se faire comprendre par onomatopées simples et par signe de tête. Sauf qu'aujourd'hui, il était capitaine, et ses fonctions exigeaient un peu plus d'éloquence. Il avait remarqué que les facondes intarissables de Jack Rackham, bien que profondément irritantes parfois, lui permettait d'obtenir ce qu'il voulait la plupart du temps. Charles savait qu'il n'aurait jamais la verbe de Jack, et d'ailleurs, s'il avait eu ce don, il n'aurait pas su quoi en faire. Mais, à son niveau, il se forçait jour après jour à communiquer mieux, et plus.

L'aboiement au timbre grave et profond de Cormac les interrompit. Le chien avait posé ses pattes avant sur la lisse, son regard posé sur le lagon. Charles, Jack et Eddie suivirent son regard.

– Tiens tiens tiens... On a de la visite.

En effet, une embarcation ramait tranquillement vers eux avec une dizaine de têtes à son bord. Ils arrivaient visiblement du sloop qui avait mouillé dans la rade une heure plus tôt. Charles et ses hommes se tassèrent au pavois.

Les rameurs du canot manœuvrèrent pour se mettre le long du bord du *Shelter*. Le plus âgé d'entre eux, un homme aux longs cheveux gris-brun rassemblés en catogan, salua l'équipage du *Shelter* avec un fort accent des Highlands, et demanda qui était le capitaine. Charles, les bras posés sur la lisse, leva nonchalamment quelques doigts.

– Je suis Ian MacIain, se présenta l'inconnu. Voici mes camarades. Nous venons d'Hispaniola, et cherchons l'asile.

– Un asile ? demanda Rackham avec une pointe de suspicion. Le Seigneur n'a pas de maison ici. Vous êtes en terre impie. Qu'est-ce qui vous fait penser que vous trouverez secours à Nassau ?

Les nouveaux arrivants échangèrent des regards de connivence. Ce fut un autre qui répondit, un bonhomme aux proportions bien faites et aux joues bien remplies, avec le même accent que son compagnon. Son regard sombre semblait sonder chaque homme du *Shelter*.

– Certains d'entre nous ont été exilés à la Barbade pour avoir crié un peu trop fort leur allégeance aux Stuart, si vous voyez ce que je veux dire…

– Des jacobites, souffla England à l'oreille de Jack.

– Nous nous sommes laissés entendre dire que le port de Nassau n'était pas très regardant sur les activités antérieures de ceux qui viendraient y faire halte, poursuivit MacIain avec un sourire. Sachez que la plupart d'entre nous connaissent déjà les choses de la mer, et bien d'autres choses encore… Messieurs O'Flaherty – il montra deux hommes roux et massifs, visiblement des frères jumeaux – sont charpentiers de marine. Ils ont vécu en France, et parlent le français comme Molière. Tout comme Louis Doyle – il posa sa main sur l'épaule d'un homme maigre à l'allure dégingandée, dont le visage respirait la malice – qui a été prêtre à Paris.

Louis Doyle portait un anneau en or à l'oreille, et des frusques de matelot. Il arbora un sourire roublard. Il avait l'air de tout sauf d'un homme d'Église. MacIain poursuivit.

– Quant à mon camarade Cameron et moi-même, nous ne sommes peut-être pas les meilleurs navigateurs du monde, mais nous avons appris les bases en traversant depuis l'Ancien Monde. Et surtout, nous sommes d'anciens combattants. Tous les hommes que vous voyez, ou presque, savent tirer au fusil et manier l'arme blanche.

Charles consulta England, puis ses hommes, du regard. Ils avaient l'air unanimes. Cette main-d'œuvre servie sur un plateau était une aubaine. Comme pour confirmer ce que tous pensaient, le chien Cormac jappa avec enthousiasme.

– Eh bien, messieurs, bienvenue à Providence, annonça Charles aux nouveaux venus.

⁂

Ces Écossais avaient tous un point commun, en plus de leur origine : ils avaient tous subi, à un moment ou un autre de leur vie, le fait d'être catholique au sein d'une nation protestante. Certains, comme la famille de Louis Doyle et des frères O'Flaherty, s'étaient exilés en France pour rejoindre le régiment des *« wild geese »* du Roi Louis, corps militaire au service de la France, composé d'Irlandais et d'Écossais jacobites. D'autres, comme MacIain et Cameron, avaient perdu de nombreux parents dans les guerres orangistes ; plusieurs avaient repris le flambeau de la cause jacobite lors de la révolte de 1715.

C'est ce qu'ils expliquèrent à Jack Rackham, ainsi qu'à Charles Vane et ses hommes pendant qu'ils partageaient avec eux un repas sommaire, autour d'un brasero qui brûlait au milieu du petit « quartier » de Bois Flotté. Des femmes pilaient de l'igname, entourées d'une marmaille bruyante et joyeuse. Certaines travaillaient avec les hommes à couper du bois et faire sécher des feuilles de palmier qui serviraient de toits à de futures maisons.

Les hommes de Vane étaient assis sur de simples rondins de bois, autour du brasero. Cormac courait autour d'eux en jappant. Il ramenait le même bâton que Charles lui lançait, encore et encore, sans se lasser.

Les frères O'Flaherty et Maclain, étant tous les trois issus de familles respectables, avaient des contacts avec les communautés jacobites exilées en France, et celles restées en Irlande et en Écosse. Leur passion pour leur combat était encore très vive, et ils ne cachèrent à personne leur volonté d'utiliser la piraterie comme outil de guerre pour servir leur cause.

– Nous ne faisons pas de politiques, répondit Rackham avec un dédain mal dissimulé.

L'un des frères O'Flaherty fit mine de s'étonner. Louis Doyle, l'ecclésiaste qui les accompagnait, poussa un ricanement sarcastique, après avoir balayé du regard le campement.

– Vous vivez parmi les Noirs, dit-il. Vous les affranchissez, vous travaillez avec eux, baisez leurs femmes et créez des descendances mulâtres. C'est de la politique, ça.

Charles le regarda avec suspicion. Il se demandait si ce gars efflanqué et gouailleur, était réellement un homme d'Église.

C'est alors qu'ils entendirent, par-dessus le tumulte des conversations et de la musique, un bruit sourd venant de la mer. Charles et Jack échangèrent un regard.

– Un coup de canon ?

Charles hocha la tête. Un deuxième coup de canon, plus proche celui-là, venant sans doute du fort, retentit. Là, il n'y eut plus de doute possible.

– Un bateau arrive.

Avant qu'ils n'aient le temps de se poser plus de questions, Ann Bonny accourut vers eux.

– Ann, fit Jack en se levant. Qu'est-ce qu'il se passe ?

Encore haletante, elle lâcha avec un grand sourire :

– La *Marianne* ! La *Marianne* revient !

Deux canots s'approchaient dans le crépuscule naissant. Le chien reconnut Wolff avant tout le monde. Dans un jappement, il courut vers elle et lui fit une fête de tous les diables, éclaboussant tout sur son passage. Wolff l'accueillit à bras ouverts en riant.

– Pourquoi tu souris comme ça ? demanda Jack.

– Pour rien, répondit Charles en détournant le regard.

Wolff et Galway vinrent à leur rencontre.

– On peut dire que vous avez pris votre temps ! s'exclama Jack en étreignant Wolff.

Charles serra la main de Galway. Wolff souriait à leurs commentaires, sans prêter cas à Charles qui l'observait. Ses longs cheveux épais tombaient en cascades sur ses épaules carrées. Elle mimait une joie pudique et réservée, mais ses yeux trahissaient quelque chose. Quelque chose de tragique, d'impossible à formuler.

– Où est la *Whydah* ? demanda brutalement Charles.

Elle se tourna vers lui. Une détresse fugace passa dans ses yeux, mais elle se reprit rapidement.

– Perdue.

Galway posa une main sur son épaule et ajouta :

– Ils ne restent que nous...

Le chien sautillait de tous les côtés pour attirer l'attention de Ruth. Derrière eux, les autres survivants de la flotte de Bellamy mettaient pied à terre les uns après les autres. Sans perdre une seconde, ils remontaient le rivage pour gagner le village et ses tavernes. Jack et Bonny adoptèrent une attitude de circonstances. Étonnamment, ce fut Charles qui trouva les bons mots.

– Allons boire un verre.

Avant qu'ils ne leur emboîtent le pas, Galway attrapa le bras de Ruth pour la retenir en arrière.

– Attends une seconde...

Il tira un objet de sa poche et lui tendit. C'était une jolie tabatière en bois, gravée de motifs. Un poisson, les tentacules d'une pieuvre, un trident... Ruth reconnut la tabatière que Galway avait commencé à fabriquer avant le naufrage.

– Comment as-tu fait pour ne pas la perdre ?

– La chance, je suppose...

Ruth caressa le bois gravé avec tendresse.

– Elle est pour toi, dit Galway. Pour ta fête.

– Ma fête ? Mais, c'était il y a des mois...

– Pas la Saint-Ruth... La fête de ta naissance... Tu es bien née un dix-huit mai, non ? Bon, c'était il y a quelques semaines, mais je ne l'avais pas terminé, tu comprends.

Fêter la date de la naissance, voilà qui était peu commun aux yeux de Ruth... Comment avait-il pu penser à ça, avec tout ce qu'il leur était arrivé ?

– Merci, dit-elle d'une voix émue.

La nouvelle du naufrage de la *Whydah* s'était déjà répandue comme une traînée de poudre. Quand Ruth et Galway se glissèrent sous la paillote qui tenait lieu et place de taverne, ils se trouvèrent plongés dans une drôle d'ambiance. Des musiciens continuaient de jouer, les gens de chanter ici et là, les conversations alcoolisées de vouloir surpasser en volume la musique. En somme, c'était une soirée normale, joyeuse et animée. Pourtant, si on y regardait de plus près, on pouvait voir dans cette scène quelques ombres au tableau. Williams et Fletcher étaient assis avec le capitaine Thatch et ses hommes. Tous écoutaient silencieusement Williams parler, la mine grave. Thatch se tenait le menton d'un air anxieux. À la même table, des gars de l'*Ann* s'étaient vus offrir quelques verres par les hommes de Vane. Ruth reconnut alors les anciens de l'*Anglesea,* qui les avaient vus arriver. Condent leva son verre vers eux, une expression douloureuse sur le visage. Il leur fit signe de se rapprocher. Ruth voulut les rejoindre, quand Galway lui donna un coup de coude. Derrière le comptoir de fortune dressé au fond du préau, Bonny et Rackham parlaient à Maggie. Ils virent la fière matriarche plaquer ses mains sur sa bouche et fondre en larmes. Une femme se tenait près d'elle, que Ruth ne connaissait pas. Elle prit Maggie dans ses bras.

– Viens, dit Galway à Ruth.

Ils se frayèrent un passage à travers les badauds indifférents et les danseurs, jusqu'au comptoir. Quand Maggie les reconnut, son chagrin redoubla. Ruth passa derrière le comptoir. C'est là qu'elle le vit : un ventre bien rond était moulé sous sa robe. Maggie, d'une tête plus grande qu'elle, se laissa tomber dans ses bras. Jamais Ruth ne l'avait vu céder ainsi à ses émotions. Cette femme était d'ordinaire un roc imperturbable. Ruth serra dans ses bras celle qui avait été la femme de Bellamy à Nassau. La présence de ce fœtus entre elles la rendait un peu mal à l'aise et curieuse à la fois. Maggie prit alors le visage de Ruth entre ses mains. Ses joues étaient pleines de larmes.

– C'est le sien ? osa Ruth.

Pour toute réponse, Maggie hocha la tête en retenant un sanglot. Ruth l'étreignit à nouveau. Elle croisa le regard de la femme inconnue, qui semblait aider Maggie à la taverne. Elle avait une quarantaine d'années, avait de beaux cheveux grisonnants relevés en chignon. Son regard très bleu respirait la compassion. Une maîtresse femme à l'image de Maggie, à n'en pas douter.

– S'il y a une femme ici capable de gérer cette situation, c'est toi, dit Ruth à l'oreille de Maggie en embrassant ses cheveux crépus.

– Puisse le Seigneur t'entendre...

Un client ivre manifesta alors son mécontentement en tapant du poing sur le comptoir.

– Eh ! Quand vous en aurez terminé avec vos pleurnicheries, vous pourrez peut-être me servir une bouteille d'antillais ?

– La ferme ! lui envoya Bonny.

– D'où tu me parles sur ce ton, salope d'Irlandaise ?

Jack voulut intervenir mais Bonny lui passa devant pour se jeter sur le client récalcitrant. Ruth l'en retint. La collègue de Maggie s'empressa de détourner l'attention du client en lui servant ce qu'il voulait, avec toute la mauvaise grâce du monde.

– Foutus porcs, maugréa l'amie de Maggie.

Elle finit par se présenter à Ruth et Galway.

– Je m'appelle Claire Gordon. Mon époux, James Gordon, est décédé au printemps dernier. Depuis, j'aide Margaret ici.

– Elle avait besoin d'un travail, et moi d'un coup de main, expliqua Maggie.

– Une Noire qui embauche une Blanche, fit remarquer Jack avec un sourire. J'adore cette île !

– Techniquement, ce n'est pas moi qui l'embauche, mais Samuel…

L'ombre de l'angoisse et du chagrin tomba de nouveau sur le visage de Maggie.

– Comment est-ce que je vais faire sans lui ?

Bonny prit sa main qui était posée sur le comptoir et la serra dans ses deux mains.

– On va trouver une solution, Maggie.

Ruth alla rejoindre la table où ses camarades se tenaient avec Thatch et Vane. Le capitaine Thatch racontait ce qu'il s'était passé en leur absence. Il commandait soixante-dix hommes à présent. Grâce à deux prises très juteuses, lui et son équipage étaient assis sur une grosse somme d'argent – par pudeur, ou par crainte des convoitises, il tut le montant exact.

Leurs activités semblaient avoir encore de beaux jours devant elle, finalement. Thatch leur apprit que l'*HMS Shoreham*, en piteux état, était coincé à Chesapeake Bay. Il n'y avait que deux ou trois navires de guerre qui patrouillaient autour de la Jamaïque. Le gouverneur des Îles Sous-le-Vent avait même annulé un voyage à bord de l'*HMS Seaford* de peur de tomber sur le capitaine Bellamy.

Quand il prononça son nom, le capitaine Williams soupira tristement.

– Il peut voyager tranquille à présent…

IX

Des cendres et de l'eau

Ruth traversait le village en direction de la maison Asher, Cormac sur ses talons, des vêtements propres sous le bras. Le chien n'était pas rancunier pour un sou. L'amour gratuit et inconditionnel de cet animal agissait comme un puissant onguent sur les plaies qu'avaient laissé la perte de ses amis de la *Whydah*.

La journée s'achevait, et un orage menaçait. Le ciel était couvert, il n'y avait qu'un faible souffle de vent, et de lointains coups de tonnerre venaient de la mer. Tout à coup, une averse creva les nuages et tomba sur la Grand-Place. Elle hâta le pas.

– Toi ! l'invectiva Swayney, qui errait comme à son habitude au milieu de la place. Espèce de gourgandine ! Tu n'as pas honte de t'habiller comme ça ? Tu crois que tu trouveras un homme pour t'épouser, si tu t'obstines à porter la culotte ? Hein ?

– Va te mettre à l'abri, Swayney, répondit Ruth, qui avait appris avec le temps à ne pas se formaliser aux insultes colorées et jugements à l'emporte-pièce que proférait le vieil homme à tout va. Tu vas finir trempé.

En s'approchant de la maison Asher, Ruth entendit des cris : sous la galerie, Ann Bonny se faisait brutaliser par un homme. Il lui tirait les cheveux et menaçait de lui donner une gifle. Ruth courut les dernières toises qui la séparaient de la scène et s'interposa en bousculant l'homme.

– Lâche-la !

– Qu'est-ce que tu veux, toi ? Qui es-tu ?

– Wolff, intervint Ann. Baisse ton couteau, s'il te plaît.

L'homme regardait Ruth avec amusement. A ses pieds, Cormac lança un aboiement de mise en garde.

– Tu crois que j'ai peur ?

– Tu devrais.

– Laisse-le, Ruth… C'est mon mari.

Ruth en fut si interloquée qu'elle crut avoir mal entendu.

– Quoi ?

Elle avait même oublié qu'Ann Bonny était mariée. L'homme se rengorgea.

– C'est ma femme, je la traite comme je l'entends. Et ce n'est pas une autre bonne femme qui va m'en empêcher.

Dans une tentative d'apaiser le climat, Ann les présenta.

– Ruth, je te présente Joseph Fulford. Joe, voici Ruth Wolff. Elle naviguait avec Bellamy.

À ce nom, l'époux d'Ann sembla s'adoucir. Ruth releva que son nom n'était pas celui sous lequel Ann se faisait connaître, et cela l'étonna.

– Condoléances, marmonna Fulford.

Ruth n'avait pas envie de le remercier.

– T'as intérêt d'être à la maison quand je rentrerai ce soir ! menaça Fulford en pointant l'index vers Ann.

Fulford s'éloigna sur ses jambes arquées, regagnant le rivage.

– Tu viens pour la baignoire ? demanda Ann en remarquant les vêtements propres que Ruth tenait à la main.

– Oui.

– Suis-moi.

Ruth fut conviée dans le salon des filles. Jamais encore elle n'y avait mis les pieds. C'était une pièce étonnante. Des rideaux vaporeux aux fenêtres diffusaient une lumière douce et dorée. Il y avait des fauteuils et des sofas disposés en cercle ouverts sur le reste de la pièce. Des tapis couvraient le plancher, des tapisseries usées les murs, tant et si bien que toutes ces étoffes poussiéreuses dégageaient des nuées de poussières qui dansaient dans les rais de lumière émanant de la fenêtre. Tout était très coloré. L'air était chaud et chargé de parfums. Pour Ruth qui était habituée aux milieux sombres, malodorants et exclusivement masculins, le choc était brutal.

L'atmosphère était calme. Il y avait une douzaine de filles qui se prélassaient là, faisant passer le temps comme elles pouvaient. Une bonne moitié d'entre elles étaient des Noires. Il y avait les solitaires qui lisaient – ou du moins, feuilletaient – des livres, ou regardaient les gouttes de pluie s'écraser sur les carreaux de la fenêtre. Et il y avait les extraverties, qui bavardaient en parlant fort et en riant, une moque de café ou de rhum à la main. Leurs robes étaient simples, mais agrémentées de couleurs criardes qui attiraient le regard. Leurs corsets exagérément serrés faisaient pigeonner leurs poitrines plus ou moins rebondies. Ruth reconnut Charlotte, une Française aux cheveux roux et très frisés. Elle adressa à Ruth un sourire radieux, que l'interstice entre ses deux incisives rendait d'autant plus charmant. Il y avait aussi Margot, Française elle aussi, cintrée dans une robe bleu indigo, les cheveux impeccablement tirés en arrière, les lèvres vermeilles. Elle salua Ruth d'une voix rauque. Elle ne connaissait les autres que de vue.

Une jeune femme noire, occupée à recoudre le jupon d'une robe, leva un regard peu engageant vers la nouvelle arrivante.

– Qu'est-ce qu'il fait là ? On a dit pas d'hommes ici.

– Ce n'est pas un homme, Venise, dit simplement Ann en se dirigeant vers une desserte où était posée une théière fumante. Ruth, fais comme chez toi.

Jamais Ruth ne s'était sentie aussi mal à l'aise, à part peut-être le jour où on lui avait arraché sa chemise devant tout l'équipage de l'*Anglesea*, sa poitrine nue dévoilée à tous. Étrangement, elle ressentait la même honte, le même décalage, alors que la situation était diamétralement inversée : cette fois, c'était sa virilité qui était source du mépris.

Elle remercia Ann pour la tasse de café. Une des filles se leva en s'appuyant sur une béquille. C'était une jeune femme blonde, vêtue d'une robe rose pâle. Le son du claquement du bois contre le plancher la suivait quand elle marchait. Ruth comprit alors pourquoi elle s'aidait d'une béquille : sous les jupons de sa robe, elle vit le bout une jambe de bois à la place de son pied droit. Elle s'approcha de Ruth, et renifla sa clavicule, sa nuque et son cou, sans vergogne.

– Elle pue le bateau… Elle ne m'a pas vraiment l'air d'une femme.

Ruth pivota afin de lui faire face.

– C'est quoi ton problème ?

La jeune unijambiste approcha son visage tout près de celui de Ruth. Elle portait une mouche effrontée au coin du nez, et ses paupières étaient maquillées de noir. Elle esquissa un sourire goguenard, puis éclata de rire.

– Je te taquine, chérie ! Tu crois que je ne vois pas ce que tu caches là-dessous ?

Sa main attrapa le sein de Ruth à travers le vêtement et le palpa généreusement. Ruth eut un mouvement de recul et renversa quelques gouttes de café. Les autres filles se mirent à rire. Cormac, qui s'était allongé sous la fenêtre, leva la tête.

– Elle est farouche, ta copine.

Pour toute réponse, Ann resservit un peu de café à Ruth et lui présenta la jeune femme.

– Ruth, je te présente Isabel. Ou Flamingo…

– Tu viens pour la baignoire ? demanda Flamingo en posant les yeux sur les vêtements propres que Ruth tenait sous le bras.

– Oui.

Ruth sortit quelques pièces de sa poche et s'apprêta à les donner à la jeune femme, qui tendit la main pour les prendre. Mais Ann la retint.

– Tu donneras ça à Madame de Prado directement. Bois ton café, je vais rajouter un peu d'eau chaude dans la baignoire.

Pendant l'absence d'Ann, Ruth eut le plaisir de revoir Mercy. Burke et Mercy avaient vécu une courte idylle avant que la *Whydah* ne reparte de Nassau. Et c'est avec joie que Ruth vit que Mercy attendait un heureux événement.

– C'est celui de Jeremiah.

Ruth, émue, regardait son ventre arrondi sous sa robe beige.

– Burke a toujours voulu une descendance, dit-elle à Mercy.

– C'est vrai ?

La jeune femme caressa son ventre avec tendresse, et dit dans un sourire :

– Il en aura une... J'aurais tellement aimé qu'il le connaisse, Ruth.

La porte se rouvrit sur Ann.

– Ruth, l'eau est chaude.

La baignoire qui trônait dans l'arrière-cuisine de la maison Asher était un mobilier pour le moins original. Les femmes faisaient autant d'allers-retours que nécessaire au Grand Étang pour la remplir. Les prostituées de la maison se succédaient jour après jour pour s'y laver, chacune y ajoutant ses propres senteurs préférées, ses huiles favorites et autres pétales de fleurs, tant et si bien qu'à la fin l'eau du bain n'était plus qu'un macérat trouble d'odeurs musquées et florales très entêtantes. On gardait la même eau durant plusieurs jours, jusqu'à ce qu'elle soit tout à fait opaque. Alors, on la vidangeait, et les femmes de la maison Asher repartaient à l'étang...

Confectionnée par le tonnelier à la demande de Dolores de Prado, c'était à la connaissance de Ruth la seule baignoire de l'île. En effet, les populations traumatisées par la peste et toutes ces maladies n'osaient plus prendre de bains, pensant que l'eau, en dilatant les pores de la peau, permettait à toutes sortes de germes de s'infiltrer dans l'organisme. Ruth la première avait été élevée dans cette croyance. Seules les prostituées s'osaient à ce genre de toilette, et encore, ponctuellement.

C'est l'excentrique Jack Rackham qui avait ouvert l'esprit de Ruth à ce sujet. Selon lui, il fut une époque où les hommes prenaient des bains aussi souvent que possible. Non seulement il réfutait l'idée que le bain puisse être dangereux pour la santé, mais il faisait l'apologie de ses vertus. De tous les hommes que Ruth connaissait, Jack était celui qui se préoccupait le plus de son hygiène. Et force était d'admettre qu'il ne semblait pas en moins bonne santé qu'un autre. Quant aux femmes de la maison Asher, elles n'étaient certes pas épargnées par la petite vérole et la syphilis, mais par cette pratique elles s'évitaient sans doute de nombreux autres désagréments. Par ailleurs, on vantait partout la douceur de leur peau et le parfum délicat de leur corps...

La lumière des chandelles tremblotait sur la surface de l'eau du bain. Par la minuscule fenêtre ouverte pénétrait un air moite chargé d'humus. L'averse avait cessé mais l'orage s'était rapproché. Le soir approchant, l'arrière-cuisine où Ruth prenait son bain était plongée dans une pénombre vacillante. Parfois, un éclair illuminait brièvement la pièce, et le tonnerre roulait dans l'air chargé d'électricité à la manière des sabots d'un troupeau de chevaux au loin. Cormac dormait roulé en boule sur le seuil de la porte menant au jardin.

Ruth s'enfonça un peu plus au fond de la baignoire et ferma les yeux. Le calme dans la pièce était tel qu'elle pouvait entendre des bruits aussi infimes que le clapotis de ses doigts sur la surface de l'eau, ou sa propre respiration quand elle immergeait ses oreilles. Lentement, elle frotta avec une éponge chaque partie de son corps. Derrière chaque caresse de l'éponge, Ruth sentait chacun de ses pores, desséchés par le sel et brûlés par le soleil, qui lui disaient merci. Malheureusement, certaines marques avaient besoin d'un peu plus que d'un bain pour s'estomper... Elle remarqua un nombre incalculable d'hématomes et d'égratignures diverses qui constellaient ses jambes et ses bras. En caressant ce corps doré et robuste, aux formes girondes, elle avait bien du mal à reconnaître son ancienne maigreur et sa pâleur londonienne.

À Londres, elle n'était qu'une frêle créature, qui ne survivait que grâce à son extrême adaptabilité. À l'image d'un brin de roseau, exposée aux piétinements sauvages des prédateurs, elle se ployait sous la moindre brise, mais ne cassait pas. Sa fragile condition la rendait flexible mais paradoxalement, résiliente.

À présent, il en était tout autre. Son corps était dur, sec, solide comme une grume. L'écorce cuivrée de sa peau tannée et les cals épais de ses mains protégeaient un cambium de sang chaud chargé de rhum. Comme une pièce de charpente, seules les forces les plus spectaculaires semblaient pouvoir faire imperceptiblement plier ce corps dont les muscles avaient pris une crispation définitive dans l'effort. Certes, elle portait les stigmates du temps et de ce dur labeur, des cicatrices et des bleus qui évoquaient les gerçures du bois qui se fendille en séchant. Mais tout le monde sait que ni les cicatrices ni les gerçures n'altèrent les qualités d'un corps ou d'un morceau de bois. Ses quelques os cassés s'étaient ressoudés, et à l'instar des nœuds du bois qui le rendent coriace au charpentier, ils étaient plus résistants que jamais, comme si le calcium, en les réparant, les avait consolidés.

Oui, elle n'était plus ce frêle brin de roseau ployé sous le vent. Elle était comme un mât, fière, droite, soutenant les tensions et les pressions de la vie. Certes, imiter les troncs d'arbres centenaires en absorbant les contraintes extérieures était un effort permanent, harassant. Mais c'est grâce à ces contraintes qu'elle s'était endurcie. En les absorbant, elle s'en était nourrie. Son corps s'était mu en ce digne morceau de vie, ce fabuleux outil de travail et de plaisir.

Cependant, même le plus fier des arbres finit un jour par céder, face à l'âge, le vent ou la foudre. Elle savait que ces contraintes qui l'avaient forgée, un jour la détruiraient. Cela se passerait de façon imprévisible, ou bien petit à petit, tout au long de sa vie. Ce processus avait déjà commencé. Il lui manquait déjà une ou deux dents, son dos la faisait régulièrement souffrir sur les vergues. Ses os craquaient sans raison apparente. Plus la vie l'habitait, plus la mort s'invitait lentement. Plus la force grandissait en elle, plus elle sentait des points de vulnérabilité naître ici et là. Elle était comme Achille, priant pour que son talon cède le plus tard possible.

Mais elle ne déplorait pas cet état de fait, au contraire. Bien sûr, elle savait que le point de rupture arriverait, que le bois se fendrait avec fracas et que la charpente de son corps s'écroulerait. Mais si cela était le prix à payer, n'était-ce pas justice après tout ? Ne valait-il pas mieux vivre comme un arbre gigantesque au milieu d'un champ, comme le grand-mât d'un navire, plutôt qu'en roseau stagnant dans un marécage ? La vue n'était-elle pas plus belle de là-haut ? La vie n'y avait-elle pas plus de sens ?

C'est en tout cas ce qu'elle se disait en observant l'eau ruisseler sur ses épaules fermes et dessinées. Sa peau chaude et palpitante de vie se hérissait de frissons sous ses propres caresses. Elle fut brusquement visitée par une vision qui ne lui était pas étrangère... Un visage familier, aux traits anguleux et aux yeux aussi gris que les nuages de Cape Cod. Un visage froid et pâle, figé par la mort. Les yeux de Ruth se fermèrent. Elle chassa cette image par une autre : celle de Samuel Bellamy bien vivant, riant aux éclats près d'un feu de camp. Des braises dans les yeux, des étincelles dansant dans son aura flamboyante. Ruth soupira et bascula la tête en arrière, les paupières toujours closes. Elle savait ce qu'était le deuil. La première personne qu'elle avait perdue était son petit frère. Depuis, les décès avaient jalonné sa vie, se succédant les uns après les autres, touchant des proches et des moins proches. Elle s'y était faite. Mais cette fois, c'était différent. Elle avait perdu cent cinquante amis en une nuit. Des amis, et pour certains des très chers.

Jack était en train de lire un traité de botanique dans le salon de la maison Asher quand Ruth vint à sa rencontre. L'eau dégoulinait de ses cheveux et ruisselait dans son cou. Elle était pieds nus, et portait une robe de chambre blanche aux imprimés fleuris, que Jack avait déjà vue portée par Bonny. Il en laissa choir son livre sur le sofa dans lequel il était assis.

– Quelle allure, Wolff !

– Jack, j'ai besoin de toi.

– Je t'écoute, fit-il en se redressant et en posant ses bésicles sur la table.

Le regard de Ruth s'attarda sur les avant-bras de Jack, couverts de tatouages.

– Tu te rappelles, quand tu me disais que les êtres perdus méritaient qu'on garde leurs histoires écrites quelque part ?

Jack ne mit pas longtemps à comprendre. Les coudes posés sur ses jambes croisées, il esquissa un sourire en coin qui souleva de multiples fossettes sur sa joue.

– Ce n'est pas une décision à prendre à la légère.

– Je sais.

– Tu vas souffrir comme jamais tu as souffert. Et pas seulement pendant, mais après.

– ... Vraiment ?

– Vraiment. La cicatrisation peut être terrible. Tu peux avoir des poussées de fièvre. Il faut pouvoir l'endurer.

Il parlait en la regardant droit dans les yeux, avec le plus grand sérieux.

– Je l'endurerai.

Jack hocha la tête, une lueur d'excitation dans les yeux.

Jack et Ruth se retrouvèrent sous la galerie à l'avant de la maison Asher le lendemain matin. La matinée était fraîche, et calme. Un de ces matins roses et magiques comme il n'y en a que sous les tropiques. Ces heures précieuses où la ville se réveille à peine, où le soleil n'a pas encore réchauffé la terre, et où le vent suffit à rafraîchir l'air déjà tiède.

Ruth était assise dans un fauteuil en osier. Sur le tabouret à côté d'elle, Jack préparait ses outils sur une desserte. Un jeu d'aiguilles à voile, un pilon et un mortier. Une carafe d'eau. Une gargousse de poudre. Un seau rempli de cendres et de morceaux de charbon. Un flacon de sel. Et un verre rempli d'un liquide légèrement jaunâtre.

– C'est quoi, ça ?

Jack piocha deux morceaux de charbons dans le seau et entreprit de les piler dans le mortier.

– De la pisse.

– J'te demande pardon ? Qu'est-ce que tu comptes faire avec ça ?

Une fois le charbon réduit en poussière, Jack creva la gargousse et ajouta un peu de poudre à canon dans le mortier.

– Elle me sert de liant pour le pigment.

Il continuait sa petite cuisine, l'air de rien.

– Jack Rackham, si tu m'injectes cette pisse sous la peau, je te jure que je te la fais boire.

– Tu apprendras que je ne t'ai hélas pas attendu pour découvrir quel goût peut bien avoir la pisse.

– Je ne plaisante pas, Jack.

– Moi non plus. Écoute.

Il laissa de côté sa mixture et se tourna vers elle.

– L'urine accélère la cicatrisation. C'est comme ça. Ne me demande pas pourquoi, mais c'est quelque chose que j'ai constaté de mes yeux. Les Yamasees en utilisaient systématiquement, et quand j'ai voulu pratiquer sans, j'ai remarqué que mes patients cicatrisaient moins vite.

Ruth baissa un regard suspicieux vers la tasse remplie d'urine.

– Est-ce que je t'ai déjà donné une raison de ne pas me faire confiance ?

– J'en ai au moins trois qui me viennent à l'esprit !

– Pour les choses vraiment importantes, je veux dire.

Ses sourcils en accent circonflexe faisaient apparaître une chaîne de rides d'expression sur son large front. Il la sondait de ses yeux verts auréolés de cernes.

– Très bien.

– À la bonne heure.

Jack mélangea sa mixture sèche à un pot d'eau et d'urine, jusqu'à obtenir une texture et une couleur proche de l'encre. Il prit une des aiguilles à voile. Ruth sentit son cœur s'accélérer. Jack se repositionna sur son tabouret. Il prit le bras gauche de Ruth dans sa main glacée, ferma les yeux, et inspira profondément. Dans un geste solennel, presque religieux, il déposa un baiser aussi doux qu'une brise sur son épaule. Ruth n'avait pas bougé. Un tel geste, de la part de n'importe qui d'autre, lui aurait arraché un mouvement de recul. Mais elle avait confiance en Jack.

Il rouvrit les yeux, et un sourire perla aux coins de ses lèvres.

– Prête ?

– Prête.

– Certains ferment les yeux ou regardent ailleurs pour mieux supporter la douleur, pour s'évader un peu.

– Je ne veux pas m'évader.

Une lueur d'approbation teintée d'admiration illumina brièvement les yeux de Jack.

– Alors, c'est parti.

L'aiguille se rapprocha de son épaule, et piqua.

Au bout de deux heures, l'endurance de Ruth face à la souffrance s'essouffla. La douleur l'envahissait par vagues, la submergeant pendant quelques secondes, puis refluant en lui laissant juste assez de répit pour respirer un grand coup. Elle n'essayait pas d'y faire barrage, elle n'en avait pas la force. Elle ne parvenait plus à garder le regard fixe sur les mains de Jack. Parfois, son champ de vision était parcouru par de petits points de lumières aveuglants. Parfois, il devenait flou.

Ruth s'épongea le front, ainsi que celui de Jack. Elle découvrait un autre visage de lui, sous cet angle. Un homme appliqué, entièrement dédié à sa tâche.

– Tu as l'air si sérieux, se moqua-t-elle.

Il sourit furtivement. Sa mâchoire serrée faisait ressortir les angles de son visage. Son nez, qui avait été cassé, lui donnait un air légèrement asymétrique non dénué de charme. Une cicatrice barrait l'un de ses sourcils, renforçant cet effet. Ruth remarqua que son front formait un fort renflement à l'endroit de ses sourcils.

– C'est drôle… Tu as de vraies bosses sur ton crâne, à l'endroit de tes sourcils. Ça doit être pratique. Tu n'as pas besoin de visière sur ta casquette, au moins.

Il souriait mais ne répondit pas, ce qui n'était pas courant chez lui.

– Et la forme de ton crâne… Bosselé et cabossé comme un vieux boulet de canon.

– Tu es complètement ivre, ma pauvre amie.

– Ivre ? Je n'ai pas bu une goutte de rhum depuis hier !

– Ce n'est pas l'alcool qui te saoule… C'est la douleur. Dans une heure, tu roupilleras, véridique.

– Pendant que tu me charcutes le bras ? Voilà qui m'étonnerait !

Des badauds commencèrent à s'intéresser à ce qu'ils faisaient. Ils s'accoudaient à la balustrade de la galerie, ou venaient sous le porche pour mieux voir. Madame de Prado resta indifférente. Le vieux Swayney les traita d'hérétiques, arguant en faisant tourner sa canne d'un air menaçant que le Seigneur avait interdit qu'on se marque le corps, de quelque manière que ce soit. MacIain, de l'équipage de Vane, se montra très intéressé. Et puis Charles Vane lui-même, s'il ne fit de commentaire, resta un moment à jouer avec Cormac tout en jetant des regards intrigués au duo que formait Ruth et Jack. Tous y allaient de leur commentaire, de leur plaisanterie, ou restaient simplement muets.

C'est alors que le capitaine Thatch monta quatre à quatre les marches du porche d'un pas bondissant. Il allait entrer dans la maison quand il sursauta en apercevant le sang sur le bras de Ruth.

– Capitaine Thatch ! s'exclama joyeusement Ruth. Quel bon vent vous amène ?

– Tu n'as pas assez de cicatrices ? Il faut que tu t'en rajoutes, de ton plein gré.

– Vous voyez, c'est exactement ce que j'ai dit à Jack la première fois qu'il m'a parlé de cette pratique barbare !

Comme Thatch regardait le spectacle avec curiosité, elle ajouta :

– Je connais un homme qui dit que les cicatrices sont une excellente façon de jauger un homme, que cela prouve que l'on a pas peur de se battre, au prix de notre corps, pour ce en quoi on croit.

C'était une des premières choses que Thatch leur avait dit, quand Galway et elle l'avaient rencontré. Elle lui lança un sourire grinçant de douleur.

– Sans aucun doute..., murmura-t-il.

***

Le visage de Ruth était livide et moite de sueur, malgré le linge humide que la main de Galway appuyait sur son front. Sa respiration était sifflante, et des râles s'échappaient de ses lèvres craquelées. Elle s'agitait péniblement dans son lit, les traits déformés par quelque douleur insondable. Cormac, les pattes avant sur les genoux de Galway, cherchait à lécher le bras de sa maîtresse.

– Elle délire, dit Jack Rackham. Sa fièvre n'arrête pas de grimper depuis ce matin.

– Le démon est en elle, lâcha Noland en se signant.

– Ah, la barbe ! s'emporta Jack.

Son impuissance devant l'état de Ruth qui se dégradait d'heure en heure le rendait acariâtre.

– Tu ne devrais pas prendre à la légère ces signes ! rétorqua Noland en agitant un doigt épais vers Jack.

Noland jeta un dernier regard inquiet à Ruth avant de quitter la pièce. Jack croisa ses mains derrière sa tête et se mit à faire les cent pas dans la pièce. Charles le suivait du regard, adossé à l'encadrement de la porte.

– Bon sang, mais qu'est-ce qu'il fabrique, le docteur ? lança Galway. Pourquoi est-ce qu'il n'est toujours pas là ?

– Le docteur Howell n'est plus à Nassau, comment il faut te le dire ? rétorqua Charles. Hornigold l'a envoyé à Harbour Island sous bonne garde depuis que Bondavais a essayé de le lui voler.

– On a pas besoin du docteur, coupa Jack. On sait très bien ce qu'il lui faut.

– De l'écorce de quinquina, ouais ! Et elle est où, hein Jack ?

– Eh, coupa Charles. C'est de l'herbe des Jésuites dont on parle. Si elle poussait dans tous les jardins, ça se saurait.

– Tu ferais bien de te calmer, Galway. Tu n'es pas le seul qui soit navré de voir Wolff dans cet état.

– Ouais… J'espère bien, que t'es navré, Rackham. Vu que c'est ta faute si elle est dans cet état !

– Eh ! Je ne lui ai pas mis le couteau sous la gorge !

– Alors c'est sa faute à elle, c'est ça que tu dis ? !

Charles leva les yeux au ciel.

– Avoir quelqu'un à blâmer ne t'aidera pas, Galway ! explosa Jack. Ça ne m'aidera pas, et surtout, ça ne l'aidera pas !

Il désigna Ruth, allongée dans son lit, pâle et ruisselante de sueur. Galway poussa un juron en se frottant le visage, désespéré. Ses yeux rougis par la fatigue fixaient le visage défait de Ruth.

– Je savais que les poussées de fièvre étaient possibles, dit Jack. Seulement, je n'avais pas prévu qu'elles soient aussi redoutables.

Galway soupira.

– Nous revenions de trois semaines de mer… La traversée du retour a été difficile, moralement comme physiquement. Nous étions tous affaiblis…

La porte s'ouvrit à la volée et Thatch pénétra dans la pièce.

– Galway, y a un gars pour toi chez Maggie.

– Qu'est-ce qu'il veut ?

– Il ne me l'a pas dit, *milord*. Mais si vous permettez, je me ferai un plaisir de courir lui demander, afin de satisfaire au mieux les volontés de sa seigneurie.

Galway jeta un regard noir au capitaine, mais sortit sans demander son reste. Quand Thatch s'approcha du lit, cependant, le comportement de Cormac changea. Il se mit à grogner doucement d'abord, puis plus fort quand Thatch s'approcha d'eux.

– Qu'est-ce qui lui prend à ce clébard ?

Pour toute réponse, Cormac aboya.

– Thatch, je serais toi, je resterais où je suis, conseilla Charles.

– Tu penses ! Ce n'est qu'un chiot, et ce n'est pas un chiot qui va me dicter où j'ai le droit d'aller ou non, crois-moi.

Indifférent à la physionomie menaçante de Cormac, Thatch lui balança un coup de pied. Le chien alla se recroqueviller sous le lit. Charles s'accroupit. D'un bruit de la bouche, il appela Cormac, mais le chien semblait trop apeuré pour sortir de sa cachette.

N'ayant plus d'obstacle entre lui et le lit, Thatch se pencha sur Ruth, l'air intéressé. Ses narines se dilatèrent et ses yeux brillèrent d'intérêt en voyant le motif sur l'épaule de Ruth.

– Intéressant…

Il se redressa, couvant Ruth d'un étrange regard, mêlant la compassion et une forme d'admiration.

– Qu'est-ce que tu avais besoin de faire ça ? lança Charles, en faisant allusion au coup de pied qu'il avait donné au chien.

Thatch leva les yeux vers lui.

– Sais-tu comment on dresse un chien de combat, Vane ? On le prend dès qu'il est chiot, et on l'asticote, on le tourmente, jusqu'à ce qu'il pense que le monde entier est son ennemi. Ce chien-là se battra plus que n'importe qui pour rester en vie, parce qu'il aura appris très tôt à quel point il est facile qu'on la lui arrache.

Les paroles de Thatch s'évanouirent dans le silence pesant de la pièce. Un infime courant d'air passa par la fenêtre.

– Les hommes ne sont pas des chiens, Thatch, dit Jack.

– Bien sûr qu'ils le sont.

Ruth resta fiévreuse et en proie au délire tout le jour qui suivit. Ses amis se relayaient à son chevet. Ce soir-là, c'était le tour de Charles. Le jour déclinait en plongeant la pièce dans une pénombre mauve. Comme Ruth semblait plus calme, il essaya de la faire boire. Elle toussota et recracha les premières gorgées, mais parvint à en avaler deux ou trois ensuite. Après cela, son état s'apaisa. Charles en profita pour jouer quelques airs de mandoline.

C'est quand il entama les notes du refrain de *Joe Waterloo* qu'il fut interrompu par un murmure rauque de Ruth. Il continua de jouer, plus doucement, et le murmure se mua en mots incompréhensibles. Ses yeux étaient toujours résolument fermés. Elle délirait encore.

– C'est à moi…

Charles se remit à jouer, tout doucement, le couplet de *Joe Waterloo*. Ruth s'agita encore.

– Rends-le-moi… C'est à moi…

Était-il possible que cette mélodie parvienne à l'esprit fiévreux de la jeune femme, et fasse ressurgir de vieux souvenirs à sa mémoire confuse ? Après tout, Ruth Wolff avait été Ruth Grey une grande partie de sa vie, et il fallait bien l'admettre, l'enfance de Ruth Grey avait été marquée par la misère et les multiples rackets dont elle avait été victime. Rackets dont lui, Charles Vane, avait plus d'une fois été l'auteur...

Il posa sa mandoline sur le sol, et prit un linge humide qu'il posa sur le front de Ruth. La jeune fille soupira d'aise. Charles remarqua la cicatrice discrète sur sa tempe. Il revoyait son poing s'abattre sur elle, sa chevalière lui entailler la peau, cette fichue bague disproportionnée sur son doigt de jeune garçon. C'était il y a quinze ans.

S'ils avaient des souvenirs communs, ces souvenirs ne les avaient pas marqués de la même manière. Pour lui, les Gardes de la Princesse, c'était la fraternité, la famille, le réconfort à l'idée de pouvoir compter les uns sur les autres. Pour Ruth Grey, il en était tout autre...

Pour la première fois de sa vie, Charles Vane comprenait que sa réalité n'était pas la seule vérité au monde. En cet instant, elle se confrontait à celle de Ruth, et cela lui laissait un étrange goût métallique dans la bouche. Était-ce cela qu'on appelait le remords ? La compassion ? Était-il possible que dans l'esprit de cette femme, Charles soit aussi mauvais que Jennings l'était dans le sien ? Cela faisait-il de lui quelqu'un d'aussi mauvais que Jennings ? Et si lui-même n'était au fond pas si mauvais, est-ce que Jennings l'était encore ?

La porte s'ouvrit sur Jack et Galway.

– Nous en avons ! Du quinquina ! Nous en avons !

Cormac sauta aux pieds de Jack et Galway et leur fit une fête sans réserve, comme s'il avait senti l'espoir qui les accompagnait.

– Bien joué, les gars.

Jack s'empara d'un verre, y versa de la poudre de quinquina, puis y rajouta de l'eau et remua. Ses gestes étaient brusques et saccadés.

– Aide-moi à la redresser, dit Galway à Charles.

Tandis que Jack approchait le verre de la bouche de Ruth, les deux autres relevèrent légèrement son buste pour qu'elle puisse boire sans s'étouffer.

– Elle est dans les choux, constata Galway. Il faut la réveiller pour qu'elle arrive à déglutir.

– Une femme sur un bateau, c'est pire qu'un chien dans un jeu de quilles ! cria à Jack à l'oreille de Ruth.

– Hein ? Qu'est-ce que tu racontes, maintenant ?

Contrairement à ce que Jack semblait attendre, Ruth n'eut aucune réaction. Il haussa les épaules.

– Raté, tant pis ! Fallait essayer.

Charles saisit la moque d'eau sur la table de chevet et la balança au visage de Ruth.

– Arrête, qu'est-ce que tu fais, bon sang ? protesta Galway.

Mais cela fonctionna. Ruth ouvrit des yeux effarés.

– Vite, vite ! Ruth, reste avec nous, tu entends ? Bois !

Jack approcha le verre des lèvres gercées et blanches de la jeune femme.

– Bois. Allez, bois, ça ira mieux après.

Ils penchèrent la tête de Ruth légèrement en arrière pour introduire le liquide dans sa bouche. Elle recracha les premières gouttes, mais au deuxième essai, elle réussit à déglutir tant bien que mal.

– Bien, fit Jack en passant la main sur son crâne. Maintenant, il n'y a plus qu'à attendre.

Quand Ruth rouvrit les yeux, elle vit d'abord une charpente poussiéreuse au-dessus d'elle. Des murs verts. Une odeur de fleur d'oranger. La chambre verte de la maison Asher ! Comment était-elle arrivée là ? Ses souvenirs étaient flous… La plaie gangrenée de Samuel. L'odeur de ses cheveux, la dernière fois qu'elle l'avait enlacé… La sensation fraîche et piquante de l'eau salée sur son corps… Des rêves, sans aucun doute. Elle se rappelait aussi vaguement avoir entendu la voix de Galway… Celle de Rackham… L'air d'une chanson familière… Avait-elle rêvé de Londres ? La silhouette de Charles Vane à son chevet…

Elle remonta le fil de ses souvenirs jusqu'à la soirée passée avec Rackham à manger du poulet et boire du rhum… C'était le lendemain de cette nuit-là que la fièvre avait commencé à monter. Combien de temps avait-elle duré ? Elle n'en avait aucune idée. Mais ce dont elle pouvait être certaine, c'est qu'elle était passée, grâce à Dieu. Son ventre se mit à gargouiller, et elle réalisa qu'elle avait la gorge desséchée par la soif.

Mais avant de se redresser pour attraper la moque d'eau sur la table de chevet, elle tira légèrement le drap pour dévoiler son épaule gauche. Il était là, gravé sous sa peau. Beau et terrifiant. Le loup qui avait été leur emblème, les couleurs sous lesquelles ils avaient été tous frères et sœur. La peau était moins irritée, le relief du dessin moins marqué. Petit à petit, le corps de Ruth l'assimilait.

Elle se demanda alors ce que Samuel aurait dit de ça, et elle se mit à pleurer.

⁂

Les nuits de Ruth étaient peuplées de rêves où Samuel et les autres étaient vivants. Bones l'engueulait pour un travail qu'elle avait bâclé. Langue-de-Chat dansait avec elle, Johnny Kid montait sur ses épaules, comme il avait l'habitude de le faire de son vivant. Samuel… Samuel la prenait dans ses bras, et elle ressentait avec une précision déroutante le grain de sa peau sous ses mains, ses cheveux chatouillant ses narines, le contact rêche de sa barbe de quelques jours frottant contre sa joue... Chaque réveil était douloureux, car il lui fallait s'extirper de ces rêves pour faire face à leur absence. Alors, Ruth essayait de s'occuper pour ne pas penser. Elle rendait service à tout le monde, un jour en aidant Maggie à la paillote, un autre en participant au carénage du bateau des anciens de l'Anglesea. Elle donnait la main partout où elle pouvait, et quand elle en avait marre, elle allait s'affaler dans un hamac, en sirotant du cacao très généreusement sucré, que Jack lui vendait à bon prix. Puis, quand le soleil était moins chaud, Ruth allait nager dans les eaux claires du lagon. Le deuil la plongeait dans un état d'esprit nonchalant et désinvolte. Tout ce qui lui paraissait de première importance auparavant devenait dérisoire. Son ego torturé et fragile d'antan, comme s'il avait pris conscience de sa ridicule vacuité, se faisait plus léger. Le regard des autres, et plus particulièrement celui des hommes, ne pesait plus aussi lourd qu'avant.

Parce qu'elle était amie avec Ann Bonny, Ruth commença à fréquenter les filles de la maison Asher. La présence de ces femmes à ses côtés la rendait plus effrontée et plus sûre d'elle que jamais. Un peu comme un équipage, elles vivaient ensemble pour le meilleur comme pour le pire. Certes, les querelles et les mesquineries étaient légion, mais pas plus qu'à bord d'un navire. Elles veillaient les unes sur les autres, les anciennes apprenaient aux nouvelles comment ne pas avoir d'enfant, comment accoucher d'un, elles se faisaient passer le mot à propos des « mauvais » et des « bons » clients, comme Ruth avait vu tant de marins le faire à propos de tel « bon » commandant ou tel « mauvais » canot. Elles mangeaient et dormaient en groupe, telle une meute de louves, et se protégeaient mutuellement des autres prédateurs.

Ruth leur raconta comment elle avait elle-même été élevée dans un bordel déguisé en auberge, la prostitution étant officiellement interdite en Angleterre. Elle leur parla de sa mère, des filles qui l'avaient chouchouté et dorloté jusqu'à ce que sa mère l'habille en garçon et la chasse de l'auberge le plus souvent possible, espérant qu'ainsi, sa fille éviterait la prostitution et trouverait dans la rue une autre source de revenus. Cela fit beaucoup rire les filles de la maison Asher.

– Quelle idée ! Tu aurais fait quoi si t'avais pas embarqué ? Tu te serais cassé le cul à frotter le parquet d'une famille riche pour un sou, et le maître te serait sans doute passé dessus pour rien du tout ! Alors qu'en tant que pute, tu te casses le cul, mais pas pour rien !

De francs éclats de rire avaient répondu à Flamingo. Les filles de la maison Asher, à bien des niveaux, avaient une vie au moins aussi difficile que celle des marins. Elles avaient beau faire payer les hommes avant de les autoriser à disposer momentanément de leur corps, certains n'hésitaient pas à se l'approprier gratuitement. Elles devaient aussi endurer les grossesses à répétition, les fausses couches, les enfants mort-nés, les maladies vénériennes et autres inconforts intimes...

Et elles devaient aussi s'acquitter de toutes les tâches de la vie quotidienne... Piller l'igname pour faire de la farine et du pain, grimper aux arbres pour cueillir des fruits, nourrir les poules, pêcher la conche et la langouste, traire les chèvres, faire des fromages quand celles-ci donnaient assez de lait, nettoyer la maison chaque jour que Dieu faisait, improviser des réparations quand quelque chose cassait... Elles étaient à la fois meunières et boulangères, mères et sages-femmes, potières, lavandières, couturières, blanchisseuses, cuisinières. Ces tâches exigeaient une force physique qui n'avait rien à envier aux tâches du matelot moyen... Et elles les effectuaient dans l'invisibilité la plus totale.

Il y avait un événement cependant, qui avait lieu deux fois par an, et qui mettaient les femmes de Nassau dans la lumière qu'elles méritaient : la buée. Pendant plusieurs jours, toutes les femmes valides se réunissaient pour laver le linge de maison, draps en lin, chemises en chanvre, blouses, tabliers...

Cela se déroulait en trois étapes : pendant « l'Enfer », le linge était chargé dans d'énormes cuves avec de la cendre, pour y être arrosé d'eau bouillante pendant des heures. « L'enfer » était une étape difficile par cette chaleur. Malgré le léger courant d'air, toutes étaient en sueur, leurs robes tachées de cendres, à s'activer autour des cuves. Après « l'Enfer », on laissait le linge macérer dans les cuves jusqu'au lendemain, et on allait danser et manger.

Le jour suivant était celui du « Purgatoire ». Les femmes devaient transporter le linge mouillé jusqu'au Grand Étang, pour le frotter, le battre, le rincer et l'essorer.

Le jour était levé depuis peu, et il ne faisait pas encore trop chaud. Cormac courait dans tous les sens, les sens en éveil. Sur les bords du sentier poussaient des arbustes à coton en fleur. Le soleil filtrait à travers les aiguilles de pin une lumière rosée. Les couleurs étaient gorgées de lumières saturées et les ombres franches.

Ruth marchait aux côtés d'Ann, une hutte sur le dos. Elles emboîtaient le pas à Flamingo, qui malgré sa jambe de bois, portait comme les autres son lot de linge mouillé. La jeune femme racontait sans omettre le moindre détail croustillant comment un de ses clients fétichisait sa jambe de bois, au point de l'intégrer dans tous ses scénarios érotiques.

– Dis, Ann... Comment est-ce que ça lui est arrivé ? demanda Ruth en pointant le menton vers la jambe de Flamingo.

– La version officielle, c'est qu'elle a voulu se venger d'un client qui n'avait pas payé en l'attirant dans un chenil où il y avait des chiens de combat... Les chiens auraient dévoré le gars, mais dans leur rage affamée, ils auraient aussi bouffé la jambe de Flamingo.

– Je vois... Et la véritable version ?

– Elle s'est égratignée contre un clou sale, ça s'est infecté, la gangrène a fait le reste.

– C'est moins rocambolesque, il faut bien l'admettre...

– Ne répète pas que je te l'ai dit. Elle aime bien l'histoire du gars bouffé par les chiens. Elle la raconte à ses clients pour les dissuader de lui faire un coup bas.

Ruth regardait Flamingo mimait un acte obscène sous les rires de ses camarades.

– Elles sont toutes nées ici ?

– Ici, à Nassau tu veux dire ? Grand Dieu, non ! Il y a quelques bossales[1]... Mais pas tant que ça. La plupart sont arrivées des colonies voisines, ou même de l'Ancien Monde... Flamingo a été arrêté pour vol en Écosse, et envoyée ici comme bagnarde. Tout comme Christiana, qui vient d'Espagne. Charlotte est née à la Barbade je crois. Scarlett était esclave en Jamaïque. En fait, de toutes celles qui sont là aujourd'hui, seules Venise, Mercy et Daisy sont nées ici.

– Et Margot ? D'où vient-elle ? Qui était-elle avant ?

La Française aux longs cheveux noirs marche d'un pas altier en tête de file.

– Peu d'entre nous le savent, et je te déconseille de le lui demander. Ça la met hors d'elle qu'on lui pose la question.

– Pourquoi ?

– Tu aimerais, toi, qu'on te demande sans cesse quel genre de personne tu étais quand tu vivais à Londres ? Quel nom tu portais, à quoi tu ressemblais ?

Ruth dut bien reconnaître que non.

– Et bien, pour Margot, c'est pareil. C'est même plus fort encore pour elle. Car les gens ont mis du temps à l'accepter telle qu'elle est aujourd'hui. Beaucoup, comme toi, ne l'ont connu que comme ça. Et elle sait que si elle commençait à leur raconter qui elle était avant, ils ne la verraient plus seulement comme Margot, mais comme cet autre dont elle a voulu se débarrasser. Tu comprends ?

– Je crois, oui.

Quand elle voyait la grande Margot marcher en roulant les hanches, fière et bien dans ses atours, à défaut d'être bien dans son corps, elle se disait qu'après tout, elle avait autant le droit d'être Margot qu'elle-même avait le droit d'être Ruth Wolff, matelot.

– Et c'est vrai qu'elle a une histoire avec Jennings ?

– Ruth Wolff ! s'indigna Ann en riant. Tu es plus commère qu'une ménagère sur le marché !

– Les marins sont les pires commères, se moqua Flamingo en se retournant. C'est bien connu !

L'étang de Big Bond était bordé de mangroves qui rendaient son accès peu aisé. Sur sa rive est cependant, la berge était plus dégagée. Deux ou trois barques étaient amarrées à un petit ponton rustique. C'était là que les porteuses d'eau venaient remplir leurs seaux.

1. Bossale : esclave né·e en Afrique

Quand elles arrivèrent, les femmes eurent la surprise de trouver sur le ponton un groupe d'hommes en train de pêcher à la ligne. Parmi eux, Jack Rackham, Charles Vane, Edward England, et d'autres que Ruth ne connaissait pas. Ils somnolaient, allongés sur le dos, ou bien étaient assis sur le bord du ponton, les pieds dans le vide. Tous étaient torse nu. Pour se protéger du soleil, ils s'étaient bricolés une sorte de toile tendue sur des piquets. Quand ils entendirent les femmes arriver en bavardant, ils leur firent un accueil mitigé.

– Oh mais qui voilà ? Un arrivage de jolies dorades toutes frétillantes !

Cormac, quand il reconnut Vane, alla à sa rencontre.

– Ah non, non, non ! Allez rincer votre linge ailleurs, mesdames !

– Vous allez faire fuir le poisson !

Les femmes posèrent leurs lourds fardeaux sur la berge. Déjà, Venise et Christiana sortaient les selles à laver et les battoirs. Cormac fut le premier à l'eau. Il courait sur la berge, produisant une gerbe d'éclaboussures sur son passage.

– Il fait déjà trop chaud pour le poisson, de toute façon, rétorqua Daisy en s'approchant du bord de l'eau, un drap dans les bras.

Elle s'agenouilla dans l'étang et jeta son drap sur la surface, sous les protestations des hommes qui les accusaient de faire des remous dans le fond de l'eau.

– Vous n'avez qu'à aller au lac !

– Avec le linge sur le dos ? C'est à deux heures de marche !

England, d'un geste du bras, empêcha son camarade de répondre.

– Tiens bon, Charles. Elle a raison, il fait trop chaud, on ne pêchera plus rien avant ce soir.

Cormac sortit de l'eau et rejoignit Charles. Les poils dégoulinants d'eau, il lui sauta dessus en jappant. Le jeune homme l'accueillit en riant.

Ruth imita les gestes de ses camarades et posa ses genoux sur la planchette de sa selle à laver prévue à cet effet. Elle y étala une chemise et se mit à la frotter frénétiquement avec une brosse. En quelques minutes, les remous autour d'elles se teintèrent de la teinte grisâtre de la cendre.

C'était une tâche laborieuse et fastidieuse. Le soleil tapait dur sur leurs têtes protégées par des chapeaux ou des tignons. Leurs manches, bien que retroussées jusqu'aux coudes, étaient trempes. Venise se mit à chanter, et les autres reprirent en chœur.

Sous leur peau qui brasillait au soleil, les muscles de leurs bras roulaient et ondulaient. Leurs mains solidement agrippées à la brosse, elles faisaient des va-et-vient brutaux, n'ayant aucune tendresse pour le tissu. Puis elles prenaient le battoir, et frappaient le linge avec vigueur. Et, comme pour lui accorder un moment de répit, elles laissaient aller leur étoffe au fil de l'eau, sans la lâcher, et la brassaient en l'air et dans l'eau pour la rincer. Pour l'essorer, elles se mettaient debout, et s'y prenaient à deux.

Toute la nature résonnait de leurs rires, de leurs chants, des coups de battoir et des frottements de la brosse. Les hommes avaient définitivement abandonné l'idée de pêcher quelque chose. Certains firent un feu sur la berge, à l'abri du vent, et ils firent griller les poissons qu'ils avaient réussi à attraper. Cormac attendait avec impatience que quelqu'un daigne lui donner quelque chose à manger. Ils ouvrirent des bouteilles de rhum et grignotèrent quelques fruits.

Ruth laissait son esprit vagabonder. Elle glissa le regard vers le ponton. Charles avait piqué une tête dans l'eau de l'étang et nageait avec Cormac. Rackham était assis sur le bord du ponton, le buste appuyé sur un coude. Des ombres intéressantes se posaient sur son corps sec et fin, et sur les tatouages de ses bras. Ruth se surprit à trouver une esthétique nouvelle à la forme cagneuse de ses épaules, ses mains longues et volubiles, la courbe de ses côtes. Rackham bavardait avec Jacob, un homme borgne aux cheveux noirs et crépus et au regard langoureux. Il avait une peau couleur chêne, et dans son dos, roulait des omoplates larges et saillantes, que quelques gouttes de sueur traversaient discrètement. England somnolait, allongé sur le dos, une jambe pendant dans le vide. Ses orteils effleuraient la surface de l'eau. On devinait la forme des muscles de son mollet couvert de poils. Ses doigts épais caressaient avec délicatesse la surface de son ventre rebondi.

Charles s'extirpa de l'eau et remonta sur le ponton. Son dos large comme le monde se creusa de vallons, de canyons et de collines. Il était strié de cicatrices brunâtres. Souvenir cuisant du chat à neuf queues. Tout son corps luisait d'eau et de soleil. Il s'assit aux côtés de Jack. Ruth suivit la course des gouttes d'eau, de la pointe de ses cheveux blonds, jusqu'à sa clavicule, le long de son sein, de ses côtes, et jusqu'à ce qu'elles se perdent dans le pli de son ventre. Il but une gorgée de rhum et s'allongea sur le ponton, entre l'ombre et le soleil. Son visage respirait la sérénité.

Quand Cormac sortit à son tour de l'eau et vint lui lécher le visage avec amitié, le jeune homme le repoussa en souriant. Le chien s'allongea près de lui, ses pattes et son museau tendrement posés sur son torse. La main de Charles vint se poser sur le haut du crâne de Cormac. Le tableau avait quelque chose d'indolent, de tendrement charnel.

– Eh, Wolff ! fit la voix de Venise. Du nerf, enfin !

Venise lui donna un coup de coude pour la sortir de ses rêveries. À présent, elle regardait Ruth avec un air narquois, comme si elle avait surpris le cours de ses pensées.

⁂

Le soir même, tout ce qui restait de l'équipage de Bellamy se réunit chez Maggie pour une réunion de la plus haute importance. Ils devaient discuter d'un sujet trop souvent éludé depuis leur retour. L'équipage en parlait à demi-mot le jour, et plus franchement la nuit, quand le rhum déliait les langues. Sans Bellamy, sans leurs camarades morts ou prisonniers, continuer à naviguer ensemble perdait tout son sens, du moins pour un certain nombre d'entre eux. Pire, cela réveillait la douleur ; s'obstiner revenait à enfoncer le couteau dans la plaie, à faire peser sur leurs cœurs l'absence des défunts.

Dissoudre la compagnie signifiait abandonner tout espoir de secourir les prisonniers de la *Whydah*, et vendre la *Marianne*. Ruth avait du mal à se faire à l'idée. Quand elle s'était indignée à cette nouvelle, Williams avait simplement répondu :

– Fais ton deuil, Wolff. Ceux qui sont enfermés à Boston sont perdus. Quant à la *Marianne*... Ce n'est qu'un bateau... Un bateau plein de fantômes, qui plus est...

Ruth n'insista pas. Pourtant, son cœur était déchiré. La *Marianne* était tout ce qui leur restait de souvenirs de cette époque où Bellamy et les autres étaient vivants.

La Compagnie de Bellamy n'existait donc plus. Les hommes qui la composaient étaient décimés. Noland avait fait un grand discours sur l'avenir sombre de la piraterie. Il avait dit que bientôt, ils seraient chassés jusqu'au dernier, et qu'ils se devaient dès maintenant de penser à se retirer.

Après cette funeste réunion, Ruth resta sous la paillote de Maggie après que tout le monde soit parti. La pluie tombait dru, tapissant le fond sonore de son grésillement ininterrompu. Des gouttes s'infiltraient par la toiture de feuillages, elles tombaient sur la table, coulaient du toit en faisant des ricochets sur la main courante de la balustrade, telles des cascades miniatures. On ne voyait plus rien de ce qu'il se passait au-delà de ce rideau de pluie. Ruth était seule au milieu de la nuit, aveugle et sourde au reste du monde, enfermée dans elle-même.

Sur la table, était toujours déroulé le parchemin sur lequel était écrit le contrat de chasse-partie de leur Compagnie. Ruth reconnut son écriture en bas à droite, à côté de celle de Galway. Il ne s'était passé qu'un an depuis qu'elle avait apposé son nom sur cette feuille, et pourtant, il lui semblait que c'était il y a une décennie. Tant de choses s'étaient passées...

Elle manqua de sursauter en entendant les pas lourds d'un homme qui s'approchait. L'ombre d'Edward Thatch se découpa dans la faible lumière. Il s'assit en face d'elle.

– On m'a dit que je te trouverai ici. Il paraît que tu es mélancolique.

– Qui dit ça ?

– Tout le monde.

Ils se dévisagèrent en silence.

– Je ne suis pas mélancolique. Je suis en colère.

Ruth constata qu'elle ne ressentait plus la moindre peur face à lui. Était-ce elle qui s'était endurcie, ou lui qui s'était adouci ?

– Qu'est-ce qui te tracasse ?

Ruth eut un petit rire sardonique.

– Dois-je vraiment choisir une raison ?

Elle soupira profondément. Derrière la patine rugueuse de son visage, l'éclat dérangeant de son regard vert, l'intimidante barbe noire qui couvrait son visage désormais, il n'y avait en cet instant aucune malice.

– Je pense à Langue-de-Chat. À Quintor, Julian, les Tommies, et tous les autres. En ce moment même, ils moisissent dans une prison de Boston, à attendre leur condamnation, et à espérer en vain que quelqu'un les secoure.

– Crois-moi, ils n'espèrent pas. Ce serait folie que d'espérer une telle chose. Et ils sont loin d'être fous.

– Ça serait vraiment si fou que ça ?

Thatch laissa tomber son sourire railleur.

– Wolff. Il y a des navires de la Navy chaque jour plus nombreux qui quittent l'Angleterre pour venir défendre les colonies. Si on veut garder notre liberté, ce n'est pas le moment de la risquer dans des causes désespérées comme celle-là. Parfois, il faut savoir perdre, tu sais.

– Oh, j'vous en prie ! Toutes les causes sont perdues tant que personne ne les ramasse pour s'en occuper ! Et puis, vous me faites rires à défendre la liberté sans vouloir prendre le moindre risque pour la garder... Vous savez quoi ? Vous êtes comme ceux qui veulent le poisson sans le pêcher, ou le blé sans le labour. La vie est une lutte. On ne nous donne jamais rien, il faut prendre. C'est ici que j'ai appris ça.

Il la dévisagea avec une indulgence aussi bienveillante qu'inattendue.

– Si c'est si important pour toi, prends un bateau et vas-y.

Ruth rit avec amertume.

– Seule, je ne vaux rien. Et vous le savez.

Le rideau de pluie autour de la terrasse les cachait du reste du monde.

– Tout ce que j'ai accompli jusque-là, je l'ai fait pour Bellamy. Tout ce que j'ai fait depuis que je le connais, exploit ou échec, je l'ai fait en pensant à lui. En me demandant sans cesse ce qu'il penserait de moi.

Ruth s'avança et posa ses avant-bras sur la table. Elle prit sa tête dans ses mains et se frotta le visage, dégageant les cheveux qui lui barraient le front. Elle n'osait regarder Thatch dans les yeux.

– Alors... Maintenant qu'il n'est plus là... Tout ça a perdu de son sens...

L'émotion lui nouait la gorge.

– Vous aviez raison depuis le début. Je ne suis pas marin. Je ne suis qu'une pauvre gamine qui attend toujours qu'un homme lui dise qu'elle vaut quelque chose... Et on ne devient pas quelqu'un quand on ne cherche que la reconnaissance des autres... Je me suis lancée là-dedans pour de mauvaises raisons.

Thatch poussa un soupir agacé.

– Et alors ?

Interloquée, Ruth leva les yeux vers lui.

– On fait tous des choses incroyables pour de mauvaises raisons, dit-il.

Thatch remua sur son banc en cherchant quelque chose dans ses poches. Il en extirpa sa tabatière, et roula grossièrement un *papelate*.

– Tu sais comment je suis devenu marin, moi ?

Ses gros doigts jaunis par le tabac s'agitaient avec dextérité le long du papier. Elle refusa la tabatière qu'il lui tendait.

– J'avais quinze ans. J'avais fait mes deux communions, je savais lire et écrire, j'avais appris l'arithmétique, l'algèbre, je savais monter à cheval et jouer du violon. Je commençais à m'ennuyer ferme, et je sentais que c'était le moment de devenir adulte. Alors j'ai demandé à mon paternel. « Père, qu'est-ce que je fais maintenant ? ». Il a répondu « Je ne sais pas… Tiens, fais comme moi. Deviens marin. »

Ruth avait du mal à se figurer un Thatch adolescent, le visage imberbe et la mine fraîche, les mains douces comme peuvent l'être celles d'un enfant.

– Souvent, tout ce que nous faisons, nous le faisons pour l'amour de nos pères. Qu'ils soient de sang ou de cœur. Tu veux savoir pourquoi j'ai suivi les traces du mien ?

Il releva les yeux vers Ruth. Elle haussa les épaules. Il glissa son *papelate* entre ses lèvres, et l'alluma en se penchant sur la chandelle posée sur la table.

– J'étais jeune. J'étais creux, insipide, un réceptacle vide qui attendait que la vie et la passion le remplissent. Comme tous les enfants, je n'avais d'autre but que d'être aimé, alors j'ai fait ce qu'on m'a dit.

Il souffla un nuage de fumée au visage de Ruth.

– Je suis devenu marin pour garder l'amour de mon père. Crois-tu que ce soit une meilleure raison que la tienne ? Pourtant, je ne crois pas être présomptueux en disant que je suis devenu un foutrement bon marin. Tu penses que je fais encore tout ça pour mon père ? Bon Dieu, cela fait dix ans qu'il est six pieds sous terre, qu'est-ce que ça m'apporterait ? Non, pour être honnête, mon pauvre paternel se retournerait dans sa tombe s'il savait ce que je suis devenu aujourd'hui.

– Je ne suis pas sûre de voir où vous voulez en venir.

– Si tu te demandes si tu es ce que tu es grâce à ta rencontre avec Bellamy, la réponse est oui, sans aucun doute. Mais en partie seulement… Laisse-moi te rappeler une chose. Tu ne connaissais pas Bellamy quand tu es partie de Londres, n'est-ce pas ?

– … Non.

– Tu n'es pas partie pour impressionner qui que ce soit, je me trompe ?

Ruth ne répondit pas. La seule raison qui l'avait poussé à quitte Londres était un brûlant instinct de survie. Impressionner une potentielle figure paternelle était bien le dernier de ses soucis, à cette époque.

– Tu traceras ta route, comme tous les autres. Tu vas vite te rendre compte que ça fait longtemps que tu n'as plus besoin de Bellamy pour exister ici. Et tu verras comme il est bon et grisant, ce sentiment de liberté, quand tu n'as plus l'ombre du dragon pour te cacher. Bellamy, Dieu ait son âme, n'était qu'une éclipse pour toi, crois-moi. Et à présent qu'il n'est plus entre toi et la lumière, tu vas vite te rendre compte que *tu* es un dragon.

Les mots qui sortaient de la bouche de Thatch glissaient sur elle, comme s'il s'était adressé à une autre personne. Pourtant c'était bien elle, Ruth Wolff, qu'il dévisageait intensément à travers les volutes de fumée de son *papelate*. Qu'est-ce qui pouvait justifier qu'il se montre soudain si amical ?

– Bellamy n'était pas une éclipse pour moi.

Thatch leva les yeux au ciel.

– Arrête, tu parles comme une enfant ! Bellamy ne t'a jamais aidé, ni même soutenu, dans tout ce que tu as pu endurer depuis que tu es ici. C'est ton amour pour lui qui t'a permis de tenir, pas lui. Je suis désolé de te le dire, ma petite, mais je doute que Bellamy ait vu autre chose en toi qu'une flatteuse confirmation de sa valeur. Tu étais l'onguent de son ego.

La colère, et une forme de honte aussi, fit rougir les joues de Ruth.

– Je sais que tu meurs d'envie de me balancer ton poing dans la gueule en cet instant... Ta loyauté t'honore. Et Samuel était mon ami... Mais il n'empêche que c'était un foutu prince. Quelque part, vous étiez faits pour vous entendre... Lui, en quête d'admiration, et toi, en quête d'approbation...

– Qu'est-ce que vous en savez, d'abord ? Vous avez beau jeu d'insulter sa mémoire ! Vous êtes bien pire que lui ! Vous avez tout fait pour me briser, au début ! Vous me traitiez de tous les noms, vous me flanquiez des roustes devant tout Nassau...

Thatch écoutait patiemment, les mains posées sur le bord de la table.

– Et Isla de Pinos, vous voulez qu'on en parle ? Vous avez laissé Blackenshire et deux gars de La Buse me suivre dans les buissons, en sachant pertinemment ce qu'ils voulaient me faire ! Vous avez même interdit à Hands d'intervenir, vous croyez que j'ai oublié ça ?

– Je n'ai jamais pensé que tu oublierais, répondit Thatch avec un calme désarçonnant. Ni ça, ni le reste, d'ailleurs.

Son imperturbabilité laissa Ruth sans voix pendant un instant.

– Laisse-moi te demander une chose, Wolff... Que s'est-il passé après Isla de Pinis ? Après que tu aies tué Du Casse, et que Blackenshire ait pris un pare-à-virer bien mérité ? Est-ce que tu as eu de nouveaux problèmes de ce genre ?

Ruth allait répondre avec véhémence, quand quelque chose la retint. La frise de ses souvenirs se déroula dans son esprit. Bien sûr, la peur d'être violée ne l'avait jamais vraiment quitté. Elle avait continué à se méfier de certains regards, à s'éclipser après un certain nombre de bouteilles vidées... Mais force était d'admettre que depuis cet épisode à Isla de Pinos, les agressions s'étaient considérablement espacées, se réduisant la plupart du temps à quelques remarques scabreuses à peine assumées. Était-ce le fait qu'elle ait tué Du Casse ce soir-là qui avait servi de leçon aux autres ? Plus important encore... En aurait-il été de même si quelqu'un – Thatch ? – était intervenu plus tôt, l'empêchant de tuer Du Casse ?

Par orgueil ou par déni, elle se refusa de répondre.

– Dis-moi encore... Quand tu es arrivée ici, les choses ont été compliquées, au début, n'est-ce pas ? Les marins de Nassau ne t'avaient pas spécialement à la bonne ?

– A qui le dites-vous... Vous en première ligne.

– J'ai été fabuleusement odieux avec toi, j'en consens... Assez odieux pour que tu aies envie de me provoquer en duel.

Il se tut, laissant Ruth apprécier l'ambiguïté de ses paroles. Un autre passé était en train de s'inscrire dans sa mémoire, un passé où la brutalité de Thatch à son égard n'était pas motivée par sa seule et unique tendance à la violence... Elle n'osait y croire, cependant.

Thatch écrasa le mégot de son *papelate* contre la table.

– Dis-moi. Les choses ont-elles été pires ou meilleures pour toi, après ce duel ?

Ruth, les bras croisés sur sa poitrine, sentit sa gorge se serrer.

– Vous vouliez que je vous provoque en duel...

Le regard de Thatch s'alluma de malice.

– Vous vouliez que je gagne...

Elle se rendait compte à présent qu'elle avait bâti toute son assurance sur cette victoire inattendue, exceptionnelle, incroyable. Une victoire truquée...

– Vous m'avez laissé gagner...

Thatch secoua la tête en riant.

– Tu pousses ma logique un peu loin, mon enfant... Qui prendrait le risque de perdre sa réputation en laissant volontairement une gamine la lui voler ?

– Quelqu'un dont la réputation est si solide qu'elle n'aurait su pâtir d'un tel événement. Vous n'y aviez pas grand-chose à perdre. Alors que moi, j'avais tout à y gagner.

Son silence était plus révélateur que tout le reste.

– Pourquoi m'avouer ça maintenant ?

– Peut-être parce que ma mégalomanie est plus forte que ma philanthropie, et qu'il me devenait insupportable d'œuvrer pour t'aider sans en récolter les lauriers. Ou peut-être parce que je tenais à te montrer que tes alliés ne sont pas toujours ceux que tu crois... Va savoir. Ce qui est sûr, c'est que maintenant, tu as largement les épaules pour l'encaisser.

Ruth vit pour la première fois le masque de terreur d'Edward Thatch tomber. Il ne faisait et ne disait rien au hasard. Tout avait un sens, un but. Rien de ce qu'il faisait n'était à mettre sur le compte de la violence gratuite ou de l'impulsivité. Edward Thatch était un stratège, et pas seulement sur une dunette en temps de guerre, elle le voyait à présent.

– Vous m'avez manipulé. Vous manipulez tous ceux qui vous entourent... Vous savez, je ne suis pas convaincue que considérer les gens comme des bêtes à dresser à la dure soit la meilleure façon de les aider.

– Dans un autre monde, peut-être. Mais regarde autour de toi... La violence est partout.

– Justement. Raison de plus pour la combattre.

– Avec quoi ? ricana Thatch. L'amour, peut-être ?

– Par exemple.

– Qui t'a appris ça ?

– Mes amis.

Thatch émit un petit rire moqueur, mais Ruth pouvait voir qu'il était désarmé. Elle se sentit soudain désolée pour lui. Dans sa conception du monde et de l'homme, il avait vraiment essayé de l'aider, elle en était persuadée. Il était triste qu'en dépit de son âge et son expérience, il n'ait pas reçu assez d'amour pour éprouver sa capacité à donner confiance et puissance aux gens qui en bénéficient.

Cependant, il était vrai qu'il avait essayé de l'aider, à sa manière de déranger. Dès le départ, il avait cru qu'il lui faudrait le détester pour se révéler à elle-même. Et cela ne semblait pas le déranger le moins du monde. C'est alors qu'elle comprit que si Samuel Bellamy cherchait à s'attirer l'amour des gens, les motivations de Thatch étaient tout autres.

– Je ne comprends pas. Qu'est-ce que ça vous apporte ?

Thatch sourit d'un air mystérieux, sans répondre.

– Puisque ce n'est pas par amour que vous faites ça... Par ennui, alors ?

– C'est ce que Hornigold prétendait, oui... Mais à choisir, je dirais que c'est par foi. Vois-tu, je suis un grand humaniste... Mais c'est un intérêt détaché, une sorte de curiosité scientifique... C'est ce qui me différencie de Bellamy.

– C'est ce qui vous différencie de la plupart des gens, si vous voulez mon avis.

Thatch perdit un instant son expression finaude et posa sur elle un regard intense.

– Bon sang, jura-t-elle. Si j'avais autant de recul, autant de hauteur sur les gens... Je crois que je ne supporterais pas ça.

– Et pour quelle raison ?

– Je ne sais pas... Je me sentirais très seule, j'imagine.

Ça n'avait pas été le but, mais elle vit que Thatch fut piqué par sa réponse.

– La solitude est le luxe des chefs, mais elle en est aussi le fardeau. Je ne serais pas capitaine si je n'étais pas capable de l'endurer.

Sur ces mots, il se leva. Il allait faire demi-tour quand, se ravisant, il posa une main épaisse et pesante sur l'épaule de Ruth. Elle sentit ses doigts se refermer brièvement sur sa clavicule, et ressentit une chaleur inattendue dans sa poitrine. Quand il franchit le rideau de pluie et disparut derrière, Ruth était toujours immobile sur sa chaise, essayant de digérer tout ce qui venait de se passer.

La pluie s'arrêta enfin, et la soirée commença vraiment, sous la paillote. Maggie et Claire servaient une foule en quête d'amusements et de boisson. Les jacobites de l'équipage de Vane arrivèrent avec leurs instruments. Ils chantaient une chanson de chez eux, à grand renfort de flûte, de violon et d'accordéon. L'air était entraînant, et la petite bande dansait une joyeuse *cèilidh*, danse traditionnelle des Highlands.

Ruth resta un instant seule à sa table, incapable de se mêler à la liesse. C'en était trop. L'absence de Bellamy, de Burke, de Quamino et de tous les autres. La fièvre qui avait failli l'emporter. Le loup qui cicatrisait sur son épaule. La vente de la *Marianne*, la perte de son équipage… Et maintenant, le capitaine Thatch qui prétendait l'avoir aidé en l'insultant et en lui donnant des coups de pied au cul… Cela faisait trop de blessures rouvertes, trop de plaies ravivées par le sel. Ruth décida que pour un soir, juste un soir, plus rien de tout ça n'existerait. Elle laisserait sur cette table pleine de traces de couteau, de taches de graisse et de vin les souvenirs et les cicatrices, les tiraillements de l'âme et les doutes de l'esprit. La chair l'emporterait sur la pensée ; passé et futur seraient noyés dans le rhum. Et elle, Ruth Wolff, se diluerait pour quelques heures dans l'opacité pourpre de la nuit.

Elle acheta une bouteille à Maggie. Pendant qu'elle sirotait son rhum, elle s'intéressa à ce que Maggie faisait : tournant le dos aux clients, elle était en train de transvaser du rhum dans une bouteille de martiniquais vide. Quand la bouteille fut pleine, elle la ferma avec un bouchon de liège et se retourna vers le comptoir, cherchant quelqu'un des yeux.

– Eh ! Plume !

Le second de Charles discutait avec Eddie le Gentil et Cameron. En entendant Maggie l'appeler, il revint vers le comptoir.

– Ton martiniquais, lui dit-elle en lui tendant la bouteille avec un aplomb étonnant.

– Merci, Maggie.

Maggie compta les pièces qu'il avait posées dans sa main.

– Il en manque quatre.

Plume paya et s'éloigna avec sa bouteille. Ruth regardait Maggie d'un air incrédule et légèrement amusé.

– Quoi ? Tu vas me dénoncer ?

– Moi ? Tu connais la règle… Les affaires des autres ne sont pas mes affaires…

Maggie vint s'accouder en face de Ruth et se pencha vers elle pour que les autres clients n'entendent pas.

– Je t'explique. Un jour, Plume et ses copains sont venus me souffler dans les bronches parce qu'ils ont vu que je leur servais du vieux tafia... Évidemment, j'leur ai servi quelque chose de la valeur de ce qu'ils avaient daigné me donner, mais ça, ils n'ont pas voulu l'entendre. J'ai prétendu que de toute façon, ils faisaient les fines bouches, mais que s'ils n'avaient pas vu d'où venait le rhum que je venais de leur servir, ils n'y aurait vu que du feu. Bien sûr, ils se sont indignés... « et pour qui tu nous prends ? Et moi j'bois du rhum depuis que j'sais marcher, et que j'sais faire la différence entre du vieux tafia frelaté et du rhum de première qualité ! »...

Ruth sourit, devinant où Maggie voulait en venir.

– Depuis, chaque fois qu'ils commandent du « bon » rhum, je leur sers du tafia dans une belle bouteille...

– Et ils n'ont toujours rien remarqué.

Maggie se redressa fièrement.

– Évidemment...

Elle guigna vers Plume et ses camarades avec un sourire de roublardise.

– Je les appelle les Palais d'Or.

Ruth éclata de rire. Elle alla se mêler aux danseurs. Jack l'accueillit joyeusement. Elle passa de ses bras à ceux d'Eddie. Rapidement, elle se laissa gagner par l'alcool et la musique. Alors qu'elle dansait, elle remarqua Charles Vane assis à une table où s'amoncelaient des vestiges de bouteilles vides et de poivrots avinés. Charles fumait en regardant les danseurs d'un air morne. Poussée par un élan du cœur – ou du corps, Ruth s'extirpa de la foule dansante et arracha le jeune homme de la table en le tirant par le bras.

– Allez, viens, espèce de fainéant !

Il n'eut pas l'occasion de riposter ou se défendre. Jeté dans la foule des danseurs, il fut forcé de suivre le mouvement pour ne pas se faire violemment bousculer. Ruth riait aux éclats en s'accrochant au goulot d'une bouteille de rhum. La maladresse et l'énergie adolescente que Charles mettait à essayer de comprendre les pas étaient charmantes. Le masque du fier-à-bras taciturne tomba de son visage. Celui du garnement des bas quartiers londoniens tomba aussi, et alors, Ruth rencontra un Charles Vane qu'elle n'avait que rarement aperçu jusqu'à ce jour. Au fur et à mesure qu'il assimilait les pas de danse, il prenait de l'assurance, de l'ampleur dans ses mouvements, et son visage se détendait. Ruth jeta sa bouteille de rhum au loin et se remit à danser, bras dessus bras dessous avec lui. Le vent qui se levait quand il brassait l'air de ses bras portait des effluves de sueur chaude et de goudron. Elle ne l'avait jamais vu aussi léger, aussi jovial. Son rire chantant au timbre profond dépassait en volume la musique. La joie lui allait bien.

Ils s'éloignèrent l'un de l'autre, et Ruth se retrouva avec Galway, et Charles tomba dans les bras de Bonny.

– Tu t'amuses bien, on dirait ! lui cria Galway par-dessus la musique.

– C'est un crime ?

Puis les danseurs se scindèrent en deux lignes, et se croisèrent en sautillant en rythme. Ruth bouscula Scarlett qui riait aux éclats, et tomba nez à nez avec Jack. Bras croisés et mains jointes, ils tournèrent sur eux-mêmes, de plus en plus vite, au rythme des musiciens qui accéléraient la cadence.

– Pas si vite ! criait Jack. Pas si vite !

Au lieu de ralentir, Ruth pressa le pas. Tout tournait autour d'eux, et elle éclata de rire, enivrée par sa propre allégresse. La tête lui tournait et elle sentait qu'ils ne pourraient plus s'arrêter proprement. La musique accéléra encore, eux aussi, et brusquement, elle s'arrêta. A cette même seconde, Ruth et Jack s'effondrèrent l'un sur l'autre. Ils restèrent là à se rouler par terre sans pouvoir s'arrêter de rire, jusqu'à ce que Charles les rejoigne.

– Merci, Charlie, fit Jack en saisissant la main tendue.

Ruth se releva toute seule et épousseta sa chemise. Jack jeta un bras par-dessus l'épaule de Charles, et l'autre par-dessus celle de Ruth.

– Tu n'es pas un ouragan, lui gueula-t-il à l'oreille. Tu es une damnée tornade !

Charles peinait à le maintenir debout. Ivre mort, Jack louchait en essayant de regarder Ruth dans les yeux. Quand soudain, il fut secoué d'un haut-le-cœur.

– Et merde..., grogna Charles. Il va vomir. Viens, espèce d'idiot.

Il arracha Jack à l'étreinte de Ruth et l'éloigna de la foule. À peine s'étaient-ils éloignés de la paillote que Jack s'arrêta, s'appuya sur l'épaule de Charles, et rendit son dernier repas au pied d'un arbre.

– Bon sang, Jack...

Charles tapota dans le dos de Jack jusqu'à ce qu'il ait fini.

– Merci, Charlie... Ça va aller.

– Tu es sûr ?

Pour toute réponse, Jack vomit à nouveau une quantité impressionnante de déjections pestilentielles. Charles, dégoûté, détourna le regard.

Quelques minutes plus tard, il rejoignit Ruth qui buvait à une table avec Galway.

– Comment il va ?

– Il dort sur la plage, dit Charles en s'asseyant à côté d'elle. Il aura un bon mal de crâne demain, mais ça ira.

– Bien.

Galway se leva et partit discuter avec Claire au comptoir, après avoir adressé à Ruth un clin d'œil entendu. Assise à califourchon sur le banc, un coude sur la table, Ruth observa Charles avec un sourire goguenard. Charles se servit une moque de rhum. Le breuvage lui arracha une grimace.

– Pourquoi tu me regardes comme ça ?

– Pour rien. Viens.

Elle l'entraîna à nouveau au milieu des danseurs. Charles la suivit, un drôle de sourire sur les lèvres. Ils dansèrent, et burent et rirent, pendant un long moment. Ruth avait chaud, elle avait perpétuellement envie de rire, les mains de Charles étaient brûlantes, son sourire encore plus. Elle savait à peu près où tout cela mènerait, elle avait l'impression d'avoir le contrôle sur la situation, de tirer elle-même le fil de cette histoire, et cela lui plaisait grandement.

Ils dansaient une bourrée diabolique, l'un guidant l'autre à tour de rôle. L'apogée de la mélodie se faisait sentir, les musiciens accéléraient le rythme, jouaient de plus en plus fort, et les danseurs suivaient en martelant le sol de leurs pieds nus pleins de poussière. Ruth et Charles tournaient, et tournaient, jusqu'à ce qu'enfin, la flûte expire sa dernière note, suivie par le silence du violon et du bodhran. Ruth se tourna vers les musiciens pour applaudir, mais Charles la saisit brusquement par le bras et l'attira vers lui, et avant qu'elle puisse ne serait-ce que respirer un refus, il plaqua sa bouche contre celle de Ruth, sa main enroulée autour de sa taille. Ruth, prise de court, le repoussa violemment, si violemment qu'il en recula d'un ou deux pas.

– Quoi ? dit-il avec brusquerie.

Toute la joie, toute l'allégresse qu'elle avait ressenties jusque-là se mua en une fureur insoutenable.

– Ne-me-prends-plus-jamais, jamais, par surprise ! articula-t-elle, réprimant à grand-peine la tentation de le frapper.

Charles resta coi. Ruth ne pouvait plus le regarder à cet instant. Elle partit en le bousculant d'un coup d'épaule. Galway, qui avait vu la scène de loin, la regarda partir d'un air soucieux.

Comme d'habitude, elle chercha refuge à la maison Asher. Ou plus exactement dans son jardin, car la maison était pleine à craquer de clients. Elle se mit à arpenter le terrain, fulminant comme une lionne. Ce foutu Charles avait tout gâché. Est-ce qu'elle aurait aimé que la soirée se termine différemment ? Oui, évidemment. Mais est-ce qu'elle acceptait pour autant d'être dépossédée du plaisir de décider, pour la première fois de sa vie, de quand et où ça se passerait ? Non, certainement pas ! De rage, elle donna un coup de pied dans un rondin de bois.

– Arrête, tu vas fendre cette bûche en deux, si tu continues, fit la voix de Galway derrière elle.

Il s'avançait vers elle, les mains dans les poches, un sourire sur le visage.

– Les hommes sont tous de foutus pirates, tu l'sais ça ?

Galway s'arrêta devant elle.

– Je le sais. Et les pirates sont les pires. Allez, assis-toi.

Il se laissa tomber dans la balancelle qui trônait sous le tamarinier. Ruth l'imita. Les pieds plantés dans le sol, les coudes posés sur les genoux, elle continuait de renâcler mais en silence. Galway l'observait, impuissant. Il poussa un soupir, sortit une pipe et de quoi la bourrer.

– Tabac ?

Ruth secoua la tête et son regard se perdit à nouveau dans le vague.

– Tu veux un peu de cacao ? Je crois qu'il en reste à l'intérieur...

De nouveau, elle secoua la tête. Une brise nocturne la fit frissonner.

– Une couverture ?

Cette fois, Ruth ne prit même pas la peine de répondre. Galway leva les yeux au ciel, comme s'il y cherchait une aide quelconque.

– ... Un câlin ? proposa-t-il d'un ton hésitant.

Ruth fronça légèrement les sourcils devant l'incongruité de cette proposition. Elle tourna la tête vers lui, l'air dubitatif, comme s'il venait de sortir quelque plaisanterie mal placée.

– Tu veux ?

– Non ! répondit-elle, comme si c'était une évidence.

Elle se laissa tomber dans la balancelle. Ses pieds quittèrent le sol, et la balancelle put enfin opérer son doux mouvement d'oscillation. Galway tétait sa pipe, les yeux levés vers la frondaison du tamarinier.

– Tu sais, les hommes, c'est comme des enfants... Faut pas s'attendre à ce qu'ils comprennent tout dès le début... Surtout les enfants comme Charles Vane...

– Oh, la ferme...

Et elle vint se blottir près de lui.

– Si c'est pour dire des conneries pareilles, j'aime autant le câlin...

Galway rit silencieusement de l'orgueil buté de son amie, et passa un bras par-dessus ses épaules.

⁂

La fin de la semaine arriva, et avec elle celle de la buée. Le dimanche, une fête s'improvisa derrière la maison Asher. Les femmes avaient étendu les draps un peu partout entre les arbres : c'était la dernière phase de la buée, le « Paradis ». Le vent les faisait doucement onduler dans la lumière éclatante de cette belle journée ensoleillée.

On avait dressé une immense table de banquet dans le jardin. Les femmes y étaient installées, au milieu des carcasses de poulet, des fonds de ragoût et d'igname, des légumes grillés et du poisson fumé. Des bouteilles de rhum, de madère, de porto et de cognac étincelaient au soleil, vides. Les femmes, égayées par l'alcool, parlaient et riaient très fort. Elles mordaient à pleines dents dans des fruits exotiques qui débordaient des corbeilles. Des enfants en bas âge couraient de l'une à l'autre, ou les uns après les autres. Une ou deux filles étaient en train d'allaiter leur bébé, sans interrompre pour autant le cours de leur discussion.

Quand Charles et ses hommes débarquèrent dans ce joyeux capharnaüm, ils marquèrent un temps d'arrêt, surpris de l'animation qui régnait.

– Les voilà ! cria alors madame de Prado en les accueillant à bras ouverts ! Approchez, messieurs, approchez donc !

La maquerelle, légèrement obséquieuse, les invita à se mélanger à la tablée.

– Regarde la De Prado, ricana Ann à l'oreille de Ruth. Elle manque jamais une occasion de faire du commerce, celle-là !

– Si c'était un homme, ça serait le plus redoutable armateur des Indes Occidentales…

– On dit que dans son pays, elle a renversé le Conseil du gouverneur.

Les deux amies pouffèrent de rire.

– Les filles, regardez les gros poissons que voilà ! ricana Scarlett en faisant une place à Poi-pois près d'elle.

Avant que ses hommes ne soient tous hameçonnés par une de ces filles, Charles se pencha à l'oreille de son quartier-maître.

– Eddie, dis aux Écossais de venir un instant à l'intérieur, nous avons des choses à régler.

– D'accord.

Eddie récupéra ses matelots comme un chien ramènerait ses moutons à la bergerie. Pendant ce temps, Charles attendait près de la porte de la maison. Il aperçut Ruth, qui bavardait en riant avec Bonny. Elle avait attaché ses cheveux en arrière, et le soleil caressait sa nuque dorée et gracile. Elle portait une chemise blanche et vaporeuse, un peu grande pour elle, qui laissait deviner ses formes à chaque fois que le vent la faisait faseyer. Elle croisa alors son regard. Il se tenait trop loin pour voir au fond de ses yeux l'ombre des regrets obscurcir à grand-peine la lueur de son désir. Le visage en feu, il rejoignit ses hommes à l'intérieur.

– Bien, messieurs, vous savez pourquoi vous êtes ici, commença Eddie. Vous allez signer le contrat de chasse-partie de notre Compagnie. Je tiens à vous rappeler que ce contrat engage votre personne et la Compagnie, que vous comme elle avez des droits et des devoirs l'un envers l'autre. Vous devez aussi savoir qu'en cas de manquement à l'un de vos devoirs, de faute grave ou d'incident nécessitant l'intervention du Conseil, ce Conseil sera juge et partie à la fois. En raison des évidents conflits d'intérêts que cela peut entraîner, je ne peux que vous encourager vivement à respecter scrupuleusement les clauses que nous allons vous énoncer.

– Et ce Conseil, qui le compose ? demanda MacIain.

– Le Conseil, c'est l'équipage.

Eddie ouvrit son carnet – un pauvre cahier abîmé aux pages déchiquetées – et en sortit un parchemin plié en quatre. Il le déplia et lut le contrat de chasse-partie à haute voix.

– Messieurs O'Flaherty, poursuivit-il, vous avez été élus l'autre soir charpentiers du bord. Pour cette raison, vous bénéficiez d'une part et demi. Les matelots touchent une part.

Eddie continua en énumérant le nombre de parts de prise pour chaque fonction du bord, les parts du pot commun touchées par un homme blessé, puis il lista les règles de la vie du bord : accès illimité aux liqueurs du bord, devoir de tenir ses armes propres et prêtes à l'usage, avantages accordés à celui qui aperçoit une voile en premier...

– En ma qualité de quartier-maître, vous vous adresserez à moi pour résoudre toute querelle. J'en serai le médiateur, et je déciderai si le problème nécessite d'aller à terre régler cela en duel ou si cela peut être apaisé par une conciliation à bord.

– C'est du sérieux ! souffla MacIain.

– Tu sais, en mer, tu as vite fait de voir une petite escarmouche souffler tout un navire comme si un man-of-war l'avait fait exploser.

Après quelques questions pratiques et logistiques, chaque nouvelle recrue se vit confier le parchemin, une plume et un encrier. Ils relurent le contrat avant de signer. Jamie O'Flaherty sembla buter sur un passage et se tourna vers Charles, qui était son voisin le plus proche. Il lui montra un mot à moitié effacé.

– Qu'est-ce qu'il y a écrit, là ?

Un sentiment d'embarras chauffa les joues de Charles. Il prit le parchemin et fit semblant d'essayer de déchiffrer le mot illisible. D'un seul coup, il avait l'impression que tous les regards étaient fixés sur lui, prêts à juger et condamner. Le fait de ne pas savoir lire ne l'avait jamais dérangé avant d'être capitaine. Depuis, c'était devenu pour lui un sujet de honte, quelque chose qu'il voulait dissimuler à tout prix.

Comme il se cachait derrière le parchemin pour camoufler sa gêne, Plume le tira de ce mauvais pas.

– Fais voir ?

Charles lui tendit le parchemin. Plume lui-même eut du mal à déchiffrer le mot en question. Du moins, c'est ce qu'il prétendit devant les autres.

– Je crois qu'il est écrit « contraint »... « *chacun de nous reconnaît s'être engagé de son plein gré, sans avoir été contraint d'aucune façon.* »

Quand tous eurent apposé leur signature, Eddie frappa dans ses mains.

– Bien ! Vous voilà donc officiellement membre de la Compagnie du *Shelter*, capitaine Vane ! Allez donc fêter cela dignement !

Ils échangèrent des poignées de main et de vigoureuses claques dans le dos, et retournèrent dans le jardin. Avant qu'ils ne sortent, Plume glissa à Charles :

– Ils finiront par s'en apercevoir tôt ou tard, tu sais...

Charles ne répondit pas. Bien sûr qu'il le savait.

Dans le jardin, la fête battait son plein. Bonny jouait du *fiddle*[1] *1*, tandis que Daisy frappait le bord de la table du plat de la main, en rythme. Venise et Flamingo chantaient un chant de lavandière.

1. *Fiddle* : violon, quand il est joué dans un cadre populaire

Le jardin était envahi d'hommes et de femmes titubant, chantant et riant sous la frondaison de l'imposant tamarinier. Adossée au tronc épais, Ruth fumait la pipe. Elle regardait les gens danser au rythme de la musique, un petit sourire au coin des lèvres. Elle croisa le regard de Jack, qui la rejoignit.

– Dis donc, Wolff. Tu me montrerais ton épaule une seconde ? Juste pour m'assurer que ça cicatrise correctement.

Elle remonta la manche de sa chemise pour lui monter les contours de la tête de loup ancrée sous sa peau. Jack observa attentivement son travail.

– Tu permets ?

– Vas-y.

Il passa le bout de ses doigts sur la plaie.

– C'est parfait. Je dirais même qu'il fait partie de mes chefs-d'œuvre ! Surtout, ne gratte pas les croûtes, c'est clair ? Ou je te colle une paire de moufles sur les paluches !

– Promis.

Elle regardait sans les voir les gens danser autour de l'arbre. Son sourire se tordit en rictus amer.

– C'est bizarre… Depuis que nous sommes rentrés, j'ai tout le temps l'impression qu'il manque des gens. Quand on fait la fête, quand on travaille, quand on joue aux cartes… J'ai cette espèce de vide dans le ventre, et dans la tête. Je sais que tout le monde est là, mais je ne vois que des chaises vides… Tu vois ce que je veux dire ?

Jack, les sourcils froncés de compassion, hocha lentement la tête.

– Je rêve d'eux, toutes les nuits… Et tous les matins, je les perds à nouveau.

Jack s'adossa à son tour contre le tronc du tamarinier.

– C'n'est pas juste, ce qu'il s'est passé. Qu'ils aient tous disparu si brutalement… Alors qu'ils n'avaient plus qu'à profiter de leur butin…

Ruth le remercia dans un soupir. Quelque chose la démangeait, et ça n'avait rien à voir avec le loup gravé dans sa peau.

– Ils n'ont pas tous disparu, tu sais.

– Oui, vous êtes revenus. C'est une chance.

– Non, je veux dire… Il y a eu d'autres survivants.

Il posa des yeux interrogateurs sur elle.

– Où est-ce qu'ils sont, alors ?

– En prison.

Les sourcils de Jack se froncèrent. Il se rapprocha d'elle, perplexe.

– Je ne comprends pas, Ruth… Qu'est-ce que vous foutez là, alors ?

Son ton était dur, presque insolent.

– C'est ce que je commence à me demander.

– Bon sang… Si moi, je croupissais dans une prison, je crois que la seule chose qui me ferait tenir, c'est l'idée que mes camarades soient là, dehors, à tout faire pour tenter de me faire évader !

Ils virent alors Charles Vane fendre la foule des danseurs pour rejoindre la table. Il ne manquait pas d'élégance, dans sa chemise blanche à peine sale, et son gilet vert bouteille. Quelques cheveux blanchis par le soleil dépassaient de son catogan.

Jack le regarda s'asseoir et se servir un verre de cognac. Il ne lui avait toujours pas demandé… Pourtant, s'il voulait se renflouer, il allait devoir y passer, Ann avait raison là-dessus.

– Tu m'excuses une minute ?

Ruth acquiesça. Jack alla s'asseoir à côté de Charles qui venait d'entamer une cuisse de poulet. Il eut un mouvement de recul en voyant Jack si près de son visage. Jack planta ses yeux vert-de-gris dans les siens et lui ordonna plus qu'il ne demanda :

– Enrôle-moi sur le *Shelter.*

Charles interrompit sa mastication, ouvrit de grands yeux avant d'éclater de rire.

– C'est pour ça que tu nous suis partout depuis qu'on est rentrés ? Tu préparais le terrain, hein mon salaud ?

Pour une fois, Charles faisait preuve de perspicacité. Mais Jack se garda de lui faire remarquer. Il se contenta d'attendre sa réponse, le visage grave. Charles déglutit et but une gorgée de cognac.

– D'accord…, lâcha-t-il en essuyant ses mains pleines de graisse sur son gilet. À une condition.

– Laquelle ?

– Que tu m'apprennes à lire.

Pour toute réponse, Jack sourit avec bienveillance.

Pendant tout le repas, Charles évita soigneusement Ruth, sans pouvoir s'empêcher de guigner vers elle à chaque fois qu'elle passait dans son champ de vision. Et cela ne lui échappa pas. Elle sirotait son cacao dans un coin, quand elle vit Charles se lever et quitter l'assemblée. Une drôle de sensation se creusa au fond de son ventre, une sorte de vide résonant de l'écho sinistre des actes manqués. Le visage de Samuel s'imposa à elle, et avec lui tout ce qu'elle ne lui avait pas dit ni fait. Tout ce qu'elle n'avait pas vécu.

Charles contourna un cocotier et disparut derrière les draps qui séchaient dans la brise. Ruth le suivit. Elle passa derrière le premier drap, mais il n'y était pas. Elle écarta le deuxième avec maladresse, faillit se prendre les pieds dans le troisième, et quand elle crut qu'elle l'avait perdu de vue, elle l'aperçut en train de se faufiler entre deux autres draps.

– Charles !

Elle s'arrêta devant lui. De le voir là en face d'elle, cela fit remonter un bouillon d'émotions brûlantes et pour le moins contradictoires… Et il restait là, à la dévisager d'un air inexpressif. Elle pouvait presque voir les muscles de sa mâchoire rouler sous ses joues. Il avait la mâchoire d'un bovin. Le regard d'un bovin. Et ses sourcils… Comment était-ce possible d'en avoir si peu ? Deux pauvres traits filasse de poils parsemés…

– Quoi ?

Ruth sortit de sa torpeur.

– Dis-moi, tu… Tu as compris pourquoi je t'ai envoyé sur les roses l'autre jour ?

Charles oscilla d'un pied sur l'autre, mal à l'aise. Il ouvrit la bouche mais aucun son n'en sortit.

– Eh bien ?

– J'pensais que c'était ce que tu voulais ! s'exclama-t-il en ouvrant les mains vers le ciel.

– Mais *c'était* ce que je voulais !…. Mais pas comme ça !

Charles la dévisagea d'un air hébété.

– Quoi ? répéta-t-il.

– Bon sang, je n'en reviens pas d'avoir cette conversation… À ton avis, combien de fois des hommes m'ont touché en me demandant mon avis, hein ? Combien de fois ai-je eu l'occasion d'aller vers un homme de mon plein gré, combien de fois ai-je eu ne serait-ce que le *temps* d'en choisir un, en mon âme et conscience ?

– Je… je ne…

– Jamais ! Pas une seule fois, Charles ! Vous… vous passez votre temps à vous approprier tout ce qui vous tombe sous la main, bateaux ou femmes, mais pour l'amour du Ciel, est-ce que pour une fois dans ta vie tu pourrais simplement demander avant de t'accaparer quelque chose ? Hein ?

Charles avait reculé d'un pas devant le courroux de Ruth, comme s'il craignait qu'elle se mette à le frapper. Alors que, bien malheureusement, c'était la dernière chose dont elle avait envie. Il regarda autour de lui en se grattant la nuque, mais son regard ne tomba que sur des draps, partout des draps plus ou moins blancs, séchant au soleil. Il finit par capituler.

– Qu'est-ce que tu attends de moi, alors ?

Ruth ne s'était pas attendue à cette question.

– Eh bien, que… Que tu arrêtes d'essayer de m'attraper comme… Comme tu attraperais une proie !…. Que tu me laisses venir !

– Très bien !

– Bien !

Elle avait dit ça avec toute la provocation qu'elle était capable de faire résonner dans son intonation, mais sa voix tremblait un peu. Charles soutenait son regard, pour la première fois depuis longtemps. Et elle, Ruth Wolff, la louve de la *Whydah*, se découvrait une timidité insoupçonnée. Elle hésita un instant, très fugace, à partir, à courir vers la maison, fuir. Fuir plutôt que prendre la responsabilité de ses désirs... Mais c'est son orgueil qui l'en empêcha, un orgueil opportun, une fois n'est pas coutume.

Elle s'avança vers Charles, se raccrochant à ses prunelles noisette pour ne pas flancher. Il ne recula pas, cette fois. Debout, les bras ballants, droit comme un mât. Quand il sentit le souffle de Ruth sur son visage, il ferma les yeux. Elle prit son visage dans ses mains. Fut surprise de la taille de sa tête, qui paraissait si large entre ses paumes. Elle caressa du bout des doigts et des yeux chaque courbe de son front, ses pommettes, son menton, son cou, sa gorge... Sa propre gorge était sèche comme du papier.

Ruth promena ses doigts sur la bouche de Charles, ses lèvres rosées, craquelées par le sel et le soleil. Charles laissa échapper un soupir de plaisir. Sans rouvrir les yeux, il vint respirer le visage de Ruth, d'une façon presque animale.

– Embrasse-moi... S'il te plaît...

Jamais Ruth n'aurait pensé qu'un simple « s'il te plaît » puisse être aussi érotique.

X

Le souffle du dragon

Je ne sais si c'est mon esprit embrouillé par le rhum et la fatigue, mais Bellamy me murmure des choses, parfois. Il me fait du chantage affectif, ce salaud, et c'était bien son genre. Prétendant que si j'ai jamais été son ami, alors je sais ce que j'ai à faire. Que c'est une question d'honneur, et que si je n'agis pas, je traînerais cette marque en moi, la plus honteuse des cicatrices... Alors, pauvre pomme, moi je l'écoute. Je me mets à accorder plus de crédit aux désirs des fantômes qu'à la raison des vivants...

À l'instant où j'écris ces lignes, une bande mauve sur l'horizon inquiète les hommes. Le vent nous l'amène, et je ne doute pas qu'avant ce soir, un méchant coup de chien s'abattra sur New Providence. Il est trop tard pour lever l'ancre sans risquer de tomber dans le mauvais temps une fois au large. Mais du reste, nous l'étalerons à terre, ce qui n'est finalement pas si mal.

Pour l'heure, le soleil écrase de sa chaleur impitoyable chaque recoin de l'île. Quelques-uns des gars et moi-même avons trouvé refuge à l'ombre de notre tente, sur la plage. J'ai chargé Hands et trois ou quatre gars de mettre à l'abri tout ce qui, sous la tente, serait menacé par la tempête à venir. Pendant que ceux-là font des allers-retours de la tente au village avec notre cargaison, une équipe est à bord, occupée à caler bas les mâts de perroquets et de hune et à doubler le mouillage. Autour de moi, pendant que j'écris, les plus aguerris du bord profitent de leurs privilèges d'ancienneté pour économiser leurs forces et se délasser en jouant ou en bricolant. Le vieux Giuseppe écrit des lettres, comme d'ordinaire, ses petites lunettes posées sur le nez lui donnant un air de professeur à la retraite. Personne ne sait à qui il écrit ces lettres, ni comment il les envoie. Je suis sûr qu'il emportera ce secret dans la tombe, le salaud.

Un coup de canon venant du passage ouest de la rade fit légèrement tressauter la plume du capitaine Thatch. Giuseppe leva le nez de son papier à lettres. Les autres interrompirent leur jeu de dés et portèrent leur regard vers le petit panache de fumée qui s'élevait à l'entrée de la rade. Bientôt, il dévoila un trois-mâts qui arrivait vent arrière, sous huniers et foc.

Thatch ferma son carnet et le rangea soigneusement dans son petit coffre, qu'il verrouilla avec la clé qu'il portait en pendentif autour du cou.

– La lunette.

Giuseppe tendit l'instrument au capitaine.

– Il a une drôle d'assiette, fit remarquer Charpente, les mains sur les hanches.

– Cargaison mal arrimée… Ou voies d'eau.

– Pourquoi est-ce qu'il porte seulement une voile d'avant ? se demanda Bretelle à voix haute.

Thatch en voyait plus qu'eux à travers la longue-vue.

– Il n'a plus de bout-dehors. Il a subi de sérieux dégâts, on dirait. Et c'est bien dommage, parce que c'est un sacré beau bateau, où je n'y connais rien.

Une lueur de convoitise s'alluma dans son regard de reptile. Une bourrasque de mauvais augure souffla dans ses cheveux. L'air était pesant et lourd.

– Sortez quelque chose à boire et à manger pour ces hommes qui arrivent.

Une demi-heure plus tard, une douzaine d'inconnus, tous fourbus et assoiffés, s'étaient massés sous la tente de Thatch. Ils avaient accueilli le rhum avec joie, et l'eau douce avec plus d'enthousiasme encore. Pendant qu'ils dévoraient à pleines dents le pain d'igname et le porc salé qu'on leur avait servi, ils racontèrent leurs péripéties.

– On cinglait vers le sud, quand on a croisé la route d'un gros navire. Leur capitaine l'a pris pour un navire marchand, et a donné l'ordre de le prendre en chasse. Le second a tenté de le mettre en garde, mais en vain. Et ça n'a pas raté, le navire marchand s'est avéré être un navire de guerre… On a essayé de se défendre un moment, mais on a rapidement dû s'avouer vaincus. Notre adversaire était mieux armé, et mieux entraîné. Le navire a essuyé quelques méchants coups… Deux boulets ont transpercé le pont de batterie, et les canonniers ont littéralement volé en éclats avec les éclisses et les bouts de bois. C'était pas beau à voir… Le capitaine a tout juste eu le temps de donner l'ordre de battre en retraite, avant qu'un boulet ravage la dunette.

– La barre a volé en éclats, et le capitaine a été projeté au bas de la dunette. Il s'est cassé plusieurs côtes, et a une vilaine plaie sur le bras. Nous avons perdu la moitié de nos hommes… J'ignore comment nous avons réussi à manœuvrer pour mettre à la voile, au milieu de ce carnage… Nous avons fait route aussi vite que possible jusqu'ici.

Thatch écoutait avec attention.

– Comment s'appelle votre capitaine ? demanda-t-il.

Les deux hommes échangèrent un regard furtif. Furtif, mais pas assez pour la vivacité de Thatch.

– Edwards, monsieur, fit l'un d'eux. Notre capitaine s'appelle Edwards.

– Mais il est gravement blessé. Le second étant mort au combat, c'est un des lieutenants qui commande en attendant que le capitaine soit sur pieds.

– Je vois…, susurra Thatch. Et votre navire, comment il s'appelle ?

– La *Revenge*, répondit un homme dont l'oreille était enveloppée de bandages.

– La *Revenge*, répéta Thatch dans un souffle. Un nom bien évocateur. Un nom symbolique pour gens de notre métier…

Un silence s'installa, seulement brisé par le son des mâchoires déchirant les épaisses tranches de porc salé.

– Quel marin digne de ce nom envoie son équipage sabre au clair contre un navire de guerre ? s'emporta Cunningham.

L'un des rescapés se mit à grommeler :

– C'est bien le problème, m'sieur… Le cap'taine n'est pas marin.

Son camarade lui assena une tosse sur le crâne.

– Quoi ? Il faut bien qu'ils sachent ! Tu crois que j'ai pas honte d'avoir un capitaine qui sait pas reconnaître le mât de misaine de l'artimon ? Il nous jette dans la gueule du loup, et on ne l'a pas vu une seule fois sur le pont depuis !

– Et vous savez qu'on est payé au salaire, et non à la part ? s'indigna un autre.

Cette information souleva quelques réactions de surprise chez leurs hôtes. Sentant la conversation déraper, Thatch se leva.

– Bon, j'en ai suffisamment entendu. Messieurs, veuillez économiser vos forces et gardez votre salive pour mastiquer la semelle ingrate que nous avons osé vous servir, et qui se prétend viande. Votre capitaine Edwards… Est-ce qu'il est en état de parler ?

– Comment voulez-vous qu'on le sache ? On l'a pas vu depuis…

Il fut coupé par une nouvelle tosse de la part de son collègue, qui répondit à sa place.

– Le lieutenant en charge continue de lui faire un rapport de ce qui se passe sur le pont, et descend régulièrement quérir son aval sur telle ou telle décision… Alors je suppose qu'il est en état de parler, oui.

– Bien, je vais aller le voir. Si votre navire est aussi atteint qu'il en a l'air, vous aurez besoin de bras pour le remettre en état. Charpente, tu viens avec moi.

- Pourquoi moi, monsieur ?

– Eh pourquoi pas, hein ? Allez, faites pas d'histoires et hâtez-vous. Le mauvais temps approche.

En effet, la bande nuageuse sur l'horizon s'élargissait de minutes en minutes, et prenait une teinte grise métallique. Pendant que quelques gars repoussaient le canot de la *Revenge* à l'eau, Thatch s'approcha de Charpente et lui dit sur le ton de la confidence :

– Pendant que je discuterai avec leur capitaine, tu seras avec l'équipage. Je veux que tu observes bien ce navire, et que tu me dises ce que tu en penses. Fais l'innocent, demande-leur, l'air de rien, si on peut te faire visiter les ponts inférieurs. Note tout ce que tu peux concernant l'état de la carène. Essaie d'avoir des informations précises sur les travaux de réparation qu'il y a à faire. Et plus important, renseigne-toi sur ses qualités en mer. Est-ce qu'il remonte bien le vent ? Est-ce qu'il est équilibré, maniable ? Glane tout ce que tu peux glaner comme information.

– D'accord, capitaine, mais... Enfin, vous ne pensez tout de même pas arraisonner un navire appartenant à d'autres gentilshommes ? Les hommes n'apprécieront pas...

– Qui te parle de l'arraisonner ?

Il sourit de ses dents jaunies par le tabac.

Les quartiers du capitaine Edwards étaient d'un confort sommaire, mais très élégamment décorés. Le pilier de cette décoration résidait sans aucun doute dans l'incroyable variété de livres qui garnissaient les équipées. Locke et Platon côtoyaient les grands noms de l'arithmétique politique, les traités de navigation et d'astronomie voisinaient des manuels de biologie, des recueils de poésie... La littérature classique n'était pas en reste : théâtre italien, poésie anglaise, romans français... Cet homme n'était peut-être pas marin, mais il semblait avoir très bon goût. Encore fallait-il qu'il ne soit pas de ces imposteurs qui garnissent leur bibliothèque de livres savants pour l'esthétisme et l'esbroufe, mais qui ne sont pas capables d'en extraire la moindre science.

Le capitaine Edwards était torse nu, assis à la chaise de son bureau, et son médecin changeait le bandage de son épaule. C'était un homme jeune, une trentaine d'années tout au plus, au port altier. S'il n'avait pas eu ce bras en écharpe et ces multiples contusions sur le buste et le visage, il aurait pu poser pour un sculpteur grec.

– Capitaine Thatch, je suis ravi de faire votre connaissance. Aïe !

– Désolé, capitaine, marmonna le docteur.

– Mon quartier-maître m'a dit que vous avez reçu mes hommes avec les égards, et je vous en suis reconnaissant...

Sa voix s'étrangla sur la fin de sa phrase quand le docteur serra le bandage, comprimant la blessure.

– Évitez de bouger, capitaine. Tenez, pour la douleur. Et restez tranquille, surtout !

Le docteur donna au capitaine un petit flacon que Thatch reconnut comme étant du laudanum. Le capitaine en but quelques gouttes. Il grimaça et ses joues reprirent des couleurs.

– Merci, docteur. Vous pouvez disposer.

Une fois qu'ils furent seuls, Edwards se leva péniblement et passa une chemise, le visage crispé de douleur, Thatch détourna le regard, par pure courtoisie.

– « C'est la maladie qui rend la santé agréable », récita-t-il d'une voix encourageante.

Le capitaine Edwards esquissa un sourire enjôleur.

– J'apprécie votre soutien, capitaine Thatch. Mais même Héraclite aurait revu ses propos, s'il s'était retrouvé avec quatre côtes cassées et une épaule fracturée.

La vraie vie est parfois plus binaire qu'un essai de philosophie. La douleur est là pour nous le rappeler.

Il invita Thatch à s'asseoir et leur servit à tous deux un verre de rhum.

– N'est-ce pas justement la raison d'être de la philosophie ? De raisonner en partant de la vraie vie ? lança Thatch.

Edwards fit une moue.

– Il est plus facile de raisonner depuis le salon d'une bibliothèque que dans les tourments de la vie en mer.

– Justement. N'est-ce pas un peu trop facile ? L'éducation et la raison ne sont rien si elles ne sont pas mises à l'épreuve par les expériences de notre vie sensible.

Le sourire d'Edwards tomba.

– Platon n'aurait pas été d'accord avec vous, dit-il, visiblement vexé.

– J'en ai conscience, oui.

Thatch sentit Edwards se refermer. Il essaya de capter à nouveau son intérêt.

– Toujours est-il que vous semblez avoir étudié la question.

Le visage du capitaine Edwards se voila.

– Après la mort de mon fils, oui… J'avais besoin de trouver un sens à… Tout cela.

Il fit un vague geste de la main.

– Toutes mes excuses, dit Thatch. Je ne voulais pas remuer des souvenirs houleux.

– Il n'y a pas de mal.

Thatch choisit ce moment précis, où il était légèrement déstabilisé par son passé douloureux, pour lui poser la question qui le taraudait, de but en blanc :

– Quel est votre nom, capitaine ?

Edwards sursauta presque sur sa chaise. Il se raidit et planta ses yeux dans ceux de Thatch. Ce dernier eut envie de rire devant la transparence de son attitude, mais il s'en retint.

– Mon prénom, vous voulez dire ? John. John Edwards.

Thatch se mit à rire avec une indulgence presque condescendante.

– Non, non, non, dit-il en secouant la tête. Votre *vrai* nom.

Il enfonça ses yeux inquisiteurs dans ceux d'Edwards. Il souriait toujours, mais son regard était intransigeant. Edwards se retenait de déglutir, il pouvait le voir. En une fraction de seconde, Thatch prenait l'ascendant sur lui. C'était une stratégie imparable. Arriver en se montrant aussi courtois et naïf que possible, faire la conversation, créer du lien, voire même un début de complicité, jusqu'à assener le coup fatal. Faire dégringoler le présomptueux qui pensait être au-dessus de tout soupçon, et le regarder redevenir un petit enfant pris en flagrant délit de mensonge.

Edwards était aussi indécis qu'un chevreuil face au fusil d'un chasseur. Il allait flancher, ce n'était plus qu'une question de secondes… Thatch vida tranquillement son verre de rhum. S'en resservit un autre. Faisant preuve de la plus extrême diligence, il s'osa même à en proposer à Edwards, d'un simple regard interrogateur. Mais celui-ci était trop occupé à réfléchir à sa réponse pour daigner même répondre.

Thatch trempa ses lèvres dans le verre. Des gouttes de rhum perlaient dans sa moustache.

– Je vais vous expliquer quelque chose, capitaine, reprit-il. Et je dois dire que je suis un tantinet agacé, parce que vous devez être le cent-cinquantième homme à qui je répète ça, depuis deux ans.

Il avança brusquement le buste vers Edwards, et vissa ses yeux dans les siens.

– Si vous voulez que l'on vous fasse confiance, il vous suffit d'inspirer la confiance. C'est aussi simple que ça.

L'expression d'Edwards ne présentait plus aucune bonhomie. Il avait l'air vexé, et profondément mécontent.

– Les faux noms, c'est pour les malfaiteurs. Que vous soyez un malfaiteur pour les autorités, je n'en doute point. Mais vous n'avez aucune raison d'apparaître sous un faux nom devant moi, à moins que vous ne prépariez un mauvais coup à mon encontre. Est-ce le cas, capitaine ? Vous préparez un mauvais coup ?

Comme Edwards ne répondait pas, Thatch insista.

– Dites-moi franchement ! s'exclama-t-il avec une fausse bonhomie. Est-ce que vous préparez un mauvais coup ? C'est une question simple !

Edwards grommela quelque chose.

– Comment ?

– Bien sûr que non…

– À la bonne heure ! s'exclama Thatch en ouvrant les bras. Alors, reprenons depuis le début, voulez-vous.

Il tendit la main vers le capitaine.

– Enchanté, monsieur. Je suis le capitaine Edward Thatch. Vous êtes ?

Sans lui demander son reste, Thatch saisit la main du capitaine de la *Revenge* et la serra d'une poigne puissante.

– Stede Bonnet, souffla l'autre d'une voix éteinte. Major Stede Bonnet.

Un sourire de victoire élargit la face de Thatch. Il continuait de secouer vigoureusement la main de Bonnet.

– Je suis… ravi de faire votre connaissance, *Major*, lâcha-t-il avec emphase.

Thatch leur resservit un verre de rhum à chacun. Bonnet avait du mal à suivre la cadence. Il vida son verre en réprimant un haut-le-cœur, et laissa Thatch le resservir avec une mauvaise grâce évidente.

– À notre rencontre ! Que le Seigneur l'ait orchestré pour le meilleur !

Ils trinquèrent et vidèrent de nouveau leur verre. Bonnet semblait sur le point de rendre, ce qui amusait beaucoup Thatch. Il remplit leurs verres et ignora le geste sans équivoque de Bonnet qui essayait de lui faire comprendre qu'il ne voulait plus de rhum.

– C'est marée basse, capitaine Bonnet, déclara-t-il en agitant la dame-jeanne vide.

– Oh… Vous… vous en voulez plus ?

Il tenta de se lever, mais le rhum et ses blessures le firent tituber et retomber dans sa chaise.

– Ne vous fatiguez pas, capitaine. Rappelez-vous ce que le docteur vous a dit. Restez ici, et je vais ramener de quoi nous remettre à flot.

Thatch sortit de la pièce et attrapa un matelot à qui il confia la dame-jeanne vide avec ordre de la lui ramener remplie. Puis il s'entretint avec Charpente dans la coursive.

– Le plus gros des dégâts reste au niveau des œuvres mortes. Mais une mise au sec sera tout de même nécessaire.

– Des tarets ?

– Non, pas d'après le charpentier du bord. Mais il y a deux impacts de boulets sous la ligne de flottaison.

Thatch hocha la tête.

– À combien de temps estimes-tu les travaux ?

– Le charpentier parle de trois semaines, mais c'est sans compter sur la participation de nos gars… Si on trouve pas d'autres avaries d'ici là, je tablerai sur dix jours.

– Dix jours ?

Charpente fit une moue en levant le regard.

– Dix jours, oui.

Thatch hocha la tête.

– Bon, bon. Et le bateau, de manière générale, qu'en as-tu pensé ?

Le visage par ailleurs renfrogné du charpentier s'éclaira d'une lumière passionnée que Thatch connaissait bien.

– Ah, ça, c'est un sacré marcheur, à c'qu'ils disent ! Douze nœuds au portant, des pointes à quinze nœuds ! Il cale à peine six pieds. Ils ont fait un mouillage à Cape Fear, vous imaginez ? C'est un vrai labyrinthe de bras de mer aussi traîtres que nombreux, là-bas… Bon, ils ont quand même touché, mais paraîtrait que ça serait à cause du capitaine, qu'a pas jugé utile de faire des relevés de sonde réguliers…

– Tiens, et d'ailleurs, qu'est-ce qu'ils en pensent, de leur capitaine ? Est-ce qu'ils sont tous du même avis que les gars qui nous ont parlé sur la plage ?

Charpente secoua la tête d'un air dépité.

– Ce capitaine Edwards a l'air complètement dépassé. Il ne pipe rien à ce qu'il fait, tout le monde sous le gaillard sait que c'était le second qui tirait les ficelles. Et maintenant qu'il est mort, le lieutenant essaie de garder le château de cartes debout à lui tout seul, sauf que c'est un gamin.

Le matelot revint avec la dame-jeanne pleine de rhum.

– Bon, bon, merci, Charpente. Remonte les voir. Je m'occupe du capitaine.

Thatch regagna la cabine de Bonnet. Celui-ci était toujours assis à son bureau, le regard hagard et le front moite.

– Bien, fit Thatch en resservant deux verres.

Cette fois-ci, il n'insista pas pour que Bonnet bût le sien.

– J'ai une proposition à vous faire, Major.

Il s'affala dans la chaise près de Bonnet. Ce dernier leva un regard résigné vers lui.

– Engagez mon équipage et moi-même. Je naviguerai sous vos ordres, en qualité de second. Mes hommes prendront quartier sur la *Revenge* avec les vôtres. Nous signerons une chasse-partie commune. Avec notre aide, la *Revenge* sera prête à reprendre la mer dans un peu plus d'une semaine. Vous pourrez vivre votre convalescence en toute tranquillité, sans vous soucier de la bonne marche de votre navire. Vous connaissez ma réputation. Vous savez qu'avec moi, il est entre de bonnes mains.

Bonnet le dévisageait intensément. Thatch sentait qu'il mourrait d'envie d'accepter. Il était réellement désespéré. Cette proposition arrivait comme une épiphanie, pour lui. Pour autant, tout ivre qu'il était, Bonnet essayait de ne pas se montrer trop impatient à accepter l'offre.

– Et que se passera-t-il le jour où je serai guéri ? demanda-t-il.

Thatch répondit avec tout le sérieux dont il était capable.

– Vous reprendrez le commandement, cela va sans dire...

Il fit une pause, laissa Bonnet juger de ses infortunes passées, de la piètre image que ses hommes avaient de lui, et ajouta :

– Et je vous seconderai dans chacune de vos décisions et de vos actions, aussi sûr que je m'appelle Thatch.

Et c'était là exactement ce que Bonnet voulait entendre.

⁂

Le jour était à peine clair que déjà les coqs et autres oiseaux chantaient leur cacophonie matinale. Une douce lumière rosée pénétrait par les jalousies de la chambre bleue. C'est la soif qui réveilla Ruth. Elle but à même le broc posé sur la table de nuit, de grandes goulées désaltérantes.

– J'ai soif, moi aussi, fit la voix encore ensommeillée de Charles.

Elle lui tendit le broc et se rallongea. Charles s'assit dans le lit pour boire plus facilement. Ses cheveux s'étaient presque complètement échappés de son catogan. Elle revit un instant le tout jeune enfant qu'il avait été, avant même d'être un Garde de la Princesse. Mais l'enfant disparut très vite, et l'homme réapparut.

– C'est fou ce que tu as changé.

Charles fut secoué d'un petit rire. Il pointa du doigt la cicatrice sur son arcade.

– C'est ce que tu m'as fait l'an dernier. Ça te change un homme, une cicatrice.

– Une femme aussi.

La pulpe des doigts de Charles effleurèrent doucement le loup tatoué sur l'épaule de Ruth, presque complètement cicatrisé.

– À qui l'dis-tu...

– Tu en as d'autres ?

– De quoi ?

– Des cicatrices.

Charles sourit.

– Quelques-unes.

Et il y en avait, des cicatrices à se raconter. La balle que Jennings avait tirée dans la clavicule de Charles, ce cordage qui avait brûlé le bras de Ruth en filant trop vite, le boulet rouge qui avait brûlé la cuisse de Charles et son pantalon de toile avec, l'éclisse que Ruth avait reçue dans le crâne lors d'un combat, les braises incandescentes sur son poignet lorsqu'elle avait tenté de cambrioler une maison en feu, dans son enfance... Et les mêmes traces de braises, gagnées dans les mêmes circonstances, dans le cou de Charles... Même celle que Charles avait faite à la tempe de Ruth en la frappant de son poing d'enfant, ce jour où il lui avait subtilisé un morceau de viande, lui provoqua un frisson quand ses lèvres s'y posèrent doucement.

Chacune de ces marques était autant de preuve de l'adversité contre laquelle ils avaient toujours avancé, tels de pauvres hères luttant contre le vent. Mais ce matin-là, dans les bras l'un de l'autre, elles devenaient des raisons de s'aimer, de se reconnaître.

Ils se partagèrent leurs cicatrices comme des caresses, comme autant de souvenirs douloureux adoucis par la tendresse des gestes avec lesquels ils se les donnaient. Ils se racontèrent chacune d'elles comme on se raconte ces secrets d'enfance tellement enfouis qu'on en oublie qu'ils sont là. Partager ses cicatrices, c'est un peu se raconter aussi. Se déshabiller l'âme, et si l'autre vient l'enlacer sans effroi, s'il se reconnaît dans nos blessures, alors on en viendrait presque à chérir ces cicatrices, qui deviennent alors une bonne raison de se rapprocher.

– Et ça ? demanda Charles en cherchant à ouvrir la main de Ruth.

– Je me suis coupée en tranchant du poisson. J'avais dix ans.

Charles tenait la main de Ruth dans les siennes. Il ne serrait pas. C'était tout juste s'ils sentaient le contact de la peau de l'autre à travers les couches épaisses de corne qui recouvraient leurs paumes calleuses.

– Tu en as d'autres ?

La bouche de Charles s'entrouvrit. Sa lèvre inférieure, plus charnue, brillait légèrement. De discrètes craquelures la déchiraient. Soudain, il s'assit dans le lit, tournant le dos à Ruth. Le chat à neuf queues avait laissé sur sa peau des stries brunes qui s'entrecoupaient comme les lignes du gréement d'un navire. Elles remontaient les reliefs de ses omoplates, dévalaient sa colonne vertébrale.

– C'est Jennings qui t'a fait ça ?

– Oui… enfin, il a donné l'ordre au quartier-maître de le faire. Il l'aurait pas fait lui-même, je pense.

– Pourquoi ?

Charles haussa les épaules. Sa respiration ample faisait onduler sa peau sur ses côtes. Immobile et offert, et pourtant mouvant et intimidant. Ruth avança une main moite et froide vers ce corps si vivant, cet « autre » si captivant. Quand ses doigts se posèrent sur cette peau brûlante, Charles se cambra légèrement dans un frisson qui hérissa son épiderme. La main de Ruth effleura ses omoplates, rondes et fermes. Elle descendit le long de sa colonne, suivit l'ombre de ses côtes, se posa de toute son envergure sur la chair tendre de ses hanches.

Elle se redressa à son tour.

Alors qu'elle goûtait et sentait le corps de Charles, des images défilaient devant ses yeux clos. Fugaces, instantanées, elles s'évanouissaient sitôt qu'elles les reconnaissaient. Des clins d'œil de ses amis disparus, des reflets de la *Whydah* encore à flots. La mort s'invitait sous ses paupières, et plus elle s'infiltrait en elle, plus ses veines semblaient se dilater, gorgées d'une fougueuse envie de vivre. La mort, présence sinistre qui brillait par l'absence des êtres aimés, se muait en un désir furieux. Un désir qui ne trouvait plus son assouvissement dans le rhum et dans la fête. Un désir qui avait besoin de l'expérience de l'altérité, du corps brûlant de vie de Charles.

⁂

Le coup partit, et Ruth plissa les yeux vers la cible peinte sur une planche de bois, clouée à un arbre.

– Cinquante de plus pour moi !

– Doit y avoir un problème avec ce pistolet… Je me demande si le canon n'est pas vrillé.

– Oh, ne t'en prends pas au pistolet.

Galway s'échina à vouloir nettoyer l'intérieur du canon de son arme avec une baguette. Pendant ce temps, Ruth rechargeait le sien.

Ils se tenaient à l'écart du village, dans les premières épaisseurs de la forêt de pins. C'est ici qu'ils venaient s'entraîner au tir, au moins deux fois par semaine. Ils en profitaient pour discuter des affaires du village, ils se racontaient ce qu'ils avaient fait l'un sans l'autre, se confiaient leurs états d'âme… Ils parlaient peu du passé, rêvaient beaucoup du futur. Ils passaient en revue tous les équipages avec qui ils aimeraient ou non s'embarquer, maintenant qu'ils étaient libres de tout engagement. Et arrivaient souvent à la conclusion qu'ils étaient bien mieux ici, à profiter de la vie, que sur n'importe quel bateau… Pourtant, ils s'étaient monté la tête tout l'été, à se demander s'ils ne devraient pas monter une expédition pour secourir leurs amis emprisonnés à Boston. Ils en parlaient comme d'une chose un peu folle, pas vraiment réalisable, mais cela entretenait leurs espoirs et sans doute un peu leur bonne conscience…

– Tu ne fais pas honneur à ta réputation de moucheur d'élite aujourd'hui, mon cher Arthur.

– Toi par contre, tu honores ta réputation de sale teigne. Pousse-toi.

Il prit la place de Ruth devant la cible et visa. Ferma un œil, tangua légèrement et le rouvrit. Ruth, les bras croisés, l'observait avec un sourire sarcastique.

– Pas étonnant que tu tires à côté. Tu es rond comme une bille.

– La ferme.

Il inspira profondément, expira lentement et tira. Le coup résonna contre les murs de la forêt dans un écho inquiétant. Le visage de Galway s'illumina.

– Alors, tu vois ? Même avec un coup dans l'aile, j'arrive à mettre dans le mille !

– Pur hasard.

C'est alors qu'ils entendirent la voix de Thatch les interpeller derrière eux.

– Salut, la bigaille !

Il donna une tape vigoureuse sur l'épaule de Ruth. Israel Hands, le second de Thatch, lança une bouteille de rhum à Galway.

– Venez avec nous chez Maggie, vous deux.

– C'est une invitation ou un ordre ?

– Eh bien, ça dépend de si vous refusez ou pas, railla Thatch.

Ruth et Galway échangèrent un regard méfiant.

– On a pas d'ordres à recevoir de vous, dit Ruth.

– Pour l'instant, marmonna Hands avec un sourire.

– Ta gueule, Hands. Bon, les jeunes, j'vais pas y aller par quatre chemins. Il nous manque deux joueurs pour notre partie de cribbage. Et on s'est dit que ça nous ferait plaisir de partager cette partie avec deux anciens compagnons de Bellamy. Histoire de parler du bon vieux temps, de nos amis disparus… Vous me suivez ?

Ruth et Galway restaient dubitatifs.

– Ouais… Mais à distance…

Thatch et Hands éclatèrent de rire.

– Je la prends dans mon équipe ! lança Hands en assenant une claque amicale dans le dos de Ruth.

Peu convaincus par le prétexte de Thatch, mais Ruth et Galway se rassurèrent quant à leurs intentions : si elles avaient été mauvaises, ils n'auraient pas été aussi saouls et amicaux.

À peine installés à la table de l'équipage, on leur mit des verres pleins et des cartes dans les mains, et on tenta de leur apprendre les règles. C'est Cunningham, le maître canonnier, que tout le monde appelait Chien Noir, qui s'acquitta de cette tâche. Ses cheveux bruns et ondulés tombaient en cascades sur ses épaules. Ses yeux bleus riaient de malice, et il arborait une magnifique moustache. Mais au-delà de son allure, c'était visiblement son aura charismatique qui le rendait populaire auprès de l'équipage.

– Alors. Le but du jeu, c'est d'atteindre cent vingt et un points. À chaque manche, il faut essayer de faire trente et un points, ni plus ni moins. Je serai le donneur.

Il distribua les cartes.

– Vous allez vous défausser de deux cartes chacun et les mettre ici. Voilà, ce tas, c'est le crib. On comptera les points qu'il y a dans le crib à la fin.

– Parle-leur des *muggins,* Chien Noir !

– Les quoi ? demanda Galway.

– Non. On ne va pas les embrouiller avec ça maintenant. Contentez-vous de connaître chaque figure et les points qu'elle rapporte. Il y a les quinze pour deux points, les paires pour deux points également, les triples pour six, les quadruples pour douze, et les suites. Minimum trois cartes pour la suite, un point supplémentaire pour chaque carte en plus. C'est clair ?

– J'irais pas jusque-là, rétorqua Galway.

– Ah ah ! rit un jeune gars qui répondait au surnom de Bretelle. Ça va venir, tu vas voir. Allez, un tour pour voir.

– Coupe les cartes, ordonna Cunningham à Ruth.

Elle s'exécuta. Cunningham retourna la première carte sur le tas qu'elle venait de couper. C'était une dame de trèfle.

– C'est la carte de démarrage, dit-il en la montrant à Galway et Ruth. Si ça avait été un valet, j'aurai remporté deux points, en tant que donneur. Et on aurait annoncé « deux pour ses talons ».

Ruth et Galway échangèrent un regard amusé et un peu déboussolé. Apprendre les règles d'un nouveau jeu, c'était une chose, mais apprendre en compagnie d'une horde d'ivrognes comme celle-là, c'en était encore une autre... D'autant qu'eux-mêmes n'étaient pas des exemples de sobriété...

– Dites vos annonces.

– Vingt-deux, dit Thatch.

– Dix-neuf ! clama un certain Felizio.

Certains levèrent les yeux au ciel.

– Ah ah, très malin...

– Dis plutôt que t'as rien, Felizio, et arrête de babiller !

Ruth interrogea Cunningham du regard.

– On ne peut pas obtenir une combinaison de cartes avec un pointage exact de dix-neuf. Tout comme vingt-cinq, vingt-six, et vingt-sept. Felizio dit ça parce qu'il ne peut faire aucun point, pour l'instant. Felizio, zéro, donc ?

– Ouais.

Chacun se mit à poser une carte à tour de rôle en déclarant à haute voix combien de points cela lui faisait. Cunningham expliquait les figures qui sortaient.

– Vingt-quatre... ? hésita Ruth en posant un six de pique sur le sept et le huit de carreaux.

– Combien t'avais au tour d'avant ?

– Vingt et un.

– Alors c'est bon. Mais fais attention, tu te rapproches des trente et un. Si tu les dépasses, tu es obligée de passer ton tour.

Ruth sentait son esprit de compétition se réveiller, et elle se retint de boire trop vite : elle voulait intégrer les règles avant de commencer à s'amuser. Elle se tritura les méninges pour jouer aussi stratégiquement que possible, mais ce n'était pas chose aisée, car les commentaires des uns et des autres allaient bon train, et se contredisaient.

– Il n'y a plus de sept ! clama Hands. Tout est parti quand le capitaine a fait sa triple ! Wolff, si t'as un neuf de pique c'est le moment !

– Nan, rétorqua Felizio. Si elle fait une suite, elle sera obligée de faire deux points ou moins au tour suivant.

– Pose n'importe quoi qui soit pique !

– Ne les écoute pas ! lui dit Cunningham. Ils sont tous ronds comme des culs de pelle, il y en a aucun qui soit de bon conseil. Suis ton instinct.

– La ferme, Chien Noir ! Arrête de l'embrouiller !

Quand vint le temps du décompte, Bretelle brandit un valet de trèfle.

– Un pour sa caboche !

– Hein ?

– Ça, c'est parce que maintenant, on compte la carte de démarrage et le crib dans le décompte. Et celui qui a le valet de la même couleur que la carte de démarrage gagne un point.

Après quelques tours, Ruth et Galway avaient assimilé les bases. Ils ne jouaient pas avec autant de rapidité et de tactique que les autres, mais cela n'empêcha pas Ruth d'atteindre quatre-vingt-dix points avant que Hands ne remporte la partie. Galway, quant à lui, finissait dernier avec soixante-deux points.

Ragaillardis par le jeu, Galway et Ruth continuèrent la soirée avec les hommes de Thatch. C'était un équipage pour le moins gai et soudé. Parmi ceux qui étaient présents ce soir-là, il y avait bien sûr le capitaine et Hands, qu'ils connaissaient déjà. Cunningham, donc, le maître canonnier. Felizio, un homme aux yeux perçants plantés dans un visage buriné par le travail et le soleil. Il avait une voix particulièrement rauque, abîmée par le tabac qu'il fumait pour ainsi dire en permanence. Felizio avait un camarade qui ne le lâchait pas d'une semelle, Bretelle. Un jeune gars aux oreilles décollées et à la bouche un peu tordue, qui avait toujours l'air dans la lune. Apparemment, Bretelle ne brillait pas par sa sagacité, mais était d'une loyauté et d'une gentillesse incomparable. Une gentillesse qui flirtait avec la crédulité parfois, et ses camarades en jouaient. Ils redoublaient d'imagination quand il s'agissait de lui faire avaler quelque couleuvre. Mais au fond, tout le monde l'appréciait et le protégeait. Même les femmes. Il cherchait toujours leur compagnie. Il pouvait aisément passer une après-midi entière à gloser auprès des filles de chez Maggie ou de la maison Asher, papotant de tout et de rien, sautant d'un sujet à l'autre sans vergogne. Heureusement, il payait sans rechigner ce temps qu'elles lui accordaient, et c'était bien la seule raison pour laquelle elles toléraient son babillage permanent.

C'était évident que ce qui les unissait allait au-delà du bateau et du travail : ils étaient amis. Il y avait bien les inévitables rapports de force entre vieux et jeunes, anciens et nouveaux, mais dans l'ensemble, ils échangeaient, plaisantaient et riaient sur un pied d'égalité. Même les Noirs, qui représentaient une bonne proportion de l'équipage, semblaient tout aussi considérés que leurs homologues blancs.

L'humour était de toute évidence leur liant le plus fort. Il ne se passait pas une minute sans que quelqu'un raconte une anecdote désopilante sur tel ou tel collègue absent, ou sans que d'autres ne jouent quelque comique de situation absurde qui arrachaient des fous rires à l'assistance.

Ruth perdit la notion du temps. Elle discuta un instant avec Charpente, qui, on l'aura deviné, officiait au poste de charpentier à bord. Il avait quelque chose de différent des autres, ce charpentier. Une douceur et un calme qui détonnait du caractère exubérant de ses camarades. Physiquement, il ressemblait à n'importe quel autre marin. De taille moyenne, le corps dense, trapu sans être ramassé, les mains épaisses et le cou large. Mais il y avait dans ses yeux bleus une bonté et une franchise inhabituelle.

Mais il y avait trop de sollicitations autour d'elle pour qu'elle ait le temps de faire plus ample connaissance avec lui. Sans qu'elle puisse se rappeler comment, elle se retrouva à bombarder de fléchettes le tableau du Roi déjà bien amoché, en compagnie de Galway, Bretelle Trente-six. Trente-six, pour Trente-six livres, car il était chef de pièce, et que sa tendance aux explosions de colère causait autant de dégâts qu'un boulet de trente-six… C'était un homme aux cheveux rasés qui portait plusieurs anneaux à l'oreille gauche, soi-disant pour l'aider à retrouver l'ouïe qu'il perdait peu à peu de cette oreille, la faute au vacarme des ponts de batterie dans lequel il évoluait depuis des années. On avait beau lui dire que les anneaux à l'oreille, c'était pour améliorer la vue, il n'en avait cure.

Un peu plus tard, cependant, Ruth eut un différend avec quelques-uns de ces gars. Parmi eux, Johnny la Teigne, alias John Rose Archer… Cette canaille était dans l'équipage de Hornigold à l'époque où Ruth et ses camarades naviguaient de conserve avec eux. À Isla de Pinos, quand Ruth avait manqué de se faire violer par Blackenshire et deux gars de La buse, Johnny la Teigne avait défendu Blackenshire. Et voilà qu'un an après, elle se retrouvait de nouveau face à sa gueule tordue.

Lui et ses camarades se faisaient un malin plaisir de faire passer Dolores et toutes ces filles pour de pauvres fainéantes qui n'attendaient que de se faire aborder par chaque homme qui passait. Ruth était furax, et bien entendu son ébriété n'arrangeait rien. Comme ils avaient tendance à parler tous en même temps, elle se mit à parler plus fort encore qu'eux :

– Elles lavent le linge, elles font la farine et le pain, elles cousent, raccommodent, réparent, elles passent leur temps à nettoyer la maison après votre passage ! Elles changent les couches de leurs marmots, elles les allaitent, et en plus, il faut qu'elles trouvent le temps de vous sucer la queue pour gagner de quoi bouffer ! Et ce, sans que vous ayez pris le soin de faire tomber la dernière goutte en allant pisser ! T'appelles ça une vie de paresseuse ?

– Oh, ça va, mollis un peu ! Parce que nous, on se tourne les pouces, peut-être ?

– C'est pas de vous qu'on parle, que j'sache !

Johnny la Teigne et ses acolytes levèrent les yeux au ciel. Derrière eux, Cunningham et le quartier-maître Howard se mirent à rire.

– Vous vous êtes fait sous-venter par une goualiche, les gars !

– Ta gueule, Chien Noir.

Ruth tourna le dos à Johnny la Teigne et s'assit aux côtés de Cunningham, qui lui servit un verre et trinqua avec elle.

– Alors, ça fait quoi, de se retrouver plongée dans cette mélasse de virilité exacerbée ?

C'était la première fois que quelqu'un, qui plus est un marin, lui posait cette question de but en blanc. D'habitude, ça n'intéressait personne à bord, l'effet que cet environnement pouvait lui faire. Elle dut prendre un instant pour réfléchir avant de répondre.

– C'est amusant. Éreintant parfois. J'ai l'impression d'être une espionne infiltrée. J'assiste à des débats et des conversations que les filles n'entendent jamais d'ordinaire.

– Ah ah ah ! Et encore, ils se retiennent parce que tu es là !

Ruth sourit sans enthousiasme.

– Eh bien… Qu'est-ce que ça donne quand aucun regard féminin ne les regarde.

– Crois-moi, tu ne veux pas savoir… C'est bien que tu sois là, ajouta-t-il en trinquant avec elle. Ça va peut-être adoucir quelque peu leurs instincts bestiaux…

Quand Ruth retourna à la maison Asher, elle trouva Dolores de Prado et Ann Bonny dans le salon. Elles portaient toutes les deux un tablier taché de sang. Leur coiffe était mal ajustée, et elles avaient le visage fatigué et ruisselant de transpiration.

De rage, Ann retira son tablier et le jeta dans un coin de la pièce en poussant un juron. De Prado, elle, restait de marbre.

– Reprends-toi, Ann. Va chercher de l'eau.

– Qu'est-ce qu'il se passe ? demanda Ruth, inquiète.

Ann tourna vers elle un visage rouge de colère.

– Mercy a perdu son bébé.

Quelqu'un d'autre descendit à son tour les escaliers. C'était Daisy. Elle portait un petit paquet de langes dans ses bras.

– Il lui faut une sépulture chrétienne, déclara Dolores en essuyant la sueur de son front avec un coin de son tablier.

Daisy écarta un pan du linge qui couvrait le bébé. Les entrailles de Ruth se serrèrent à la vue du nourrisson, inerte, la bouche entrouverte et les yeux fermés. Il était encore plein de sang et de placenta. Mercy avait eu une bonne intuition : c'était un garçon. Daisy ne pouvait détacher ses yeux du bébé mort.

– Daisy, interpella Dolores.

– …

– Daisy !

Tout le monde sursauta.

– Va lui donner un bain. Dépêche-toi. Ann, monte l'eau à Mercy, et dis à Flamingo de dormir avec elle cette nuit.

Elle se tourna vers Ruth.

– Il va falloir lui trouver un nom.

Le visage de Burke s'imposa à l'esprit de Ruth. C'était lui, le géniteur de cet enfant. Lui qui avait toujours rêvé d'être père.

– Jeremiah. Il s'appelle Jeremiah.

Dolores l'abandonna dans le salon. Ruth se laissa choir dans un sofa, complètement dessaoulée. Voilà ce qui se passait chez les femmes, pendant que les hommes buvaient et jouaient aux cartes en bavassant tranquillement. Ruth eut soudainement honte de faire partie de ce clan-là, ce soir.

⁂

Le lendemain, Ruth se rendit chez Maggie, où elle s'enquit de l'état de Mercy. Elles lui apprirent que Mercy allait relativement bien, mais qu'elle avait besoin de beaucoup de repos. Les prochains jours seraient déterminants.

– La pauvre fille…, lâcha Maggie. Quatre grossesses, aucun qui n'ait survécu…

Ruth but une gorgée de café. Maggie se baissa pour attraper une caisse sous le bar, tout en se tenant le dos dans une grimace de douleur.

– Maggie, qu'est-ce que tu crois faire là ? Tu veux qu'il t'arrive la même chose que Mercy, ou quoi ? la gronda Claire. Tu en es à huit mois, tu n'as rien de mieux à faire que le docker ? Laisse-moi attraper cette caisse…

– Ah ! Te voilà, toi !

Quelqu'un donna une vigoureuse tosse dans le dos de Ruth. Elle reconnut sans peine la lourdeur de la main de Thatch. Il venait de la rejoindre au comptoir, accompagné de son quartier-maître, Howard.

– Où est ton frère ?

Howard commanda une bouteille de cognac et quatre verres.

– Mon frère ?

– L'Irlandais.

– Aucune idée.

Claire se glissa timidement dans leur conversation.

– Je crois qu'il dort encore...

– Bon, tant pis pour lui. Tu lui annonceras la nouvelle à son réveil.

– Quelle nouvelle ?

Thatch leur servit un verre de cognac à chacun. Quand Ruth renifla le contenu de son verre, elle réprima un haut-le-cœur. Il était encore tôt pour ce genre d'apéritif... Mais quand le capitaine Thatch payait sa tournée, il n'était pas de bon ton de refuser.

– Vous êtes tous les deux enrôlés.

Thatch et Howard levèrent leurs verres. Ruth était trop ébahie pour les imiter.

– Attendez... Quoi ? Enrôlés ?... Sur la *Revenge* ?

– Non, sur l'arche de Noé !

– Je suppose que vous cherchiez tous les deux un embarquement, non ?

– Eh bien, oui, plus ou moins, mais...

Thatch posa une main sur son épaule et la prit à part un instant.

– Écoute. Tu m'as fait réfléchir, l'autre soir. Je pense que Bellamy n'aurait pas voulu qu'on reste les bras croisés sur notre panse bien remplie, pendant que ses gars attendent la mort dans leur prison. Alors... Comme de toute façon, je comptais aller faire quelques prises le long du continent...

– Vous êtes sérieux ?

– Au début, non, je ne l'envisageais pas vraiment sérieusement... Et puis la *Revenge* est arrivée. Écoute, Wolff. La *Revenge* est un navire tout neuf, bien armé, et d'après son équipage, ses qualités marines sont incontestables. À elle seule, elle peut faire du dégât. Et que je sois pendu si on ne trouve pas deux ou trois prises à joindre à nos forces...

– Vous voulez qu'on attaque Boston ?

– Honnêtement, j'espère que nous n'en arriverons pas là. Nous glanerons des informations en route, et nous essaierons de voir comment nous pouvons tirer nos amis de leur calvaire de façon plus subtile qu'en assiégeant la ville... Si cela s'avère impossible, eh bien... Nous ferons payer à Boston son inconséquence. Et nous verrons bien où cela nous mène.

Ruth se sentit gagner par un enthousiasme qu'elle n'avait plus ressenti depuis des semaines.

– Mais, comment est-ce que ça s'est décidé, le fait de nous enrôler ?

– À ton avis ? rétorqua Howard en regardant autour de lui. Où se règlent toutes les affaires, d'ordinaire ?

– ... À la taverne ?

– À la taverne !

Ruth les regarda avec suspicion.

– Hier soir, la partie de cribbage... Ce n'était pas seulement parce qu'il vous manquait des joueurs, c'est ça ?

– On voulait que l'équipage apprenne à vous connaître. Certains étaient un peu tièdes à l'idée d'embarquer une « poulie coupée » - ce sont leurs termes, ne me regarde pas comme ça. Mais vous les avez convaincus, apparemment.

- Bon, je ne compte pas mourir avec ce verre de cognac à la main, prévint Thatch.

Ils trinquèrent enfin, et Ruth vida son verre de bon cœur. C'est le moment que Galway choisit pour faire son entrée, les cheveux ébouriffés, la chemise défaite et l'air mal réveillé.

– Tiens ! V'là l'autre moitié !

Thatch se leva et servit un verre à Galway. Il fit une grimace écœurée en l'amenant à sa bouche.

– Dépêche-toi de boire ça, la bigaille. Je veux vous voir avec vos effets sur la plage dans une heure.

– Hein ? Pourquoi ?

– Discute pas et bois. On discutera des formalités après.

Devant le sourire de Ruth, Galway se prêta au jeu et avala courageusement son cognac.

Ruth et Galway ne mirent pas beaucoup de temps à rassembler leurs affaires. Ils ne possédaient pas grand-chose à part les vêtements qu'ils portaient. Ils embarquèrent tout cela sur la *Revenge*, où ils rencontrèrent le capitaine Bonnet. Il accueillit Ruth et Galway sans leur manifester beaucoup d'intérêt. Il avait l'air de se moquer de qui tirer sur les bouts de son bateau, tant que quelqu'un tirait dessus.

Il y avait un chat à bord de la *Revenge* : une vieille bête au poil roux et blanc râpeux et terne, que Charpente chérissait plus que tout au monde. Hélas, quand Cormac se retrouva face à lui, s'ensuivit une course-poursuite sauvage entre les fûts de la cale.

– Hibiscus ! Viens ici !

– Cormac, fous-lui la paix ! Au pied, sale cabot !

– N'aie pas peur, Hibiscus ! appelait Charpente de sa voix la plus douce. Reviens ici, mon matou...

Il fallut quatre hommes, plus Ruth, pour boucler le secteur, récupérer le chat paniqué et faire remonter le chien sur le pont principal.

– Il faut qu'il dégage, décréta Charpente.

– Vraiment ?

Ruth était accroupie près de son chien, le retenant d'aller flairer dans les fonds de cale.

– Je suis désolé, Wolff (et il avait l'air sincère). Hibiscus est un excellent chasseur. Le moindre rat ne tient pas deux jours avec lui. S'il y en a un qui doit rester, c'est lui.

Ruth n'eut rien à répondre. On lui avait dit que Charpente aimait profondément le chat, et que s'il était un camarade particulièrement magnanime le reste du temps, il était inflexible quand il s'agissait d'Hibiscus... Cela lui crevait le cœur de se séparer à nouveau de Cormac, alors qu'elle venait juste de le retrouver... Mais elle était la nouvelle, et à ce titre, le chat était pour l'instant plus légitime qu'elle, et qui plus est que son chien, à rester. Et puis, elle connaissait la personne idéale pour s'occuper de lui en son absence.

Le lendemain matin, elle alla trouver Charles, au comptoir de chez Maggie avec Bretelle. Elle lui expliqua le problème, et lui demanda de veiller sur Cormac pendant qu'elle serait en mer.

– Tu as du culot de me le mettre dans les pattes à la première occasion, tu le sais ça ?

– Ne me fais pas croire que ça te dérange.

Charles regarda l'animal qui le fixait avec des yeux pleins de vénération.

– D'accord...

Ruth le remercia. Elle s'assit et posa son chapeau sur le comptoir avant de commander un rhum à Maggie. À côté de Charles, Bretelle parlait avec Maggie, ou plutôt parler à Maggie, car cette dernière, visiblement agacée par son babillage, ne répondait même plus.

– C'est toi qui m'as dit que tu en avais marre de me servir, Maggie. Alors voilà, j'ai trouvé la solution. Je viens avec ma propre bouteille, tu vois ? C'est une bouteille que j'ai trouvée à bord... Oh, ce n'est que du tafia sans grand intérêt... Mais c'est le mien, tu vois ? Ainsi, plus besoin de déboucher une bouteille toutes les cinq minutes pour moi. Tu es tranquille, libre de vaquer à tes occupations. Et moi, je peux quand même prendre du bon temps à ton comptoir sans prendre le risque de t'importuner...

– Ça, c'est toi qui le dis..., grogna Maggie en levant le bras pour attraper une bouteille en hauteur.

– Bretelle, tourne ta langue au taquet, tu veux ? Tu nous pompes l'air.

Maggie saisit un tabouret.

– Je ne fais que montrer à Maggie que je tiens compte de ses besoins, et que je m'y plie sans discuter...

– Ses besoins ? T'as pas compris que le problème c'était pas tant de te servir du rhum, que de te voir accoudé ici toute la journée ?

– Oh, Charles, tiens bon, lui intima Ruth.

– Quoi ? Ça y est, parce que t'as signé avec eux, tu vas prendre leur défense pour un oui pour un non ?

– C'est ça, la solidarité, mon frère, fit Bretelle en sirotant son rhum, alangui au comptoir.

– T'aurais pu trouver mieux, franchement…, grommela Charles.

– Ah bon ? fit Ruth. Qui ? Toi, peut-être ?

– Et pourquoi pas ?

Ruth allait riposter quand un cri les interrompit. Maggie, perchée sur son tabouret, venait de perdre l'équilibre. Par réflexe, elle s'agrippa à l'étagère qu'elle voulait atteindre. Celle-ci, mal fixée sans doute, céda sous son poids. Le tabouret bascula, Maggie tomba à la renverse, et avec elle l'étagère et tout ce qui y était posé : deux ou trois dames-jeannes et quelques carafes en étain.

Ruth bondit de son tabouret et suivit Charles derrière le comptoir. Maggie était allongée sur le plancher, inconsciente. Le poids de l'étagère l'avait assommé. Charles s'accroupit près d'elle et chercha son pouls.

– Bretelle, va chercher Claire !

Le jeune homme reprit ses esprits, hocha vivement la tête et détala.

– Wolff ! Secoue-toi ! Aide-moi à la porter.

Il la secoua par le bras. Cela suffit à la sortir de sa torpeur. Charles passa ses bras sous les aisselles de Maggie et la releva. C'est à cet instant qu'elle reprit ses esprits.

– Maggie ! Comment tu te sens ?

Appuyée sur le bras de Charles, Maggie se massa le front.

– Bien… Je crois.

Son visage fut alors traversé par une grimace de douleur. Elle poussa un gémissement en posant la main sur son ventre.

– Maggie ! Qu'est-ce que tu as ?

– C'est le bébé…

Une nouvelle contraction la plia de douleur. Ils entendirent tous les trois un bruit d'éclaboussures. Maggie recula d'un pas. Une flaque mouillait le parquet là où elle se tenait une seconde plus tôt. Ruth et elle échangèrent un regard affolé. C'est à cet instant que Claire surgit avec Bretelle. Elle vit la flaque aux pieds de Maggie, et comprit aussitôt.

– Bretelle ! Va chercher Daisy et Dolores ! Capitaine Vane, miss Wolff, aidez Maggie à venir jusqu'ici !

Claire dégagea des bancs et des tabourets, poussa une table, et approcha deux fauteuils en bois d'aspect rustique.

– Miss Wolff, vous avez déjà assisté à un accouchement ?

– N… Non.

Maggie poussa un cri de douleur qui glaça Ruth d'effroi.

– Allez me chercher des serviettes et de l'eau chaude dans la marmite !

Ruth s'exécuta aussi vite qu'elle le put. Elle ressentait la même urgence, la même peur qui guette le marin quand le temps se gâte d'un coup et qu'il faut réduire la voilure très vite. Sauf que dans ces circonstances-là, elle savait quoi faire. Alors que là…

Pendant qu'elle remplissait des seaux d'eau chaude, Claire aida Maggie à se débarrasser de sa robe et de ses jupons. Quand elle fut simplement vêtue d'une liquette, elle l'aida à prendre appui sur les accoudoirs des deux fauteuils, et souleva sa robe pour regarder dessous.

– Oui, ça y est, ma belle. Il est en route. Tu es prête ?

Maggie, le visage déjà en sueur, hocha la tête. Une sourde détermination teintée d'appréhension illuminait son regard. Ruth la trouva soudain très belle.

Dolores de Prado arriva en courant avec Daisy et Bretelle.

– Bien, dit Dolores. Maintenant, Vane, Bretelle et Wolff, allez vers là-bas, et assurez-vous qu'aucun curieux ne s'approche.

– Moi aussi ? s'étonna Ruth.

Elle avait pensé qu'être une femme l'aurait admise dans le cercle.

– Oui ! répondit Claire. Dolores a raison, on est déjà trois avec Maggie de ce côté, tu nous seras plus utile à chasser les indésirables !

Ruth rejoignit Charles et Bretelle à quelques yards de la paillote. Ils repoussèrent un à un les clients qui voulaient venir consommer, puis qui tendaient le cou pour voir ce qu'il se passait. Les cris de douleur de Maggie étaient insoutenables. À chacun de ces cris, Ruth frissonnait d'effroi. Dire que c'est ce qui l'attendait si elle arrêtait de faire attention avec Charles…

– Wolff !

C'était Hands qui venait d'arriver.

– T'as le contrat de chasse-partie à signer avec Galway.

– Maintenant ?

– Maintenant. Sous la tente de l'équipage.

– Mais…

Elle regarda Maggie au travail derrière elle, soutenue par Dolores, Daisy et Claire.

– Vas-y ! ordonna Hands. Je reste ici pour aider Charles et Bretelle à… À sécuriser la zone. C'est bien ce qu'on est en train de faire, n'est-ce pas ?

Ruth hocha la tête. Elle lança un dernier regard anxieux à Charles et courut vers la plage.

Maggie accoucha quelques heures plus tard. Quand Ruth arriva chez elle pour voir le bébé, elle trouva Charles assis sur le seuil de la masure. Passablement ivre, mais présent. Elle n'avait jamais réalisé à quel point Maggie comptait pour lui. Quand elle lui fit la remarque, il dit simplement :

– C'est comme une mère pour moi.

Ruth hocha la tête. C'était le cas pour beaucoup d'hommes ici. Maggie les nourrissait – pas gratuitement, cela allait sans dire, elle contrôlait leur consommation d'alcool, leur coupait les vivres quand leur ardoise se faisait trop longue, et leur trouvait des embarquements quand ils lui faisaient perdre trop d'argent. Pour Charles, comme pour tant d'autres, Maggie représentait la mère qu'ils avaient laissée au pays. Et ils l'aimaient avec d'autant plus de force et de générosité qu'ils culpabilisaient tous un peu d'avoir quitté leur véritable génitrice.

Daisy ouvrit la porte et lui fit signe d'entrer. Charles allait suivre mais Daisy l'en empêcha.

– Seulement Ruth, pour l'instant.

Dolores venait de terminer de laver le bébé. Elle le tenait dans ses bras, enveloppé dans des langes. Maggie était allongée dans son lit, les yeux fermés, la respiration encore courte et une expression d'extrême lassitude sur le visage.

– Miss Wolff, tenez-la, lui ordonna Dolores.

Elle lui laissa le bébé dans les bras, tandis qu'elle allait éponger le front brûlant de Maggie avec un linge humide. Ruth le vit alors, perdu dans ses multiples couches de langes comme le pistil d'une fleur au milieu de ses pétales… Un petit être humain, avec ses mains minuscules, sa tête énorme, son nez retroussé… Le bébé de Samuel…

C'était une fille. Elle se mit à brailler. Ses yeux étaient fermés, mais sa bouche… Elle hurlait, hurlait, et son cri était aussi vivant que la vie elle-même. Ses petits bras battaient l'air avec colère. Ruth se rendit compte qu'elle était elle aussi en train de pleurer.

Le nourrisson ouvrit soudain les yeux. De grands yeux gris-bleu, écarquillés sur ce nouveau monde étrange qui s'offrait à elle. Ceux de son père. Elle regardait le plafond avec un air ébahi. Ses quelques cheveux étaient noir de jais. Elle avait la peau légèrement moins sombre que celle de sa mère. Sa petite bouche formait un « o » parfait, lui donnant un air surpris. Ruth sourit à travers ses larmes.

D'une main tremblante, elle caressa doucement sa joue toute ronde et fraîche. Ce contact inattendu surprit la petite fille. Elle tourna vers Ruth son regard étonné. Se sentir exister dans ce regard tout neuf, vierge de tout, combla Ruth de joie.

Claire posa doucement la main sur le bras de Ruth.

– Je vais la donner à sa mère…

Elle lui prit le nourrisson des bras. Ruth était en état de choc. Elle essuya ses joues pleines de larmes et resta là, plantée au milieu de la pièce, incapable de bouger.

Claire posa la petite dans les bras de Maggie, qui venait d'ouvrir les yeux. Son visage resplendissait de bonheur, à présent. Ruth n'avait jamais ressenti une telle admiration pour quelqu'un. Ces longues heures à endurer les pires douleurs, à avoir peur pour sa vie, pour celle de son enfant... Cette force mentale, et physique, qu'elle avait déployée... Ruth ne l'avait jamais vu chez quiconque, même pas chez le plus téméraire des marins. Elle ne comprenait pas que les récits des héros de guerre soient si célèbres, alors que chaque jour, des milliers de femmes accomplissaient dans l'invisibilité la plus totale le plus beau des miracles.

Et elle était là, tranquillement allongée dans son lit, son enfant dans ses bras, le corps en chantier, meurtri par des blessures qui feraient rougir un grand nombre de vétérans. Et elle respirait de bonheur.

– Claire, dit soudain Maggie, tu devrais servir un verre à Ruth avant qu'elle ne défaille.

Elles éclatèrent de rire. Ruth but d'un trait le rhum que Claire lui tendait.

– Comment tu vas l'appeler ?

- Sarah, je pense... C'était le nom de ma mère... Et pas seulement. Un jour, Sam m'a confié que s'il n'était pas né garçon, sa mère l'aurait appelé Sarah... Ça veut dire « princesse », en hébreu. La mère de Sam est morte en couches, tu sais... En le mettant au monde. Je pense qu'il ne se l'est jamais pardonné...

Non, Ruth ne le savait pas, et cela la contraria. Elle n'aimait pas qu'on lui rappelle que de Samuel Bellamy, finalement, elle n'avait connu que le marin.

La petite Sarah toussota légèrement. Maggie essuya le lait qui coulait au coin de sa bouche minuscule. Maggie avait l'air comblée. Claire se tourna vers Ruth.

– Tu devrais aller annoncer la bonne nouvelle.

– Tu as raison.

Elle sortit de la masure et sursauta en constatant qu'une petite foule compacte attendait sur le seuil, Charles en première ligne. Une multitude de visages expectatifs et inquiets étaient levés vers Ruth.

– Elle va bien. Elles vont bien, toutes les deux.

De vives exclamations de joie retentirent de toutes parts. Ruth croisa le regard de Charles et lui sourit à travers un écran de larmes.

Le lendemain, Ruth et Galway se levèrent tôt, car ils avaient du travail à bord de la *Revenge*. Enverguer les nouveaux perroquets, embarquer et arrimer les dernières barriques de vivres, ranger et nettoyer le pont de toute trace du chantier... Les occupations à bord ne manquèrent pas. C'est pourquoi ils ne mirent pied à terre que le soir venu.

– Ça y est, ça sent l'départ ! déclara Felizio en faisant semblant de humer l'air.

- Qu'est-ce que vous allez faire avant de partir, les gars ? demanda Cunningham en tirant le canot sur le sable avec l'aide des autres.

Ruth allait répondre, quand ils tombèrent sur Ann Bonny au milieu du chemin. Elle vint au-devant d'eux, les bras croisés, la mine défaite et sombre.

– Bonny... Qu'est-ce qu'il y a ?

Ann se gratta machinalement le bras, les regardant un à un avec un chagrin inexplicable au fond des yeux. Elle ouvrit la bouche, mais aucun son n'en sortit avant plusieurs secondes.

– ... Maggie est morte.

Ruth s'était attendue à tout, sauf à ça. Sous le choc, elle laissa tomber le chapeau qu'elle tenait à la main. Galway posa la main sur son épaule, comme si porter son propre poids devenait soudain difficile. Les autres restèrent muets, tout aussi décontenancés qu'eux.

– Comment ? réussit à articuler Galway.

Les yeux d'Ann se remplirent de larmes.

– Elle... Elle a fait une montée de fièvre... On a pas réussi à l'enrayer. Elle nous a quittés il y a à peine une heure.

Les jours qui suivirent passèrent comme dans un rêve. Un rêve horrible, où la mort et la vie, la joie et l'affliction se côtoyaient de beaucoup trop près, comme deux couleurs opposées, deux liquides immiscibles.

La mort brutale de Maggie avait soulevé une vague solidarité parmi les gens de la ville, résidents comme marins. Margaret était un symbole, à Nassau. Née esclave, elle avait réussi à fausser compagnie à ses maîtres quand ceux-là avaient quitté l'île à l'arrivée des pirates, et Bellamy, qui venait de leur racheter leur taverne, avait placé Maggie à sa gérance. Ni esclave, ni affranchie, Maggie avait tout de même vécu ses dernières années en femme libre. Et quand on lui rappelait qu'elle n'était pas libre légalement, elle répondait que « si je dis que je suis libre, alors je le suis ».

Son corps fut magnifiquement préparé par Claire et les filles de la maison Asher. On l'habilla d'une de ses plus belles robes, et on creusa sa sépulture sur une plage reculée, où d'après Claire, elle aimait venir se promener. Louis Doyle, le prêtre qui avait intégré l'équipage de Vane, donna une messe catholique. Ruth avait du mal à voir en ce matelot dégingandé à la langue bien pendue un homme d'Église.

– Il est vraiment prêtre ? demanda-t-elle à Charles à voix basse.

– Il en est bien capable, le salaud...

À la fin de l'oraison funèbre, trois Écossais de l'équipage de Vane entamèrent une chanson de chez eux, à renforts de cornemuse et de tambours. Le vieux Swayney, pour qui Maggie avait toujours été bonne et généreuse, chanta une chanson terriblement triste, que sa voix éraillée et chevrotante rendit plus émouvante encore.

La tombe était décorée d'objets et de souvenirs, comme autant de liens secrets qui avaient uni Maggie à telle ou telle personne. Une bouteille par équipage, chacune enfoncée dans le sable de moitié, et remplie de petits bouts de papier sur lesquels ceux qui le souhaitaient avaient écrit un dernier mot d'adieu. Accrochés à la croix plantée dans le sable, des colifichets, des petits bijoux en matelotage. Le foulard que Maggie portait le plus souvent était soigneusement noué autour de la croix, et flottait dans le vent. Des oiseaux de paradis et des hibiscus dans le goulot d'une bouteille. Entortillée autour de la croix, la corde d'une mandoline. Celle de Charles.

Quand la dernière note de cornemuse s'évanouit dans l'air, tout le cortège se mit en route pour regagner le village, à dix minutes de marche. Ruth allait leur emboîter le pas, quand Charles la retint par le bras. Il fixait la tombe de Maggie, le front plissé de chagrin. Les gens les contournaient pour regagner le sentier.

– Charles…

La main de Ruth vint enlacer celle de Charles. Ils restèrent ainsi un moment, debout main dans la main, face à la tombe de Maggie, jusqu'à ce que tout le monde ait déserté la plage.

Le jour de l'appareillage de la *Revenge* arriva. Charles et Ruth avaient de nouveau loué une chambre à Dolores. La bleue. Couleur des dieux. De la mélancolie, aussi… L'aube vint les surprendre d'un rayon rose, entrelacés sous les draps. Ruth caressait le crâne de Charles, les yeux grands ouverts. Lui non plus ne dormait pas. Chacun suivait le fil de ses pensées, aussi bleues que les murs de la chambre.

– Tu sais, c'est drôle, fit alors Ruth. Quand j'étais petite, je veux dire, vraiment petite, je croyais que vous étiez mes frères. Vous, les Gardes de la Princesse.

Charles la regarda sans comprendre.

– Quoi ?

Elle aurait dû compter le nombre de fois où il posait sur elle ces yeux pleins d'incompréhension en grommelant « quoi ».

– J'étais tellement naïve… Je me racontais des histoires pour justifier tous vos méfaits. Si vous refusiez que je vous suive dans la rue, c'était pour me protéger. Si vous m'enleviez la nourriture de la bouche, c'est parce qu'elle était avariée… J'avais toujours une bonne raison de ne pas vous en vouloir. C'est ça qui est drôle avec les enfants, hein ? Ils sont incapables de survivre à l'idée qu'ils ne sont pas aimés…

L'amertume rendait sa voix plus froide. Charles s'écarta de son corps et s'allongea sur le dos, les yeux rivés sur le plafond. Ruth prit appui sur son coude pour soutenir sa tête.

– Tu te rappelles le chandelier en argent ?

– Ruth, c'était il y a des années…

– Tu t'en rappelles ?

À contrecœur, Charles hocha la tête. Ruth n'avait elle-même pas repensé à cet épisode depuis longtemps… En ce temps-là, elle dormait dehors la plupart du temps. C'était l'été, ça n'était pas particulièrement gênant. Mais quand le jeune

Charles Vane s'était aperçu qu'elle avait réussi à voler un chandelier en argent, il lui avait proposé une paillasse dans la chambre de bonne qu'il occupait avec les autres Gardes de la Princesse. Une paillasse juste à côté de la sienne. Ruth n'avait jamais été aussi heureuse. Elle pensait qu'enfin, elle faisait partie de la bande. Elle avait dormi d'un sommeil paisible et heureux, et le lendemain matin, évidemment, Charles et le chandelier avaient disparu.

– Ce qui est drôle, c'est que tu m'avais laissé du lait et du pain... J'ai jamais su si c'était par pitié ou pour te moquer de moi.

Charles soupira lentement, les yeux toujours résolument fixés sur le plafond. Il s'éclaircit la gorge avant de lâcher :

– Je me sentais coupable...

Il semblait nerveux. Les os de sa mâchoire apparurent aux coins de son visage. Ruth attendit, les traits durcis par des années de ressentiment. À cet instant, l'amant était loin. C'était au gamin cruel qu'elle s'adressait. Mais le gamin regardait ailleurs, honteux.

Et puis, il se tourna sur le côté pour la regarder.

– Je... Je suis désolé.

Il cherchait ses mots.

– J'sais pas quoi te dire... J'vais pas me cacher derrière de longs discours pour justifier tout ça... Si je pouvais changer le passé, je le ferais.

Ce qu'il y avait de pratique chez Charles Vane, c'est que s'il ne s'exprimait pas beaucoup, quand il le faisait, on pouvait lire en lui comme dans un livre ouvert. Les émotions se peignaient sur son visage avec une transparence frappante. La honte bousculait le remords dans son regard.

Ruth caressa tendrement sa joue.

– Je sais.

Avant de se rendre sur la plage pour embarquer, Ruth passa voir Mercy chez elle. La jeune femme endeuillée par la mort de son nouveau-né avait accepté de prendre celui de Maggie en nourrice. Mercy n'allait pas bien. C'était une jeune femme débrouillarde et autonome, mais la mort de son bébé l'avait profondément bouleversé. Elle était persuadée que tout était de sa faute, qu'elle n'aurait pas dû prendre de bain, porter des charges, même légères, ou encore vider le fil d'un écheveau, car on lui avait dit que cela pouvait provoquer l'enroulement du cordon ombilical autour du cou du bébé... Ruth passa une heure à la consoler, et à lui promettre que s'occuper de Sarah redonnerait du sens à sa vie. Mais quand elle ferma la porte de la maison de Mercy pour regagner la rue, elle se sentit submergée par un puissant chagrin. L'état de Mercy, c'était la goutte de trop. Trop de douleurs, trop de pertes avaient jalonné son chemin dernièrement.

Galway l'attendait au coin du chemin, les bras croisés, la ride entre ses sourcils profondément marquée. C'est quand elle croisa son regard que le tsunami qu'elle retenait depuis des semaines brisa le barrage de ses inhibitions. Elle essuya les larmes qui commençaient à couler le long de ses joues, mais en voyant celles qui perlaient aux yeux de Galway, elle se sentit totalement désarmée. Ils tombèrent dans les bras l'un de l'autre, et pleurèrent. Ruth s'abandonna enfin à ce chagrin, avec autant de force qu'elle s'était abandonnée aux bras de Charles. A la différence, que cette fois, elle sentait que le soulagement était total, profond. C'était donc cela qu'elle avait essayé vainement d'assouvir dans la luxure.

Plus elle pleurait, plus elle sentait ses dernières résistances céder une à une. Elle se sentait aussi faible et vulnérable que le nourrisson qu'elle venait de quitter. Aussi angoissée que lui face à son impuissance, face à son incapacité à se raisonner devant les cruelles contingences de la vie.

Galway ne disait rien, il ne faisait rien, il se contentait d'être là, de pleurer avec elle. En s'apercevant que ses larmes avaient mouillé les pans de sa veste, Ruth réalisa la chance qu'elle avait, d'avoir cédé en cet instant, et avec lui.

Sur la plage, on embarquait les derniers tonneaux de provisions dans la chaloupe. Ruth, Galway et Thatch discutaient avec Williams.

– Ma famille vit à Block Island, au sud de Newport. Mes sœurs vont aider à vous organiser pour sauver les huit de la *Whydah*. Mes beaux-frères seront ravis de vous avitailler.

– Merci, Williams. C'est un atout de taille, d'avoir de tels soutiens sur place.

– C'est le moins que je puisse faire, m'sieur Thatch... J'aurais aimé monter là-bas avec vous.

– Vous pouvez toujours, lui dit Ruth.

Williams balaya l'air de la main.

– Non... Je dois rester ici monter une nouvelle équipe. Me refaire.

– Vous avez votre part sur la vente de la *Marianne*, pourtant, rappela Galway.

C'est alors que Williams sortit de sa poche une enveloppée et une bourse en cuir lourde de ce qui semblait être des pièces de huit.

– La voilà, ma part de la *Marianne*... Écoutez, tous les deux. Je sais que je peux vous faire confiance...

Il posa la bourse dans la main de Ruth, et donna la lettre à Galway.

– C'est pour ma femme, Lizzie.

Ruth cacha la bourse dans la poche intérieure de sa veste.

– Vous pouvez compter sur nous, m'sieur Williams. Elle aura jusqu'au dernier sou.

– Bien. Vous êtes de braves gars. Tous les deux.

Après un bref moment d'hésitation, il attira Ruth contre lui et l'étreignit comme un frère.

– On se reverra dans quelques mois, lui dit-elle.

– J'y compte bien.

Il relâcha son étreinte et passa à Galway.

– Que Dieu vous garde. Et bon vent.

– Merci. Prenez soin de vous.

Ruth et Galway rejoignirent leurs camarades pour pousser la chaloupe à l'eau, avec l'aide de Williams. Puis ils sautèrent dedans, saisirent les avirons et se mirent à nager vers la *Revenge*. Williams, enfoncé dans l'eau jusqu'aux genoux, les regarda s'éloigner avec sa main en visière sur le front.

XI

Faits comme des rats

Un crachin tenace tombait sur Londres depuis le début du jour, accompagné d'un vent chargé des odeurs des raffineries, tanneries et brasseries de l'East End. Sur le quai des Douanes, l'activité battait son plein, comme tous les matins. Les bateaux arrivés dans la nuit commençaient à décharger leur cargaison. Les barges allaient et venaient sur la Tamise. Les dockers, engoncés dans leur ciré détrempé, hissaient des fûts de toutes les tailles grâce à leur arsenal de grues et de mâts de charge. Des restes de tonneaux éventrés se répandaient entre les pavés. Ici, des harengs saurs écrasés se mélangeaient au jus vermillon d'un vin bordelais. Là, des miettes de biscuits s'imbibaient d'eau de pluie, macérant dans la boue. Les ordres et leurs réponses étaient beuglés plus que criés, sous forme d'ordres et de mises en garde, d'un bout à l'autre du quai.

Plus tard dans la matinée, les domestiques viendraient faire leur marché. Ensuite, ce serait la classe plus aisée qui viendrait s'approvisionner. Puis, les marchands et les armateurs arriveraient avec leurs voitures rutilantes. Et même, dans les dernières heures de l'après-midi, des couples de bourgeois termineraient leur promenade quotidienne ici, savourant du bout de leurs doigts gantés le sentiment dépaysant de se mêler à la populace.

Mais pour l'heure, seuls les travailleurs du port occupaient le site. Et ils l'occupaient de toute leur présence tapageuse. Le capitaine Woodes Rogers connaissait bien ces ambiances de travail, mais ce jour-là, il ne se sentait pas particulièrement à sa place, ici. D'abord, parce qu'il n'était pas embarqué sur l'un de ces bateaux. Ensuite, parce que sa tenue vestimentaire détonnait dans ce tableau. En effet, de par sa tenue, n'importe quel observateur aurait pu le classer dans la tranche relativement aisée de la société.

Encore heureux qu'il ait opté pour les bottes en cuir au lieu des mocassins... Partout où il mettait les pieds, il écrasait quelque détritus malodorant, gluant, ou salissant. Quand il traversa la foule des dockers, tirant des bords entre les montagnes de caisses, les charrettes, les piles de tonneaux, il releva quelques haussements de sourcils discrets, sous la visière des casquettes.

Pourquoi monsieur Buck lui avait-il donné rendez-vous ici, et si tôt dans la journée ? Il devait avoir une bonne raison…

Le capitaine Rogers balaya du regard la rangée de maisons qui faisaient face au quai. Tavernes, auberges, accastilleurs… Les enseignes se succédaient, mais il ne voyait pas celle qu'il cherchait. Il décida de s'adresser à un contremaître bedonnant, qui fumait la pipe, protégé par les larges bords de son chapeau.

– Excusez-moi, monsieur… L'Auberge de la Pieuvre ?

Le docker retira sa pipe de sa bouche et tendit le bras vers une maison un peu plus en amont.

– C'est là-bas, entre la Pause du Batelier, en rouge là, et le forgeron ! L'enseigne est cassée, c'est pour ça qu'on la voit pas !

– Merci bien, monsieur.

– A vot'service !

Le capitaine Rogers suivit la direction indiquée. En effet, l'enseigne en forme de pieuvre ne pendait plus à l'entrée. Elle gisait, brisée en deux, sur un banc juste devant la taverne. À travers la vitre embuée, Rogers reconnut monsieur Buck, attablé devant le journal. Il entra. Au son de la clochette, son associé leva les yeux un grand sourire éclaira son visage aux joues rosies par la chaleur de l'âtre.

– Capitaine ! s'écria-t-il en fermant son journal et en le rangeant sous son coude. Bien le bonjour !

Rogers retira son manteau et prit place en face de lui.

– Madame Coolidge ! cria Buck. Des toasts et des œufs brouillés pour mon ami ! Avec une tranche de lard ! Et une tasse de thé !

– Non, merci, je ne bois pas de thé…

– Ah, oui, j'oubliais… Un lait chaud avec une pointe de miel !

– Entendu, m'sieur Buck ! Dans un instant !

Madame Coolidge, une femme aussi grande que large, disparut dans les cuisines.

– Le petit déjeuner est pour moi, dit Buck. Je vous ai fait lever de bon matin et vous ai fait traverser la moitié de la ville pour venir jusqu'ici crotter vos bottes… Je vous dois bien ça !

Rogers sourit en battant l'air de la main.

– Pensez-vous…

Il désigna du menton le journal sous le coude de Buck.

– Quelles sont les nouvelles ?

Monsieur Buck sourit encore un peu plus.

– Je…

– Un lait chaud pour le monsieur. Et le miel.

– Merci, madame.

Rogers trempa ses lèvres dans le lait. Il était brûlant.

– Les nouvelles sont bonnes, capitaine. Elles sont même excellentes.

Il ouvrit le journal à une page qu'il avait corné, et le déplia devant le capitaine.

– Ça y est. C'est officiel !

Sur l'en-tête de la page était écrit « Proclamation pour la Suppression des Pirates, par le Roi George ». Le cœur du capitaine Rogers bondit dans sa poitrine. Il empoigna le journal si brutalement qu'il faillit le déchirer.

Il lut quelques passages à haute voix.

– ... « promettant et déclarant par la présente que tous les pirates qui se soumettront avant le cinq septembre dix-sept cent dix-huit, par-devant un de nos Secrétaires » bla, bla, bla... « jouiront de notre Gracieux Pardon pour les pirateries qu'ils auraient pu commettre avant le cinq septembre du mois de janvier prochain. »

Madame Coolidge revint de son pas lourd et posa une assiette devant le capitaine, où le lard répandait sa graisse dans les œufs. Trois toasts beurrés étaient posés sur un coin de l'assiette. Mais Rogers ne prêta attention ni à l'assiette, ni à celle qui l'amenait.

– ... « déclarons en outre, que toute personne qui pourra découvrir ou faire en sorte que l'on découvre et arrête un ou plusieurs de ces pirates... recevra pour récompense... » Ah, voilà qui est intéressant !

Il but une gorgée de lait, se brûla à nouveau la langue, et poursuivit la lecture.

– Cent livres pour un commandant, quarante livres pour un lieutenant ou un maître, trente livres pour un officier subalterne, et vingt livres par matelot... Ma foi !

Il referma le journal et le rendit à monsieur Buck.

– Voilà qui devrait enfin motiver le peuple des colonies à cesser de fréquenter les pirates... Vingt livres pour le moindre matelot...

Il prit sa fourchette et son couteau et attaqua son petit déjeuner.

– Ces gens gagnent tout juste cinq livres à l'an, dit-il la bouche pleine. Sans compter les taxes ! À moins que les pirates ne prétendent leur offrir mieux, je pense que nous allons enfin voir l'opinion publique changer de bord...

– Je le pense aussi, capitaine... Ma parole, mais vous aviez faim !

– La joie me met en appétit !

Rogers but une nouvelle gorgée de lait pour faire passer le pain.

– Je dois dire, monsieur Buck, que cette madame Coolidge sait recevoir. Ce bouge n'est pas si mal, en dépit de l'endroit où il se trouve.

– Vous vous demandez sans doute pourquoi je vous ai fait venir ici, n'est-ce pas ?

– Je dois dire que la question m'a traversé l'esprit, oui.

Un mystérieux petit sourire pointa au coin de la bouche de Buck. Il fit durer le suspense en buvant une gorgée de thé.

– C'est parce que c'est d'ici, capitaine, que nous avons la meilleure vue.

Rogers regarda par la fenêtre recouverte de buée, interdit.

– La meilleure vue sur quoi ?

Le sourire de Buck s'élargit. Il sortit un mouchoir de sa poche, et essuya l'excédent de condensation sur la vitre. Dehors, le crachin continuait de tomber sur les dockers au travail. Derrière eux, les mâts des navires mouillés dans le fleuve.

– Sur votre bateau, capitaine.

Rogers arrêta de mâcher, et regarda Buck, puis le fleuve, perplexe.

– Mon bateau ?

Buck pointa l'index vers un navire, un trois-mâts partiellement caché par quelques barges amarrées au quai.

– La *Delicia*. Quatre cent soixante tonneaux. Un seul voyage à son actif, en Nouvelle-Écosse. Quasiment flambant neuve. Huit sabords sur chaque bord, mais elle peut porter vingt canons en comptant les pièces de l'arrière et de l'avant. Le propriétaire nous la vend la moitié de sa valeur...

Rogers n'en croyait pas ses oreilles. Jamais il n'aurait espéré mettre la main sur un navire de cet acabit, encore moins aussi rapidement. Le mois passé, il se souvenait avoir à peine suggérer à monsieur Buck l'idée de commencer à prospecter, sans pour autant attendre de lui qu'il s'en charge. Et voilà que tout juste quatre semaines plus tard, il lui présentait ce navire, comme un magicien sort un une colombe de son chapeau !

Le capitaine essuya encore un peu la buée qui se reformait sur les carreaux. De loin, évidemment, la *Delicia* ressemblait à n'importe quel navire...

– Monsieur Buck, vous êtes... Le meilleur associé avec qui j'ai eu le plaisir de travailler ! Vous êtes mon porte-bonheur, cela ne fait aucun doute !

Les joues de Buck rosirent encore un peu plus.

– Je ne pense pas y être pour grand-chose, vous savez... Je crois simplement à ce projet... *notre* projet, et...

– Allons, pas de fausse modestie, mon ami. Vous savez pertinemment que sans vous, je ne serai jamais allé aussi loin... Madame Coolidge ! Deux verres de votre plus vieil armagnac !

Buck se pencha au-dessus de la table.

– De l'armagnac ? A cette heure, capitaine ? chuchota-t-il d'un ton désapprobateur.

– Allons, monsieur Buck... Si vous partez avec moi en mer, vous devrez apprendre à porter la toile comme un vrai marin. Et pour ça, il n'y a pas d'heure pour commencer !

⁂

Le *Shelter* était prêt à partir. Il ne lui manquait plus que quelques munitions et une ancre de secours. Tout cela attendait à Harbour Island, chez monsieur Thompson. Richard Thompson était un marchand prospère et opportuniste, un des rares qui n'avait pas quitté l'île d'Eleuthera quand pirates, corsaires et autres flibustiers avaient commencé à coloniser l'archipel. Son gendre, John Cockram, n'était autre que l'ancien second de Hornigold. C'était cette alliance qui avait scellé la collaboration commerciale entre la famille Thompson et les marins de Nassau. John Cockram avait deux frères, Joseph et Philip, qui commandaient à tour de rôle son navire, le *Richard and John*.

Philip étant en mer, et John étant en affaires sur une autre partie de l'île, c'est Joseph qui devait accueillir le capitaine Vane et Eddie England, pour la transaction. Jack Rackham les accompagnait. England s'était rapidement habitué cet état de fait : il était le quartier-maître à bord, mais pour tout ce qui concernait les échanges commerciaux à terre, Rackham était le meilleur agent dont on puisse rêver.

En outre, Jack avait commencé à donner des leçons de lecture à Charles. Il y avait quelques semaines encore, Charles savait tout juste repérer les aires sur un compas, chose qu'il avait bien été forcé d'apprendre lorsqu'il barrait les navires sur lesquels il avait servi, ne serait-ce que pour suivre le cap que son officier lui ordonnait. Aujourd'hui, il était capable de lire les chiffres et la plupart des lettres. Il connaissait à peu près la carte des atterrages de Nassau. Rien de très compliqué, seulement quelques notions pour pouvoir s'y retrouver sur une carte avec un compas, une règle et une pointe sèche. Mais le peu qu'il avait appris lui procurait déjà une grande fierté.

Les trois hommes marchaient d'un bon pas vers la maison des Thompson, une belle maison en bois peint en blanc, située au cœur d'une clairière non loin de la mer et des débarcadères. La maison était entourée de grandes galeries où les habitants passaient le plus clair de leur journée, à l'abri du soleil et dans le courant d'air.

Les dégâts de la tempête qui s'était abattue sur les Bahamas quelques semaines plus tôt étaient encore visibles : çà et là, des branches d'arbres jonchaient encore le sol. Les restes de copeaux de bois au pied des souches d'arbres trahissaient le passage récent de bûcherons venus détailler les troncs de ceux que le vent avait terrassés. Il faisait chaud. Charles, Jack et Eddie n'avaient pas enfilé de vestes par-dessus leurs chemises. Seul Jack portait un gilet de calicot vert pistache.

– Combien Cockram a dit pour les mousquets, déjà ? demanda Charles à Jack.

– Deux livres l'unité.

– Deux livres ? Il ne se mouche pas du coude, celui-là !

– Mon cher Eddie, si tu veux tenter ailleurs, il y a quelques bons armuriers à Charleston, je te donnerai l'adresse. Mais je ne fournis pas le sauf-conduit, je te préviens !

Ils arrivaient devant la maison. Charles reconnut la silhouette de deux femmes en train de prendre le thé sous la galerie : l'épouse et la fille de monsieur Thompson.

– Capitaine Vane ! s'exclama madame Thompson en les reconnaissant. Messieurs Rackham, et England. Ravie de vous revoir. Comment allez-vous ?

– Fort bien, madame, merci de vous enquérir, répondit Rackham. Et vous-même ?

– Ma foi, nous n'avons pas à nous plaindre. La tempête nous a fourni du bois à brûler pour la cuisine, et cette fois-ci, elle a épargné notre maison. J'ai entendu dire que Nassau avait été salement amochée… Votre navire est-il intact ?

Jack regarda Charles, pour l'inciter à répondre. Il était vrai que d'ordinaire, c'était Jack qui parlait. Mais de plus en plus souvent, il poussait Charles à s'y mettre. Derrière sa mère, la jeune Lizzie lui jeta un sourire mutin. Charles rougit et détourna les yeux.

– Il l'est, madame. À présent, du moins.

Comme madame Thompson avait l'air d'en attendre plus, il se força à donner quelques détails.

– La tempête a arraché un hauban à bâbord, ce qui a fragilisé la tenue du mât. Les haubans restants ont dû encaisser toute la tension, ils ont fini par consentir aussi. Le mât s'est fendu au niveau du pic, juste en dessous de la mâchoire. On a décidé de remplacer tout le mât, qui n'était plus tout jeune de toute façon. On s'est rendu compte que la base du mât était pourrie, car il y avait de l'eau au niveau de son emplanture. De peur que les varangues ou la quille soit touchées, on a affranchi les fonds, abattu en carène, et vérifier toutes les œuvres vives.

Plongé dans ses explications, il ne réalisa pas que madame Thompson n'entendait rien à ce qu'il racontait, et souriait d'un air gêné en hochant la tête. Jack et Eddie échangèrent un regard embarrassé.

– Fort bien, fort bien, répondit madame Thompson avec un sourire poli.

Derrière sa mère, Lizzie, se retenant de rire, s'avança vers eux.

– Messieurs, mon beau-frère est dans le bureau de mon mari. Il est déjà en rendez-vous, mais je crois qu'ils ont bientôt terminé. Si vous voulez bien me suivre…

Elle referma son éventail et leur fit signe d'entrer.

Charles suivit la jeune femme à l'intérieur, Eddie et Jack sur ses talons. Ses cheveux noirs relevés dévoilaient une nuque gracile. Sa taille était cintrée dans son corset en casaquin. Elle ralentit et glissa vers Charles un regard de connivence.

– Je crois que vous avez embrouillé l'esprit de ma pauvre mère.

– J'en suis désolé, madame.

– Ne le soyez pas.

Ils s'arrêtèrent devant une porte.

– Je suis certaine que ce n'est pas la première femme dont vous embrouillez les idées, ajouta-t-elle avec un sourire entendu avant d'ouvrir la porte. Joseph ! Le capitaine Vane est là.

– Qu'il entre, qu'il entre !

Charles entra dans le bureau, suivi d'Eddie et Jack. Joseph Cockram vint lui offrir une main moite et calleuse.

– Heureux de vous revoir. Je vous prie de m'excuser, ces messieurs et moi avons bientôt fini.

C'est alors que Charles vit avec qui il était en affaires. Jennings était assis devant le bureau, une plume à la main. Ses cheveux avaient encore poussé. Il les portait tirés en arrière en un catogan impeccable. Sa barbe de quelques semaines grisonnait. Il avait les traits tirés d'un homme qui dort peu, et jamais sobre. Mais son regard pétillait toujours de cette lueur de ressentiment quand il posait les yeux sur Charles.

Derrière lui se tenait son quartier-maître, monsieur Bernard. La tension était palpable. Jennings et Charles ne s'étaient pas retrouvés dans la même pièce depuis leur duel, qui avait valu à Charles une balle dans la clavicule.

Jack, sentant le vent tourner et l'atmosphère s'envenimer, prit les devants.

– Monsieur Cockram, si vous voulez bien, nous sommes assez pressés. Vous aviez parlé de mousquets, à quatre livres l'unité ?

– Tout à fait, tout à fait, monsieur Rackham. Tout est dans le magasin, nous irons voir ça, mais avant…

Il se mit à fouiller dans les tiroirs de son bureau.

– Ah, les voilà. Je voulais vous montrer ceci. Capitaine Vane, vous m'aviez confié votre désir d'acheter des pierriers pour votre *Shelter*… Il se trouve que j'ai reçu la semaine dernière deux quatre-livres en parfait état. Leur précédent propriétaire a voulu les monter sur des têtes sur pivot, mais il a surestimé ses compétences en fonderie… Il s'est impatienté, et me les a revendus.

Jennings se repencha sur ses papiers ; mais sa plume tremblait légèrement. Cockram tendit quelques feuilles de papiers à Jack.

– Tenez. Ce sont les plans de son projet. Il me semble qu'il y a un forgeron dans votre équipage. Je me suis dit que ça vous intéresserait.

Jack tendit la main pour prendre les papiers, mais Charles s'interposa et s'en saisit brusquement. Il était temps de voir si les cours de lecture que Rackham lui donnait depuis quelques semaines commençaient à porter ses fruits.

Charles savoura l'expression d'intense surprise de Jennings, qui le considérait toujours comme un analphabète, tandis qu'il étudiait les plans des quatre-livres en faisant les cent pas dans la pièce.

– Les côtes de son support ne sont pas bonnes, dit-il. Du moins pas pour le *Shelter*.

– Oh, répondit simplement Cockram. Et ne pouvez-vous pas les adapter ?

Charles parcourut des yeux tous les plans. Il sentait le poids du regard de Jennings sur lui, et luttait pour dissimuler sa jubilation.

– Si, sans doute. En le raccourcissant de trois ou quatre pouces de chaque côté. Mais alors, l'ensemble sera moins stable. Notre forgeron devra trouver un moyen de lester le tout.

– Cameron n'aura pas de problèmes avec ça, fit Eddie en tendant la main pour voir les plans.

Charles les lui donna et se tourna vers Cockram.

– Combien ?

– Dix livres.

– Pour le tout ? demanda Eddie.

– Pour un.

Jack et Eddie écarquillèrent les yeux.

– Dix livres pour un ! ?

– Ils coûtent le double à n'importe quel armateur...

– On va y réfléchir, dit Charles avec un sourire acerbe.

Jack s'interposa entre Cockram et Charles. Il posa une main bienveillante sur son épaule, un sourire mielleux sur les lèvres.

– Monsieur Cockram... J'ai le sentiment que vous prenez un peu trop au sérieux le monopole dont vous bénéficiez. Je sais que les affaires marchent très bien pour votre famille, et on ne va pas se mentir, grâce à vous, les nôtres aussi. Seulement, je ne peux que vous conseiller de faire attention à ne pas voler trop près du soleil, au risque de vous brûler les ailes...

– Que voulez-vous dire, monsieur Rackham ?

– Je veux dire que vous êtes peut-être le seul marchand du coin auprès de qui nous pouvons passer commande, quand nous ne trouvons pas en mer ce dont nous avons besoin. Cela vous met dans une position très avantageuse. Vous et vos frères pourriez être tentés d'augmenter vos prix en dépit de tout bon sens, mais... N'oubliez pas que si vous êtes le seul vendeur, nous, marins de Nassau, sommes vos seuls clients. Si vous nous saignez à blanc, vous nous exposez au risque de partir en mer sans être parfaitement armés. Cela pourrait causer notre perte... Et si nous tombons, monsieur Cockram, vous tombez. Vous, vos frères, monsieur Thompson et tout ce magnifique château de cartes.

Charles esquissa un sourire goguenard. Jack avait beau avoir une allure de criminel maladroitement déguisé en bourgeois, avec son nez cassé, ses cicatrices, et son habit de calicot vert pistache, il arrivait toujours à mettre tout le monde dans sa poche.

Cockram jaugea Jack d'un air méfiant.

– J'en ai bien conscience, monsieur Rackham...

Jennings, toujours assis à son bureau, tenait sa plume en l'air, observant la scène du coin de l'œil.

– Bien, dit alors Cockram. Monsieur England, je vais vous emmener au magasin voir la poudre, les mousquets et l'ancre. Nous jetterons un œil aux pierriers, et nous reprendrons les négociations à ce moment-là. Monsieur Bernard, voulez-vous nous suivre ? Je pourrais vous présenter les caisses d'outillage dont je vous ai parlé.

– Certainement, monsieur, répondit Bernard en contournant le bureau.

Charles allait suivre tout ce petit monde hors de la pièce, quand Cockram l'arrêta.

– Capitaine Vane, monsieur Rackham, peut-être voudriez-vous en profiter pour lire et signer les détails de la transaction ?

Il attrapa une pile de papiers sur le coin du bureau et s'apprêta à les tendre à nouveau à Jack. Pour la seconde fois, Charles s'en saisit avant.

– Va avec England, ordonna-t-il.

– Tu es sûr ? chuchota Jack en guignant vers Jennings.

– Certain.

Jack sortit donc avec les autres, à contrecœur. Charles s'assit sur le bord du bureau pour lire les papiers. Quand la porte se referma, un silence de mort s'abattit dans la pièce, seulement rompu par le grattement de la plume de Jennings sur son parchemin. Charles essayait de se concentrer pour comprendre ce qu'il lisait, mais les battements de son cœur le perturbaient.

– Je vois que vous avez appris à lire, grinça alors Jennings, sans lever les yeux de sa feuille.

La mâchoire de Charles se crispa, mais il se força à garder les yeux sur les lettres qu'il déchiffrait lentement.

– J'ai appris un tas de choses depuis que je vous ai quitté, capitaine Jennings, répondit-il avec une arrogance désinvolte.

La plume de Jennings s'immobilisa au-dessus du papier. Son poing se referma.

– Pas les bonnes manières, à ce que je vois.

– Je ne vous dois plus rien, Jennings. Même pas le respect.

– Même à l'époque où vous m'en deviez, vous étiez incapable d'en manifester, rétorqua Jennings d'un ton calme en continuant à écrire. Vous n'avez pas changé, Vane. Vous êtes toujours le même mataf arrogant et inculte, à la seule différence que maintenant, vous avez en plus l'insolence de vous croire l'égal de vos supérieurs…

N'y tenant plus, Charles se leva et tapa du poing sur le bureau.

– Pourquoi diable est-ce que je vous devrais le respect ? Hein ?

Jennings finit par lâcher sa plume. Il se laissa tomber dans le dossier de sa chaise, et regardait la colère de Charles s'exprimer avec une expression faussement détachée.

– Vous m'avez toujours traité comme un chien. Vous m'avez fait fouetter. Vous avez cherché à faire couler mon navire. Vous avez même brûlé une maison et tué une innocente, en pensant m'atteindre ! Nom de Dieu, vous avez failli me tuer lors de ce duel !

– Mais je ne vous ai pas tué, coupa Jennings d'une voix presque mielleuse. Je vise mieux que n'importe qu…

– Par tous les diables, vous avez toujours tout fait pour me nuire, et vous venez me parler de respect ? Qu'attendez-vous de moi à la fin ? Faudrait que je vous recommande au Bon Dieu, que je vous baise la main, que je vous suce la queue, pour vous témoigner de mon respect ? Qu'est-ce que vous attendez de moi ? !

– La gratitude !

Jennings bondit hors de sa chaise. Charles fut aussi frappé que lui par la virulence de cette réaction. Jennings fit le tour du bureau pour faire face à Charles. Garder son calme semblait lui réclamer beaucoup d'effort. Perplexe, Charles fit un pas en arrière.

– … Tout le monde m'a dit que je faisais une erreur, que vous n'étiez que de la mauvaise graine. Mais non ! J'ai dit. Personne n'est irrécupérable… Je vous ai laissé plus de chances qu'à n'importe qui. Je vous ai gardé quand d'autres se seraient empressés de vous débarquer… Vous dites que je me suis toujours évertué à vous rabaisser… Je vous ai sauvé de la noyade, vous vous rappelez ? Et qu'ai-je fait juste après ? Hein ?

La mâchoire résolument close, Charles renâclait comme un buffle, ses yeux étincelant de rage contenue.

– Je vous ai appris à nager, susurra Jennings entre ses dents. Je vous ai emmené en campagne dans les habitations de toute la Jamaïque. Je vous ai appris à monter à cheval. Connaissez-vous un autre homme du gaillard d'avant qui sache monter à cheval ?…. Je vous ai emmené chez le gouverneur Hamilton, vous avez co-signé notre accord, vous vous rappelez ? Pas mon second, pas un lieutenant, non ! Vous ! Un banal Jack Tar !

Charles se mit à faire les cent pas dans la pièce comme un lion en cage.

– Je pensais qu'en vous accordant ma confiance, vous en feriez bon usage… Qu'en vous rapprochant de mon monde, petit à petit, vous finiriez par saisir cette opportunité de changer de position sociale ! Mais non. Vous avez préféré vous abaisser à vous mutiner. Vous m'avez poignardé dans le dos !

– Et alors ? coupa Charles en s'immobilisant au milieu de la pièce. Vous devriez être content, me voilà capitaine, moi, le vaurien de Wapping ! C'est forcément grâce à vous, hein ? Et bien, félicitations, capitaine ! Je suis votre chef-d'œuvre ! Regardez !

Il ouvrit grand les bras et se rapprocha de Jennings à grandes enjambées, jusqu'à se trouver à tout juste quelques pouces de lui.

– Un pirate ! Le fruit de votre génie, de votre persévérance, et de votre bienveillance !

La claque retentit si fort qu'elle résonna dans la pièce, et la plongea dans un silence pesant. Charles et Jennings étaient si proches que leurs souffles se mélangeaient.

Jamais auparavant Charles n'avait été giflé. Les coups de poing, les bourrades dans le ventre, les coups de pied, ça, il connaissait. Mais une gifle… C'était un affront, une humiliation, une source de honte pour celui qui la reçoit, mais également de déshonneur pour celui qui la donne.

Jennings soutint le regard de Charles aussi longtemps qu'il le put. Jennings savait qu'il était allé trop loin, beaucoup trop loin. Mais s'il baissait les yeux maintenant, c'en était définitivement fini de sa dignité.

Ce fut Charles qui finit par rompre le malaise. Pris d'une sorte de rire nerveux, il dit :

– Je suis ce que je suis, Jennings. Et ce n'est pas grâce à vous. Nous sommes égaux, maintenant. Et c'est ça qui vous déplaît.

À cet instant, la porte s'ouvrit à la volée.

– Charles, dit Jack en s'avançant. La marchandise est dans le chariot, prête à partir.

Charles et Jennings avaient du mal à se détourner l'un de l'autre. Ils étaient comme deux cerfs en plein combat, et dont les bois se coinceraient ensemble, les empêchant de se séparer, les vouant à continuer à se battre et se débattre pour se débarrasser de l'emprise de l'autre, ou à mourir ainsi, éternellement coincés, enlacés dans leur haine passionnelle.

– Capitaine..., insista Jack, inquiet.

Charles baissa enfin sa garde.

– Je viens, Jack.

⁂

– Faussaire.

– Fautif.

– Fooo... Forêt !

Langue-de-chat, Quintor et Julian se tournèrent comme un seul homme vers le fond de la cellule, où la silhouette de Shuan se découpait dans la pénombre.

– Il est mort, ça y est ?

Langue-de-chat attrapa un caillou et le lança sur Shuan.

– Oh ! L'Élagueur ! A toi de jouer !

Shuan remua péniblement et sortit la tête de sa veste, qu'il utilisait comme couverture.

– Quoi ?

– C'est ton tour !

– Je joue pas.

Les trois autres échangèrent des regards embêtés.

– Si, tu joues ! Des mots en « fo » !

– Je joue pas, j'te dis..., murmura Shuan en se recroquevillant.

– Allez, c'est facile, y en a une palanquée, de mots en « fo » ! insista Langue-de-chat.

Comme Shuan ne répondait pas, Quintor haussa les épaules.

– Allons, laisse-le, va.

– Non, pas question !

– Enfin, il veut pas, tu vas pas l'obliger, si ?

– J'vais me gêner ! Eh, Shuan !

Langue-de-chat se mit à balancer sur Shuan des poignées de terre et de cailloux. Mais les projectiles retombaient sur lui, sans qu'il ne manifeste la moindre réaction.

– Laisse-le se reposer, enfin..., insista Julian.

– Il se repose pas ! Il est en train de se laisser crever !

– Et alors ? C'est son choix...

– Et s'il meurt dans nos pattes, combien de temps va-t-il se passer avant que l'un de nous trois baisse les bras à son tour ?

Quintor et Julian prirent des airs contrits.

– Tu entends, Shuan ? Allez, jeune... Si tu le fais pas pour toi, fais-le pour nous ! Tu vas pas laisser filer ta chaîne par le bout comme ça, hein ? Tu vaux mieux que ça, non ?

Un silence de mort s'abattit dans la cellule, seulement troublé par les gouttes d'eau qui s'infiltraient dans la pierre et gouttaient sur le sol. Shuan, qui avait la poitrine prise depuis des semaines, émettait une respiration sifflante qui ne présageait rien de bon.

– Allez, l'Élagueur..., l'encouragea Quintor. Réfléchis un peu. Un mot en « fo ».

Enfin, au bout d'une longue minute, le moribond remua sous sa veste. Il se redressa lentement. Sa gorge se mit à siffler de plus bel, tandis qu'il respirait la bouche ouverte, la tête appuyée sur le mur derrière lui. Il déglutit.

– Fortune...

Les trois autres prisonniers manifestèrent leur soulagement par quelques commentaires amusés.

– Fortune, quel ironie, hein ?

– Bien vu, l'Élagueur.

C'était au tour de Langue-de-chat, à nouveau. Leurs voix résonnaient dans un écho sinistre à l'intérieur de cette cavité humide. Mais ça n'avait pas d'importance : ils étaient si faibles qu'ils n'auraient pu parler bien fort, même s'ils l'avaient voulu.

Cela faisait quatre mois qu'ils étaient enfermés dans cette sombre cellule de la prison de Boston. Leurs autres camarades, Simone One-Eye, Brown, Tommy Tranquille et Little Tommy, étaient enfermés à un autre étage, et ils ne savaient rien d'eux. Au début, ils avaient essayé de tenir le compte des jours, en se basant sur le repas quotidien qu'on venait leur apporter. Mais ils avaient fini par perdre le compte, le repas n'étant parfois pas servi pendant ce qui leur semblait être plus d'une journée. Ils avaient complètement perdu la notion du temps, quand ils commencèrent à recevoir la visite d'un pasteur, Cotton Mather. Il venait les voir très régulièrement. Et, à chaque visite, il avait la bonté de leur dire quel jour on était, quelle heure, et même le temps qu'il faisait, là-bas dehors. Il leur parlait des nouvelles du monde, et les informait sur l'avancée de l'instruction de leur procès.

Au début, il les sermonnait à propos des Saintes Paroles, il les assommait avec des extraits du Nouveau Testament, évoquant la rédemption, le pardon divin, et toutes ces notions que selon lui, les pirates auraient eu envie d'entendre. Mais il avait rapidement réalisé que ce n'était pas à grands coups de prières et de paroles d'évangile qu'il allait les pousser à se repentir, tout simplement parce qu'ils n'y entendaient pas grand-chose. L'un d'eux, John Julian, n'était même pas baptisé.

Alors, le pasteur Mather avait adopté une autre tactique : au lieu de les suriner avec des textes pompeux, il improvisait. Il gardait son livre saint à portée de main, mais il privilégiait dorénavant la simple conversation. Il s'était d'abord mis à poser des questions, sur leur passé, sur ce qu'ils pensaient de leur vie de criminel, et sur comment ils envisageaient leur futur proche. À force de patience et de tact, il avait fini par créer un lien avec ces prisonniers. Une sorte de complicité, un peu tragique certes, mais qui leur permettait de voir que même au fond de cette cellule sordide, Dieu les accompagnait toujours...

Enfin, du moins, c'était ce que le Pasteur Mather espérait. Mais il n'était pas dupe : il savait que la seule raison qui avait poussé ces hommes à le tolérer, c'était qu'il était le seul à leur rendre visite et à les traiter en êtres humains.

Et pourtant, plus le temps passait, plus ils se rapprochaient de l'état de bêtes... Chacun portait une chaîne au pied, qui le retenait à un anneau fixé au mur. Ils ne pouvaient pas se déplacer plus loin que la portée de cette chaîne, c'est-à-dire sur une distance de six pieds environ. Leurs vêtements, les mêmes qu'ils portaient le jour de leur arrestation, étaient réduits à l'état d'oripeaux crasseux et déchirés. La vermine les avait complètement colonisés, des puces qui leur mordaient la peau aux poux qui se battaient dans leurs cheveux et leur barbe hirsutes. La cellule empestait l'urine et les excréments, qu'ils faisaient dans un seul et unique seau qu'ils devaient se débrouiller pour se faire passer, au gré de leurs besoins. Régulièrement, le seau se renversait pendant la manœuvre, et alors l'odeur se répandait jusque dans les moindres recoins. Ils étaient tous victimes du scorbut ; leurs dents se déchaussaient les unes après les autres, et ils maigrissaient de jour en jour. Ils n'avaient pas le droit à la moindre liqueur, seulement de l'eau tiède et un porridge fade. Le dimanche, ils bénéficiaient cependant d'un quart de vin et d'un peu de fromage avec du pain, à la demande du pasteur Mather.

La seule façon qu'ils avaient trouvée d'améliorer leur quotidien était de jouer. Mais comme ils n'avaient ni dés, ni cartes, ils devaient inventer des jeux qui ne nécessitent aucun matériel. Langue-de-chat persistait à ne pas baisser les bras. Il disait que tant qu'ils n'avaient pas été condamnés, il y avait de l'espoir. Alors, il haranguait ses camarades, inlassablement, pour qu'ils restent optimistes.

Mais hélas, même s'ils leur arrachaient quelques sourires parfois, et leur permettaient de ne pas se noyer dans la solitude et la torpeur, les jeux étaient aussi l'occasion d'exprimer tout haut les idées les plus sombres...

– Faubert ! proposa Langue-de-chat au cinquième tour.

– ... Fo... Fol... Folâtre !

– On a déjà dit « folle ».

– Et alors ? Ce n'est pas le même mot.

– On a dit, pas de mot de la même famille.

– Allons, coupa Langue-de-chat. On s'en moque. Tant que ça fait avancer le jeu !

– A c'compte-là, on aurait pu m'accorder « fortuné » !

– Non, mais ça va aller, Quintor ? Fortuné, fortune... C'est d'la triche !

– Parce que « folâtre » et « folle », c'est pas de la triche ?

Langue-de-chat tempéra les esprits.

– Eh, les gars, choquez un peu. Il y aurait de l'argent en jeu, je ne dis pas. Mais là... Vous croyez vraiment que ça vaut le coup de se battre ?

Julian et Quintor échangèrent un regard hargneux. Avant de sourire de leur bêtise.

– Quintor, c'est ton tour, dit Langue-de-chat.

– Forniquer.

Il insista bien sur chaque syllabe avec un sourire roublard, visiblement très content de son choix.

Des sifflements d'admiration le félicitèrent.

– Joli !

– L'Élagueur, à toi !

– ... Fossoyeur.

Il y eut un moment de malaise, mais ils laissèrent passer, puisque le mot n'avait pas été encore dit.

– Foyer, reprit Langue-de-chat.

– Foc !

– Bien sûr, foc ! Quels crétins de ne pas y avoir pensé plus tôt...

Quintor hésita, et dit :

– Fauve...

– Faucheuse.

Tous les regards se tournèrent vers Shuan. Quintor explosa.

– Bon sang, mais à quoi tu joues ?

– Fais un effort, Shuan, dit Langue-de-chat d'une voix douce. Je sais que c'est dur, mais il faut que tu étales, mon vieux.

Le jeune homme saliva et s'éclaircit la gorge.

– Je dis à quoi je pense, c'est tout.

– Ouais, eh bien, pense à autre chose, alors, grogna Quintor.

Ils s'interrompirent. Le bruit familier des gonds de la porte au bout du couloir attira leur attention. Ils reconnurent le pas du Pasteur Mather. Les clefs cliquetèrent dans la serrure, et le prêtre apparut, dans son éternelle robe noire. Comme d'ordinaire, il portait sa Bible sous le bras. Cependant, une chose changeait des autres jours : il y avait deux gardes en plus des deux habituels. Le plus gradé montra Julian du menton.

– C'est celui-là.

Aussitôt, les deux gardes supplémentaires s'avancèrent vers Julian, qui se blottit contre le mur avec des yeux apeurés.

– Quoi ? Qu'est-ce qu'il se passe, qu'est-ce qu'ils me veulent ?

– Tu as été vendu, mon garçon, lui dit le pasteur. À bon prix. Au Colonel John Quincy[1] I.

– C'est une plaisanterie, j'espère ! protesta Langue-de-chat en se levant (ses muscles étaient si atrophiés qu'il crut qu'il allait aussitôt retomber).

– Qui vous dit que j'ai envie d'aller me casser le dos dans une plantation ? riposta le jeune Moskito pendant qu'un des gardes lui passait des menottes aux poignets.

– Hélas, on ne te demande pas ton avis, dit le pasteur.

– Tu préfères crever ici comme un rat ? lui lança un des gardes.

Julian tourna un visage paniqué vers Langue-de-chat, puis vers Quintor. Le deuxième garde lui retira ses chaînes, et lui donna un coup de pied.

– Debout, vermine.

– Allez au diable !

Il se mit à protester violemment dans sa langue maternelle.

– John, intervint le Pasteur Mather. Je me suis battu bec et ongles pour faire valoir ta valeur sur le marché, et ce dans le seul but d'épargner ta vie. Quant à toi, Hendrick, je ne t'ai pas encore trouvé d'acheteur. Je pense que ça sera plus difficile pour toi, étant donné que tu es mulâtre...

– Je ne vous ai rien demandé.

– Monsieur le Pasteur, supplia alors Julian. Je ne veux pas aller avec eux.

C'est alors que Langue-de-chat intervint.

– Suis-les, Julian. Tu ne dois pas te soucier de nous autres.

– Ah, bon ? s'enquit Quintor.

– Arrêtons une minute de nous mentir. Entre mourir comme un chien, et vivre comme un chien, qu'est-ce qui est le mieux ? Julian, tu seras peut-être esclave, mais tu seras vivant. Tant que nous sommes vivants, il y aura de l'espoir.

– Vivant, mais prisonnier !

Le garde força Julian à se lever. Le jeune homme se remit à hurler dans sa langue natale. Le cœur de Langue-de-chat se brisa. Jamais, depuis son enrôlement, il ne l'avait entendu s'exprimer autrement qu'en anglais.

1. Arrière-grand-père du président John Quincy Adams.

Les gardes emmenèrent Julian dans le couloir. La porte se referma sur eux, laissant le Pasteur Mather seul avec les prisonniers.

– Que Dieu te garde ! gueula Langue-de-chat.

Ses yeux croisèrent ceux du pasteur, qui se mit à sourire.

– Tiens, justement. Parlons-en, de Dieu.

⁂

XII

La repousse de l'hydre

Le capitaine Stede Bonnet monta sur le pont, appuyé sur une béquille. Malgré sa démarche claudicante et son teint blafard, il gardait fière allure, avec ses hauts-de-chausses de velours pourpre et son justaucorps assorti. Après avoir jeté un œil au compas, il s'avança vers le grand-mât et leva la tête vers la mâture. Ils faisaient route au près serré, tout dessus, dans une agréable brise bien établie. Le navire marchait bien, l'après-midi était doux et le ciel clair. Le soleil inondait de sa lumière les voiles couleur sable. La mer moutonnait légèrement ; elle avait cette teinte bleu vif qui arrache à n'importe quel observateur, même le plus insensible, une sensation de bien-être et de plénitude.

Ruth tenait la barre, secondée par Galway. Quelques puffins tournoyaient au-dessus des mâts, parfois l'un d'eux se posait sur une vergue. Quelques matelots accoudés au pavois au vent observaient le capitaine Bonnet à la dérobée.

– Regardez, v'là le pharmacien qui fait sa promenade...

– Faut-il qu'il ait que sa toilette à se préoccuper... Tout abîmé qu'il est, il trouve le moyen d'apparaître tout pavoisé sur le pont.

Les deux autres se gaussèrent.

– Ah, ça, faire la belle-en-rade, il sait faire...

– Heureusement que la Barbe Noire est là pour tenir le navire à flot.

Les matelots allumèrent leurs pipes en hochant la tête d'un air entendu.

Un instant plus tard, Caesar piqua la cloche pour marquer la moitié du quart. Il avait, à l'instar de tous les anciens esclaves du bord, des marques au fer rouge sur le corps. Un de la Royal African Company sur l'épaule, et celle de l'habitation Thatch sur la cuisse. C'est Miller qui raconta à Ruth et Galway l'histoire de Caesar. C'était un matin, aux aurores. Il faisait encore sombre. Ils fumaient sous le gaillard d'avant. Pendant qu'il racontait, Miller s'occupait de sa plante verte, arrachement délicatement les feuilles fanées à l'aide de son couteau. Miller trimbalait cette plante sur toutes les mers depuis des années. Un cadeau de sa femme, à ce qu'il disait.

– Caesar n'est pas créole. C'est un bossale. Un Ashanti, pour être exact. En ce temps-là, son nom n'est pas Caesar, mais Cudjoe Kwakié. C'est le fils d'un guerrier. Caesar combattait déjà auprès de son père à seize ans. Un jour, ils perdent une bataille contre les Fantis... Caesar et son frère sont faits prisonniers. Les Fantis les mènent à la côte. Sur le trajet, Caesar perd son petit frère... Entre ce moment et le jour où il arrive sur la côte, il tente de s'évader, à quatre reprises. Les quatre fois, il est rattrapé...

Galway tira quelques bouffées sur sa pipe. La lueur incandescente éclaira furtivement les visages.

– Une fois sur la côte, les Fantis revendent leurs prisonniers à un chef local. Et Caesar réussit à s'attirer les bons sentiments du chef local et de sa femme... Jusqu'à se mettre à leur service. Comme ce chef local commerce avec les Européens, Caesar se retrouve rapidement à les côtoyer de près. Il apprend peu à peu l'anglais, si bien qu'à la mort du chef, il devient interprète au service de son fils et successeur...

Miller cala sa plante dans un coin et l'arrima soigneusement. Puis il bourra sa pipe et l'alluma, conscient que Ruth et Galway attendaient la suite avec impatience.

– Mais un jour, il commet une erreur... Une erreur de traduction stupide, qui provoque un incident diplomatique. Le nouveau chef, moins clément que son père, le bannit et le vend aux Blancs... Il se retrouve esclave, et embarqué sur un négrier britannique. La traversée est terrible, comme vous l'imaginez. Il est parqué avec des hommes qui ne parlent pas sa langue natale. Il est affamé et désorienté, désespéré... Et puis, il commence à lier d'amitié avec un matelot. Un certain Joe, qui passe leur donner de l'eau et les nourrir. C'est son premier voyage sur un négrier, et il a le cœur tendre comme de l'aubier. Il ne supporte pas le sort qu'on réserve au bois d'ébène. Devant ses camarades, il est obligé de donner le change, mais sitôt qu'ils ont le dos tourné, Joe donne de l'eau supplémentaire aux esclaves. Et à Caesar en particulier... Et voilà qu'à la fin de la traversée, alors qu'ils approchent des côtes, le navire est pris dans une violente tempête. Il devient évident que le navire va couler, Joe profite de la débâcle ambiante pour libérer Caesar. Ils réussissent à mettre un canot à l'eau et à s'enfuir.

Ruth et Galway échangèrent un regard suspicieux.

– Foutaises...

– Tu vas pas nous faire croire qu'ils ont réussi à mettre un canot à l'eau en pleine tempête, à s'enfuir à la barbe de tout le monde, et à regagner la terre ferme sains et saufs ?

– Véridique, les gars !

– C'est ça, fit Ruth. Va jouer de la flûte ailleurs, Miller.

– Demandez-lui, si vous ne me croyez pas !

Ruth et Galway se tournèrent discrètement vers l'arrière, où Caesar passait le temps en sculptant un morceau de bois avec son couteau. Il n'avait pas l'air mauvais... Mais il impressionnait, par sa stature autant que par son caractère taciturne. Miller savait très bien que ni Ruth ni Galway n'auraient osé le questionner sur son passé. Quand on vit à bord d'un navire où aucun secret ne peut survivre à la promiscuité, le passé d'un marin devient ce qu'il a de plus intime, après tout.

– Bon, d'accord ! fit Galway. Admettons ! Ils ont réussi à s'en sortir, qu'est-ce qu'ils ont fait après ?

Miller tira sur sa pipe avant de continuer.

– Caesar et Joe cherchent des survivants, en vain. Ils sont en terre sauvage... Alors ils construisent un petit bateau avec les restes de l'épave du négrier, et commencent à attaquer les navires de passage sur le fleuve.

– Avec quoi ils les attaquent ? demanda Ruth. Ils n'ont pas de fusils, pas de poudre, j'imagine ?

– Caesar est un guerrier ! Et tu penses bien qu'il n'a pas attendu que les Blancs arrivent avec leurs pétoires pour apprendre à fabriquer des armes efficaces avec ce qu'il y a dans la nature !

Ruth s'alluma une pipe à son tour. Pendant ce temps, l'aube éclaircissait peu à peu la nuit.

– Caesar et Joe sont complices des quelques colons espagnols qui sont installés dans les parages. Ce qu'ils volent aux petits bateaux fluviaux, ils le revendent aux habitants du coin. Des fermiers pour la plupart, qui n'ont rien à se mettre sous la dent. Et le plus drôle, c'est que lorsque les marchands pillés par Caesar et Joe arrivent dans ces fermes, les fermiers leur revendent au prix fort leur propre marchandise ! Leur vie est difficile, toujours en cavale, toujours nomade... Mais au moins, ils mangent à leur faim. Et ils sont libres. Mais ça ne dure pas...

– Sans blague...

– Ils finissent par se disputer, à cause d'une femme.

- Quelle originalité... C'est toujours à cause d'une femme, hein ? grogna Ruth.

– Ils finissent par en venir aux armes... Et Caesar tue Joe.

Ruth et Galway ouvrirent de grands yeux.

– Caesar se taille avec la femme, une fille de fermier. Ils se planquent un temps dans les mangroves, à vivre comme des sauvageons. Il ont eu plusieurs enfants, avant que la femme ne meure en couches... Comme Caesar ne peut allaiter le nouveau-né tout seul, il l'emmène aux parents de la fille.

– Ouch, commenta Galway. Mauvaise idée.

– Oui, comme tu dis... Car si les fermiers lui fichaient la paix jusqu'à présent, c'est parce qu'il était associé à Joe, et qu'à eux deux, il ramenait de quoi s'enrichir aux gens du coin... Sans Joe, Caesar redevient un simple nègre... Un nègre qui a tué un Blanc, et qui a enlevé leur fille, qui plus est. Alors ils choisissent la solution la plus simple, et la plus lucrative.

– Ils l'ont revendu...

– Tout juste. Et il a eu de la chance ! S'ils avaient révélé à la justice ce qu'il avait fait, il aurait été pendu sur-le-champ... C'est leur cupidité qui l'a sauvé, quelque part... Ils l'ont donc vendu au plus offrant. Un planteur de Jamaïque.

– La famille de Thatch...

– Exactement. C'est là que Cudjoe est devenu Caesar. Notre Thatch et Caesar ont le même âge. Ils se sont tout de suite bien entendus. Alors, quand Thatch a repris ses activités de « marchand » après la guerre, il a embarqué Caesar avec lui.

Ruth tira sur sa pipe d'un air dubitatif.

– Et les enfants ? Les enfants qu'il a laissés dans les mangroves ?

Miller tira sur sa pipe en souriant avec malice.

– Tu perds pas le nord, toi !.... Et bien, il paraît que les fermiers les ont retrouvés, quelques années après. Ils parlaient leur propre langue, un mélange d'anglais et de dialecte inventé. Ils étaient retournés à l'état sauvage… Invendables. Alors, les fermiers les auraient tous tués… Il paraît que depuis, tous les bateaux qui passent à proximité de ces mangroves coulent, ou voient leurs équipages se faire décimer par les épidémies dans les semaines qui suivent… L'endroit serait hanté par les âmes de ces enfants sauvages…

Ruth et Galway échangèrent un regard, haussant un sourcil d'un air incrédule.

– D'accord, Miller… Tu as bien failli m'avoir ! dit Ruth.

– Est-ce qu'il y a au moins quelque chose de vrai dans toute cette histoire ?

Le visage de Miller s'éclaira d'une lumière enfantine.

– Ah ah ah ! Je me suis peut-être un peu égaré en route…

– A quel moment ? Entre la fuite en pleine tempête et les fantômes d'enfants sauvages ?

– Quelque part par là, oui… ! ricana Miller.

L'aube avait presque complètement effacé les ombres de la nuit. Une lumière fraîche éclairait le pont de ses teintes pastel. Ruth et Galway observaient Caesar, à l'arrière. Il discutait avec le capitaine Thatch, qui venait de monter sur le pont.

– Est-ce qu'il est affranchi ?

Miller fit une grimace en dodelinant de la tête.

– Eh, pas exactement… Officiellement, je crois qu'il appartient toujours à la famille Thatch… Mais depuis que le capitaine est à son compte, il a été décidé que Caesar serait payé. Comme tous les autres Noirs de l'équipage, d'ailleurs. Une part, comme n'importe quel autre matelot.

– Il n'est que matelot ? s'étonna Ruth.

Elle n'avait pas pu s'empêcher de remarquer que le capitaine et Caesar se concertaient pour à peu près toutes les affaires du bord.

– Eh bien, oui… Un Noir officier, tu imagines ? Même chez nous, ça ferait jaser… Le capitaine l'avait pourtant proposé comme lieutenant, mais tu penses ! Il n'a pas eu la majorité, c'était prévisible…

– Étrange, comme revirement, tout de même…, remarqua Ruth en croisant les bras. Tu me dis que le capitaine est fils de planteur, propriétaire d'exploitation sucrière, qu'à ce titre il possédait sans doute des dizaines d'esclaves. Et maintenant, il les paie ?

– C'est tout à son honneur, dit Galway.

– Oh, ne va pas croire que c'est seulement par philanthropie que Thatch a convaincu l'équipage de payer les Noirs… Il a vite compris que pour impressionner nos proies, rien ne valait un Noir armé. Et si tu veux armer un Noir, tu as intérêt à le payer, c'est évident.

– Oui, nous faisions la même chose avec Bellamy.

– Comment ça s'est passé ? demanda Galway. L'arrivée de Caesar dans l'équipage ?

Miller grimaça de nouveau.

– Je ne connais pas toute l'histoire… J'étais pas encore là, à l'époque. Je sais même pas si Thatch était déjà à son compte quand Caesar est arrivé, ou si ça s'est fait en même temps… J'ai entendu quelques bribes, mais… Oh, j'préfère pas m'avancer ! Je vous dirais des bêtises…

– Oui… C'est vrai que c'est pas ton genre, ironisa Galway.

Quelques instants plus tard, le maître d'équipage donna l'ordre de mouiller le pont. Ruth fut appelée à la barre. Certains matelots décapelèrent leur chemise et profitèrent de l'occasion pour la laver. Ruth remarqua que Trente-six, le chef de pièce au crâne rasé, avait le torse couvert d'une étrange éruption cutanée. Pendant qu'il frottait sa chemise avec une pierre de grès, Thatch vint le trouver. De là où elle était, Ruth n'entendait pas ce qu'il lui disait, mais il semblait justement le disputer à propos de cette éruption. Il attrapa la chemise mouillée de Trente-six, la lui jeta à la figure, et montra du doigt la grande écoutille.

– Descends tout de suite à l'infirmerie !

Ruth observait la scène, appuyée sur le manche de son faubert.

– Qu'est-ce qu'il a, Trente-Six ? Pourquoi le capitaine l'a engueulé comme ça ?

Elle s'adressait à Caesar, qui frottait le pont à côté d'elle.

– Syphilis.

– Oh… Ça se soigne ?

Elle avait toujours entendu dire que cette maladie vénérienne ne faisait qu'empirer avec le temps. Ce fut le capitaine Bonnet, qui se tenait derrière, qui lui répondit.

– Ça se soigne, oui… Il faut prendre des parfums mercuriels, en s'enfermant dans une étuve où l'on jette le mercure sur des braises… Mais pour des raisons évidentes, nous ne pouvons nous risquer à procéder ainsi sur un navire. Notre ami monsieur Morton va devoir se laver avec un sublimé corrosif mélangé à de l'eau… Et si ça ne suffit pas, on lui injectera une dose de mercure directement dans l'urètre.

– Vous plaisantez ?

– J'aimerais mieux…

Caesar fut agité d'un petit rire ironique.

– Faut pas s'étonner que ça lui dise rien de se soigner !

– Vous ne devriez pas rire avec ça, c'est un mal très sérieux. Au début, cela n'a pas l'air si grave, mais au bout de quelques années, les syphilitiques tombent dans la démence. Ils sont atteints de paralysie, perdent le contrôle de leurs sphincters et de leur vessie, et finissent par mourir d'apoplexie.

Caesar éclata d'un rire franc qui saisit Bonnet de surprise.

– Peut-être bien, capitaine, peut-être bien ! Mais croyez-moi, je n'ai jamais vu un marin vivre assez vieux pour subir toutes ces joyeusetés !

Le capitaine Bonnet ne trouva rien à répondre. Il préféra claudiquer sur sa béquille jusqu'à la descente menant à ses quartiers. Quand il fut parti, Caesar secoua la tête dans un signe désapprobateur.

– À force de perdre son temps dans les livres, ce garçon passe à côté de la vie.

Ruth n'approuvait pas toujours le mépris à peine déguisé que l'équipage manifestait à l'égard du capitaine.

– Pourquoi ne pas faire un vote pour nommer Thatch capitaine, hein ? Puisque vous avez tous l'air de penser que Bonnet ne fait pas l'affaire.

– Ce n'est pas le moment.

Il hésita un peu, jaugeant Ruth du coin de l'œil, avant de lâcher :

– Nous ne sommes pas assez nombreux sur l'eau pour faire route séparément. Plus nous serons groupés, plus nous serons forts. Tu comprends ?

Ce qu'elle comprenait, c'était que Thatch n'avait pas l'ambition de rester second de la *Revenge*. Ni même d'en être le capitaine. Ce qu'il voulait, c'était que le monde tremble en entendant son nom.

Ruth le comprit le jour où ils pillèrent leur première prise, la *Betty*, de Virginie. Avant qu'ils ne tirent le premier coup de canon, Thatch descendit quelques minutes dans les ponts inférieurs. Quand il remonta, Ruth faillit se faire tomber un boulet sur le pied en le voyant. Il avait le torse cintré dans deux sangles en bandoulière, auxquelles étaient pendus pas moins de cinq pistolets. À sa ceinture, il portait un sabre d'abordage, une hachette et un couteau. Mais ce n'était pas ce formidable arsenal qui laissa Ruth sans voix. Non, ce qui la choqua le plus, c'étaient les trois ou quatre mèches incandescentes que Thatch avait coincées sous son tricorne.

– Qu'est-ce qu'il lui prend ? Il compte se faire sauter la cervelle ?

Johnny la Teigne récupéra le boulet qu'elle lui tendait et le donna à Felizio, qui chargea un canon avec.

– C'est pour faire peur, dit Johnny en desserrant à peine les dents.

Cette canaille s'obstinait à mépriser Ruth au point d'à peine daigner lui parler, mais elle s'en moquait.

– Pour faire peur ? Les pistolets et les couteaux, d'accord, mais... Enfin, on dirait qu'il va au cirque !

– Attends de le voir tout à l'heure ! intervint Felizio.

Il avait raison. Quand la *Betty* se rendit – après seulement deux coups de canon – Thatch passa le premier à son bord, accompagné d'une douzaine de gars, dont certains s'étaient grimés de noir avec du charbon ou du goudron. Ruth et Galway assistaient à la scène depuis la *Revenge*. Dès l'instant où ils se retrouvèrent sur le pont du bateau capturé, cette bande de braves marins un peu rustres mais bons vivants se transformèrent en une horde de voyous malfaisants. Chacun savait quel rôle il devait jouer. Certains, souvent les plus imposants, se tenaient droits et menaçants, leurs yeux lançant des éclairs, déambulant parmi les prisonniers en donnant ici et là des bourrades pour les rassembler au milieu du pont, comme un chien de berger aurait rameuté des brebis. D'autres faisaient des moulinets avec leur couteau en invectivant l'équipage capturé ; ils parlaient fort, riaient d'un air sadique, et gigotaient beaucoup. Ils mimaient à merveille une sorte de folie imprévisible, qui contrastait avec le silence inquiétant des autres. Déroutés, les prisonniers se rassemblèrent au milieu du pont, leurs officiers en première ligne.

C'est là que Ruth comprit l'intérêt des mèches incandescentes dans les cheveux de Thatch. Ajoutées à sa démarche inquiétante, son allure belliqueuse et la lumière meurtrière dans ses yeux, il avait l'air de sortir tout droit des Enfers.

– Pourquoi tant d'intimidation, puisqu'ils se sont déjà rendus ? demanda alors Galway à Cunningham.

– Ces gars-là, ils vont finir par rentrer chez eux, bien sûr. Et ils vont raconter ce qu'ils ont vu. S'ils racontent partout que nous sommes des créatures démoniaques, de terribles brutes avec la soif du sang dans les yeux, comment crois-tu que les autres navires qui croiseront notre route réagiront ?

– ... Ils se rendront.

– Voilà. Ce qui ne fait pas tous les jours mon affaire, croyez-moi ! Je vais finir au chômage, si ça continue ! J'ai peine à motiver les gars à s'entraîner, ils disent que ça ne sert à rien, vu que tout le monde se rend sans combattre !

Quand la cargaison de vin de Madère de la *Betty* fut embarquée sur la *Revenge*, on transborda également l'équipage prisonnier, et la *Betty* fut tout bonnement coulée. Ruth fut surprise de la facilité avec laquelle la décision fut votée. De toute évidence, couler les navires capturés était dans l'habitude de l'équipage, ils n'en faisaient pas d'état d'âme. Cela faisait aussi partie de la stratégie de Thatch. En voyant leur navire et tout ce qui leur était familier couler au fond de la mer, les équipages capturés perdaient leurs repères. Ils passaient alors plusieurs jours prisonniers des pirates, à se demander ce qu'on allait faire d'eux. D'après Thatch, cette torture psychologique était plus efficace et beaucoup moins contraignante que la torture physique.

– Quand ils débarquent, ils sont si heureux qu'on leur ait laissé la vie sauve qu'ils nous en sont presque reconnaissants ! expliqua Caesar à Ruth pendant qu'ils arrimaient les fûts de madère à fond de cale.

Ruth put constater à quel point il avait raison quand ils débarquèrent les prisonniers sur la *Sea Nymph*, capturée quelques jours plus tard. Affamés et déshydratés, ils quittèrent la *Revenge* en tremblant, sans cacher leur soulagement d'être en vie et à l'air libre, après tout ce temps cloîtrés dans le noir. Les Revenges les saluèrent de vigoureuses tapes dans le dos, hilares, en les invitant à revenir les voir quand ils le souhaiteraient. La *Sea Nymph* fut donc épargnée, mais pas sa marchandise. Tout ce qui était volumineux et de peu de valeur marchande fut balancé à la mer. Pour le capitaine, c'était un coup dur : il était parti de Philadelphie le jour même, et il allait devoir y retourner les cales délestées de sa cargaison, mais chargées de prisonniers hagards.

À chaque navire qui était intercepté, les Revenges racontaient quelque chose de différent aux équipages. Ils se mettaient d'accord sur une version avant d'attaquer. Un jour, ils prétendaient attendre un de leurs confrères, un navire de guerre avec trente bouches à feux, pour attaquer quelque petit port de la côte. Le lendemain, ils disaient vouloir faire route vers Charleston, et le surlendemain, ils assuraient à leurs prisonniers qu'ils voulaient faire un carénage dans les marais de Virginie. L'idée était de brouiller les pistes, d'avoir l'air insaisissable.

Un jour, ils rattrapèrent un navire venant d'Irlande, qui se rendait à Philadelphie. Ils s'en rapprochèrent jusqu'à en être à une portée de pistolet, sans que le navire ne se rende. Cherchant à tout prix à éviter le combat au corps à corps, les Revenges balancèrent sur le pont du navire des grenades artisanales, faites de bouteilles en verre remplies de poudre, de chevrotine, de morceaux de fer et de plomb, et munies d'une mèche enfoncée dans le goulot. Les bouteilles explosaient avant d'atterrir, mais qu'importait : ainsi, une pluie de mitraille tombait sur l'équipage affolé. Ruth, Galway et les quelques nouvelles recrues furent conviés à participer à ce joyeux hourvari. Le visage couvert de goudron, hurlant et chantant des chants profanes, ils s'en donnèrent à cœur joie, tant et si bien que lorsqu'ils amorcèrent le mouvement pour passer à l'abordage, le capitaine du navire se rendit – enfin.

On lui fit payer cher sa rémission tardive : non seulement la cargaison inutile fut coulée, mais ils pillèrent tout ce qu'ils trouvèrent dans la chambre du commandant : bijoux, rhum, instruments de navigation, mais aussi vêtements, livres et parchemins. Il supplia qu'on lui laisse au moins des culottes, en vain. Couvert d'une simple chemise, moqué par les pirates, il attendit que la tempête passe, prostré dans un coin de sa cabine.

Pendant ce temps, des hommes mettaient la pièce sens dessus dessous. Caesar et Charpente fouillaient dans les tiroirs, les placards, au fond des équipées, à la recherche d'un rangement à double-fond, ou n'importe quelle autre cachette où le capitaine aurait caché un butin qu'il aurait « omis » de mentionner. Thatch était debout devant les carreaux des bouteilles ; à la lumière du jour déclinant, il examinait le journal de bord. Quand il lut quelque chose qui fit tomber une ombre sur son visage. Le capitaine Peters frémit en voyant Thatch s'approcher de lui et lui mettre le journal de bord sous le nez.

– Huit octobre, première heure du quart du soir. Il est écrit que vous avez croisé la route d'un navire de guerre... Que pouvez-vous me dire de plus à ce sujet ?

Peters prit le journal de bord et relut ce qu'il avait écrit.

– Eh bien, pas grand-chose hélas... C'était un navire britannique, un cinquième rang. Il était au vent de nous, aussi nous n'avons pas cherché à l'approcher. Cela nous aurait trop retardés.

– Vers où faisait-il route ?

– Vers le sud, indubitablement, monsieur.

Caesar s'approcha d'eux.

– Un problème ?

– La Navy est dans le coin. Capitaine Peters, à la page suivante vous parlez d'un autre cinquième rang, que vous auriez eu brièvement en vue le lendemain matin.

– Celui-ci, il allait vers le nord.

Thatch jeta le journal de bord à Peters et prit Caesar à part.

– Ce n'est pas bon signe, Caesar. Ils ont dû être commissionnés pour protéger les grands ports de notre visite.

– C'est la rançon du succès, Ed... Fallait s'y attendre... Tu penses qu'ils seront dans le Rhode Island ?

– Peut-être pas dans le Rhode Island, non. Mais à Boston...

Il conclut sa phrase par une grimace dubitative.

– Ou New York.

– Ou New York. Ou les deux, jusqu'à preuve du contraire.

Au pont inférieur, l'équipage avait parqué les passagers. Il y avait là des serviteurs sous contrat, terrorisés à l'idée de ce que ces pirates pouvaient leur faire. La plupart étaient des Irlandais embarqués à Dublin. Ils étaient faméliques, exténués par la traversée, et pour certains, atteints de scorbut ou de dysenterie. Ruth fut sommée de les fouiller avec Galway et une dizaine d'autres. Ils ne purent s'empêcher de penser à leur propre traversée transatlantique à bord de l'*Anglesea*, deux ans plus tôt. Ils n'étaient pas en meilleure forme que ces gens, au moment où ils avaient fomenté la mutinerie qui avait changé le cours de leur existence...

En faisant les poches d'un jeune garçon d'à peine quinze ans, Ruth remarqua d'horribles traces rouges sur ses bras.

– Qu'est-ce que c'est ? lâcha-t-elle se reculant vivement.

Elle n'avait aucune envie d'attraper la vérole ou Dieu sait quelle autre maladie.

– Les puces..., répondit le garçon.

– C'est vrai, répondit son voisin. Regardez : ces saloperies nous sucent le sang depuis des semaines.

Il montra ses propres bras, constellés de traces de piqûres. Galway s'approcha, un fusil à la main.

– Le petit s'est gratté jusqu'au sang, expliqua l'homme en jetant un regard apitoyé au jeune garçon.

Ruth et Galway réprimèrent une moue de dégoût devant les plaies purulentes du garçon.

– Frotte de l'essence de lavande dessus, dit alors Ruth. Ça soulagera les démangeaisons.

Galway la regarda d'un air interrogateur.

– C'est Ferguson qui m'a dit ça, un jour.

– Vous avez regardé autour de vous ? grinça l'homme près du jeune garçon. Où voulez-vous qu'on trouve de l'essence de lavande ?

Devant l'insolence de son ton, Ruth se pencha brusquement sur lui, menaçant de le frapper de la crosse de son arme.

– Eh ! Baissez d'un ton. Ma bienveillance a des limites.

Les autres passagers, tapis un peu partout, sursautèrent et lui jetèrent des œillades effrayées. Ruth bouscula l'homme du pied et alla fouiller une femme qui serrait un balluchon contre sa poitrine. Elle lui arracha le balluchon des mains. Des larmes silencieuses se mirent à couler sur les joues de la femme. Ruth sortit du balluchon quelques vêtements, une Bible, un chapelet en bois, et, chose étrange, des étoffes magnifiques, bordées de dentelle très fine. Cela ressemblait à des langes. Ruth les inspecta un peu mieux, et les tremblements de la femme redoublèrent. Ces langes étaient d'un blanc immaculé. Y étaient brodés de délicats motifs de feuilles, de fleurs et d'oiseaux. Les broderies scintillaient à la lumière blafarde de l'entrepont : elles étaient faites dans du fil d'or.

– C'est ça que vous vouliez cacher ? demanda Ruth à la femme.

– C'est..., balbutia-t-elle. C'est pour ma sœur... Elle est en Pennsylvanie, et elle a accouché il y a quelques semaines... Ces langes, c'est... Elles sont dans la famille depuis un siècle...

Ruth hésita. Mais c'est alors que Johnny la Teigne s'approcha, une arquebuse dans les mains.

– Prends-les, dit-il à Ruth.

– Pourquoi ?

– De la dentelle et du fil d'or, faut vraiment que j't'explique ?

Comme La Teigne restait campé là, à attendre, Ruth fut bien obligée d'obtempérer. Elle n'était pas à bord depuis assez de temps pour se permettre de faire des vagues. Elle rendit le balluchon à la femme et fourra les langes dans son sac de jute. La femme, les yeux mouillés par des larmes de colère, la dévisageait avec une expression haineuse. La Teigne s'éloigna pour continuer sa ronde. Ruth allait se relever, quand elle remarqua une protubérance étrange entre les seins de la femme. La fripouille... Elle cachait quelque chose sous sa robe...

Leurs regards se croisèrent, et la femme devina qu'elle était démasquée. Dans ses yeux, la détresse remplaça la haine. S'assurant que personne ne les observait, Ruth tira doucement sur le décolleté de la femme. Discrètement blottie entre les deux seins blancs, une bourse pleine de pièces... Ruth lâcha le décolleté de la femme et la jaugea avec sévérité. La pauvre femme pleurait en silence. Ruth repensa à sa traversée sur l'*Anglesea.* À cette époque, elle gardait cachés dans sa ceinture le peu d'argent qu'elle avait avec le parchemin de Dalzeel... Toute sa vie, tous ses rêves, dépendants de quelques pièces et d'un bout de papier...

S'assurant à nouveau que personne ne regardait, Ruth prit un des pans du manteau de la femme, et lui couvrit délicatement la poitrine. La femme se mit à pleurer de plus bel, de soulagement cette fois. Ruth se leva et alla fouiller quelqu'un d'autre.

Le soir venu, une petite pluie fine se mit à tomber. La bordée libre de quart prit le repas dans l'entrepont. Des petits groupes de sept ou huit se tassaient entre les canons et les hamacs. Hibiscus, le chat du bord, se promenait discrètement parmi eux. Dès qu'il voyait une timbale abandonnée, il se jetait dessus et en léchait le fond. Au menu, le coq – un certain Marcel, rendu inapte au travail sur le pont à cause d'une jambe abîmée – avait préparé du millet bouilli à la graisse de lard. Rien de très savoureux, mais une portion de fruits secs égayait l'austérité de ce repas. Ruth mangeait entre la Bûche, un des charpentiers, et Bretelle. En face d'elle, Cunningham et Trente-Six parlaient artillerie.

– Au fait, Chien Noir, on a perdu la tape-de-bouche de Joan, tout à l'heure, dit Trente-six.

Les canons, à bord de la *Revenge*, étaient tous baptisés : chaque chef de pièce avait eu le privilège de le nommer d'après une femme qu'il connaissait. Ancienne conquête, sœur, mère... N'importe qui, pourvu que ce fût une femme « détonante ».

– Je sais. La Bûche, la forge est opérationnelle ? Il faudrait en frapper une autre.

– Pas de problème. À une condition, que je puisse graver ce qui me plaît dessus.

– Si tu veux. Mais pas de paroles ou d'images profanes, tu entends ?

– Ouais, c'est bon, tu as ma parole. Rien que des paroles d'évangile, ajouta-t-il en faisant un clin d'œil à Ruth.

– Je ne plaisante pas, la Bûche. Ce qu'on grave sur les tapes-de-bouche est censé protéger les canons, et bénir nos tirs. Si Joan se met à tousser à chaque tir, tu en seras tenu responsable !

– Eh, ça m'fait penser, Chien Noir ! les coupa Bretelle. Tout à l'heure, quand on a tiré avec Mathilda, le boulet a fait quelque chose d'étrange, il a plongé à tout juste une demi-encablure… Comme si on n'avait pas mis assez de poudre. Alors qu'on lui en a mis comme d'habitude !

Cunningham avala une bouchée avant de demander :

– Quels boulets aviez-vous pris ?

– Les huit livres du bateau français de l'autre jour.

Trente-Six et Cunningham échangèrent un regard entendu.

– C'est normal, alors. C'est à cause du vent.

– Du vent ? demanda Ruth, perplexe.

– Oui, le vent des boulets, expliqua Cunningham. À calibre égal, les boulets français sont toujours légèrement moins lourds que nos boulets… Moins lourds, et un peu plus petits. Donc, si tu mets un boulet de huit livres français dans un canon de huit livres anglais, tu te retrouveras avec un coussinet d'air entre le boulet et la paroi intérieure de l'âme du canon… Et c'est à cause de cette différence entre l'alésage du canon et le diamètre du boulet, que la portée de tir diminue.

Bretelle n'avait pas l'air de comprendre.

– Pourquoi ?

– C'est physique ! rétorqua Trente-six.

– Attends une seconde, tu vas comprendre…

Cunningham tapa sur l'épaule du gars derrière lui.

– Eh, Giuseppe ! Toi qui as toujours des bouts de papier dans les poches, file-moi z'en un.

– Mais bien sûr, Newgate ! Attends…

En effet, à la grande surprise de Ruth, Giuseppe portait sur lui un tas de petits morceaux de parchemins noircis d'une écriture fine. Il en fourra un dans la main de Cunningham.

– Newgate ? interrogea Ruth.

– C'est une longue histoire, répondit Cunningham avec un sourire mystérieux.

Giuseppe avala rapidement sa bouchée pour dire à Ruth :

– J'te la raconterai un de ces jours, si tu veux.

Cunningham roula le morceau de papier en une paille très fine, puis il prit un raisin sec et le glissa dedans.

– Regarde, Bretelle. Si je souffle dans cette paille, alors que le diamètre de son orifice est significativement plus large que le raisin sec, voilà ce qu'il se passe…

Il visa le groupe voisin et souffla vigoureusement dans la paille… Mais le raisin sec retomba lamentablement à tout juste une toise de lui. Ruth le ramassa et le tendit à Cunningham.

– Maintenant, regarde. Je ressers le diamètre de façon à ce que la paroi intérieure de la paille épouse bien mon raisin. Et…

Il souffla de nouveau dans la paille. Le raisin fut projeté si vite que personne ne le vit partir. Johnny la Teigne le reçut de plein fouet, juste au coin de l'œil. Il sursauta en poussant un cri. Il n'eut pas de mal à identifier les coupables, qui étaient hilares.

– Bravo, Chien Noir ! Tu as bien failli me crever un œil !

– Pour ce que tu en fais, c'est pas une grosse perte ! Pas foutu de viser une baleine dans un bassin !

La Bûche se tourna vers Cunningham.

– Dis donc, *Gwyllgi*... Si le vent de ces boulets est tel, on aurait pas meilleur compte à les garder pour les coups de semonce ou les saluts ?

– Tout à fait, j'allais y venir. Wolff, tu prends ton quart tout à l'heure, c'est ça ?

Ruth acquiesça.

– Bien. Toi, Bretelle et Galway, vous isolerez les huit livres français. Vous les mettrez dans une caisse à part.

– Entendu.

Cunningham et Trente-Six se levèrent et quittèrent l'entrepont.

– Comment tu l'as appelé ? demanda Ruth à la Bûche, quand ils furent partis.

– *Gwyllgi*. Ça veut dire « Chien Noir » en gallois.

– ... Bon sang, mais il a combien de surnom, Cunningham ? Chien Noir, Newgate, Gwyllgi...

– Tout le monde l'appelle Chien Noir. Y a que moi qui l'appelle Gwylggi, vu que j'suis gallois. Et Giuseppe qui l'appelle Newgate, parce que Giuseppe a un petit surnom personnel pour chacun... Mais les trois sont liés à la même histoire...

– Mais quelle histoire ?

– Giuseppe !

– Mmmh ?

– Je pense que la curiosité de celle-là a besoin d'être satisfaite.

– Ah ! Fort bien, fort bien. La curiosité est une grande qualité, n'en déplaise à certains !

Giuseppe fit volte-face pour se glisser dans leur cercle. Ruth ne le connaissait pas encore bien. Elle savait juste que c'était le plus vieux à bord. Il avait les sourcils et les cheveux blancs comme neige, et marchait légèrement voûté par le poids des années. Pourtant, dans la mâture, il grimpait comme un jeune écureuil, et serrait une voile plus rapidement que n'importe qui à bord. Il avait des yeux bleus rieurs et malicieux, et en le regardant parler, Ruth s'aperçut qu'il s'exprimait avec de multiples mimiques du visage et des mains. Rapidement, elle comprit que Giuseppe était un personnage, dans tous les sens du terme. Il y en avait beaucoup, chez les marins. Ces hommes trop pudiques pour laisser les autres les connaître vraiment, et qui se cachaient derrière un masque si coloré qu'on en oubliait presque la véritable personne derrière.

– Tu es de Londres, non ? Tu connais la légende du Chien Noir de la prison de Newgate ?

– Bien sûr…

Giuseppe eut un tic de déception. Visiblement, il aurait préféré que Ruth ne connaisse pas cette histoire.

– Donc tu sais qu'il y a eu un homme, emprisonné pour sorcellerie, qui s'est fait dévorer par des prisonniers affamés… Et que cet homme se serait transformé en chien noir après sa mort, pour traquer et tuer ses meurtriers… Eh bien, figure-toi que Cunningham a été emprisonné à Newgate, après les révoltes jacobites…

Ruth le jaugea un instant, se demandant s'il était sérieux.

– Vous n'allez pas me faire croire que notre Cunningham serait ce sorcier transformé en Chien Noir ?

– En tout cas, il refuse de dire comment il a réchappé de la prison ! Et comme c'est le seul du bord à être passé par Newgate, il est logiquement devenu le Chien Noir de la bande. Comme Thatch est le seul à porter une barbe aussi noire et aussi drue, alors il est Barbe-Noire. Husk est probablement le seul homme au monde à s'être fait attraper par la presse parce qu'il n'avait pas rajusté ses bretelles avant de s'échapper, et qu'il s'est pris les pieds dedans… Alors forcément, il est devenu Bretelle.

Ruth éclata de rire.

– C'est vrai, Bretelle ?

L'intéressé prit un air embarrassé.

– Ils m'ont pris au dépourvu…

– Tu vois l'idée ? poursuivit Giuseppe.

– Comme toi, tu es la seule…, commença la Bûche.

– De Wapping, coupa Giuseppe. Donc on pourrait t'appeler Wapping.

Ruth savait, à en juger l'expression de la Bûche, que ce n'était pas à son quartier natal qu'il pensait quand il réfléchissait à la spécificité la plus évidente de Ruth à bord. Mais elle était profondément reconnaissante à Giuseppe de ne pas l'avoir laissé finir sa phrase. Elle le remercia d'un sourire, qu'il lui rendit discrètement..

Pendant qu'ils mangeaient et bavardaient avec légèreté, Thatch semblait absorbé dans quelque pensée personnelle. Silencieux, il buvait du rhum à même la bouteille. En face de lui, Galway écoutait les autres parler de la marchandise coulée le jour même sur leur dernière prise.

– J'comprends pas, dit Felizio. Vraiment, je ne comprends pas pourquoi on coulerait les cargaisons dont on n'a pas besoin. Enfin, c'est pas tant pour le marchand à qui elles appartiennent, ça je m'en moque, mais… C'est que ça coûte de l'argent, et de l'énergie, de produire la farine, le riz, la mélasse. Ça ne vous fait pas mal de vous dire que des dizaines de personnes auraient pu se nourrir de tout ça ? Au lieu de ça, tout repose au fond de la mer…

Le silence se fit autour d'eux. Tous se tournèrent vers Thatch, car il était évident que la remarque de Felizio lui était plus ou moins adressée. Thatch posa sa bouteille et se mit à picorer des raisins secs.

– Felizio, dit-il d'un ton doucereux. Est-ce que tu as compris ce que nous faisons, ici ?

– Eh bien… Nous faisons commerce de…

– Non. Non, ce n'est pas une question de commerce. Nous ne sommes pas des marchands. Nous sommes au mieux des corsaires, commandités par notre seul courage. Au pire, des guerriers. Et contre qui nous battons-nous ?

– … Contre l'empire ?

– Contre tout le monde. *Tout le monde.*

Felizio déglutit et baissa les yeux. Galway, dont la curiosité était attisée, en oublia de mâcher. Un silence respectueux se fit autour d'eux.

– Vous savez comment on appelle les pirates, dans le *Boston News Letter* ? demanda Thatch d'un ton grave. C'est le capitaine de la *Sea Nymph* qui me l'a dit… *Hostis humani generes…* Ennemis de l'humanité. Si vous pensez encore pouvoir prouver au monde que vous n'êtes pas des tueurs mais de simples voleurs, je vais vous casser le moral : aujourd'hui, dans notre monde, les voleurs sont traités avec autant de fermeté que les tueurs. Si l'on doit se souvenir de vous, ça ne sera pas en termes élogieux, mettez-vous bien ça dans la tête. Nous n'en sommes plus à essayer de limiter la casse, comme le faisait Hornigold. Nous sommes des ennemis de l'humanité. Aucune promesse de rédemption ne nous sera faite. Nous sommes des ennemis de l'humanité, et la meilleure chose que nous ayons à faire maintenant, c'est de nous conduire en tant que tels.

Un silence de mort s'abattit dans l'entrepont. On entendait plus que les membrures du navire craquer à chaque coup de roulis.

– Ou au moins, d'en avoir l'air… Tant que le chien aboie, c'est qu'il n'est pas encore en train de mordre. Alors faisons comme le chien. Aboyons très fort, pour ne pas avoir à mordre.

Le silence dura quelques secondes, jusqu'à ce que Felizio fasse une chose qui méduse tout le monde : dans un hurlement aigu, il imita le cri d'un chien, ou d'un loup cherchant à rassembler sa meute. Aussitôt, tous les hommes se prêtèrent au jeu et reprirent son hurlement en riant.

Galway ne s'était pas mêlé à la liesse générale. Il observait Thatch : son regard brillait d'une lueur douloureuse, celle que l'on retrouve dans les yeux vitreux des ivrognes jetés hors des tavernes à la fin de la soirée.

⁂

La *Revenge* avait dépassé le quarantième parallèle, et ça se sentait. L'air était chargé d'humidité. Le mois d'octobre tirait sur sa fin, et le ciel était perpétuellement chargé d'une masse grise et mouvante de nuages bas. En dehors d'une bonne brise qui les força à serrer les perroquets et prendre un ris dans les huniers le temps d'une nuit, le vent était relativement faible. Mais c'était un vent du nord. Ils devaient donc tirer des bords pour progresser vers le Rhode Island sans trop s'approcher de la côte New-yorkaise.

Le jour se levait, aussi gris que la veille, quand ils le virent : un point blanc à deux quarts tribord. Dans les minutes qui suivirent, Galway – qui veillait du haut de la hune – distingua des perroquets. C'était un trois-mâts, qui faisait route vers le sud-est, grand largue.

Le capitaine Bonnet, toujours soutenu par sa béquille, scrutait la plateforme de hune où la silhouette de Thatch se détachait aux côtés de Galway. Les deux hommes étaient en plein conciliabule, se faisant passer la longue-vue à tour de rôle.

– Doux Jésus, mais qu'est-ce qu'ils fabriquent ? susurra Bonnet pour lui-même.

À ses côtés, Hands et le bosco attendaient, prêts à lancer la manœuvre. Les matelots de quart attendaient sur le gaillard, le regard tourné vers l'horizon. Sur la hune, Thatch cherchait à fixer son œil sur le navire au loin, en dépit du léger tangage. Galway était pendu à ses lèvres.

– Alors ?

Sous l'effet de la concentration, Thatch retroussait la lèvre supérieure, dévoilant une dentition tachée de traces jaunes.

– Une dizaine de sabords.

– Vingt canons ? ! Pour un marchand, voilà qui commence à faire !

– Ce sont peut-être des trompe-l'œil.

Il donna la longue-vue à Galway.

– On ne voit toujours pas le pavillon, remarqua Galway. En tout cas, il n'a pas l'air de vouloir s'écarter de notre route.

– Nous arborons toujours le pavillon de la colonie de Virginie. Peut-être qu'il veut des nouvelles.

– Oh, oh...

– Quoi ?

Thatch lui reprit la longue-vue.

– On dirait qu'il a un deuxième pont de batterie.

Galway avait raison. Thatch poussa un juron à faire rougir n'importe quel marin. Il rendit la longue-vue à Galway et s'accroupit au bord de la plateforme, prêt à redescendre les gambes de revers.

– Qu'est-ce que j'fais, m'sieur Thatch ?

– Tu le gardes à l'œil ! Le moindre changement de cap, le moindre mouvement, tu nous le signales !

Thatch dévala les haubans avec l'agilité d'un jeune gabier. Avant que son pied ne touche le pont, tous les hommes de quart s'étaient rassemblés autour du capitaine Bonnet.

– C'est la Navy, capitaine. Un cinquième rang, quarante canons.

Le visage de Bonnet perdit le peu de couleurs qu'il avait.

– Mon Dieu… Vite ! Monsieur Pell, monsieur Hands, préparez vos bordées respectives à virer de bord !

– Non ! l'interrompit Thatch.

Hands s'arrêta net en entendant Thatch contredire le capitaine, et fit signe au bosco d'en faire autant.

– Monsieur Thatch…, hésita Bonnet. Ils sont sans doute plus lourds… Nous pourrions les semer !

Thatch plongea ses yeux de reptile dans ceux de Bonnet et lui dit d'un ton péremptoire :

– Capitaine… Ils ont le vent pour eux. Ils ont plus de tirant d'air et plus de surface de voilure que nous. D'après leur ligne de flottaison, ils sont lèges, tandis que nous sommes chargés à couler bas. Nous pouvons toujours fuir… Mais ils nous rattraperont tôt ou tard.

Bonnet baissa brièvement le regard. Le visage sombre, il demanda après quelques secondes de réflexion :

– Bien… Que proposez-vous, alors ?

Thatch se pencha vers lui de façon à ce que les autres n'entendent pas.

– J'ai une idée… Mais vous devez me faire entièrement confiance sur ce coup-là, capitaine.

La mine grave, Thatch le jaugeait d'un air pressant.

– Bien…, souffla Bonnet après avoir dégluti. Allez-y.

Il n'y avait plus qu'une vingtaine d'hommes sur le pont de la *Revenge*. Tous les autres étaient cachés dans le pont de batterie. Les sabords étaient fermés, mais les canonniers étaient à leur poste, au cas où la situation tourne mal. Le capitaine Bonnet avait quitté le pont également : un capitaine de marine marchande blessé comme il l'était aurait attiré les soupçons. Thatch contrôlait le navire. Cependant, officiellement, aux yeux de la Navy, il serait maître d'équipage. En effet, avec sa barbe épaisse et son allure générale, il n'aurait pas été crédible dans le corps de commandement. De plus, sa position de « maître d'équipage » lui permettait de rester près des hommes et de pouvoir leur communiquer un ordre en toute discrétion, s'il le fallait.

Sur la dunette, Israel Hands faisait le rôle du commandant. On lui avait prêté un tricorne et un caban appartenant à Bonnet. D'ordinaire, ses cheveux blond filasse couvraient tout juste ses oreilles. Pour l'occasion, il les avait tirés en arrière pour les nouer en un petit catogan. Les joues bien rasées, le visage buriné mais encore beau, il avait l'air d'un marin on ne peut plus respectable. Surtout, Thatch l'avait choisi en raison de son sang-froid et de son flegme naturel. C'était un ancien de la marchande, que Thatch avait connu avant la guerre, à l'époque où lui-même transportait du sucre entre la Jamaïque et la Virginie. Il avait toute confiance en lui.

Thatch se rendit au niveau du compas de relèvement. Il visa le navire de guerre dans l'alidade. On devinait à présent l'Union Jack battre sur sa hampe, à l'arrière.

– Alors ? lui demanda Hands, qui venait de le rejoindre.

– Relèvement constant. Aucun doute possible, il fait route sur nous.

Hands mit sa main en visière sur son front pour observer le navire.

– Au moins, ses sabords sont toujours fermés.

Thatch ne répondit pas. Parmi les matelots qui se tenaient sur le gaillard, parés à la manœuvre, il reconnut Wolff.

– Qu'est-ce qu'elle fait là ?

– Comment ça ?

Thatch grogna d'impatience.

– Qu'est-ce qu'elle fait ici et pas en bas ?

– Je lui ai dit qu'elle pouvait rester.

– Nous avons dit « rien qui ne soit suspicieux » !

– Je sais, je sais, mais... Galway et elle n'ont encore jamais été en première ligne.

– Ah, ça ! Si elle se fait repérer, sûr qu'elle sera en première ligne !

– Mais je lui ai bien dit de rester discrète, de ne pas ouvrir la bouche, et de rester derrière les autres. Regardez-la. On n'y voit que du feu !

Wolff était coiffée d'une casquette en laine, engoncée dans une grosse veste remontée jusqu'au menton. Elle s'amusait avec Galway, Bretelle et Felizio. Ils se mettaient au défi de se pendre au bas-étai, en essayant de progresser tout du long, tels des singes. Wolff parvint à parcourir quatre ou cinq pieds avant de lâcher prise et de tomber lestement sur le pont en riant.

– D'accord..., dit Thatch. Après tout, si elle a pu duper tout l'équipage de l'*Anglesea* pendant des semaines, elle pourra en duper un autre durant quelques minutes.

Plus le navire se rapprochait, plus les hommes réalisaient le danger qu'ils couraient. Même si ses intentions n'étaient pas belliqueuses – ce qui restait à prouver, le risque d'être démasqués était grand. Certes, ils avaient tout fait pour avoir l'air d'un navire marchand tout ce qu'il y a de plus normal : réduire les effectifs sur le pont, monter un mensonge élaboré sur leur soi-disant plan de route... Au cas où le signalement de la *Revenge* serait connu de la Navy, ils l'avaient même temporairement rebaptisé en recouvrant son nom d'une plaque de bois sur laquelle on avait gravé *Devonshire.* Mais cela n'était que du bricolage. Si le capitaine d'en face avait le moindre doute, le subterfuge ne tiendrait pas longtemps, Thatch le savait.

Ils venaient d'ordonner aux hommes sur le pont de faire semblant de travailler comme si de rien n'était. De loin, ils devaient avoir l'air aussi occupé qu'un petit équipage de marine marchande pouvait l'être. Ainsi, pendant qu'il les supervisait en donnant des directives de-ci et de-là, certains goudronnaient les haubans, d'autres allaient et venaient du pont principal à sous le gaillard, des outils à la main. Il en avait même envoyé deux dans la mâture, qui, sur prétexte de changer des enfléchures, observaient les mouvements du navire approchant. Tous les matelots paraissaient occupés à leur tâche. Du moins, en apparence. Car en réalité, leurs regards s'attardaient sur la mer alors qu'ils trimbalaient leur mailloche ou leur scie. Les pinceaux dégoulinants de goudron gouttaient sur les cadènes où Ruth, Galway, Felizio et Bretelle étaient à présent perchés. Leur baille de goudron pendant à la ceinture, ils donnaient des coups de pinceaux distraits sur les ridoirs, tout en jetant des coups d'œil anxieux vers le navire de guerre. Leurs pistolets étaient soigneusement cachés dans leurs vestes.

Soudain, un banc de poissons volants surgit de l'eau et vola dans le creux d'une lame, fragiles et gracieux, avant de replonger discrètement. Ruth les suivit du regard. Il était toujours étrange que la faune marine se manifeste inopinément dans ces moments de tension où ils avaient parfois tendance à oublier jusqu'à son existence...

À présent, non seulement ils pouvaient deviner les silhouettes sur le pont d'en face, mais ils distinguaient aisément leurs mouvements. Ce n'était qu'une question de minutes avant qu'ils soient à portée de voix. De l'arrière au gaillard, la tension était insoutenable.

– Leurs sabords sont toujours fermés, c'est bon signe, remarqua Bretelle.

– Ça ne veut rien dire, contesta Galway. Les nôtres aussi, et pourtant nos chefs de pièce sont prêts à tirer s'il le fallait.

A l'arrière, Hands et Thatch essayaient autant que possible d'avoir l'air serein. Derrière eux, le barreur avait l'air nerveux. Thatch lui jeta un regard à la dérobée.

– Surveille-le de près, chuchota-t-il à Hands. J'ai peur qu'il ne défaille...

– Faut se mettre à leur place. Nous passons notre temps à tout faire pour éviter de croiser la route de la Navy, et voilà qu'on se jette dans ses bras.

– Va pourtant falloir vous y faire. M'est avis que nous risquons de les croiser de plus en plus souvent.

Hands sortit une pipe de sa poche. Thatch observa ses doigts saisir un peu de tabac et le fourrer dans le fourneau. Sa main était ferme, et cela le rassura.

– Tu sais ce que tu as à dire ?

– Affirmatif.

Ils se tournèrent tous deux vers le navire qui s'approchait. Des silhouettes se pressaient au pavois, à l'avant. Un porte-voix brillait dans les mains d'un officier en tricorne.

– Ne fais pas trop de zèle, murmura Thatch. Quoi qu'il se passe, il faut que nous nous débarrassions d'eux le plus vite possible. Plus le temps passera, plus le risque d'être découvert augmentera...

Sur le pont du navire de guerre, le sifflet du maître retentit. Les matelots se dispersèrent à différents postes.

– Ils se préparent à mettre à la panne, dit Thatch. Fais passer l'ordre.

Débordant d'assurance, Hands recula et s'adressa à Thatch d'une voix forte.

– Maître, parés à mettre à la panne au petit hunier !

- A vos ordres, capitaine ! répondit Thatch avec un clin d'œil.

Hands se tourna vers le timonier.

– Paré à mettre la barre dessous ?

– Paré, monsieur !

Une fois que le « bosco » eut réparti les matelots, tous attendirent. Ruth se retrouva aux cargues de la misaine. La main sur le cordage, elle regardait, à l'instar de ses camarades, le navire de guerre qui allait bientôt croiser leur route. Ils en voyaient chaque détail à présent : la blancheur éclatante de ses voiles, sa peinture bleue et jaune, sa figure de proue aux seins nus... Et la posture guindée du commandant, sur le gaillard. Il dit quelque chose à l'officier qui se tenait à ses côtés, un porte-voix à la main. Une seconde plus tard, l'officier leva le porte-voix et cria quelque chose.

– Par Ordre de la Marine de Sa Majesté le Roi, nous vous sommons de mettre à la panne !

Ils y étaient. Hands jeta un dernier regard à Thatch et lança la manœuvre. Les matelots carguèrent la misaine et la grand-voile aussi vite que possible, avant de se jeter sur les bras du phare de misaine. Le navire, sous l'action du barreur, lofa. Puis, grâce au phare de misaine masqué, il cula et commença à abattre. Le maître d'équipage fit choquer l'écoute de foc et raidir l'écoute de la voile d'artimon.

Légèrement essoufflée, Ruth se pencha par-dessus la lisse. Ça y est, ils n'avaient plus d'erre. Elle observa un peu mieux le navire de guerre. Il évolua rapidement et se mit à la panne en moins de temps qu'il n'en faut pour le dire. Quand il leur présenta sa poupe, ils purent lire son nom : *HMS Pearl*.

– Impressionnant, murmura-t-elle. Vous avez vu à quelle vitesse ils ont manœuvré ?

– A deux cents paires de bras, ça aide ! railla Felizio.

Il rejoignit Ruth à la lisse, avec Galway, Bretelle et les charpentiers. Tous camouflaient leur anxiété autant que possible. Ils pensaient tous à la même chose : jamais pirate n'eut été aussi près de son ennemi sans se faire prendre.

– J'en avais jamais vu un aussi gros d'aussi près, dit Galway.

Il était vrai que c'était un navire splendide. Très bien entretenu et bien dans ses lignes. Quand il fut à la panne, à tout juste une demi-encablure de la *Revenge*, son équipage – du moins, une petite partie – se massa au pavois. Derrière, un corps de fusiliers armés était posté. Le commandant, qui avait regagné sa dunette, se présenta.

– Je suis le capitaine Gordon, commandant de l'*HMS Pearl*. Qui est votre capitaine ?

Hands jeta un regard furtif à Thatch, qui fumait sa pipe aussi paisiblement que possible, accoudé au pavois dans le passavant.

– Mes hommages, capitaine Gordon. Je suis le capitaine Handerson, du *Devonshire*.

– Capitaine Handerson, d'où venez-vous et où vous rendez-vous ?

Hands répondit sans l'ombre d'une hésitation.

– Je viens de Jamestown, Virginie. Et je me rends à Boston. Nous avons une cargaison de vin de Madère à y débarquer.

Le capitaine Gordon échangea quelques mots avec son premier lieutenant.

– Je vais à Jamestown. Quel est le nom de votre armateur ? Nous lui ferons passer le mot que nous vous avons croisé.

Thatch tirait sur sa pipe de façon compulsive.

– Il s'agit de monsieur Johnson. Robert Johnson. Il vient d'arriver dans la région. Il vit sur les berges du lac Powell. Mais il a un bureau dans Adam's Street, à Williamsburg. Si vous voulez le trouver, c'est là qu'il faudra vous rendre, capitaine.

Thatch disait toujours que pour un bon mensonge, le plus important était les détails. Ainsi, l'interlocuteur, noyé dans cette multitude d'informations inutiles, avait plus de difficultés à pointer du doigt celles qui manquaient, ou qui semblaient improbables.

– Adam's Street, vous dites ? répéta Gordon dans son porte-voix.

Ruth et ses camarades écoutaient l'échange sans oser bouger un sourcil. Tous retenaient leur souffle. À côté d'elle, Galway mordillait nerveusement le bout de sa pipe.

Hands risqua un regard vers Thatch. Celui-ci l'invita en silence à garder son aplomb.

– ... Adam's Street, oui, capitaine.

Gordon échangea de nouveau quelques mots avec son premier lieutenant.

– ... Fort bien, fort bien, reprit-il. Il se trouve que j'ai du courrier venant d'Angleterre, à transmettre dans divers ports de la côte. C'est pour cela que j'ai voulu vous intercepter. Nous avons des lettres pour Boston. Je vais vous envoyer mon premier lieutenant que voilà, le lieutenant Maynard, afin qu'il vous remette ce courrier.

– Bon sang, souffla la Bûche. S'ils passent à notre bord, nous sommes perdus.

– Tu crois ? demanda Ruth.

– C'est certain, ajouta Charpente. Une fois à bord, l'usage voudrait que notre capitaine invite le lieutenant dans son bureau et lui offre un rafraîchissement...

– Sauf que c'est pas son bureau, à Hands ! Et que s'ils descendent, ils trouveront un Bonnet éclopé !

– Et puis, renchérit Felizio, j'suis sûr qu'ils ont pas marché à l'histoire de Johnson l'armateur d'Adam's Street. Si ce Maynard passe à bord, il va se méfier de tout ce qu'il voit. Et quand on cherche la petite bête, on finit toujours par la trouver.

Sur la dunette, Hands enfonça ses ongles dans la lisse. La main qui tenait le porte-voix se mit à trembler. S'il était silencieux trop longtemps, le doute s'insinuerait dans l'esprit de Gordon. Thatch s'avança alors vers lui et lui murmura quelque chose à l'oreille. À bord du *Pearl*, le capitaine Gordon montra des signes d'impatience. Enfin, Thatch revint à son poste et Hands reprit le porte-voix.

– Malheureusement, capitaine, je crains de ne pouvoir accueillir le lieutenant Maynard à mon bord, j'en ai peur. Ni lui ni personne, d'ailleurs.

Même à cette distance, la méfiance de Gordon était visible.

– Vous faites obstruction, capitaine ? Et puis-je vous demander pourquoi ?

– La vérole, capitaine Gordon. Nous avons quelque cas de vérole à bord. Et comme mon second vient de me le dire, les symptômes empirent d'heure en heure. C'est peut-être anecdotique, mais je ne saurai prendre le risque de contaminer un des Serviteurs de Sa Majesté pour quelques malheureuses lettres...

Le lieutenant Maynard dit quelque chose au capitaine Gordon. Celui-ci hésita, puis reprit son porte-voix :

– Capitaine Handerson, avez-vous une preuve de ce que vous avancez ?

Hands déglutit et perdit quelques couleurs. Comme il hésitait, Thatch intervint soudainement :

– Capitaine, voulez-vous que j'fasse monter Morton de l'infirmerie ?

Hands saisit la bouée au vol.

– Oui, faites donc, monsieur Gillian.

Thatch descendit et remonta une minute plus tard avec Trente-six, en se tenant à bonne distance de lui. Il lui fit signe d'aller vers le pavois.

– Décapèle ta chemise.

Trente-six s'exécuta. Il exposa son torse nu au capitaine du *Pearl*, qui l'observait à travers une petite longue-vue.

– Mais j'comprends pas, dit Ruth. Trente-Six a la syphilis, pas la vérole, non ?

– C'est-à-dire qu'à cette distance, répondit Felizio, ça pourrait être des taches de peinture que ça serait pareil.

Gordon fit passer sa longue-vue à son lieutenant. Celui-ci observa Trente-six plus longuement encore que son capitaine. Trente-Six semblait mal à l'aise.

– Fais pas cette tête, lui susurra Thatch. Prends un air véroleux, nom de Dieu, pas un air de criminel pris sur le fait.

À l'arrière, Hands n'en menait pas large. Mais de loin, il continuait d'être convaincant dans son rôle. Sur le *Pearl*, le lieutenant Maynard baissa sa longue-vue. Lui et Gordon tinrent un conciliabule qui leur parut interminable. Et puis Gordon reprit le porte-voix.

– Hissez votre pavillon jaune et bleu, capitaine Handerson.

– Il n'avait pas fini sa phrase que déjà Hands réprimait un soupir de soulagement.

– Vous avez tout à fait raison ! C'est un oubli idiot, nous avons été un peu dépassés par les événements...

Hands claqua des doigts en direction de Ruth et ses camarades. Galway fut le premier à réagir. Il descendit chercher le pavillon signalant une maladie contagieuse à bord.

– Combien avez-vous de cas ? demanda le capitaine Gordon.

– ... Six, capitaine.

– Nous ferons part de cela à votre armateur. Je l'assurerai que vous faites ce qui est en votre pouvoir afin d'endiguer l'épidémie. En espérant que vous n'aurez pas à payer de votre poche ce désagrément...

Grisé par son soulagement, Hands reprit le porte-voix.

– Oh, vous savez comment sont les armateurs, dit-il joyeusement.

Un regard sévère de Thatch lui fit réaliser son impair. En tant que capitaine de marine marchande, employé par son armateur, il n'avait pas à plaisanter en proférant des jugements à son égard. Fort heureusement, le capitaine Gordon était déjà passé à autre chose.

– Fort bien, fort bien... Nous allons reprendre notre route. Laissez-nous le temps de faire porter nos voiles, capitaine Handerson. Vous passerez sur notre arrière.

– Comme il vous saura gré, capitaine Gordon.

Galway terminait de hisser le pavillon jaune et bleu. Les commandants se saluèrent, et Gordon ordonna à ses hommes de se préparer à se remettre en route. De son côté, Hands lança le même ordre et rejoignit le barreur. Avant de redescendre, Trente-six dit à Thatch dans un ricanement :

– Eh, eh... Finalement, j'ai bien fait de ne pas me mettre cette seringue de mercure dans la queue, non ?

– Disons que pour une fois, ta couardise aura rendu service à la communauté.

Thatch attendit que le *Pearl* ait repris de l'erre, avant de lancer la manœuvre sur la *Revenge*. Afin d'être certains de ne pas être vus, il attendit que le *Pearl* soit assez loin pour rejoindre Hands à l'arrière.

Les hommes étaient en train de renvoyer la misaine et la grand-voile. Tout l'équipage était de bonne humeur, euphorique même. L'idée d'avoir approché de si près un navire de la Navy et d'en être réchappés les gonflait d'orgueil. Mais, Hands, lui, appréciait l'événement à sa juste mesure : ils avaient eu de la chance. Quand Thatch le rejoignit, il lui fit part de sa pensée.

– Oui, admit Thatch. Une chance insolente, même. Une chance que nous n'aurons peut-être pas deux fois.

– Que veux-tu dire ?

Les matelots gueulaient des ahans enthousiastes en bordant l'écoute de la grand-voile. La *Revenge* reprit un peu de gîte. Le vent avait légèrement forci.

– Je veux dire que nous ne sommes pas encore assez puissants ni assez nombreux pour faire face à la menace que représente la Navy dans ces parages.

Thatch ralluma sa pipe. Il posa les yeux sur Galway et Wolff, qui lovaient les cargues en riant avec leurs camarades.

– Nous avons intérêt à faire force de toile vers Block Island, et nous hâter de secourir les huit de la *Whydah* avant que la Navy devienne un vrai problème.

⁂

Dans le couloir, derrière la lourde grille de fer, le suif des torches se consumait en une fumée noire et âcre. Cette lueur jaune était la seule lumière qui ait touché les rétines de Langue-de-chat lors de ces six derniers mois. Il s'était fait à l'odeur. Il s'était fait à l'obscurité, au froid, à la faim, aux puces et aux poux. Il s'y était fait, non pas parce qu'il avait appris à aimer sa souffrance, mais parce qu'il avait réussi à oublier les sensations de bonheur associées à la satisfaction des besoins les plus élémentaires. On ne regrette pas ce dont on ne se souvient plus…

La seule chose à laquelle il n'arrivait pas à se faire, c'était l'ennui. Il avait perdu toute notion du temps, et cela le plongeait dans un désespoir infini. Il n'avait même plus l'énergie de pleurer sur son sort. Plus le temps passait, élastique et impitoyable, plus il perdait de son humanité. Il sentait son âme le quitter petit à petit, en même temps que ses souvenirs.

Il avait une nouvelle manie, depuis quelque temps. Il écrivait son nom dans la terre battue sur laquelle ils croupissaient. Du bout du doigt, encore et encore. Peter Cornelius Hoff, en toutes lettres. Puis il l'effaçait, avant de recommencer. Peter Cornelius Hoff. Peter Cornelius Hoff. Inscrire son nom dans la terre. C'était la seule astuce qu'il avait trouvée pour ne pas oublier. Pour ne pas s'oublier. À chaque fois qu'il lisait ces lettres inscrites dans la terre, il ressentait une piqûre pas désagréable au niveau du cœur. Peter Cornelius Hoff. Des images de son visage lui revenaient parfois. Mais le plus souvent, il revoyait les visages de ceux qu'il avait connus. Il y en avait un qui revenait plus souvent que les autres. Celui de Tove. Tove… Il suffisait qu'il invoque son nom pour que des picotements de douleur ravivent la cicatrice qui lui barrait la mâchoire et le cou. Ils n'avaient que treize ans quand l'épée de Tove, beaucoup trop lourde pour elle, s'était abattue sur lui, le blessant grièvement. Langue-de-chat se rappelait encore clairement les mots de son père quand il les avait trouvés dans la lande, complètement affolés, lui hébété et couvert de sang, elle pleurant et suppliant qu'il la pardonne. « Je vous avais bien dit qu'un jour, ça tournerait mal, vos petits jeux. » Ça avait continué à mal tourner, après ça. La blessure les avait rapprochés. D'amis d'enfance, ils étaient devenus amoureux, puis amants. Et enfin, mari et femme... Le cœur de Langue-de-chat se serra quand il repensa au malheur qui les avait frappés, après tant de bonheur. Pauvre Tove... Si seulement il n'avait pas été si gauche ce jour-là, s'il avait su éviter le coup de l'épée, peut-être serait-elle encore vivante aujourd'hui... Il ignorait pourquoi il n'en avait parlé à personne depuis, pas même à Quintor. Sans doute qu'en bon chat qu'il était, il préférait faire table rase du passé à chaque nouvelle vie qui commençait. Mais aujourd'hui, il commençait à comprendre qu'il n'y a pas de passé « ras », qu'il ait forcément boursouflé de reliefs, de coteaux plongés dans l'ombre, de vallons secrets et de pics acérés, qu'il fallait traverser quoi qu'il en coûte, sous peine de se perdre dans des forêts de souvenirs et rester prisonniers dans des cavernes de regrets.

Quelque chose dans l'atmosphère morbide de la cellule changea. Intrigué, Hoff leva son doigt de la terre, alors qu'il n'avait écrit que les premières lettres de son second prénom. Il tendit l'oreille, et regarda autour de lui. Oui, quelque chose avait changé. Mais quoi ?

– Quintor ? fit la voix de Shuan.

C'est là que Langue-de-chat percuta. La respiration sifflante mais régulière de Quintor s'était tue. Il somnolait beaucoup ces derniers temps, assis contre le mur, les jambes pliées devant lui. Shuan tira sur sa chaîne et tendit sa jambe libre aussi loin qu'il le put vers Quintor. Langue-de-chat peina à se redresser pour se mettre à genoux.

– Réveille-le.

– C'est c'que j'essaie de faire, grogna Shuan en tendant la jambe.

Enfin, il réussit à toucher Quintor du bout du pied. Il lui donna des petits coups dans la cuisse.

– Eh, Quintor... Réveille-toi, mon gars.

Langue-de-chat retenait son souffle. Non, pas comme ça, se dit-il.

– Hendrick...

Quintor renâcla brusquement et sa tête bascula de l'autre côté, sans qu'il n'ouvre les yeux. Son visage était moite de sueur. Il se remit à respirer bruyamment. Soulagé, Langue-de-chat se laissa retomber contre le mur derrière lui.

– Qu'est-ce tu veux encore, l'Élagueur ? grommela Quintor.

– Rien, rien... On voulait juste voir si t'étais pas mort.

– Qu'est-ce que tu racontes... Je vous enterrerai tous.

Langue-de-chat et Shuan eurent un sourire forcé. Que Quintor puisse encore faire de l'humour dans l'état où il était, cela les dépassait complètement.

Langue-de-chat risqua un regard vers son bras droit. La lumière des torches révélait une croûte brillante et purulente. Si Langue-de-chat avait eu quelque chose dans l'estomac, il ne faisait aucun doute que cette vision le lui aurait retourné. La nécrose s'étendait de jour en jour. Cela avait commencé par de simples griffures, que Quintor s'était lui-même infligées en se grattant jusqu'au sang, à cause des puces. Mais il s'était mis à se gratter de plus en plus fort, dans son sommeil. Les griffures étaient devenues des plaies, et les plaies s'étaient infectées... Sans intervention extérieure, Quintor mourrait avant de se rendre à la potence, c'était certain.

Shuan toussait toujours beaucoup, mais il n'était plus aussi léthargique et prostré qu'avant. Langue-de-chat savait bien pourquoi : dès qu'il pensait Langue-de-chat et Quintor endormis, il se mettait à réciter des prières et des psaumes en cachette. Le pasteur avait réussi sa mission sur au moins l'un d'entre eux. Langue-de-chat ne savait pas si l'âme de Shuan était sauvée pour autant, mais force était de reconnaître que depuis que lui le croyait, il avait repris du poil de la bête.

– On devrait demander au pasteur de faire quelque chose pour lui, murmura Shuan en désignant Quintor qui s'était rendormi.

– Quelque chose ? Quoi ?

– ... Tu le sais très bien.

Langue-de-chat baissa les yeux. Bien sûr qu'il le savait.

– Au moins, il éviterait l'esclavage, renchérit Shuan.

– ...

– Tu crois que ça ira, pour Julian ? ... Pauvre garçon. Toucher la liberté du bout des doigts, et se la faire reprendre comme ça, aussi bêtement...

Langue-de-chat poussa un soupir. Le poids de la culpabilité pesait sur son cœur fatigué.

– Julian n'a pas fait que la toucher du bout des doigts. Il était parfaitement libre avant qu'on l'enrôle.

– Ah ? Je pensais que vous l'aviez soustrait à l'esclavage...

Langue-de-chat sourit amèrement face à cette ironie.

– Non... C'est même l'inverse.

Perclus par les courbatures, il remua péniblement pour essayer de trouver une position plus confortable, en vain.

– Julian n'a pas choisi de s'embarquer avec nous... On l'a enrôlé de force.

Dans le couloir, une chandelle vacilla et s'éteignit en grésillant, répandant son odeur âcre dans la cellule. Shuan n'avait pas bougé, pas répondu. Il se contentait de regarder Langue-de-chat, ou plutôt de le deviner dans la demi-obscurité.

– On commerçait souvent avec les Mosquitos, au début. On échangeait des vivres contre des armes... Julian était un fin pêcheur, et très bon navigateur. Il parlait quelques mots d'anglais. Samuel lui a proposé d'embarquer avec nous. Il a refusé, bien sûr...

– Pourquoi ?

– Parce qu'il n'avait aucune raison de nous suivre, pardi. Il était heureux, près des siens. Il aimait sa vie, il aimait pêcher la tortue et chasser la chèvre, il aimait sa famille… Il fréquentait une gamine de son âge, qui devait devenir sa femme… Il n'avait pas besoin de nous.

Langue-de-chat reprit son souffle. Il s'exprimait lentement, et faisait l'économie des détails, autant que faire se peut. Cela faisait des semaines qu'il n'avait pas parlé autant. Il sentait combien cela l'épuisait.

– Mais Sam avait besoin de lui… Enfin, il le voulait. Ce qui au final, avec lui, revient au même… Tu vois, c'est une chose que peu de gens savent sur Bellamy. Il a de beaux principes, certes. Mais aucun ne saurait supplanter ses volontés, même si celles-ci sont contraires à tous ses grands idéaux…

L'amertume et même une forme de rancœur éraillaient le ton de sa voix.

– Williams et lui, ils ont fait boire Julian. Et moi, j'ai laissé faire… Le gamin n'avait jamais bu une goutte d'alcool, alors tu imagines… Il s'est réveillé, comme tant d'autres avant lui, avec une fantastique gueule de bois, à bord d'un navire inconnu, en pleine mer… Pendant des semaines, il n'a pas prononcé un mot ni bu une goutte d'alcool. Et puis… Il a fini par s'adapter, comme nous tous.

– Comment ?

– En se remettant à boire.

Shuan baissa la tête, navré.

– Peu de gens à bord ont jamais su pourquoi il virait de bord comme ça quand il était saoul. Pourquoi il passait du garçon doux et sensible au garnement violent et même sanguinaire… Pourquoi il ne pouvait s'arrêter de boire, quand il commençait. Il n'appartenait pas à notre monde. On l'avait arraché au sien, et bien qu'il ait essayé de le nier, il ne nous a jamais pardonné. Qui pourrait lui en vouloir ? Je ne me suis jamais pardonné moi-même…

– … Pourtant, il avait l'air d'avoir des amis à bord, et de les aimer.

– Oui… Du même amour qui te lie à moi aujourd'hui. Ou celui qui lie l'Ashanti au Fanti à bord du négrier, alors même qu'en Afrique ils se faisaient la guerre. Un amour de circonstances… Julian a fini par accepter sa condition et même l'apprécier, mais seulement parce qu'il n'avait pas d'autre choix…

– Tu crois que si on lui avait proposé de le ramener dans sa tribu, il aurait accepté et nous aurait tous oubliés ?

– Comment tu veux que je le sache ? Ce qui est sûr, c'est que maintenant qu'il va finir ses jours en esclave, y a peu de chances qu'il nous oublie…

Des pas résonnèrent dans le couloir. Quelques secondes plus tard, le pasteur Mather entrait dans la cellule, et le gardien lui tendait un tabouret avant de verrouiller la grille et d'aller s'asseoir au bout du couloir.

– Messieurs, bonjour.

Comme à son habitude, leur visiteur s'assit sur le tabouret, entre eux et la grille, et posa une chandelle sur la terre battue, créant ainsi un doux halo de lumière au milieu de la cellule. Il tenait son éternelle Bible sous le bras, et quelque chose dans son autre main, quelque chose qui bruissait et crissait entre ses doigts comme du papier. Langue-de-chat ne voyait pas ce que c'était. Le pasteur se pencha vers Quintor, l'air soucieux.

– Comment va-t-il ?

– Mal.

– Et vous, monsieur Hoff ?

– Comme un charme, monsieur le pasteur...

Mather esquissa un sourire. Il sortit de l'intérieur de sa veste une gourde qu'il tendit à Langue-de-chat. De l'eau... De l'eau fraîche, et pure ! Langue-de-chat manqua de s'étouffer tant il but vite.

– Eh ! protesta Shuan. Laisse-moi s'en !

– Ne vous en faites pas, j'en ai ramené une deuxième.

Le pasteur fit d'abord boire Quintor, mais sans grand succès hélas. Puis il laissa la deuxième gourde à Shuan, qui la vida. Puis il se rassit sur son tabouret. Ses cheveux blans donnaient un éclat inhabituel à la pièce. Langue-de-chat sentit une odeur étrange qui émanait de lui, évoquant la fraîcheur, le crottin de cheval, les arbres, et la fumée de cheminée. C'est là que Langue-de-chat comprit : il sentait l'extérieur, tout simplement.

– Je vous ai ramené quelque chose.

Il lui tendit ce qu'il avait dans la main. Quelle ne fut pas sa surprise quand il vit que c'était un bouquet de feuilles mortes. Ému, Langue-de-chat les saisit délicatement par la tige. Leur odeur emplit aussitôt ses narines. Il reconnut les effluves de l'humus et de la pluie, le parfum de l'écorce... Il y avait des feuilles d'érable, surtout, mais aussi de marronnier et de frêne. Le doigt de Langue-de-chat caressa l'une d'elles, courut le long de ses nervures, et sur ses fragiles craquelures. Il imagina le chemin où le pasteur Mather les avait ramassé. Ses flaques pleines de boue, les nids-de-poule creusés par les roues des charrettes, les enfants qui glissent dedans...

– J'ai eu des nouvelles de votre procès.

Langue-de-chat sortit de ses rêveries et revint à la douloureuse réalité.

– Vous serez jugés le dix-huit octobre.

Shuan et Langue-de-chat échangèrent un regard perplexe.

– Et nous sommes le ?

– Le onze.

Silence. Soudain, Langue-de-chat reprenait conscience du temps qui s'était écoulé depuis la dernière fois qu'ils avaient vu la lumière du jour. La date de leur jugement étant fixée, c'était l'échéance de sa vie qui lui semblait se rapprocher.

C'était comme si pendant ces six derniers mois, il avait erré sur un chemin escarpé, plongé dans le noir complet, et que d'un seul coup, la lumière se faisait sur le chemin, et révélait un énorme mur infranchissable juste devant lui. Il regrettait presque le confort de l'ignorance...

– Le procès sera présidé par le gouverneur du Massachusetts, Samuel Shute.

– Comment est-il ?

– Il est, comment dire... Disons que son mandat n'est pas de tout repos. Il a des soucis avec son Conseil, qui cherche jour après jour à grignoter un peu plus de pouvoir sur lui. En outre, il doit arbitrer un débat sur la production de monnaie et ses conséquences sur les lois du marché dans la colonie... Et pour couronner le tout, colons et Indiens Wabanakis se disputent les terres, dans l'arrière-pays...

– C'est bien joli tout ça, mais qu'est-ce que ça veut dire pour nous autres ?

– Cela veut dire, monsieur Hoff, que vous aurez en face de vous un homme qui doit se battre jour après jour pour faire valoir son autorité. Il voudra sans doute faire un geste fort. En outre, vous êtes des pirates, et vous avez été arrêtés sur ses côtes. Il est déjà pris en tenailles entre les Indiens et ses opposants au Conseil, la dernière chose dont il a besoin, c'est d'être acculé par des gens de votre espèce par la mer.

Langue-de-chat et Shuan se turent, chacun plongé dans leurs sombres réflexions.

– Pensez-vous qu'il y a une chance que nous en réchappions ? hasarda Shuan.

Cotton Mather soupira en grattant la terre du bout de sa chaussure.

– Il y aura des témoins.

– Lesquels ? lâcha Langue-de-chat, déjà sur la défensive.

– Je ne connais pas leurs noms. Des marins que vous avez faits prisonniers. J'ai entendu parler d'un ancien camarade à vous, monsieur Shuan, un homme du *Tanner*, le bateau sur lequel vous travailliez avant de vous enrôler.

– La peste soit de ces traîtres...

– Ne jurez pas, monsieur Shuan.

– ... Désolé.

– Le seul moyen d'en réchapper, messieurs, est d'admettre vos fautes. Reconnaissez le caractère abject de vos crimes et de votre vie de débauche.

– Ah, parce que vous pensez qu'en plaidant coupable, ils vont nous gracier ? lança Langue-de-chat.

Le pasteur plongea ses yeux dans les siens.

– Non. Mais vous sauverez votre âme.

Langue-de-chat claqua la langue d'un air méprisant et regarda ailleurs. Il pensa à Julian, qui avait échappé à la potence, et se demanda si son sort d'esclave était meilleur ou pire que le sien. Sans doute que celui de Davis était plus enviable. Lui, il était blanc, libre, et innocenté... L'infâme traître. Quand soudain, Langue-de-chat eut une idée...

– Nous pourrions avoir été recrutés de force...

La tête de Shuan se redressa. Il se tourna vivement vers le pasteur, comme s'il attendait son opinion, mais une pensée traversa son esprit et anéantit tous ses espoirs.

– Parle pour toi. S'il y a des témoins du *Tanner*, j'vais avoir du mal à faire passer ça pour un enrôlement forcé.

– Je vous déconseille d'emprunter cette voix, monsieur Hoff. Les juges ne seront pas dupes, et ils n'en seront que plus sévères, s'ils voient que non seulement vous n'admettez pas vos fautes, mais qu'en plus vous cherchez à les tromper.

– Et alors ? Qu'est-ce qu'ils feront ? Me pendre une deuxième fois ?

Le pasteur couva Langue-de-chat d'un regard plein de bienveillance.

– Le Seigneur ne prend en son sein que les âmes repentantes et honnêtes.

– Grand bien lui fasse. J'irai en enfer, il y fera plus chaud.

Le pasteur s'agita sur son tabouret avec une impatience retenue. Il voyait bien que cette approche ne servait à rien. Il posa sa Bible sur ses genoux, et ses mains à plat dessus.

– Vous avez des enfants ?

Shuan secoua la tête. Langue-de-chat se perdit dans la contemplation de la chandelle devant lui. Sentant le regard de Shuan et du pasteur sur lui, il lâcha :

– Un fils.

– Sans rire ? s'étonna Shuan. Pourquoi t'as jamais rien dit ?

Cotton Mather se pencha vers Langue-de-chat d'un air intéressé.

– Parce qu'il est mort quand il avait deux ans, d'accord ? répondit Langue-de-chat avec agressivité.

– De quoi est-il mort ? demanda le pasteur.

– De la variole.

– Oh… Sa mère aussi, n'est-ce pas ?

Langue-de-chat leva les yeux vers le pasteur.

– Oui. Comment le savez-vous ?

– J'ai étudié cette maladie de très près. Je sais qu'elle est extrêmement contagieuse. Alors, une mère et son jeune enfant…

Les yeux de Langue-de-chat se perdirent à nouveau dans le vague. Il faisait tourner entre ses doigts la queue d'une feuille d'érable d'un air distrait.

– Je suis désolé pour votre perte, monsieur Hoff… J'ai moi-même vu ma femme, ma fille et mes deux jumeaux nouveau-nés mourir de la rougeole.

– Vraiment ?

– Et oui… C'était il y a quatre ans. Mais pour moi, c'était hier…

Langue-de-chat n'aurait su dire si cette histoire était vraie ou pas. Il savait ce que le pasteur essayait de faire : il voulait le toucher au cœur, pour mieux l'attendrir. Mais il n'était pas aussi crédule que Shuan.

– Comment s'appelait-il ? demanda le pasteur.

– Qui ?

– Votre fils.

– ... Jens.

Un sourire compatissant pointa sur le visage de Mather. Langue-de-chat eut envie de lui faire avaler ce sourire.

– J'imagine que c'est à ce moment-là que vous... Que vous êtes parti à l'aventure, dirons-nous ?

– Ah, ça vous ferait plaisir, ça, hein ?

– Pourquoi est-ce que cela me ferait plaisir ?

– Parce que ça irait dans votre sens. Le criminel sans foi ni lois, lancé sur les chemins du vice à cause d'une blessure du cœur mal soignée... Ça vous arrangerait, hein ? Comme ça, deux-trois passages ciblés de votre bouquin, prétendant que Jésus ou je-ne-sais-qui est avec nous pour nous soutenir, qu'au Paradis nous attendent ceux que nous aimons, et bam ! Ça y est, une âme sauvée de plus. Une croix cochée sur votre tableau de chasse. Un bon point accordé par Dieu !

– Votre cynisme m'afflige sincèrement, monsieur Hoff.

Le silence revint dans la cellule, seulement troublé par la respiration de Quintor.

– Ouais... Eh bien, désolé de vous décevoir, monsieur le pasteur. Mais je ne suis pas devenu pirate du jour au lendemain, à cause d'un coup du sort. Je n'ai pas passé de pacte avec le Diable. J'ai pris la mer pour nourrir les miens. Tout simplement.

– De la Suède aux Antilles, cela fait un bout de chemin.

– Si vous sortiez un peu de Boston, vous sauriez que dans la vie, rien ne se passe jamais comme prévu... Mon oncle était mon patron à la pêche. Il est mort alors que nous étions en Écosse. Une attaque d'apoplexie. Comme je connais bien le bois, j'ai fait tonnelier un temps, pour ne pas mourir de faim. Puis j'ai entendu parler d'un navire marchand qui se rendait en Suède. J'ai embarqué comme coq. Mais j'avais été mal renseigné... Le bateau n'allait pas en Suède. Il se rendait à la Jamaïque.

– Je vois.

– Non, vous ne voyez pas, coupa Langue-de-chat d'un ton acerbe. Je parlais à peine anglais, à l'époque. Nous étions partis depuis trois jours quand j'ai compris où nous allions. J'ai eu un mois pour me faire à l'idée. Je me disais qu'à la Jamaïque, je trouverai bien un navire qui ferait le retour. Nous étions presque arrivés, au large de Saint-Domingue, quand des flibustiers de la Tortue nous ont attaqués. Ils m'ont proposé de les rejoindre. Mes compétences en cuisine et dans le bois les intéressaient. J'ai dû apprendre encore une autre langue. Et je me suis fait de l'argent, beaucoup d'argent.

Le pasteur le fixait avec intensité.

– Alors... Pourquoi n'êtes-vous pas reparti en Suède avec cet argent ?

– Vous ne comprenez pas... Mon signalement était connu partout. Un Suédois avec une cicatrice sur la moitié du visage, qui parle anglais et français couramment, qui se fait engager comme coq ou comme charpentier… Impossible de passer inaperçu.

– Vous saviez à quoi vous vous engagiez quand vous avez accepté de suivre ces flibustiers.

– Je le savais, oui. Je savais aussi que je venais de passer un mois et demi dans l'obscurité et la chaleur de la coquerie, à cuisiner de la bouffe insipide, avariée parfois… J'étais surveillé de très près, et je ne pouvais certainement pas prétendre manger plus que la ridicule ration quotidienne. Le capitaine du navire nous faisait payer tout ce dont nous avions besoin, vêtements, tabliers, chaussures, tabac… Tant et si bien que je savais qu'une fois en Jamaïque, je ne toucherai presque rien… Je vais vous dire quelque chose sur l'être humain, monsieur le pasteur, quelque chose que votre Bible a l'air de vouloir nier farouchement : proposez un festin de viande fraîche à un chien affamé, et il la mangera. Peu importe que vous lui gueuliez de ne pas y toucher, que vous menaciez de le battre, ou même de le tuer. S'il a faim, il la mangera.

– Mais l'être humain n'est pas un chien.

– Quand il a faim, c'est tout comme.

Le pasteur baissa la tête. Il caressait distraitement la couverture de sa Bible, pensif. De toute évidence, les propos de Langue-de-chat le faisaient cogiter.

– Vous dites que ce n'est pas la cupidité qui entraîne les pirates dans cette voie, mais la faim. Mais alors, comment se fait-il qu'une fois rassasiés, une fois riches, ils ne se retirent pas ? Pourquoi continuent-ils dans cette voie ?

Langue-de-chat sourit d'un air résigné.

– Je ne vais pas prétendre que la cupidité et l'avarice épargnent les pirates. Ces péchés touchent tout le monde, pirate ou non. J'ai connu des gars qui amassaient leur butin et l'enterraient compulsivement, et mourraient avant même d'avoir le temps de dire à leur famille où le trouver. Mais ceux-là sont rares. La plupart achètent l'amour des femmes et des hommes avec leur fortune. Certains s'encombrent de vêtements à la mode pour rivaliser avec les bonnes gens qui les ont toujours méprisés. D'autres, trop habitués à la disette, se font péter la panse jusqu'à se vider les poches.

– Ils retournent à leurs méfaits parce qu'ils s'appauvrissent aussi vite qu'ils s'enrichissent ?

– Oui, souvent, c'est ce qu'il se passe.

– Alors c'est ça qui vous motive ? Se remplir les poches, et les vider, encore et encore, comme une écluse qui s'ouvre et qui se ferme ?

Langue-de-chat posa la feuille d'érable qu'il faisait tourner entre ses doigts, et croisa ses mains devant lui.

– Vous oubliez un détail, monsieur le pasteur.

– Lequel ?

– Tout marin qui prend conscience qu'il est pirate, prend aussi conscience du risque de la potence. Et il fera toujours tout pour l'éviter.

– S'il voulait vraiment l'éviter, il n'exercera pas cette activité.

– C'est bien là tout le paradoxe. Vous savez, en mer on dit souvent que le plus grand danger, c'est la terre. Cela vaut encore plus pour les pirates.

Le pasteur l'écoutait avec toute son attention. Il avait laissé tomber son masque de bienveillance paternaliste.

– C'est plus facile de rester en mer et y continuer nos activités, que chercher à se retirer à terre. Regardez-nous... Nous en sommes la preuve vivante.

– Vivante... Pour l'instant.

Langue-de-chat eut un sourire. Il avait réussi à l'agacer, peut-être même à perturber ses convictions. Son animosité latente en était la preuve.

– La piraterie est une hydre, Pasteur. Plus vous chercherez à l'anéantir en nous tuant un à un sur la place publique, plus nous ressurgirons nombreux en mer. Vous devez comprendre qu'un pirate repenti, ça n'existe pas. Quand un homme est né dans la misère, et qu'on lui offre la richesse, il ne peut accepter de retourner à son état de misère. Il faut être né riche pour avoir le luxe de choisir entre la sobriété et l'opulence... Si vous voulez vraiment anéantir la piraterie, vous devez vous arranger pour que les marins aient plus à gagner à l'éviter qu'à l'embrasser.

– Comment ça ?

– Les choses changeront peut-être quand des gens comme vous s'intéresseront aux raisons pour lesquelles les gens choisissent la piraterie, et se battront pour proposer les mêmes avantages au matelot honnête.

– Vous voulez dire, l'accès à la débauche et au vice ?

– Non, monsieur. Des salaires justes. La fin des châtiments corporels. Une compensation financière en cas de blessure. Et surtout, un pouvoir de décision. Vous savez que chez nous, les matelots votent pour décider de tout ?

– Cela ne peut pas fonctionner. Surtout à bord d'un navire. Il y a toujours besoin d'un chef, quelqu'un d'éduqué et de compétent qui puisse décider à la place de ceux qui n'ont pas les capacités de le faire. Sinon, c'est la porte ouverte au chaos.

– C'est là où vous vous trompez. Un chef éclairé et compétent, bien sûr que c'est utile pour toutes les questions touchant à des connaissances spécifiques, à la navigation proprement dite. C'est pour cela que notre capitaine garde cette autorité. Mais il est dangereux de laisser croire aux gens qu'ils ne sont pas capables de décider ce qui est bien pour eux, dans toute autre situation.

– Pourquoi dangereux ?

– Regardez autour de vous. Nous vivons dans un monde où les gens ont appris à accepter la soumission, du moins à y trouver un certain confort. Ils laissent leur bonheur et leur malheur dans les mains de ceux qu'ils jugent compétents, et cela les rend irresponsables et infantiles.

– Parce que vous, vous êtes des modèles de sagesse…

– Pasteur, j'ai vu des hommes incapables d'écrire leur propre nom, ne sachant pas aligner trois mots sans y glisser une grossièreté, et pour autant capables de faire preuve d'une argumentation logique et extrêmement persuasive en situation de crise. J'ai vu des matelots mettre en déroute l'orgueil aveugle de leur capitaine, des mousses apprendre l'humilité à des boscos. J'ai vu une femme donner des leçons de courage et de persévérance à des gars de deux fois son poids. Alors quand je vous dis que laisser la barre aux plus modestes, ce n'est pas signer pour le chaos, vous pouvez me croire.

Le pasteur déglutit et remua sur son tabouret. Langue-de-chat se sentait étrangement mieux, tout à coup. L'eau que le pasteur avait ramenée y était pour quelque chose, sans aucun doute. Mais peut-être que de simplement s'exprimer, mettre en mots ce qu'il avait sur le cœur et dans la tête, lui redonnait un peu de cette humanité qu'il perdait jour après jour.

– Seulement, ça vous arrange de croire que nous ne sommes que des bêtes enragées, que le désordre et la barbarie règnent sur nos bateaux. Car si on vous prouvait le contraire, c'est toute votre conception de la société qui en serait ébranlée. Vous êtes tellement aveuglé par vos convictions que vous ne voulez pas voir qu'il est possible de vivre, et de vivre libre, en dehors de votre monde.

Cotton Mather dévisagea longuement Langue-de-chat avant de répondre.

– Vous en faites une affaire personnelle, mais vous vous trompez. Je n'ai aucun intérêt à ne pas vous croire. Seulement, les faits sont là : peu importe l'utopie que vous croyez avoir créée à bord de vos navires. Ces navires sont au fond de l'eau, maintenant. Tous vos camarades sont morts. Et vous, vous êtes ici, à attendre la potence. C'est bien la preuve que vous ne pouvez survivre longtemps en dehors de la société. J'ai les yeux grands ouverts, monsieur Hoff, et c'est vous qui refusez de voir la vérité.

Sur ces mots, il se leva, faisant vaciller la flamme de la chandelle. Il la ramassa et s'approcha de Quintor. La chandelle éclaira son bras nécrosé.

– Il ne survivra pas une semaine de plus… Au moins, vu l'état de son bras, il évitera l'esclavage.

Langue-de-chat déglutit.

– Pasteur, vous… Vous pouvez faire quelque chose pour lui ?

Mather se redressa et posa les yeux sur lui. « Quelque chose » était un terme vague, mais dans le contexte, son sens était évident.

– Ce n'est pas un esclave, ajouta Langue-de-chat. C'est un homme libre. Il doit passer devant un tribunal.

Le pasteur hocha la tête, et reprit son habituelle expression de douceur.

– Je vais essayer.

XIII

Le jour du Seigneur

La nuit était calme. Une petite brise soufflait de l'est, bien établie. Il n'y avait presque pas de houle. Tout aurait été si serein et si paisible, s'il n'y avait eu ces maudits nuages. Impossible de faire le point depuis des heures.

Charles arpentait le pont, les mains enfoncées dans ses poches. Il était inquiet. En bas, dans la chambre à cartes, Rackham essayait d'estimer leur position avec son second, Plume. D'après leur dernier point, ils devaient approcher Crooked Island à l'aube. Charles se rapprocha d'Andy Mackley, qui veillait à l'avant, un *papelate* aux lèvres.

– Rien à tribord ?

– Non.

Charles balaya l'horizon du regard, cherchant un quelconque indice, un bout de terre, des brisants… Mais rien.

– Tant mieux, non ?

Charles fit une moue.

– C'est pas parce qu'on voit rien qu'il n'y a rien.

L'extrémité incandescente du *papelate* d'Andy s'illumina brièvement.

– Tu devrais éteindre ça.

– Pourquoi ?

– La lumière du mégot t'empêche de voir dans le noir.

Andy hocha la tête d'un air distrait. Charles se rendit à la barre, tenue par MacIain.

– Je descends. Ça va aller ?

– Ça ira.

La chambre à cartes était plongée dans une pénombre ambrée. Plume et Rackham étaient assis sous une lampe à huile qui se balançait doucement sur son crochet. Ni l'un ni l'autre ne levèrent la tête à l'arrivée de Charles. Au-dessus du dernier point qu'ils avaient fait, quelque part dans le Windward Passage, était tracés deux cercles, l'un de taille moyenne, au nord-est de Cuba. Le deuxième, bien plus gros, englobait une partie d'Inagua Island et une large zone située dans son nord-ouest.

– C'est là-dedans qu'on est censé se trouver ? s'enquit Charles en pointant le gros cercle du doigt.

Plume hocha la tête en se frottant le front.

– Au moins, on flotte toujours, dit Rackham avec un petit rire sarcastique. Ce qui sous-entend qu'on est pas encore posés sur Inagua Island !

– Pour l'instant, oui…

Charles remarqua un petit point gris sur la carte, un peu au-dessus du plus gros cercle correspondant à l'estimation de leur position.

– Et ça. Qu'est-ce que c'est ?

– Un récif.

– Et ça ne t'inquiète pas plus que ça ?

– En toute probabilité, nous avons plus de chances de le dépasser que de foncer dessus, remarqua Jack.

– Garde tes probabilités pour les jeux de table, Jack.

Charles regarda la carte plus attentivement. Il pesa le pour et le contre.

– Il faut changer de cap.

Il se redressa et se tourna vers son second.

– Qu'est-ce que tu en penses, Plume ?

Le second avait les mains jointes, posées sur la carte.

– Ma foi, c'est à toi de voir, capitaine…

Charles se tourna vers Jack. Celui-ci se laissa tomber dans le dossier de sa chaise en écartant les mains dans un signe d'impuissance.

– Tu as vraiment besoin de notre avis ?

Un cri venant du pont l'interrompit. Quelques pas précipités se mirent à courir au-dessus de leurs têtes. Ni une, ni deux, Charles, Plume et Jack remontèrent. Andy était en train de choquer l'écoute de foc en grand.

– Capitaine ! Des brisants droit devant !

Charles courut jusqu'à lui et son regard suivit la direction qu'il lui montrait. Mais ses rétines s'étaient habituées à la lueur de la lampe, en bas.

– A quelle distance ?

– On est quasiment dessus !

Charles n'attendit pas une seconde de plus.

– MacIain, abats en grand ! Jack, choque l'écoute de tape-cul !

Il se mit lui-même sur l'écoute de grand-voile. MacIain s'empressa d'envoyer la barre à droite, aussi vite que possible. Les écoutes filèrent dans leurs poulies.

– En grand ! cria Charles. Choque en grand !

Le bateau commença à abattre.

– Doucement, à la barre ! Rencontre !

MacIain obéit aussitôt.

– Tourne comme ça !

Il tourna l'écoute de grand-voile.

– Andy, est-ce que tout est clair ?

Il alla à l'avant. Andy chercha sur l'eau les brisants qu'il avait vus une minute plus tôt.

– On dirait...

Lui et Charles longèrent le pavois tribord, leurs yeux balayant l'eau noire.

– Là ! s'écria Andy en pointant un endroit sur l'arrière de leur travers.

En effet, Charles les voyait : des toutes petites lames déferlantes, à tout juste quelques dizaines de brasses du *Shelter*. Le récif était clair. C'est alors qu'Andy, l'air de rien, s'approcha du fanal tribord et l'ouvrit : il ralluma son *papelate* sur la mèche du fanal.

– C'est passé moins une, souffla-t-il en sautant sur le pont.

Charles arracha le *papelate* des mains d'Andy et le balança par-dessus bord.

– Quoi ?

– Si je te revois avec un mégot allumé dans la bouche alors que tu es à la veille, surtout par une nuit pareille, je te balance par-dessus bord avec le mégot. C'est bien clair ?

Charles rejoignit MacIain à la barre.

– Garde ce cap.

Le calme revenu, Charles se rendit compte que son cœur battait la chamade. Il reprit lentement son souffle. Il avait peut-être été un peu injuste de rejeter la faute sur Andy. Après tout, il savait qu'ils se dirigeaient potentiellement vers un récif. Il aurait dû réagir plus tôt...

À sa gauche, Rackham toussota et dit d'un ton léger :

– Eh bien ! Maintenant, au moins, nous savons exactement où nous sommes !

Charles sourit dans le noir.

– Tu as toujours le mot qu'il faut au moment où il faut, toi, hein.

– Eh ! C'est pour ça que tu as besoin de moi !

Il était vrai que sans Jack, la cocotte sous pression qu'était Charles aurait déjà implosé depuis longtemps. De son côté, maintenant que son mal de mer était passé, Jack commençait à apprécier d'être là, de voir un peu autre chose que Nassau.

Pourtant, depuis qu'ils étaient partis, tout n'avait pas été de tout repos. De nombreux hommes, parmi les jacobites notamment, n'étaient pas des marins confirmés. Et parmi eux, certains n'étaient plus très jeunes. Comme ils ne connaissaient pas nécessairement les bons mouvements, ils avaient tendance à se fatiguer et à se faire mal plus vite.

Outre ces soucis de santé, l'intégration des jacobites n'avait pas été des plus simples. Ils étaient une douzaine, et formaient un entre-soi assez hermétique. Le reste de l'équipage les avait même affublés d'un petit surnom : le clan des

Tartans, ou juste les Tartans. Eddie le Gentil, en quartier-maître diplomate, dut les reprendre plusieurs fois afin qu'ils se mêlent un peu plus aux autres.

En outre, Charles se sentait souvent frustré par une sale habitude qu'avaient prise les hommes : celle de voter de façon frénétique, pour un oui ou pour un non. Cela ne posait pas de soucis majeurs quand il s'agissait de décider qui bénéficierait des dernières parts de riz bouilli ; mais en d'autres circonstances, cela pouvait devenir plus problématique : une fois, ils perdirent l'avantage qu'ils avaient sur une potentielle prise et durent se résoudre à abandonner la chasse, juste parce que les hommes avaient mis trop de temps à voter la façon dont il convenait de l'aborder. À ce souci, Jack disait à Charles qu'il devait jouer de son autorité pour imposer sa façon de faire. Oui mais voilà : pour imposer sa façon de faire, Charles devait bien en avoir une. Et ça n'était pas vraiment le cas. Il connaissait ses compétences, il savait qu'au cœur de l'action, il arrivait à garder la tête froide et à faire ce qu'il fallait. Le passé le lui avait déjà prouvé en maintes occasions. Mais quand il s'agissait d'anticiper, d'avoir une stratégie bien rodée et bien pensée, c'était autre chose...

⁂

Le lendemain était un dimanche. Et comme tous les dimanches, Louis Doyle donna une messe catholique. Cela avait été voté en début de navigation, quand Eddie avait sous-entendu aux jacobites qu'ils devaient trouver un moyen pour mieux s'intégrer. Proposer une messe hebdomadaire permettait de réunir l'équipage entier, et sur ce prétexte, ils passaient des dimanches chômés, où personne ne travaillait à l'entretien du navire. Cette décision participa à rendre les Tartans un peu plus populaires à bord.

Le *Shelter* était à la panne et dérivait lentement, pendant que l'équipage écoutait les psaumes de l'aumônier, debout au pied du grand-mât. Les nuages s'étaient levés avec la brume matinale, et un doux soleil réchauffait l'air. Charles était assis sur l'affût d'un canon, à bâbord. Cormac, le chien de Ruth, était docilement assis près de lui, la langue pendante et la queue frétillante, dans l'attente d'attentions. Charles lui décocha une caresse sur le crâne.

– *Pater noster, qui es in caelis, sanctificetur nomen tuum, adveniat regnum tuum, fiat voluntas tua, sicut in caelo et in terra. Panem nostrum quotidianum, da nobis hodie, et dimitte nobis debita nostra, sicut et nos dimittimus, debitoribus nostris, et ne nos inducas in tentationem, sed libera nos a malo. Amen.*

– Amen, clamèrent les fidèles à l'unisson.

Pour Charles, la religion était avant tout une vague promesse de ne pas brûler dans les flammes de l'enfer. Mais, étant donné la vie dissolue qu'il menait, il savait que s'il voulait racheter son âme avant sa mort – qui serait sans doute précoce – il aurait dû commencer sa vie de pénitence aux alentours de sa naissance...

À ses côtés, Jack se montrait aussi peu concerné que lui. Il tétait le bout de sa pipe d'un air absent.

– Eh bien, Jackie. Toi qui ne perds jamais une occasion de parler, je te trouve bien silencieux.

– Je ne suis pas du genre à bouffer des hosties à chaque repas.

– Ah bon ? Alors là, tu me scies les membres, ironisa Charles.

Jack lança un regard noir à Doyle qui lisait son livre de cantiques, un chapelet à la main.

– Foutus soutanes... J'peux pas encadrer ces grenouilles de bénitier.

– Pour le coup, celui-là, c'est pas la soutane qui l'encombre.

Il avait raison : Doyle tenait son office en tenue de matelot, ses cheveux en bataille et son anneau à l'oreille. Seul son air grave détonnait de sa gouaille habituelle.

Doyle entonna un psaume, repris par l'équipage avec quelques hésitations. Le prêtre avait au moins ça pour lui : sa voix, dont la tessiture légère et harmonieuse ravissait les oreilles. Bien que de naissance irlandaise, Doyle avait grandi à Paris. Il avait presque perdu son accent irlandais au profit d'un accent français, ce qui conférait à son intonation quelque chose d'inhabituel et non moins agréable à l'oreille.

Charles croisa les bras sur sa poitrine et soupira d'aise en levant les yeux vers le ciel. Le soleil chauffait sa peau, et une petite brise agréable se glissait dans sa chemise et le faisait frissonner de plaisir. Une dizaine de goélands les survolaient depuis le début du jour, éclipsant furtivement le soleil de temps en temps. Les yeux de Charles se posèrent sur la grand-voile déventée qui étincelait sous le soleil de midi. La mer était baignée de lumière. L'horizon décrivait une ligne d'une perfection géométrique, scindant nettement la mer du ciel. Rien à voir avec la nuit qui venait de s'écouler... Pourtant, quelque chose semblait vouloir troubler la pureté parfaite de cet horizon limpide... Comme un grain de poussière sur un tableau, un grain de sable dans un engrenage... Les sens déjà aux aguets, Charles plissa les yeux vers ce grain de poussière. Le doute en lui s'intensifia. D'un bond, il descendit chercher la longue-vue. Alors qu'il scrutait l'horizon à travers, l'équipage détourna peu à peu son attention du prêtre vers lui. Sentant qu'il perdait l'attention de ses fidèles, Doyle se tut. Le silence se fit sur le pont.

Un sourire se fit sur le visage de Charles. Il referma sa longue-vue d'un geste sec.

– Renvoyez la toile, les gars ! On a du gibier pour ce midi !

C'était la première voile qu'ils croisaient depuis des jours, aussi la nouvelle fut chaudement reçue. Pendant que les hommes s'activaient et que le *Shelter* reprenait vie, Doyle apostropha Charles.

– Capitaine, un dimanche, est-ce bien raisonnable ?

– Je suis navré, mon Père ! Pas de jour sacré pour les damnés !

Quelques heures plus tard, le *Shelter*, déguisé en bateau de pêche, se rapprochait lentement mais sûrement de la flûte hollandaise. Sur le pont, il n'y avait plus que sept ou huit hommes visibles. Tous les autres étaient tapis en bas, prêts à faire feu sur leur proie, ou bien cachés derrière le pavois, parés à aider à la manœuvre quand ça serait nécessaire. Les jours précédents, les frères O'Flaherty, avaient installé un système de funes le long du bord. Mais, sur le *Shelter*, bien que les funes soient tendues et plongent dans l'eau, elles ne tiraient pas de filet, mais de simples lests de façon à ce que de loin, l'illusion fonctionne. Pour parfaire le subterfuge, l'équipage avait repeint les sabords de la même couleur que la coque, afin de les camoufler.

Poi-pois, à l'arrière, laissa filer le loch.

– S-s-sept n-nœuds !

Robbs, un des lieutenants, fit une grimace.

– C'est un peu rapide pour un bateau de pêche. Ils risquent de ne pas mordre à l'hameçon, passe-moi l'expression !

– C'est sans importance, dit Charles. Ils ne savent pas combien on file, eux.

Il se tourna vers la flûte. Elle était sur leur épaule tribord. Les flûtes étaient des navires de charge aux formes robustes, avec un château très haut qui leur permettait de supporter les mers les plus difficiles. Leur phare de misaine et leur grand phare étaient gréés carré, et leur mât d'artimon portait quant à lui une voile latine.

– Elle a une drôle d'assiette, remarqua Plume.

– J'ai remarqué, oui. Elle doit être chargée à couler bas.

– Et elle remonte mal.

– Elle va nous dériver dessus et nous tomber droit dans la gueule.

Les deux hommes ricanèrent d'un air mauvais.

– D'après mes calculs, fit Plume, nous devrions lofer dès qu'elle sera à sept quarts tribord.

– Parfait.

Charles se tourna vers ses hommes.

– Parés aux voiles et aux canons, Eddie ?

– Parés, capitaine !

– Où est Andy ?

– Ici, cap'taine !

– Paré à envoyer le pavillon ?

– Paré !

Pendant quelques minutes décisives, les deux navires continuèrent de se rapprocher. Charles prit la barre des mains de Cameron, et l'envoya faire semblant de surveiller le chalut. En réalité, au moment opportun, Cameron et les autres Tartans devraient remonter les lests et leurs funes à bord, afin qu'ils ne gênent pas la manœuvre.

Tout se passait comme attendu. Chaque homme savait ce qu'il avait à faire. La flûte continuait de serrer le vent, ne se doutant de rien. Elle espérait sans doute passer sur l'arrière du *Shelter*, à bonne distance de son supposé chalut. Le vent était derrière eux, les hommes du *Shelter* ne le sentaient presque plus souffler. Un silence familier s'abattit sur le navire, ce même silence qui tombe sur la nature juste avant qu'explose l'orage. On n'entendait que les chuchotements de quelques matelots, et le grincement du timon quand Charles donnait de petits coups de barre.

Là-bas, la flûte se rapprochait encore. Plume et Eddie échangèrent un regard éloquent. Charles sentit l'adrénaline le submerger, comme une déferlante.

– Maintenant ! hurla-t-il en envoyant la barre à gauche pour lofer.

Aussitôt, Eddie envoya ses ordres, pendant que les matelots tapis contre le pavois se levaient.

– A border les écoutes ! Canonniers, faites ouvrir les sabords à tribord et avancez les canons ! Parés à faire feu !

Le roulement des affûts fit trembler le navire.

– Tiens bon, tourne comme ça ! cria Jack, en charge du réglage des voiles.

– Andy, envoie le pavillon ! ordonna Charles.

Le jeune homme s'empressa de haler sur la drisse. Le pavillon noir monta jusqu'en haut du mât, où il se mit à battre vigoureusement.

– Parés aux canons ! cria la voix d'Ackland depuis le pont de batterie.

Une fois sur son nouveau cap, Charles ne lâcha plus la flûte des yeux. Il vit alors, non sans surprise, son cap changer sensiblement, et ses vergues s'ouvrir par petits mouvements saccadés.

– Les enfoirés, chuchota-t-il pour lui-même.

– Ils se mettent au portant ! cria Jack. Ils vont essayer de nous couper la route !

– Eddie ! Envoie le flèche, et leste ! commanda-t-il. Rackham, choque les écoutes ! On va les rattraper, ces salopards !

Le temps qu'Eddie frappe la corne du flèche sur sa drisse et que les hommes se préparent à hisser, la flûte faisait route vent arrière, prête à couper la route au *Shelter*.

– Dépêchez-vous, bon sang ! les hâta Charles.

– Plus de monde sur la drisse ! ordonna Eddie.

Charles était concentré sur les agissements de la flûte. C'est alors qu'il vit ses sabords s'ouvrir et ses bouches à feu lui sourire. Son cœur s'arrêta une seconde.

– Ackland !

Le maître canonnier passa la tête par-dessus l'hiloire.

– Capitaine ?

– Soyez parés à tirer dès que nous aurons abattu. Tir à couler !

– Bien, capitaine !

Enfin, le flèche fut hissé et bordé. Il était moins une, car devant, eux, la flûte s'apprêtait à leur couper la route.

– Eddie, ouvre les voiles ! On se met vent arrière !

– Bien, capitaine !

C'est à cet instant que la flûte lâcha ses premiers tirs, trois au total. Les hommes du *Shelter* postés aux voiles, qui étaient jusque-là concentrés sur la manœuvre, n'avaient pas encore réalisé que leur proie était sur le point de se défendre. Certains sursautèrent au son des canons. Un boulet passa par-dessus la tête de Charles, qui se baissa par réflexe. Le boulet arracha le hauban du tape-cul, du bord sous le vent.

– Les enfants de chien… Ackland ! Feu !

– FEU !

Toute la bordée tira en même temps. Les boulets fusèrent dans la fumée qui enrobait la flûte dans un nuage blanc. Charles jubila en entendant le vacarme du bois arraché. Au moins l'un des boulets avait fait mouche.

– Parés à tirer ! ordonna-t-il.

Charles entendit les chefs de pièce relayer les ordres d'Ackland.

– Le boulet et le valet, dans le canon ! Refoule ! En batterie !

Toutes les voix se mélangeaient, et la fumée rendait la visibilité limitée. Charles essayait de lofer lentement pour se rapprocher de la flûte, pendant que Jack faisait border les voiles. Le *Shelter* avait l'avantage de la légèreté, mais la flûte avait plus de surface de toile.

– Pointez !… Feu !

Le *Shelter* fut de nouveau ébranlé. Cette fois, aucun canon ne tira en même temps. Il y en eut d'abord un, puis deux, et les deux derniers suivirent quelques secondes plus tard. Enveloppés dans leur propre fumée, ils tirèrent un peu à l'aveuglette, et aucun coup ne sembla atteindre la flûte.

Jack s'était hissé dans les premières enfléchures des haubans, et scrutait leur proie avec sa main en visière.

– Ils se rendent ! Ils se rendent !

Eddie, extatique, s'empressa de passer la tête par le grand panneau d'écoutille afin de hurler aux canonniers de cesser le feu. La fumée se dissipa complètement, et la flûte leur apparut nettement : elle venait dans le vent et carguait ses voiles. Sa grand-voile était déchirée et la guibre de son étrave éclatée.

Comme à chaque fois qu'une prise se rebiffait un peu, Charles se sentait gagner par une sensation aussi déroutante que délicieuse, quelque chose qui ressemblait à la peur, mais sans son pouvoir paralysant. Ces instants étaient d'une intensité sans pareil. Et si parfois, il aurait volontiers laissé les rênes à quelqu'un d'autre, dans ces moments-là, il prenait toute la mesure de ce que cela voulait dire d'être aux commandes. Et force était de constater qu'il adorait ça.

⁂

Les Shelters avaient touché le gros lot : le *Jupiter* était chargé d'indigo et de cacao. Le capitaine Gansen avait cherché à se défendre, risquant ce faisant la vie des Shelters mais aussi celle de ses propres hommes (dont un avait été blessé grièvement à la jambe par une éclisse). Pour cette raison, les Shelters ne furent pas très tendres avec lui : ils décidèrent de s'emparer de son navire, et de le marronner lui et ses hommes sur une île. En attendant, les prisonniers furent parqués dans la voilerie du *Jupiter*, officiers et matelots confondus.

Eddie fut désigné capitaine de la prise, et Charles envoya une vingtaine d'hommes à son bord. Les deux navires se rendirent sur l'île d'Inagua pour transborder une partie de la marchandise du *Jupiter* à bord du *Shelter*.

Ils mouillèrent dans une baie à l'ouest de l'île, bien protégée des vents dominants. Ils connaissaient bien cet endroit : ils y étaient déjà venus plusieurs fois pour faire de l'eau et transborder leur cargaison d'un navire capturé à l'autre. À quelques dizaines de brasses du rivage, reposait la carcasse carbonisée d'un navire : il ne restait que quelques membrures, encore solidaires d'une partie de la quille. C'était là tout ce qui restait de la *Marie-Galante*, un navire français que les Shelters avaient pillé puis brûlé, quelques mois plus tôt. C'était sur ce bateau qu'ils avaient recruté la Trinquette.

Pendant que le reste de l'équipage terminait d'amarrer le *Shelter* à couple du *Jupiter*, Charles surprit La Trinquette qui fumait la pipe accoudé au pavois. Il regardait l'épave de la *Marie-Galante* d'un air songeur.

– Eh bien, l'ami ! Tu as la nostalgie des jours heureux ? lui demanda-t-il en s'accoudant près de lui.

– Non, capitaine. Je pensais seulement à ceux qui sont morts ce jour-là.

– Oui... Ton capitaine était un failli chien d'inconscient.

– Ce n'est pas mon capitaine. *Tu* es mon capitaine.

Il insista sur le « tu » en appuyant du bout de son index sur le bras de Charles. Ce dernier ne sut comment réagir à cette marque de loyauté. Un voile de tristesse passa sur le visage de la Trinquette.

– Il y avait quelques gars à bord qui aurait adoré se joindre à nous. Un de mes copains de bordée, un Nantais. Un vrai *frère-la-côte*, celui-là. Dubreuilh, qu'il s'appelait. Un bon gars.

– Thomas Dubreuilh, c'est ça ?

La Trinquette tourna un visage étonné vers Charles.

– Comment tu sais ça ?

– Il me l'a dit.

Devant la mine interrogatrice de la Trinquette, il expliqua :

– Il n'était pas encore mort quand nous sommes passés à bord de la *Marie-Galante*. Mais il souffrait terriblement... C'est Eddie et moi qui l'avons trouvé.

Le visage de la Trinquette s'assombrit. Charles se rappelait très bien le regard de Thomas Dubreuilh, suppliant qu'on achève ses souffrances. Eddie lui avait promis de baptiser son fils comme lui, avant de lui tirer une balle dans la poitrine.

– Il est mort comme un homme, dit Charles en posant une main compatissante sur l'épaule de la Trinquette.

Bien qu'il fût tentant de descendre à terre pour faire relâche, Charles jugea plus prudent que l'intégralité de l'équipage reste à bord du *Jupiter*, pour que les prisonniers ne tentent pas une évasion.

Comme il était hors de question de signaler leur présence par des lumières sur le pont aux bateaux qui passeraient éventuellement au large, ils dînèrent dans l'entrepont du *Jupiter*. Il y avait beaucoup plus d'espace qu'à bord du *Shelter*. Comme le *Jupiter* avait quitté le Venezuela à peine deux semaines plus tôt, il avait encore à son bord un grand stock de nourriture fraîche comme du pain, du fromage, et des fruits. Il y eut encore quelques disputes autour de la question du partage des denrées, notamment en ce qui concernait le fromage, car il n'y en avait pas assez pour que chacun eût une part. Cela donna lieu à de nouveaux votes, dans un chaos qu'Eddie eut tout le mal du monde à gérer.

Charles avait observé la scène de loin sans y prendre part. Il était fatigué par cette « votite aiguë », comme Eddie l'appelait. Fort heureusement, une fois ces questions de répartition de la nourriture réglées, l'ambiance se détendit. Doyle entonna un chant à répondre, accompagné à la mandoline et au bodhran par les frères O'Flaherty. Le rhum coulait à flots. Ici et là, on enchaînait les parties de *noddy*, de *french ruff* et d'osselets. Cormac, le chien, passait de groupe en groupe, quémandant des restes ici et là. Comme il plongeait la truffe dans une timbale pas encore vide, Charles le siffla. Quand le chien l'eut rejoint, il lui laissa le fond de son bol.

Quand il eut avalé jusqu'au dernier grain de riz, Cormac remercia son maître de quelques coups de langue. Chien et maître se mirent à chahuter, l'un faisant semblant de mordre l'autre. Ils se donnaient des coups de pattes affectueux en se roulant sur le pont. Dans ces moments, le chien se mettait à renifler d'une drôle de manière, et Charles était convaincu que c'était sa manière à lui de rire. Quand ils furent trop essoufflés pour continuer leur jeu, le chien se laissa littéralement tomber dans les bras de Charles.

– Eh bien..., railla Jack en se laissant tomber à côté d'eux. Continuez comme ça, vous deux, et ça va finir par jaser dans la gazette du gaillard...

Jack avait déniché dans la cabine du commandant du *Jupiter* un nouveau gilet en calicot pourpre. Il sirotait le contenu d'une dame-jeanne en regardant les autres se battre pour savoir si tous les as du jeu étaient sortis lors de leur partie de noddy.

– Tu ne viens pas jouer avec nous ?

Charles secoua la tête en faisant une moue peu enthousiaste.

– Ils me courent sur la cadène. Ils sont toujours en train de haricoter sur tout et n'importe quoi. Au moindre toron dans le mauvais sens, il faut qu'ils se mettent à voter à tout va. Ça me fatigue.

– C'est leur droit le plus strict, Charlie.

– Peut-être.

– S'ils ont la sensation de devoir tout décider d'eux-mêmes, c'est peut-être parce que c'est ce que tu leur laisses croire.

La mâchoire de Charles se crispa.

– Tu sais, dit Jack. Quand j'étais dans la Navy, nous avions un capitaine, sur le *Nightingale*. Le capitaine William Parsley. Ça faisait des jours que nous n'avions pas croisé une seule voile, ennemie comme amie. Il faisait un temps magnifique. L'air était doux, le vent bon, nous étions tout dessus jour et nuit, sans que la moindre couille vienne troubler le potage… Et tu sais ce qu'on dit, mer calme n'a jamais fait bon marin… Et bien, le père Parsley, c'était son grand credo, ça. Mais comme il n'aurait pas osé siffler pour attirer les mauvais vents, il se contentait de les attendre, en nous proposant des courses de relais dans la mâture, des pièces de théâtre à jouer devant les autres, des joutes verbales… Tout était bon pour nous occuper.

Charles écoutait d'une oreille en caressant son chien. Il connaissait assez bien Jack Rackham pour savoir qu'il adorait raconter des histoires, et que lorsqu'il était lancé, il ne servait à rien d'essayer de lui faire abréger son récit : toute interruption intempestive ne ferait que repousser l'échéance.

– Mais il pouvait bien inventer tous les jeux qu'il voulait, de qui pisse le plus loin au premier qui récite le Pater Noster à l'envers. Dans notre esprit, nous n'étions plus en guerre. Nous étions en mer, tout bonnement et simplement. Et plus la vie était douce, plus des tensions apparaissaient. Nous devenions des enfants gâtés et grognons. Le capitaine Parsley devait nous rappeler, d'une manière ou d'une autre, à la dure réalité. Alors, un matin, il vit une nébulosité suspecte dans le Nord-Ouest. Il nous fit changer de cap. Toute la journée, nous fîmes route sur cet horizon crasseux. Nous nous disions que peut-être, dans ses ordres, était stipulé qu'il devait se rendre à tel port tel jour, et que nous obéissions simplement à quelque commandement venu de la haute hiérarchie de la Navy… Le vent fraîchissait. C'était clair que nous allions essuyer un sacré coup de chien. Mais enfin… Pas un de ceux qu'on a jamais vus. Et voilà pas que nous tremblions face à ce qui nous attendait ! Parsley, comme pour nous éprouver, ou nous punir, va savoir, nous fit serrer les hautes voiles alors que la pluie se mettait à tomber et que le vent menaçait d'arracher les mâts de perroquet. Il fallut que nous soyons jetés dans le mauvais temps, concentrés à notre tâche, subissant autant que faire se peut, pour qu'enfin nous nous oubliâmes au profit du bateau. Ce fut une journée et une nuit difficile, tu peux me croire, Charlie. Jamais aucun jeu ne nous força à autant de coopération, autant de coordination et de rigueur. Et quand le soleil se leva le lendemain matin, et que le vent mollit enfin, nous étions éreintés, mais heureux comme des vilains. On lui avait fait sa peau, à ce coup de torchon ! À ce moment-là, nous n'étions plus seulement un équipage, nous étions une famille. Et nous étions fiers comme des coqs ! Jamais équipage ne se sentit plus soudé que nous l'étions à ce moment-là.

Un sourire éclaira le visage de Jack, et ses sourcils se haussèrent en accent circonflexe.

– Et le capitaine Parsley, dans tout ça ? Il se tenait là, sur sa dunette, calme comme un lac, les mains derrière le dos, et il nous observait du haut de son balcon pendant que nous nous repassions les événements de la nuit passée pour la énième fois. Il nous écoutait. Et c'est alors que j'ai vu ce fils de salaud esquisser un sourire... Imperceptible, fugace, mais un sourire quand même. C'est là que j'ai compris... Il nous avait envoyés dans le gros temps, juste pour nous donner une leçon.

– Le salaud...

– Salaud ? Peut-être... Mais il avait confiance en son bateau, en lui, et en nous. Il se disait sans doute qu'il était moins risqué de nous faire subir cette épreuve que de nous laisser perdre tout esprit vindicatif. Et tu veux savoir le plus beau dans tout ça ? C'est qu'après cette mésaventure, l'équipage, regonflé à bloc, accorda à Parsley une confiance et un respect inébranlable.

Il fit une pause et but une gorgée de rhum.

– Trois jours plus tard, nous avons croisé la route d'un navire français. Nous l'avons mis en fuite en quelques heures seulement...

– Jack, tiens bon, maintenant. Je ne mènerai pas mes hommes dans un coup de tabac juste pour leur donner une leçon.

XIV

Sto pro veritate

Ruth scrutait l'horizon, accoudée à la lisse. Là-bas, droit devant, un renflement mauve dépassait de l'horizon, noyé dans un halo de lumière. C'était la première terre qu'ils voyaient depuis un mois. Pour l'équipage, ce n'était que la joyeuse promesse d'une arrivée prochaine et la perspective d'un réapprovisionnement. Pour elle et Galway, cette terre noyée dans le soleil d'octobre évoquait des souvenirs douloureux.

Car les deux îles qui venaient d'apparaître sur leur horizon étaient Martha's Vineyard et Nantucket. C'était là que la *Whydah* avait mouillé avec sa flotte, juste avant la tempête qui l'avait engloutie. Cela s'était passé six mois auparavant. Six mois...

Tant de choses s'étaient passées. Tant de pages cornées, déchirées, à défaut de pouvoir être tournées... Et toujours la même douleur sourde, cette sensation terrible que le pire n'était pas de les avoir perdus, mais de continuer à traverser la vie, la ressentir, quand eux ne ressentiraient plus jamais le bonheur d'être vivant. Plus jamais ils ne goûteraient la saveur du rhum, plus jamais ils ne toucheraient le chanvre rêche d'un cordage dans leurs mains, plus jamais les crépuscules, les ciels étoilés, les douces chaleurs de l'hiver à Nassau, les jeux de cartes jusqu'à l'aube, les querelles et les étreintes... Tout ce qui faisait de la vie quelque chose de savoureux, de douloureux parfois, mais de terriblement beau et intense... Elle aurait donné tout ce qu'elle avait pour dire à Samuel qu'il était père, pour présenter Ferguson à Claire Gordon, sage-femme de talent, ou pour faire visiter la *Revenge* à Bones, qui l'aurait sans doute aimé et chéri plus que quiconque.

Machinalement, Ruth se caressa l'épaule. Sous la pulpe de ses doigts, le relief du loup gravé sous sa peau. Ils lui manquaient, c'était certain. Mais le pire était de réaliser à quel point ils manquaient la vie.

– Tiens, pour ta peine !

Elle eut tout juste le temps de se retourner que Galway lui lança une pomme qu'elle rattrapa au vol. Pendant que Ruth croquait allègrement dans le fruit, Galway scruta la terre au loin, dont les contours se précisaient.

– C'est étrange de revenir ici, hein ?

– Oui, c'est le moins qu'on puisse dire...

Le regard de Galway balaya l'horizon. La cime des arbres se découpait sur Nantucket et Martha's Vineyard. Derrière les deux îles, on commençait à deviner la ligne de terre du continent. Tout était clair. Le ciel était d'un bleu glacial. L'eau quant à elle, avait une profondeur outremer, et était hérissée de moutons.

– Tu imagines le message que nous enverrions à Boston et à son gouvernement, si nous réussissons à les sauver ?

Galway la fixa un long moment, pensif.

– V'là pas qu'on se mettrait à faire de la politique, maintenant.

– N'est-ce pas le cas depuis le début, dans un sens ?

Galway approuva en riant.

– Prépare-toi, Boston. Une tempête se prépare !

La *Revenge* rangea Block Island par le sud, avant de laisser porter ses voiles sur environ trois milles. Ils cherchèrent la pointe sablonneuse sur la côte ouest de l'île, censée leur indiquer l'étroite passe qu'ils devaient emprunter pour rejoindre Great Salt Pound, un bassin presque fermé, depuis lequel ils devaient être accueillis par la famille Williams.

– Si vous arrivez par le sud, leur avait expliqué Williams, vous devrez virer plein est quand vous aurez la pointe de sable à deux quarts sur l'arrière du travers. Vous enverrez le code à ce moment-là. Ainsi, en admettant que vous n'ayez pas à tirer des bords, vous arriverez pile à l'entrée de la passe. De là, pour l'embouquer, prenez l'alignement du fort abandonné avec le clocher de New Shoreham. Le mieux est de passer à l'étale, à cause des courants. Une fois dans la passe, restez légèrement sur la gauche, il y a plus de fond. Sauf si le vent est sud ou sud-ouest, dans ce cas, faites attention à ne pas vous faire dépaler. Une fois dans le bassin, normalement, si vous avez envoyé le code suffisamment tôt, il y aura une chaloupe qui viendra à votre rencontre.

Thatch donna l'ordre de hisser le code de pavillons entendu avec Williams. Après cela, la *Revenge* dut attendre deux heures le temps que la marée soit étale, avant de s'engager dans l'étroit passage menant à Great Salt Pound. Il n'était pas large : trois cents pieds, tout au plus. Le vent les poussait sur la rive nord. Johnny la Teigne, connu pour être un des meilleurs timoniers du bord, tenait la barre avec Jackson. Le capitaine Bonnet regardait anxieusement la plage de sable sur bâbord, dangereusement proche. Thatch surveillait le compas, tout en restant attentif à Ruth, qui sondait le fond derrière eux. Un homme surveillait l'aspect des fonds à l'avant, depuis le beaupré. Du gaillard à la dunette, régnait un silence concentré.

Ruth regarda le plomb disparaître sous l'eau dans un « blop », et les nœuds filer entre ses mains.

– À la marque, une brasse et demie, vase !

– Bien !

Fort heureusement, la passe était délicate, mais courte. Après quelques minutes, le bassin de Great Salt Pound s'étendait devant eux. L'eau était presque lisse comme un miroir. La lumière du soleil de fin d'après-midi teintait le ciel d'un filigrane mauve pastel. La végétation était rase ; les herbes hautes et les buissons robustes prenant le pas sur les quelques rares bosquets d'arbres aux couleurs rougeoyantes de l'automne.

À quelques encablures sur leur travers bâbord, un cormoran émergea de l'eau et monta en flèche vers le ciel, un poisson frétillant dans le bec. Quelques instants plus tard, une tache grisâtre sur la berge attira leur attention : un héron cendré s'envola avec grâce. Puis, les cris aigus d'un groupe de goélands se firent entendre. Ils quadrillaient le périmètre à basse altitude, au-dessus d'un endroit de la rade où l'eau était ridée d'une onde discrète. C'est alors qu'ils la virent : une chaloupe qui semblait sortir tout droit des méandres marécageux, sa voile au tiers se camouflant dans l'arrière-plan. En quelques minutes, elle vint se ranger le long de la *Revenge*. À l'intérieur, deux hommes et deux jeunes garçons qui affalèrent la voile pendant que l'un des hommes, un petit gars trapu qui portait un long catogan, apostrophaient le capitaine.

– Vous désirez ?

Bonnet et Thatch se présentèrent au pavois. Thatch chuchota quelque chose à Bonnet.

– *Sto pro veritate*, récita le capitaine.

Les deux inconnus eurent l'air satisfait. L'un d'eux enleva son chapeau et dévoila une tignasse rousse et un visage rond et débonnaire.

– *Innsidh na geòidh as t-fhoghar e.*

Williams leur avait dit qu'après avoir entendu le mot de passe, ses hommes formuleraient cette phrase pour signifier aux invités qu'ils s'adressaient aux bonnes personnes. Chaque parti étant rassuré quant aux bonnes intentions de l'autre, les échanges de courtoisie purent commencer.

– Je suis le capitaine Bonnet, et voici mon second, monsieur Thatch. Nous sommes des amis de Paulsgrave Williams.

– On s'en serait douté.

C'est alors que le plus âgé des jeunes garçons s'adressa directement à l'équipage. Il était emmitouflé dans une grosse veste de laine, et ses cheveux blonds et épais s'échappaient de sa casquette et mordaient sur son visage.

– Où est mon père ? Où est monsieur Williams ?

L'un des deux hommes, le petit au catogan, lui intima de s'asseoir.

– Messieurs, dit l'homme, je vous présente Abigail, la fille de Paulsgrave. Et le petit, c'est son fils, Paulsgrave Junior.

Les hommes lancèrent des regards aussi intrigués qu'amusés vers la jeune fille habillée en garçon. Ruth, tout particulièrement, l'observait avec attention. C'était la première fois qu'elle rencontrait une autre femme qui osait s'accoutrer de façon si provocante.

– Vous allez bien vous entendre, ricana Cunningham en donnant un coup de coude à Ruth.

Un sentiment étrange, mélange de curiosité et d'agacement, s'empara d'elle.

– Je suis Thomas Paine, dit alors l'homme roux. Et lui, c'est Edward Pelham. Nous sommes tous les deux beaux-frères de Paulsgrave. Il n'est pas avec vous ?

– Monsieur Williams est resté à Providence, dit Thatch.

– Père n'est pas là ? demanda le jeune garçon à sa sœur.

Abigail Williams, l'air renfrogné, lui fit « non » de la tête.

Quand la *Revenge* fut à l'ancre, un premier détachement d'hommes fut déposé à terre. Ruth et Galway, en qualité d'anciens camarades de bord de Williams, faisaient partie des privilégiés. Ils suivirent l'embarcation de Paine et Pelham jusqu'à une rivière saumâtre qui s'enfonçait à travers les terres rases, bordées de feuillus aux couleurs si chatoyantes qu'on les aurait crus en feu. Complètement déventés par les arbres, ils finirent par affaler leur voile et poursuivirent à l'aviron. Le soleil couchant leur faisait des clins d'œil à travers les roseaux. La rivière serpentait jusqu'à un ponton qui sortait du bocage et s'élançait dans l'eau. Sur ce ponton, des enfants pêchaient. Quand ils virent les embarcations s'approcher, ils se levèrent tous d'un bond.

– Les voilà ! Les voilà !

– Bobby, va chercher Mère !

Un des garnements, pieds nus et coiffé d'un chapeau trop grand pour lui, courut vers le bocage et y disparut. Quelques minutes plus tard, Ruth sautait sur le ponton et attrapait le filin que Hands lui jeta pour amarrer le canot.

– Eh, m'sieur ! Vous êtes des forbans ? demanda une des gamines.

– C'est pas des forbans, idiote ! rétorqua un autre enfant. C'est des amis d'oncle Paul !

– Et alors ? Oncle Paul, tu crois que c'est quoi ?

Paine essaya de tempérer l'enthousiasme de cette jeunesse rurale et fougueuse.

– Les enfants, les enfants ! Laissez-les respirer, voulez-vous ? Où sont vos parents ?

– A la maison ! Mère a tué un mouton !

Abigail, la fille de Williams, était déjà prête à regagner la berge. Elle était pieds nus elle aussi, et ses chevilles graciles dépassaient de son pantalon de grosse toile, trempé jusqu'aux mollets. Elle se débarrassa de sa casquette, et une épaisse chevelure blonde et bouclée s'en échappa. Son visage était rond et juvénile, son teint laiteux et clair. Une effronterie farouche se dégageait de ses lèvres charnues et résolument closes, et de ses yeux bleus remplis d'insolence.

– Les tantines sont-elles rentrées ? demanda-t-elle aux enfants.

– Oui !

– Alors on y va, rangez-moi tout ce fatras, leste !

Pendant que tout ce petit monde quittait le ponton, un des enfants, le plus jeune, était toujours accroupi devant son matériel de pêche. Thatch s'agenouilla près de lui. Le gamin rangeait consciencieusement ses hameçons et ses appâts dans des boîtes prévues à cet effet. Ses petites mains potelées étaient sales et calleuses comme celles d'un marin.

– La pêche fut-elle bonne, crabillon ?

L'enfant leva un visage lunaire vers Thatch. Malgré ses joues rondes et son nez mutin, il avait l'air aussi sérieux et grave qu'un vieux pêcheur. Il fit un signe du menton vers le seau à côté de lui.

– J'ai attrapé des alevins. Et un gros, mais je ne sais pas ce que c'est...

– Ça ne serait pas une tanche, ça ?

Le gamin secoua la tête.

– Non, y a pas de tanches ici... Peut-être un jeune gardon... Faut que j'demande à Abigail. Abigail elle est forte, en poisson. Abigail, c'est ma cousine. La grande.

Thatch jeta un coup d'œil à la chevelure blonde qui ouvrait la marche, là-bas au bout du ponton.

– Oui, je l'ai aperçu...

– Eddie ! cria la plus âgée des enfants. Dépêche-toi, il va faire nuit !

Loin de se hâter, le jeune garçon soupira d'agacement et continua à trier son matériel. Thatch lui ébouriffa les cheveux.

– Prends ton temps, gamin. Je m'occupe de ramener tes poissons en cuisine.

– Merci, m'sieur.

Thatch suivit la petite troupe à travers le bocage. Un sentier naturel s'était créé, sans doute grâce aux allées et venues quotidiennes des enfants jusqu'à la rivière. Ils débouchèrent dans une grande prairie au milieu de laquelle s'élevait une maison en bois cossue, sur deux niveaux, avec un toit très pentu. Des silhouettes en robe se découpaient sous le porche. Une partie de la prairie était cerclée d'une clôture peinte en blanc : à l'intérieur, une douzaine de moutons blancs et noirs. Ils passèrent devant une petite grange, voisine d'un poulailler.

Les enfants couraient devant, suivis par Abigail et ses deux oncles. Bonnet, Caesar, Giuseppe, Cunningham et quelques autres suivaient de près. Puis venaient Galway, Felizio et Bretelle. Ruth et Thatch fermaient la marche. Enfin, pas tout à fait... Le petit Eddie les suivait, sans se presser, sa grosse caisse de pêche dans les bras.

Ils furent accueillis par plusieurs femmes, âgées de vingt à cinquante ans environ. Elles étaient toutes vêtues simplement, leurs robes recouvertes de tabliers tachés attestant du rude travail qu'elles faisaient au sein de la maison. Elles leur furent toutes présentées, mais elles étaient si nombreuses, et certaines avaient des traits de visage si ressemblants que Ruth oublia vite qui était qui. Toutes ou presque étaient les sœurs de Paulsgrave Williams.

Il y avait Mary, l'aînée, et sa fille Sarah, âgée d'une vingtaine d'années. Mary était veuve, et de toute évidence la maîtresse de maison. C'est elle qui donnait les ordres et supervisait tout et tout le monde. Puis venait Anna, veuve également et sans enfant, beaucoup plus effacée que sa sœur aînée. Arabella était l'épouse de monsieur Pelham. Élizabeth, dont le ventre arrondi promettait un heureux événement dans les semaines à venir, était mariée avec monsieur Paine. Enfin, il y avait Catherine, la plus jeune de la fratrie, qui n'était en réalité que leur demi-sœur : la mère de Paulsgrave avait d'abord eu un premier mari, John Williams, avant de se retrouver veuve et de se remarier avec Robert Guthrie, avec qui elle eut Catherine. Catherine était la mère des quatre enfants qui les avaient accueillis sur le ponton.

Enfin, la dernière femme était également nommée Élizabeth, mais tout le monde l'appelait Lizzie. C'était l'épouse de Paulsgrave. Elle avait de beaux cheveux gris et ondulés, une expression pleine de bonté teintée d'une certaine mélancolie.

– Sachez que nous sommes ravis d'accueillir des amis de Paul ici, dit-elle à Ruth et Galway. Nous avons appris le naufrage de votre navire dans le journal. Paulsgrave avait beaucoup, beaucoup de respect pour le capitaine Bellamy. La dernière fois qu'il est venu, il vous avait perdu dans la brume. Il était très inquiet à votre sujet.

Ruth, que l'évocation de ces souvenirs perturbait, répondit avec une certaine impudence.

– Et il avait raison de s'inquiéter...

Thatch lui donna un petit coup d'épaule.

– Ah, oui... Madame, votre époux nous a confié ceci.

Elle remit à la femme l'argent que Williams lui avait donné, et Galway la lettre.

– Il aurait pu venir nous le donner lui-même, grinça Abigail.

– Abigail, tu sais que ton père fait de son mieux... Et qu'est-ce que tu fais encore habillé comme un sauvageon ? Tu as voulu les accompagner, très bien, mais maintenant, va t'habiller !

La jeune fille rentra dans la maison, non sans manifester son mécontentement par la lourdeur de ses pas et la brutalité de ses gestes.

Tout à coup, la porte de la maison s'ouvrit et une très vieille femme toute voûtée apparut sur le porche, appuyée sur une canne.

– Mary ? Mary, qu'est-ce qu'il se passe ?

– Oh mon Dieu, Maman... Je l'avais oublié.

Mary rejoignit la vieille dame et lui offrit son bras.

– Viens, nous avons de la visite... Ce sont des amis de Paul.

– Oh ! Paul est là ?

Sarah, la fille de Mary, aida sa mère à accompagner la vieille dame jusqu'aux nouveaux arrivants.

– Non, Grand'ma, pas cette fois. Mais il nous a ramené de l'argent.

– Bon petit, bon petit...

Mary leur présenta donc sa mère.

– Madame Ann Guthrie. C'est chez elle que vous vous trouvez.

Le capitaine Bonnet s'inclina devant la vieille dame.

– Madame Guthrie, merci pour votre accueil.

– Oh, mais nous ne sommes pas seulement chez moi, c'est aussi chez mon époux... Où est-il, d'ailleurs ? Mary, où est Robert ?

Mary échangea un regard affligé avec sa fille puis avec ses sœurs.

– Maman, Robert n'est plus là, rappelle-toi...

– Comment ça ? Et où est-il ? Ah, si jamais il a encore pris le bateau pour aller trafiquer je-ne-sais-quoi avec je-ne-sais-qui à Newport, il va m'entendre !

Mary fit signe à sa demi-sœur de s'approcher. Catherine prit la main de sa mère.

– Maman, papa est mort... Cela fait plus de vingt ans. Tu te rappelles ?

Soudain, un voile de tristesse tomba sur le visage de madame Guthrie.

– Oh... Oui, bien sûr. Oui...

Elle eut soudain l'air de manquer de force pour se tenir debout.

– Catherine, ma chérie... Emmène-moi à l'intérieur, tu veux.

Le soir, on les invita à dîner à la maison. Un bon feu brûlait dans l'âtre. Les hommes – et Ruth – ne portaient que leur chemise. Les visages rubiconds étincelaient à la lumière des chandelles. Le repas était terminé depuis longtemps, et l'alcool aidant, le volume des conversations était monté d'un cran. John Sands, le mari de Catherine, animait la conversation.

– Ah, vous trouvez que nous sommes nombreux ? dit-il à Bonnet. Mais c'est que nous ne sommes même pas au complet, tels que vous nous voyez ! Ah, fallait les vivre, les repas de famille, du temps d'oncle Edward... On s'est fait de sacrés bons gueuletons. Que de souvenirs ! Hein, Mary ?

– Façon de parler, oui... Parce que des souvenirs, vous ne deviez pas en avoir beaucoup, le lendemain...

Elle raconta à ses invités :

– Quand Edward était de ce monde, il venait souvent avec ses amis. En une soirée, ils étaient capables de vider la cave.

– J'me demandais une chose, demanda soudain Ruth. La phrase en gaélique, qu'est-ce qu'elle veut dire ?

Ce fut Pelham qui répondit.

– *Innsidh na geòidh as t-fhoghar e.* Ça veut dire « les oies raconteront tout à l'automne venu ». C'est une expression. Ça veut dire que tout finit toujours par être révélé, au moment venu.

Bonnet prit un air entendu.

– Oh, je comprends mieux à présent ! C'est une réponse au « *Sto pro veritate* » !

– En quelque sorte, oui.

Devant les mines interdites de certains, Élizabeth expliqua :

– *Sto pro veritate*, signifie « je me bats pour la vérité ». C'est la devise du clan Guthrie.

– Notre beau-père, Robert Guthrie, n'a pas vécu longtemps en Écosse, ajouta Mary. Mais il est resté très attaché à son clan.

– Pourquoi en est-il parti, alors ? demanda Caesar.

– Le père de Robert était un nationaliste écossais. Il s'est fait égorger par les Dragons, sous les yeux de Robert, qui n'avait pas sept ans à l'époque. Après ça, lui et le reste de sa famille ont été exilés ici. Ils devaient servir dans les mines de fer...

– Mais ils ont trouvé d'autres moyens de subsistance, lança Sands.

Mary se resservit un verre de vin.

– Nous étions tous en âge de travailler, ou presque, quand Robert a épousé notre mère. Manque de chance, sur les sept enfants du précédent mariage de notre mère, nous ne comptions que deux garçons... Dont un qui est mort très jeune. Qu'à cela ne tienne, Robert était un progressiste. Il nous a toutes éduquées comme ses fils. Il nous a appris à reconnaître quelqu'un qui chercherait à nous duper... Et à savoir duper nous-mêmes. Robert disait qu'il n'y a que deux façons de vivre convenablement pour un Écossais de ce côté-ci de l'océan : soit en servant l'Angleterre, soit en la volant.

Galway s'éclaircit la voix.

– Excusez-moi de demander ça aussi brutalement, mais... Qu'est-ce que vous faites exactement, comme commerce ?

Sands allait répondre, mais Mary le devança.

– Robert a commencé par faire du commerce de fourrures. Puis, du bois, de l'huile de baleine, tout ce qui passait... Quand il a eu des bateaux, ça s'est étendu à d'autres produits. Les bateaux interceptaient les navires marchands qui revenaient des Antilles. Ils prenaient le rhum, le sucre et tout ce qui était de valeur, et nous revendions le tout aux gens du coin, à un tarif défiant toute concurrence...

– On peut se vanter, poursuivit Ann, d'avoir permis à chaque colon du coin de s'octroyer le luxe de sucrer son thé !

– Et de boire du thé ! ajouta Lizzie.

Après avoir allumé sa pipe, Thatch demanda :

– Ce que vous nous dites, c'est que vous... Votre beau-père était un armateur pirate, ni plus ni moins ?

Mary et ses sœurs échangèrent un sourire entendu.

– Je comprends pourquoi Williams est devenu orfèvre ! lâcha Ruth. Il fallait bien rendre tout cet argent propre, et quoi de mieux pour cela qu'un magasin d'orfèvrerie ?

– Effectivement, Miss Wolff.

Thatch hocha la tête en signe d'admiration devant l'affaire visiblement très organisée des Williams.

– Cependant, à la mort de Robert, poursuivit Arabella, les autorités ont réussi à nous prendre tout ce qu'il avait gagné. Cela faisait un moment qu'ils avaient l'œil sur nous. Ils n'ont jamais réussi à nous incriminer, nous autres les enfants. Mais ils ont réussi à prouver l'implication de Robert dans une sombre affaire de trafic de rhum. Nous sommes tombés dans notre propre piège. La fortune de Robert ayant été entièrement liquidée dans le magasin, nous avons dû l'hypothéquer pour rembourser le gouvernement, et être écartés de tout soupçon.

Galway, les bras croisés sur la poitrine, suivait le récit avec attention.

– C'est là que Paulsgrave a décidé de se consacrer à la piraterie au long cours.

– En effet. Nous devions trouver un moyen de retourner aux affaires, mais ça ne pouvait être dans le Rhode Island. C'est là que Paulsgrave a rencontré le jeune Bellamy à la taverne. Leur alliance était la solution à tous nos problèmes.

Thatch se laissa tomber dans sa chaise en se frottant le ventre.

– Eh bien, on peut dire que Williams a le sens de la famille…

Ruth était abasourdie. La famille Williams était une entreprise très structurée, une machine bien huilée. Et ce qui l'ébahissait encore plus, c'était la place des femmes dans cette économie : elles étaient toutes très actives dans l'affaire. Elles faisaient les comptes, négociaient, organisaient les transferts de marchandises, mettaient les hommes en relation… Les femmes étaient les têtes pensantes, les hommes (au nombre de trois : Paine, Pelham, et Sands) étaient exécutants. Cependant, cela n'empêchait pas Mary de se travestir, porter les armes et de commander des opérations sur le terrain, de temps à autre.

La soirée devint la nuit, et les bancs se vidèrent peu à peu. Quand Lizzie se leva à son tour pour aller se coucher, elle ordonna à Abigail de faire de même.

– Non, Mère, je n'ai pas fini mon verre.

– Tu as assez bu comme ça, Abby.

La fille et sa mère se lancèrent un regard glacial.

– Abigail, dépêche-toi.

Un silence s'abattit autour de la table. Les joues d'Abigail, déjà colorées par la chaleur et l'alcool, rosirent de colère. Elle prit son verre de vin, et, sans lâcher sa mère des yeux, elle le porta à ses lèvres. Elle avala lentement chaque gorgée, jusqu'à la dernière goutte, sous les yeux médusés de l'assistance. Quand elle eut fini son verre, elle le posa bruyamment et se leva. Puis, Abigail et sa mère disparurent dans les étages.

Ce fut Cunningham qui brisa la glace après leur départ :

– Ah, que serait un repas de famille sans anicroches ! A vous voir comme ça, j'ai la nostalgie des miens… Il n'y avait pas un dimanche sans vaisselle cassée !

Les rescapés du repas continuèrent à boire jusqu'à tard dans la nuit. La table en chêne était couverte de verres, de miettes de tabac et de pain, de trognons de pomme, et de dames-jeannes vides. Ceux qui ne tenaient pas à rentrer à la rame jusqu'au bateau étaient logés dans la grange. Arabella et Anna y avaient amené des couvertures de grosse laine, ils n'avaient qu'à se laisser tomber dans les bottes de foin. Aux alentours de deux heures du matin, bon nombre d'entre eux se laissèrent tenter par cet appel.

Bientôt, il ne resta plus que Paine, Mary, Thatch et Ruth. Ils se réunirent au bout de la table, et se donnèrent comme mission de finir la bouteille de cognac que Thatch avait ramené du bord. La discussion devint plus intimiste. Thatch et Ruth échangèrent un regard. Tous deux pensaient à la même chose : ils n'avaient pas encore avoué à la famille Williams la véritable raison de leur venue en Nouvelle-Angleterre. Thatch avait été clair sur ce sujet, avant même qu'ils ne débarquent : il valait mieux attendre le lendemain pour en parler, histoire que cette conversation ne soit pas teintée par les fumées opaques de l'ébriété.

Paine plaisantait sur le fait qu'il travaillait pour des femmes.

– Vous verrez, monsieur Thatch. Un jour, nous serons gouvernés par des femmes !

– Peut-être, monsieur Paine. Mais ce jour-là, ni vous ni moi ne serons là pour en témoigner !

– Plains-toi, Tom, intervint Mary. Tu ramasses les bénéfices de notre affaire, sans en endosser les responsabilités !

– Et j'aurais mauvais goût de m'en plaindre, tu as raison ! Finalement, hommes et femmes sont peut-être capables des mêmes choses...

– Oh, pardonnez-moi monsieur Paine, ne put s'empêcher de dire Ruth. Mais hommes et femmes sont loin d'être capables des mêmes choses...

Mary, Paine, et surtout Thatch, la dévisagèrent d'un air perplexe.

– Eh bien, quoi ? Vous l'avez dit vous-mêmes... Les femmes de votre famille parviennent à cumuler l'intendance de leur maison, l'éducation de leurs enfants, et la gestion de l'entreprise familiale... Il me semble que vos femmes sont bien plus capables que beaucoup d'hommes.

Thatch, au lieu de la rabrouer, fut agité d'un petit rire amusé. Mary lança un sourire approbateur à Ruth.

– Elle a du mordant, la petite.

– Qui vous dit que je ne saurais tenir une maisonnée ou éduquer mes enfants ? s'offusqua Paine.

– Le sauriez-vous ?

– Sans aucun doute !

– Et le faites-vous ?

– Mademoiselle, comment osez-vous ? Alors que je vous accueille sous mon toit...

– Le toit de madame Guthrie, corrigea Ruth, au bord du fou rire.

C'est là que Thatch décida d'intervenir. Il posa sa main sur l'épaule de Ruth.

– Tiens bon, matelot.

La pression de la main de Thatch sur son épaule l'incita discrètement mais fermement à s'assagir.

– C'est vrai, pardonnez-moi, m'sieur Paine. Loin de moi l'idée de vous offenser. Je voulais simplement souligner votre propos, quand vous saluiez les facultés incommensurables de votre belle-sœur. Nous avons tous pas mal de vent dans la toile... Peut-être devrions-nous réduire la voilure pour soulager les tensions... N'est-ce pas ?

Elle leva son verre en souriant aussi aimablement que possible à Paine. Thatch lâcha son épaule, tranquillisé. Mary lança un regard éloquent à son beau-frère, qui consentit enfin à trinquer avec Ruth.

– On peut dire qu'on ne croise pas souvent des matelots tels que les vôtres, capitaine Thatch, admit Paine.

– Vous me faites beaucoup penser à ma nièce, mademoiselle, ajouta Mary.

– J'espère pour le capitaine Thatch que mademoiselle Wolff n'a pas l'insolence de notre Abigail... Elle file un mauvais coton, cette gamine.

– Thomas, enfin... Laisse la petite tranquille.

– Quoi ? D'accord, ce n'est pas facile pour elle en ce moment. Enfin, qu'est-ce qu'on y peut, nous ? Et sa mère ? Tu as vu comment elle lui parle ?

– Thomas...

– Non, Mary. Je ne suis pas d'accord. Lizzie aussi a souffert dans cette histoire. Abigail est peut-être jeune, mais elle n'est pas idiote. Je ne peux pas imaginer ce qu'elle vit, mais tout de même ! On ne repousse pas ainsi ceux qui nous soutiennent le plus !

– Bien sûr que si, enfin ! Et c'est justement parce qu'ils nous soutiennent sans faille que parfois on s'en prend à eux...

Paine haussa les épaules en faisant une moue désapprobatrice. Ruth et Thatch écoutèrent l'échange sans mot dire, mais leur curiosité s'était attisée.

– Abigail a eu quelques mois difficiles, dernièrement, leur dit Paine d'une voix pâteuse.

– Thomas, coupa Mary. Je doute que Lizzie souhaite que nous en parlions sans son accord.

– Et alors ? Que fais-tu de Paulsgrave, hein ? C'est ton frère, je te rappelle... Tu ne crois pas qu'il mérite de savoir ce qui est arrivé à sa fille ?

Ruth redressa l'échine sans même s'en rendre compte. Thatch fronça ses sourcils hirsutes. Les bras croisés sur la poitrine, ses cheveux gris s'échappant de sa coiffe, Mary prit un air de capitulation. Une drôle d'expression passa sur son visage, une honte douloureuse, mêlée à une ombre de culpabilité.

– Début mai, peu de temps après le départ de Paulsgrave, nous étions à Newport pour affaires, avec les enfants. Lizzie, Abigail et Paul Junior dormaient à la *Great Island Tavern*, et ils ont reçu la visite d'un homme…

Paine murmura un juron à l'évocation de ce souvenir.

– Il a… Il a dépouillé Lizzie de tout ce qu'elle avait de valeur. Ça n'a pas dû lui suffire, car… Il… Il a abusé d'Abigail.

La gorge de Ruth se serra.

– Il l'a violé ?

Mary hocha la tête en silence. Les bras posés sur la table, Paine semblait de plus en plus voûté. Ses yeux brillaient.

– Qui était-ce ? Vous le connaissiez ?

Mary tourna vers Paine un visage plein de détresse.

– Personne ne le connaissait. Il est parti comme il est venu. Un marin de passage.

– Comment il s'appelait ? demanda Thatch. Quelle marine ? C'est un petit monde, peut-être que nous aurions entendu parler de lui.

Mary resservit à chacun un peu de cognac.

– Il disait qu'il était maître d'équipage dans la marchande. Il se faisait appeler Moriarty.

– Moriarty ? … Non, connais pas. Et toi ? demanda-t-il à Ruth.

Elle secoua la tête à son tour. Mary tripotait nerveusement une cuillère. Paine semblait sur le point de fondre en larmes.

– C'est ma faute… C'est moi qui l'ai fait entrer dans notre maison…

– Ne dis pas ça, Thomas… Comment aurais-tu pu savoir ?

– Que voulez-vous dire ? demanda Ruth.

Paine renifla discrètement.

– Ce gars, ce Moriarty… Nous l'avions rencontré la veille, à la *Great Island Tavern*. La tôlière venait de nous faire chercher, Pelham et moi. Ah, oui, ce que vous devez savoir, c'est que Johnny, le mari de Catherine, a un problème de jeu… Il ne peut pas s'en empêcher, dès qu'il voit une paire de dés ou un jeu de cartes, il perd la raison… La tôlière de la taverne le sait, et elle nous connaît bien. Alors, quand elle s'est aperçue que Johnny était en train de se faire dépouiller, elle nous a fait appeler. Nous sommes arrivés, Johnny s'est pris une soufflante, bien sûr, mais quand il nous est apparu évident que son camarade de jeu l'avait dupé, on a décidé de l'emmener avec nous. Il ne nous a pas donné l'impression de quelqu'un de vraiment dangereux. C'était une petite frappe, ce Moriarty, un jeune voyou à la langue bien pendue, rien de plus… Enfin, du moins c'est ce que nous pensions.

Il but une gorgée de cognac et s'essuya le menton du revers de la main.

– Ce soir-là, on avait à faire dans l'un de nos entrepôts, sur les docks. On a emmené Moriarty là-bas. Ce qui aurait dû me mettre la puce à l'oreille, c'est qu'il n'avait pas l'air d'avoir peur de ce qui pouvait lui arriver. Sur tout le chemin, il bavassa tranquillement. Au dépôt, Mary et Arabella nous attendaient. Quand il a finalement compris qu'il risquait de lui arriver des bricoles s'il ne nous rendait pas le fric de Johnny sur-le-champ, il a commencé à nous raconter qu'il était bosco sur l'un des navires marchands en escale à Newport, que ces hommes allaient le faire chercher dans tous les recoins du port s'il n'était pas à son poste le lendemain matin...

Mary raconta la suite.

– Il a tout de même rendu l'argent. Il était seul, et nous y étions cinq, il n'était pas stupide au point de risquer de se faire passer à tabac pour rien. Ça en serait resté là, si...

Elle échangea un regard avec Paine.

– Il était certes gouailleur, mais il observait tout. Il a tout de suite compris notre influence à la taverne, et quand il a vu l'entrepôt, il a deviné sans mal à quel genre d'affaires nous nous livrons. Alors, il nous a proposé de se mettre à notre service.

Ruth ouvrit de grands yeux.

– Ça, il manque pas de vent, le bougre ! lâcha Thatch.

– A qui l'dites-vous..., grogna Paine.

– Attendez, ce n'est pas tout... Il a ensuite demandé à Edward l'heure qu'il était. Un peu interloqué, Edward va pour lui répondre et veut sortir sa montre.

– Ce failli chien lui avait nettoyé sa tocante ! pesta Paine.

– Moriarty l'a sorti de sa poche avec un sourire victorieux, l'a rendu à Edward, et nous a dit que c'était là la meilleure preuve qu'il pouvait nous donner de ses talents... Edward et Thomas voulaient lui flanquer une raclée, juste pour lui donner une leçon, mais... Mais j'ai refusé.

Mary finit son verre d'une traite. Elle gardait les yeux baissés, comme si elle avait honte de ce qu'elle allait raconter.

– Je ne voulais pas qu'on prenne le risque d'éveiller de nouveaux soupçons sur nous, pour une sombre histoire de jeux. Et puis... Et puis je me disais que si Moriarty avait vraiment été mal intentionné, il serait reparti avec la montre sans demander son reste. Après tout, elle valait au moins autant que la mise qu'il avait remportée en trichant contre Johnny. Alors... Alors je lui ai proposé un travail. On avait un convoi de fourrures qui devait arriver le lendemain soir. J'étais censée commander l'opération, car il nous manquait un gars. En engageant Moriarty sur ce coup-là, je laissais les commandes à Johnny, et j'évitais de me rendre moi-même sur place.

Mary serra la main de son beau-frère avec gratitude. Celui-ci reprit le récit.

– Le lendemain soir, nous sommes donc partis, Johnny, Edward, Moriarty et moi. Tout s'est passé à merveille. En attendant le convoi, nous avons discuté de choses et d'autres. Morarty n'était pas d'une compagnie désagréable, et je commençais à me dire que nous l'avions peut-être jugé trop rapidement. Nous avons intercepté le convoi, récupéré les fourrures, et nous sommes rentrés, sans aucune embûche. A l'entrepôt, Mary et Catherine nous attendaient, avec Johnny Junior. Lizzie, Abigail et Paul Junior étaient déjà rentrés dormir à la taverne. Nous étions satisfaits et rassurés. Moriarty a touché sa part. J'ai même ajouté une fourrure, en cadeau... Et puis nous avons bu quelques verres. Moriarty est parti tôt. Il nous a dit devoir rentrer dormir à son bord, car son bateau appareillait le lendemain. Nous nous sommes quittés en bons termes...

Paine fit une pause. Plus il avançait dans l'histoire, plus il semblait étreint par la culpabilité.

– De notre côté, nous avons continué à bavarder en buvant un coup. Comme Johnny Junior piquait du nez, son père l'a emmené se coucher. Quand il est revenu, j'ai tout de suite vu que quelque chose le travaillait. Comme je lui posais la question, il m'a confié que son fils venait de lui dire, l'air de rien, que Moriarty et lui avaient discuté. Moriarty l'avait complimenté sur son petit bateau en bois. Puis, il lui avait demandé où était son oncle, le fameux Paulsgrave dont tout le monde parlait. Naïvement, Johnny Junior lui avait dit qu'il était en mer, et que sa femme dormait à la taverne avec ses enfants. Ce n'était pas grand-chose, mais...

Paine fit une grimace.

– Johnny trouvait ça bizarre. Et moi aussi. Dans le doute, nous avons fini par y aller.

Mary ferma les yeux et respira profondément. Paine baissait le regard, lui aussi.

– Nous sommes arrivés trop tard, dit-il d'une voix étranglée. Moriarty était déjà parti. Abigail était en état de choc dans les bras de sa mère... Son visage était... Il a dû la cogner pour la faire taire, je ne sais pas... Et ce n'est pas le pire. Elle était enveloppée dans un manteau de fourrure... Ce salaud le lui avait donné. Il voulait qu'on sache que c'était lui. C'était même plus important pour lui que de toucher l'argent que lui aurait rapporté la vente du manteau.

– Pourquoi ? interrogea Ruth, écœurée.

– Allez savoir... Il n'avait aucune raison de s'en prendre à nous.

– C'est un vicieux, voilà tout, lâcha Paine. Un être diabolique, qui se nourrit du malheur qu'il répand.

Thatch approuva.

– Certains hommes n'ont aucune autre motivation que de détruire ce qui les entoure. Ils sont rares, mais ils existent, hélas. Ce sont les plus dangereux, car on ne peut ni les raisonner, ni les acheter.

Le silence tomba. Les chandelles étaient presque complètement consumées. Dehors, une chouette poussa un hululement. Ruth voyait la scène comme si elle y avait été. Elle la vivait, comme quand elle l'avait vécu...

– Il était seul ? demanda-t-elle.

– Oui, répondit Mary. Par la suite, Lizzie nous a raconté comment ça s'est passé. Il les a menacés de son pistolet et les a enfermés dans un placard pendant qu'il fouillait la chambre. Malheureusement, il n'y avait pas grand-chose, à part un bijou que Lizzie portait autour du cou... Un bijou que Paulsgrave lui avait offert. Moriarty le lui a arraché. C'est là qu'Abigail lui a sauté dessus et a essayé de le désarmer... Elle n'a pas réussi.

La voix de Mary s'évanouit. Paine prit la main de Mary et la serra. Ruth ne savait quoi dire. Elle pensait à Abigail, à la haine qu'elle devait ressentir, la honte, la culpabilité qu'elle devait avoir pour elle-même...

– Ce diable de Moriarty, lâcha Paine. Il est toujours vivant, là, quelque part... Et il se rit sans doute de nous. Je ne pourrais jamais être serein tant que l'honneur de la famille ne sera pas vengé.

Ruth ne put retenir son agacement.

– Le bonheur de votre nièce n'est-il pas plus important que l'honneur de votre famille ?

– Croyez-vous donc qu'il y a une différence ? Et puis qu'est-ce que vous en savez, vous ?

– Croyez-moi, je le sais.

⁂

Escortés par des hommes armés, les sept prisonniers de la *Whydah* passèrent la porte et arrivèrent dehors. Ils ralentirent tous en même temps et fermèrent les yeux, aveuglés par la lumière du jour. De toutes parts, la clameur de la rue les cernait. Les roues des voitures, les sabots des chevaux, les voix des passants...

– En avant ! cria un garde.

Langue-de-chat reçut un coup de crosse dans les jambes et se mit en marche. Les chaînes à leurs pieds rendaient leur progression difficile. Et puis, ils n'avaient pas marché depuis six mois... Une bourrasque de vent souffla dans la rue, et Langue-de-chat frissonna. Il vit l'heure à l'horloge de l'église : huit heures. C'était le matin. Un matin froid et brumeux d'octobre.

– Tu as une sale gueule, entendit-il à côté de lui.

Tommy Tranquille lui souriait faiblement. Ses joues grassouillettes avaient complètement fondu. Ses yeux étaient enfoncés dans leurs orbites, auréolés de cernes noirs.

– C'est vrai que toi, tu respires la santé.

– Vos gueules ! aboya un garde. Interdiction de communiquer entre vous avant le procès !

Langue-de-chat observa ses camarades à la dérobée. Quintor regardait droit devant lui, le regard éteint. Son bras droit était amputé au-dessus du coude. Son moignon était enveloppé de bandages ensanglantés. Il croisa le regard de son ami.

– Comment tu vas, gros matou ?

– Fantastiquement bien, répondit Langue-de-chat dans un rictus amer. Et toi ?

– Beaucoup plus léger, maintenant.

Il guigna vers son bras amputé et sourit.

– Vos gueules, j'ai dit !

Devant eux, Simon One-Eye traînait des pieds. Le pauvre garçon avait les chevilles abîmées par le frottement des chaînes. À côté de lui, Shuan n'en menait pas plus large. Brown et Little Tommy fermaient la marche.

– M'sieur, qu'est-ce qu'ils ont fait ? demanda un passant à l'un des gardes qui les escortaient.

– Piraterie.

Le jeune homme et les badauds autour furent excités par cette nouvelle. Une curiosité malsaine les faisait sourire.

– Espèce de voyous ! cria une femme.

– J'espère qu'ils vous feront pendre ! renchérit un homme.

Un autre badaud cracha en les assassinant du regard.

La salle du tribunal était exactement comme Langue-de-chat l'avait imaginé. Du plancher au plafond, en passant par le beau lambris verni des murs, tout était de bois. La pièce était lumineuse, spacieuse, et élégante. Remplie de monde. Au premier rang, Langue-de-chat reconnut le pasteur Mather. Alors, entra la Cour. Une dizaine d'hommes bien portants et dans la force de l'âge, coiffés de perruques blanches et bouffantes, prirent place un à un.

– Mesdames et messieurs, le Président de ce Tribunal, gouverneur de la colonie du Massachusetts, Samuel Shute !

Le gouverneur entra. C'était un homme d'une cinquantaine d'années, au visage sec et au regard impénétrable. Chacun des membres de la Cour fut présenté, mais Langue-de-chat n'écoutait pas. Il regardait les gens qui étaient venus assister au procès. Il y avait des familles entières, des plus modestes aux notables endimanchés.

Il échangea un regard avec ses camarades. Comme lui, ils avaient l'air un peu perdu, pas vraiment concernés. Cependant, quand on prononça leurs noms, ils furent bien obligés de se rendre à l'évidence : tout ce qui se passait dans cette pièce était pour eux.

– Il est fait état que les prisonniers Simon Van Vorst, John Brown, Thomas South, Thomas Baker, Hendrick Quintor, Peter Cornelius Hoof, et John Shuan, au grand mépris du Seigneur Tout-Puissant, en violation des Droits des Nations et des Hommes, et à la défiance des lois de Sa Majesté susmentionnées, ont délibérément perpétré et commis les crimes de vol, piraterie et crime en haute mer.

Un silence solennel accompagna l'écho de ces mots.

– Si la Cour parvient à prouver que les accusés sont coupables de vol, piraterie, et crime en haute mer, ou dans tout port, toute crique, rivière, ou n'importe quel endroit où s'applique la juridiction de l'Amirauté, par leur propre confession, ou par leur refus de plaider, ou par la comparution de témoins, alors les accusés seront condamnés, et mis à mort.

À côté de Langue-de-chat, Shuan émit un petit grognement anxieux.

– Que plaident les accusés ?

Les regards se tournèrent vers Van Vorst, le plus à gauche du banc. Le jeune homme balaya la salle d'un œil inquiet. Il avait perdu son cache-œil. Sa paupière tombait tristement sur son orbite vide, son visage était d'une maigreur effrayante et il était blanc comme un linge. Il ne restait plus grand-chose du beau jeune homme qu'il était six mois auparavant. À sa gauche, Tommy Tranquille l'encouragea du regard.

– N… non-coupable.

Un garde lui souffla quelque chose, et il s'empressa d'ajouter :

– Votre Honneur.

Ce fut au tour de Quintor de répondre.

– Non-coupable, votre Honneur.

– Non-coupable, votre Honneur.

– Non-coupable, votre Honneur, dit Langue-de-chat.

Il croisa le regard du pasteur, qui secoua discrètement la tête d'un air découragé. Tous plaidèrent non-coupable. L'Avocat du Roi, un certain Maître Smith, prit la parole.

– Mesdames, Messieurs. La Cour est réunie en ce jour pour juger l'un des crimes les plus horribles, les plus ignominieux que l'homme puisse commettre. Ce n'est pas la piraterie au sens de simple larcin qu'il faut entendre. La piraterie est peut-être le crime qui implique le plus de chefs d'accusation. En réalité, mesdames et messieurs, votre Honneur, quand on entend « piraterie », il faut se rappeler que derrière ce mot se cache la trahison. Le meurtre. Le brigandage. L'assassinat. La perversion. La piraterie tient place dans les endroits les plus reculés du monde, là où le faible, celui qui est sans défense, ne peut espérer aucune assistance d'aucune sorte : la haute mer. Le pirate n'est pas un simple voleur. C'est un homme qui a abandonné toute humanité, tout honneur, en décidant de s'abaisser à des larcins où la victime n'a aucune chance de s'en sortir. En outre, le pirate s'attaque au fondement de notre société : le commerce. Les échanges maritimes. En attaquant le navire de passage, le pirate prive notre population de biens essentiels à sa survie, mais aussi à sa prospérité. Pendant que nos braves colons travaillent dur pour exporter leurs produits en Europe, pendant qu'ils attendent avec impatience les vêtements, l'acier, les armes dont ils ont besoin pour se défendre contre les Indiens, ces hommes – il désigna les accusés – s'approprient par la force et par la plus vile des intimidations tous ces biens, qui ne leur appartiennent en rien. Si la piraterie n'est pas punie comme elle le mérite, c'est l'équilibre de l'ensemble de nos colonies qui est menacé… Mais ces individus n'en ont cure. Et c'est pourquoi la loi les qualifie, à juste titre, d'ennemis de l'humanité.

Langue-de-chat poussa un soupir de découragement. Le laïus pour le moins inspiré de Smith avait ceci pour lui, qu'il touchait non seulement la Cour, mais le peuple, en le touchant là où ça faisait mal : la peur de manquer. Avec de tels propos, il se mettait inévitablement l'opinion publique dans la poche.

– Faites comparaître les témoins, ordonna le gouverneur Shute.

– Votre Honneur, mon premier témoin est Thomas Fitzgerald.

Malgré ses vêtements neufs et ses cheveux bien coiffés, Langue-de-chat reconnut le matelot de la *Mary Ann*, un de ceux qui avaient survécu au naufrage avec eux. Après qu'il se fut présenté à la Cour, Fitzgerald raconta sa version des faits. Il regarda l'Avocat du Roi droit dans les yeux, évitant soigneusement tout contact visuel avec les accusés.

– Monsieur Fitzgerald. Vous avez assuré dans votre témoignage que ces hommes ont pris la *Mary Ann* par la force. Voulez-vous nous raconter comment cela s'est passé ?

– Ils nous ont pourchassés jusqu'à ce que nous soyons contraints de nous rendre. Ils nous ont fait mouiller à Nantucket. Là, ils nous ont envoyé un canot avec une douzaine d'hommes.

– Ces hommes sont-ils dans cette pièce ?

– ... Oui, monsieur. Certains d'entre eux.

– Pouvez-vous nous les désigner ?

Fitzgerald leva un bras ferme vers le banc des accusés.

– Qu'ont-ils fait en passant à votre bord ?

– Ils étaient armés jusqu'aux dents. Avec des coutelas, des pistolets, et des mousquets. Ils nous ont crié de nous rendre, en nous menaçant de tirer si nous n'obéissions pas. Certains d'entre eux s'assuraient que nous restions tranquilles, pendant que d'autres fouillaient le navire.

– Qu'est-ce qui les intéressait ?

Langue-de-chat se rappelait très bien pourquoi ils étaient si fébriles ce jour-là. Ils manquaient d'eau douce. Mais la *Mary Ann* n'en était pas pourvue en abondance, ils s'étaient donc rabattus sur...

– Le vin. Nous en étions chargés à couler bas, des dizaines de fûts de vin de Madère. Ils ont aussi volé des vêtements qui appartenaient à l'équipage.

– Bien... Y a-t-il un autre détail que vous aimeriez partager avec la Cour, monsieur Fitzgerald ? Quelque chose qui vous aurait marqué, et qui nous aiderait à mieux cerner la personnalité de ces individus ?

Fitzgerald osa un furtif coup d'œil vers les accusés, avant de poursuivre d'une voix blanche :

– Oui, monsieur... L'un d'eux... L'accusé Simon Van Vorst...

Le garde près du banc des accusés fit signe à Simon de se lever.

– Il a menacé notre coq de lui briser le cou s'il ne trouvait pas de liqueur à bord pour ses compagnons.

Les joues de Simon rosirent de colère. Sortis du contexte, ces propos étaient terriblement accablants pour les pirates, bien évidemment. Monsieur Smith esquissa un petit sourire narquois à l'adresse de Simon.

– Je vous remercie, monsieur Fitzgerald.

Le prochain témoin était John Mackonachy, lui aussi matelot sur la *Mary Ann*, et survivant du naufrage.

– Monsieur Mackonachy, est-ce vrai que monsieur Baker vous a dit que lui et ses camarades disposaient de lettres de Commission du Roi lui-même pour attaquer les navires ?

– Oui, monsieur. Mais je ne les ai pas vus de mes yeux.

– Comme c'est dommage… Des lettres signées du Roi lui-même, ordonnant d'attaquer ses propres bateaux… Cela aurait valu le coup d'œil.

Son ironie provoqua quelques rires dans le public, mais Samuel Shute les firent taire aussitôt. Le prochain témoin était Thomas Checkley. Langue-de-chat ne le reconnaissait pas, mais à la mine de Shuan quand il le vit, il comprit que c'était l'un de ses anciens collègues à bord du *Tanner*.

– Comment était John Shuan, en tant que compagnon de bord ?

– Bah, c'était un gars normal, vous savez. Il faisait pas trop d'histoires. Il se plaignait bien de temps en temps qu'on était pas assez nourris, ou qu'on était trop battus, m'enfin… Pas plus qu'un autre.

– Vous dites que c'était un matelot sans histoires, mais quand la *Whydah* vous a pris en chasse, arborant pavillon noir, comment monsieur Shuan a-t-il réagi ?

– Ah, ça, c'était plus l'même, m'sieur. Dès qu'il a vu le pavillon noir, il a essayé de nous convaincre de nous ranger du côté des brigands… Comme on a pas donné suite, il s'est tenu tranquille jusqu'à c'qu'on soit à portée de voix de la *Whydah*. Là, il leur a crié qu'il voulait venir avec eux. Et l'capitaine Bellamy lui-même lui a dit qu'en tant que premier commandement, il lui ordonnait de faire tomber le mât de misaine.

- Et est-ce que monsieur Shuan a exécuté les ordres du capitaine Bellamy ?

– Oui, m'sieur. Avec beaucoup d'entrain, j'dois dire.

L'Avocat du Roi fit les cent pas devant le témoin, laissant le temps à tout le monde de saisir la mesure de ces propos.

– Monsieur Checkley… Vous avez vu l'équipage de la *Whydah* d'assez près, si je ne m'abuse ?

– Oui, de très près même. Ils nous ont gardés à leur bord plusieurs jours avant de nous relâcher.

– Diriez-vous que les hommes du capitaine Bellamy étaient là contre leur gré ?

Checkley sembla réfléchir à la question. Un peu à contrecœur, il lâcha :

– J'dirais pas ça, m'sieur, non.

– Que diriez-vous, alors ?

– Les gars du cap'taine Bellamy avaient l'air plus heureux que nous autres, j'dois bien l'admettre. J'en ai pas vu un parmi eux qui traîne la patte. D'ailleurs, le cap'taine Bellamy n'a forcé aucun d'entre nous à se joindre à lui.

– Vous dites que ces hommes avaient l'air plus heureux que vous. Pourquoi ne les avez-vous pas suivi, vous aussi, monsieur Checkley ?

Le témoin fit une moue embarrassée.

– C'est que j'ai une femme et trois marmots qui m'attendent au port. J'peux pas m'amuser à aller dans les Bahamas ou je n'sais où.

Apparemment, ce n'était pas la réponse qu'attendait Smith. Checkley s'en aperçut, et tenta de se rattraper.

– Et puis, quand j'vois où ça les a menés, j'me dis que finalement, je suis mieux ici.

L'Avocat du Roi adressa un sourire entendu à l'audience et à la Cour.

– Merci, monsieur Checkley. Ce sera tout, votre Honneur.

Les témoignages se succédèrent ainsi pendant des heures, tous plus accablants les uns que les autres. Tous assuraient avoir identifié les prisonniers comme membres à part entière de l'équipage de Bellamy, et qu'à ce titre, ils avaient tous été vus en train de perpétrer les mêmes actes de violence et de vol que leurs camarades noyés dans le naufrage.

Langue-de-chat, Quintor et leurs camarades se lassèrent rapidement de ce défilé d'accusations. Ils étaient obligés de se tenir debout malgré leur état d'extrême faiblesse physique. Ils étaient plus concentrés sur le fait de ne pas tomber de fatigue que d'écouter ce qu'il se disait. Jusqu'à ce qu'ils fussent eux-mêmes appelés à la barre...

Tommy Tranquille passa en premier. Quand il posa ses mains sales et ses poignets couverts d'égratignures sur la rambarde, un garde lui fit signe de les enlever.

– Monsieur Baker, vous avez décidé de plaider non-coupable. Qu'avez-vous à dire pour votre défense ?

– Je... Votre Honneur...

Sa voix se perdit dans l'écho angoissant de la salle.

– J'ai été recruté de force, votre Honneur.

– Monsieur Baker... Vous avez dit à monsieur Mackonachy que vous disposiez de lettres de commission du Roi lui-même ?

– Oui, votre Honneur. Mais ce n'était pas pour attaquer les navires britanniques ! s'empressa-t-il d'ajouter. Nous avions le droit d'attaquer les navires espagnols et français... Nous avons fait une erreur d'identification quand nous avons attaqué la *Mary Ann*. Nous l'avons pris pour un navire français.

– Vous avez bien dû vous rendre compte de votre erreur en passant à son bord. Pourtant il semblerait que cela ne vous ait pas empêché d'aller au bout de vos intentions... Et puis, qu'est-ce qu'un navire français viendrait faire au large du Massachusetts ?

– C'est ce que nous nous sommes demandé aussi, votre Honneur.

– Je dois dire que vos propos ne tiennent pas bien la route, monsieur Baker.

L'accusé se mit à rougir.

Little Tommy – Thomas South, de son nom de naissance – fut le suivant. De la bande, c'était le seul à avoir été effectivement recruté de force. Il s'était fait à sa nouvelle condition de pirate avec beaucoup d'aisance, mais il se garda bien de le dire aux juges.

– J'ai été recruté sur le *Saint Michael*. Ils m'ont pris parce que j'étais charpentier, et ils en manquaient cruellement. Ils m'ont dit qu'ils m'abandonneraient sur une île déserte, si je refusais de me joindre à eux.

Puis ce fut le tour de Quintor. Son bras récemment amputé souleva quelques réactions de compassion dans le public.

– À force de le supplier, dit-il, le capitaine Bellamy a accepté de me relâcher sur la côte de Venezuela. Mais il a changé d'avis au dernier moment.

Enfin, ce fut au tour de Langue-de-chat de passer à la barre.

– Monsieur Hoff, vous dites avoir été recruté de force, vous aussi.

– Oui, votre Honneur. Je… Ils m'ont dit qu'ils me tueraient si je ne me joignais pas à eux.

– Pourquoi le capitaine Bellamy tenait tant à vous avoir ?

– … Je parle quatre langues, monsieur.

– Vraiment ?

– Oui, votre Honneur. Suédois, français, anglais, et espagnol… Ce sont des qualités recherchées dans notre métier…

Un regard courroucé du gouverneur lui fit réaliser qu'il avait dit une bêtise.

– Je veux dire… Dans le métier de marin, en général.

Quand les sept prisonniers furent passés à la barre, l'Avocat Smith avança sa défense. Il se remit à faire les cent pas devant la Cour, les mains jointes. Il y avait un décalage profondément injuste aux yeux de Langue-de-chat entre leur défense et la sienne. Comment sept hommes exténués, au bord de la mort, vêtus comme des mendiants, et n'ayant aucune connaissance juridique, pouvaient espérer monter une défense solide face à cet homme dont le métier était de traduire en justice des gens comme eux. Un homme qui avait dormi dans un vrai lit, qui avait pris un petit déjeuner, et qui avait la certitude d'avoir un copieux dîner le soir. Langue-de-chat eut une sensation de vertige et des mouches devant les yeux. Il dut faire des efforts pour écouter et comprendre le plaidoyer de Smith.

– Messieurs de la Cour… Les accusés prétendent avoir été recrutés de force. Il sera difficile de prouver qu'ils aient menti ou non. Mais même si cela s'avérait réel, ça ne pourrait être utilisé comme excuse en leur faveur. En effet, même s'ils ont été recrutés de force, les témoignages sont formels : tous les témoins ont vu de leurs yeux ces sept hommes sans exception, perpétrer des actes de violence, et participer activement à l'attaque et au pillage de navires en haute mer. Personne n'a forcé Simon Van Vorst à menacer le cuisinier de la *Mary Ann* de lui couper la gorge. Personne n'a forcé John Shuan à haranguer ses camarades à se ranger du côté des pirates. Il n'était pas non plus obligé d'obéir à l'ordre de Bellamy lui commandant d'abattre le mât de misaine du *Tanner*. Personne n'a forcé Thomas Baker à menacer monsieur Mackonachy de lui arracher les yeux s'il s'arrêtait d'actionner la pompe de cale de la *Mary Ann*...

Il s'arrêta face au gouverneur Shute.

– Ces hommes représentent la lie de notre société, votre Honneur. Ils l'ont prouvé par leur vie de crimes et de débauche, et par le peu de remords qu'ils ont formulé quant à ces actes.

Il jeta un regard discret au pasteur Mather.

– Et ils continuent de cracher sur nos institutions en nous mentant en plein tribunal, votre Honneur. Ces hommes ont aimé participer à ces crimes. Et leur vil mensonge est non seulement une insulte pour votre Honorable jugement, mais aussi pour leur défunt capitaine, dont ils salissent sans vergogne la mémoire, en l'accusant de leur infortune.

Langue-de-chat baissa les yeux, envahi par un sentiment de honte. Là-dessus, l'avocat avait raison.

– Leur plaidoyer est à l'image de leur vie : lâche, mesquin, et méprisable.

L'Avocat du Roi laissa chacun s'empeigner de ses mots, avant de s'incliner devant le gouverneur.

Le procès fut ajourné, le temps des délibérés. Quelques jours plus tard, les prisonniers furent de nouveau convoqués pour le verdict. Des pensées folles avaient traversé l'esprit de Langue-de-chat durant ces quelques jours. Il s'était dit qu'après tout, le gouverneur Shute aurait peut-être pitié d'eux. Peut-être que Boston manquait de marins, et qu'il préférerait les mettre au service de sa ville plutôt que les pendre. Il se surprit même à rêver que quelques-uns de ses camarades avaient survécu, qu'ils se cachaient, là, quelque part, et préparaient leur évasion dans le secret le plus total. Après tout, tant de corps n'avaient pas été retrouvés ! Qu'est-ce qui prouvait qu'ils étaient les seuls à s'en être sortis ?

Mais toutes ces élucubrations n'étaient là que pour duper sa peur de mourir... Et quand il rentra pour la deuxième fois dans la salle du tribunal, il en prit conscience. Il marchait comme dans un rêve. Il n'aurait pas été surpris de sortir de son corps et de voir la scène du dessus, en cet instant. C'est les mains tremblantes et le cœur battant qu'il se rangea près de Quintor, son ami de toujours, au banc des accusés. Leurs regards se croisèrent. Quintor ne souriait pas, cette fois. Même lui prenait conscience que la plaisanterie était terminée, qu'il était vain de faire semblant de se moquer de la mort, à présent.

Le coup de marteau du gouverneur Shute les fit sursauter.

– Bien ! Messieurs… La Cour, ayant considéré comme il se doit les chefs d'accusation et les preuves des différents objets retenus à cet égard, et avec le concours de la Défense, vous a reconnu, vous, Simon Van Vorst, John Brown, Thomas Baker, Hendrick Quintor, Peter Cornelius Hoff, John Shuan, coupables de piraterie, vol et larcin…

Hoff n'avait entendu que le mot « coupable », venu s'écraser sur lui avec la force de cent briques se fracassant sur son crâne. Des larmes irrépressibles emplirent ses yeux et l'aveuglèrent.

– … et par conséquent déclare et ordonne que vous, Simon Van Vorst, John Brown, Thomas Baker, Hendrick Quintor, Peter Cornelius Hoof, John Shuan, devrez vous rendre d'ici à l'endroit d'où vous venez, et de là-bas, devrez être menés à la place d'exécution, où chacun de vous sera pendu par le cou jusqu'à ce que mort s'ensuive. Et que le Seigneur ait pitié de votre âme.

Le public se mit à brailler son contentement ou son indignation. Tout le tribunal se mit à résonner des cris des uns et des autres.

– Et Thomas South, votre Honneur ? cria alors la voix du pasteur Mather, debout au premier rang.

Hoff et Baker échangèrent un regard interloqué. En effet, le nom de South n'avait pas été cité dans le verdict. Tous se tournèrent vers lui. Little Tommy était pendu aux lèvres du gouverneur, osant à peine exprimer son espoir.

– La Cour, après instruction, a pu prouver que les dires de l'accusé Thomas South étaient vrais. Ayant été bel et bien enrôlé de force d'après des témoignages tardifs, la Cour le reconnaît non-coupable.

Le visage de Tommy se couvrit de larmes de joie. Les autres n'en croyaient pas leurs oreilles.

– Quels témoignages ? murmura Langue-de-chat.

– … Tommy le Roux, souffla Quintor après réflexion.

Tommy le Roux, ou Thomas Davis… Ils avaient appris par le pasteur qu'il avait été arrêté, puis innocenté. S'il était toujours dans le Massachusetts, il n'était pas surprenant que la justice lui ait demandé son témoignage.

Le gouverneur Shute donna quelques coups de marteau pour retrouver le silence.

– Puisque les pirates tendent à subvertir et éteindre les droits naturels et civils de l'humanité, ils doivent être éliminés dans l'intérêt de l'humanité… Que ces hommes soient raccompagnés à leur cellule.

⁂

Thatch, Bonnet et Howard buvaient le thé sous le porche avec Mary, Lizzie et Arabella. La matriarche, Anna Guthrie, dormait dans un fauteuil à balancier. Les enfants jouaient au cricket dans le jardin avec Ruth, Galway et quelques autres.

Sands, Paine et Pelham étaient partis à Newport avec Hands, à bord de leur petit navire de charge, le *Thistle,* afin d'aller chercher vivres et eau douce pour la *Revenge*. Quand ces détails furent réglés, Thatch revint sur quelque chose que Catherine lui avait dit plus tôt dans la matinée.

– Et vous dites que toutes nos prises ont été rapportées dans le *Boston News Letter* ?

– Toutes, ça, je ne sais pas ! Nous n'étions pas avec vous pour les comptabiliser. Disons une dizaine.

– Ce qui est intéressant, dit Mary, c'est que le ton utilisé pour décrire vos frasques a diamétralement changé depuis quelques semaines.

– Que voulez-vous dire ?

– Eh bien, au début, il y avait quelque chose de rocambolesque dans ces récits. Les propriétaires du journal avaient bien compris qu'en racontant vos captures comme autant d'aventures mettant en scène des personnages colorés, ils s'assuraient de vendre leurs numéros jusqu'au dernier. Le capitaine Thatch et ses hommes...

– Le *capitaine* Thatch ? s'étonna Bonnet.

Arabella se mordit la lèvre, embarrassée.

– Il est vrai, dit alors Mary, que dans tous ces récits, le capitaine pirate est désigné sous le nom de Thatch...

Bonnet tapota le rebord de sa tasse du bout du doigt. Il semblait hésiter entre l'indignation et l'indifférence. Howard trancha pour lui :

– Enfin, cap'taine Bonnet... C'est tout pour votre avantage, vous qui tenez à rester incognito.

Thatch surenchérit.

– Il est vrai, Major Bonnet, que lorsque nous accueillions des prisonniers, vous étiez en convalescence. Il paraît tout à fait concevable que les prisonniers, me voyant prendre les directives, m'aient pris pour le capitaine.

– Sans doute, oui...

Lizzie resservit un peu de thé à tout le monde avant d'enchaîner.

– Toujours est-il qu'avant, vous étiez décrits comme des aventuriers charismatiques, des hors-la-loi certes, mais qui ne manquaient pas de panache. Alors qu'aujourd'hui... Ce que je peux dire, c'est que votre cote de popularité a dû sacrément baisser parmi la rédaction et le lectorat du *Boston News Letter*.

Thatch fourra sa pipe et l'alluma.

– Ça, ajouta Mary, c'est le moins que l'on puisse dire. Vous êtes passés du sympathique héros de roman à la brute sanguinaire et sans pitié. Votre équipage est souvent décrit, passez-moi l'expression, comme « une bande de diables sans scrupule, que rien n'émeut si ce n'est la plus pathétique soif de gain personnel ». Ou quelque chose comme ça.

Howard émit un sifflement.

– Eh bien, eh bien ! Ils ont le sens du verbe, au Boston News Letter !

– C'est tout de même fâcheux, dit Bonnet.

– Et en quoi ? rétorqua Howard. Notre but n'est-il pas d'intimider et d'inspirer la peur autant que faire se peut ?

Thatch souffla un volumineux nuage de fumée.

– Le Major a raison, Howard. C'est très fâcheux, ce revirement d'opinion.

Bonnet parut aussi surpris que Howard. Thatch se redressa dans son fauteuil et se pencha vers son quartier-maître.

– Inspirer la peur chez les armateurs et les capitaines marchands, c'est capital, pour ne pas avoir à mettre nos hommes en danger en les faisant combattre à chaque prise que nous prétendons faire. Mais nous avons besoin de rester sympathiques aux yeux du reste de la population… Je ne vous apprends rien, monsieur Howard, quand je vous dis que ce sont les citoyens des colonies, des plus modestes aux plus notables, qui nous aident à rester à flots. Parce que nous leur vendons de la marchandise de luxe à des prix concurrentiels, parce qu'ils nous trouvent sympathiques et tirent même une certaine… fierté, dirons-nous, à défrayer avec des « aventuriers » tels que nous, pour toutes ces raisons, ils daignent nous vendre vivres et armes. Ils nous protègent dans leurs rades quand la tempête fait rage, ils nous cachent dans leurs confluents quand les autorités nous cherchent, ils mentent à ces mêmes autorités pour protéger nos intérêts communs… Mais le jour où ils nous verront comme des criminels plus que comme des commerçants, que se passera-t-il ? Que se passera-t-il quand eux aussi auront peur de nous, quand ils nous honniront ?

Howard comprenait très bien ce qu'il voulait dire.

– Ils nous couperont les vivres.

– Ils nous couperont les vivres, oui. Et ils nous traqueront.

Thatch se renfonça dans le dossier de son fauteuil.

– En multipliant nos forces et nos effectifs sur l'eau, nous pouvons faire face à n'importe quelle marine, j'en suis convaincu. Mais… Si nous perdons le soutien de l'opinion publique, alors nous aurons un sérieux problème.

Mary reposa sa tasse de thé.

– En tout cas, vous savez que quoi qu'il advienne, ici, vous serez toujours reçus.

Thatch la remercia d'un signe de tête. Howard lui lança un regard éloquent. C'était le moment ou jamais… Mary surprit leur échange silencieux.

– … Oui ?

– Madame Sands, nous devons vous avouer quelque chose… Nous ne sommes pas venus des Bahamas jusqu'ici seulement pour vous remettre les parts de prise de votre frère.

Les trois femmes esquissèrent des sourires entendus.

– Nous nous en doutions, monsieur Thatch. Ne soyez pas timide, dites-nous ce qui vous amène.

– Si vous êtes au courant du naufrage de la *Whydah Gally*, j'imagine que vous êtes aussi au courant qu'il y a eu des survivants…

– Ah ! s'exclama Arabella en accompagnant son cri d'une légère tape sur la cuisse de Mary. Tu vois ! Je te l'avais bien dit !

– Plaît-il ? interrogea Bonnet.

– Vous êtes venus tenter de secourir les hommes qui ont été fait prisonniers, n'est-ce pas ?

Howard ricana nerveusement.

– Eh bien, répondit Thatch. J'étais parti pour faire un exposé inspiré sur la condition de nos camarades, avec toute une rhétorique sur l'importance de l'amitié, sur les valeurs d'honneur, de sacrifice et de bravoure, afin de vous émouvoir… Mais je crois que j'aurais gaspillé ma salive !

– Nous ne vous avons pas encore dit que nous soutenions le projet, dit alors Mary d'une voix froide.

Thatch resta interdit. Les cris et les rires des enfants au loin paraissaient soudain inappropriés et saugrenus.

– Arrête de torturer ce pauvre monsieur Thatch, Mary ! fit alors Lizzie en éclatant de rire.

Le visage de madame Sands se détendit.

– Ne faites pas cette tête, messieurs. Ne vous en faites pas, nous ferons ce que nous pourrons pour vous aider.

– Après tout, nous faisons presque le même métier, vous et nous, glissa Arabella avec un clin d'œil. Il faut bien se serrer les coudes.

– Vous voyez, c'est exactement ce que je me disais ! dit Howard avec un sourire conquis.

– Nous vous dédommagerons grassement, assura Thatch.

– Nous y comptons bien. Cependant, dit alors Mary en reprenant tout son sérieux. Je crains que nous ne devions agir rapidement, si vous voulez avoir encore une chance de les sauver.

– Que voulez-vous dire, madame ?

– Attendez une minute.

Mary se leva et rentra dans la maison. Elle revint avec un exemplaire du *Boston News Letter* dans les mains.

– C'est le numéro de lundi dernier.

Thatch lut l'encadré qu'elle lui montrait. Leurs noms étaient écrits noir sur blanc, juste à côté des mots fatidiques, « pendu par le cou jusqu'à ce que mort s'ensuive ».

– Qu'est-ce que ça dit ? demanda Howard.

Thatch lui lança le journal.

– Tiens, tu sais lire, maintenant. Alors lis.

Howard chercha le paragraphe qui les intéressait et lut :

– « La Cour ayant considéré comme il se doit les chefs d'accusation et les preuves des différents objets retenus à cet égard, avec le concours de la Défense, a reconnu, Simon Van Vorst, John Brown, Thomas Baker, Hendrick Quintor, Peter Cornelius Hoof, John Shuan, coupables de piraterie, vol et larcin, comme ceci était présenté dans les Chefs d'Accusation, et par conséquent a déclaré et ordonné qu'ils devront se rendre d'ici à l'endroit d'où ils viennent, et de là-bas, être menés à la place d'exécution, où chacun d'eux sera pendu par le cou jusqu'à ce que mort s'ensuive ».

Il continua sa lecture dans sa tête.

– Mais... C'est dans quelques jours ! s'exclama Howard.

Un silence macabre s'en suivit. Pourtant, là-bas, dans la prairie, les enfants continuaient leur partie de cricket. Sur le terrain, la jeune Sarah venait de lancer la balle. Wolff leva son bâton, frappa la balle, et commença à courir le long du pitch. Pendant ce temps, sous les encouragements de son équipe, Galway courut pour récupérer la balle. Quand il l'eut, il essaya d'atteindre le bout du pitch avant Wolff, mais elle fut plus rapide. Alors que ses coéquipiers l'acclamaient en riant, Galway regagna son poste, essoufflé et irrité par sa défaite.

– Redonne-moi le journal, Howard, ordonna brusquement Thatch.

Il relut attentivement l'encadré.

– C'est bien ce qu'il me semblait. Julian, Davis et South, ils n'ont pas été condamnés !

– Non ? Vous rigolez ?

- John Julian ? demanda Mary. Son nom est apparu dans le journal il y a quelques semaines. Il a été revendu comme esclave... Je suis désolée.

Thatch et Howard échangèrent un regard contrit.

– Et pour South et Davis ? Ils auraient été innocentés ?

Thatch bondit de sa chaise, soudain très fébrile.

– Ça voudrait dire qu'il y a en ce moment dans la nature deux gus qui savent où sont détenus nos amis et dans quelles conditions. Et avec un peu de chances, ils sont encore à Boston !

Ruth profita d'une pause dans le jeu pour aller se soulager dans le bosquet qui menait à la rivière. C'est en regagnant le sentier qu'une tache blonde dans son champ de vision attira son attention vers le ponton : Abigail, vêtue d'une chemise de lin et d'un pantalon retenu par des bretelles, était assise sur le bord du ponton. Ses pieds effleuraient la surface de l'eau. Elle lisait. Ruth hésita un instant avant de se décider à la rejoindre.

Quand elle s'assit à ses côtés, Abigail leva à peine les yeux de son livre. Les orteils de Ruth goûtèrent du bout des ongles l'eau calme de la rivière.

L'après-midi était magnifique. Une toute petite brise du sud amenait avec elle un air tiède, qui contrastait avec le froid des jours précédents. Des rais de lumière passaient à travers la canopée éclaircie des arbres. Leurs feuilles dorées et cuivrées tombaient silencieusement sur la surface de l'eau et dérivaient comme de frêles esquifs désemparés. Les rayons du soleil, en plongeant dans l'eau trouble et brunâtre, révélaient des nuées de petits insectes volant et dansant sur la surface. Les éclats de voix des joueurs de cricket leur parvenaient légèrement étouffés, lointains.

Ruth observa discrètement Abigail.

– Tu t'habilles souvent comme ça ?

Abigail haussa l'épaule.

– Dès que je peux… Et toi ?

– Tout le temps.

– Depuis toujours ?

Ruth acquiesça.

– Tu en as, du courage, souffla Abigail. Et quelle chance d'être libre…

– Je n'ai aucun courage. J'ai juste de bonnes aptitudes d'imitation.

Abigail prit une mine interrogatrice. Ruth s'expliqua.

– Cette tenue, ce n'est que du camouflage, comme le font les proies dans la nature… Je suis qu'une proie avec une peau de loup sur le dos.

- Tu n'es pas mariée, alors ?

Ruth ne put retenir un petit rire. Elle crut que la réponse allait de soi, mais comme Abigail la regardait avec insistance, elle répondit :

– Non.

– Et tu ne comptes pas te marier ?

– Pas tant que je n'y suis pas obligée.

– Tu n'as pas de famille sur le dos, j'imagine ?

– Je n'ai pas cette chance, non.

Un silence s'installa. Les yeux pleins de compassion, Ruth prit une grande respiration.

– Ta tante Mary m'a raconté ce qui t'était arrivé.

Abigail leva les yeux au ciel.

– Bien sûr, qu'elle t'a raconté…

– Pourquoi tu en veux autant à ta mère ? Ce n'est pas elle qui t'a fait du mal.

Abigail, la mine renfrognée, détourna le regard.

– … Tu sais, quand… Quand cet homme s'en est pris à moi, elle n'a pas bougé. Elle ne m'a pas défendu.

Il y avait tant de colère, tant de souffrance qui émanait de cette jeune fille, que ça en était presque palpable. Ruth savait. Elle connaissait bien son tourment. La culpabilité, la peur, la colère, la haine de soi, la honte…

– Et toi ? Est-ce que tu t'es défendue ?

Abigail, honteuse, baissa le regard. Elle passait machinalement un ongle dans un interstice entre deux lames du ponton.

– Non, bien sûr que non. Tu as fait ce que ton instinct t'a dicté de faire pour survivre. Cet homme braquait une arme sur vous. Tu es restée tétanisée devant, et malheureusement, c'était peut-être le mieux à faire. Tu as eu peur de mourir, et tu as eu raison. Tu ne peux pas t'en vouloir d'avoir simplement fait ce qu'il fallait pour survivre : ne pas bouger.

Elle vit ses cils inférieurs briller, mais aucune larme ne coula.

– Pour ta mère, il s'est passé exactement la même chose. Elle a eu peur pour ta vie, pour celle de ton frère.

Elle chercha le regard d'Abigail, mais la jeune fille gardait les yeux résolument baissés vers le ponton.

Lizzie et Thatch n'étaient plus que tous les deux sous le porche quand ils virent Wolff et Abigail revenir de la rivière au coucher du soleil. Les deux jeunes femmes discutaient en riant.

– Elles ont l'air de s'entendre comme larrons en foire, remarqua Lizzie.

– C'était soit ça, soit la haine déclarée.

Un sourire ému traversa le visage de Lizzie.

– C'est la première fois que je vois Abigail rire depuis…

Elle se tut, et jeta un regard pudique à Thatch.

– Je suppose que Johnny vous a raconté.

Thatch chercha en vain quelque chose de réconfortant à répondre. Là-bas, dans la prairie, Abigail et Wolff se mirent à trottiner en dévalant la pente menant à la maison.

– Wolff a cette faculté étrange et rare de faire prendre conscience aux autres de la force qu'ils ont en eux… Elle ne se rend pas compte de l'étendue de ce pouvoir, ajouta-t-il dans un murmure, comme pour lui-même.

Pendant qu'il observait la cavalcade des deux jeunes filles, Lizzie le regardait avec un sourire attendri.

– Il est frustrant parfois, de connaître nos enfants mieux qu'ils ne se connaissent, n'est-ce pas ?

– Ce n'est pas mon enfant, dit-il en détournant le regard.

Lizzie continuait de sourire.

– Vous n'avez pas d'enfants, monsieur Thatch ?

Il sortit sa pipe et sa tabatière de sa poche.

– J'ai une fille, dit-il après un instant d'hésitation. Elle s'appelle comme vous, d'ailleurs. Élizabeth.

– Quel âge a-t-elle ?

Thatch tira sur sa pipe plusieurs petites bouffées pour s'assurer qu'elle était bien allumée.

– Quinze ans. Elle vit en Jamaïque.

– Avec sa mère ?

Thatch retourna les yeux vers la prairie et s'accouda à la balustrade du porche. Wolff et Abigail se rapprochaient.

– Sa grand-mère.

Lizzie avait peut-être été un peu intrusive, mais elle ne manquait pas de tact : elle se rendit vite compte que Thatch ne comptait pas s'étendre sur le sujet.

Abigail et Wolff montèrent deux à deux les marches du porche, légèrement essoufflées mais très joviales.

– Ça va, maman ?

Abigail sauta dans les bras de sa mère et lui décolla un baiser sur la joue. Lizzie fut si surprise qu'elle recula d'un pas devant l'assaut, avant d'étreindre sa fille avec chaleur. Abigail rentra dans la maison, sous le regard aimant de sa mère. Lizzie porta machinalement la main à son cou.

– Doux Jésus, je ne me passerai donc jamais de cette manie.

Thatch et Ruth lui lancèrent un regard interrogateur. Lizzie s'expliqua :

– Pendant des années, j'ai porté autour du cou un pendentif que Paulsgrave m'avait offert. J'avais l'habitude de le toucher machinalement, pour un oui pour un non… Et, depuis que cet homme, ce Moriarty, me l'a volé, je n'ai jamais réussi à me faire à l'idée qu'il n'était plus là.

Le souvenir de cet événement douloureux fit tomber un voile de tristesse sur le visage de Lizzie.

– Qu'est-ce que c'était, comme bijou ? demanda Ruth.

– Une petite chose magnifique… Un camée qui représentait ma mère dans un joli brun rouge, encastré dans un médaillon en onyx… Paulsgrave a toujours eu bon goût en matière de bijoux.

Ruth et Thatch échangèrent un regard embarrassé.

– Mais je ne vous retiens pas plus longtemps, dit-elle en se reprenant. Monsieur Thatch, vous disiez vouloir réunir vos compagnons à l'intérieur ?

– En effet, madame. Wolff, suis-moi. Nous avons à parler.

Pendant que Ruth et Galway lisaient l'article du journal, Thatch attisait le feu dans la cheminée. Juste à côté de l'âtre, Anna épluchait des châtaignes. Bonnet lisait dans un coin. À la grande table, Bretelle, Felizio et les autres jouaient aux cartes avec les enfants.

– Et Julian ? s'enquit Ruth.

– Vendu. C'est passé dans le journal il y a quelques semaines.

Ruth sentit un poids tomber dans son estomac.

– Nous arrivons trop tard…, soupira Galway.

– Pas encore, rétorqua Thatch en soufflant doucement sur les cendres incandescentes qui ne cherchaient qu'à embraser la paille.

Thatch souffla et souffla encore, et enfin, la paille s'enflamma brusquement. Les épluchures de châtaigne et les pignes de pin se mirent à crépiter.

– South et Davis ont été libérés.

Ruth réfléchit un instant.

– ... Peut-être qu'ils pourront nous aider ! Avec ou sans le gré, d'ailleurs !

Toujours accroupi devant la cheminée, Thatch hocha la tête.

– C'est aussi ce que je me suis dit, Wolff.

Il se pencha à nouveau sur le feu qui commençait à prendre. Quelque chose dans les débris de paille carbonisés attira son attention.

– Vous me faites rire, ironisa Galway. Il y a quoi, quatre ou cinq jours de navigation d'ici à Boston ?

– Avec les bons vents, oui, dit Anna sans lever les yeux de ses châtaignes.

– Et il y a des milliers d'habitants à Boston... Comment voulez-vous les retrouver là-dedans ?

– Qu'est-ce qu'il y a, Galway ? Les défis te font peur ?

Avec beaucoup de précautions, Thatch avança ses doigts dans le foyer, là où la paille se réduisait en cendres, juste sous la bûche qui commençait à noircir.

– Tu dirais que c'est aussi dur que de... Trouver une aiguille dans une botte de foin ?

Avec un large sourire victorieux, il tira des cendres un petit objet long et métallique : un clou. Bonnet haussa un sourcil par-dessus son livre.

– Ce n'était pas une aiguille... Mais vous n'êtes pas tombés loin.

Ruth pouffa de rire. Thatch lança le clou à Galway, qui le rattrapa au vol.

– Il suffit juste de savoir où chercher, Galway.

XV

Entre un ami et une mer calme

À bord de la *Delicia*, la cabine du capitaine Woodes Rogers débordait d'effervescence. La pièce était encombrée de coffres remplis de livres et de parchemins, empilés devant les étagères encore vides. Des instruments de navigation fragiles et onéreux étaient encore dans leurs caisses, couchés dans de la paille.

Debout derrière son bureau, le capitaine Rogers essayait de s'y retrouver dans tous ses papiers. D'un côté, les contrats d'embarquement de l'équipage. De l'autre, les bordereaux de livraisons de la voilerie. Ici, les papiers des assurances, qu'il fallait parapher et signer. Les factures du matériel agricole dédié à l'exploitation de la canne à sucre et de l'indigo. Les correspondances avec divers marchands d'esclaves de Londres. Il trouva même, entre deux enveloppes, une lettre de sa femme, datée de l'été dernier.

Attablé sur un tout petit coin du bureau, l'aspirant Gatling mettait sous pli le courrier que le capitaine Rogers lui jetait sans ménagement.

Trois hommes se trouvaient dans la pièce, en plus du capitaine et de l'aspirant. Hooper, premier lieutenant de la *Delicia*, essayait de convaincre le capitaine Whitney, commandant de l'*HMS Rose*, de céder un peu de sa main-d'œuvre à la *Delicia*, qui en avait grand besoin pour être à jour de son cahier des charges.

Le troisième homme était un dénommé Salter. Il faisait partie du groupe d'investisseurs particuliers qui avaient financé l'expédition, en échange de quelques hectares de terre dans les Bahamas. En d'autres mots, Salter était un futur colon. Il avait aussi des vues sur un poste au sein du futur Conseil que Rogers créerait une fois arrivé à Nassau.

– Capitaine Rogers, il me semble que j'ai été suffisamment généreux, plus généreux même, que la plupart des autres investisseurs. J'ai même consenti à ne pas emmener ma famille lors du premier voyage, afin de ne pas surcharger la *Delicia* de surnuméraires.

– Monsieur Salter, je croyais vous avoir entendu dire l'autre soir que vous ne vouliez pas emmener votre femme à Nassau tant que les pirates ne seraient pas éradiqués et que sa sécurité une fois sur place ne serait pas garantie. Alors, ne me faites pas croire que c'est pour faire plus de place sur mon bateau que vous la laissez ici... Tenez, Gatling. Celui-ci est pour le Commissaire aux vivres.

Rogers tendit une enveloppe à son aspirant.

– Capitaine Whitney, insistait le lieutenant Hooper. J'implore votre coopération.

– Monsieur Hooper, vous semblez oublier que mes hommes sont, jusqu'au dernier matelot, embarqués sous le sceau de la Royal Navy. Ils sont sous contrat, et ce contrat m'engage à les protéger. S'ils venaient à être blessés ou tués en exécutant une tâche que je leur aurais confiée, en dehors du service, le Conseil de l'Amirauté m'en tiendrait entièrement responsable.

– Écoutez, le matériel agricole est en train de rouiller sur le ponton, parce que le peu d'hommes que j'ai sous la main sont tous occupés à enverguer nos voiles !

– Engagez plus d'hommes, que voulez-vous que je vous dise ?

– Vous le savez comme moi... Les matelots ne courent pas les rues, ces temps-ci. Ce n'est pas à vous que je vais apprendre ça.

– Faites appel à la presse, ou les *crimps.* Ils sont là pour ça.

Hooper se tut, réprimant sa contrariété. Monsieur Salter profita de ce bref silence pour glisser :

– Capitaine Rogers, vous êtes surchargé de travail. Je vous demande de bien vouloir considérer l'allègement de cette charge mentale, si vous saviez d'ores et déjà que le poste de Chef de la Justice était pourvu...

L'impatience gagna Rogers.

– Monsieur Salter ! Cette charge de travail dont vous parlez, il me semble que vous l'alourdissez plus qu'autre chose, du simple fait de votre présence dans mon bureau ! Ne pensez-vous pas que j'ai des questions plus urgentes à régler, que celle de la nomination de mes futurs commissaires de justice ?

– Mais, capitaine...

– Pas un mot de plus ! Monsieur Salter, laissez-moi simplifier les choses : vous êtes ici en qualité de passager, et à ce titre, vous pouvez me demander audience, et venir m'entretenir de tout sujet qui vous semblera utile... Mais j'en fais appel à votre bon sens. Croyez-vous réellement que c'est en harcelant votre capitaine et votre futur gouverneur que vous obtiendrez de lui ce que vous voulez ?

– Non, capitaine...

– Bien... Ce sera tout, monsieur Salter. Quant à vous, capitaine Whitney.

Le commandant de la *Rose* se redressa dignement.

– Sauf votre respect, il me semble que l'Amirauté m'a accordé trois navires de la Navy, dont le vôtre, pour assurer le succès de mon expédition. Ce qui veut dire que son succès ou son fiasco, seront pour toujours associés à la Royal Navy. Ne croyez-vous pas qu'en ce sens, il est de votre devoir de vous assurer que tout est fait pour que les choses se passent le mieux possible ?

– Je suis on ne peut plus d'accord, capitaine, mais... Mes matelots ne peuvent, en dehors du service...

– Capitaine, c'est vous qui décidez ce qui fait partie de leur service, et ce qui n'en fait pas partie. Si cela peut vous rassurer, je vais vous faire une demande écrite, stipulant que j'ai besoin d'un certain nombre de matelots pour effectuer des tâches manutentionnaires à bord de mon navire, en attendant d'avoir pu rassembler un équipage au complet.

Le capitaine Whitney hésita, et finit par admettre :

– Cela me semble convenable, capitaine.

– À la bonne heure. Monsieur Gatling, prenez un parchemin et notez donc...

À cet instant, quelqu'un frappa à la porte. Le garçon de cabine du capitaine entra avec un plateau.

– Capitaine, je me suis dit que vous auriez peut-être faim...

– Ah, quelle riche idée, Merrill !

Sur le plateau, il y avait une assiette où étaient posées de grandes tranches de pain, aux côtés de trois ou quatre filets de hareng saur. À côté de l'assiette, une enveloppe cachetée, et une tasse de lait chaud.

– Et vous avez reçu du courrier.

Rogers s'assit à son bureau et s'empressa de se couper un morceau de hareng, qu'il piqua avec un bout de pain avant d'enfourner le tout dans sa bouche, et de boire une gorgée de lait.

– Mmh... Vous avez oublié le miel, monsieur Merrill...

Le garçon de cabine s'excusa. À la droite de Rogers, l'aspirant Gatling attendait, un parchemin vierge devant lui et une plume à la main.

– Nous écrirons cette lettre juste après, monsieur Gatling. Cela ne vous dérange pas, capitaine Whitney ?

– Je vous en prie, capitaine Rogers. Je sais combien il est facile d'oublier de manger, quand on occupe la fonction qui est la nôtre.

Rogers regarda la lettre sur le plateau. Elle venait des Carolines. Son cœur bondit dans sa poitrine. Il saisit un coupe-papier et l'ouvrit avec hâte. La bouche encore pleine, il lut à toute vitesse son contenu. Son visage se transforma, et il faillit s'étouffer avec son hareng.

– Pardonnez-moi, déglutit-il.

– Une mauvaise nouvelle, capitaine ?

Rogers avala sa bouchée avant de répondre, avec un sourire radieux qui embellit son visage défiguré par la cicatrice sur sa joue :

– Une mauvaise nouvelle, oui, pour les pirates de Providence.

La nuit n'allait pas tarder à tomber. Londres était écrasée par un ciel morne et gris. La pluie tombait dru depuis ce matin. Les sabots des chevaux martelaient les pavés, claquaient dans les flaques et éclaboussaient les passants imprudents. La pluie et le vent froid de l'automne n'épargnaient personne, que l'on soit mendiant à Wapping, ou parlementaire à Westminster.

Le hackney du capitaine Rogers longeait le Strand. Songeur, le capitaine regardait les gouttes de pluie serpentaient le long de la vitre. Derrière, la ville battait son plein, sous les chapeaux et les parapluies. Les fiers immeubles en pierres grises régulières défilaient devant ses yeux.

Samuel Buck était assis en face de Rogers.

– Regardez, capitaine. Le Pall Mall. Nous arrivons.

Le hackney emprunta une nouvelle avenue, très large. Partout, se croisaient des chaises de poste, des fiacres et des diligences, créant un ralentissement du trafic. Rogers vit une femme courir après son parapluie retourné, et manquer de se faire piétiner par les chevaux d'une voiture. Les hommes avaient leurs hauts-de-chausses tout crottés, et le bas des robes de ces dames était détrempé. Partout, on trottinait, voûtés sous les parapluies, pour fuir l'averse.

Derrière la vitre, Rogers le vit soudain, au bout de la rue. Ses murs en briques rouges reconnaissables entre tous : le palais Saint James, demeure de la famille royale. Rogers sentit son pouls s'accélérer.

– Vous ne verrez pas le Roi aujourd'hui, n'est-ce pas ? demanda monsieur Buck.

– Non. Simplement Addison.

Le cocher cria aux chevaux de s'arrêter, et le hackney s'immobilisa à quelques yards du palais. C'était une bâtisse haute et étroite. Deux tours surmontées de créneaux encadraient une grande porte médiévale, qui donnait directement sur la rue. Deux sentinelles gardaient l'entrée.

La porte du hackney s'ouvrit brusquement : le cocher faisait signe à Rogers de descendre.

– Bon, dit-il en se levant. Quand il faut y aller…

– Je vous attendrais à la taverne, là-bas, lança Buck en montrant un commerce éclairé de l'autre côté de l'avenue. Bonne chance !

Les deux hommes sautèrent au bas de la voiture, sous l'averse torrentielle. Buck fit un signe de la main à Rogers et courut vers la taverne, le chapeau enfoncé sur la tête. Le capitaine, quant à lui, trottina jusqu'à la porte du palais, sa besace pleine de papiers sous le bras.

Quand il vit Rogers, Addison porta sa main à sa poitrine.

– Doux Jésus, capitaine ! Vous êtes passé sous une cascade ?

– Sous un mois de novembre très londonien, dirons-nous.

Dans ses souliers, ses pieds étaient imbibés d'eau. Des gouttes tombaient des rigoles de son tricorne, directement sur le carrelage. Les boucles de sa perruque avaient perdu de leur souplesse. Le capitaine confia son manteau gonflé d'eau à un domestique. Ce dernier se laissa surprendre par son poids.

– Vous avez les papiers ?

– Oui, monsieur Addison.

– Excellent, excellent… Avez-vous déjà vu la chapelle royale, capitaine ?

– Je n'ai jamais eu cet honneur.

– Parfait ! s'exclama Addison en frappant dans ses mains. Alors suivez-moi.

Addison fit volte-face, et un nuage poudré s'envola de sa perruque volumineuse.

– Si vous voulez bien me montrer ces papiers…

Rogers obéit et le suivit jusqu'à une porte, qu'un garde leur ouvrit. Ils arrivèrent sur le seuil d'une salle magnifique, tout en longueur, et haute sous plafond. Addison, lui, ne leva même pas la tête des parchemins que Rogers lui avait amenés. Il les lut en diagonale tout en avançant lentement dans la nef.

Le capitaine Rogers, lui, était tout simplement subjugué par la beauté de cette chapelle. Au fond de la pièce, de grandes fenêtres laissaient passer la lumière déclinante du crépuscule, à travers des vitraux représentant un arbre aux ramifications très étendues, surplombé d'un soleil : l'arbre généalogique de la famille royale. Les murs étaient décorés de tapisseries magnifiquement ouvragées. Un orgue se dressait sur l'un des murs. Les bancs étaient tapissés de velours pourpre et entourés de lambris verni. Des torches éclairaient toute la nef, jusqu'au chœur, majestueux, avec ses quatre superbes candélabres en or. La pluie martelait les vitraux, et l'écho grésillait dans toute la chapelle.

– Quel endroit magnifique…

– Mmh, n'est-ce pas ? marmonna Addison, sans lever les yeux des papiers de Rogers.

Ils progressaient lentement, leurs talonnettes résonnant dans la nef. Le capitaine se sentait un peu piteux, dans ses vêtements humides et ses bas pleins de boue, au milieu d'un tel raffinement.

– Tout cela me paraît très encourageant, capitaine…

Addison s'arrêta au milieu de l'allée et leva la tête vers Rogers.

– Je vous adresse toutes mes félicitations. Vous avez fait un travail remarquable, ces derniers mois. Le Roi saura le reconnaître, j'en suis persuadé. Un tel dévouement, une telle motivation, et tout cela aux dépens de votre vie de famille et de vos finances…

– Certains diraient que ce n'est que folie et irresponsabilité de délaisser ses devoirs de patriarche pour une telle cause.

– Mon cher capitaine, si tous les hommes, de tout temps, avaient privilégié leur vie de famille à leur soif de découvertes et de conquêtes, nous serions encore en train d'amasser des baies dans des maisons de paille, comme ces sauvages d'Afrique et d'Amérique !

Il adressa un petit sourire d'encouragement au capitaine.

– Rogers, je pense que nous pouvons commencer à planifier une rencontre avec le Roi.

Le capitaine sentit son cœur bondir de joie dans sa poitrine.

– Il vous délivra les papiers vous proclamant officiellement gouverneur des Bahamas… Vous étiez déjà célèbre pour votre carrière de corsaire, mais vous serez bientôt célèbre pour votre mandat de gouverneur !

Ils venaient d'atteindre le chœur de la chapelle. Ils s'arrêtèrent devant pour l'admirer.

– Vous rendez-vous compte, capitaine ? Si vous réussissez à mater la piraterie des Bahamas, vous deviendrez l'homme qui a sauvé le commerce des colonies britanniques.

– Vous me touchez, monsieur… Mais il me semble que vous surestimez l'influence de ces pirates… Ainsi que la mienne !

– Il ne me semble pas, non. Capitaine Rogers, vous qui êtes marin, vous savez ce que c'est que d'envisager tous les pires scénarios possibles avant qu'ils ne surviennent, n'est-ce pas ? Cela fait partie de votre travail. Alors imaginez donc l'état de notre marine marchande, si on laissait ces pirates pulluler et commercer avec nos colons en toute impunité… Si nous avions laissé faire, combien d'années se seraient écoulées avant que ces colons ne décident qu'ils n'ont plus besoin de nous ? Cinq ans ? Dix ans ?… En outre, votre capacité à remettre sur le droit chemin ces marins égarés pourraient avoir un enjeu déterminant dans les mois à venir.

Soudain, le crépitement des gouttes de pluie sur les vitraux s'interrompit. L'averse avait enfin cessé.

– Sur quel plan, monsieur ?

– Sur le plan politique, capitaine. Vous n'êtes pas sans savoir que notre pays s'est allié aux Provinces-Unies et à la France en janvier dernier, pour lutter contre une éventuelle offensive de l'Espagne ?

– En effet, monsieur.

– Eh bien, la nouvelle nous est parvenue il y a peu : l'Espagne a envoyé des troupes en Sardaigne, il y a quelques semaines.

– La Sardaigne n'est-elle pas un territoire autrichien ?

– Effectivement, capitaine. Et l'Autriche est trop occupée à se battre contre l'empire Ottoman pour organiser une défense digne de ce nom. Les pays de la Triple-Alliance ont donc décidé d'organiser des négociations entre l'Autriche et l'empire Ottoman, afin que l'Autriche puisse rejoindre l'alliance. Cela rééquilibra les forces au sein des différentes puissances, et la Quadruple-Alliance pourra ainsi fixer ses propres termes en ce qui concerne les territoires italiens. Et l'Espagne les refusera, bien entendu. Vous savez ce que cela veut dire ?

Ils venaient de revenir à la porte de la chapelle.

– La guerre arrive.

– Et oui, encore une, capitaine. D'ici un an, peut-être moins. Et le passé nous l'a déjà montré, il n'y a aucune chance pour que les opérations martiales se limitent au Vieux Continent. Chaque empire, le nôtre en premier, profitera de l'occasion pour étendre ses territoires outre-Atlantique. La guerre de course et les raids sur les ports ennemis redeviendront la norme. Et qui dit guerre de course, dit corsaires...

Un garde leur ouvrit la porte de la chapelle et ils regagnèrent le corridor menant à la grande porte d'entrée du palais.

– Le Pardon Royal accordé aux pirates, cela était une brillante idée, capitaine. Vous avez toujours clamé vouloir aider ces hommes à se réinsérer dans la société, et quoi de mieux que la guerre pour cela ? Ils auraient l'occasion de prouver leur bonne volonté en retournant se battre pour leur pays...

Le domestique revint avec le manteau et le chapeau de Rogers. Il constata avec plaisir qu'ils avaient dû être placés devant un feu, car ils étaient tièdes, bien qu'encore mouillés.

– C'est pourquoi je ne peux que vous conseiller de ne pas être trop... sévère, avec ces hommes.

– Je ne vous suis pas, monsieur.

Addison eut un petit sourire entendu.

– Eh bien, ne les pendez pas tous ! Ou nous serions bien embêtés quand nous devrons les recruter.

Rogers sourit poliment.

– Aucun pirate qui se rendra dans le temps imparti ne sera pendu, j'en fais le serment.

Les sentinelles ouvrirent la grande porte. La nuit était tombée, dehors.

– Continuez comme ça, capitaine. Votre nation est derrière vous.

Rogers serra la main d'Addison, tout en se demandant où avait été sa nation, quand il s'était retrouvé ruiné à cause de ce même voyage de corsaire qui l'avait pourtant rendu célèbre. Il espérait que cette fois, on saurait le rembourser des avances qu'il avait engagé sur ce projet. Mais il se garda de faire part de ses réticences à son bienfaiteur.

– Merci, monsieur Addison.

À peine eut-il franchi le seuil que les sentinelles fermèrent la porte derrière lui. Il ne pleuvait plus. Le ciel était même dégagé par endroits. En levant la tête, le capitaine Rogers vit une lune argentée et bien pleine.

⁂

– Trois déc... Décembre. 7 h 50. Vent d'est, vingt nœuds. Rafales, vingt-cinq nœuds. Ciel cou... vert. Mer : peu agitée. Voiles é... établies : misaine, grand-voile, foc et... clinfoc. Pe-tit et grand huniers, sous un ris. Grand-voile d'étai. Foc... Foc d'artimon. Voile d'artimon.

Rackham but une gorgée de cacao.

– Bon. Ça commence à rentrer, c'est bien.

Charles ferma le journal de bord en soupirant. Ces séances le fatiguaient plus qu'une nuit sur le pont dans le gros temps. Il remarqua sa tasse de cacao, qu'il n'avait pas encore touché. Il en but une bonne gorgée. Le feu qui embrasa son gosier le surprit tant qu'il dut prendre sur lui pour ne pas tout recracher. Rackham ne leva pas les yeux des lignes que Charles avait écrites, mais un petit sourire moqueur le trahit.

– Nom de Dieu, Rackham !

– Je l'appelle le cacao brûlot...

– Tu as de la suite dans les idées, tu m'as servi un café brûlot la première fois qu'on s'est vu.

– Tu fais encore beaucoup de fautes, fit Jack en posant sur la table le parchemin où Charles avait écrit.

– Comment tu veux que je me concentre ? J'ai dû remonter sur le pont trois fois pendant que j'écrivais !

Rackham s'enfonça dans le dossier de son fauteuil et regarda les étagères de livres le long du vaigrage. Ils se trouvaient dans la grand-chambre du *Jupiter*. En effet, ils avaient décidé de laisser le commandement du *Shelter* à Eddie, le quartier-maître.

– C'est dommage que tous ces livres soient en hollandais. Ça me manque, la lecture, tu vois.

– Dans peu de temps, nous serons rentrés. Tu pourras lire tout ton saoul à Nassau.

– J'aurais d'autres chats à fouetter, quand je serai à Nassau.

– Ah bon ? Qui ça ?

Jack lui adressa un petit sourire narquois.

- Pas Ruth Wolff, en tout cas.

Charles piqua un fard. Il se pencha à nouveau sur le journal de bord, mais le ferma brutalement.

– C'est trop long...

– Tu t'attendais à quoi ? On n'apprend pas à lire comme on apprend à faire un amarrage plat !

Comme Charles soupirait d'un air maussade, Jack s'adoucit.

– « Là où la volonté est grande, les difficultés diminuent. »

– Qui dit ça ?

– Machiavel.

Charles émit un petit ricanement.

– Encore un que je n'ai pas le plaisir de connaître.

– Si tu continues à lire, tu le connaîtras.

Jack se pencha sur le bureau et agrippa le regard de Charles.

– Si tu continues à lire, tu seras leur chef, à tous.

– A qui ?

– À tous les gentilshommes de Nassau.

Jack sourit d'un air rusé.

– Réfléchis. Tu étais matelot, tu as connu l'enfer du gaillard d'avant, ce qui te rend plus proche d'eux que n'importe quel autre capitaine.

– Mais pourquoi est-ce que j'aurais envie de devenir leur chef ?

Jack haussa les épaules.

– Tu n'auras peut-être pas le choix.

Charles versa un peu de rhum dans sa tasse vide.

– Un équipage. C'est déjà amplement suffisant.

Quand il remonta sur le pont, Charles se rendit compte qu'un halo brumeux entourait la pleine lune.

– C'est pas bon, ça, cap'taine, annonça Plume en croisant les bras.

L'est semblait complètement bouché. Le mauvais temps menaçait. Ils pouvaient encore l'éviter : pour cela, il suffisait de fuir vent arrière, vers le Gulf Stream. Mais alors, ils retarderaient leur retour à Nassau de plusieurs jours.

Charles observa discrètement les hommes qui étaient sur le pont : les Tartans fumaient la pipe et discutaient dans leur coin, à l'avant. Andy et la Trinquette, à la barre, étaient en train de se disputer à cause d'une histoire de hamac. Poi-pois réprimandait Jacob, qui selon lui, avait laissé traîner dans l'entrepont ses couennes de jambon et ses miettes de biscuit... Charles voyait bien que les hommes se quereller de plus en plus souvent, pour des raisons de plus en plus stupides. C'était le risque, quand on passait trop de temps en mer. Ce n'était pas nouveau pour lui, il avait déjà constaté ce phénomène quand il naviguait sous les ordres de Jennings. Si l'ambiance se dégradait encore jusqu'à ce qu'ils reviennent à Nassau, le souvenir que chacun de ses hommes garderait de ce voyage serait amer. Et alors, il était plausible que beaucoup ne veuillent pas rembarquer avec lui...

Jack, qui fumait un *papelate* à côté de lui, se mit à fredonner un chant de marin bien connu.

Between a friend and a smooth sea,
I'd watch over thee, Jack Tar,
I'd watch over thee, Jack Tar.

Strugglin' against high winds, mi boy
I'd watch over thee, Jack Tar,
I'd watch over thee, Jack Tar...

Jack esquissa un sourire que la clarté de la lune révéla. Le visage fermé, Charles scrutait l'horizon.

– A quoi penses-tu, capitaine ? lui demanda Jack.

– Au sort de ceux qui insultent la puissance divine en la défiant volontairement.

Jack croisa les bras sur sa poitrine et regarda au loin.

– Tu sais ce qui m'agace ? Ces gars qui crachent sur Dieu tout au long de leur vie, et qui s'adressent soudain à lui quand le danger les guette.

Un rictus éclaira le visage émacié de Jack. Charles soupira.

– Plume !

– Capitaine ?

– ... On garde le cap !

Le *Jupiter* et le *Shelter* avaient lofé pour éviter d'être travers au vent. Le près n'était pas l'allure la plus confortable, surtout pour le *Jupiter*. Mais ils limitaient ainsi le risque que le bateau se couche. Il embarquait des paquets de mer à chaque lame qu'il étalait. Toutes les trois ou quatre vagues, son beaupré piquait dans la plume dans des creux de près de dix pieds. Il s'était mis à pleuvoir, une pluie froide qui lynchait la peau. L'écume laissait des traînées sur les lames déferlantes.

Le jour se levait. Charles n'avait pas tardé à donner l'ordre de serrer les perroquets. Il était à la barre, secondé par Doyle. Il n'avait aucunement envie de laisser cette responsabilité à ses gars pour le moment. D'un œil, il surveillait son cap, et de l'autre, ses hommes occupés à réduire la voilure.

Plume supervisait une équipe qui devait carguer et serrer les voiles d'étai.

– Parés au hale-bas ? hurla la voix du second.

– Parés !

– À carguer !

Les hommes halaient sur le hale-bas comme des forcenés. Le bateau roulait de plus en plus.

– Tourne comme ça ! ordonna Plume. On aura pas mieux !

– Plume, amenez le foc et hissez le petit foc !

– A vos ordres !

C'est alors que Charles vit, en arrière-plan, une lame déferler vers eux. D'un prompt coup de barre, il l'étala. Il reprit son cap, tout en veillant à ce que les huniers continuent de porter. De là où il était, il distinguait à travers la pluie les jambes des gabiers, perchés sur les marchepieds. Il reconnut la silhouette de Jack à califourchon sur la vergue, à l'empointure. Charles reconnut également le dos épais de O'Flaherty, le corps élancé de la Trinquette. Pourvu qu'ils soient prudents, et qu'ils descendent vite, surtout... Charles se rendit compte qu'il serrait les manetons de la barre bien plus fort que nécessaire.

À l'avant, les hommes de Plume venaient d'amener le foc. Ils pesaient à présent sur la drisse du petit foc. La voile luttait contre le vent pour grimper le long de sa draille. Charles abattit de quelques points pour qu'ils puissent hisser plus facilement. Pendant ce temps, quelques gabiers redescendaient précautionneusement du mât de misaine. vers le pont. Mais sur le grand-mât, Rackham et la Trinquette étaient toujours en bout de vergue du grand hunier.

– Qu'est-ce qu'ils fabriquent, bon sang ? maugréa Charles.

Au même moment, ils embarquèrent un énorme paquet de mer à l'avant. Charles vit les hommes occupés à hisser le petit foc se baisser tout en se cramponnant à la drisse, avant de disparaître sous une masse d'eau énorme. Charles sentait presque toutes les pressions qui s'exerçaient sur la coque du *Jupiter*. Il sentait l'envie du navire de redresser le beaupré hors de l'eau, aussi naturelle que celle d'un homme sur le point de se noyer cherchant à regagner la surface. La lame déferla sur le gaillard, et s'évacua par les dalots, libérant le *Jupiter* de l'emprise de la mer. Il s'extirpa le nez de l'eau, et prit la lame suivante avec souplesse. Les matelots à l'avant, trempés jusqu'aux os, profitèrent de ce moment suspendu où les mouvements du navire semblèrent moins violents pour finir de hisser le petit foc.

Charles et Doyle tinrent bon sur la barre. Là-haut, enfin, Rackham et la Trinquette avaient terminé de prendre leur ris dans le grand hunier. Eux et la dizaine de matelots qui étaient sur la vergue commencèrent leur périlleuse descente vers la vergue de grand-voile. Charles guettait la prochaine vague, mais ne pouvait s'empêcher de surveiller les gabiers qui passaient dans les gambes de revers. Il reconnut la silhouette pataude de Cameron, qui n'avait pas l'air sûr de lui. Dans les haubans, juste en dessous, la Trinquette l'attendait. Quand ils gagnèrent ensemble la grand-vergue, Charles ne put retenir un soupir de satisfaction. Cameron était de vingt ans l'aîné de la Trinquette. C'était un homme engagé, qui n'avait pas peur de faire la guerre pour défendre ses convictions. La Trinquette n'était qu'un jeune gabier sans prétention. Pourtant, en cet instant, son savoir-faire et sa bienveillance avaient peut-être sauvé la vie du vieux vétéran.

La prise de ris dans la grand-voile ne fut pas une mince affaire. Même sèche, c'était une voile lourde, alors mouillée… Charles connaissait bien cette sensation : les mains cherchaient à s'agripper à la toile, les ongles ripaient vainement dessus. Et quand on arrivait à enfin empoigner un peu de cette toile, qu'on la ramenait vers la vergue en se cassant le dos, une rafale nous l'arrachait des mains, et il fallait recommencer…

À la vue d'une nouvelle lame que le *Jupiter* s'apprêtait à prendre de plein fouet, Charles donna un petit coup de barre pour l'épauler avec plus de souplesse.

C'est alors qu'un claquement brusque éclata, au-dessus de la tête de Charles et Doyle. Charles eut tout juste le temps de tirer sur le manteau de Doyle pour le pousser à s'accroupir : l'écoute de la voile d'artimon avait consenti. La voile ainsi libérée se mit à claquer en balayant le pont, tandis que son écoute fouettait dangereusement l'air, prête à décapiter quiconque se trouverait sur son chemin.

– La drisse ! hurla Charles à quiconque pouvait l'entendre.

Doyle et Charles continuaient de tenir la barre, tout en prenant garde à ne pas se faire balayer par la voile furieuse. Charles avait toutes les peines du monde à voir ce qu'il se passait à l'avant. C'est alors qu'il vit que Plume était allongé sur le pont, inconscient.

– Doyle ! Je vais te laisser la barre un instant !

Le prêtre eut l'air surpris, mais obtempéra sans discuter.

– Essaie d'étaler au maximum !

Comme Doyle n'avait pas l'air rassuré, Charles ajouta :

– Ça va aller. D'accord ? Je reviens tout de suite. Garde-toi de trop lofer.

Doyle hocha la tête, un peu ahuri. Charles progressa prudemment, le dos penché en avant, jusqu'au cabillot où était tournée la drisse. La voile d'artimon continuait de battre violemment. L'écoute serpentait dans les airs, plus menaçante qu'un chat à neuf queues.

C'était dans ces moments que Charles prenait toute la mesure des forces qui agissaient sur un navire. Quand tout allait bien, que les voiles étaient bien réglées et que le bateau avançait docilement, alors le néophyte et le terrien se disaient que l'esprit humain, dans son génie illimité, avait réussi à maîtriser les éléments, à les « dompter ». Mais c'était une erreur. Il suffisait qu'une écoute se rompe par gros temps pour que l'on réalise que ce n'était pas le génie humain qui était illimité, mais la puissance de ces éléments. Et quand la fragile technique humaine s'enrayait et que ces éléments reprenaient le dessus, la seule chose qui pouvait être domptée, c'était le navire lui-même.

Charles choqua la drisse en grand. La voile d'artimon s'affala en désordre sur le pont, et l'écoute finit par mollir et se laisser tomber. Un claquement saccadé fit lever les yeux de Charles. Le grand hunier était en train de faseyer dangereusement. Avec du monde encore là-haut, ce n'était pas le moment de faire chapelle. D'un pas leste, Charles regagna la barre. Doyle poussait dessus de toutes ses forces. Charles se joignit à ses efforts, il mit les mains sur les manetons et poussa la barre vers le bas, de tout son poids.

– Vas-y… Allez, vas-y, chuchota-t-il à son navire.

Le claquement du grand hunier se fit alors moins menaçant. Le beaupré montait et descendait sur l'horizon ; Charles décela le mouvement imperceptible du navire qui commençait à abattre lentement… Le *Jupiter* avait retrouvé son cap. Charles s'autorisa un regard vers le haut. Les gabiers avaient terminé, ils commençaient à descendre les haubans. Il pleuvait toujours. Le vent ne mollissait pas. Mais s'il ne fraîchissait pas, ils seraient tranquilles pour un moment. Le *Jupiter* était en sécurité, et eux aussi. Au fur et à mesure qu'ils se retrouvaient sur le pont, les matelots se donnaient de vigoureuses tapes dans le dos en se congratulant à tout va. Charles entendait les trémolos enthousiastes dans leurs voix. Cameron attrapa la Trinquette par les épaules et lui frotta le crâne avec une vigueur amicale. Pris de nostalgie, Charles éprouva une certaine jalousie à les voir ainsi se féliciter et partager leur joie, gonflés d'adrénaline et d'autosatisfaction.

Sans s'en rendre compte, il se mit à fredonner.

Running down, reefing, furling, my boy
I'd watch over thee, Jack Tar,
I'd watch over thee, Jack Tar.

Jack, qui venait de le rejoindre à la barre, souriait. Il chanta avec Charles de bon cœur.

To bring you back safe and sound, Jack !
For your lass watch over thee !
For your lass watch over thee...

XVI

Les six de la *Whydah*

Le *Thistle*, gréé de deux phares auriques, cinglait vers Boston, tribord amures, grand largue. Une bonne brise les poussait sur une mer belle et moutonneuse. Le *Thistle* ne pouvait transporter beaucoup de monde en plus de sa marchandise. Aussi, l'équipe choisie pour aller secourir les prisonniers de la *Whydah* fut triée sur le volet. Paine commandait le *Thistle* en mer, Thatch commanderait les opérations à terre. Se joignirent à l'équipage Mary, Sands et Pelham, ainsi que Ruth et Galway.

Du haut de ses quarante-sept ans, Mary avait eu le temps de s'amariner. Elle marchait sur le pont avec autant d'assurance qu'un jeune gabier, malgré sa robe. Ruth avait monté une carte du port de Boston et l'avait étendu sur le panneau de cale. Paine barrait, et tous les autres étaient autour de la carte, en plein conciliabule.

Pelham leur expliqua comment emprunter le chenal, laisser le phare à bâbord, passer sous les batteries du fort William. La douane, si il lui prenait l'envie de les contrôler, viendrait les cueillir à ce moment-là. Mais il ne pensait pas qu'ils leur poseraient problème : ils venaient régulièrement à Boston avec le *Thistle*, et avaient toujours réussi à tromper leur vigilance. Ruth remarqua que le chenal n'était pas très large : ils devraient le prendre à marée haute, juste avant l'étale, surtout avec les coefficients actuels.

Puis, Sands revint de sous le pont avec une carte de la ville de Boston, jaune et tâchée d'humidité. Il leur montra les chantiers navals, au sud. Puis les différentes tavernes à matelot où ils étaient susceptibles de trouver South ou Davis. Puis, la prison, sur Queen Street... Et la place d'exécution, à Charlestown, au nord de la péninsule de Boston, dont elle était séparée par un bras de mer d'à peine deux encablures. D'après Sands, les prisonniers seraient menés de la prison à Scarlett's Wharf, au nord-est du centre-ville. De là, ils traverseraient le bras de mer jusqu'à Charlestown en canot.

– Mesdames et messieurs ! s'exclama Paine depuis la barre. Nous allons virer !

Ruth regarda autour d'eux. En effet, ils avaient laissé Martha's Vineyard et Nantucket Island derrière eux, sur bâbord. Mary replia les cartes grossièrement pendant que chacun allait à se placer sur les écoutes.

– Parés ?

– Parés !

– À virer !

Paine envoya la barre à droite. Le *Thistle* réagit avec une promptitude à laquelle Ruth n'était pas habituée. Les voiles de l'arrière, sous l'action du vent, rasèrent le pont et passèrent. Quand la grand-voile fut passée dans un grand claquement sec, ils firent passer les voiles d'avant sans difficulté.

– C'est plus rapide que sur un trois-mâts, hein ? railla Sands en surprenant l'expression de Ruth.

– Pour sûr !

Quand elle eut terminé de lover sa glène, elle remarqua quelque chose sur la poulie basse de la balancine de misaine bâbord.

– Eh, m'sieur Pelham ! On dirait que le dé de cette poulie a sauté !

– Allez voir en bas, tout à l'avant, à tribord, vous trouverez une caisse avec des outils. Il devrait y avoir ce qu'il faut.

Ruth descendit avec une lampe, qu'elle suspendit à un crochet avant de se glisser dans cet espace confiné et minuscule, rempli de boîtes, de caisses, de casiers et de nasses. Elle crapahuta par-dessus de grosses aussières, chercha derrière les glènes de cordages pendues le long du vaigrage, et ouvrit chaque caisse une à une. Ici, le roulis se faisait plus sensible qu'à n'importe quel endroit du bateau. Ruth se cogna la tête à quelque chose de dur : l'écubier. Elle devait se trouver juste au-dessus du puits aux chaînes. Voilà d'où venait cette odeur de fonds de cale… Elle progressa encore vers l'avant. Son pied buta contre une gueuse. Elle poussa un juron.

– Dans une caisse, qu'il a dit… Y a que ça, des caisses, ici…

Elle ouvrit une troisième caisse, remplie de matériel de pêche en tout genre, hameçons et leurres. Une odeur saugrenue s'en échappa. Ruth renifla un peu mieux. Oui, pas de doute ! Cela sentait la menthe ! Comment une caisse remplie d'hameçons pouvait sentir la menthe ? En approchant son nez du fond de la caisse, Ruth réalisa que l'odeur ne venait pas exactement de là. Elle se mit à flairer dans la semi-obscurité. L'odeur de menthe se faisait plus forte quand elle se rapprochait du vaigrage, là où était pendues les glènes de cordages. L'odeur s'intensifiait… Ruth passa la main derrière une glène. Elle tomba sur quelque chose qui ressemblait à un visage ! Il y avait quelqu'un derrière ! De surprise, elle se laissa tomber sur l'aussière derrière elle. La main posée sur son cœur battant la chamade, le souffle court, elle reconnut sans comprendre Abigail Williams, recroquevillée contre le vaigrage, un sourire d'excuse sur le visage.

– Qu'est-ce que tu fous là, toi ?

Abigail sortit de sa cachette, la tête rentrée dans les épaules et la mine penaude. Ruth vit qu'elle tenait au creux de sa main quelques brins de plante… De la menthe poivrée, de toute évidence.

Si la découverte de cette clandestine inattendue plongea Mary dans une colère noire, elle eut le bénéfice de mettre Ruth de bonne humeur. Bien que de prime abord, elle se soit sentie menacée par la présence d'une autre femme prétendant à la même indépendance qu'elle, Ruth avait vite réalisé la mesquinerie de ce sentiment, et s'était fait violence pour voir en Abigail une sœur, plutôt qu'une rivale.

Le lendemain, au petit jour, Ruth fut réveillée pour relever ses camarades. Quand elle monta sur le pont, les yeux encore engourdis de sommeil, Galway vint lui tendre une tasse de cidre. Ses yeux fatigués brillaient de tristesse dans la clarté blafarde de l'aurore.

– Tu as vu où nous sommes ?

Ruth regarda autour d'elle. Une côte se profilait sur leur bâbord. Une longue langue de sable blanc, que dévalaient des dunes somptueuses. La gorge de Ruth se serra. Elle savait qu'ils y viendraient avant longtemps. Mais elle n'avait pas prévu de se retrouver si brutalement face à ce paysage, au saut du hamac. Cape Cod. Ils étaient là, tous. Quelque part sous leurs pieds, décomposés, les os rongés par les poissons. Et leur âme, où était-elle ? Dans le murmure de l'eau embrassant la coque du bateau ? Dans le vent qui sifflait dans le gréement ? Dans les herbes grises qui ondulaient sur les dunes, là-bas ? Ou dans ces nuages bas et gris, qui laissaient à peine filtrer un soleil pâle, à l'est, derrière eux ? Galway, absorbé comme elle dans la contemplation de la côte, posa la main sur son épaule et la serra sensiblement.

Le *Thistle* dépassa le phare de Boston dans la matinée, après trois jours et trois nuits de navigation. Il avait dû attendre deux heures que la mer soit assez haute pour tenter l'entrée dans le port. Les voiles étaient réglées au bon plein, et les écoutes étaient si raides que la moindre rafale les faisait craquer sur leur cabillot. Le *Thistle* avait une bonne gîte. À la barre, Ruth observait le caillou sur lequel était érigé le phare. Les vagues se fracassaient sur les rochers, et opéraient leur reflux dans une magnifique dentelle d'écume.

Ruth épaula une lame un peu brutalement, et une gerbe d'eau passa par-dessus l'avant du bateau. L'esprit vide et calme, elle suivait son cap en visant la pointe d'une petite île, à quelques milles devant eux. De temps en temps, elle regardait l'eau filer le long du bord, et les petites bulles qui accompagnaient la course effrénée du navire jusqu'à son but. Le franc-bord du *Thistle* ne dépassait pas les trois ou quatre pieds. C'était une nouveauté pour elle de naviguer sur un navire si petit, et elle réalisait qu'elle aimait beaucoup ça. La proximité de l'eau intensifiait toutes les sensations. On pouvait sentir les mouvements du navire avec précision. Dans les cordages du palan de barre qu'elle tenait fermement dans ses mains, elle avait l'impression de sentir le safran poussé par la pression de l'eau, le léger mou dans la barre quand le navire passait une lame, la résistance qu'il exerçait quand elle lui demandait d'épauler la suivante...

Juste devant elle, à genoux sur le pont, Abigail et Pelham examinaient la carte du port, et guidaient Ruth au fur et à mesure. Ils avaient fait environ trois milles depuis le phare quand ils passèrent sur leur tribord une pointe boisée.

– C'est Deer Island, dit Abigail en levant la tête. Là, sur bâbord, on a Lovell Island, Gallops Island, et celle devant c'est Long Island.

– Le vent te pousse sur Deer Island, dit Pelham. N'hésite pas à coller un peu plus à bâbord, il y a de l'eau.

Ruth poussa jusqu'à la limite de faseyement des voiles. L'endroit était magnifique, plein de petites îles rases et verdoyantes. Mais l'inconvénient de ce paysage découpé était invisible : les vents, en contournant les îles, ne cessaient de changer. Les fonds tantôt à fleur d'eau, tantôt profonds, ainsi que les multiples petites passes entre les îles créaient des sortes d'entonnoirs, qui provoquaient des courants pour le moins aléatoires. Çà et là, des tourbillons se formaient dans l'eau.

Loin devant elle, Ruth distinguait quelques voiles. Elle reconnut au loin le gréement d'un brick ou d'un brigantin, celui d'une goélette, et des petits bateaux à voiles au tiers, du type des barges londoniennes. Droit devant, à quelques milles, il y avait une terre, où un long bloc gris semblait s'étendre sur la côte.

– On voit le fort.

– Bien. Garde-le dans ton étrave.

Abigail se leva et vint se placer aux côtés de Ruth pour observer leur route. Une odeur familière émanait d'elle.

– Dis, qu'est-ce que tu faisais avec ces feuilles de menthe quand je t'ai trouvé ?

– Pour le mal de mer.

– Et c'est efficace ?

– Je n'ai pas été malade.

Ruth allait répondre, mais le cap des deux bateaux qui s'apprêtaient à croiser leur route l'intrigua.

– M'sieur Pelham. Je crois qu'ils viennent nous voir.

En quelques secondes, Pelham fut sur pieds, la longue-vue à la main.

– Pas de doute, dit-il en repliant la longue-vue. Ce sont eux. C'est la douane. Abigail, réveille tout le monde.

Les bateaux des douanes arrivèrent au niveau du *Thistle* quelques minutes plus tard à peine. L'un des deux lui coupa la route puis vira sous l'autre amure vers le *Thistle*, en arrivant sur son tribord ; l'autre bateau continua sur son cap jusqu'à se trouver sur le travers bâbord du *Thistle*.

La manœuvre, impeccablement effectuée et dans la plus admirable des coordinations, aurait sans doute soulevé quelques sifflements d'admiration chez Ruth, Galway et Thatch, s'ils avaient été sur le pont pour la voir. En effet, afin de ne pas éveiller les soupçons, ils s'étaient cachés dans la cale avant que les douaniers ne puissent compter les silhouettes sur le pont. De là où ils étaient cloîtrés, juste sous le panneau de cale en caillebotis, ils entendirent l'échange entre Paine et les douaniers. Mary et Abigail (qui avait abandonné ses vêtements de matelot pour revêtir une robe) restèrent quant à elle sur le pont. Ils avaient mis au point un plan sommaire, qui devait fonctionner tant que les douaniers ne se montraient pas trop zélés. Ils devaient leur faire croire qu'Abigail était atteinte de quelque maladie rare (et non-contagieuse, cela allait sans dire) qui exigeait qu'elle vît un médecin particulier, installé à Boston.

Les douaniers ordonnèrent au *Thistle* de réduire leur voilure afin de ralentir leur erre. Pendant ce temps, ils firent de même.

– Encore du pauvre jack[1] 1, capitaine Paine ?

– Que voulez-vous, m'sieur Johnson. Quand on a d'la chance, on a d'la chance !

– Et qui sont ces deux dames avec vous ?

– Voici ma belle-sœur, madame Sands.

– Oh, je vois. Votre épouse, monsieur Sands ?

– Pas exactement, monsieur, répondit la voix de Mary. Monsieur Sands est le neveu de mon époux, paix à son âme. Et voici Abigail Williams, ma nièce.

Un silence conclut ses propos.

– Vous êtes une drôle de famille, messieurs-dames, laissez-moi vous l'dire...

Un autre douanier demanda :

– Et qu'est-ce qui vous amène à Boston accompagnées de ces dames ?

– Notre petite Abigail a besoin d'un médecin.

– Il n'y a pas de médecin à Newport ?

– Il y en a, monsieur Mudler, en effet. Mais... Nous avons besoin d'un spécialiste. On m'a donc donné le contact d'un homme exerçant ici.

– Qui ?

– ... Le docteur Randall.

– Connais pas.

À nouveau, il y eut comme une gêne suspendue dans la conversation.

– Elle ne m'a pas l'air bien souffrante, cette petite.

Paine mit du temps à répondre.

– Tous les maux ne sont pas visibles à l'œil nu.

– Certes, certes...

Le deuxième douanier dit quelque chose à son collègue Johnson.

– Monsieur, nous devrions peut-être envoyer un médecin du port. Juste histoire d'être certains que votre nièce ne soit pas atteinte de quelque chose de contagieux.

Sands essaya d'intervenir :

– Messieurs, rien ne nous ferait plus plaisir que de vous prouver notre bonne foi en nous pliant à une quarantaine, mais ce docteur est extrêmement demandé.

---

1. Surnom du « petit poisson », de maigre rendement.

Mon contact a arrangé un rendez-vous cet après-midi, et, vu l'état de ma nièce, je crains que nous ne pouvions nous permettre de devoir reporter ce rendez-vous...

– Monsieur Sands, j'entends bien votre point de vue, mais vous devez vous mettre à notre place... En ces temps qui courent...

– Je suis enceinte, fit alors la voix d'Abigail.

Le douanier resta quelques instants sans voix. À vrai dire, même Paine et les autres ne surent comment réagir à cette improvisation. Abigail surenchérit avec beaucoup d'aplomb.

– Je ne suis pas encore mariée. C'est pour cela que mon oncle cherche à vous le cacher. Il a honte. Et moi aussi. J'ai fauté avec un marin en escale ici. Il doit repartir aux Antilles aujourd'hui. Il a offert de nous aider à assurer l'éducation de l'enfant en nous versant une partie de ses gages. Mais il veut une preuve. Et... Comme pour des raisons évidentes, nous ne pouvions voir un médecin de Newport sans prendre le risque que la nouvelle s'ébruite, nous sommes venus ici... Le docteur Randall pourra attester de mon état par écrit.

Les douaniers prirent quelques secondes de réflexion.

– Sur quel bateau travaille ce jeune homme ?

– ... Je l'ignore. Il n'a pas voulu me le dire. Il avait peur que je vienne demander des comptes à son capitaine, qui est aussi son oncle. C'est un jeune homme de bonne famille, vous comprenez...

Sous le caillebotis, Ruth, Thatch et Galway retenaient leur souffle. Le mensonge d'Abigail était convaincant, c'était indéniable. Mais est-ce qu'il suffirait à outrepasser les directives sévères de la douane ?

– Capitaine Paine, vous, on peut dire que vous avez le sens de la famille. Ça aurait été ma nièce...

Il ne termina pas sa phrase.

– Bon, reprit-il. Vous allez nous suivre jusqu'à la zone de mouillage.

Ruth, Galway et Thatch pestèrent en silence.

– Non pas que je ne vous fasse pas confiance, mais avec la conjoncture actuelle...

– Un navire venu d'Europe est arrivé avec le typhus, expliqua le deuxième douanier. Nous l'avons mis en quarantaine, mais un homme a réussi à s'en échapper. Cela a fait grand bruit. On ne peut pas se permettre d'être négligent en ce moment.

– Nous allons donc faire venir le médecin du port qui s'occupe des patentes de santé. Il examinera votre nièce. Si ce qu'elle dit est vrai, je vous épargnerai la quarantaine.

– Voyez le bon côté des choses, ajouta l'autre. Vous allez gagner du temps. Notre médecin pourra sans doute attester de la grossesse de votre nièce, et vous n'aurez plus qu'à aller retrouver le petit malin qui l'a engrossé.

– C'est que, commença Paine. Le docteur Randall...

– Le docteur Randall a sans doute suivi les mêmes études que le médecin du port. À présent, en route. Vous connaissez le chemin, capitaine.

Pendant que le *Thistle* suivait les douaniers jusqu'à la zone de mouillage, Abigail et Mary descendirent dans la cale rejoindre les autres.

– D'où est-ce que ça t'est venu ? demanda Galway à Abigail.

– Je sais pas… Une impulsion.

– C'était brillant !

– Nous sommes tous d'accord, mademoiselle Williams a fait preuve d'une initiative audacieuse, trancha Thatch. Mais nous devons régler une chose, à présent : ce médecin va l'ausculter. S'il voit qu'elle a menti, nous sommes fichus.

La légère euphorie provoquée par le mensonge improvisé d'Abigail retomba comme un soufflet.

– Combien avez-vous sur vous ? demanda soudain Mary.

– Allons, madame Sands… Je veux bien croire que les pots-de-vin et les échanges sous la table sont légion chez les marchands que vous côtoyez… Mais pourront-ils convaincre un médecin ?

– Vous oubliez que vous êtes à Boston, monsieur Thatch. Ici, tout s'achète et se vend. En particulier les hommes.

Un peu plus d'une heure plus tard, le médecin du port passa à bord du *Thistle*. Les douaniers, craignant toujours que la maladie soit à bord, restèrent dans leur bateau, ce qui arrangeait tout le monde. Le médecin était un homme très énergique et volubile.

– Bien, je suis le docteur Evans. Monsieur Johnson m'a expliqué votre cas. C'est la demoiselle en question ? Venez donc avec moi, ma chère.

Il posa une main sur l'épaule d'Abigail.

– Où pouvons-nous trouver un peu d'intimité ? demanda-t-il à Paine.

– Euh… Juste en bas, nous vous avons dégagé de la place.

Ruth, Galway et Thatch étaient toujours cachés dans la cale, mais ils s'étaient déplacés. Ruth était dissimulée derrière la descente, sous une couverture. Galway était accroupi entre les bacs de criée, sous un filet de pêche. Et Thatch se trouvait contre le vaigrage, derrière un fût de cidre. Abigail devait être examinée juste à côté de ce fût. On avait posé une planche sur des bacs de criée pour qu'elle puisse s'y allonger. Mais en réalité, elle n'était pas censée en arriver là. Une fois descendue avec le docteur, elle devait lui proposer une dizaine de livres, en pièces sonnantes et trébuchantes, et lui expliquait qu'il devait dire aux douaniers qu'elle était bel et bien enceinte.

Le docteur Evans descendit dans l'entrepont et se présenta.

– Mademoiselle, si vous voulez délacer votre corset et vous allonger sur le dos, dit-il en ouvrant sa valise.

Ruth pouvait voir ce qu'il se passait par un petit interstice de la couverture. Quelle ne fut pas sa surprise quand elle vit Abigail obéir au docteur ! Ce dernier sortit de sa trousse un drôle d'instrument en forme de bec de canard… Ruth ne comprenait pas ce qu'Abigail attendait pour lui proposer le pot-de-vin…

– Bien…

Le docteur Evans posa ses mains sur le ventre d'Abigail. Il exerça une pression des doigts sur les côtés de son abdomen, en bas, au milieu… Le tout avec une mine très concentrée.

– Parfait… Maintenant, je vais vous demander d'écarter les jambes, s'il vous plaît… Voilà. Détendez-vous.

Abigail avait l'air tendue. Ses mains tremblaient légèrement. Bon sang, mais à quoi est-ce qu'elle jouait ? Ruth pensa à intervenir, mais ça aurait été compromettre toute l'opération… Si le docteur se mettait à appeler à l'aide, ils étaient foutus. Ruth regarda donc sans comprendre Abigail replier les jambes et les écarter devant le docteur. Par pudeur, Ruth rabattit la couverture sur ses yeux. Elle l'entendit pousser un petit gémissement de douleur.

– Détendez-vous. Respirez à fond… Oui, je vois… Maintenant, toussez.

La jeune femme s'exécuta, et le docteur retira son instrument avant de recouvrir ses jambes de sa robe.

– Bien, nous en avons fini, vous pouvez vous relever.

Ruth ne comprenait rien. Abigail se rassit sur le bord de la planche, le visage blême.

– Je crois que tout cela est très clair, dit le docteur en refermant sa valise.

Il était sur le point de partir. Il mit un pied sur la première marche de la descente. Mais qu'est-ce qu'elle attendait, à la fin ?

– Je vais parler à votre tante, d'abord.

Ruth ne pouvait pas le laisser partir. Il fallait au moins essayer ! Lentement, elle tira son couteau de son fourreau. Au moment où le docteur Evans posa son pied sur la deuxième marche, Ruth surgit de sous la couverture. Comme il s'apprêtait à crier, elle plaqua sa main contre sa bouche et le poussa contre la descente. Elle colla le fil de sa lame derrière son genou.

– Surtout, bouclez-la, vous entendez ? Vous êtes médecin, vous connaissez l'anatomie, n'est-ce pas ? Oui ? Alors vous savez que si je venais à vous blesser à cet endroit, vous serez boiteux jusqu'à la fin de vos jours. Nous nous sommes compris ?

Quelque part au fond de ses souvenirs, elle revit Samuel lui expliquer tout cela, son coutelas posé derrière le genou de Ruth. C'était un matin, sur une plage de New Providence…

Elle chassa cette image de son esprit et se focalisa sur le docteur, qui roula des yeux affolés et hocha vivement la tête.

Galway et Thatch sortirent de leur cachette. Ruth prit le docteur par le col et le fit basculer sur la planche où Abigail se tenait une seconde plus tôt ; la jeune femme se tenait en retrait, figée. Galway menaça le docteur de son propre couteau, et Thatch surgit de derrière le fût et lui attrapa les bras pour le maintenir contre celui-ci.

– Abigail, l'argent, dit Ruth.

La jeune femme sortit la bourse d'une poche sous ses jupes.

– Docteur Evans, dit Ruth. Il y a une dizaine de livres dans cette bourse. Elles sont à vous. À une condition. Vous allez remonter là-haut, et vous allez assurer à ces douaniers que mademoiselle Williams est effectivement enceinte. Vous signerez toutes les attestations qu'ils veulent s'il le faut. Ensuite, vous repartirez avec eux. Mais attention, si jamais vous nous vendez, sachez que nous sommes attendus à Boston. Par des gens qui n'apprécieraient pas notre absence. S'ils ne nous voient pas arrivés, ils sauront se renseigner pour savoir ce qu'il s'est passé. Et alors… Alors Boston devra s'enquérir d'un nouveau médecin de port.

Le docteur Evans, le visage rouge et moite de sueur, haletait de peur. Il avait Thatch au-dessus de la tête, Galway à côté, et Ruth en face de lui. Il n'avait pas d'autre choix que d'accepter.

– C'est d'accord… J'accepte l'argent.

La jeune femme fixait le docteur Evans avec un air réprobateur.

– Abigail, lui dit Ruth. Donne-lui la bourse.

– Il n'aura pas un sou.

Ruth se retourna vers Abigail, agacée.

– Quoi ? Enfin qu'est-ce que tu racontes ?

Abigail s'approcha du docteur tout en rangeant la bourse dans sa poche.

– Vous allez remonter là-haut, lui ordonna-t-elle. Et vous allez leur dire votre diagnostic, ni plus ni moins.

– Abigail… Tu… Ne me dis pas que tu es enceinte ?

Abigail se contenta de lui lancer un regard sombre.

– Docteur ? s'enquit Thatch en resserrant son étreinte.

– Aïe ! Oui, oui, cette jeune femme est enceinte ! J'en suis certain.

Ruth baissa son couteau.

– La bourse, Abigail.

Cette fois-ci, la jeune fille obéit. Ruth lança la bourse au docteur.

– Pour votre silence.

Encore tremblant de peur, le docteur Evans acquiesça vivement, et remonta sur le pont. Ils l'entendirent faire son rapport.

– Monsieur Johnson, le diagnostic est sans équivoque. Cette petite attend un heureux événement, j'en atteste sur l'honneur.

Ruth était toujours campée dans la descente, fixant intensément Abigail, qui restait tête baissée. Un des douaniers s'adressa à Pelham :

– Hunt's Wharf est libre, vous pouvez y rester jusqu'à demain soir, si vous voulez. Vous voyez où il se trouve ? Tout au nord, près des chantiers.

– Nous n'aurions pu espérer mieux ! Merci, monsieur Johnson.

– Je vous en prie.

Pendant qu'ils échangeaient des formules d'au revoir, Ruth vint au-devant d'Abigail.

– Tu es enceinte ?

- Je vous en supplie, ne dites rien à mes oncles et ma tante ! implora-t-elle.

– ... Tu savais qu'il le verrait. Depuis le début. C'est pour ça que tu ne lui as pas proposé l'argent.

– Tu voulais garder l'argent pour toi, petite traîtresse ? lança Thatch.

– Vous ne comprenez pas !

Elle se triturait les mains, hésitant visiblement à parler.

– Alors explique-toi, s'impatienta Ruth.

Abigail posa la main sur son ventre, légèrement rebondi, maintenant qu'on y regardait de plus près, sans le corset.

– J'ai entendu parler de quelqu'un à Newport... Une femme qui peut... Qui serait d'accord de me l'enlever... Contre une certaine somme d'argent.

Elle baissa les yeux, rouge de honte. Thatch et Galway lui lancèrent des regards désapprobateurs.

– Te l'enlever ne te rendra pas ton honneur, dit Thatch.

– Non, juste sa vie ! rétorqua Ruth en fusillant du regard son capitaine.

Elle se tourna vers Abigail.

– De qui est-il ?

Une douleur sans nom semblait réduire Abigail au silence.

– Il est de lui, n'est-ce pas ?.... Moriarty.

Des larmes se mirent à couler sur les joues de la jeune fille. Galway n'en menait pas large ; Thatch, en revanche, eut une réaction peu surprenante hélas, pour quelqu'un de son genre.

– Dommage qu'il ait fui... Il aurait pu t'épouser. Ça aurait réglé le problème.

Ruth vit rouge.

– Ça réglerait le problème ? Qu'elle passe le reste de ses jours auprès de son violeur ? Regardez-moi dans les yeux et dites-moi que vous ne feriez pas le nécessaire pour qu'un tel homme ne croise jamais plus le chemin de votre fille, si cela devait lui arriver !

L'émeraude dans les yeux de Thatch se mit à briller. L'insolence de Ruth ne le laissait pas indifférent.

– Peut-être.

Il se rapprocha d'un ou deux pas et la surplomba de sa hauteur.

– Mais je ne la laisserais pas se faire charcuter par une sorcière juste pour qu'elle évite son rôle de mère.

– Bien. Alors remercions le ciel qu'Abigail ne soit pas votre fille.

Ruth posa les yeux sur Abigail, au bord du désespoir.

– Ne fais pas cette tête. Quand nous serons rentrés à Block Island, je te donnerai de quoi payer cette femme.

Abigail sourit timidement à travers ses larmes. Thatch soupira en secouant la tête et écarta doucement Ruth de son chemin pour remonter sur le pont.

⁂

Quand le *Thistle* tourna sa dernière amarre sur un bollard de Hunts Wharf, l'après-midi était bien entamé. Les prisonniers seraient pendus le lendemain matin… Ils avaient quelques heures à peine pour trouver Davis ou South, et obtenir d'eux suffisamment d'informations pertinentes pour prétendre s'infiltrer dans la prison où leurs camarades étaient retenus. S'ils ne les trouvaient pas, ou si leurs informations s'avéraient insuffisantes, il leur faudrait tenter le sauvetage devant toute la ville, au moment de l'exécution…

Ils se mirent d'accord pour se séparer, afin de couvrir une plus grande superficie, et se donnèrent rendez-vous au bateau à vingt heures. Ruth partit avec Abigail.

Abigail avait revêtu ses habits de matelot. Engoncées dans leurs grosses vestes de laine, écharpe au menton, bonnet pour l'une, casquette pour l'autre, elles avaient l'air de deux jeunes matelots, se fondant dans la masse des marins, des dockers, des charpentiers, ouvriers de port, qui représentaient le gros de la masse travailleuse de Boston. Un nombre important de Noirs composait cette masse ouvrière. Toute cette foule bigarrée courait de bateaux en tavernes, de chantiers en auberges, tous vêtus des mêmes hardes tachées de goudron ou de graisse. Ils étaient la base de cette économie cannibale, ses fondations, sa sève et son sang. Mais parce qu'ils étaient en bas, elle les écrasait sans états d'âme, les réduisant à une ressource inépuisable d'énergie mécanique, de la main-d'œuvre gratuite ou bon marché, de la chair à canon. Pourtant, sans eux, le monde s'arrêtait de tourner. Ou du moins, les navires de tourner tout autour. Sans eux, les bateaux, symbole de l'expansion coloniale, de la suprématie blanche et de la croissance économique, ne seraient que des tas de bois mort, pourrissant à leurs pontons. Sans eux, tous les empires dominants du monde s'écrouleraient. Ruth se demanda ce qu'il adviendrait de ce monde, si ces milliers d'âmes se concertaient et décidaient ensemble de tout arrêter…

– Tiens, regarde !

Abigail pointa le doigt vers une enseigne qui se balançait dans la brise en grinçant doucement. La Widow's Tavern. C'était un des établissements dont Pelham leur avait parlé.

Abigail poussa la porte et elles pénétrèrent dans une grande pièce noire de monde. Ruth fut d'abord saisie par le vacarme des conversations. Tout le monde essayait de parler plus fort que le brouhaha ambiant, ce qui créait inévitablement une escalade exponentielle du volume sonore. Il faisait une chaleur torride, et la fumée des pipes stagnait sous les poutres du plafond. En dehors d'une femme derrière le comptoir, la clientèle était sans grande surprise entièrement masculine. Ruth commanda deux pintes en montrant du doigt à la tôlière la tireuse de bière. Elle ne tenait pas à devoir crier pour se faire entendre. La dernière chose qu'elles voulaient, c'était de se faire repérer. Pendant qu'elle attendait sa commande, elle regarda discrètement autour d'elle. À première vue, pas de South ni de Davis en vue.

Ne trouvant pas de table libre, elles s'installèrent à la même qu'un groupe d'ouvriers qui profitaient vraisemblablement d'une après-midi de congé. Les effluves tenaces du goudron planaient tout autour de leur tablée. Leurs bretelles fatiguées soutenaient péniblement des pantalons raidis par la peinture. Ils portaient tous la même chemise mal taillée, au tissu rêche, à la couleur indéfinissable. Leurs manches étaient remontées jusqu'aux coudes, et leurs avant-bras râpeux polissaient le bord de la table. Pendant qu'ils parlaient et riaient avec éclat, ils ne prêtaient pas cas à ce que leurs mains faisaient. Pourtant, à les regarder, on aurait dit que ces paires de mains avaient toutes leur vie et leur âme propre. Deux d'entre elles, tuméfiées par le froid et recouvertes d'un dru duvet, enlaçaient fermement le contour d'une pinte. Une autre, noircie de goudron jusqu'au poignet, maintenait une pipe entre les lèvres de son propriétaire. Une autre encore, noire de naissance celle-ci, déposait délicatement sur le dos de sa voisine un peu de tabac à priser, juste dans ce creux charmant, entre les os du pouce et de l'index. Deux autres mains, munies de longs doigts fins comme ceux d'un pianiste, tapotaient nerveusement la table comme pour marquer un rythme. Les ongles de celle-ci étaient juste assez longs pour loger la crasse noire d'une journée de travail. Toutes avaient leurs propres cicatrices, leurs propres croûtes de sang séché. Toutes avaient la paume recouverte d'une épaisse couche de corne, légèrement jaunie et craquelée d'engelures par endroits. Elles n'avaient l'air de rien, comme ça. Pourtant Ruth n'était pas dupe. Derrière leurs apparences d'innocentes alanguies et oisives, elle savait que ces mains étaient capables de tout, des gestes les plus fastidieux aux plus complexes, de réflexes vifs comme l'éclair et d'endurance, parfois de douceur peut-être, mais plus certainement de violence… Finalement, elles étaient à l'image des hommes qui les contrôlaient.

Les ouvriers étaient en train de se disputer pour savoir à quoi ressemblait un louis d'argent. L'un disait qu'il était frappé d'un blason avec trois fleurs de lys, surmonté d'une couronne. L'autre soutenait qu'il n'y avait que trois fleurs de lys, sans blason ni couronne. Les avis étaient divisés, et l'enjeu de taille : celui qui avait tort devait payer une tournée à tous les autres.

– Abigail ?

La jeune femme surgit de ses pensées en sursautant légèrement.

– Qu'est-ce que tu vas faire si… Si tu ne peux pas le faire enlever ?

Abigail soupira en regardant le contenu de sa pinte.

– Je ne sais pas. Rien, probablement. Avec un peu de chance, Dieu fera quelque chose, lui.

– Comment ça ?

– Entre la rougeole, la variole, la rubéole, et toutes les autres… C'est pas le choix qu'il lui manque.

Ruth sourit avec compassion. Abigail gardait les yeux baissés vers son verre.

– Tout ça, c'est de ma faute… Si je n'avais pas essayé de l'empêcher de prendre le collier de maman… Si j'étais restée à la maison…

– Eh ! Enlève-toi ça de la tête, tu entends ?

Un de leurs voisins de table regarda avec curiosité la main de Ruth sur celle d'Abigail. Elle se recula vivement.

– C'est lui qui t'a fait du mal. C'est sur lui que devrait peser la honte. Tu n'as pas choisi que ça arrive… Tu peux juste choisir ce qu'il va se passer pour toi maintenant.

– … J'ai peur.

– Tu n'aurais pas peur, je te prendrais pour une idiote.

– J'ai peur d'être seule.

– Tu n'es pas seule.

Abigail hocha la tête en souriant. À l'autre bout de la table, les ouvriers continuaient de se quereller.

– Mais c'est pas possible d'être têtu comme ça ! Je te dis que je l'ai vu de mes yeux, une couronne, un blason, trois fleurs de lys !

– Bon sang, mais t'es pas croyable, toi ! C'est fou, ça, tu peux pas accepter la vérité quand elle sort de la bouche d'un autre !

– Bon, dit Abigail. Est-ce que tu as vu l'un des gars qu'on cherche ?

Ruth détailla un peu plus les hommes autour d'elles. Incroyable était la variété de ces visages. Des rougis par l'alcool, des blancs comme l'hiver, des bruns comme le bois, cernés comme de l'aubier et ridés comme l'écorce, des barbe noires, grises, rousses, poivre et sel, ocre et sable… Des sourires aux dents noires, jaunes, partiellement ou complètement édentés. Des yeux pochés, vitreux et hagards, ou bien vifs et rieurs…

– Non… Ni Little Tommy, ni le Roux.

– Lequel est lequel, rappelle-moi ?

– South est Little Tommy. Davis est Tommy le Roux… Mais j'devrais peut-être arrêter de les appeler par leur surnom. Ce ne sont plus mes copains de bordée, maintenant… Allez, viens. Tirons-nous.

Elles vidèrent leur pinte et se levèrent. En passant devant les ouvriers, Ruth s'arrêta et lança une pièce à l'un d'eux.

– Tiens. Trois fleurs de lys et une couronne. Tu as perdu.

L'homme rattrapa la pièce au vol et l'examina avec un air ahuri. Les autres se penchèrent dessus, puis levèrent des mines hébétées vers Ruth.

– Garde-la, dit Ruth au perdant. Ça paiera largement la tournée que tu leur dois.

Un jeune matelot dans son genre – un genre ambigu, qui plus est – se trimballant avec des louis d'argent dans les poches, cela ne courait pas les rues, et ils en avaient tous conscience. Mais avant qu'ils puissent se poser plus de questions, Ruth les salua d'un sourire satisfait, et sortit d'un pas tranquille, Abigail sur ses talons.

Elles visitèrent trois tavernes supplémentaires. Dès la troisième pinte, elles commencèrent à ralentir la cadence et à entrecouper leurs consommations de discussions animées à propos de tout et de rien. Plus elles se lestaient l'estomac de bière insipide et bon marché, plus elles s'allégeaient du fardeau de leurs soucis. Ruth ignorait pourquoi, mais elle avait à cœur de partager avec Abigail les leçons que la vie, les hommes et leur violence lui avaient apprises. Elles se dirigeaient vers le Dog and Pot, quand Ruth remarqua le regard fuyant d'Abigail quand les hommes la croisaient, son attitude craintive.

– Arrête de fuir leur regard ! Marche la tête haute. Les épaules en arrière… Voilà, comme eux ! Regarde-les droit dans les yeux. Comme une égale… Comme une rivale. Fais-leur comprendre avec tes yeux que la rue t'appartient, que le monde t'appartient. Défie-les de s'approcher de toi, juste en serrant la mâchoire et en fronçant les sourcils. Ne baisse pas les yeux. Ne fais pas comme nos mères nous disaient. Elles avaient tort. Ne les ignore pas. Ils prennent ça pour de la soumission.

A sa grande satisfaction, Abigail s'efforça d'appliquer ses conseils. Un quart d'heure plus tard, elles étaient au comptoir du Dog and Pot, bavardant à haute voix sans plus se soucier de qui les entendraient, quand un homme ivre s'affala sur le comptoir à côté de Ruth. Il voulut commander, mais son élocution était si désarticulée qu'il n'arrivait pas à attirer l'attention du tavernier.

– Eh ! Jeune homme ! s'exclama Ruth en prenant la pinte de l'ivrogne. Un verre pour le gentleman !

Le tavernier, un vieillard d'au moins soixante ans, jaugea Ruth d'un air incrédule. Il lui consentit cependant à lui servir une pinte. Ruth lui lança une pièce.

– Merci, vieille branche, railla-t-il.

Ruth aida l'homme à se tenir droit et lui mit sa pinte entre les mains.

– Tu disais ? fit-elle en se retournant vers Abigail.

Mais Ruth sentit alors quelqu'un la bousculer derrière elle. Ses dents cognèrent contre le bord de sa pinte. Accoudé au comptoir, le poivrot laissait glisser sa tête de sa main. Sa joue se posa sur le comptoir, et il se mit à saliver excessivement. À sa gauche, des petits malins riaient de lui. L'un d'eux, celui qui avait bousculé Ruth, lui vola sa pinte pleine et la vida à toute vitesse. Ruth lui tapota l'épaule, tout sourire.

– Qu'est-ce que t'as, toi ?

Il se tapa le sternum et éructa bruyamment. Pour toute réponse, Ruth désigna la pinte de bière remplie, devant lui.

– C'est la tienne ?

– Ouais. Et alors ?

Pour toute réponse, Ruth prit la moque et la porta à sa bouche. Elle la vida d'un trait, sous le regard médusé de l'autre. Quand elle eut terminé, elle lui rendit la moque vide. Les deux jeunes hommes étaient consternés.

– On dépouille pas un homme tombé au combat, dit-elle en désignant l'ivrogne endormi sur le comptoir.

Les deux gars semblaient sur le point de réagir, mais à cet instant l'ivrogne s'éveilla de son coma. Voyant sa pinte vide, il attrapa Ruth par le bras, titubant dangereusement.

– C'est toi qui m'a volé ma pinte ?

Et avant même d'entendre la réponse, il voulut lui envoyer un crochet du gauche. Mais ses réflexes étaient si lents que Ruth eut tout le temps d'esquiver, et l'homme tomba de son tabouret, le nez en premier sur le sol. C'est alors que déboula de nulle part un grand gaillard à la tête toute ronde.

– Goodwin, qu'est-ce que tu fous à terre ?

Ses yeux tombèrent sur l'homme dont Ruth venait de boire la bière.

– C'est toi qui l'a frappé, petit morveux ?

– Non, je...

Ruth recula et tira Abigail par le bras.

– C'est le moment d'envoyer de la toile... Viens.

– J'vais te faire avaler ton p'tit air de canaille ! fulmina l'ami du poivrot en levant le bras.

Le coup de poing partit, et Ruth profita de la cohue pour pousser Abigail vers la sortie.

– C'est elles, là-bas ! entendit-elle crier derrière elles.

Mais elles étaient déjà dehors, hilares. Dans le pub suivant, Ruthn expliqua à Abigail comment elle avait appris à lire grâce à un vieux poissonnier du quai des Douanes et aux aventures de Woodes Rogers autour du monde. Elle lui raconta comme le valeureux capitaine corsaire et ses hommes avaient enduré une épidémie de peste à bord de leur navire, après que quelques matelots aient eu la bonne idée de piller des tombes indiennes contaminées, à la recherche de trésors. Elle lui raconta comment Rogers avait lui-même survécu à la maladie, comment il avait perdu son frère et son orteil gauche dans un combat, et comment il avait secouru Alexander Silkirk, un homme resté quatre ans tout seul sur une île déserte.

– Comment est-il arrivé sur cette île ?

– Il était lieutenant, il s'était disputé avec son capitaine, qui a décidé de le déposer.

– C'est le capitaine qui a dû être surpris quand il a appris que son lieutenant avait survécu à son marronnage.

– Tu m'étonnes.

Elles trinquèrent. C'est alors que Ruth le vit. Un petit gars maigrichon aux cheveux blonds et bouclés. Il traversait la salle pour commander au comptoir. Elle se pencha pour mieux voir, et son cœur bondit. Elle se pencha aussitôt vers Abigail.

– Y en a un…

– Oh, Dieu… Où ça ?

– Derrière toi.

Abigail risqua à son tour un regard derrière.

– Je le vois… Il n'est pas roux… Little Tommy, j'imagine ?

– South, oui… Celui qui est passé en jugement en même temps que les autres.

– Qu'est-ce qu'on fait ?

Ruth prit le temps de réfléchir. Elle se frotta le visage, comme pour revenir à une autre réalité, une réalité où elle n'était pas ivre, et où son seul but était d'attirer South au bateau.

– On va le cueillir dehors, quand il sortira pisser.

South buvait pinte sur pinte, ce qui le força fort heureusement assez rapidement à s'éclipser soulager la nature. Ruth et Abigail le suivirent dehors, à une distance raisonnable, et le virent tourner dans une ruelle adjacente. Ruth fit signe à Abigail de la suivre. Elles se plantèrent à l'angle de la rue, et attendirent. Quand South réapparut à l'angle du bâtiment, la main sur la ceinture, Ruth marcha droit sur lui et lui tomba littéralement dessus.

– Doux Jésus, toutes mes excuses, monsieur… Nom d'un chien, South ! C'est bien toi ?

South était si abasourdi par cette apparition qu'il mit quelques secondes à réagir.

– … Wolff ?

– En chair et en os, vieux fripon !

Ruth attira South contre elle et lui donna une chaleureuse accolade. Son bonheur semblait si sincère, si innocent, que South, tout interloqué qu'il était, se laissa contaminer par la légèreté de ses retrouvailles.

– Tu as survécu, alors ? Mais… Comment ?

– Brave Tommy, je pourrais te demander la même chose !.... J'ai trouvé un vieux fou qui accepte de m'emmener à la pêche de temps en temps... Il a besoin d'un charpentier d'ailleurs ! Viens manger à bord, je vais tout te raconter...

Sans lui laisser le temps de réfléchir, elle le prit par le bras et l'emmena vers le bas de Fish Street. Abigail suivait de près, un petit sourire aux lèvres.

Un crachin se mit à tomber avant qu'ils n'arrivent au *Thistle*. Ruth invita South à casser la croûte à l'abri, sous le pont. La cale empestait le poisson et il y faisait sombre, mais du reste ils y étaient au sec. Pendant que Ruth servait du cidre, du pain et du fromage, Abigail alluma une lampe à huile. Ruth présenta Abigail comme la fille de son capitaine.

– Comment tu t'en es tirée, alors ?

Ruth fit croire à South que l'*Ann Galley* avait également coulé le soir du naufrage, et qu'elle avait nagé jusqu'à la plage. Elle prétendit avoir été recueillie par des fermiers.

– Je leur ai dit que j'avais été retenue de force par les pirates. Une astuce vieille comme le monde, n'est-ce pas ? ajouta-t-elle dans un clin d'œil.

South baissa les yeux, mal à l'aise. Ruth raconta comment elle avait fait croire à ses sauveurs qu'elle avait de la famille à Boston, pour se faire emmener là-bas.

– Je pensais qu'arrivée ici, je trouverais un moyen de redescendre dans les Antilles... Mais j'ai rencontré le père d'Abigail, qui n'est pas regardant sur le fait que je ne sois pas un homme. C'est suffisamment rare pour que je ne cherche pas à faire la fine bouche en tentant ma chance ailleurs... Et toi alors ? On se sent plus serein quand on n'a pas la corde au cou, n'est-ce pas ?

Elle gratifia South d'une claque dans le dos.

– C'est drôle, je ne t'ai jamais croisé en ville avant.

– Si j'en crois les journaux, ça ne fait que quelques jours que tu es dehors, rétorqua Ruth. Nous étions en mer depuis la semaine dernière, nous venons juste de rentrer.

Elle avait réussi à le mettre à l'aise. Ils se mirent à bavarder avec légèreté, de l'avenir, du passé, mais surtout du présent, de ses privations et de ses frustrations. Et puis, ils entendirent des pas sur le pont, et l'écho de voix.

– Tiens, v'là le patron qui rentre ! s'exclama Ruth.

Paine descendit le premier, suivi de Sands, et enfin de Thatch, puis Galway. South bondit de son siège si brusquement qu'il se cogna aux barrots de pont et buta contre un fût derrière lui. L'arrivée de Galway, et surtout de Thatch, ramenait l'histoire de Ruth à ce qu'elle était : une histoire. Et South, assez justement, sentait que ce mensonge ne pouvait rien présager de bon pour lui.

– C'est lequel, celui-là, déjà ? demanda Thatch.

– Little Tommy, alias Thomas South.

South était debout, le dos collé au fût derrière lui, mal à l'aise.

– Bon sang, Tommy, fit Galway. Tu es encore plus maigre qu'avant.

– C'est qu'on mange pas beaucoup en prison, figure-toi… Qu… Qu'est-ce que vous allez me faire ?

Galway balaya l'air de son bras dans un signe d'impatience.

– Qu'est-ce que tu nous fais, Tommy ? Viens t'asseoir, et arrête de te conduire comme un repris de justice…

– C'est un repris de justice, ricana Ruth. Tommy, un conseil, quand tu as un doute sur les intentions des gens, ne leur donne pas des raisons de croire que tu te reproches quelque chose.

South finit par obéir.

– Est-ce que tu as une idée de ce que tu fais là ? lui demanda Thatch.

South chercha une réponse dans les yeux de Galway, puis de Ruth.

– Y a-t-il au moins une chose qui soit vraie dans ce que tu m'as raconté ? lui demanda-t-il.

– Oui, une. J'ai survécu.

– Réponds à la question, Tommy.

La bouche de South fit une grimace amère.

– J'suis pas stupide. Vous débarquez de nulle part, la veille de leur exécution… Vous voulez les aider à y échapper ?

– C'est qu'il percute vite, le charpentier ! siffla Thatch. S'il manie le bois aussi bien qu'il comprend vite, on pourrait peut-être le prendre avec nous. Ça te dirait de rempiler ?

– Sans façon, merci, m'sieur Thatch. J'ai vu la potence de bien trop près pour avoir envie d'y retourner.

Galway, Ruth et Thatch se concertèrent du regard. Difficile dans ces conditions d'estimer l'efficacité de sa coopération… South eut l'air de deviner ce qu'ils se disaient.

– Mais j'vais quand même vous aider !

– À la bonne heure.

Thatch se découpa une tranche de pain et une autre de fromage.

– Que peux-tu nous dire de la prison de Queen Street ?

– C'est une foutue forteresse.

– Mais encore ?

– Nous étions enfermés au sous-sol. Sans soupirail, ni ouverture d'aucune sorte… J'étais enfermé avec Tommy Tranquille et Simon One-Eye. Les autres étaient dans deux autres cellules, mais je pourrais pas vous dire où… Je suis même pas sûr de pouvoir retrouver le chemin de la mienne, depuis l'entrée…

– Vous aviez les yeux bandés, ou quelque chose du genre ?

– C'est pas ça… Vous comprenez, quand ils nous ont emmenés à Boston, on avait déjà fait un peu de temps à Barnstable, entre Newport et Cape Cod. On était complètement désemparés. On nous disait qu'on était les seuls survivants. On avait faim, on était fatigués, malades… Alors, quand on a été transférés à Boston, autant vous dire qu'on était pas en état d'établir une cartographie des lieux… Et quand on a été menés au tribunal, on venait de passer six mois enfermés dans le noir. On était tous plus proche de la mort que de la vie.

– Mais tu ne te souviens vraiment de rien ?

– Tout ce dont je me souviens, c'est qu'il n'y avait pas de fenêtres. Des couloirs sombres. Des murs en pierre. Et tout était humide…

– Bon. Et la surveillance ?

South but une gorgée de cidre.

– Il y avait toujours deux gardes au bout du couloir… Et plus on se rapprochait de la sortie, plus il y avait de monde. Des miliciens armés.

Plus South parlait, plus Ruth désespérait. Après de longues minutes de conciliabule, Galway finit par déclarer :

– À moins de faire sauter la prison avec nos amis dedans, je ne vois pas bien comment on peut leur faire éviter la potence…

Un morne silence s'en suivit. On entendait que la pluie tombait sur le pont, et le *Thistle* qui tirait sur ses amarres en grinçant.

– Ce n'est pas grave, dit alors Thatch. Je n'avais pas réellement espéré qu'on puisse s'attaquer à la prison.

L'idée était donc de kidnapper les prisonniers au moment où ils accosteraient près de la place d'exécution, sur la grève de Charlestown. Mais ils devaient faire face à des contraintes de taille : la foule, et les soldats armés qui accompagneraient tout le cortège. Cependant, ils avaient pour eux l'effet de surprise.

Une bordée serait dispersée dans la foule, des pistolets chargés cachés sous le manteau. Une autre serait au premier rang, au ponton où accosterait le canot des prisonniers. À ce moment-là, et juste avant que les prisonniers ne débarquent, les gars mélangés à la foule commenceraient à tirer au-dessus des têtes pour créer une diversion. Pendant ce temps, la bordée au premier rang passerait à l'action. Armes au poing, ils forceraient les éventuels gardes qui ne se seraient pas encore mis en chasse des fauteurs de troubles à quitter le canot, et ils embarqueraient à leurs places. La bordée dans la foule s'arrangerait pour neutraliser gardes et miliciens, au moins le temps de laisser le canot avec les prisonniers s'enfuir hors de portée de tir de Charlestown. Ensuite, les deux bordées regagneraient le *Thistle,* chacune de leur côté. Là, on briserait les chaînes des prisonniers, et tous aideraient à la manœuvre pour mener le *Thistle* hors du port.

– Cela signifie que le succès de notre opération repose sur l'idée que nous créions une émeute à huit, avec quelques fusils et pistolets.

Tous se tournèrent vers Galway.

– On a eu quelques jours à peine pour réfléchir à tout ça, rétorqua Ruth. Tu t'attendais à quoi ?

– Dites-vous que l'opération repose surtout sur la faculté d'une foule à paniquer, proposa Mary.

– Ne jamais sous-estimer la puissance imbécile d'un troupeau de moutons effrayés, ajouta Thatch.

Il proposa Thatch proposa donc que Pelham, Sands et Paine se joignent à lui et Galway pour constituer la bordée chargée de créer la diversion et contenir la foule.

– Madame Sands, Wolff, vous savez toutes les deux vous servir d'une arme… Mademoiselle Williams, j'imagine que vos fréquentations de Newport vous l'ont aussi appris, même si vous ne voudrez pas l'admettre devant votre tante.

Abigail croisa les bras en évitant le regard de Mary.

– C'est pourquoi je propose que vous trois, soyez au premier rang pour cueillir nos compagnons. Wolff, tu patronneras le canot avec lequel vous vous enfuirez. Personne ne soupçonnera trois femmes de préparer l'évasion des prisonniers. Madame Sands, vous disiez que vous savez comment cacher des armes de façon convaincante dans vos jupes ? Vous montrerez à Wolff comment faire.

Éberluée, Ruth écarquilla grands les yeux.

– Vous vous attendez à ce que je mette une robe ?

Thatch réprima une grimace.

– Vous pensiez vraiment que ça allait passer comme ça ? lui lança Galway.

– Pas vraiment, non…

– Abigail et madame Sands sont sans doute habituées à se mouvoir dans trois couches de jupes, mais c'est loin d'être mon cas !

– Allons, Wolff, soutint Thatch. Ce ne doit pas être si compliqué…

– Alors faites-le, vous !

– Tu apprendras que dans une situation comme la nôtre, si cela pouvait améliorer nos chances de succès, je le ferais sans discuter ! Mais je n'ai ni la silhouette, ni la pilosité appropriée, ricana-t-il en se grattant la barbe.

Pas convaincue, Ruth croisa les bras dans un geste de fermeture.

– Ruth, ne sois pas si bornée ! implora Galway. Personne ne te demande de porter la robe jusqu'à la fin de tes jours. Vois-le comme… Comme un déguisement !

– Je ne suis pas une enfant, Galway.

– Pour l'amour du Ciel, Ruth ! vociféra Abigail. Mets un foutu jupon et arrête cette stupide croisade ! Ce n'est qu'un vêtement !

– Abigail ! protesta Mary. Arrête de jurer comme un matelot !

– Mais c'est vrai, tantine !

– Ça va, tiens bon, Abigail…, bougonna Ruth avec agacement.

Galway, Thatch et Mary attendaient sa réaction avec un petit sourire satisfait.

– Si c'est pour la bonne cause…

La barbe noire de Thatch s'écarta pour laisser passer un sourire satisfait.

⁂

Les fusils et mousquets étaient chargés, prêts à tirer, et cachés dans des sacs de marin en grosse toile, que chacun portait sur son épaule. Sous leur manteau, les hommes cachèrent pistolets, grands coutelas, hachettes. Ils avaient tous, en plus de cet arsenal, leur couteau de marin personnel à la ceinture. Ils achevaient de se préparer quand les femmes remontèrent sur le pont. Ruth portait une robe couleur taupe, un gilet de la même couleur et, sous ce gilet, une chemise. Ses mains calleuses étaient cachées dans des mitaines.

– J'ai cousu des poches supplémentaires sur les jupes, annonça Mary en prenant un pistolet dans une caisse ouverte sur le pont. On devrait pouvoir porter deux pistolets chacune, plus les armes blanches.

– Nous devrions peut-être prendre trois pistolets, quitte à transporter moins d'armes blanches, suggéra Ruth en glissant une herminette dans une de ses poches. Nous n'aurons sans doute pas le temps de recharger entre deux coups.

– Il faudra vous mettre d'accord pour vous couvrir mutuellement quand l'une est à sec de balles, dit Thatch en refermant les boutons de son manteau.

Ruth vérifia que toutes ses poches étaient utilisées. Elle releva sa jupe sur sa cheville, et glissa son couteau de marin dans sa bottine.

Ils enjambèrent la lisse – ce qui ne fut pas une mince affaire pour Ruth – et attendirent dans le canot que les autres soient prêts.

– Comment tu te sens ? demanda Galway à Ruth.

– Nerveuse.

– Je veux dire, dans cette tenue.

– … Vulnérable, répondit-elle en desserrant à peine les dents.

Galway posa une main amicale sur son épaule et la serra doucement. Thatch embarqua dans le canot, suivi des autres.

– Vous êtes prêts ?

On lui répondit par de fermes hochements de tête.

Quelques instants plus tard, ils s'amarrèrent légèrement au nord de la place d'exécution, pour que la foule et la milice déjà présente ne remarquent pas leur arrivée ensemble. Mary, Abigail et Ruth se rendirent vers Gruys' Wharf, le quai où les prisonniers devaient être débarqués, par l'avenue principale qui longeait les débarcadères. La matinée était humide et nuageuse. Il tombait une petite bruine si légère que les gouttes semblaient voler comme des flocons de neige au lieu de tomber sous leur poids. Une brise d'ouest soufflait. Ils avaient fait exprès de partir très tôt, pour éviter la foule.

Mais une mauvaise surprise les attendait au niveau du quai. Une petite foule attendait déjà le cortège des prisonniers. Ruth commença à transpirer sous ses multiples couches de vêtements.

– Fichtre..., souffla Mary.

– La mort, c'est racoleur, grinça Ruth. Surtout celles des pirates.

Boston attendait cet événement depuis des mois. Comme toute ville d'Europe et d'Amérique, elle était friande des aventures des criminels de tout bord, et plus friande encore de leur fin inéluctable.

La procession était menée par un membre officiel de l'Amirauté, qui tenait dans sa main le fameux aviron en argent, symbole du Tribunal de l'Amirauté. Suivaient une douzaine de shérifs et commissaires de justice.

– Finalement, il y a une logique dans tout ça, dit soudain Langue-de-chat.

– Tu trouves ? demanda Quintor en levant un regard découragé vers lui.

– Eh bien, oui. Je suis né un dimanche, et je meurs un lundi. Le soleil, et la lune. La lumière et l'obscurité, la vie et la mort.

– C'est bien le moment de philosopher...

– Si c'est pas maintenant, alors ça ne sera jamais le moment !

Le pasteur Mather, qui marchait à leurs côtés, surprit leur conciliabule.

– C'est aussi le moment de vous confesser.

– Monsieur le pasteur, sauf votre respect, lança Tommy Tranquille. Jusqu'à quand allez-vous nous barber avec ça ?

– Jusqu'au dernier moment, mon fils.

Tommy Tranquille ricana avec mépris. Quelqu'un dans la foule se mit à les insulter.

– Assassins ! Voyous !

Cette intervention poussa d'autres à s'exprimer.

– Sale racaille !

– Vous n'avez que ce que vous méritez !

Des projectiles commencèrent à voler. Un œuf s'écrasa sur la joue de Quintor.

– Sale nègre !

Des rires montèrent de la foule, et les gendarmes qui encadraient le cortège durent jouer des coudes et de la voix pour calmer les badauds. La procession continua sa lente progression vers le port.

– Foutus hypocrites, grommela Simon One-Eye. Hier encore, ils nous auraient acheté notre came. Et aujourd'hui...

Le pasteur tendit à Quintor un mouchoir.

– Merci.

Il saisit le tissu de son unique main et s'essuya la joue. Quand il voulut rendre le mouchoir au pasteur, celui-ci refusa.

– Gardez-le.

Quintor comprenait pourquoi. On ne leur avait même pas laissé l'opportunité de faire un brin de toilette avant de les mener à l'échafaud. Les vêtements de marin qu'ils portaient le jour du naufrage étaient en guenilles. Leurs cheveux étaient si sales et si emmêlés qu'ils s'agloméraient entre eux. Leur barbe couvrait la moitié de leur visage, et ce n'était peut-être pas si mal, car sous cette pilosité crasseuse, leurs joues étaient plus creuses que jamais. Leurs yeux étaient profondément enfoncés dans leurs orbites. La peau sur leur nez était tirée et craquelée. Quand il regardait de quoi ils avaient l'air, Quintor pouvait concevoir que la foule ne ressente pas d'empathie particulière à leur égard : ils avaient l'air déjà morts. Des squelettes animés, rien de plus. C'est lui qui devait avoir l'air le plus mal au point, avec son moignon recouvert d'un vieux bandage sale : il ne faisait pas de doute que si la potence ne l'avait pas tué ce matin, c'est la gangrène qui l'aurait emporté.

Pourtant, ils étaient bien vivants. Quintor le sentait, au fond de ses entrailles. Ses intestins se tordaient de peur, comme une éponge que l'on essore. Il serrait la mâchoire, sans même s'en rendre compte. Et sa gorge était comme gonflée, enflée par une boule impossible à avaler. Sa main glacée serrait le mouchoir du pasteur. Il ne sentait même plus les fers qui lui sciaient la peau des chevilles. Comme il n'avait plus qu'une main, il n'avait plus de fers aux poignets.

Un son de cloche retentit d'une église au loin. La procession arriva au Scarlett's Wharf, et on embarqua les prisonniers à bord d'une barge, qui les emmena juste en face, dans le quartier de Charlestown, où la potence les attendait, sur une grève découverte par la marée. Une foule compacte et animée les attendait.

Quelques miliciens armés étaient postés çà et là. La potence était dressée sur la grève, menaçante. Des gens se massaient autour.

Ruth, Abigail et Mary tournaient le dos à la place d'exécution. Elles étaient parvenues, au prix de quelques difficultés et de nombreuses courbettes, à atteindre le quai de débarquement des prisonniers. Il n'y avait plus personne entre elles et le ponton. Galway, Thatch et les trois beaux-frères étaient décimés dans la foule, Dieu seul savait où. Ruth se sentait observée… Elle remarqua que la petite fille à côté d'elle la regarder avec une curiosité légèrement suspicieuse. Ruth rajusta le châle qui couvrait sa tête.

La bruine avait cessé. Les nuages étaient si bas qu'on pouvait imaginer la pomme des mâts des navires les percer.

– Les voilà ! cria un homme dans la foule.

Abigail, Ruth et Mary se tournèrent dans la direction qu'elle montrait. En effet, un canot approchait. Les mains de Ruth, toujours enfoncées dans ses poches, étaient moites. Elle prit conscience qu'elle allait bientôt revoir Langue-de-Chat, Quintor, Simon... Une douce sensation d'impatience l'envahit. Elle était si nerveuse qu'elle avait oublié jusque-là de se réjouir de ces retrouvailles.

Une rafale balaya le quai et le châle de Ruth s'envola. Elle poussa un juron en essayant de le rattraper, mais il était trop tard. Il resta en l'air quelques secondes, et retomba quelque part dans la foule, loin derrière elle.

– Laisse tomber, lui glissa Abigail.

Ruth accepta, mais elle se sentait exposée, sans ce bout de tissu pour cacher son visage.

Elle se repassa tout le plan dans sa tête. Attendre que le canot soit à quelques pieds du ponton, s'avancer au-devant de lui armes braquées sur les gardes. Tirer un coup de feu pour prévenir leurs camarades de commencer à effrayer la foule en arrière. Ordonner aux gardes dans le canot de sauter à l'eau sans leurs armes. Dire à Langue-de-chat et aux autres de prendre les rames et de parcourir les derniers pieds jusqu'au ponton. Embarquer avec eux, et s'enfuir en arrosant la foule de coups de feu. Prier pour que ça marche.

Elle reconnut la chevelure blonde et broussailleuse de Langue-de-chat. Et puis Quintor, dont la silhouette habituellement élancée était étrangement ramassée. Ils avaient l'air de mendiants faméliques... Son cœur se serra d'émotion.

Le canot se rapprochait inexorablement de sa destination. Quand Quintor vit les six nœuds coulants se balancer dans la brise, l'angoisse étreint son cœur. Il chercha du réconfort dans les yeux de ses camarades, mais il n'en trouva aucun : ils étaient tous aussi anxieux que lui. Un son strident se mit à bourdonner dans son crâne. Il prit conscience que c'était bel et bien fini.

Quintor avait l'impression que la distance entre le canot et le quai se raccourcissait de plus en plus rapidement. Des centaines de personnes les attendaient. Une femme perdit son châle, qui s'envola dans la brise. À côté de Quintor, Shuan poussa un soupir inquiet.

– Ça va aller, jeune, lui intima Langue-de-chat sur un ton d'encouragement.

Ils n'étaient plus qu'à une centaine de pieds du quai. Un des gardes se prépara à l'avant, une amarre à la main. Les visages de la foule se précisaient.

– Les gars..., chuchota Langue-de-chat. Ce ne serait pas...

Quintor suivit son regard, vers les femmes qui étaient au premier rang. L'une d'elles, vêtue d'une robe couleur taupe, avait un visage familier... Elle fit un pas en avant, suivi de ses deux voisines. S'apprêta à sortir quelque chose de ses poches... Puis la foule remua légèrement derrière elle, et quatre ou cinq miliciens déboulèrent sur le quai. Trois d'entre eux surprirent les trois femmes en passant un bras autour de leur cou pour leur faire une clé d'étranglement. De leur main libre, ils pointaient leur pistolet sur leur ventre. Un des miliciens leur ordonna quelque chose. Les trois femmes sortirent lentement les mains de leurs poches et les levèrent en l'air.

Quintor, la mâchoire tombante de stupéfaction, eut tout juste le temps de reconnaître Ruth Wolff, avant qu'elle et ses deux mystérieuses complices disparaissent dans la foule avec les miliciens.

La foule se scinda docilement sur le passage des miliciens et leurs prisonnières.

– Poussez-vous ! ordonna l'homme qui ouvrait la marche. Écartez-vous !

Ruth essayait de réfléchir, mais l'étreinte de celui qui la tenait privait son cerveau d'oxygène. Elle tapa sur son bras pour qu'il comprenne.

– J'peux pas respirer...

– La ferme, sorcière !

Ils s'extirpèrent de la foule. C'est alors que Ruth le vit : Thomas Davis. Il observait la scène, caché derrière une famille. Leurs regards se croisèrent. C'est là qu'elle comprit : il était là depuis le début. Il avait dû la reconnaître quand son châle s'était envolé. Et il s'était sans doute empressé de prévenir la milice que les trois femmes préparaient un mauvais coup. En s'apercevant que Ruth l'avait vu, Davis regarda ailleurs.

Ruth tira sur le bras qui l'étranglait et réussit à reprendre un peu d'air. Elle chercha du regard ses compagnons. Ils ne pouvaient être loin... C'est là que Galway surgit de la foule, son sac rempli d'armes sur le dos, et Thatch sur ses talons. Quand il les vit aux mains de la milice, il se figea instantanément et perdit des couleurs. Aussitôt, il jeta son sac au sol et s'apprêta à l'ouvrir pour saisir une arme. Mais fort heureusement, Thatch le retint en lui murmurant quelque chose à l'oreille. Ruth remercia le Ciel qu'il ait eu le temps d'empêcher Galway de faire cette bêtise : les hommes de la milice braquaient leurs armes sur elles. Si Galway et les autres avaient tenté quoi que ce soit pour les secourir en cet instant, ils auraient pris le risque qu'elles soient tuées sur-le-champ. Pelham arriva derrière eux et blêmit en voyant sa belle-sœur et sa nièce aux mains de la milice.

Mais Davis était toujours là, lâchement planqué dans la foule, et ils ne l'avaient pas vu ! Ruth tira sur le bras qui l'étranglait et réussit à reprendre un peu d'air.

– Davis ! hurla-t-elle.

L'interpellé sursauta et se retourna vers elle.

– Espèce de salaud ! J'aurais ta peau ! Tu entends, Davis ? !

Thatch et Galway suivirent le regard de Ruth. Davis, se sachant démasqué, se mit à courir en bousculant tout le monde sur son passage. Alors, Thatch et Galway et lui se ruèrent à sa poursuite. Ruth eut tout juste le temps de voir Pelham balayer la foule du regard d'un air affolé, à la recherche de Sands et Paine, avant d'être emmenée par la milice loin de l'agitation.

Quintor avait du mal à croire ce qu'il venait de se passer. Quand le canot fut amarré, un garde leur donna des coups de pied pour qu'ils se lèvent et débarquent. Les jambes de Quintor tressaillirent.

– C'était bien elle, hein ? chuchota Shuan. C'était Wolff ?

– Ouais, mon gars, répondit amèrement Langue-de-chat. C'était Wolff.

Les six condamnés n'auraient pas pu être plus désespérés. En quelques secondes, ils avaient vu l'espoir d'en réchapper poindre et s'évanouir aussitôt.

– Peut-être qu'elle n'était pas seule. Peut-être qu'ils vont quand même réussir à...

– Ne rêve pas trop.

Quintor réfléchissait. Avant qu'ils n'arrivent au bas de l'échafaud, il murmura à ses camarades.

– On ne sait jamais. On peut encore gagner du temps.

– Comment ?

Mais il n'eut pas le temps de répondre. Le Commissaire de Justice leur ordonna de monter les marches de l'échafaud. Quintor marchait comme dans un rêve. Chaque condamné fut arrêté devant un nœud coulant.

– Leurs fers ! protesta le pasteur Mather à l'adresse des représentants de l'Amirauté. Enlevez-leur leurs fers !

Les membres de l'Amirauté échangèrent des regards dubitatifs.

– C'est la loi. Ils ont le droit de mourir les mains libres, insista le pasteur.

D'un signe de tête, le plus gradé ordonna aux gendarmes de les détacher.

– Merci, mon Père, chuchota Langue-de-chat.

– Mon Père, murmura alors Shuan. Je... Je crois que j'aimerais me confesser.

Quintor ignorait si sa demande était sincère ou pas. Mais cela lui donna une idée. Ils pouvaient peut-être gagner encore un peu de temps...

– Moi aussi.

– Moi aussi, ajouta Tommy Tranquille.

La milice emmena Ruth, Abigail et Mary jusqu'à la première maison sur laquelle ils tombèrent : l'atelier d'un forgeron. Ils réquisitionnèrent son atelier. Le forgeron et son apprenti, abasourdis, furent bien obligés de coopérer.

– Monsieur, je vois que vous avez des fers à nègres... Donnez-moi-s'en trois paires.

Le forgeron fit signe à son apprenti d'obtempérer.

– Fouillez-les.

Deux des miliciens sortirent de leurs poches toutes leurs armes une à une.

– Eh bien, eh bien... Quel arsenal... Vous comptiez assiéger la ville ou quoi ?

Quand ils se furent assurés que leurs poches étaient vides, ils se reculèrent. Mais leur chef n'était pas satisfait.

– J'ai dit, fouillez-les ! Des coquines de cette espèce, faut rien laisser passer, les gars !

Les deux hommes échangèrent un regard embarrassé. Ils savaient ce que cet ordre impliquait.

Allons, de quoi avez-vous peur, à la fin ?

– M'sieur... Si ces femmes voulaient aider les pirates, ce sont peut-être des envoyées du Diable...

– C'est bien pour ça qu'il faut les fouiller, triple buse.

– C'est que j'veux pas me retrouver maudit sur sept générations...

– Ouais, moi non plus, m'sieur !

Leur chef leur lança un regard plein de mépris.

– Bande de pisse-froid...

Il se jeta d'abord sur Abigail, dont la respiration se fit plus saccadée. Il la débarrassa de son châle, tâta son buste, ses seins.

– Pas de corset, hein, ricana-t-il avec stupre.

En effet, les trois femmes avaient considéré qu'un corset entraverait dangereusement leurs mouvements, et avaient décidé de s'en passer.

L'homme s'accroupit et continua sa fouille en soulevant les jupes d'Abigail jusqu'à ses cuisses. Quand il se releva, Abigail avait le visage couvert de larmes silencieuses. Sa haine et sa colère ne demandaient qu'à exploser.

– Beh, alors, ma jolie... Faut pas pleurer pour si peu. Tu sais pas ce qui t'attend en prison...

Abigail lui cracha au visage. Un magnifique crachat, digne du meilleur des chiqueurs. Il partit si vite que l'homme n'eut pas le temps de l'éviter. Ruth pesta intérieurement. Cette Abigail était aussi impulsive qu'elle, malheureusement...

– Chef ! La marque du démon ! Essuyez-vous vite !

– La ferme, Abbott !

– Ce sont les descendantes de Salem ! J'en suis sûr !

Le milicien s'essuya et lui redit de se taire. Puis il fouilla Mary, et enfin Ruth. Pendant tout ce temps, elle avait eu le temps de réfléchir à leur situation. L'issue lui semblait funeste. Aucun de leurs compagnons n'avait vu où elles avaient été amenées... Et ses amis de la *Whydah* ? Dans quelques minutes, ils seraient pendus... Il fallait qu'ils interviennent avant. Elles ne pouvaient pas attendre que Thatch et les autres arrivent pour les sauver, il fallait qu'elles se sauvent elles-mêmes.

Mais quand l'homme qui la fouillait glissa sa main dans sa bottine pour en retirer son précieux couteau, Ruth vit tous ces espoirs d'évasion s'évanouir. Son geôlier se releva et caressa sa joue avec un sourire mauvais.

– Vous ne devriez pas vous servir de ce genre d'objet, madame... Vous pourriez vous faire mal.

Ruth ne tremblait même pas. Elle connaissait trop bien ce jeu-là pour y croire. D'habitude, c'était elle qui intimidait ses victimes pour obtenir ce qu'elle voulait. Ce qu'il fallait, c'était gagner du temps.

– À genoux ! aboya alors le chef de la bande.

Les trois femmes obéirent.

– Alors…

Il se mit à faire les cent pas devant elles, pendant que ses subalternes les menaçaient toujours de leurs armes.

– Pourquoi vouloir enfreindre toutes les lois pour sauver de la racaille pirate ? Hein ? Expliquez-moi.

Comme aucune ne leur répondait, il émit une possibilité.

– Peut-être qu'Abbott a raison. Peut-être êtes-vous des sorcières, envoyées ici pour venger vos maîtresses de Salem en libérant les monstres des enfers et en les lâchant sur Boston…

Ruth ne put retenir un petit ricanement.

– Ça vous fait rire ?

– Les monstres des enfers… Ce ne sont que des hommes, vous savez.

– C'est exact. Et vous n'êtes que des femmes. Je vais être sincère avec vous… Je ne crois pas que vous soyez des sorcières. Mais voilà, que voulez-vous, depuis les événements de Salem, tous les colons de cette province sont devenus fous. Ils voient de la sorcellerie partout, maintenant…

Il s'arrêta devant Ruth.

– Vous n'êtes que des femmes, c'est pourquoi je suis prêt à parier que vous n'avez pas agi seules. Mon petit doigt me dit que vous, plus particulièrement, en savez plus sur ces pirates que quiconque en ville.

Ruth soutint son regard sans ciller. Davis avait parlé.

– Je ne sais pas ce qu'il en sera de vos deux complices, mais pour vous madame, ça sera le bûcher.

– Pourquoi pas la corde ? grinça Ruth sans desserrer les dents.

– Il y a certains privilèges à être une femme, ironisa-t-il avec un sourire mauvais.

Il se redressa.

– Cela dit… Il y a peut-être un moyen pour vous d'éviter d'être brûlée vive…

– Laissez-moi deviner… Il suffit que je vous suce la queue, et que j'admette avoir été influencée par quelques gibiers de potence en fuite, et que je vous aide à les attraper ? Alors, peut-être, plaiderez-vous mon cas au Tribunal, et serais-je épargnée ?

Le milicien laissa tomber son sourire.

– Et avec un peu de chance, dans quelques semaines, je serai en train de vider des pots de chambre dans une maison bourgeoise du centre-ville, à remercier le ciel de vous avoir mis sur mon chemin… C'est bien ça ?

– Bon… Puisque le marchandage vous laisse insensible…

Il la gifla du revers de la main.

– Qui sont vos complices ?

Ruth se contenta de ricaner.

– Jacques Stuart... Non, non, attendez ! Le Roi Louis.

Le milicien lui envoya une nouvelle volée.

– Qui ?

Ruth sentit le goût du sang dans sa bouche. Elle l'avala avant de répondre.

– C'est bon, c'est bon... J'avoue tout.

L'homme mit les mains sur ses hanches, satisfait.

– ... C'est le bourreau qui nous a payés pour faire ça. Il déprime, il en a marre de pendre des pauvres bougres toute la journée. Il veut se reconvertir, vendre des fleurs sur le marché.

La claque qu'elle reçut fut si forte qu'elle faillit tomber sur le côté. Elle se redressa, un sourire narquois aux lèvres.

– J'vais te faire passer l'envie de rire, sale petite...

L'homme, furax, brandit le bras en l'air, prêt à frapper de nouveau.

– Chef, si j'peux me permettre ! l'interrompit un de ses gars.

– QUOI ?

– Ça ne lui fait ni chaud ni froid... Elle a déjà pris trop de claques avant nous... Ou trop donné. Allez savoir.

Il guigna vers Abigail et Mary.

– Mais peut-être que celles-là ont la peau moins dure, si vous voyez c'que je veux dire.

Le chef de la bande réajusta la tenue de son pantalon avec un air satisfait.

– Tu vois, quand tu veux, Abbott...

Il se planta devant Mary et la gifla violemment.

– Qui sont vos complices ? Où sont-ils ?

Mary étala le choc dignement. Du sang perlait au coin de sa bouche. Elle leva les yeux vers son tourmenteur, mais ne répondit pas.

– Bon... Je vais passer à la cadette, alors...

– NON ! s'écria Mary.

Il resta le bras en l'air, prêt à l'abattre sur Abigail. Ruth commença à craindre qu'elle ne leur dise tout. Après tout, la vie d'Abigail valait sans doute plus à ses yeux que celles de six repris de justice, qui assumaient de passer leur temps à risquer leur vie en enfreignant les lois...

– C'est Thomas South..., lâcha Mary en étouffant un sanglot.

Elle baissa la tête, honteuse.

– Qui ?

– South, chef, répondit un de ses hommes. C'est l'un des pirates qui a été acquitté. Celui qui a été recruté de force, comme Davis !

– Ah, oui...

L'homme s'accroupit devant Mary. Il prit un ton faussement compatissant.

– Racontez-moi tout, madame...

Avant de prendre la parole, Mary croisa le regard de Ruth.

– Il est venu me voir à ma boutique avec une grosse somme d'argent, en me demandant si ça m'intéressait de sauver mon commerce...

Ruth se retint de sourire. Avec un début de récit comme celui-là, elles devraient pouvoir gagner au moins quelques minutes. En attendant, il fallait trouver un moyen de s'échapper. Ruth regarda autour d'elle. La pièce était remplie d'outils, de pinces en tout genre, de marteaux, d'objets en voie d'être forgés. Des barres de toutes les tailles, des tisons, des essieux de roues, et même quelques couteaux... Quelle frustration de voir toutes ces armes potentielles, sans pouvoir s'en servir !

C'est alors qu'une voix venant de l'extérieur lui parvint. Elle ne parvenait pas à en comprendre les mots, mais il lui semblait, au ton clair et pompeux, que c'était le Commissaire de Justice qui prononçait son blabla habituel, longue diatribe visant à dissuader les foules d'agir d'une façon qui leur ferait mériter le sort des six malheureux.

Galway courut jusqu'à sentir ses jambes le brûler et ses poumons sur le point d'imploser. La quinte de toux le menaçait, mais il était passé à un stade où saisir Davis lui était si important que la plus petite cellule de son corps semblait entièrement dédiée à ce but. Tel un chien fou courant après un chat, il ne voyait que la silhouette de Davis zigzaguant entre les passants.

Les cheveux roux de Davis disparurent au coin d'une rue. Galway redoubla d'efforts pour le rattraper. En tournant, il percuta de plein fouet une femme. Il l'écarta brutalement et reporta son attention sur le fuyard. Son esprit fut soudain traversé par une image de Ruth, menottée, enfermée dans une cellule froide. Il commençait à se dire que la folie vengeresse qui les avait poussés à poursuivre Davis n'était peut-être que folie, justement.

Galway commença à ralentir. Davis méritait sans doute une bonne correction. Mais pas autant que Ruth méritait de vivre.

– Galway, qu'est-ce que tu fais ? Allez, du nerf !

– Capitaine, dit-il sans s'arrêter de courir. Nous devrions aller voir où en sont Wolff et les autres.

C'est à ce moment qu'ils virent Davis bifurquer dans une petite rue. Les yeux de Thatch s'allumèrent.

– Pas si près du but !

Ils accélérèrent de plus bel et tournèrent dans la ruelle. Au fond, elle bifurquait à nouveau... Pour finir sur une impasse. Davis se retourna vers eux.

– Attendez ! Pitié, je ne pensais pas qu'ils les arrêteraient ! Je leur ai juste dit de les désarmer !

– Parce que tu donnes des ordres à la milice, toi ?

– Non, fit une voix derrière eux. Seulement de bonnes informations.

Galway et Thatch firent volte-face. Trois mousquets les menaçaient ; et au bout des mousquets, trois hommes de la milice. Le cœur de Galway s'arrêta une seconde. Il déglutit avec difficulté, le souffle court. Ils avaient été si focalisés sur l'objet de leur poursuite, qu'ils n'avaient pas remarqué qu'ils avaient été suivis.

– Merci, monsieur Davis. Ça fait plaisir de voir qu'il y a encore des hommes qui prennent à cœur leur devoir de citoyen. Vous pouvez disposer.

– Et la récompense que...

– Merci, monsieur Davis. Nous reviendrons vers vous.

Davis passa à bonne distance de Galway et Thatch et s'enfuit de la ruelle.

– Allez, dit l'un des miliciens. Les mains en l'air, pirates.

Le Commissaire de Justice en était toujours à son discours moralisateur. L'esprit de Quintor se refusait encore à accepter la réalité. Il avait beau se répéter « c'est pour maintenant, mon gars. Tu vas mourir. Dans quelques minutes, tu ne verras plus, tu n'entendras plus, tu ne sentiras plus, tu ne penseras plus. » Rien n'y faisait. Cela lui paraissait trop irréel, trop inimaginable, pour être vrai. Alors, comme pour fuir ce présent insoutenable, l'esprit de Quintor recourrait à d'étranges diversions. Il pensa à la *Whydah*, le jour où ils l'avaient arraisonné. La joie et le sentiment d'invulnérabilité qui gagnait l'équipage à chaque nouvelle prise. Il repensa à Samuel Bellamy, ce jeune homme courageux mais aux motivations ambiguës. Quintor se rappela du jour où il l'avait rencontré. Il venait lui-même d'arriver à Nassau, depuis l'Île de la Tortue où il avait vécu de belles années de flibuste avec ses camarades français, avant de se faire chasser par les autorités. Il avait d'abord rencontré Langue-de-chat. Ils s'étaient tout de suite bien entendus. Tous deux issus de cultures scandinaves, parfaitement adaptés à la diversité du monde qui les entouraient, et pourtant complètement inadaptés à cette société... Langue-de-chat l'avait présenté à Bellamy, et il avait été enrôlé le jour même... Quintor se rappela le sentiment de liberté, liberté de faire, de dire, et de penser. Pour la première fois de sa vie, il réalisa à quel point il avait eu de la chance de jouir de cette liberté, même si cela n'avait duré que les dernières années de sa vie.

Il se remémora son premier grand voyage en mer, une traversée à bord d'un négrier, pour laquelle il avait signé sans même s'en rendre compte, enivré par un recruteur peu scrupuleux. L'Afrique, et le choc qui avait suivi. Quintor avait vu de ses yeux les *baracoons*[1]*1* surpeuplés, les marchands noirs échangeant avec des marchands blancs des hommes et des femmes contre des armes, des étoffes, cette fameuse pacotille que les chefs africains savaient sans valeur, mais qu'ils utilisaient

1. *Baracoon* : bâtisse construite dans les comptoirs africains, où les futurs esclaves étaient parqués avant d'être embarqués vers le « Nouveau Monde ».

pour faire valoir leur puissance commerciale auprès de leurs rivaux. Quintor se remémora ces semaines de travail intense sous le soleil brûlant, dans les rivières infestées de sangsues et de parasites. Il revit chacun de ses camarades, morts sous les coups de fouet ou de fièvres. Et tous ces hommes et ces femmes, avec qui il partageait une ascendance pas si lointaine, parqués comme des bêtes dans l'entrepont...

Son arrivée en Afrique l'avait plongé dans une crise identitaire profonde. Même si au fond de lui, il avait toujours eu le sentiment d'être hollandais, les gens autour de lui ne l'acceptaient pas en tant que tel : ses ancêtres n'étaient pas hollandais. Il ne partageait pas l'histoire des Hollandais. Surtout, il était esclave, fils d'une domestique noire et d'un livreur mulâtre. Il n'avait jamais été affranchi, comme ses camarades le croyaient encore...

Peu importe la langue qu'il parlait, la culture qu'il avait, aux yeux des Hollandais blancs, il ne serait jamais l'un d'eux. Mais il n'était pas africain pour autant. Il ne savait même pas de quel peuple il était originaire, il ne savait pas quelle langue ses ancêtres parlaient. Il se rappelait la frustration de ne pas pouvoir communiquer avec les Africains parqués sur le négrier où il travaillait. Il se rappelait aussi le mépris et la haine dans leurs yeux. Il faisait partie de l'équipage des blancs, alors pour eux, il en était un aussi...

Quintor lança un regard discret à Langue-de-chat. Les deux amis échangèrent un sourire qui se voulait goguenard. Quintor avait passé la moitié de sa vie ballotté entre plusieurs nations, exploité, utilisé, avalé et digéré mais sans jamais être accepté nulle part. Il n'y avait que dans la piraterie qu'il avait pu clamer son appartenance à un groupe, à une idée, à une nation.

– La Cour, avec le concours de la Défense, ayant considéré comme il se doit les chefs d'accusation et les preuves des différents objets retenus, vous a reconnu, Simon Van Vorst, John Brown, Thomas Baker, Hendrick Quintor, Peter Cornelius Hoof, et John Shuan, coupables de piraterie, vol et larcin, comme ceci étant présenté dans les Chefs d'Accusation, et par conséquent déclare et ordonne que vous, Simon Van Vorst, John Brown, Thomas Baker, Hendrick Quintor, Peter Cornelius Hoof, et John Shuan, devez être menés à la place d'exécution, où chacun de vous sera pendu par le cou jusqu'à ce que mort s'ensuive. Et que le Seigneur ait pitié de votre âme... L'un des condamnés voudrait-il prononcer quelques mots, avant que la sentence ne soit exécutée ?

C'était le moment ou jamais.

– Moi, dit Quintor en s'éclaircissant la gorge.

Le milicien secoua Mary par les épaules.

– Assez ! J'en ai assez entendu. Maintenant, dites-moi où se cachent South et sa bande !

C'est alors que surgit dans l'atelier deux hommes armés.

– Chef ! On les a eus.

Les entrailles de Ruth se crispèrent.

– Vous avez eu South ?

– Ils ne nous ont pas dit leurs noms… Un avec une grosse barbe brune, et un autre, un Irlandais.

Ruth sentit tout son corps s'affaisser sous le poids de ces paroles. Ses yeux se fermèrent un instant, accablés de découragement.

– Et l'équipe de Garrett en a arrêté trois autres, qui transportaient un véritable arsenal dans leur sac.

Galway, le capitaine Thatch, Pelham, Sands, Paine… Tous arrêtés. Abigail se mordit les lèvres. Ruth sentit le désespoir la gagner. Ils avaient perdu. Les six de la *Whydah* allaient être pendus d'une minute à l'autre.

Le chef de la brigade se tourna vers les trois femmes.

– Ne faites pas cette tête, mesdames. Vous allez retrouver vos hommes en cellule. Allez ! Debout !

Ils les forcèrent à se lever et les menèrent à l'extérieur. Une fois dehors, ils les firent marcher vers le haut de la rue, où se tenait l'échafaud. Les gens étaient si subjugués par ce qu'il se passait du côté de la potence qu'ils ne les voyaient même pas. Ruth reconnut alors la voix qui parlait depuis l'échafaud. Ce n'était plus celle du Commissaire de Justice. C'était celle de Quintor…

– Vous savez quoi ? Vous pouvez penser ce que vous voulez de nous. Nous taxer de criminels, de monstres sans cœur, de démons assoiffés de sang. Moi, je connais la vérité : la piraterie n'est un crime que parce qu'elle empiète sur l'exercice d'un crime bien plus grave.

Les pas de Ruth ralentirent. Elle le voyait au loin. Digne et fier malgré ses guenilles, et un bras en moins.

– La piraterie, c'est la seule option, pour tous les êtres humains destinés à être exploités, de refuser la destinée qu'on leur a tracée, et de tracer la leur.

– Regarde où ça t'a mené ! s'écria un badaud.

Il reçut l'approbation de la foule.

– Au moins, ça m'a mené quelque part ! Rétorqua Quintor. Combien d'entre vous vivent leur vie sans jamais oser exiger qu'elle vous apporte plaisir et liberté ?…. Oui, nous autres, nous avons peut-être perdu la bataille. Mais la guerre n'est pas finie ! Elle ne sera jamais finie, il y aura toujours de l'espoir pour les opprimés de ce monde, tant que la piraterie existera. Pas la piraterie au sens strict du terme. Mais la piraterie au sens moral. L'humanité a besoin de pirates. C'est parce qu'ils existent, que nos sociétés nous paraissent dissonantes, incohérentes. Et c'est dans l'incohérence que naissent l'intelligence, et le changement !

Ruth s'arrêta tout à fait, émue par les paroles de Quintor.

– Avancez ! lui ordonna l'homme derrière elle.

– Eh ! C'est la dernière fois je vois la lumière du jour ! Alors foutez-moi la paix une minute !

L'homme chercha du secours dans le regard de ses collègues.

– Considérez ça comme la dernière volonté des condamnées, proposa Mary.

Le chef de la brigade refusa cependant.

– La dernière volonté, c'est juste avant la mort. Vous, vous avez encore de long mois de détention devant vous... En route !

Il poussa Ruth pour qu'elle avance. Le commissaire de l'Amirauté en avait assez entendu. Il fit un signe aux bourreaux, qui poussèrent les condamnés vers leur nœud coulant, et le placèrent autour de leur cou. Ruth sentit son sang se figer dans l'ensemble de son corps. Il fallait qu'elle fasse quelque chose, n'importe quoi... Qu'est-ce qui pouvait être susceptible de les aider ? Semer le chaos dans la foule pour s'enfuir en douce ? Mais comment faire, sans armes ? Qu'est-ce qui pouvait effrayer une population, au moins autant que le canon d'un mousquet ?

Quintor continua son plaidoyer, la corde autour du cou. Le garçon au tambour se mit à taper sur son instrument. Une clameur d'impatience s'éleva de la foule. Quintor hurla par-dessus leurs voix et le tambour :

– Tant qu'il y aura des pauvres qui prendront aux riches, des travailleurs qui refuseront l'oppression, des femmes qui lutteront contre la soumission, des enfants pour rêver d'un monde meilleur, alors la piraterie existera ! Et avec elle, la lutte pour la liberté !

L'idée, lumineuse, frappa Ruth comme une épiphanie.

– LES PIRATES ! hurla-t-elle d'un air faussement affolé. Les pirates ! Ils arrivent !!!

Elle tendit les bras vers une avenue perpendiculaire à la place d'exécution. Comme elle l'avait prévu, les gens étaient si alarmés par ce qu'elle venait de dire, qu'ils ne remarquèrent même pas les menottes à ses poignets. Un mouvement de foule commença à se créer. Comprenant la manœuvre, Abigail surenchérit.

– Par tous les Saints ! Nous allons tous mourir !! Ils sont armés !!! Vite ! Fuyez !

Mary, comprenant la manœuvre, désigna la mer.

– Regardez ! Ils arrivent par la mer aussi ! Nous sommes fichus !!!

Avant que leur escorte ne puisse réagir, l'onde se répandit à toute la foule, et en un instant, des centaines de personnes cherchèrent à fuir la place, à coups de coudes, de poings et de pieds. Les mères et les pères prenaient leurs enfants dans leurs bras pour courir plus vite. Les plus paniqués et les moins altruistes bousculaient les autres sans ménagement. Les miliciens qui les escortaient jouèrent de leurs mousquets pour calmer la foule en proie à la terreur. Ils tirèrent quelques coups de feu en l'air, mais cela n'eut pour effet que de renforcer la panique générale. Ruth fit signe à Abigail et Mary de la suivre vers l'échafaud. Elles avaient peut-être les poignets pris, mais cela ne les empêchait de faire signer aux six condamnés de vite les rejoindre.

Mais un des miliciens comprit leur manège. Comme son arme était déchargée, il leur courut après et chercha à assommer Abigail avec. Mary le vit faire, elle écarta brusquement Abigail de sa trajectoire, passa derrière l'homme, et l'étrangla avec la chaîne qui lui liait les poignets.

– Lâche ton arme.

Il ne se le fit pas dire deux fois. Abigail ramassa le mousquet. Certes, il n'était pas chargé. Mais les éventuelles personnes qu'elles auraient à menacer n'étaient pas obligées de le savoir... Ruth allait reprendre sa course vers ses camarades, quand son regard se porta vers l'échafaud.

Elle s'arrêta net, indifférente aux gens qui la poussaient dans tous les sens. Les corps de ses amis se balançaient dans le vide. Leurs têtes pendaient tristement sur le côté, leurs yeux grands ouverts sur le néant. Seul Langue-de-chat continuait à s'agiter de convulsions pathétiques. L'esprit de Ruth se figea, en même temps que son corps. Le même mot résonnait dans sa tête, comme une litanie sans fin, « non, non, non, non... », comme l'expression désespérée d'un déni totalement vain. Et puis, Langue-de-chat cessa tout à fait de remuer... Seule la corde à laquelle il était pendu oscillait encore légèrement.

Le pasteur qui les avait accompagnés monta sur l'échafaud. Il étendit le bras vers les condamnés, et hurla à une foule désordonnée qui ne l'écoutait même plus :

– Mesdames et Messieurs, regardez ! Ceci est la fin de la piraterie !

Sur l'échafaud, juste en dessous du cadavre de Quintor, le mouchoir que le pasteur lui avait donné, et que sa main avait laissé tomber. Une risée souffla sur la grève, et poussa le bout de tissu au bas de l'échafaud, sur les cailloux, où il se mêla aux algues mortes et à la laisse de marée.

– Ruth ! Réveille-toi !

Abigail la tira par le bras. Ruth la suivit en courant, mais elle avait l'impression que son corps flottait au-dessus du sol. C'est quand Mary la poussa à l'intérieur de la boutique du forgeron qu'elle reprit ses esprits. Mary prit le mousquet des mains d'Abigail et menaça l'apprenti.

– Surtout, pas un geste !

La bouche entrouverte par la stupéfaction, le jeune garçon s'immobilisa et leva les mains en l'air. C'est alors que le forgeron surgit de son atelier. Une odeur de soufre l'accompagnait : il avait rallumé sa forge. Ruth, qui était le plus près, retrouva ses réflexes et passa derrière lui pour l'étrangler avec la chaîne de ses menottes. Mary, la main et le regard ferme, s'approcha de l'apprenti.

– Les clés, ordonna-t-elle en désignant Abigail du menton.

Le jeune homme, les mains tremblantes, se mit à fouiller dans les tiroirs d'un établi. Il en sortit plusieurs jeux de clés, et s'approcha d'Abigail. Ses mains tremblaient affreusement.

– Eh, regarde-moi, lui souffla Mary.

Elle plongea ses yeux dans ceux du jeune garçon.

– Respire. Nous ne te ferons aucun mal, ni à toi, ni à ton maître. Détache-nous, et nous nous en irons.

L'apprenti paniqué hocha la tête. Quand Abigail fut libérée, elle prit le mousquet que lui donnait Mary, et mit le jeune homme en joue pendant qu'il libérait sa tante. Puis, ce fut le tour de Ruth.

– Prenez toutes les armes que vous pouvez.

Pendant qu'Abigail et Mary tenaient les deux hommes en joue, Ruth s'empara d'un gros couteau, une hache, un tison et un sabre.

– C'est bon.

– Allons-y, maintenant, fit Mary.

– Attendez ! coupa Ruth. On ne peut pas sortir habillées comme ça. Ils recherchent trois femmes dans notre genre, dehors.

Elles se tournèrent simultanément vers le forgeron et son apprenti.

– Mais ils ne sont que deux. Nous sommes trois, fit remarquer Abigail.

Ruth s'avança vers le forgeron.

– Vous avez d'autres vêtements ici ?

– D… Dans le placard. Doit y avoir une vieille cotte de travail.

Quand ils furent délestés de leurs vêtements, elles les enfermèrent dans le même placard où elles avaient trouvé la cotte, pour éviter qu'ils ne préviennent la milice avant qu'elles n'aient le temps de s'enfuir. Une fois dehors, elles se mirent à courir, cachant autant que possible leurs armes. Le mousquet, surtout, s'il pouvait certes s'avérer utile, était particulièrement peu discret.

– Ils vont emmener nos compagnons à Queen Street. Ils vont prendre une embarcation. Retournons sur le quai.

Elles coururent à travers la foule encore affolée, et regagnèrent Gruy's Wharf où les six de la *Whydah* avaient été débarqués. Elles virent avec horreur que le canot qui les avait emmenés ici n'était plus amarré : il était déjà à une bonne encablure, cinglant vers le centre-ville. Galway, Thatch et les autres étaient dedans. Les miliciens faisaient force de rames pour les éloigner de la cohue. Quand elle reconnut Galway dans le canot, Ruth retrouva toute sa tête. Elle sauta dans un *cat-boat* amarré juste là.

– Venez !

Abigail et Mary embarquèrent. Elles larguèrent les amarres à toute vitesse, guindèrent le mât en moins de temps qu'il en fallait pour le dire, et Ruth prit la barre. Dès que ce fut possible, elles envoyèrent de la toile.

– Abigail, tu restes à l'écoute, ordonna Ruth. Reprends-la un peu.

Avec la brise qui soufflait du travers, aucun doute qu'elles allaient rattraper le canot transportant leurs compagnons, poussé par la seule force des avirons. Ruth abattit légèrement pour laisser le canot sur bâbord. Il ne fallait pas que les miliciens qui le manœuvraient se doutent de quelque chose.

– Quand nous les dépasserons, ayez l'air le plus détaché possible. Nous allons les cueillir à terre. Abigail, choque un peu. Mary, cachez les armes.

Le cat-boat dépassa le canot. Galway donna un coup de coude discret à Thatch. Les miliciens levèrent la tête aussi. Ruth garda tout son aplomb. Elle leur envoya un salut courtois de la main. Abigail et Mary l'imitèrent. Les miliciens répondirent en portant la main à leur chapeau. Avec les vêtements des forgerons sur elles, elles étaient méconnaissables.

– Abigail, choque encore.

Elle prit un angle assez serré avec le quai.

– Affalez la voile.

Elles terminèrent leur arrivée à l'aviron. Abigail sauta sur le ponton et passa la première amarre. Quand elle fut tournée, Ruth se retourna pour voir où en était le canot avec leurs amis.

– Très bien. Dans une minute, ils seront là. Laissons les armes au fond du bateau pour l'instant. On va prendre tout notre temps pour passer nos amarres, serrer la voile, et affaler le mât.

Le canot avec leurs camarades vint toucher le quai, à quelques bateaux d'elles.

Allez, descendez, dépêchez-vous, leur ordonna un milicien.

Galway sauta le premier sur le quai. Ruth et lui échangèrent un regard furtif et entendu.

– Allez, avancez !

Ruth concerta Abigail et Mary en silence ; il n'y avait plus qu'à attendre le moment opportun. Quand ils arrivèrent presque à leur niveau, Ruth fit un signe de tête à Mary et sauta sur le quai, un couteau dans une main, et le tison dans l'autre. Mary resta dans le cat-boat. Elle tendit à Abigail le sabre, et s'empara du mousquet. La petite brigade s'arrêta net.

– Lâchez vos armes.

Comme ils hésitaient, Mary repoussa le chien du mousquet, l'air menaçant. Abigail approcha la lame du sabre sur la gorge d'un autre milicien. Ruth enfonça le bout du tison dans la peau de son otage.

– Maintenant.

Alors, l'homme que Ruth menaçait posa lentement son pistolet sur le quai, aussitôt imité par ses collègues.

– Faites demi-tour et remontez dans votre canot.

Les quatre hommes s'exécutèrent.

– Maintenant, donnez les avirons à ma collègue.

Abigail réceptionna les espars et trancha les amarres. Ruth donna un bon coup de pied dans le canot pour le déborder du quai. Le vent décostant fit le reste.

– Vite, fit Mary.

Elle invita Galway, Thatch, Pelham, Sands et Paine à embarquer dans le cat-boat. Par chance, leurs geôliers n'avaient apparemment pas trouvé de menottes à leur passer. Leurs mains étaient attachées avec du bout, qu'il leur suffit de trancher au couteau. Ils guindèrent le mât, Ruth reprit la barre, et Abigail largua les amarres. En trois coups d'aviron, ils furent loin du quai et envoyèrent leur voile. Ils dépassèrent le canot des miliciens, qui faisaient de grands gestes en direction de la ville dans l'espoir d'être secourus. Ruth et ses camarades leur adressèrent le même salut courtois mais non moins narquois qu'à l'aller, et mirent le cap vers Hunts Wharf, où le *Thistle* les attendait.

⁂

C'était le jour du départ. La *Revenge* n'avait plus rien à faire dans le Massachusetts. La famille Williams était réunie sur le ponton qui se jetait dans la rivière derrière leur maison. Le canot de la *Revenge* y était amarré. Presque tout le monde était déjà à bord. Il n'y avait plus qu'un voyage à faire. Il y eut quelques poignées de main, des baisemains timides, des bises chaleureuses et quelques étreintes. Quand Ruth se retrouva en face d'Abigail, elle lui demanda, en désignant discrètement ses tantes.

– Tu leur as parlé ?

– Je vais le faire.

La main de Ruth serra son épaule.

– Merci, Abigail. Pour ton aide à Boston, et puis... Tout le reste.

– Bon vent... A un de ces jours, peut-être.

À côté d'elles, Galway allait serrer la main de Mary, mais celle-ci l'écarta avec un sourire et le prit dans ses bras comme un fils.

– Je suis navrée pour vos amis.

– Merci, madame Sands... De toute façon, je suis sûr que ça les aurait fait chier de mourir dans leur lit... Pardonnez mon langage.

Ruth se retrouva devant Lizzie, la femme de Paulsgrave Williams. Elle sortit de la poche de son manteau une enveloppe et la donna discrètement à Ruth.

– C'est... Enfin. Vous reverrez sans doute mon mari avant moi, alors...

– Je lui donnerai.

Ruth crut déceler une amertume proche de la rancœur derrière sa mélancolie. Thatch, déjà dans le canot, les pressa un peu.

– Wolff, Galway. Il faut y aller. La marée.

Ruth récupéra l'amarre et attendit que Galway soit embarqué pour le suivre. Ils se mirent à ramer vers l'embouchure du bras de mer. Le matin était froid et une brume blanche et vaporeuse flottait au-dessus de l'eau. Les arbres dénudés de leurs feuilles laissaient pendre tristement leurs branches vers la surface de l'eau, telles des mains squelettiques tremblotant dans la brise.

Alors que Ruth se sentait déjà grisée par le voile de la nostalgie, Felizio, en une phrase, démontra de cette fabuleuse faculté à aller de l'avant qui caractérisait tous ses compagnons.

– Bon ! Maintenant… Cassons-nous au soleil.

La *Revenge* filait au bon plein, bâbord amures. Ruth s'accouda au pavois sous le vent et fourra sa pipe avec un peu de tabac. Elle pensait à Langue-de-chat, Quintor, Shuan, Simon One-Eye, et Brown… Morts. Emportés par la même marée qui avait englouti Samuel, Bones, Johnny Kid et tous les autres… Elle repensa aux dernières paroles de Quintor, pleine d'espoir et de fierté, malgré les circonstances. Elle se jura de ne jamais oublier ces mots. Ni l'image de ce mouchoir tombant sur la grève…

« Parfois, il faut savoir perdre », lui avait dit Thatch un jour.

Heureusement, elle avait toujours Galway. Avant de ranger la tabatière, elle caressa du bout du pouce les formes gravées dans le bois.

Galway était assis au pied d'un râtelier, en bas du grand-mât, un livre à la main. Ruth alla s'asseoir près lui.

– Qu'est-ce que tu lis ?

Galway jeta un œil à la couverture de son livre, si usée que les lettres du titre n'étaient plus que d'obscurs caractères quasiment effacés.

– De la poésie.

– C'est intéressant ?

Galway fit une moue en haussant une épaule.

– … Lis-moi un passage.

Galway tourna quelques pages.

Grandes marées
Sur l'estran.
Un aveu tardif, sans réponse.
C'est dit.
Mais l'eau remonte
Et les mots s'estompent
Dans l'écume des nuits.

Ruth ferma les yeux et laissa sa pipe s'éteindre. Dans sa bouche, les mots sortaient avec son caractère, son accent ; il leur donnait une partie de son âme. Leur sens évoquait la douce souffrance des regrets, la douleur de la perte adoucie, relativisée par une nature magnifique et hostile. C'était angoissant et un peu attirant, comme une falaise se jetant dans la mer, ou un mauvais vent de noroît sur une côte irlandaise ; c'était aussi triste qu'un homme tombant à l'eau ; beau comme la main d'un ami sur une épaule.

Depuis un an, tant de raisons d'attendre.
Tant d'autres, de rester maintenant.
Il est là, au bout du môle.
Inébranlable, ses yeux balaient la mer.
Toujours le même, toujours constant.

Quelques secondes s'écoulèrent, secondes pendant lesquelles Ruth se laissait glisser, les yeux fermés, dans les rondeurs et les angles cassés de l'accent de Galway.

– J'ai fait un rêve y a pas longtemps, dit-il alors Ruth.

Intriguée, Ruth rouvrit un œil.

– Tu étais là. Il y avait aussi plein d'autres gens. Des centaines et des centaines de gens. On ne les connaît pas vraiment, mais on sait qu'ils sont avec nous. On fait partie du même camp. Ce n'est pas dit, mais c'est entendu pour tout le monde. On est dans une sorte de champ immense, entourés d'une forêt très sombre. Il y a une sorte de menace invisible qui en émane. Nous et tous les autres autour, on est tous agglutinés au milieu du champ. On a des fusils, mais quand on tire, les coups ne partent pas. Et puis des tirs commencent à pleuvoir sur nous, venant de la forêt. Des boulets de canons, des balles de mousquets… Ça fuse dans tous les sens, et tout le monde se bouscule, pour rester au centre de la foule. Toi et moi, on se tient par la manche pour ne pas se perdre. Les corps tombent les uns après les autres autour de nous, des gars se font arracher les bras, les jambes, par les boulets. Tout le monde hurle. Plus personne n'essaie de tirer sur la forêt. Tout le monde essaie de se cacher en utilisant un autre comme bouclier. Ils commencent à se disputer et à se battre entre eux. Et puis, bientôt, il ne reste presque plus personne. Je te regarde, et je me demande comment ça se fait qu'on soit encore debout. Je me dis qu'on a de la chance. Et puis, à un moment, il ne reste que nous deux. Alors, je sais que ce n'est pas une question de qui tombe ou pas, mais de quand… Et là, on entend un dernier coup de feu. Et je me réveille.

Galway avait laissé son livre reposer sur ses cuisses. Son regard bleu, durci par la ride entre ses deux sourcils, était posé sur l'horizon.

– Tu penses que ça finira comme ça ?

Galway haussa les épaules.

– Je l'ignore. Mais ça ne me dérangerait pas.

Un peu étonnée par cette réponse, elle leva les yeux vers lui.

Ensemble, jusqu'à la fin, expliqua-t-il dans un sourire.

Ruth fit une moue approbatrice. Il lui tendit son livre.

– Tiens. À ton tour de lire.

XVII

Vox populi

Le jour était levé depuis à peine une heure, quand le coup de canon résonna dans la rade de Nassau. Un bateau entrait. Le fort lui répondit. Il était tôt, mais les gens du village étaient déjà bien actifs, profitant de la fraîcheur pour vaquer à leurs travaux. C'est pourquoi ils furent nombreux à se réunir sur la plage pour s'enquérir du nouvel arrivant, un sloop de taille modeste, arborant pavillon britannique.

Ann et Venise se glissèrent près du capitaine Woodall, du *Wolf*.

– Quelle colonie ?

– Bermudes, apparemment.

– Les Bermudes ? Qu'est-ce qu'un navire des Bermudes vient faire ici ?

Ann et Woodall furent brutalement bousculés par un homme qui se hâta de rejoindre le canot qui s'approchait du rivage : le capitaine Jennings.

– Pourquoi il s'affole comme ça, celui-là ? demanda Woodall.

– Il vient des Bermudes, lui dit Ann.

Quand le canot toucha le sable, des matelots en sautèrent lestement et aidèrent un jeune homme à débarquer. Il était vêtu d'une veste élégante, couleur lilas. Le capitaine Jennings se rua vers le nouvel arrivant comme la misère sur le monde. Visiblement, ils se connaissaient. Ils discutèrent entre eux quelques minutes, puis Jennings s'adressa à la foule présente.

– Messieurs, je vous présente monsieur Bennett, le fils du gouverneur des Bermudes… Monsieur Bennett a des nouvelles à nous annoncer.

Le jeune homme sortit de sa besace en cuir un pli de feuillets imprimés, attachés par un petit lien.

– Des nouvelles d'Angleterre. Le gouverneur, mon père, a considéré qu'il était dans son devoir de vous informer de ces nouvelles le plus vite possible.

⁂

Deux semaines s'étaient écoulées depuis que la *Revenge* avait quitté le Massachusetts. L'amertume de l'échec et la douleur du deuil s'étaient sensiblement adoucies pour Ruth et Galway. L'extrême jovialité de leurs camarades y avait beaucoup aidé : eux, ne connaissaient que peu leurs amis de la *Whydah*. S'ils se sentaient concernés par leur sort, ils étaient tout de même moins atteints par leur mort, ce qui leur permit de soutenir Galway et Ruth, souvent sans en avoir l'air, par une plaisanterie, une main sur l'épaule, par leur simple compagnie ou au contraire par le respect de leur besoin de solitude.

Un navire était venu s'ajouter à leur flotte : le *Charles*. Le jour où ils l'arraisonnèrent, Ruth ne put s'empêcher de penser à son amant et ennemi d'enfance du même nom… Elle se demandait si elle le reverrait un jour, à Nassau ou ailleurs. Car l'équipage avait décidé de ne pas faire escale à Nassau avant le printemps. Avant, ils voulaient profiter de la belle saison pour naviguer le long des Petites Antilles, encore peu défendues, et grandes productrices de sucre et de rhum.

La cloche piqua huit coups, tirant Ruth de ses rêveries.

– Allez, la relève, au grand-mât !

Pendant que les deux bordées se rassemblaient, Thatch et Hands discutaient avec le capitaine Bonnet. Quand tout le monde fut prêt, Hands prit la parole.

– Bien, bonjour et bon réveil à la bordée de midi.

Quelques grognements lui répondirent.

– Nous sommes à soixante lieues à l'est de la Martinique, et nous avons passé le quatorzième parallèle dans la nuit. Nous sommes au près, bâbord amures, avec un cap est-sud-est. Comme vous le voyez, la visibilité n'est pas excellente. La brume nous empêche de voir à plus de quatre milles. Soyez vigilants à la veille. Le vent est stable, nous avons renvoyé les perroquets il y a une heure. Le pont est nettoyé… Autrement dit, nous vous avons mâché le travail. Vous n'avez plus qu'à profiter de votre matinée…

Quelques rires lui répondirent.

– Non, plus sérieusement, il y a des travaux de voilerie à faire. Monsieur Philips, vous…

Il fut soudain interrompu par le veilleur posté sur le plateau de hune.

– Voiles, à trois quarts bâbord !

Une rumeur parcourut les rangs. Le capitaine Bonnet échangea un regard avec Thatch, avant de grimper les haubans jusqu'au plateau de hune. Il avait enfin abandonné ses béquilles et semblait tout à fait guéri. Quand il redescendit, il confia la longue-vue à son second.

– Monsieur Thatch, si vous voulez bien nous donner votre avis.

Ils s'avancèrent vers le pavois bâbord. Bonnet montra un point blanc qui émergeait de la brume.

– De là-haut, j'ai cru compter dix sabords. Ils sont vent arrière.

– Vu leur assiette, ils sont chargés à couler bas.

– Vous pensez qu'il s'agit de quoi, monsieur Thatch ?

– Ce que j'en pense ?

Il rendit à la longue-vue à Bonnet. Ses yeux brillaient d'excitation.

– Ça, capitaine, c'est un négrier.

Ses mots atteignirent les oreilles de l'équipage. Tous commencèrent à pressentir que la matinée ne serait pas aussi monotone que prévu. Ruth croisa le regard de Caesar. Il fut traversé par une onde d'angoisse qui tendit les traits de son visage. Il y eut un long conciliabule entre Bonnet et Thatch. Le second essayait visiblement de convaincre le capitaine de quelque chose.

– Pensez à la *Whydah Gally*... Des qualités marines exceptionnelles.

– Mais monsieur Thatch... Les fièvres, les maladies...

Les hommes se concertèrent du regard. Quand soudain, Caesar leva une main en l'air et déclara d'une voix forte :

– Qui pour que nous prenions en chasse ce navire ?

Tous se tournèrent vers lui. Il avait raison. Ce n'était pas à Bonnet de décider de ce qu'il advenait de faire. Ruth leva aussitôt la main, puis Giuseppe, Charpente, Cunningham, Felizio, la Bûche, Abernathy, Hands, Bretelle, Galway... Bientôt, ce fut l'intégralité des hommes présents sur le pont, y compris les deux barreurs, qui avaient la main levée. Bonnet resta interdit. Thatch, un petit sourire satisfait aux lèvres, prit les devants.

– La bordée du matin reste sur le pont. Chien Noir, armez Suzie et Maggie, parés à tirer. Trente-Six, tu prépares une équipe d'une vingtaine d'hommes armés de mousquets. Hands, cap plein sud. Nous allons leur couper la route. Faites régler les voiles en circonstances.

Ruth suivit Caesar et Galway, et se postèrent en haut de la descente pour se joindre à la chaîne humaine qui remontait les boulets de la Sainte-Barbe.

– J'espère que vous avez l'estomac bien accroché, les jeunes, leur dit Caesar avec une pointe d'anxiété dans la voix.

– Pourquoi ?

– Vous allez comprendre pourquoi je ne crois pas à l'enfer qui attend les pécheurs après leur mort.

Caesar mit deux boulets dans les mains de Ruth.

– L'enfer n'est pas dans l'autre monde. Il est bien dans celui-ci. Il est là-bas, sur ce bateau.

⁂

Le *Jupiter* venait de franchir la passe et pénétrait dans la rade de Nassau. Jack Rackham tenait la barre. À ses côtés, Charles observait les lumières du village. Les étoiles commençaient à s'allumer sur un ciel s'étirant du bleu au mauve, jusqu'à l'ouest, où l'horizon était rougeoyant.

À bâbord, MacIain exhibait fièrement le tatouage que Jack lui avait fait durant cette campagne : la phrase « *Nec Tempore, Nec Fato* », sur le bras droit.

– Ça veut dire quoi ?

– Ça veut dire, « Ni le temps, ni le destin ». C'est la devise des MacDonalds de Glencoe.

Pendant ce temps, les frères O'Flaherty bavardaient, accoudés à la lisse.

– La première chose que j'vais faire en arrivant, c'est de brûler ces hardes et danser tout autour !

– Bonne idée, Jamie. Ça fera du bien à tout le monde !

– Ouais, c'que tu pues, c'est intenable ! surenchérit MacIain derrière eux. Dernière fois qu'on partage un hamac, tu entends Jamie Milieu ?

– Ah, ne m'appelle pas comme ça, toi !

Les autres éclatèrent de rire, tandis que Jamie O'Flaherty marmonnaient des insultes dans sa barbe. Jamie Milieu, parce que sur chaque prise où il avait été muni d'un fusil ou d'un pistolet, il s'était démarqué par sa faculté impressionnante à rater systématiquement son coup.

– Je ne suis pas mécontent que nous arrivions enfin ! clama Plume en se frottant la panse. Le régime de pain sec et de fèves, ça commence à porter sur l'estomac !

– Hé, les g-g-gars… C'est qu-quoi ce p-p-pavillon au-dessus du f-fort ? fit soudain Poi-Pois.

Ils scrutèrent tous l'étamine en question, dont les contours obscurcis se découper sur le ciel mauve.

– C'doit être le pavillon noir. Comme d'habitude, quoi.

– Je n'en suis pas sûr, Charlie, fit Jack en plissant les yeux vers le fort.

Poi-pois revint avec une longue-vue et la donna à Plume.

– Sacré nom de Dieu ! C'est l'Union Jack !

– Tu te fiches de moi ?

Ce n'était pas flagrant à l'œil nu, mais à travers les lentilles de la longue-vue, il n'y avait aucun doute possible.

– Qu-qu'est-ce que ç-ç-ça veut d-d-dire ?

– Ça veut dire que va y avoir du grabuge !

– Qu'est-ce qu'il leur a pris d'arborer ces couleurs ?

– Quelque chose a dû se passer, déclara Charles, l'air sombre.

Les hommes se turent, soudain inquiets.

– Quoi, capitaine ?

Charles réfléchit. Ce pouvait être une bande de petits malins qui voulaient faire une blague. Ou un revirement aussi soudain qu'inexplicable d'une partie de la population de Nassau.

– J'sais pas vous, mais en ce qui me concerne, je ne vais pas tolérer de voir ces couleurs souiller notre sol. Nous allons nous rendre au fort et amener ce pavillon !

– Et le brûler avec mes hardes ! s'exclama Jamie O'Flaherty.

Un vigoureux hourra lui répondit. Les bouteilles de rhum changèrent de main, et l'indignation se mua en une joyeuse effervescence.

– Prépare le mouillage, ordonna Charles à Plume avant de rejoindre Jack à la barre. Poi-pois ! Va chercher notre pavillon noir. On le débarque.

Quand ils tirèrent leurs canots sur le sable, Charles prit la tête du groupe et ils remontèrent la plage à grandes enjambées, fusils sur l'épaule.

– Il n'y a pas un chat, remarqua Jack en balayant la plage du regard. C'est bizarre...

C'est alors qu'une silhouette en jupes courut vers eux. Ann Bonny leur faisait de grands signes.

– Attendez !

Elle finit par les rattraper sur le chemin tortueux qui menait au fort.

– J'ai couru aussi vite que j'ai pu dès que j'ai reconnu le *Shelter*, leur dit-elle, tout essoufflée.

– Nous n'avons pas le temps, Bonny. Nous allons amener ce foutu pavillon.

– Mais c'est de ça qu'il faut que je vous parle ! Il y a des gars armés là-bas qui vous attendent.

– Nous aussi, nous avons des armes.

– Mais vous ne comprenez pas.

Elle s'arrêta brusquement.

– ÉCOUTEZ-MOI !

Étonnés par la portée soudaine de sa voix, ils consentirent enfin à s'arrêter. Jack s'approcha d'elle. A son visage rougi par l'émotion, à son expression désespérée, il comprit enfin que quelque chose de grave se passait.

– Raconte-nous.

– Un homme est arrivé à Nassau, le fils du gouverneur des Bermudes, Benjamin Bennett. Il est venu avec une nouvelle.

Elle sortit de sa poche un papier imprimé qu'elle tendit à Charles. Il commença à lire le papier, sous les regards soudain préoccupés de ses hommes. Il essayait de lire vite, mais les mots s'enchaînaient mal dans sa tête. Ce qu'il lisait n'avait pas de sens. Il se dit qu'il lisait sans doute mal.

– J'comprends rien, dit-il sèchement en tendant le papier à Rackham.Celui-ci lut le papier à haute voix.

– « Ayant été informé que plusieurs sujets de Grande-Bretagne ont commis depuis le 24 juin 1705 divers actes de piraterie et brigandage dans les eaux des Indes Occidentales, qui ont causé de très grandes pertes aux marchands de Grande-Bretagne et autres négociants, nonobstant les ordres que nous avons donnés de mettre sur pied des forces suffisantes pour anéantir ces pirates ; ayant trouvé à propos, pour en venir à bout plus efficacement, et de l'avis de notre Conseil Privé, de publier cette royale proclamation ; promettant et réclamant par la présente que tous les pirates qui se soumettront avant le 5 septembre 1718, par-devant un de nos

Secrétaires de Grande-Bretagne ou d'Irlande, ou par-devant quelque gouverneur de nos plantations au-delà les mers, jouiront de notre gracieux pardon pour les pirateries qu'ils auraient pu commettre avant le 5 du mois de janvier prochain. Par ces motifs, enjoignons et commandons très expressément à tous nos amiraux, capitaines et autres officiers de la marine, ainsi qu'à tous nos gouverneurs et aux commandants de nos forts, châteaux ou autres places en nos plantations, ou à tout autre officier civil ou militaire, de se saisir de tous pirates qui refuseront ou négligeront de se soumettre conformément à la présente. » ... Doux Jésus, Marie, Joseph et tous les autres !

Il releva la tête vers Charles, qui ne se rappelait pas l'avoir déjà vu si inquiet. Ann essuya la sueur sur son front.

– Ce n'est pas le pire ! Lis la suite... Ils proposent une récompense à ceux qui livreront à la justice des récalcitrants au pardon !

Charles n'en revenait pas. Il prit des mains de Jack le papier et le déchiffra à son tour, comme pour s'assurer que tout ça n'était pas une vaste mauvaise blague.

– Ils se fichent de nous ! s'écria Plume.

– Si les gens peuvent se faire autant de fric en nous dénonçant, pourquoi est-ce qu'ils continueraient de traiter avec nous ? renchérit Eddie England.

– On va se retrouver privés de revendeurs !

Charles crut lire quelque chose d'encore plus grave.

– Attends... Ils disent là que si un équipage venait à livrer son propre commandant, il toucherait deux cents livres, c'est ça ?

Un silence de mort lui répondit. Ann, la mort dans l'âme, hocha la tête.

– Pardon ? s'insurgea Eddie. Récompenser les traîtres ? ! Plus vil, ça n'existe pas !

– Fantastique ! Maintenant on va tous se regarder en chiens de faïence...

Un mur de briques s'effondrant sur son crâne n'aurait pas provoqué un effet différent sur Charles. Livide, il rendit à Jack le parchemin. Ann se passa la main dans les cheveux, mal à l'aise.

– Ce n'est pas tout... Bennett dit qu'un nouveau gouverneur va arriver l'été prochain. Un certain Woodes Rogers. Jennings a essayé de pousser tout le monde à se rendre. Ils se sont presque tous ralliés à cette idée...

Charles maugréa un juron.

– Williams a essayé d'en convaincre certains de ne pas abdiquer si rapidement. Quelques-uns ont entendu... Mais pour combien de temps ? Je me le demande... Les choses vont mal, messieurs. Tout le monde ne pense qu'à protéger son propre butin en attendant de signer la rémission. Certains parlent déjà de se mettre au service du gouverneur. Thompson et Cockram ne veulent plus nous vendre de la marchandise tant que Bennett est là. Les choses vont mal. Dolores et toutes les filles risquent la prison, peut-être même la potence. Elles ne pourront pas continuer à exercer quand Woodes Rogers sera là. Qu'est-ce qu'elles vont devenir ?

Toute l'euphorie du retour s'était éteinte avec les dernières lumières du jour. Charles eut soudain l'impression qu'un étau invisible se resserrer autour de lui. Et ce pavillon britannique qui flottait toujours en haut du fort !

Il prit le papier des mains de Jack et le roula en boule avant de le jeter dans les buissons. Puis il reprit son chemin vers le fort. Mais avant que ses hommes ne lui emboîtent le pas, Jack l'arrêta.

– Charlie ! Charlie, reviens ici. On a besoin de se réunir, de réfléchir à ce qu'on va faire.

Réfléchir à quoi, Jack ? Qu'est-ce que tu veux ? Tu as vraiment envie de retourner à ta vie d'avant ? Crever la dalle et se casser le dos pour pas un rond, et finir comme tous ces chalands de rivage qui marchent sur une patte et qui mendient trois pièces pour se payer un vieux tafia imbuvable ? C'est ça que tu veux ?

– Mais, Charles...

– Je ne retournerai pas à cette vie de chien !!!

– Son émotion était palpable. Ses hommes s'immobilisèrent. Sa voix était aussi la leur. Les jacobites, les esclaves échappés, les matelots fatigués... Tous savaient ce qu'il adviendrait d'eux s'ils se rendaient. Charles essuya une perle de salive au coin de sa bouche.

– Je vais monter là-haut, et je vais faire tomber ce pavillon.

– Et après ?

– Je ne sais pas, Jack !

Les deux amis se soutinrent mutuellement du regard. C'était la première fois que Charles exprimait un désaccord que Jack ne semblait pas capable de régler par de la rhétorique.

– Écoute. Tu fais ce que tu veux. Réfléchis aussi longtemps que tu veux, mais pour moi, c'est tout vu. Je préfère être pendu que d'aller baiser la bague de Jennings.

Il se mit en marche tout seul. Eddie lui emboîta le pas. Puis, Cameron, et MacIain. Et enfin, Jack et tous les autres.

Quand le capitaine Vane et ses hommes arrivèrent au fort, ils trouvèrent la grande porte ouverte, et à l'intérieur, une douzaine d'hommes qui faisaient la fête.

– Au Roi George !

– Au Roi George !!! répétèrent les autres.

– Au fils Bennett !

– Au fils Bennett !!!

– À Scarlett, qui fait les meilleures pipes de la terre !

– À Scarlett, qui fait les meilleures pipes de la terre !!!

C'est alors qu'ils virent une trentaine de fusils braqués sur eux. Charles et ses hommes faisaient barrage entre eux et la grande porte.

– On s'amuse bien, bande de Judas ?

– Vane..., commença Noland. Tu...

– LA FERME !... Bon sang, Noland, j'ai jamais vu quelqu'un retourner sa veste aussi vite que toi... Tu m'écœures.

Noland voulut faire un pas vers lui, mais Jack s'avança et rabattit le chien de son fusil.

– Encore un pas, et ça sera le dernier que tu feras.

Le silence s'abattit. Jack ne baissa pas sa garde.

– Plume, ordonna Charles. Prends une dizaine d'hommes et monte pour amener cette saloperie de pavillon.

– À tes ordres, capitaine.

Noland, les mains en l'air, adressa à Charles un sourire plein de mépris.

– Ça te plaît, ça... « Capitaine » Vane. La plus grande imposture de la marine.

Jack plaqua le canon de son arme sur le front de Noland. Plume monta avec quelques gars, et une minute plus tard, Charles vit du coin de l'œil l'Union Jack être amené, et le pavillon noir être hissé à sa place. Quelques secondes après, Plume revenait, l'étoffe dans les bras.

– On en fait quoi ?

– Donne-le-moi, dit Charles. Venez. Laissons ces fils de chien profiter de leur petite sauterie.

Ils reculèrent précautionneusement, jusqu'à être hors de portée de Noland et ses gars. Ils dévalèrent le chemin jusqu'à la ville. Maclain commença à chanter un chant jacobite subversif, aussitôt repris par ses camarades. Charles, le fusil jeté sur l'épaule, ouvrait la marche, silencieux. Arrivés sur la Grand-Place, il se saisit d'une fourche qui traînait contre un mur. Il planta le pavillon sur ses pointes. Puis il se hissa sur l'estrade au milieu de la place. Les rires et les chants de ses hommes attirèrent l'attention des badauds qui buvaient leur rhum sous la paillote du *Maggie's Pub*. Quelques personnes penchèrent la tête par les fenêtres de la maison Asher. D'autres s'avancèrent timidement vers l'estrade pour voir ce qui se passait.

Charles Vane avança le pavillon vers la flamme d'une torche. Le feu se mit à grignoter le coin du tissu, puis l'enflamma complètement. Ses hommes, tout comme les passants, restèrent un instant suspendus à son geste. Ce n'était pas un acte anodin. C'était une déclaration de guerre. De la haute trahison.

Une fois passée la surprise, un excitant sentiment de transgression s'empara des hommes de Vane.

– Vive Jacques Stuart !

– Vive le Roi de France !

– À bas l'Angleterre !

De nombreux vivats de contestations variées montèrent çà et là. C'est alors que Charles reconnut une silhouette familière sortir de la paillote. Le capitaine Jennings se tenait sur les premières marches, nonchalamment adossé à une poutre qui soutenait la charpente, les bras croisés. Il fixait Charles d'un regard sombre.

Sans quitter Jennings des yeux, Charles cracha avec mépris. Puis, il laissa tomber sur l'estrade la fourche avec le pavillon en feu et sauta au bas de la scène parmi ses hommes. Il reçut quelques vives claques dans le dos.

C'est alors que Charles vit Paulsgrave Williams se frayer un passage jusqu'à eux. Il était suivi d'une dizaine d'hommes, parmi lesquels les capitaines Condent, Kennedy, et Winter. Les yeux de Williams brillaient d'une étrange gratitude. Il tendit sa grosse main à Charles.

– Capitaine Vane.

– M'sieur Williams.

Des gens s'écartèrent sur la droite de Charles, et Ann Bonny apparut, suivie de Venise et Mercy. Elles étaient avec cinq ou six hommes que Charles ne connaissait pas.

– Capitaine Vane, commença Bonny. Voici Nicholas Woodall, et quelques-uns de ses hommes. Eux aussi refusent d'accepter la Grâce du Roi.

– Vraiment enchanté, capitaine Vane.

Charles lui serra la main avec chaleur.

– Êtes-vous nombreux à refuser l'offre du Roi ? demanda Jack.

– Pas assez, répondit Williams.

– Et Bennett a pris d'assaut la paillote ! Tous ceux qui veulent accepter le pardon s'y réunissent soir après soir.

– Qu'est-ce qu'ils font pendant ces réunions ? demanda Charles.

– Ils se comptent, fit Venise en haussant les épaules. Ils se comptent, et ils s'organisent, pour quand le gouverneur sera là.

– On a besoin d'un endroit où se réunir, nous aussi.

Bonny, Venise et Mercy échangèrent un sourire.

– On le sait bien, répondit Bonny.

Mercy s'avança timidement.

– J'ai ma maison, au bout du village. Ce n'est pas très grand, mais c'est tranquille.

Charles concerta ses hommes du regard, et hocha la tête.

– D'accord. On te suit.

Mercy, Bonny et Venise traversèrent la Grand-Place, les hommes sur leurs talons. Devant la maison Asher, Dolores de Prado les regarda passer d'un air satisfait. Jennings et Bennett retournèrent sous la paillote. La foule se dispersa. Sur l'estrade, le pavillon britannique n'était plus que des lambeaux calcinés, dont les cendres s'envolaient dans le vent.

FIN

REMERCIEMENTS

Je remercie chaudement le docteur Éamon Ó Cofaigh, de l'Université de Galway, pour son aide dans la traduction des paroles en gaélique irlandais.

Dessins et schémas informatifs

Quelques exemples de gréements anciens

Brigantin

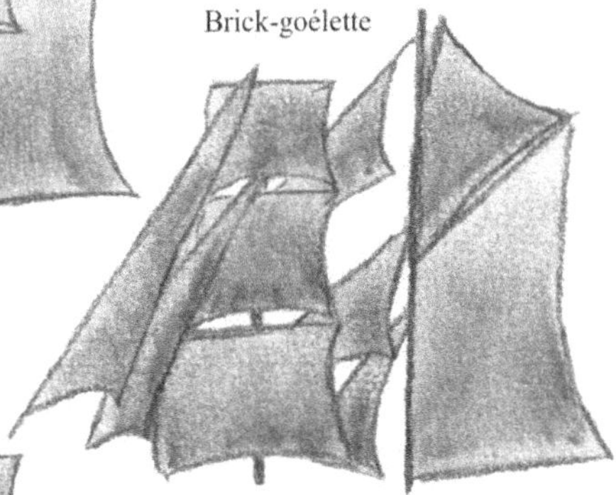
Brick-goélette

Brick

Goélette à hunier

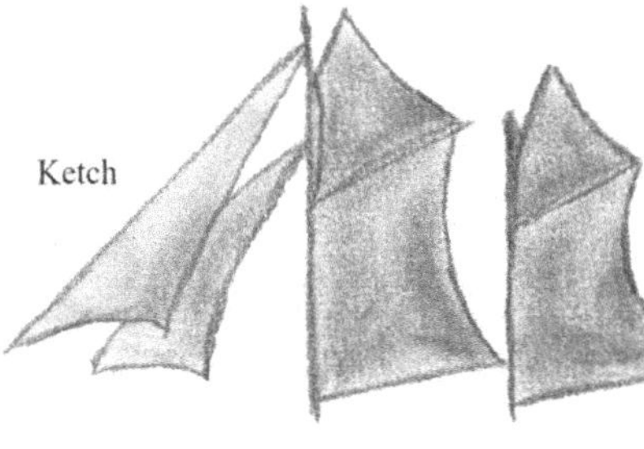
Ketch

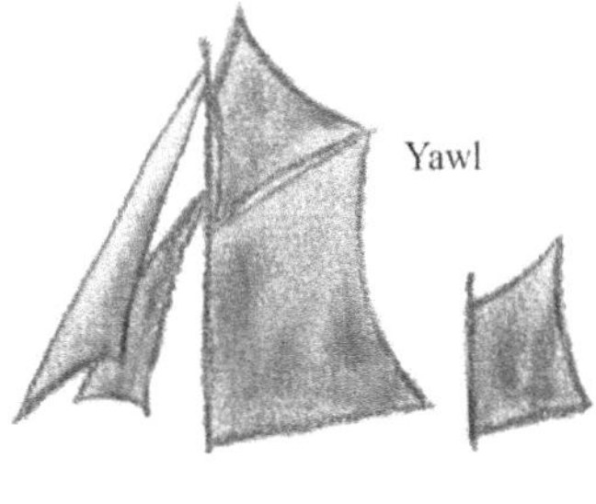
Yawl

Exemples de voiles

Voile carrée (ici, une basse-voile)

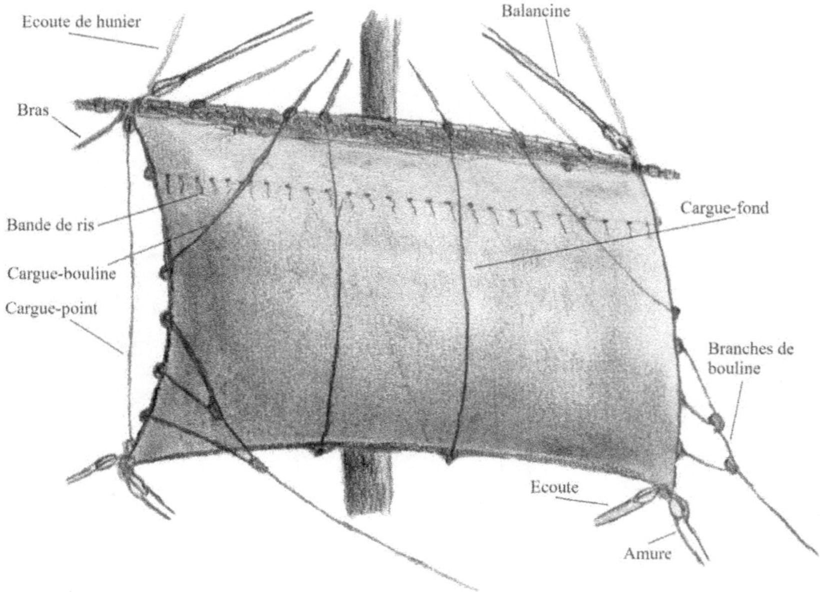

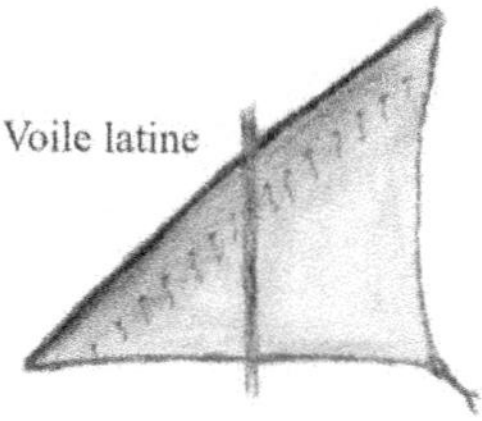

Voile latine

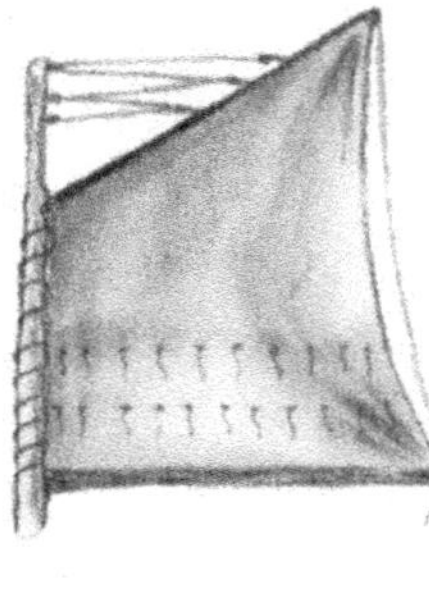

Voile aurique

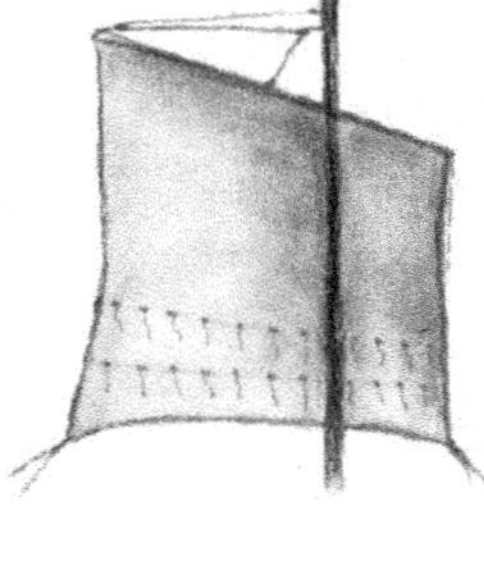

Voile au tiers

Plan de voilure d'un trois-mâts

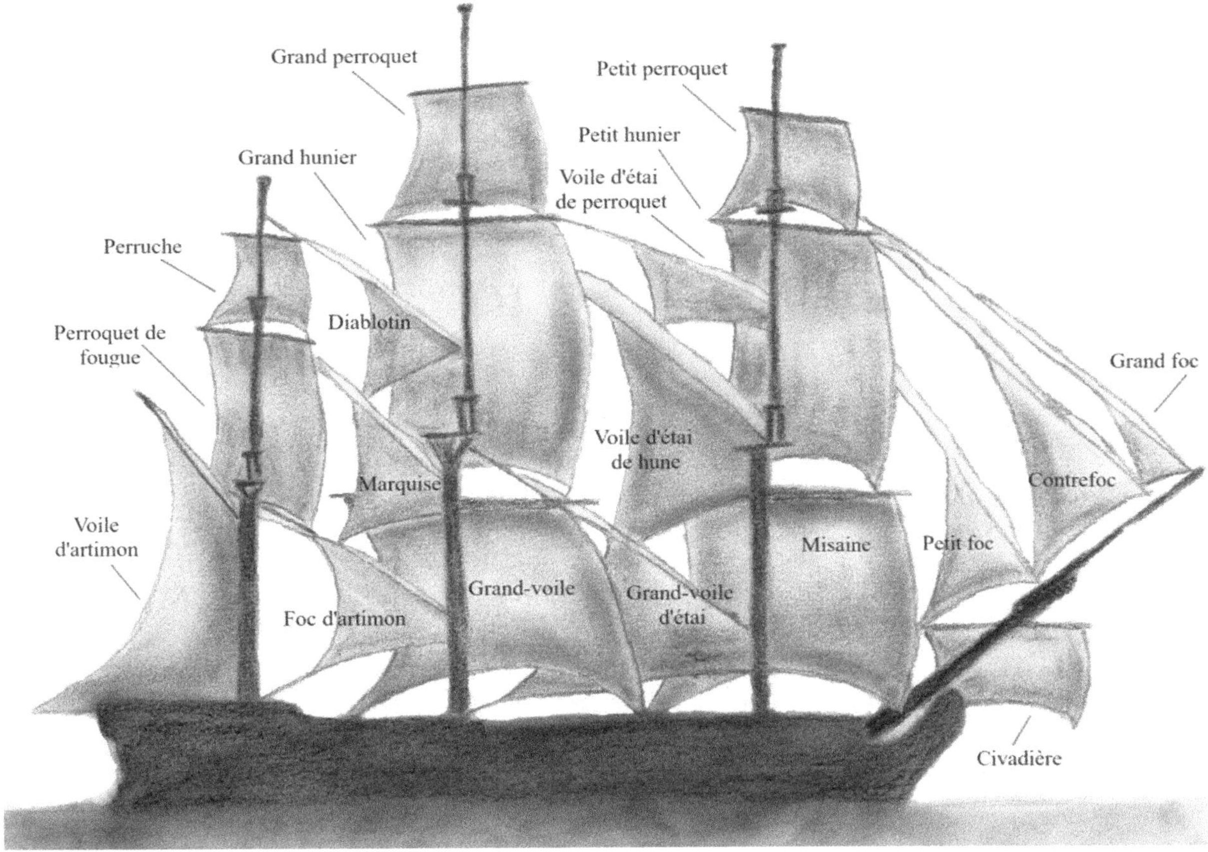

Glossaire

Abatée Action d'abattre.

Abattre Se dit d'un voilier dont le cap s'éloigne de la direction d'où vient le vent (contraire : *lofer*).

Abattre en carène Caréner sans échouer, en faisant *gîter* le navire et en le faisant prendre appui sur un ponton flottant ou sur un autre navire.

Adonner Le vent adonne lorsqu'il vient sur l'arrière du bateau.

Affaler Laisser descendre à l'aide d'un cordage (se dit pour une voile, un canot, un espar…).

Affranchir Pomper jusqu'à ce que la cale soit *franche*, c'est-à-dire asséchée.

Amure Gros cordage frappé à l'angle inférieur des basses voiles (pour les voiles carrées) ou à l'angle inférieur avant des voiles auriques. L'amure est toujours au vent, d'où l'expression « bâbord amures » et « tribord amures », qui désigne le bord du navire qui reçoit le vent.

Apiquer un espar L'incliner sur son axe horizontal.

Ardent/mou Le bateau est ardent s'il a tendance à *lofer*, à revenir tout seul vers le vent, quand on lâche la barre. S'il a tendance à *abattre*, il est *mou*.

Arraisonner Prendre possession d'un navire ennemi.

Aussière Puissant cordage servant à remorquer, tirer, hâler, amarrer.

Barres d'anspect Barre amovible permettant de faire tourner le cabestan, ou de faire levier pour la manœuvre de pointage des canons.

Barrot Petit *bau*, poutrelle transversale d'un bateau.

Batterie Rangée de canons qui garnissent les sabords d'un navire de guerre. Par extension, le pont de batterie désigne le niveau du pont où se trouve la batterie.

Bau Poutre transversale qui réunit les deux bords d'un bateau. Le maître-bau est le bau situé à l'endroit où le navire est le plus large, d'où l'usage de présenter la largeur d'un bateau « au maître-bau ».

Bitord Cordage assez fin, goudronné, utilisé en matelotage (notamment pour le fourrage ou les amarrages plats).

Biture Longueur de câble étalée sur le pont en vue d'un amarrage.

Bordé Revêtement extérieur, ensemble des *bordages*.

Bordée Espace que parcourt un navire sous les mêmes amures. Ou, lorsqu'on parle de service au pont, désigne une des divisions de l'équipage. En combat, une bordée est une décharge simultanée de toute l'artillerie d'un bord d'un navire.

Bosse Cordage dont une extrémité est frappée à un point fixe, et où l'autre extrémité est frappée sur un cordage en tension.

Bosser Un cordage en tension, c'est lui poser une bosse, en vue d'étaler la force dans ce cordage (pour pouvoir le tourner, par exemple).

Bossoir Potence fixe extérieure à la coque, permettant de relever l'ancre, de la *caponer* et de la saisir par des bosses, sans qu'elle heurte la coque.

Bossoir d'embarcation Potence disposée par couples en abord, pour la mise à la mer ou le hissage des embarcations. Parfois, on laisse les embarcations dessus pour gagner de la place.

Bouline Manœuvre courante frappée par une patte d'oie sur la ralingue de chute d'une voile carrée, servant à la porter au vent.

Boutefeu Pique en bois dont l'extrémité est garnie d'une mèche. On pose la mèche sur la lumière pour mettre le feu à la charge d'un canon.

Brague Gros cordage destiné à limiter le recul des pièces d'artillerie.

Bras Manœuvre courante servant à orienter une vergue par rapport au vent.

Brasser carré Brasser les voiles perpendiculairement à l'axe longitudinal du navire.

Brasser en pointe Brasser au plus près.

Cabestan Treuil vertical que l'on fait tourner au moyen de barres horizontales qui le traversent, et autour duquel se roule un câble.

Cabillot Bâtonnet de bois servant à tourner les manœuvres. L'ensemble des cabillots et de leur monture forme un *râtelier*.

Cadène Tige de fer rivetée à l'extérieur de la coque, prenant pied à travers le porte-hauban, et servant de dormant aux haubans, par l'intermédiaire de *caps de mouton*.

Caler Mesurer tel tirant d'eau.

Caler bas Action d'abaisser une des sections supérieures d'un mât. On cale bas parfois un mât de perroquet, voire un mât de hune, par gros temps pour réduire le poids dans les hauts.

Calfater Boucher les « coutures », espaces entre les *virures*, avec de l'*étoupe* (mélangée à de la graisse, ou du coaltar) que l'on enfonce dans la couture avec un fer de calfat sur lequel on frappe avec un maillet.

Caliorne Gros palan à poulies triples, servant à hisser de lourds objets (canots, par exemple).

Cap-de-mouton Grosse lentille de bois, percée de trois trous, utilisée par paire pour rider un hauban.

Capeler Garnir en enfilant, un espar ou un morceau de bois, par n'importe quoi qui s'enfile.

Cargue Manœuvre courante, servant à carguer une voile.

Carguer Retrousser une voile vers sa vergue, afin de l'amener.

Cartahu Manœuvre volante (que l'on peut gréer et dégréer à volonté), utilisée pour hisser un objet, tendre une tente, envoyer une chaise de calfat, etc.

Charnier Réservoir d'eau douce.

Cloche d'un cabestan Bobine du *cabestan* autour duquel on garnit le cordage à virer.

Coaltar Goudron végétal utilisé pour protéger le bois et les manœuvres dormantes. Mollit à la chaleur, et tâche terriblement.

Coiffer Une voile carrée est coiffée (ou masquée) lorsqu'elle prend le vent à contre.

Commettre/décommettre Réunir par torsion les torons ou fils de caret d'un cordage, ou les désunir.

Coque Une coque dans un cordage est une vrille, un tour qu'il fait sur lui-même, soit car il est neuf, soit car il est mal lové.

Coupée Ouverture dans le *pavois* permettant de sortir ou d'entrer à bord.

Couple Pièce d'assemblage en bois, constituant les « côtes » d'un navire. Un couple est formé par deux *membres*.

Coursive Couloir à bord d'un navire.

Couvre-lumière Opercule placé sur la lumière pour empêcher l'eau, la poussière, ou des braises, d'y entrer avant que l'ordre de tirer ne soit donné. Le chef de pièce se contente parfois d'y placer son doigt, recouvert d'un doigtier en cuir pour éviter de se brûler.

Dégorgeoir Petite tige en fer qu'un servant de pièce enfonce dans la lumière d'un canon pour percer la *gargousse* de poudre préalablement introduite.

Dégréer On dégrée une voile lorsqu'on la retire du gréement en l'amenant sur le pont, pour la remplacer ou pour la réparer par exemple.

Déraper Déraper une ancre, l'arracher du fond.

Dimanche Vide, oubli dans un travail. Par exemple, oublier un endroit lorsque l'on peint.

Drisse Sert à hisser une voile.

Dunette Superstructure arrière. On parle aussi parfois de « *château* ».

Écoute Cordage servant à border les voiles (à les tendre de façon qu'elles prennent bien le vent).

Écoutille Ouverture rectangulaire pratiquée dans le pont, menant aux ponts inférieurs. Elle est bordée par une *hiloire*, ou *surbau* (rebord vertical empêchant l'eau de couler à l'intérieur), et refermée par un *panneau* ou *capot*.

Écouvillon Brosse cylindrique placée au bout d'un long manche, afin de nettoyer l'âme d'un canon.

Élingue Cordage destiné à entourer un objet et à se capeler sur le croc d'un palan pour soulever l'objet.

Empanner
- à bord des voiliers carrés, cela signifie *mettre en panne* (s'arrêter, la propulsion n'étant plus assurée) involontairement, une ou plusieurs voiles prenant le vent à contre (sur leur face avant) ;
- à bord d'un navire à voiles auriques ou au tiers, cela peut se passer quand on se trouve vent arrière, et que la grand-voile change brutalement de bord.

Épissoir Poinçon en fer, servant à séparer les torons d'un cordage en vue de faire une épissure, par exemple.

Épissure Jonction solide de deux cordages, ou d'un cordage sur lui-même en œil, par entrecroisement des torons.

Épontille Pièce de bois verticale soutenant un *bau*, ou un *barrot*.

Erre Mouvement propre, vitesse nécessaire pour pouvoir manœuvrer. « Courir sur son erre » signifie que le navire, sans propulsion, continue d'avance sur son inertie.

Espar Tout ce qui est fait avec une longue pièce de bois (vergues, mâts, corne, gui, tangon, bout-dehors...).

Étai Manœuvre dormante, soutenant un mât dans l'axe longitudinal du navire.

Étale Sans mouvement.
Un bateau étale est un bateau qui a cassé son erre.
Une ancre qui a bien croché le fond est étale.
Une marée ou une mer étale ne monte plus mais ne descend pas encore, ou l'inverse.

Étambot Pièce arrière de la coque, portant les ferrures du *gouvernail*.

Étarquer Raidir à bloc une manœuvre.

Étrave Pièce avant de la coque, prolongeant la quille.

Faire chapelle Fausse manœuvre d'un navire (manque-à-virer, par exemple), dont les voiles se retrouvent *masquées,* à contre.

Faire servir, faire porter Orienter les voiles, les border, ou faire *arriver* le navire, afin que les voiles prennent le vent.

Fardage Œuvres mortes, partie émergée du navire.

Faseyer Se dit d'une voile qui se met à battre (cela arrive quand elle est sur le point de prendre le vent à contre).

Ferler Serrer une voile sur sa vergue (syn. *rabanter*).

Fermer une voile carrée La brasser au vent, diminuer son angle avec le vent.

Fourrage Travail consistant à garnir un espar ou un cordage avec du filin ou du *bitord* afin de le protéger (du *ragage*, des intempéries, etc.).

Franc-bord Distance entre le plat-bord et la ligne de flottaison.

Frapper Fixer, assujettir par un nœud, un cordage ou une manœuvre, ou une poulie.

Gaffe Grand bâton de bois monté d'une griffe, servant à divers usages (repêcher un objet tombé à l'eau, crocher une boucle, ou gaffer un quai pour l'accoster...).

Gaillard d'avant Superstructure à l'avant d'un navire (sur certains gros navires de guerre, on trouve des gaillards d'arrière, en plus de la dunette).

Galipot Résine de pin servant d'enduit, d'où, enduit pour le bois, ou le fer.

Gambes de revers Manœuvres dormantes, destinées à soutenir les plateaux de hune. En léger dévers et garnies d'enfléchures, elles permettent également aux gabiers de passer des haubans aux hunes.

Garcette Bout de petit filin. Utilisée notamment pour la prise de ris.

Gargousse Petit sac de cuir contenant une charge de poudre prête pour le tir d'une bouche à feu.

Gîte Inclinaison transversale d'un navire.

Guibre Soufflage ou pièce de bois sculptée ou non, devant l'étrave.

Guinder Hisser un mât supérieur (contraire de *caler*), ou dresser un espar verticalement.

Hale-bas ou cale-bas Manœuvre servant à amener un objet hissé (souvent une voile) qui ne descend pas par son propre poids (exemple : foc).

Hauban Manœuvre dormante soutenant le mât dans l'axe latéral du navire.

Haubanage Comprend les haubans, galhaubans, pataras, marocains, étais, martingales, sous-barbes, moustaches.

Herminette Petite hache recourbée utilisée par les charpentiers.

Loch Appareil servant à mesurer la vitesse d'un voilier.

Lof Bord d'où vient le vent.

Lofer Venir au vent.

Lover Disposer un cordage en glène (une glène est un cordage enroulé sur lui-même).

Mailloche Utilisée pour le fourrage, c'est un maillet cylindrique comportant une engoujure dans laquelle se loge le cordage à fourrer. Une petite mailloche est un *minahouet*.

Martingale Manœuvre dormante maintenant le boute-hors par en dessous.

Mèche Amadou brûlant continuellement à bord d'un navire, afin de garantir une source de feu continue (pour la coquerie, les pipes, ou les fanaux, par exemple).

Membre L'un des plans d'un *couple*. Le membre part de la quille, à laquelle il est assemblé par une *varangue*, et remonte vers le pont où il est assemblé à la serre-bauquière et aux baux.

Membrure Ensemble des membres ou couple.

Moustaches Paire de haubans étayant un beaupré (le beaupré est le mât situé tout à l'avant d'un navire, le seul qui ne soit pas sur un axe vertical.

Nager Progresser dans une embarcation à l'aide d'avirons.

Œuvres vives Partie immergée de la coque.

Œuvres mortes Partie émergée de la coque.

Orin Cordage ou chaîne unissant un objet immergé à un flotteur (orin d'ancre, orin de casier).

Prendre la panne, mettre à la panne Manœuvre d'un navire à voiles carrées pour s'arrêter, sans pour autant amener sa voilure. Pour ce faire, il masquera quelques-unes de ses voiles. Un navire à voiles auriques ne peut mettre en panne ; il préférera amener ses focs et se mettre face au vent, voiles en ralingue (une voile est en ralingue quand elle ne prend plus le vent). Mais il ne peut tenir cette allure très longtemps.

Papelate Petit cigare roulé dans du papier fin. Ancêtre de la cigarette roulée.

Pavois Bordé prolongeant la muraille au-dessus du pont. Il est surmonté de la lisse de pavois, plus communément appelée lisse.

Poulaines Plate-forme en caillebotis montée à la proue, sous le beaupré. Les marins s'en servaient de toilettes.

Prendre la cape Allure où un voilier tient la tête au vent par gros temps afin d'étaler la mer. Il dérive alors en culant, ou en avançant très lentement. Si on la tient aisément, on dit « tenir la cape ».

Raban Filins servant à serrer une voile sur sa vergue.

Rabanter Serrer une voile sur sa vergue (syn. *ferler)*.

Radouber Réparer.

Ragage Usure par frottement.

(en) Ralingue Une voile en ralingue ne prend le vent ni de l'avant ni de l'arrière, et n'assure donc aucune propulsion au navire.

Refuser Le vent refuse quand il se rapproche de l'avant du voilier.

Rumfustian Boisson à base de gin, de vin (sherry ou xérès), de bière, et d'épices (cannelle, girofle, muscade, poudre à canon...) et mélangé à du jaune d'œuf.

Sainte-Barbe Soute, magasin où était stockée la poudre à canon. Située dans les parties basses du navire, on y logeait le chirurgien, le commissaire, l'aumônier, et le maître canonnier.

Sentine Puisard où stagnent les fonds de cale d'un bâtiment.

Sous-barbe Manœuvre dormante, souvent une chaîne, placée sous le beaupré pour faire contre-effort à l'étai de misaine, qui retient le beaupré par le haut.

Tillac Pont supérieur entre les deux gaillards (cf. *gaillard*).

Touer Faire avancer, remorquer, un navire en le tirant.

Tourner un cordage L'amarrer en faisant des 8 autour d'un taquet ou d'un cabillot.

Vaigrage Revêtement intérieur du navire, composé de *virures*.

Valet Aussi appelée *bourre*, c'est un dispositif de calage en matière végétale, séparant la poudre (charge explosive) et le boulet (projectile), garantissant ainsi l'étanchéité de la charge explosive.

Vergue Grande pièce de bois sur laquelle les voiles carrées sont assujetties, ou enverguées.

Vergue barrée ou vergue sèche Vergue ne portant pas de voile, mais servant de barre d'écoutes à une voile carrée supérieure (ex. : sur le mât d'artimon d'un trois-mâts carré, ou sur le grand-mât d'un brigantin).

Table des matières